ullstein

JAMES ELLROY, 1948 in Los Angeles geboren, lernte die dunkle Seite der amerikanischen Gesellschaft sehr früh kennen. Als Jugendlicher geriet er aus der Bahn und konnte sich erst durchs Schreiben wieder fangen. Mit *Die schwarze Dahlie* gelang ihm der internationale Durchbruch. Heute gilt er als einer der wichtigsten literarischen amerikanischen Autoren.

Von James Ellroy sind in unserem Hause bereits erschienen:

Blut auf dem Mond · Blut will fließen · Blutschatten · Browns Grabgesang · Crime Wave · Der Hilliker-Fluch · Die Rothaarige · Die schwarze Dahlie · Ein amerikanischer Albtraum · Ein amerikanischer Thriller · Endstation Leichenschauhaus · Heimlich · Hollywood, Nachtstücke · Hügel der Selbstmörder · In der Tiefe der Nacht · Jener Sturm · L.A. Confidential · Perfidia · Stiller Schrecken · White Jazz

JAMES ELLROY

ENDSTATION LEICHENSCHAUHAUS

GESCHICHTEN AUS L.A.

Aus dem Amerikanischen
von Stephen Tree

Ullstein

Besuchen Sie uns im Internet:
www.ullstein.de

Neuausgabe im Ullstein Taschenbuch
1. Auflage April 2022

Titel der amerikanischen Originalausgabe: *Destination Morgue!* (Vintage Books, New York)
Umschlaggestaltung: zero-media.net, München
Titelabbildung: TrunkArchive / Folio ID / © Sandro Baebler
Gesetzt aus der Quadraat Pro powered by pepyrus
Druck und Bindearbeiten: CPI books GmbH, Leck
ISBN 978-3-548-29132-1

Für
Oscar Reyes

Teil 1

Kriminalkultur/Erinnerungen

Mit den Eiern zur Wand

Boxen ist:

ein blutiger Kampfsport, entschärft und mit vielen Regeln versehen. Ein Hahnenkampf für Ästheten und Weichlinge.

Boxen ist eine Welt für sich. Boxen ist eine Verlockung für Wettsüchtige. Boxen zieht Autoren in seinen Bann und bringt sie zum Schwärmen.

Boxen bildet Testosteron. Boxen nimmt die Eier in Anspruch. Boxen versehrt und zwingt zur Sinnsuche.

Mexikanisches Boxen ist:

Boxen in Reinkultur. Boxen mit Todesverachtung. Boxen in Großbuchstaben.

Mexikanisches Boxen ist Machismo hoch zwei. Mexikanisches Boxen strotzt vor Mannesstolz. Mexikanisches Boxen bedeutet, dass man für die Liebe stirbt und dafür lebt, den Kumpeln zu imponieren und ihnen den Meister zu zeigen.

Vegas-Boxen ist:

Halbwelt-Pracht. Das Westminster des Westens. Gewichtsklassen-Champions als Supermänner.

Vegas-Boxen ist Rom zum zweiten. Gladiatoren unterhalten großkotzige Spieler. Imperiale Gauner beuten muskulöse Maxi-Männer aus und streichen deren Verdienst ein.

Mir kam zu Ohren:

Erik Morales boxt Marco Antonio Barrera.

Juniorfedergewicht. Titelkampf. Vegas.

Ich musste hin.

Ich liebe Boxen. Seit Langem.

1955 ließen sich meine Eltern scheiden. An den Wochenenden bekam mich mein Vater. Wir igelten uns ein. Wir schauten uns Boxkämpfe an.

Wir hatten eine Glotze mit runder Röhre. Wir verputzten Cheez-Whiz-Käsecreme. Mein Vater stand auf Rasse und »Herz«.

Am liebsten hatte er weiße Boxer. Dann kamen die Mexikaner. Zuletzt die Neger.

Herz war wichtiger als Rasse. Herz hob Rasse auf. Herz machte Mexikaner zu Weißen.

»Mexikaner« waren alle Lateinamerikaner. Mexikaner waren einige Italiener. Ein Mexikaner war der kubanische Neger Kid Gavilan.

Mein Vater brachte Rasse und Geografie durcheinander. Er war ein Wasp – ein weißer, angelsächsischer Protestant. Er kam nach L.A. und lernte Spanisch. Er glaubte ans Schmelztopf-Prinzip. Er wusste, dass die Weißen den Laden schmissen. Er wusste, dass die Braunen reinwollten.

Was ihm recht war. *Wenn* sie den Gegnern zu seiner Zufriedenheit Saures gaben.

Rasse. Herz. Mein frühes Bildungserlebnis.

Ich wohnte in L.A. Ich schaute mir TV-Boxkämpfe an. Ich schaute mir Kämpfe in echt an.

Im Olympic. Im Hollywood Legion Stadium.

Rauch. Deckenlichter. Bier und zertrampelte Erdnüsse.

Mein Vater nahm mich mit. Wir saßen unter Mexikanern. Wir schauten zu, wie Mexikaner drei Rassen verdroschen.

Mein Vater verwandelte sich. Mein Vater gestikulierte wild. Mein Vater wurde zum Mexikaner.

Er sprach mit Mexikanern. Er schlug sie auf den Rücken. Er übersetzte für mich.

Männerschnack. Mein frühes Bildungserlebnis.

Kopfjäger. Such den Körper. Dräng ihn in die Ecke.

Pendejo. Cojones. Maricon.

Mein Vater unterteilte die Mexikaner. Illegale Einwanderer waren für ihn *wetbacks* – die mit dem nassen Hemd auf dem Rücken.

Wetbacks hatten Herz. Sie durchschwammen den Rio Grande. Sie suchten *trabajo*.

Sie mühten sich ab. Sie arbeiteten hart. Sie wollten sein wie die Weißen.

Pachucos waren Lumpen. *Pachucos* hatten kein Herz.

Sie ölten ihr Haar. Sie vermehrten sich wie Karnickel. Sie hatten Springmesser mit.

Sie stachen Polizisten ab. Sie rauchten Marihuana. Sie spuckten auf die Weißen.

Ich traf zwei mexikanische Jungs. Reyes und Danny. Sie kamen aus Tijuana.

Sie hatten Boxkämpfe in Tijuana gesehen. Sie hatten die Sexshow gesehen. Sie lieben Art Aragon und Lauro Salas.

Wir rauchten Marihuana. Ich war zehn Jahre alt.

Mir wurde schwindelig. Ich schlug in die Luft wie ein *maricon*. Meine Mutter starb. Ich zog auf Dauer zu meinem Vater. Wir schauten uns Boxkämpfe an. Wir verschlangen Fertigmahlzeiten.

05.12.58:

Weltergewicht. Titelkampf. Don Jordan gegen Virgil »Honeybear« Akins.

Jordan gewinnt. Jordan ist ein dominikanischer *negrito*.

Er ist ein Mulatte. Mein Vater steht auf ihn. Mein Vater ernennt ihn zum Mexikaner.

Er ist geisteskrank. Er war als Kind ein gedungener Mörder. Er hat mit zehn Jahren Männer getötet. Er hat dreißig Männer im Monat getötet.

Mexikaner waren Killer. Sagte mein Vater. Mein Vater sprach Spanisch. Mein Vater hatte die Sexshow gesehen. Mein Vater kannte sich aus.

10.12.58:

Halbschwergewicht. Titelkampf. Archie Moore gegen Yvon Durelle.

Das Jüngste Gericht. Moore gewinnt. Moore ist ein Neger. Durelle kommt aus Quebec.

Mein Vater stuft Moore herauf. Moore wird Mexikaner. Mein Vater stuft Durelle herab. Durelle wird Mexikaner.

Durelle »schluckt Leder«. Durelle »führt mit dem Gesicht«.

27.05.60:

Weltergewicht. Titelkampf. Jordan verliert gegen Benny »Kid« Paret.

Paret ist ein kubanischer Neger. Mein Vater hasst ihn. Mein Vater identifiziert die Rasse richtig.

24.03.62:

Weltergewicht. Titelkampf. Paret gegen Emile Griffith.

Griffith ist ein Neger. Griffith kommt von den Inseln. Griffith drischt auf Paret ein.

Paret stirbt.

Parer hatte sich das Maul über Griffith zerrissen. Paret hatte ihn als Schwuchtel bezeichnet.

Sexualhass. Rache. Mein frühes Bildungserlebnis.

Ich ging zu Boxkämpfen. Ich schaute mir TV-Kämpfe an. Ich las Boxmagazine.

Ich lebte immer noch in L.A. Ich fuhr herum. Die Rassentrennung behagte mir.

Die Neger wohnten im Süden. Die Mexikaner wohnten im Osten. Die Weißen wohnten überall.

Den Negern ging es um Bürgerrechte. Den Mexikanern um Streit und persönliche Ehre.

Mexikaner waren klein. Mexikaner bewegten sich schnell. Mexikaner waren stoisch *und* auftrumpfend.

Mexikaner wollten nach oben. Mexikaner waren ehrgeizig. Mexikaner wussten, dass der Weiße *El Jefe* war.

Mexikaner hockten mit Weißen zusammen. Sie waren durch gemeinsame Vorlieben verbunden. Und entwickelten eine gemeinsame Sprache.

Chili con carne. *Una cerveza, por favor.* Und jetzt einen Leberhaken.

Ich mexikanisierte. Ich mexikanisierte mit Wasp-typischer Umsicht.

Ich trug Sir-Guy-Hemden. Ich provozierte Kämpfe mit kleineren Jungs. Mit gemischten Ergebnissen.

Mir fehlte der Schlag. Mir fehlte das Geschick. Mir fehlte die Geschwindigkeit. Mir fehlte das Herz.

Das hatte Folgen. Meine Niederlagen waren beschämend. Meine Siege erbärmlich.

Sommer 64.

Ich war sechzehn. Ich war 1,88 m lang. Ich wog gut 54 kg. Mein Vater meinte, ich sei der Champion der Klopapier-Klasse.

Ich forderte meinen Kumpel Kenny Rudd heraus.

Sechs Runden. Mit Handschuhen. Im Richard-Burns-Park.

Sekundanten in der Ecke. Schiri, Fünf-Dollar-Börse.

Ich hatte Höhe. Ich hatte Distanz. Rudd hatte Herz. Rudd hatte Schnelligkeit und Kraft.

Rudd gab mir Saures. Rudd kämpfte mit nacktem Oberkörper. Ich trug ein Sir-Guy-Hemd.

Mein Vater wurde krank. Er musste ins Krankenhaus. Er wurde mit einem Mexikaner zusammengelegt.

Sie fachsimpelten übers Boxen. Ich brachte ihnen Käse-Enchiladas.

Mein Vater starb. Der Mexikaner wurde gesund.

Ich wohnte allein. Ich schaute mir TV-Kämpfe an. Ich ging ins Olympic.

Ich sah Little Red Lopez. Ich sah Bobby Chacon. Ich sah sechs Millionen Typen namens Sanchez und Martinez.

Ich saß am Ring. Ich bekam die Blutspritzer ab. Ich schluckte Schorf.

Ich saß im obersten Rang. Ich teilte Pissbecher mit Joses und Humbertos. Die gegen schwachsinnige Schiri-Entscheidungen protestierten. Indem sie Pappbecher mit Pisse schmissen. Sie tränkten es den *Puto*-Offiziellen ein.

Ich zog einige dusselige Nummern ab. Ich geriet in Schwierigkeiten. Ich machte Umwege und zahlte.

Ich saß im County Jail. Ich fachsimpelte mit üblen Juans und wilden Ramons übers Boxen. Ich kämpfte gegen einen mexikanischen Transi namens Peaches.

Peaches begrapschte mein Knie. Ich schubste ihn weg. Ich ahmte Benny »Kid« Paret nach. Ich bezeichnete ihn als *maricon*.

Peaches schlug mich zusammen. Gefängniswärter rissen ihn von mir weg. Insassen dreier Rassen kicherten.

Ich dachte über meine Niederlage nach. Ich gelangte zu einer Einsicht.

Die Bestimmung des mexikanischen Boxens besteht darin, den weißen Schwächlingen dieser Welt die Spaltung von Geist und Körper zu vermitteln.

Mexikanisches Boxen ist Knochenarbeit. Mexikanisches Boxen ist inspiriert.

Es ist wild übertrieben. Es ist herkömmliches Boxen auf Nahdistanz transponiert.

Angreifen. Druck machen. In die Ecke drängen. Dem Gegner mit dem eigenen Kampfesmut den Schneid abkaufen.

Der Gegner wird bedrängt. Kopftreffer der Rechten werden ausgependelt. Um mit linken Körperhaken zu kontern.

Man provoziert den Schlagabtausch. Man geht auf Nahdistanz.

Man steckt ein, um auszuteilen. Man gibt die eigenen Überlebenschancen preis. Man steckt weg. Man hält den Schmerz aus. Man hält den Schmerz aus, um den Gegner zu ermüden und seine Deckungslücken ausnutzen zu können. Man hält den Schmerz aus, um zu zeigen, was für ein toller Kerl man ist.

In der Verzweiflung geht man in den Clinch. Man weicht zurück, wenn man betäubt ist oder das Bewusstsein zu verlieren droht. Man kämpft listig, um die Niederlage abzuwenden und ein wenig Zeit zu schinden.

Die Körperhaken rauben einem die Luft. Die Aufrechterhaltung des Kampfesmuts kostet Willenskraft. Die weggesteckten Schmerzen kosten Gehirnzellen. Die weggesteckten Schmerzen bilden den Charakter und verleiten zu dümmlichen Idealen.

Mexikanisches Boxen besteht aus Mythen.

Mexikanische Boxer kauen Steaks. Sie trinken das Blut und spucken das Fleisch aus.

Mexikanische Boxer schlürfen Mescal. Sie gurgeln und schlucken den Wurm.

Mexikanische Boxer absolvieren ihr Lauftraining in 3 000 m Höhe. Mexikanische Boxer trainieren in Bordellen. Mexikanisches Boxen besteht aus Erinnerungen.

Boxkämpfe in Stierkampfarenen. Boxkämpfe beim Wiegen. Boxkämpfe bei Siegesbällen.

Kämpfe.

Der Dreikampf. 1970–71. Ruben Olivares und Chucho Castillo.

Das Inglewood Forum. Bis auf den letzten Platz ausverkauft.

Rockabye Ruben rockt. Chucho macht Druck und blutet. Runde drei – Ruben liegt flach. Ruben steht auf und erholt sich *rapidamente.*

Ruben gewinnt das erste Match. Einstimmige Entscheidung. Das Aufsehen führt zwingend zu Match Numero zwei.

Ruben greift an. Chucho schlägt schnell und punktgenau. Ruben feuert linke Haken ab. Chucho kontert kontrapunktisch.

Ruben erwischt einen Schnitt. Sein linkes Auge blutet am Lidrand. Der Schnitt entscheidet. Alles vorbei. Chucho gewinnt – Technischer K.o. Nr. 14.

Das dritte Match steht an. Der Druck ist riesig. Chucho schickt Ruben zu Boden. Ruben steht wieder auf und findet in den Kampf zurück.

Ruben mischt den Gegner auf. Ruben haut ihm den Rippenkäfig zu Schrott. Ruben regiert im Ring. Ruben holt den Gesamtsieg.

23.04.77:

The Forum. Kampf ohne Titelpunkte. Carlos Zarate und Alfonso Zamora.

Zweiundsiebzig Kämpfe insgesamt. Einundsiebzig K.-o.-Siege.

Runde eins geht langsam an. Zarate tastet Zamora ab. In Runde zwei kommt es zu einer Störung.

Ein Spinner springt in den Ring. Die Bullen reißen ihn raus. Die Bullen schlagen ihn zusammen.

Runde drei. Zarate geht in den Nahkampf. Zarate macht Zamora fertig.

Ein Niederschlag. Beim Pausengong auf acht angezählt.

Runde vier. Zarate geht in den Nahkampf. Zamora hat nichts mehr zu bieten. Zwei Niederschläge – Technischer K.o.

Vorbei. Nichts Besonderes. Kein großer Kampf.

Zamoras Vater steht im Ring. Zarates Vater ebenso. Zamoras Vater geht gegen Zarates Vater los.

Blitzartig. Zarate gegen Zamora, zum zweiten.

Erinnerungen:

Zarate. Lupe Pintor. Rafael Herrera.

Der große Salvador Sanchez. Julio Cesar Chavez – *el grande campéon*.

Mexikaner. Die allesamt Weiße sind. Fragen Sie meinen Vater.

Morales-Barrera bedeutete Spaziergang oder Krieg.

Morales hatte 35 Siege und 0 Niederlagen. Er hatte den WBC-Gürtel.

Er war jung. Er war schnell. Er hatte die ausgefeiltere Angriffstechnik.

Er stand im Zenit seiner Karriere. Er hatte einen Vertrag mit der HBO. Und er galt als der kommende nächste Chavez.

Barrera war der vorige kommende nächste Chavez gewesen. Er hatte ein paar Rechte abgekommen. Und wurde entprophezeit.

Er hatte 49 Kämpfe bestritten und zwei Niederlagen eingesteckt. Er hatte den WBO-Gürtel. Witzbolde sprachen von der *WBOgus*, der »Welt-Betrugs-Organisation«.

Barrera war der *Inbegriff* des mexikanischen Angriffs.

Er ging auf Nahdistanz. Er drängte ab. Er schlug linke Haken. Er tauchte in die untere Etage.

Er hatte eine schwungvolle Karriere *gehabt*. Er hatte gute Beziehungen zur HBO *gehabt.* Junior Jones hatte ihn entzaubert. Schläge mit der Rechten.

Eine Niederlage durch K.o. Ein Rückkampf. Eine Niederlage durch Schiri-Entscheidung.

Barrera lernt, wie Niederlagen schmecken. Barrera nimmt eine Auszeit. Barrera nimmt sich zusammen.

Barrera ist Mexikaner. Barrera ist Katholik. Barrera steht auf Erlösung.

Barrera stammt aus einer reichen Familie. Er kommt aus Mexiko-Stadt.

Irgendwann ist mit dem Boxen Schluss. Das ist ihm bekannt. Er hat ein Jus-Studium im Auge.

Morales stammt aus der Mittelklasse. Er kommt aus Tijuana. Sein Vater war Boxer.

Er hat weiche Seiten. Er spendet Weihnachtsessen. Er gewann seinen Gürtel. Er trug den Scheck in die Bank. Er versorgte die Schulen in Tijuana mit Computern.

Sie waren beide gute Jungs. »Gute Jungs« ist ein Fanbegriff. Gute Jungs sind Killer, die ihr Rasen auf den Ring beschränken.

Vegas war Tijuana ohne Hemmungen.

Ich war 66 nach Tijuana gekommen. Ich bekam einen geblasen. Ich zog mir eine Sexshow rein.

Tijuana war schlimm.

Ich kam 2000 nach Vegas. Vegas war schlimmer.

Ich wohnte im Bellagio. Das, wie man mir sagte, »Klasse« habe. Was zutraf und auch wieder nicht.

Das Hotel verfügte über eine Kunstgalerie. Das Hotel verfügte über geräuschlose Spielautomaten. Das Hotel verfügte über riesenlange Limousinen.

Mit den Nummernschildern; Cézanne/Matisse/Picasso.

Meine Suite war groß. Meine Suite verfügte über einen Kirchenführer. Meine Suite verfügte über Fickfilme auf Kabel.

Ich machte es mir gemütlich. Ich ging auf dem Strip spazieren. Ich unterschätzte die Distanzen.

Die Hotelfassaden zogen sich eeeewig lange hin.

Mittelalterliche Burggraben. Die Skyline von Paris. Ein Möchtegern-Manhattan.

Der Straßenverkehr kroch dahin. Die Fußgänger standen und glotzten.

Die Leute hatten Kinder und Cocktails mit. Die Leute hatten kleingeldgefüllte Pappbecher für die Automaten mit.

Ich nahm ein Taxi. Der Taxifahrer war durchgeknallt. Der Taxifahrer sah nach Ku-Klux-Klan aus.

Er bohrte sich in der Nase. Er bohrte sich in den Zähnen. Er schlürfte sein Bier geräuschvoll aus einem McDonald's-Becher.

Er fachsimpelte übers Boxen.

Er mochte Morales. Barrera war kalter Kaffee. J.C. Chavez war ein Taugenichts. Er hatte gegen Franky »den Chirurgen« Randall verloren. Er hatte seine Suite im MGM Grandhotel zerdeppert.

Er fachsimpelte übers mexikanische Boxen.

Die Cholos hatten Herz. Die Cholos kämpften hinterfotzig. Die Cholos fickten Ziegen.

Er fachsimpelte über Vegas-Boxkämpfe.

Morales-Barrera war Schwachstrom. Etwas für Schickimickis. Da kam kein Rapper und kein Filmstar hin.

Große Kämpfe erschütterten ganz Vegas. Bei großen Kämpfen ging's ums große Geld.

Mit Sonderzahlungen an den Besitzer des Veranstaltungsortes. Mit verschlüsseltem Zahlfernsehen. Mit Casino-Spitzenangeboten. Mit Sonderkonditionen für besonders spendable Spieler, um ihnen besonders viel Geld abnehmen zu können.

Große Kämpfe lockten große Namen an. Lockten bekannte Gesichter an den Ring.

Große Kämpfe bedeuteten Schwergewicht. Große Kämpfe bedeuteten Tyson und üble Tricks. Große Kämpfe bedeuteten Oscar de la Hoya.

Oscar sah gut aus. Oscar hatte einen schnieken Schlag. Oscar machte die Weiber kirre.

Der ist kein echter Mexikaner nicht. Echt und aus L.A. geht nicht zusammen.

Ich fand ein mexikanisches Restaurant. Das bestens nach L.A. gepasst hätte.

Ich aß ein mexikanisches Essen. Ich plauderte mit einem mexikanischen Kellner. Er kam aus L.A.

Wir fachsimpelten übers Boxen.

Er mochte Morales. Barrera war erledigt.

Seine Frau mochte Oscar. Seine Tochter *liebte* Oscar. Er hielt Oscar für schwul.

Ich ging zu Fuß zum Bellagio. Ein Kellner brachte mir einen Kaffee ins Zimmer.

Er war Mexikaner. Er kam aus L.A.

Wir fachsimpelten übers Boxen.

Er mochte Morales. Barrera hatte nichts mehr zu bieten.

Seine Frau mochte Oscar. Er kam da nicht mit.

Der Kellner ging. Ich genoss die Aussicht.

Ameisenherden. Laaaanggezogene Fassaden. Verführerische Leuchtzeichen.

Caesar's. The Mirage. Schwule weiße Tiger.

Die Menschentrauben erinnerten an eine Völkerwanderung. Simpel mit Bechern. Bittsteller um Geld und Unterhaltung.

Ich fühlte mich wie El *Jefe*. Nennt mich Batista. Nennt mich Juan Perón.

Ich schwebte über meiner Dritten Welt. Ich verteilte Wohltaten. Ich stellte kleine Menschlein auf die Probe und nutzte sie aus.

Das Boxen wurde von Sanktionierungs-Gremien bestimmt. An deren Spitze *Puto*-Patriarchen standen.

Die IBF wurde angeklagt. Das WBC dito. Ein Witzbold sprach von *World of Bandits and Charlatans* – der »Welt der Banditen und Scharlatane«.

WBA. IBA. WBOgus.

Das »I« stand für »international«. Das »W« für *world*, »Welt«. Das unterstrich Herrschaft und gemeinsame Grundsätze.

Bevollmächtigte Punktrichter beurteilen das Match. Die von staatlichen Kommissionen ernannt werden.

Denen die Sanktionierungs-Gremien schöntun. Denen die Sanktionierungs-Gremien die Moral verderben. Die Sanktionierungs-Gremien betonen die gemeinsamen Interessen.

Zersplitterte Titel. Vielfach-Meisterschaften. Zwei I.s, drei W.s.

Titel bedeuten Geld. Titel stacheln Kämpfer an.

Titel bilden die Urteilsgrundlage der Punktrichter. Die bei ihren Entscheidungen das Gesamtwohl des Boxens im Auge haben. Die Punktrichter kennen die formalen Regeln. Die Punktrichter kennen den Subtext. Die Punktrichter setzen die gemeinsamen Grundsätze durch.

Nicht alle Punktrichter. Nicht die meisten Punktrichter. Aber einige Punktrichter in entscheidenden Kämpfen.

Bestechung.

Indirekt. Heimlich. Nicht einklagbar.

Die Völkerwanderung ging weiter. Die Lichter-Show begann.

Ich spielte mit dem Fernseher rum. Ich bekam HBO rein.

Witzbolde sprechen vom *Home Breast Office* – vom »Heimischen

Busen-Kanal«. Ich bekam Brüste und einen Abspann ins Bild. Ich bekam eine Vorschau auf *Boxing After Dark*.

In zwei Tagen:

Morales – Barrera. *Sangre*. Der Heilige Krieg.

Das kam auf *BAD*. Das *musste* auf *BAD* kommen. *BAD* kannte sich *aus*.

BAD war die beste Box-Show der Fernsehgeschichte. *BAD* strahlte große Kämpfe aus. *BAD* strahlte Mannesmut aus.

Ausführliche Kampfberichte. Boxkommentator Jim Lampley in Nahaufnahme. Professionelle Anmerkungen und ungelenke Hochsprache von Roy Jones und George Foreman. Larry Merchant über den tieferen Sinn.

»Bad Boy« Barrera stand auf Platz eins der BAD-Boxerkartei. Er hatte Kennedy McKinney k.o. geschlagen.

Ein wilder Kampf. Eine harte Auseinandersetzung. Eine stolze Prophezeiung.

Ich ging zu Bett. Ich schlief bis in den Morgen. Ein Kellner brachte mir Kaffee.

Ein Mexikaner. Er kam aus Oregon.

Wir fachsimpelten übers Boxen.

Er mochte Morales. Barrera war passé.

Im Mandalay Bay:

Glückspielmaschinen-Auen. Blackjack-Plantagen. Das Reich der nicht untergehenden Keno-Sonne.

Ich flanierte hindurch. Ich verlief mich. Ich erstickte am Rauch. Ich roch verschüttete Cocktails.

Ich schlug neue Wege ein. Ich marschierte weiter.

Zur Kartentisch-Terrasse. Zum Roulette-Rendevous. Zur Hochebene der verspielten Bausparverträge.

Ich gelangte in einen Flur. Ballons wiesen den Weg.

Trikoloren. Mexikanisch. Rot, grün und weiß.

Ich ging ihnen nach. Ich gelangte in den Presseraum.

Eine Bühne. Ein Rednerpult. Buffettische. Eine Massenspeisung zugange.

Ich mischte mich unter die Leute. Ich sah Wayne »Pocket Rocket« McCullough. Morales hatte ihn per Schiri-Entscheidung besiegt. Ich sah Richie Sandoval. Gaby Canizales hatte ihn k.o. geschlagen.

Er wurde verletzt. Er hatte mit Boxen aufgehört. Er war ins Box-PR-Geschäft übergewechselt.

Ich sah lateinamerikanische Reporter. Ich sah lateinamerikanische Trainer. Ich sah ein paar angloamerikanische Reporter.

Der ganze Saal war am Kauen. Das Essen war schlecht. Ausschließlich Stärke und Fett.

Ich nippte an einem Kaffee. Ich hörte zu. Ich belauschte Gespräche. Fachmänner, die aneinandergerieten. Fachmänner, die sich ins Wort fielen. Fachmänner, die fachsimpelten.

Ich war dabei. *Ich* hab's doch gesehen. Und jetzt hörst du gefälligst *mir* zu.

Die Pfundskerle betraten die Bühne.

Lou Di Bella. Mr. HBO. Staatliche Kommissare.

Morales, Barrera. Der Promotor Bob Arum.

Morales wirkte ruhig. Barrera wirkte ausgelaugt.

Gewicht.

Stabilisieren. 61 kg wiegen. Bis morgen auf 55 kg unten sein.

Gewicht.

Essstörungen. Das schmutzige Geheimnis des Boxens. Hinweis an *Cosmopolitan* – als Thema vormerken!

Man stellte sich vor. Die Großkopferten erteilten ihren Segen. Arum bearbeitete das Mikro.

Seine Backen glühten. Perfekte Kreise. Er mexikanisierte.

Seine Kinder sprachen Spanisch. Was wir alle sollten.

Die Mexikaner waren große Kämpfer. Die Mexikaner waren ein großes Volk. Die Mexikaner waren große Fans.

Er zitierte mexikanische Kämpfe. Er sprach die Namen überdeutlich aus.

Er stieß seine Jungs an. Redet Englisch, *por favor.*

Morales sprach. Barrera sprach. Sie sprachen zögernd.

Sie versprachen Ergebnisse. Sie zeigten, wie jung sie waren. Und sie strahlten Würde aus.

Die Show ging zu Ende. Morales und Barrera mischten sich unters Volk.

Die Reporter drängten sich ran. Übersetzer halfen aus. Das Übliche.

Keiner sagte ihnen: »Ihr haut mich um.«

Keiner sagte ihnen: »Ihr macht mich lebendiger, als ich war.«

Keiner sagte ihnen: »Nationalismus ist dummes Zeug.«

Ich dachte an Jugend. Ich dachte an Ruhm. Ich überlegte mir, wie Gehirnzellen zugrunde gingen.

Ich dachte an die Lebensmitte. In der ich umsichtig um Selbsterhaltung bemüht war.

Morales hatte ein paar Burschen dabei. Sie sahen nach Kumpels aus. Barrera hatte ein paar Burschen dabei. Sie sahen nach Hofstaat aus.

Sie trugen glitzernde Trainingsanzüge. Sie zeigten finstere Mienen. Sie sahen aus wie Tontons Macoutes.

Sie hatten ein paar Mädchen mit. Die Mädchen hatten Babys mit.

Ein Baby schrie. Mami gab ihm Pepsi. Mami brachte es zur Ruhe.

Bob Arum mischte sich unters Volk.

Er glühte. Seine Wangen glühten. Seine Wangen wirkten geschminkt und ausgestopft.

Die Karten verkauften sich gut. An Mexikaner.

Die auf »Latino« pfiffen. Die auf »Chicano« pfiffen. Die hier geboren waren. Die dort geboren waren. Alle waren sie »Mexikaner«.

Die Karten verkauften sich schnell. Die Karten waren weg.

Ich schwatzte mit den PR-Burschen. Sie betonten die Demografie.

Arbeiter. Mexikaner. Kenner.

Ich flanierte durchs Mandalay Bay. Ich war beim Wiegen dabei.

Barrera wirkte ausgelaugt. Barrera wirkte eingeschüchtert. Die Tontons wirkten besorgt.

Ich flanierte durchs Casino. Ich schaute mir die Kartenbüros an. Ich schnappte Gerüchte auf.

Morales hasst Barrera. Barrera hasst Morales.

Hahnenkämpfe. Tijuana gegen Mexiko-Stadt. Klassenkämpfe. Mittelklasse gegen großes Geld.

Sie hatten Fußballklubs. Die Morales Marauders. Die Barrera Banditos.

Sie spielten gegeneinander. Sie gerieten aneinander. Die draufgängerischen *jefes* brachen beinahe eine Schlägerei vom Zaun.

Meine Frau flog ein. Einige Freunde erschienen aus L.A.

Wir nahmen an der Hochzeit eines Freundes teil. Wir aßen in Möchtegern-Cantinas. Wir flanierten durch möchtegern-mexikanische-Straßen.

Wir befragten die Mitarbeiter.

Die Kenner sprachen von einem Spaziergang. Die Fans von einem Krieg.

Die Fans erschienen. Von Mariachi-Klängen begleitet.

Es wurde laut.

Die Wände schallten. Die Wände fingen den Klang ein. Die Wände bildeten eine Echokammer.

Die Fans schleppten Poster mit.

Morales. Barrera. Aufrufe *en español.*

Ballons schlugen an die Decke. Alle in der Farbe der Trikolore.

Die Lautsprecheranlage war zugange. Ausschließlich Mariachi-Klänge.

Der Saal füllte sich. Der Saal brüllte. Der Saal wirkte wie eine Stierkampfarena.

Die Fans gingen in Stellung. Die Fans winkten mit ihren Zeichen. Die Fans kippten *cerveza.*

Die Fraktionen mischten sich. Die Fraktionen gingen Wetten ein. Völlig Fremde nahmen das Geld in Verwahrung.

Ich saß bei der Presse. Ich schaute den Vorkämpfen zu.

Die gingen schnell vorüber. Sie gingen laut vorüber. Die Mexikaner wurden bejubelt. Bei Nicht-Mexikanern wurde geschwiegen.

Technische K.o.s. Eine Schiri-Entscheidung. Ein Frauenkampf.

Ich ging aufs Klo. Ich geriet in eine Probe.

Ein Bariton. Ein Superauftritt. Die mexikanische Nationalhymne.

Wir fachsimpelten übers Boxen.

Er mochte Morales. Barrera war ausgebrannt.

Ich ging zurück. Der Lärm schlug wieder zu. Ich saß neben meiner Frau und mit Freunden.

Mein Nachbar war ein Morales-Mann. Er nahm viel Platz ein. Er war laut.

Er fuchtelte mit einer Geldrolle. Er blätterte Hunderter ab. Er platzierte Wetten.

Barrera-Fans hielten gegen. Ein Neutraler erschien. Er bewahrte den *dinero* auf.

Eine Musiktruppe marschierte ein. Dreizehn Musiker.

Sombreros. Bestickte Klamotten.

Sie stiegen in den Ring. Sie spielten laut. HBO-Kameras nahmen auf.

Die Fans hielten Schilder in die Höhe. Kameras schwenkten. Die Schilder versperrten die Sicht.

Der Lärm nahm zu.

Die Kämpfer marschierten ein.

Der Lärm nahm zu.

Der Sprecher klopfte Sprüche.

Er klopfte sie zweisprachig. Er rollte das R. Er rollte es rund und gefühlvoll.

Der Lärm nahm zu.

Der Bursche sang die mexikanische Nationalhymne.

Der Lärm nahm zu.

Der Sprecher stellte die Offiziellen vor. Der Sprecher stellte die Kämpfer vor.

Er ratschte das R. Er zerdehnte MoRrrrrales. Er rollte BaR-ReRa.

Der Lärm nahm zu.

Die Männer legten die Mäntel ab. Sie hatten Gewicht zugelegt. Sie hatten sich geatzt und gelabt.

Der Schiri gab Anweisungen. Die Männer berührten sich mit den Handschuhen.

Der Lärm nahm zu.

Sie gingen in ihre Ecken. Sie knieten nieder. Sie bekreuzigten sich.

Der Lärm nahm zu.

Die Glocke schellte.

Der Lärm stieg ins Gigantische.

Sie bewegten sich. Sie tasteten sich ab. Sie gerieten in die Ringmitte.

Morales schlägt einen Jab. Barrera kontert mit Körperhaken. Morales weicht zurück.

Barrera. Schnelle Hände. Ein Schock.

Barrera geht in die Nahdistanz. Er platziert eine Rechte. Er schlägt einen linken Haken auf die untere Körperhälfte.

Morales weicht zurück. Er will locken und kontern.

Barrera greift an. Barrera blockt ab. Barrera schlägt einen tiefen Doppelhaken.

Schnelle Hände. Eine Überraschung. »Ausgepowert« – von wegen.

Morales hält stand. Morales greift an. Beidseitiger Schlagabtausch mit der Rechten.

Morales drängt Barrera zurück. Seine Rechten haben Biss.

Sie kämpfen. Sie geben und nehmen. Morales hält Barrera stand.

Sie umkreisen sich. Sie halten ein.

Morales hält stand. Er will locken und kontern.

Er berührt das Seil. Barrera geht gegen ihn los. Beim Glockenschlag tauschen sie Haken ab.

Der Lärm nahm zu. Der Lärm blieb konstant. Der Lärm wurde auf sehr lautem Niveau konstant.

Runde zwei:

Barrera pirscht sich an. Morales schlägt Jabs.

Zur Einstellung der Kampfdistanz. Zum Abtasten. Zur Erweiterung der Reichweite.

Er tänzelt. Er steht auf den Zehen. Barrera greift an.

Er platziert einen linken Haken. Er platziert eine Rechts-links-Kombination.

Morales hält stand. Morales geht in den Nahkampf. Morales platziert einen Uppercut. Morales erschüttert Barrera.

Sie stehen. Sie tauschen Schläge ab. Sie teilen aus.

Morales hat die Rechten. Morales hat Uppercuts. Barrera hat mörderische Haken.

Sie trennen sich. Barrera greift an. Barrera schlägt einen tiefen Haken.

Morales schlägt Jabs. Morales geht in den Nahkampf. Morales platziert Linke und Rechte. Morales steckt Haken weg.

Er kämpft Barreras Kampf. Er stellt sich dem Nahkampf. Er steckt ein, um austeilen zu können.

Er kämpft aus der Nähe. Er will das so. Er wirkt wie außer Kontrolle.

Er hält inne. Barrera hat ihn erwischt. Er schlägt mehrere Haken.

Die Glocke. Kaum zu hören. Ein Minigong.

Der Lärm wurde laut. Der Lärm pegelte sich neu ein. Der Lärm wurde sehr laut.

Runde drei:

Morales kreist. Morales schlägt Jabs. Barrera wirft sich nach vorn. Barrera fällt auf die Knie.

Er steht auf. Der Schiri wischt ihm die Handschuhe ah. Morales greift an.

Morales schlägt Jabs. Morales verschlägt einen Jab. Barrera schlägt einen tiefen Haken.

Morales weicht zurück. Barrera verfolgt ihn. Barrera schlägt Haken.

Morales greift an. Er trifft beidhändig. Er weicht zurück.

Barrera macht Druck.

Er verschlägt Haken. Er platziert Haken.

Morales hängt sich ins Seil. Morales blockt Haken ab. Morales steckt Haken weg.

Morales befreit sich. Morales trifft mit beiden Fäusten. Barrera befreit sich. Barrera greift an. Barrera drängt Morales erneut ins Seil.

Er platziert Treffer. Er schlägt daneben.

Morales greift an. Barrera greift an. Ein einziger wilder Schlagabtausch.

Die Glocke. Ein zartes Piepsen in der Kakofonie.

Der Lärm wurde noch lauter. Der Lärm pegelte sich neu ein.

Ich brüllte. Meine Frau brüllte. Worte gingen unverstanden unter.

Ein Schild berührte mich. Ein Kerl entschuldigte sich. Der Morales-Fan brüllte. Ich konnte es ihm von den Lippen ablesen. Er sagte: »Barrera!«

Runde vier:

Barrera verfolgt. Morales schlägt Jabs. Morales dreht sich um die eigene Achse und stürzt.

Er steht auf. Der Schiri wischt ihm die Handschuhe ab.

Durchatmen.

Barrera kreist. Morales kreist. Sie kleben geradezu aneinander.

Barrera bearbeitet den Körper. Morales weicht zurück.

Er schwankt. Er bewegt sich. Er schwankt. Er muss sich deutlich mehr anstrengen.

Sie stellen um. Sie arbeiten zusammen. Damit sie beide standhalten und austeilen können.

Krieg. Kollaboration. Auf Mexikanisch.

Sie kämpfen an den Seilen. Sie befreien sich. Sie wechseln die Stellung.

Ein wildes Match.

Ein Krieg, bei dem die Gegner einander zuarbeiten.

Barrera wirbelt los. Barrera wird von der Glocke unterbrochen.

Die Menge stand. Der Lärm pegelte sich neu ein. Ich kapierte.

Überparteilichkeit. Nationalstolz. Und Liebe.

Sie empfanden das Match als unentschieden. Morales: Sieger nach Trefferpunkten. Barrera: Sieger nach Kampfgeist.

Ich unterdrückte ein Pinkelbedürfnis. Ich hatte Herzklopfen. Der Lärm verursachte mir Kopfschmerzen.

Runde fünf:

Sie bewegen sich. Sie stoßen aufeinander. Sie tauschen Jabs.

Barrera schlägt Körperhaken. Barrera haut auf Morales ein. Morales landet in den Seilen.

Morales wirbelt los. Morales drängt Barrera ab. Morales dominiert.

Morales platziert Rechte. Morales überwältigt Barrera. Morales platziert Uppercuts.

Barrera kriegt weiche Knie.

Ich wittere Wendepunkt. Ich wittere falsch.

Morales schwächelt. Morales bearbeitet die Arme.

Beide wanken. Beide sind unkoordiniert. Beide hauen daneben. Barrera greift an. Barrera bringt Morales in Bedrängnis. Morales gerät ans Seil.

Barrera verliert an Kraft. Morales bearbeitet die Arme. Morales windet sich raus.

Sie kämpfen. Sie wanken. Sie umkreisen einander und tasten sich ab.

Zusammenarbeit. Vorangriffs-Modus.

Barrera erholt sich. Barrera schlägt auf Morales ein. Morales gerät ans Seil.

Barrera wirbelt los. Er hat Kraft. Die Schläge von Morales sind saftlos.

Die Glocke. Ein Piepsen. Ein hörbarer Herzschlag.

Ich schaute mir die Fernsehbilder an. Ich sah Nahaufnahmen. Ich sah Schwellungen. Ich sah Abschürfungen. Ich sah unbedingte Entschlossenheit.

Runde sechs:

Alles in Zeitlupe. Kraft sparen. Gemeinsam durchatmen.

Jabs. Die Ringmitte. Barreras Führungsrechte.

Sie ist schwach. Morales gerät ans Seil. Er ist schwach. Er drückt sich weg.

Er schlägt Jabs. Er platziert Treffer. Seine Jabs wirken schwach. Seine Arme wirken schwer.

Barrera schlägt Körperhaken. Barrera schlägt zwei Haken.

Morales schlägt Körperhaken. Morales schlägt zwei Haken.

Sie trennen sich. Sie pausieren. Sie *atmen*.

Barrera trifft. Eine Rechte. Eine Linke. Körperraketen.

Morales nimmt Maß. Morales schlägt Jabs. Morales schlägt Uppercuts.

Morales setzt Barrera außer Gefecht. Morales drängt ihn zurück.

Die Glocke. Die jetzt sehr laut klingt. Vor dem allgemein angehaltenen Atem.

Sechs Runden gekämpft. Sechs Runden ausstehend. Meine Kampfkarte: je drei Runden an beide.

Der Lärm wurde leiser. Der Lärm wurde heiser. Die Lautstärke nahm ab.

Runde sieben:

Sie treffen sich. Sie gehen in den engen Nahkampf.

Sie streifen mit dem Kopf einander. Sie tauschen Körperschläge ab.

Sie arbeiten. Sie ruhen. Sie atmen. Sie bemühen sich verzweifelt um Erhaltung der Kampfkraft.

Barrera ist stärker. Barrera platziert eine Rechte.

Morales wird zurückgeworfen. Morales weicht zurück. Morales gerät ans Seil.

Barrera greift ihn an. Er hält den Kopf gesenkt. Er platziert Kombinationstreffer.

Morales ruht sich aus. Morales nutzt seine Distanz. Morales geht zum Gegenangriff über.

Er kommt vom Seil los. Er platziert eine Rechte. Er erschüttert Barrera.

Barrera steckt den Schlag weg.

Barrera langt zu.

Barrera geht zum Gegenangriff über.

Barrera erschüttert Morales.

Die Menge schreit. Die Menge stampft. Die Menge überschreit die Glocke.

Das war Barreras Kampf. Barrera hat ihn Morales aufgezwungen. Morales wollte ihn kämpfen. Barrera hatte ihn dazu gebracht. Barrera hat den Kampf geprägt. Barrera hat ihren gemeinsamen Willen bestimmt.

Runde acht:

Barrera greift an. Morales weicht zurück.

Sie schlagen Jabs. Sie tauschen Schläge ab. Barrera landet eine Links-rechts-Kombination. Barrera erschüttert Morales.

Morales weicht zurück. Morales gerät ans Seil. Barrera bearbeitet den Körper.

Vier Schläge. Übel. Die üble Konter zur Folge haben.

Morales drückt sich vom Seil ab. Morales platziert Führungsrechte. Morales platziert Uppercuts.

Barrera steckt Treffer ein. Barrera schlägt tief. Barrera schlägt einen Leberhaken.

Sie stehen.

Sie teilen aus.

Sie schlagen auf die Arme.

Sie treffen und verfehlen.

Der Lärm veränderte meine Wahrnehmung. Das Brüllen wirkte normal. Mein Zeitgefühl verschob sich. Drei-Minuten-Runden dauerten sechs Sekunden.

Ich schaute auf den Monitor. Ich sah die Schäden.

Barrera leicht angeschlagen. Morales mit dunklen Kampfspuren.

Dunkle Ringe. Scharfe Backenknochen. Ein unheimlicher Effekt.

Augenringe. Bei beiden Männern. Der Wille bis zur Wahrnehmungslosigkeit zerschlagen.

Runde neun:

Ringmitte. Schlagabtausch. Vorteil für Barrera.

Morales gerät ans Seil. Morales wirbelt los. Morales erholt sich.

Barrera erholt sich. Morales gerät ans Seil. Morales erholt sich.

Er findet etwas Schwung. Er teilt ihn aus. Barrera steckt es weg.

Gemeinsam:

Sind sie erledigt. Sie umkreisen einander. Sie kommen ein klein wenig zu Atem.

Barrera greift an. Barrera schlägt Morales zurück.

Beide wirbeln los. Beide hauen daneben. Beide treffen.

Sie ruhen sich aus. Sie stellen um. Sie schöpfen Atem.

Sie sind abgeschlafft. Ihre Arme sind zerschlagen. Ihre Kraftreserven sind erschöpft.

Barrera erholt sich. Barrera platziert Treffer. Barrera tut Morales weh. Barrera schlägt ihn ins Seil.

Die Glocke ertönte.

Die Fans schrien.

Die Fans schrien: »Morales!« Die Fans schrien: »Barrera!«

Die Silben verschmolzen. Die Namen schlugen gegeneinander. Die Namen verschmolzen.

Runde zehn:

Ringmitte. Wilde Schläge. Fehlschläge.

Erschöpfung. Beidseitig. Sich gegenseitig steigernd.

Sie kommen einander nah. Sie lehnen sich aneinander. Sie streifen sich mit dem Kopf. Sie schlagen weit daneben.

Sie atmen durch. Sie sammeln Kraft.

Morales bekommt Luft. Morales platziert drei Rechte. Morales tut Barrera weh.

Barrera wankt. Barrera kriegt weiche Knie. Morales mobilisiert Reserven.

Er ist ausgelaugt. Sein Tank trocken. Er steht still. Er zieht sich zurück.

Sie ruhen sich aus. Sie atmen durch. Sie sammeln Kräfte.

Barrera bekommt Luft. Barrera gewinnt Standfestigkeit. Barrera treibt Morales zurück.

Morales hält stand. Morales schlägt zu. Barrera schlägt zurück.

Sie sind blind entschlossen. Sie sind jenseits von Gut und Böse. Sie sind stehende Tote.

Die Glocke. Ein schreiendes Piepsen.

Ich schaute zum Monitor. Ich sah Nahaufnahmen.

Barrera blutete. Eine aufgeplatzte Schwellung. Morales hatte schwarze Augenringe.

Runde elf:

Sie tauschen Jabs ab. Sie tauschen Rechte. Sie schlagen und klammern.

Barrera platziert Körperschläge. Er hat mehr Pepp. Morales schlägt auf die Arme.

Seine Schläge haben zu wenig Pepp. Weh tun sie trotzdem. Sie drängen Barrera ab.

Er weicht zurück. Er steckt mehr ein. Er steckt es weg.

Er schubst Morales von sich. Morales weicht zurück. Morales findet das Seil.

Barrera geht auf ihn los. Sie verwickeln sich ineinander. Der Schiri trennt.

Barrera platziert eine Rechte. Barrera platziert Körpertreffer. Morales gleitet nach links. Barrera schubst ihn zurück. Barrera haut auf den Körper ein.

Die Glocke. Wieder laut. Ein unerträglich schrilles Kreischen.

Ich überprüfte meine Karte.

Bis zur sechsten Runde unentschieden. Runde sieben bis neun gehen an Barrera. Die zehnte geht an Morales. Die elfte an Barrera.

Barrera – vier Punkte Vorsprung.

Ein Schild flog durch den Raum. Ich sah einen auf dem Kopf stehenden Morales.

Runde zwölf:

Sie berührten sich mit den Handschuhen. Die Menge. Ein Zeichen der Achtung.

Sie schwärmen. Sie wirbeln los. Sie schöpfen wieder Atem.

Morales hat sich erholt, Morales greift an – Morales schlägt tiefe Haken. Morales stellt Barrera.

Barrera bleibt stehen und hält stand. Barrera bedrängt Morales. Barrera drängt ihn in die Seile zurück.

Morales wirbelt los. Morales weicht zurück. Morales wirkt zittrig.

Barrera greift an. Barrera platziert Haken. Sie sind sich nahe. Sie geraten aneinander. Morales geht zu Boden.

Ein Ausrutscher. Kein Knockdown.

Morales hat keinen Schlag abbekommen. Morales rutschte aus und fiel.

Der Schiri entscheidet auf Knockdown. Die Runde wird 10:8 bewertet. Eine Fehlbewertung und ein Break für Barrera.

Morales steht auf. Barrera greift an. Wilde Schläge bis zur Glocke.

Es ist vorüber.

Ich setzte mich hin. Meine Beine wackelten. Meine Blase sagte: »Lauf!«

Der Morales-Fan schlug mir auf den Rücken. Ich kratzte mein bisschen Highschool-Spanisch zusammen. Barreras Kampf. 10:8 bis zum Clinch. Auf jeden Fall 10:9.

Der Morales-Fan lächelte. Was soll's. Geld kommt und geht.

Die Menge atmete ein. Die Menge atmete aus. Die Menge stand still.

Die Glocke klingelte. Der Sprecher forderte Applaus. Die Menge legte vor.

Der Sprecher überprüfte seine Karten. Der Sprecher legte vor.

Punktrichter Duane Ford: 114:113 – Barrera.

Punktrichter Carol Castellano: 114:113 – Morales.

Punktrichter Dalby Shirley: 115:112 – Morales.

Die Menge buhte. Schilder flogen durch die Luft. Ich sah ein umgekehrtes »Barrera« auf dem Kopf.

Der Morales-Fan zuckte mit den Schultern. Der Neutrale versuchte ihn auszuzahlen. Der Morales-Fan winkte das Geld weg.

Diebstahl.

Betrug.

Beschiss.

Fehlentscheidung.

Alle denken dasselbe.

Das WBC.

World of Bandits and Charlatans – »Welt der Banditen und Scharlatane«.

Die Fans fanden die Entscheidung widerlich. Die Fans glühten sie zunichte. Die Fans schrien: »Barrera!«

Die Menge ging raus. Ich schloss mich meinen Freunden an. Ein Sprechgesang ertönte. Das eine Wort: »Barrera!«

Ich fühlte mich trunken von Schlägen. Ich fühlte mich entprotestantisiert.

Den Kampf hätte mein Vater sehen sollen. Mein Vater hatte den Überblick. Mein Vater verstand was von Rasse und Geografie.

Wir gingen raus. Wir gingen zur HBO-Party. Wir aßen etwas Mexikanisches.

Durch die Wände drangen Geräusche. Sprechgesänge drängten sich auf die Party. Das eine Wort: »Barrera!«

Wir alle fühlten uns trunken von Schlägen. Wir aßen und trennten uns. Wir flanierten durchs Kasino.

Jackpot-Gongs ertönten. Jubelschreie und rote Lichter.

Ich spitzte die Ohren. Ich hörte Echos.

»Barrera!«

Ich sah die Tontons Macoutes. Sie hielten Pappbecher in Händen. Sie trugen glitzernde Trainingsanzüge.

Sie hatten ihre Mädchen mit. Die Mädchen hatten Babys mit. Ein Baby schrie. Ein Mädchen gab ihm Coca-Cola.

Wo ich meinen wilden Scheiß herhabe

Ein Zauberwürfel. Erinnerungen und Vorstellungen lösen innere Energien aus. Bilder ersetzen Farbschlieren und gerinnen zu Zusammenhängen. Aus Schraffuren werden Flächen. Umrisse erscheinen. Man nimmt, was man braucht und was man war, um es durch das zu seihen, was man aus sich gemacht hat. Man zwingt dem Ganzen Ordnung auf. Man schmückt ein bisschen aus. Wenn man geschickt und ehrlich und reinen Herzens ist, wird sich alles finden.

Ich stamme aus L.A. Meine Alten haben mich an einem coolen Ort ausschlüpfen lassen. Ich kam im gleichen Krankenhaus zur Welt, in dem Bobby Kennedy dieselbe verließ. Meine Mutter hasste Katholiken und stand auf durchsetzungsfreudige Männer. Bobby K. hätte *ambivalente* auf sie gewirkt.

Mein Geburtsrecht erfordert einen Gebrauchshinweis:

Ich betrachtete L.A. als Eingeborener. Ich habe diese Stadt nie als etwas Besonderes begriffen, so wie außenstehende Autoren es taten. Ich bin dort groß geworden. Ich zog mir die Fakten rein und arbeitete sie nach Kindermanier um. Ganz unterschiedlichen Scheiß. Der gemeinsame Nenner bestand in Korruption und Obsession. Ich war ein Kind noir. Ich war in der Blütezeit des Film noir im Epizentrum des Film noir zu Hause. Ich entwickelte meinen eigenen wilden Scheiß. Und das in reinster L.A.-Manier. Besonders L.A.-typisch: Ich bestritt, dass es außerhalb von L.A. Interessantes geben könne. Weil ich von dort herkomme. Weil ich dachte, L.A. sei überall. Weil ich fremdenfeindlich und selbstbezogen war. Weil ich *wusste*, dass mein wilder Scheiß der beste wilde Scheiß auf der ganzen Welt war. Weil man die eigene Stadt nicht durch Wahrnehmungen außenstehender Autoren schändet. Weil der wilde Scheiß von L.A. der beste wilde Scheiß auf Erden ist und ich an einem Ort aufwuchs, wo er wie Unkraut gedieh.

Mein Vater arbeitete um 1950 für Rita Hayworth. Er erzählte mir, dass er es ihr besorgt hätte. Meine Mutter betuttelte als Krankenschwester Filmstars mit Alkoholproblemen. Mein Vater war faul. Meine Mutter ein Workaholic. Mein Vater brachte mir im Alter von vier Jahren das Lesen bei.

Ich fand Zugang zu Skandalblättern und der Bibel. Das Laster und die strenge Herrschaft Gottes setzen mir bis heute zu. Um die Zerrissenheit des Menschen weiß ich seit jungen Jahren Bescheid. Wir lebten in West Hollywood. Von meinem Vater als die »Lauen Berge« bezeichnet. Wir wohnten neben einer lutherischen Kirche. Die Nähe machte mich zum Lutheraner. Martin Luther hatte um 1530 die Welt in Flammen gesteckt. Martin Luther war gegen die katholische Kirche losgegangen. Er hatte sie wegen ihrer Korruption angegriffen. Er hatte sich über ihre Zölibats-Gesetze hinweggesetzt. Er war geil und stand auf klasse Weiberfleisch.

Die Papisten erhielten ihre Befehle aus Rom. Sagte meine Mutter. Die Logistik machte mir zu schaffen. Ich entwickelte eine Theorie: Der Papst kommunizierte mit seinen Schäfchen durch deren Fernsehgeräte.

In der Bibel gab es Sex und jede Menge Schlächtereien. Nicht anders als in den Skandal-Magazinen. Märtyrertum und heiße Nächte mit Rubi Rubirosa. Sex und öffentliche Anschwärzungen.

Nahrung für mein erzählerisches Talent. Feuer für meine Fantasie.

Meine Eltern trennten sich 1955. Ich wurde der Mutter zugesprochen. Ich wanderte von einem Elternteil zum anderen. Ich studierte ihre unterschiedlichen Lebensweisen. Ich speicherte ihre unterschiedlichen Kulturbeiträge ab.

Meine Mutter trank Bourbon Highballs. Ich beobachtete, wie sie sich unter Schnapseinfluss veränderte. Die Männer, mit denen sie ausging, wirkten wie Film-noir-Psychopathen. Wobei ich sie zweimal in flagranti erwischte. Mein Vater lungerte in der Nähe unserer Wohnung herum und spähte seine Ex aus. Meine Mutter versorgte mich mit gesunden Mahlzeiten und großen Romanen. Mein Vater mit Cheez Whiz und Boxkämpfen. Er lehrte mich, Partei zu ergreifen. Ich ergriff die Partei der Mexikaner gegen die Neger. Ich ergriff zuerst und zuletzt die Partei der weißen Kämpen.

Rasse: ein Lehrbuch der Fünfzigerjahre. Sex: das Allerwichtigste überhaupt. Der schärfste Witz der Fünfziger: Ich möchte gern den Typen finden, der sich den Sex ausgedacht hat, und rauskriegen, woran er nun arbeitet.

Beide Eltern brachten mich zum Lesen. Beide Eltern schleppten mich ins Kino. Mein Vater schwärmte von nymphomanischen Filmstars. Meine Mutter berichtete von Schauspielern, die sie gepflegt hatte. Sie nahm mich in eine Martin-and-Lewis-Show mit. Eine Szene zeigte einen Hund am Steuer. Was mich tagelang durcheinanderbrachte. Meine Mutter empfand die Reaktion als extrem. Sie war aufgeklärt. Sie brachte mich zum Kinderpsychologen.

Der Psychologe war eine Psychologin. Sie gab mir Bauklötzchen und untersuchte meinen achtjährigen Verstand. Sie fragte mich über Hunde und Scheidung aus. Ich sagte, dass ich gerne läse. Ich sagte, dass ich Boxkämpfe mochte. Ich sagte, ich würde mir lieeeeebend gerne Geschichten erzählen und nachdenken.

Die Therapie dauerte drei Sitzungen. Ich belauschte meine Mutter, als sie sich mit der Psychologin kurzschloss. Ihre Diagnose: Ich sei voller Fantasie und versaut.

Das Hin und Her zwischen den zwei Elternteilen ging weiter. Ich pendelte vom einen zum anderen und bekam Tratsch mit. Rita Hayworth – Nymphomanin. Rock Hudson – Tunte. Floyd Patterson – Hohlkopf. Mickey Rooney – geiler Bock. ZaSu Pitts – eine liebenswürdige Frau, deren Pflege das reinste Vergnügen war.

Wir sind im Juni 58. Der Beginn meiner Walpurgisnacht. Meine Mutter wird ermordet. Das Motiv ist SEX. Das Verbrechen bleibt ungelöst.

Ich kam nun auf Dauer zum Vater. Er frohlockte über den Tod meiner Mutter und versuchte, in meiner Gegenwart seine Schadenfreude zu zügeln. Meine Verlustgefühle waren komplex. Ich hasste meine Mutter und gierte nach ihr. Wumm – sie ist tot. Wumm – meine Fantasie entdeckt das VERBRECHEN.

Eine Fixierung, mit der ich dem Tod meiner Mutter auswich und mich an Ersatzopfern festklammerte. Die Schwarze Dahlie wurde zu meinem Lieblingsmordopfer. Die Einzelheiten ihres Todes waren brutal. Deren bösartige Bildhaftigkeit stellte den Tod meiner Mutter in den Schatten. Die Dahlie erschien mir als Überhöhung meiner Mutter und war zugleich weit genug von mir entfernt, um mich ihr fantasievoll nähern zu können. Sie war mein Einstieg in die indirekte Trauerarbeit und der Beginn einer lebenslänglichen Besessenheit.

Ich studierte Dahlien-Wochenschauen. Ich fuhr mit meinem Fahrrad zum Fundort der Leiche. Ich dachte mir Rettungsgeschichten aus. Ich rettete die Dahlie vor dem bereits geschwungenen Messer des Mörders.

Ich betrachtete ihre Geschichte nie als Roman. Ich fantasierte aus Freude am Abenteuer. Damals setzte ich meine Mutter nicht der Dahlie gleich. Ich wusste nicht, dass ihr Tod mich dem Verbrechen vermählt hatte.

Ich las Kinder-Krimis. Ich wechselte zu Mickey Spillanes Detektivfigur Mike Hammer. Spillane schrieb bösartig antikommunistische Geschichten. Ich genoss Mike Hammers Wildheit und Wut. Ich war ein kindlicher Rote-Socken-Fresser. Ich hatte ein unbändiges Bedürfnis, einen unbekannten anderen abzustrafen. Womit ich den Mörder meiner Mutter verfolgte. Was ich nicht wusste. Ich wusste nicht, dass ich den Scheiß für meine eigenen späteren Seiten zusammenkratzte.

Mein Vater gestattete mir, zum Vergnügen zu lesen und meine Hausaufgaben zu vernachlässigen. Mein Vater ließ zu, dass ich Skandal- und Sexheftchen sammelte. Wir schauten uns Fernsehkrimis an. Mein Vater kannte einen Co-Star von *77 Sunset Strip*. Er sagte, die Frau des Typen habe für ihn »ihre Schnalle aufblitzen lassen«. Mein Vater sprach unzusammenhängend. Mein Wissen über Sex setzte er als gegeben voraus. Er pries Schwule. Die die Zahl der fickbaren Frauen steigern würden. Wenn er bei einem Spaziergang eine scharfe Biene erblickte, pflegte er regelmäßig zu bemerken: »Einer fickt sie und leider nicht wir.«

Er ließ zu, dass ich das Leben ohne gut gemeinte elterliche Einmischung kennenlernte. In der Schule leistete ich wenig und bildete mich selbst. Ich las 1960 *Verdammt in alle Ewigkeit*. Das Verbrechen verschmolz mit Sozialgeschichte. Ich konnte von der rohen Lebensdarstellung des Textes nicht genug kriegen. Institutioneller Sadismus/die Gesetze des erwachsenen Sexlebens/junge Männer, die als Kanonenfutter ausgebildet werden. Die Schofield Kaserne/Hawaii/1941 – ein Einbruch in meine geschlossene L.A.-

Welt und der Ausgangspunkt meines grandiosen kindlichen Ehrgeizes.

Der zur Vorstellung führt:

Das kannst *du* auch. *Du* kannst große Geschichten schreiben. *Du* kannst ein großer Autor werden.

Mit dem Subtext:

Scheiß auf die Schule. Scheiß auf harte Arbeit. Scheiß auf den Schwachsinn, dass du ohne Highschool-Diplom aus und erledigt bist. Lies, schau dir Krimis an, treib dich in L.A. rum. Fantasiere und bohr dir in der Nase und denke dir Geschichten aus.

Was letztlich nichts anderes heißt, als:

Sei faul. Sei unordentlich. Hör nicht auf die Erwachsenen. Bild dir was auf deine billige neue Selbsterkenntnis ein.

Meine Lebenstüchtigkeit war unterdurchschnittlich. Nach 1960 nahm sie noch ab.

Ich lebte, um zu lesen und zu fantasieren. Ich klaute Bücher, Essen und Automodelle. Ich fuhr mit meinem Kanakenrad durch L.A. Mit Schwanenhalslenker und geilen Chromschutzblechen. Mit Schmutzfängern, die mit prächtigen Funkelsteinen besetzt waren. Mit augenfälligen Plastiksatteltaschen, einer Aaa-uuu-gah-Hupe und einer Spielzeug-MP. Und mit einem Wahnsinnstacho – der bis 150 Meilen die Stunde anzeigte.

Auf meinem Stahlross strich ich Mädchen nach. Ich war ein auffälliger Verfolger. Ich verfolgte reiche Hancock-Park-Mädchen und die weiter westlich wohnenden jüdischen Mädchen im Koscher-Canyon. Tagsüber fiel ich ihnen auf. Mein Kanakenfahrrad faszinierte und provozierte Igitts. Nachts funktionierte das Verfolgen besser. Ich parkte mein Rad und erkundete das Gelände zu Fuß. Ich spähte durch Fenster und erhaschte Einblicke auf Unterwäsche und blanke Haut.

Ich brachte den Sommer 61 mit Nachstellungen zu. Manchmal

machte ich Abstecher zu Protestdemos und bewarf die Anti-Atombomben-Narren mit Eiern. Die Berliner Mauer wurde hochgezogen. Onkel Sam und die Roten machten einander Angst. Ein Journalist stellte jeden Abend die Kriegswahrscheinlichkeit grafisch als *Warometer* dar. Die Chancen auf einen Nuklearkrieg stiegen auf 90 %. Ich wusste, dass dies das Ende bedeutete. Amerika war erledigt. Mike Hammer konnte uns nicht mehr raushauen. Eine Krise, die mich mit nihilistischer Schadenfreude erfüllte. *Ich* war erledigt. Ich würde nie ein großer Autor werden. Aber ich konnte mich tapfer dem nuklearen Fallout stellen und ungestraft Bücher klauen.

Die Krise ging vorüber. Das *Warometer* hatte gelogen. Ich war auf ein Thema gestoßen – kleine Leben vor dem Hintergrund großer Ereignisse. Die Schnappschüsse des Sommers 61 erschienen auf einem inneren Bildschirm.

Luftschutzkeller-Ausstattungen, die auf einem Christbaummarkt feilgeboten werden. Der leer gekaufte Larchmont Safeway. Unser Alki-Nachbar, der sich mit Scotch und Zigaretten bevorratet. Mit Eiern bekleckerte Anti-Atombomben-Freaks.

Das war Geschichte. Das bedeutete dramatische Infrastruktur. Erinnerungen und Fantasie fanden zusammen. Ich beobachtete. Ich witterte. Ich lebte frei und träumte groß. Ich indexierte umfangreiche künftige Seiten.

Niemand bezeichnete mich als helle. Oder als bipolar persönlichkeitsgestört. Ich war ein unerfreulicher Mini-Misanthrop mit misslichen Begriffen von Hygiene. Ich war ein Egomane mit Aknepusteln. Ich war ein besonderer Geschmack, auf den niemand kam.

Ich schaffte mit Ach und Krach die Junior High und kam in die Highschool. Das erwachsene Leben dräute bedrohlich. Die Fairfax High School war so gut wie ausschließlich jüdisch. Ich fiel nur durch meine nichtjüdische Abstammung und meine Pickel aus dem Rahmen. Ich verzehrte mich nach Aufmerksamkeit. Und verfügte nicht über die Fähigkeit, sie auf mich zu ziehen. Ich war ein schlechter Schüler, ein noch schlechterer Sportler und ganz besonders schlecht, was den zwischenmenschlichen Umgang anging. Klassische Verlierer und einsame Teenager ließen mich links liegen. Meine Art des Verlierens entsprach nicht den jugendlichen Rebellionsgesetzen. Herkömmliches Märtyrertum langweilte mich. Ich verachtete die kanonisierte Distanzierung der unglücklichen Jugend weltweit. Ich wollte mich als etwas ganz Besonderes präsentieren und entsprechend Aufmerksamkeit erregen. Ich war ein Rebell, der wusste, was er wollte: die Überhöhung des eigenen Ich. Ich durchdachte mein Dilemma. Ich entwickelte eine Lösung. Ich schloss mich der amerikanischen Nazi-Partei an. Ich führte meine Führer-Nummer im Schtetl von West L.A. vor.

Der Schuss ging nach hinten los – und zündete.

Ich bekam ein *bisschen* Aufmerksamkeit. Ich fiel als Narr auf. Nicht, dass ich den Status quo der Fairfax High School unterwandert hätte. Oder die jüdische Hegemonie gebrochen. Ich verteilte Hasstraktate und »Bootsfahrkarten nach Afrika«. Ich salbte mich zum Vorreiter einer neuen Herrenrasse. Ich erklärte öffentlich, im Koscher-Canyon ein Viertes Reich errichten zu wollen. Ich zog über Tintentaucher und die Protokolle der Ältesten von Zion her. Ich beschimpfte Martin Luther Moor und hielt Abzüge des »23. Nigger-Psalms« feil. Ich wurde verhöhnt, ich wurde verlacht, ich wurde weggedrängt, ich wurde beiseitegeschubst. Ich entwickelte ein Gefühl für Politik als Kabarett und zog mir gelegentliche Dresche zu. Ich lernte, wie man Geschichten aufbaut und Reaktionen auslöst. Ich wusste, dass ich weder Neger noch Juden hasste – solange sie ein hingerissenes Publikum bildeten.

Ich begann, auf verwickelte Weise den Zeitgeist der mittleren Sechzigerjahre zu empfinden. Ich entwickelte, als werdender Autor, ein Gefühl für Timing. Ich verfeinerte meine Fähigkeit, mich zu behaupten und wegzustecken. Ich lernte, meinen wilden Scheiß zu verkaufen und mich an seiner vermeintlichen Einmaligkeit zu erfreuen.

Meine Nazi-Nummer war ein Erfolg und lief sich leer. Sie bewegte mich, langweilte mich und ärgerte mich entsprechend der Publikumsreaktion. Ich lebte, um zu fantasieren und Geschichten in mich aufzunehmen. Gute Bücher und Fernsehkost fassten meine Darstellungskunst zusammen. Ich hob auf das ab, was in mir selber Reaktionen auslöste.

Herbst 63. Mit der Gesundheit meines Vaters geht es rapide bergab. Schlechte Ernährung und Lucky Strikes holen ihn ein. Wumm – die Fernsehsendung *Auf der Flucht* erscheint zum ersten Mal auf dem Schirm.

Ein Konzept in Reinkultur. Ein Arzt in einer Kleinstadt. Um dessen Ehe es schlecht steht. Die Frau ist ein alkoholsüchtiger Hausdrachen. Ein einarmiger Penner bricht ins Haus des Arztes ein und bringt sie um. Der Mord wird dem Doktor angelastet.

Er wird vor Gericht gestellt, schuldig gesprochen und zum elektrischen Stuhl verurteilt. Der schneidige Lieutenant Gerard bringt ihn zum Todestrakt. Wumm – der Zug entgleist. Wumm – er ist für immer auf der Flucht. Er jagt den einarmigen Penner. Der Bulle jagt ihn.

Die Serie packte mich. Die Serie wurde zu meiner Manie. Die Serie brachte meinen Schlaf durcheinander. Dr. Kimble rannte. Ich rannte mit Lichtgeschwindigkeit mit.

Da war Dr. Kimble. Ein scharfer Hund. Dämonisch und nervös und verflucht. Vereinsamt wie ich – aber mit besserem Aussehen und mehr Sinn für Hygiene. Der Bulle stellt ihm nach. Der

Bulle führt heimlich anderes im Schilde. Mein Vater hält ihn für eine Tunte. Eine jungfleischsüchtige Schwuchtel im Hollywood Gold Cup.

Kimble kommt in zahlreiche Städte. Die alle wie Studio-Sets oder L.A. ausschauen. Er dient als Blitzableiter. Er zieht sexuelle Frustration und Langeweile an. Er wird jedes Mal von den schärfsten Frauen der Stadt gefunden.

Von *echten* Frauen. Von Frauen, an denen Einsamkeit und Hunger nagen. Lois Nettleton, Patricia Crowley, Diana Van der Vlis. Barbara Rush, Sandy Dennis, Madlyn Rhue, Shirley Knight. Suzanne Pleshette, Elizabeth Allen, die große June Harding – die größten Fernsehschauspielerinnen ihrer Zeit.

Ooooooh, Daddy-o!!!! Und wie die meine Hosenforelle zum Tanzen brachten!!!

Kimble war eine wärmesuchende Rakete. Die Frauen glühten vor Sehnsucht. Doch kam es nie zum Vollzug. Den wussten höhere Mächte zu verhindern. Kimbles Spurt war ein langer Trockenlauf. Eine Spiegelung meiner vergeblichen Bemühung um ein eigenes Selbst. Die Frauen waren meine anverwandelte Mutter.

Auf der Flucht lief in meiner Fantasie Amok. Ein Massenerlebnis in noir – dienstags um 22:00 Uhr. Der Gegenpol zu meinem verdrehten Leben und meinem sich festigenden Ruf als Spinner vom Dienst.

Am 01.11.63 hatte mein Vater einen Schlaganfall. Ich kam von der Schule nach Hause. Er weinte und stammelte, als ich ihn fand. Er war mit Fäkalien und Urin beschmiert.

Sein Zustand entsetzte mich und widerte mich an. Ich empfand seinen Tod als Preisgabe meiner selbst und als Vorwegnahme meines eigenen, Jahrzehnte später zu erwartenden Todes. Ich begann mich auf ein Leben als Einzelgänger vorzubereiten. Ich begann ihn auszuschließen.

Er blieb drei Wochen im Veteranen-Krankenhaus. Sein Zustand und seine Überlebenschancen verbesserten sich. Ich schwänzte jeden Tag die Schule. Ich fuhr mit dem Fahrrad durch L.A. Ich klaute Nudisten-Magazine. Ich besuchte meinen Vater. Ich zog mir Episoden von *Auf der Flucht* rein. Die die Zeit bis zum Anschlag auf John F. Kennedy ausmaßen. Ich kann mich bis heute an die Geschichten und die entsprechenden weiblichen Stars erinnern.

Am Tag des Anschlags wurde mein Vater aus dem Veteranen-Spital entlassen. Jacks Tod und das Bruhaha danach langweilten ihn. Mir ging es nicht anders. Scheiß auf Jack. Wir waren Republikaner und Protestanten. Jack bekam seine Befehle aus Rom. Der tuntige Bulle hätte Kimble an diesem Dienstag beinahe geschnappt. Patricia Crowleys rote Haare leuchteten in Schwarz-Weiß.

Mein Vater erholte sich. Mein Vater versaute sich's wieder. Ich ging auf Distanz. Ich sabotierte mich außerhalb seiner Reichweite.

Er fing erneut mit dem Rauchen an. Er ging erneut zu seiner salzreichen, fetthaltigen Diät über. Ich schwänzte fast jeden Tag die Schule. Ich fiel in hohem Bogen durch die 11. Klasse. Ich fuhr mit dem Fahrrad rum. Ich schaute mir *Auf der Flucht* an und las Krimis. Ich dachte mir fantastische Verbrechensgeschichten aus. Ich schaute mir die reichen Mädchen und deren vierzigjährige Mütter im Hancock Park an.

Obsessionen lagen mir. Meine Selbstbesessenheit machte mich blind für äußere soziale Trends. Amerika betrauerte Jack K. Den ich ausschließlich als Futter für meine Nazi-Nummer wahrnahm. LBJ steigerte die Zahl der Truppen in Vietnam. Ich machte mich für den Nuklearkrieg stark. Ein Warenhausdetektiv nahm mich wegen Diebstahls fest. Als ich im Knast hockte, bekam mein

Vater einen Herzanfall. Das Nachspiel zum Jack-Mord metastasierte. Man verbreitete Verschwörungstheorien. Meine Fühlerchen merkten auf. Das Geheimnisvolle daran sagte mir zu. Ich dachte mir Dallas-Szenarien für Doc Kimble aus. Jack Kennedy war die June Harding der Armen.

Die Verwirrung wurde immer größer. Die Schule zur unerträglichen Last. Ich war siebzehn. Ich war weiß. Mit »frei« hätte ich den Dreiklang vollkommen gemacht. Ich steigerte meine Nazi-Nummer. Ich wurde für eine Woche vom Unterricht suspendiert. Mein Vater begann mich »du Kraut-Schwanzlutscher« zu rufen. Ich bemalte den Hundenapf mit Hakenkreuzen. Mein Vater trug ein Judenkäppchen, um mich zu ärgern.

Ich kehrte in die Schule zurück. Ich legte bei meinen Aussteigebemühungen noch einen Zacken zu. Der Folk-Song-Club traf sich. Ich erfreute und störte mit einem Nazi-Song und dem Refrain des Horst-Wessel-Lieds.

Sie schmissen mich raus. 1965. Mitten in der Woche, mitten im Monat März. Ich ging über die Fairfax Avenue Richtung Süden. Ich habe die Einzelheiten im Kopf.

Der Geruch vor Canter's Delikatessen. Schulkinder, die heimlich Zigaretten rauchten. Alte Juden auf dem Weg zur *Shul*.

Ich ging über den Beverly Boulevard nach Hause. Ich war bedrückt und verängstigt. Ich hatte so was wie einen Schicksals-Schock erlitten. Highschool-Versager waren erledigt. Wenn ich ein großer Autor werden wollte, musste ich mich beeilen.

Die Vorstellung blieb. Die Umsetzung schob ich raus. Meine ausgeflippte Ausbildung ging weiter.

Künftige Autoren verstecken sich in Büchern und eignen sich ihre Kunst mittels Vergnügen an. Sie lesen und lernen Struktur und Stil. Ihre Neugier verweist sie auf Themen. Sie lesen, um was zu erleben und was zu lernen. Sie geben ihrem Affen Zucker, um das Leben in seiner Gänze zu erfahren. Sie pendeln zwischen »Das-kann-ich-auch/Das-kann-ich-nie« hin und her. Sie sind vom Roman als künstlerischem Ausdruck überwältigt. Der Seifenkisten-Aspekt verlockt. Die Vorstellung des Erreichbaren erscheint gegeben. Der Roman ist eine falsch etikettierte Autobiografie. Im Roman kann sich der Autor für den Sand rächen, der ihm ins Gesicht getreten wurde, und für ältere und tiefere traumatische Verletzungen. Der Roman schenkt verkrachten Existenzen eine Rechtfertigung des eigenen Ich. Der Roman ordnet, fasst Erfahrungen zusammen und bringt sie in einer Weltanschauung unter. Der Roman wandelt Abstraktion in dramatische Vorgänge um. Der Roman macht aus einer Zufälligkeit etwas Besonderes und großartig Abstraktes. Der Roman vermittelt dem Romanautor durch die von ihm getroffenen dramaturgischen Entscheidungen ein moralisches Anliegen. Der Roman schenkt dem Romanautor ein riesiges Ego und zwingt ihm zugleich die entsprechende Demut auf. Der Roman ist ein scheißgewaltiges Unterfangen. Der Zauberwürfelaspekt des novellistischen Talents erscheint immer wieder verblüffend.

Romanautoren gestalten Erinnerungen und Vorstellungen. Ihre Bilder ersetzen Farbschlieren und gerinnen zu Zusammenhängen. Umrisse erscheinen. Sie nehmen, was sie brauchen und was sie waren, um es durch das zu seihen, was sie aus sich gemacht haben. Ihre Stimmen bilden sich in einem Zustand des Verstummtseins, der oft von Haltlosigkeit und Not geprägt ist.

Der Roman ist eine ungeheure Herausforderung. Die einiges an Vorläufen braucht. Meine zogen sich über vierzehn Jahre hin.

Nach der Highschool trödelte ich herum. Ich spielte mit dem Gedanken, die Stadt zu verlassen. Mein Vater erlaubte, dass ich zur Army ging. Mein Vater hatte am zweiten Tag einen zweiten

Schlaganfall. Ich nutzte seinen Zustand aus. Ich simulierte einen Nervenzusammenbruch.

Die Army machte mir Riesenangst. Ich hasste die Disziplin. Ich war ein feiger und umstürzlerischer Möchtegern-Führer. Ich wollte nicht nach Vietnam.

Ich erhielt Noturlaub. Ich besuchte meinen Vater auf dem Sterbebett. Seine letzten Worte an mich lauteten: »Versuch jede Kellnerin aufzureißen, die dich bedient.«

Die Armee gab mich frei. Mit siebzehn war ich eltern- und militärfrei. Ich hatte einen warnenden Schicksals-Schock erhalten. Teenager-Waisen waren erledigt. Wenn ich ein großer Autor werden wollte, musste ich mich beeilen.

»Eile« ist ein relativer Begriff. Im Vergleich zur Lebenszeit sind vierzehn Jahre relativ. »Groß« ist relativ. Eine Eigenschaft, die oft selbst oder postum verliehen wird.

Jetzt war Leben und Lesen angesagt. Die Zeit, meine pikareske Ausbildung abzuschließen.

Ich war in L.A. eingeschrieben. Ich machte meinen Abschluss in Schnaps und Hasch mit gelegentlichen Trockenphasen im Nebenfach. Ich las fuderweise Krimis und echte Kriminalgeschichten und ließ »seriöse« Literatur links liegen. Handlungsstruktur, strukturelle Dichte und Charakterentwicklung nahm ich indirekt wahr. Ich beurteilte Bücher nach ihrem menschlichen Inhalt und ihrer Authentizität. Ich erteilte qualitative Urteile und schenkte mir weitere Analysen. Mir fehlte die Fähigkeit zur Abstraktion. Ich näherte mich den Werken ausschließlich durch Einfühlung. Ich lebte in einem fiktiven kriminellen Universum, und in meinem Kopf spielten sich kriminelle Fantasien ab. Aus Trägheit und moralischer Schwäche beging ich kleinere Vergehen. Ich klaute Essen, Schnaps und Bücher. Ich stahl leere Sodaflaschen aus Rückgabekästen. Ich brach in Mietshaus-Waschräumen ein und holte

Münzen aus Waschmaschinen und Trocknern. Ich verfolgte Hancock-Park-Mädchen, brach in ihre Wohnungen ein und schnüffelte an ihrer Wäsche. Ich saß gelegentlich im County Jail. Ich hockte mit anderen naseweisen Wichsern und Kleinkriminellen zusammen. Wir logen uns Geschichten über unsere zahlreichen Weiber und kriminellen Großtaten vor. Ich schärfte meine werdenden erzählerischen Fähigkeiten mit improvisierten Knast-Flunkereien.

In denen sich meine erzählerischen Leistungen erschöpften. Es handelte sich um bramarbasierende Aufschneidereien. Ich flunkerte meinen Zellengenossen und meinen Kumpeln in Freiheit was vor. Ich wählte meine Worte mit Geschick. Ich verstand es, die eigene Großmäuligkeit mit Kunst zu verbinden. Meine Themen waren das Verbrechen und die mir eigene Durchgeknalltheit. Ich war mir meiner Ausstrahlung bewusst. Ich versuchte, den Eindruck nicht zu untergraben. Ich wusste, dass Offenheit mir mein Publikum sicherte. Ich wusste, dass Macho-Getue mich diskreditieren würde. Ich verstand die Regeln der Wahrscheinlichkeit. Ich arbeitete mit meinem ausgeflippten Aussehen. Ich war 1,90 m lang/knapp 64 kg/davon 30 kg Pickel – stets mit einer reifen Pustel auf der Schnauze.

Die meisten Jugendlichen spuckten Machismo und politische Reden aus. Die Zeit forderte bestimmte Handlungsstränge. Gewonnene Faustkämpfe und das Wir-gegen-die – das »Establishment« als gemeinsamen Punchingball.

Ich beschrieb meine Faustkampf-*Niederlagen*. John »der Walfisch« Blackman geht in John Costas Wohnung gegen mich los. Ich falle in ein Alkoholkoma. Ich wache zerschlagen auf einer Christbaumverkaufsfläche auf. Die mexikanische Transi-Queen Peaches im »New« County Jail. Peaches grapscht nach meinem

Knie. Ich schubse ihn weg. Peaches hat schwere Hände wie Alexis Arguello. Peaches schlägt mich zusammen.

Das »Establishment«? Scheiß drauf. Die Wut gegen die Kultur zeugt von neuer Konformität. Jeder naseweise Straßenjunge hat einen Hass auf das »Establishment«. Eine kritische Haltung ohne analytische Strenge mit viel persönlicher Pike. So viel ist auch dem Straßenjungen Ellroy bekannt. Nur kann er es noch nicht so geschickt formulieren. Er ist ein Neokonservativer, der in Parks und Kleidertonnen übernachtet. Er begehrt Frauen wie die damals unbekannte Peggy Noonan. Er hat ein noch nicht richtig eingestandenes moralisches Ass im Ärmel stecken.

Der Spinner Ellroy denkt selten in Abstraktionen. Der Spinner Ellroy fühlt:

Die Scheiße, in der er steckt, hat er sich selbst zuzuschreiben. Ihn hat nicht das Establishment über den Tisch gezogen. Er hat seine eigenen Entscheidungen getroffen. Er hat seinen Weg bestimmt. Er hat sich seinen eigenen Scheiß *ausgesucht.*

Wilden Scheiß. *Guuuuuten* Scheiß. Schmerzhaften Scheiß, der fürchterliche Zinseszinsen fordert. Anständigen Scheiß für künftige Seiten.

Die Sechziger und Siebziger gingen ihren Gang. Ich zuckelte kopflos mit. Ich betrank mich. Ich dröhnte mich zu. Ich zog über die Gegenkultur und deren feige Hasenherzigkeit her. Und schwamm auf deren Rauschgiftwelle mit. Eine Widersprüchlichkeit, die mir nicht auffiel.

Ich aß die Einlagen von Benzedrex-Inhalationsstäbchen. Ich trank Romilar CF Hustensirup. Von einer Tunte namens »Gene the Short Queen« besorgte ich mir Aufputschmittel. Ich spritzte mir Methedrin. Ich genoss Gras. Ich lungerte rum, gammelte, lauschte und *lernte*. Ich zog mir die gefährliche *Nachtmusik* meines zugedröhnten Vaterlandes rein. In meinen Schädelspalten kristallisierte das Verbrechen.

L.A. Epidemisch allüberall. Ein eng umschriebener Zirkus und ein drakonischer Traum. Ein Land, reich bestückt mit Neandertaler-Bullen, Nötigungsflittchen und Jungel-Junkies. Ein hyperbolisches Hurenhaus und eine hippe hermaphroditische Hütte. L.A. hüpft auf den Hinterbeinen und heult. Wird zum sengenden Wind, der mir durch und durch geht.

Ich *lungerte* rum. Ich stand auf ein schickes Mädchen namens Margaret Craig. Ich fuhr an ihrem zweistöckigen Tudor-Zuhause vorbei und machte es mir als liebender Voyeur zu eigen. Ich *gammelte* rum. Ich stand stocksteif und starrte in weite Fenster. Ich *lauschte.* Ich nahm Wortfetzen buchstabengenau in mich auf. Ich *lernte.* Meine unappetitliche Bahn führte zwangsläufig zu einleuchtenden Einsichten. Sie demystifizierte und entdoktrinisierte.

Wumm – da ist das LAPD. Ich bin seiner Haft. Ich werde durch Ausnüchterungszellen und durchs Glass House geschickt. Mein Lügendetektor schaltet sich ein und zeigt Gegenuhrzeigerwerte an. Ich schaue. Ich *lerne.* Ich weiß, dass sie nicht böse sind. Dass sie durch die Medien geschleift und dämonisch verteufelt wurden.

Wumm – ich bin wieder im Gefängnis. Ich langweile mich. Ich habe Angst. Ich schaue. Ich *lerne.* Ich horche auf die Sprache der apathischen Unterklasse. Faule Ausreden. Ich hätte/sollte/das sind die mir *schuldig.* Die *Gesellschaft* hat mich verdorben.

Wumm – ich traf ein Duo namens Solly und Joanie. Wir zogen thailändisches Gras rein und redeten. Solly ist gut aussehend und schwach. Joanie ist ihm in ihrer weiblichen Rolle und aus jugendlichem Eros heraus verbunden. Sie weiß, dass er verloren ist/weiß, dass er sich nicht ändern wird/und kann doch nicht anders, als bei ihm bleiben. Sie wird durch übermächtige Kräfte zugrunde gerichtet. Am Ende kriegen es immer die Frauen ab.

Ich lernte. Ich zog mich zurück und las.

Ich las Dashiel Hammett in der Stadtbücherei. Ich las Ross Macdonald mit einer Taschenlampe im Park. Ich las buntscheckige Kriminalautoren in ganz L.A. Ich las den erschütternden Joe Wambaugh im Knast und in Freiheit.

The New Centurions/The Blue Knight/The Onion Field/The Choirboys – Visionäres von einem Bullen. L.A. in neuem Licht. Autoritarismus auseinandergenommen. Autorität vernünftig über das Chaos gestellt. Eine Gegen-Gegenkultursicht der Jahre nach 1960. Absurdes ohne linken Drill. Ein erschreckendes Erbarmen mit moralischer Schwäche und deren schneidende Anklage.

Wambaugh brannte sich in mich ein. Wambaugh brachte mich dazu, auf Abstraktionen einzugehen und Epigramme zu schmieden. Wambaugh brachte mich dazu, über den Sinn des Ganzen nachzudenken.

Wambaugh sang mir einen Schwanengesang. Wambaugh veränderte mich für immer. Wieso ich das weiß:

Er brachte mich dazu, mich meines Lebens zu schämen.

Nicht so sehr, dass ich es ändern wollte. Fast, aber noch nicht ganz.

Das erforderte noch mehr Wahnsinn und noch mehr schlechtes Benehmen und einen großen Eiterbeutel auf der Lunge. Noch mehr Bücher, die ich las, beurteilte und immer bewusster analysierte. Noch mehr Selbstekel und noch mehr Schicksalsschläge und noch mehr Sehnsucht, jemand zu sein.

Ich war Don DeLillos Lee Harvey Oswald mit Aknenarben im Gesicht und Überlänge. Ich hatte einen »ausgesprochen bösartigen Hang zur Unabhängigkeit, der auf Vernachlässigung zurückzuführen war«. Ausschließlich Selbstvernachlässigung. Wobei ich dem bösen Lee in meiner Eigenwahrnehmung entsprach, jedoch nicht in meinen Absichten. Der Geschichte in den Arm fallen oder sie den eigenen Vorstellungen gemäß umschreiben? Kein Interesse. Vor Margaret Craigs Fenster lauern oder eine Frau aus Fleisch und Blut suchen? Um jeden Preis.

1977 wurde ich clean. Ich war 29. Die Zeiten waren mir günstig. Ich überlebte meine pikareske Ausbildung. Drogen mit Überlebenschancen und niedrige Straßenkriminalität kamen mir zustatten. Gefängnisse ohne Gruppenvergewaltiger und Rassencliquen. Verängstigte Jugendliche mit schlechten Überlebensfähigkeiten konnten durchhalten und lernen.

Lernen ist ein schmerzhafter Prozess. Ich lernte auf die harte Tour. Die ich keinem empfehlen würde. Ich wurde durch außerordentliche Umstände dazu gebracht. Ich pflegte das Talent und den Fluch der Besessenheit. Schließlich gewann das Talent die Oberhand.

Ich veränderte mein Leben. Eine Rettung, die ich Gott dem Allmächtigen zuschreibe. Ich sagte mich von der Sünde los. Ich bemühte mich um Anstand. Ich sehnte mich danach, Bücher zu schreiben. Literatur ist eine tiefe Berufung. Dies war mir in den Tiefen meiner Schande bewusst.

Es war gut – und ist noch lange nicht vorüber. Jetzt lerne ich von *meinen* niedergeschriebenen Worten. Ich genieße den mystischen Aspekt. Mein wilder Scheiß, der sich im Weltgeist verflüchtigt – Teilchen, die durch die Luft fliegen.

Irgendwo da draußen ist ein Junge oder ein paar Jungs. Ich werde sie nie kennenlernen. Sie sind gerade dabei, ihre Zauberwürfelspiele zu treiben. Kleine Menschenfeinde aus Elchfurz, Montana. Halbstarke Schwarzseher aus Hundeschwanz, Delaware. Die auf meine dämonischen Dramen stehen. Das Metaphysische daran haut sie um. Sie begreifen die Gewichtigkeit. Sie werden mit ihren eigenen Dämonen kämpfen. Sie werden jede Menge Überlebenskünste entwickeln. Sie werden nicht an den Zeitläuften scheitern.

Sie werden meinen Scheiß auffangen. Sie werden ihn radikal umschreiben. Sie werden ihn weiterreichen.

Stephanie

Mordfallakten machen schnell süchtig und ziehen einen langsam in ihren Bann. Die Tatortbeschreibung schockiert. Sie vermittelt Fakten und Milieu. Man darf sich nicht zu überstürzten Schlussfolgerungen hinreißen lassen. Keine klaren Erklärungen erhoffen. Große Akten füllen zehn Kisten. Logische Ansätze zerbröseln. Der zeitliche Ablauf gerät durcheinander. Man stößt auf die Unordnung im Gefolge der Tat. Und wird nur langsam zum Opfer geführt.

Zusammenfassende Berichte, Telexmeldungen, Verbrecherfotos. Sinnlose Listen von Nummernschildern. Gefängnisfarm-Ausbrecher, die man einem Lügendetektortest unterzieht, worauf man sie nach Camarillo verschickt. Die Negativ-Bescheide des Lügendetektorspezialisten.

Bundesstaatliche Personenakten. Festgenommene und laufen gelassene Rumstreicher. Vernichtete finanzielle Datenerhebungen. Fragebögen. Falschablagen, Verbrecherfotos und Vorstrafenregister.

Familienfotos. Das Adressbuch des Opfers. Ihr Geruch oder der Glaube, dass man ihn nach so vielen Jahren noch wahrnehmen kann. Schnappschüsse, auf denen sie lächelt, auf denen sie in veralteten Kleidern posiert.

Ausschließlich Frauen. Die mich dazu bringen, zu lesen und zu schauen. Altes Papier als Parfüm. Sehnsucht als Instrumentarium der Erkenntnis.

Ausschließlich ungelöste Fälle. Wo es gilt, den eigenen Verstand männlich und roh zum Einsatz zu bringen. Bruchlinien umzudeuten. Datenfragmente in Zusammenhang zu bringen.

Ich habe ein Dutzend Mordakten gelesen. Ich fing mit der Akte meiner

Mutter an und habe weitergemacht. Ich habe ausschließlich ungelöste/weibliche/Sexualmordakten gelesen. Ich bin kein Detektiv. Ich bin kein Möchtegern-Polizist. Ich habe nie ein Verbrechen gelöst. Manchmal habe ich die Frau näher kennengelernt.

Ich studiere die Todesbilder. Das tue ich stets als Erstes. Geleitet mich in die Vergangenheit zurück und zeigt mir das Grauen. Bringt mich dazu, euren Verlust frisch und neu zu empfinden.

Detective Bureau/Mordkommission/Los Angeles Police Department. Akten-Nr. DR 65-538-991 [Mord/§ 187 PC 1.] Opfer: Stephanie Lynn Gorman/Weiß/Weiblich/Alter: 16. Geb.: 11.06.49. Gest.: 05.08.65. Status: Ungelöst/Wiederaufgenommen/Zuständig: LAPD Dezernat für Ungelöste Fälle

Der Tatort:

West L.A./»Beverlywood«/südöstlich von Beverly Hills gelegen. Obere Mittelklasse, jüdisch/reine Wohngegend/Kriminalstatistik gegen null.

Ein Eckhaus. Hillsboro, Ecke Sawyer. Stuck/späte Vierzigerjahre, baujahrentsprechend/drei Schlafzimmer/Bestzustand. Eine Garage im hinteren Teil. Zugang von der Straße. Ein betonierter Hinterhof. Eine 1,5 m hohe Verbindungsmauer. In die ein hölzernes Tor zur Straße eingelassen ist.

Ein Patio hinter dem Haus. Zwei Liegestühle. Glasschiebetüren, die ins Haus führen. Ein Partyraum. Aussicht auf den Patio. Ein Seitenflur. Über den man ins nordöstlich gelegene Schlafzimmer gelangt.

Das bei der Eingangstür liegt. Mit Außenfenstern. Man sieht den Rasenvorplatz und die Straße. Man sieht das Nachbarhaus.

Eine Tür führt zum Elternschlafzimmer. Eine Tür führt zur

Eingangshalle. Nun reise man 37 Jahre zurück. Mache die Tür auf und SCHAUE.

Das Zimmer ist klein. Es ist das Zimmer eines Mädchens. Das Zimmer der älteren Schwester. Ein Garderobentisch an der Westwand. Ein Schreibtisch am Fenster der Nordwand. Sofabetten an der Süd- und der Ostwand. Sie stehen rechtwinklig zueinander. Ein Tischchen trennt sie. Auf dem sich eine Lampe und Schnickschnack befinden. Eine Hautcremedose. Auf dem Boden ein Zündholzbriefchen. Ein Nachttisch in der nordöstlichen Ecke. Eine umgestürzte Lampe. Ein Porträt an der Ostwand. Ein buntes Ölbild. Die strahlende ältere Schwester. Eine Kuschelschildkröte auf dem östlichen Bett. Beide Bettüberwürfe sind limonengrün.

Auf dem Boden: zwei graue Sportsocken. In der Nähe: eine deckellose Dose Cold Cream. Merke: Sie liegen neben dem südlichen Bett und dem Zündholzbriefchen.

Ein Stuhl neben der Verbindungstür. Darunter Kleider: Höschen, Jeans-Shorts, ein Tennisschuh. Merke: Der fehlende Schuh liegt auf dem Boden. Neben dem Garderobenrand an der Westwand.

Um den einen Fuß des südlichen Betts ist eine Schnur geschlungen. Eine weiße Kreideschnur. Eine Zimmermannsschnur. Deren freies Ende sich auseinanderdröselt. Auf dem Boden liegt eine Patronenhülse. Sie liegt zwischen der Wand und dem südlichen Bett. Neben dem östlichen Bett: drei weitere Patronenhülsen.

Blutflecken auf dem Teppich. Neben dem östlichen Bett. Zwischen der Teppichkante und den Patronenhülsen.

Die Hülsen sind klein. Die Schnur ist lose aus drei Strängen geflochten. Der Blutflecken ist rot und leuchtend rosa.

Stephanie Gorman.

Sie befindet sich auf dem Fußboden. Auf ihren Knien. Sie lehnt gegen die Ostwand. Am Fuß des östlichen Bettes.

Sie ist halb nackt. Sie hat unten nichts an. Sie trägt ein Strickoberteil und einen BH. Beide sind in der Mitte mit einem Messer aufgeschlitzt. Das Oberteil hängt lose. Der BH hängt ihr von Nacken und Schultern.

Schleifspuren auf ihrer rechten Hüfte. Beide Handgelenke aufgeschürft. Eine tief eingeschnittene Schnur windet sich um ihr rechtes Handgelenk. Einzelne Stränge sind infolge der Belastung ausgerissen.

Schusswunden:

Zwei im Oberkörper. Eine im Nacken. Eine in der Stirn.

Unterlippe und linke Brust weisen Schlagverletzungen auf. Die Innenlippe ist geschwollen. Die Stirn weist eine Platzwunde auf.

Ihre Haltung wirkt bittend. Sie befindet sich mit dem Rücken zur Wand. Die Gewalt der Kugel hat ihr eine Prellung am Rücken verursacht. Die Ostwand weist eine Delle auf.

Es geschah an einem helllichten Sommertag.

Sie wurde von ihrem Vater und ihrer Schwester gefunden.

18:00 Uhr, 05.08.65. Ed und Cheryl Gorman kommen nach Hause. Cheryls Schlafzimmertür ist geschlossen. Sie machen sie auf. Sie gehen ins Zimmer. Sie sehen Stephanie.

Ed Gorman geht zu ihr und hebt sie hoch. Er legt sie aufs östliche Bett. Er deckt sie mit einer Decke und etwas Kleidung zu. Er ruft beim LAPD an. Die West L.A. Division reagiert.

Stephanies Mutter kam nach Hause. Ed Gorman sagte ihr Bescheid. Das LAPD erschien.

Lieutenant Grover Amstrong. Die Detective Sergeants Robert Byron und William Koivu. Eine SID-Mannschaft, bestehend aus

Fingerabdruckspezialisten, Fotospezialisten, Kriminallabortechnikern. Zehn LAPD-Angehörige insgesamt.

Die Detectives sprachen mit der Familie. Die Familie sagte aus:

Ed Gorman war Rechtsanwalt. Er besaß ein Büro in der Innenstadt. Cheryl hatte heute für ihn gearbeitet. Julie Gorman war Hausfrau. Sie hatte heute Tennis gespielt. Sie war um 15:00 Uhr nach Hause gekommen. Sie hatte gesehen, dass Cheryls Schlafzimmertür verschlossen war. Sie hatte dem keine Beachtung geschenkt.

Sie war wieder weggegangen. Sie war zur Kosmetikerin gegangen. Sie war nach Hause gekommen, und dann *das*.

Die Techniker schwärmten aus. Die Detectives studierten den Tatort. Die Fotospezialisten fotografierten. Ed Gorman sagte, er habe den Tatort verändert. Er hatte Stephanie zugedeckt. Sie liegt auf dem östlichen Bett. Ihr Kopf streift die Plüschtier-Schildkröte.

Die Polizisten suchten das Haus ab. Sie sahen keine Spuren eines gewaltsamen Eindringens. Sie sahen keine Plünderung. Sie fanden einen Schnurrest in der Nähe der Eingangstür. Sie gingen durch den Patio. Sie fanden zwei blutbefleckte Handtücher. Die auf einem der Liegestühle lagen.

Die Detectives sprachen mit der Familie. Sie rekonstruierten Stephanies Tag.

Sie ging zur Hamilton High Summer School. Diese war 1,6 km entfernt. Sie hatte ein Auto mit zwei Freunden geteilt: mit Paul Bernstein und Ilene Jackman. Sie pflegten die Schule um 12:30 Uhr zu verlassen.

Die Detectives riefen bei Ilene Jackman an. Sie sagten ihr Bescheid. Sie beruhigten sie. Sie erfuhren:

Ja, sie waren zur Schule gegangen. Ja, sie waren nach Hause gefahren. Sie hatten als Erstes Paul nach Hause gebracht. Sie hatte

Stephanie um 12:45 Uhr nach Hause gebracht. Stephanie war durch den Hintereingang gegangen.

Sie ist jetzt im Haus. Sie ist jetzt *alleine* dort.

Eine Ambulanz erschien. Sanitäter brachten Stephanie ins Leichenschauhaus von L.A. County.

Sie legten einen Autopsietermin fest. Fingerabdruckspezialisten staubten den Tatort ein.

Sie fanden Abdrücke. Sie nahmen Vergleichsabdrücke der Gormans und sämtlicher Polizisten. Die Gormans schliefen mit Beruhigungsmitteln. Die Ermittlungen setzten ein: am Freitag, dem 06.08.65.

Polizisten befragten die Leute in der Nachbarschaft. Die Nachbarin sagte aus:

Sie hatte gestern Schreie gehört. Zwischen 15:30 und 16:30 Uhr. Sie kamen vom Haus der Gormans. Sie kamen von der nordöstlichen Ecke. Sie hatte geglaubt, die Gorman-Mädchen würden herumalbern. Die Dame lebte ein Haus weiter nördlich. Die Grundstücke lagen dicht aneinander. Ihr Gärtner hatte gestern den Rasen gemäht. Er hatte von 13:30 bis 14:30 Uhr gearbeitet.

Nachbarn berichteten von einem Trupp Süßigkeitenverkäufer. Negerjugendliche. Sie hatten an eine Tür nach der anderen geklopft. Sie hatten einen größeren Pulk gebildet.

Ein Junge rief bei der West L.A. Station an. Er hieß Dave S. Er gab an, gestern vor dem Haus der Gormans geparkt zu haben. Er habe sich nach einem Burschen namens Bob Gelff erkundigt. Gelff habe vor etwa zwei Jahren dort gewohnt.

Der Hinweis wurde übersehen. Der Hinweis wurde verlegt. Der Gorman-Mord kam in die Zeitungen und ins Fernsehen. Sie hatten Hinweise bis zum Gehtnichtmehr.

Eine Nachbarin rief an. Sie hatte den Hund der Gormans umherstreunend entdeckt. Gestern um 16:00 Uhr. Sie hatte den

Hund in den Hof der Gormans gebracht. Sie hatte nach Stephanie gerufen. Sie hatte keine Antwort bekommen.

Ein Nachbarsjunge meldete sich. Er ging auf die Hamilton High. Er hatte gesehen, wie zwei Neger am Gorman-Haus vorbeifuhren. Gestern. Um 12:50 Uhr. Sie fuhren einen 55er Ford.

Eine Nachbarin rief an. Sie hatte ein 53er oder 54er Oldsmobile gesehen, das an der Durango, Ecke Sawyer parkte. Heute früh. Ein Mann war ausgestiegen. Er war zu einem Abfalleimer gegangen. Er hatte eine rosa Bluse rausgeholt.

Weitere Hinweise trafen ein. Nachbarn riefen an. Sie zeigten die Neger-Zuckerwarenverkäufer an. Sie zeigten eine Gruppe Neger an, die Kirchenspenden eingesammelt hatten. Ein Bewährungshelfer rief an. Er zeigte zwei lokale Vergewaltiger an. Ein Nachbar rief an. Er hatte zwei männliche Neger in einem 55er Ford gesehen. Sie hatten Handzettel verteilt.

Nachbarn zeigten Neger-Arbeiter an. Besagte Neger hatten gestern ihre Arbeit im Stich gelassen. Besagte Neger hatten Verdacht erweckt. Eine Nachbarin rief an. Ein Neger hatte gestern auf ihrer Veranda gestanden. Zwischen 11:30 Uhr und mittags. Sie wohnte an der Hillsboro Street. Sie wohnte in der Nähe der Gormans.

Die zur Befragung abgestellten Polizisten verhörten auf Bewährung Freigekommene. Die Burschen hatten die volle Auswahl zu bieten: Autodiebstahl, Waffenvergehen, Einbruch, Ausbruch. Alle hatten ein sauberes Alibi.

Ein Barkeeper rief an. Er berichtete einen eigenartigen Vorgang aus der Red Rouge Bar. Das Red Rouge lag weit östlich auf der Melrose. Der Barkeeper sagte aus:

Gestern Nacht war ein Bursche reingekommen. Er war von 22:00 Uhr bis Mitternacht geblieben. Er war weiß, 50, 1,80 m, 90 kg. Er hatte gesagt: »Die haben keine Ahnung. Das wird

Schlagzeilen machen. Das steht morgen in den Zeitungen. Es ist hart, ein Clown zu sein.«

Weitere Untersuchungsbeamte traten in Aktion. Sie wurden von der Metro Division abgestellt. Sie gingen von Haus zu Haus. Sie befragten Anwohner. Sie arbeiteten fünfzehn Autokarten-Sektoren ab. Sie arbeiteten sich nach Norden bis zum L.A. Country Club durch. Sie arbeiteten sich nach Süden zum Santa Monica Freeway durch. Sie arbeiteten sich nach Osten zum La Cienega Boulevard durch. Sie arbeiteten sich nach Westen zum Hillcrest Country Club durch. Sie hielten Negativhinweise und unsinnige Hinweise fest. Sie hielten verdächtige Sichtungen von Negern fest.

Byron und Koivu befragten den Gärtner der Nachbarin. Er hieß George Iwasaki. Er sagte aus:

Er hatte am 05.08.65 gearbeitet. Er hatte zwischen 12:00 und 14:00 Uhr gearbeitet. Er hatte in der Nähe des Gorman-Hauses gearbeitet. Er hatte einen Mann gesehen, der ins Haus schaute. Der Spanner stand zwischen dem Haus und dem Nachbarhaus. Der Spanner schaute ins Fenster des nordöstlichen Schlafzimmers.

Iwasaki beschrieb ihn:

Weiß, männlich, lateinamerikanischer Typ, 43–45 Jahre alt. 1,70 m groß, 60 bis 65 kg. Eingefallene Wangen, unrasiert, ungepflegtes Haar.

Kleidung: Hemd und Hosen aus Baumwolldrillich, »uniformartig« zueinander passend. Frisch gestärkt, hellblau.

Der Mann wirkte verdächtig. Iwasaki konnte Judo. Der Mann schaute ihn böse an. Iwasaki witterte eine Schlägerei. Er war zum Losschlagen bereit.

Ihr Augenduell brach ab. Iwasaki arbeitete im Hof. Er hat den Spanner nicht wiedergesehen.

Dr. Harold Kade führte die Autopsie durch. Stephanie Lynn Gorman/Pathologieakte Nr. 19 597.

Sie war 1,60 m/45 kg/braunes Haar, braune Augen. Sie war gesund. Schusswunde Nr. 1 durchschlug das Herz und den linken Lungenflügel. Folge: massive Blutung. Schusswunde Nr. 2 durchschlug den rechten Lungenflügel. Folge: massive Blutung. Schusswunde Nr. 3 durchschlug die Luftröhre, Speiseröhre und Wirbelsäule. Folge: massive Blutung. Schusswunde Nr. 4 durchbrach den Schädel und drang ins Gehirn. Folge: massive Blutung.

Kade überprüfte ihren Geschlechtsapparat. Uterus, Eileiter und Eierstöcke: »Augenscheinlich normal«, *»Keine Verletzungen der Vagina, des Rektums oder des Perineums.«*

Der Gorman-Fall wurde weitergeführt. Die Mordkommission schaltete sich ein. Die Sergeants J. R. Buckles und W. R. Munkres schalteten sich ein.

Sie fanden die Neger-Süßwarenverkäufer. Sie entlasteten sie. Sie befragten die Familie Gorman. Sie erfuhren:

Stephanie war ein anständiges Mädchen. Sie flirtete nicht und provozierte keine Jungs. Sie hatte Bestnoten. Sie war Klassensprecherin. Sie war in der Palms Junior High School und in der Hamilton High School eine vorzügliche Schülerin gewesen. Sie hatte keine Feinde. Sie trieb sich nicht mit üblen Jugendlichen rum.

Das SID ermittelte die ballistischen Daten. Die Waffe: .25 Automatik. Millimeter-Äquivalent: .635. Rechtsdrehend/sechs Dellen und Rillen/Colt-Automatik-Waffe ausgeschlossen. Als Beweismittel vorliegend: 4 »Western« Patronenhülsen, 4.25-Kaliber-Patronen. Noch ausstehend: Überprüfungen von Verbrechensprotokollen nach demselben Waffentypus und derselben Vorgehensweise.

Die Detectives arbeiteten. Sie schlossen hysterische Tipps aus. Sie entlasteten verdächtigte Neger. Sie lasen die neuesten Verbrechensprotokolle durch. Wobei ihnen zwei gesuchte Verrückte besonders auffielen:

Verrückter Nr. 1: Der »Schuhspanner-Vergewaltiger«. Seit dem 04.02.62 gesucht. Ausschließlich im West Valley agierend. Mit einer einzigartigen Vorgehensweise.

Er streicht durch Wohnviertel. Er sieht von draußen Hausfrauen. Er dringt durch die Hintertür ins Haus. Er findet Krawatten oder Elektrokabel. Er findet Gleitcremes oder Hautcremes. Die Krawatten und Elektrokabel braucht er zum Festbinden. Die Gleit- oder Hautcremes als Gleitmittel.

Er trägt Handschuhe und Masken. Er packt die Frauen und bindet sie fest. In die Vagina seines ersten Opfers steckte er einen Schuhspanner. Seine nächsten fünf Opfer wehrten ihn ab. Er rannte jeweils zur Hintertür raus. Er spricht nie. Möglicherweise ist er stumm. Möglicherweise fährt er einen 48er oder 52er Chevy. Er hat 13 Einbrüche und sieben versuchte Vergewaltigungen auf dem Kerbholz. Die Zeugenbeschreibungen fallen unterschiedlich aus. Er *ist* ein Weißer. Er *kann* 19 bis 23 Jahre alt sein. Er *kann* 30 bis 40 Jahre alt sein. Manchmal erscheint er unrasiert.

Verrückter Nr. 2: »Der reumütige Vergewaltiger«.

Ein weißer, männlicher »lateinamerikanischer Typ«. Er ist etwa 26. Er ist 1,80 m groß/85 kg schwer. Er hat einen Bürstenschnitt und wirkt gepflegt. Er agiert in Häusern in Wilshire und in der Central Division. Er agiert in Häusern in der Nähe von Buslinien.

Er hat es auf einsame Frauen abgesehen. Er pflegt sich in die Wohnungen zu tricksen. Er zeigt einen kleinen Revolver vor und macht sich das Opfer gefügig. Er klebt ihm Augen und Mund zu. Er vergewaltigt das Opfer. Nach der Vergewaltigung entschuldigt er sich. Er zeigt ihm, dass die Waffe nur ein Spielzeug war.

Die Detectives arbeiteten. Sie fanden die Neger-Kirchengeldsammler. Sie entlasteten sie. Sie fanden die drei örtlichen Zähler-Ableser. Sie entlasteten sie. Sie gingen zu Stephanies Beerdigung. An der 1000 Leute teilnahmen.

Hillside Memorial Park. Rabbi Michael Albagli leitet den Gottesdienst. Verwandte, Freunde und Nachbarn. Ed Gormans Klienten und Hamilton High Kids. Tränen und Reden. Ed und Julie Gorman sind elend dran.

Die Detectives arbeiteten. Sie gingen alte Verbrechensprotokolle durch. Sie lasen Ballistik-Berichte. Sie lasen bundesstaatliche Personenakten. Sie überprüften festgenommene und freigelassene Vagabunden. Sie protokollierten Spinneranrufe. Ein Jugendlicher rief an. Er sagte, Stephanie sei eine Nutte gewesen. Sie habe einen Footballspieler der Hamilton High School abblitzen lassen. Deswegen habe er sie erschossen. Ein Spinnerbrief traf ein. Darin wurde der Schauspieler Richard Burton beschuldigt. Weitere Nachbarn riefen an. Sie beschuldigten verdächtige Neger. Ein Mädchen von der Hamilton High School rief an. Sie sagte, Stephanie sei mit Paul Bernstein und Steve Spiegelman ausgegangen.

Das SID behielt die Kugeln und Patronenhülsen. Spezialisten führten Vergleichstests durch. Die Kugeln und Hülsen passten zu keinen Kugeln und Hülsen aus bisherigen Beschlagnahmungen. Die Fingerabdruckspezialisten studierten die Vergleichsabdrücke. Vier Abdrücke blieben übrig. Sie fotografierten sie. Das Fotolaboratorium stellte Vergrößerungen her.

Ein Zeichner arbeitete mit George Iwasaki. Sie fertigten ein Phantombild des Spanners an. Die Detectives sprachen mit Dr. Kade. Sein Eindruck: Stephanie Gorman sei zum Zeitpunkt ihres Todes keine Jungfrau mehr gewesen.

Die Detectives sprachen mit Ed und Julie Gorman. Sie befragten sie wegen Stephanie und Sex. Die Gormans gingen davon aus, dass sie eine Jungfrau war. Sie war am 03.04.65 untersucht wurden. Sprechen Sie mit Dr. Fred Pobirs.

Buckles und Munkres wurden bei Dr. Pobirs vorstellig. Er bestätigte die Untersuchung. Er zog seine Akten bei. Er sah keine Notiz über eine Unterleibsuntersuchung. Er sagte, sie sei damals 15 gewesen. Wenn sie keine Jungfrau mehr gewesen wäre, hätte ich das die Familie wissen lassen.

Die Detectives befragten Stephanies Freunde und Klassenkameraden. Sie bestätigten, dass Stephanie als anständiges Mädchen galt. Sie befragten Jungs, mit denen sie ausgegangen war. Sie hatten Alibis für den 05.08. Sie hätten keinen Sex mit Stephanie gehabt. Sie wirkten glaubhaft. Sie bürgten für Stephanies Keuschheit. Die Detectives kamen zum Schluss:

Doc Kade konnte recht haben. Doc Kade konnte unrecht haben. Natürliche Funktionen oder Unglücksfälle können zu Rissen im Vaginalbereich führen.

Die Detectives verhörten eingetragene Sexualstraftäter. Sie legten George Iwasaki die neuesten Verbrecherfotos vor. Er konnte keinen erkennen. Der Spanner vom Nordost-Schlafzimmer war nicht darunter.

Man schrieb den 11.08.65. L.A. war brennend heiß. Die Watts-Unruhen brachen aus. Das LAPD reagierte. Mit der Aufforderung an alle verfügbaren Polizisten, sich zu stellen. Die LAPD-Männer reagierten in Scharen. Im Gefolge der Unruhen kam es zu Brandstiftungen, Schüssen aus dem Hinterhalt und Plünderungen. Es war der Jüngste Tag des Negerverdächtigen. Die Nationalgarde trat in Aktion. Man rief eine Sperrstunde aus. L.A. machte dicht. L.A. blieb zu Hause. L.A. sah sich die Unruhen am Fernseher an. Das LAPD war überlastet. Die Unruhen behinderten den Verkehr. Die Unruhen versauten die Kommunikation. Der normale

LAPD-Dienst wurde suspendiert. Aktuelle Untersuchungen verloren Zeit.

Die Unruhen ebbten ab. Die Ordnung wurde wiederhergestellt. Süd-L.A. war zur Aschenstadt heruntergebrannt. Der LAPD-Dienst wurde *allmäääääählich* wieder aufgenommen.

Die Gorman-Untersuchung: abgelenkt, versumpft, hängen geblieben.

Buckles und Munkres schrieben einen Zwischenbericht. Lieutenant Pierce Brooks zeichnete ihn ab. Der Bericht enthielt hypothetische Rekonstruktionen.

12:45 Uhr. Stephanie kommt nach Hause. Sie geht in ihr Schlafzimmer. Sie stellt ihre Schulbücher und ihre Handtasche ab. Sie geht in die Küche. Sie nimmt einen Imbiss zu sich.

Stephanie hat Probleme mit trockener Haut. Sie geht ins Elternbad. Das an Cheryls Schlafzimmer anschließt. Sie cremt ihre raue Haut ein. Vielleicht packt der Verdächtige sie da. Er ist bereits im Haus. Der Hautcremeflacon – der in der Badewanne gefunden wird – befindet sich normalerweise nicht dort.

Aber:

Es finden sich keine Spuren eines gewaltsamen Eindringens. Man fand einen Schnurrest an der Vordertür. Vielleicht klopft der Täter an. Stephanie macht auf. Vielleicht stürmt er einfach ins Haus.

Er schlägt sie. Er schüchtert sie ein. Das kann ihre geplatzte Lippe erklären. Die Abschürfung auf ihrer Stirn – möglicherweise der zweite Schlag. Vielleicht die Beule vom Niederfallen nach dem ersten Schlag.

Er trägt Stephanie. Er *schleppt* Stephanie. Darauf weist die Schleifspur über ihrem rechten Hüftknochen hin. Cheryls Schlafzimmer liegt in der Nähe. Stephanie ist hilflos oder bewusstlos. Er zieht das südliche Sofabett heraus. Er wirft sie darauf. Er fesselt ihre Handgelenke an die östlichen Bettfüße. Er bindet sie kreuzförmig fest. Er entkleidet ihren Unterkörper. Er wirft ihre Kleider zu Boden. Er schneidet ihr Oberteil und ihren Büstenhalter in der Mitte auf. Er geht ins Elternschlafzimmer. Er findet einen Topf mit Jergens-Creme. Er kehrt ins Schlafzimmer zurück. Er schmiert Stephanies Rektum und Vagina ein. Er wirft die Dose und den Deckel zu Boden. Man erinnere sich – die Dose auf dem Boden/der Deckel auf dem Nachttisch.

Doc Kades Meinung: Sodomie und Vergewaltigung. *Tests für Salbenreste oder fremde Körperflüssigkeiten innerhalb des Körpers sind noch nicht durchgeführt worden.*

Der Mörder greift Stephanie an. Stephanie wacht aus der Ohnmacht auf. Angenommen, sie wehrt sich nun. Angenommen, es war so. Angenommen, sie wehrt sich die ganze Zeit.

Ihr Handgelenk reißt sich frei. Man erinnere sich – die rechte Schnur, die immer noch um ihren Arm geschlungen ist/der lose Schnurrest um den Bettfuß.

Sie steht vom Bett auf. Der Mörder drängt sie in die Ecke. Er blockiert die Türen. Stephanie stolpert. Sie schlägt an die Ostwand. Sie fällt auf die Knie – Schreck/Schock/Erschöpfung. Er schießt vier Mal auf sie. Mit einer Automatik. Die verschossenen Patronenhülsen werden von links nach rechts ausgestoßen. Jetzt weist er Blutspuren auf. Er geht ins Elternschlafzimmer. Er greift sich zwei Handtücher. Er wischt sich ab. Er geht zur Hintertür hinaus. Er gelangt in den Patio. Er lässt die Handtücher auf einen Liegestuhl fallen. Er geht zum hinteren Gartentor hinaus. Er steht auf der Sawyer Street. Er ist verschwunden.

Und – man bedenke:

Stephanie stirbt in Cheryls Schlafzimmer. Eine Ähnlichkeit zwischen den Geschwistern besteht. Hatte man es auf *sie* abgesehen?

Der Gorman-Mord verschwand aus den Schlagzeilen. Die Vorgänge nach den Unruhen stahlen ihm die Schau. Stephanie war nur kurz ein Gegenstand des öffentlichen Interesses. Wobei ihr Status als anständiges Mädchen betont wurde. Sie war jung, gescheit, anmutig. Sie hatte Bestnoten. Sie war eine allgemein beliebte Schülerin. Sie war filmstarverrückt. Sie hatte als Statistin in *Pollyanna* und *Bye Bye Birdie* mitgewirkt.

Die Detectives taten ihre Pflicht. Sie veröffentlichten ein Bulletin. Mit einer zusammenfassenden Darstellung des Verbrechens und einem Phantombild des Spanners. Die Veröffentlichung erfolgte am 24.08.65. Sie ging ans FBI und an alle amerikanischen Police Departments. Das LAPD erhielt Rückmeldungen: ähnliche Vorgehensweisen/abweichende Vorgehensweisen/bekannte Vorgehensweisen. Vergewaltiger, Vergewaltiger-Mörder, Fesselungsvergewaltiger. Einbruchvergewaltiger, Messervergewaltiger, Pistolenvergewaltiger, Kindervergewaltiger, Mädchenvergewaltiger, Frauenvergewaltiger, Alte-Damen-Vergewaltiger.

Einige Übeltäter glichen der Skizze. Die meisten Übeltäter nicht. George Iwasaki sah sich Verbrecherfotos aus ganz Amerika an und konnte keinen erkennen. Sie fanden keine passenden Fingerabdrücke. Sie fanden keine ballistischen Übereinstimmungen. Sie bekamen noch mehr Telefontipps und noch mehr Briefe. Sie entlasteten dreihundert Verdächtige. Sie gaben Bulletin Nr. 2 heraus. Sie schickten Kugel- und Patronenmuster ans FBI und ans Zentralinstitut für Kriminalinformationen CII. Das Bulletin Nr. 2 enthielt die Bitte um Mitteilung vergleichbarer Kugeln und Patronen. Es enthielt die Vergrößerung der vier Fingerabdrücke. Es bat um Rückmeldungen: alle bekannten oder in Haft befindlichen Verdächtigen.

Keine Übereinstimmungen. Keine klare Rückmeldung.

Das FBI hatte eine Kugel und eine Hülse. Ebenso das CII. Das

LAPD behielt zwei. Das Bulletin wurde nach Kanada und Mexiko geschickt. Mist: keine Übereinstimmungen, weitere Fehlschläge.

Die Detectives arbeiteten. Sie verhörten Stephanies Klassenkameraden erneut. Diese bestätigten noch einmal, dass sie als anständiges Mädchen galt. Sie verhörten Cheryls Freunde. Sie entlasteten sie. Sie überprüften FI-Akten von West L.A. Sie nahmen sich Übeltäter aus Beverlywood vor. Sie drehten Exhibitionisten, Käfigfleisch-Johnnies, Leimschnüffler, Haschraucher und öffentliche Wichser durch die Mangel. Sie entlasteten sie. Sie entlasteten die Lieferanten der Gegend. Sie entlasteten Ed Gormans Ex-Gärtner. Sie entlasteten verdächtige Neger. Sie entlasteten der Vergewaltigung verdächtigte Neger in der ganzen Stadt.

Die Gormans waren gute Menschen. Ed war ein guter Anwalt. Er hatte keine Feinde. Er hatte einen vorzüglichen Ruf. Er diente selbstlos seiner Synagoge. Julie hatte einen vorzüglichen Ruf. Die Gorman-Schwestern galten als unantastbar »anständig«. Sie provozierten nicht und versuchten nicht, Jungs scharf zu machen. Sie nahmen keine provozierenden Sonnenbäder im Garten. Stephanie besuchte den Standard Club. Sie trug unauffällige Kleidung. Sie trug nie knappe Bikinis.

Der Schuhspanner-Vergewaltiger – immer noch auf freiem Fuß. Der reumütige Vergewaltiger – ebenso. Wie viel zu viele andere kranke Dreckskerle.

Die Gorman-Morduntersuchung wurde weitergeführt. Mit voller Kraft.

Sie verlief vorausschauend. Sie verlief rückblickend. Sie verlief parallel. Sie verlief direkt. Sie bestand aus Lauferei und Aktenabfragen und Kleinarbeit. Sie führte zu einer reich orchestrierten Übeltäter-Sinfonie.

Sie erhielten telefonische Tipps. Ein örtliches Mädchen belastete einen »Alki-Typen«. Sie behauptete, er würde dem Mann vom Phantombild gleichen. George Iwasaki sah ihn und verneinte. Kein passender Fingerabdruck/keine passenden Waffenspuren. Die Polizei aus Green Bay, Wisconsin, rief an. Sie hatten einen örtlichen Übeltäter. Er glich der Täterskizze. Iwasaki verneinte. Keine übereinstimmenden Fingerabdrücke – *adieu.*

Doc Kade rief an. Er hatte die neuesten Testergebnisse. *Die vaginalen und rektalen Samenüberprüfungen: mehrdeutig. Außerdem: keine weiteren Fremdflüssigkeiten vorhanden/kein isoliertes Sperma.*

Sie entlasteten einen Exhibitionisten aus Crest Drive. Er pflegte seinen *Shvantz* vom Balkon aus vorzuführen. Crest Drive schloss sich an Hillsboro und Sawyer Street an. Sie entlasteten einen Übeltäter mit Spitznamen »Wino«. Er hatte Arztrezepte gefälscht. Er schluckte das Beruhigungsmittel Nembutal. Er trieb sich im Mar-Vista-Becken rum. Er vertrieb Marihuana an Jugendliche. Sie überprüften einen Fall vom 04.06.64. Ein Übeltäter hatte ein Mädchen aus der Hamilton High School entführt. Ganz dreist, auf offener Straße.

Er hatte ein Messer gezogen. Er hatte sie gezwungen, in seinen Wagen einzusteigen. Er hatte sie gezwungen, sich auszuziehen. Er hatte ihre Brüste geküsst. Er hatte sie laufen lassen.

Der Fall brachte nichts. Der Übeltäter war immer noch auf freiem Fuß.

Sie überprüften einen Fall vom 12.03.65. Ein Dummejungenstreich bei einem geparkten Auto. Begangen von einem Mädchen und einem Jungen der Hamilton High School. Das Mädchen hatte oben nichts an. Ihr Name tauchte in Stephanies Adressbuch auf. Der Dummejungenstreich war harmlos. Sie entlasteten den Jungen.

»Beichtkind-Harvey« gestand. Was Harvey gewohnheitsmäßig tat. Er erschien in der West L.A. Station. Er gestand den Gorman-Mord. Die Polizisten hörten sich sein unsinniges Geständnis an. Die Polizisten ließen ihn laufen.

Der Herbst 65 zog sich hin. Sie überprüften den Standard Club. Er befand sich in den Cheviot Hills. Ein Treffpunkt der oberen jüdischen Mittelklasse. Die Gormans pflegten dort zu feiern. Vielleicht hatte irgendein Übeltäter Stephanie gesehen. Vielleicht wurde er dort auf sie scharf. Vielleicht war er durch den Anblick von Stephanie zum Übeltäter geworden.

Sie führten 122 Verhöre durch. Sie überprüften gleichzeitig Waffen. Sie überprüften Alibis vom 05.08.65. Sie hielten Gerüchte fest. Sie erhielten noch mehr Aussagen, in denen sie als »anständiges Mädchen« bezeichnet wurde. Sie machten ein paar verdächtige Angestellte ausfindig. Sie machten ein paar Ex-Sträflinge ausfindig. Die sahen sie sich genauer an.

Sie lasen deren Vorstrafenregister. Sie überprüften deren Verhalten am Arbeitsort. Sie hielten Fehlzeiten von der Arbeit am 05.08.65 fest. Sie nahmen die Übeltäter in die Mangel.

Ein Neger hatte zwei Vorstrafen wegen Alkohol am Steuer. Uninteressant – er ist eine Lusche. Ein Neger war mehrmals festgenommen worden: Einbruch/Androhung von Waffengewalt/ungedeckte Schecks. Ein Neger war wegen Missbrauchs Minderjähriger festgenommen worden.

Sie nahmen sie in die Mangel. Sie überprüften sie auf Waffen. Sie entlasteten beide.

Sie überprüften die Burschen bei den Snackbars, bei den Swimmingpools, die Strandwächter, die Tennisprofis. Sie nahmen sich einen potenziellen Vergewaltiger vor. Er hatte ein Mädchen im Klub angemacht. Er hatte sie ins Kino eingeladen. Er war mit ihr zu den Hollywood-Hills gefahren. Er hatte sie bedrängt, mit ihm zu ficken. Sie sagte, kein Fick. Worauf er sie nach Hause fuhr.

Der Standard Club erwies sich als uninteressant. Sie überprüften Waffen, Fingerabdrücke und führten Gegenüberstellungen mit George Iwasaki durch. Nichts. Sie versuchten es auf gut Glück. Sie studierten Berichte über obszöne Telefonanrufer.

Sie wateten tief rein. Sie glitschten durch Schleim. Sie überprüften die letzten vier Jahre. Sie gingen Übeltätern nach, die junge Mädchen anriefen, und Übeltätern, die Frauen wegen ihrer Töchter verrückt machten.

Eine unappetitliche Arbeit. Die Anrufe bezogen sich ebenso oft auf Fesselspiele wie aufs Ficken. Die Anrufer: ausnahmslos Männer. Die Klägerinnen: ausnahmslos Frauen.

»Baby, ficken wir.« – »Ich will deine Muschi lecken.« – »Ich habe gehört, dass deine Schwester beim Kentucky Fried Chicken an der Pico arbeitet. Fickt ihr beide?«

»Wenn du mich nicht ranlässt, tu ich deinen Kindern weh.« – »Ich weiß, dass du eine 19-jährige Tochter hast. Triff mich an der Ventura. Trag einen Rock, eine Bluse, keine Strumpfhosen, oder sie muss dran glauben.«

Der Übeltäter war typisch. Er ruft bei einem jungen Mädchen an. Er behauptet, er sei ein Schulbeamter. Er stellt ihr peinliche Fragen. Genau wie *dieser* Übeltäter. Er ruft bei einer Frau im Valley an. Er sagt ihr, sie solle hochhackige Schuhe anziehen und die Unterwäsche weglassen. Er sagt, sie solle ihn im Akron-Laden am Sunset Boulevard erwarten. Die Bullen waren da. Er nicht.

Die Detectives gingen den Berichten nach. Sie nahmen sich bekannte Telefonübeltäter vor. Sie entlasteten sie. Telefonübeltäter waren schwer zu greifen. Weitere Übeltäter, die frei herumliefen.

Sie hörten mit der Telefon-Untersuchung auf – 29.12.65. Cheryl Gorman erhielt eine verspätete Weihnachtskarte. Auf der ein Treffen im Juli 65 erwähnt wurde. Die Familie war nach Coronado in Südkalifornien gefahren. Ed und Julie hatten Bridge gespielt. Stephanie und Cheryl waren an den Strand gegangen.

Dort waren sie zwei Jungs begegnet. Cheryl sagte, sie habe *The Collector* gelesen. Die Geschichte eines Übeltäters. Er entführt eine Frau. Er hält sie als Geisel. Sie stirbt in der Gefangenschaft.

Die Jugendlichen spielten ein Spiel. Die Jungs fesselten und entfesselten die Mädchen. Man kicherte ein bisschen. Das war alles.

Das war im Juli. Zeitsprung auf Ende Dezember. Ein Junge schickt eine Weihnachtskarte. Darin wird das Spiel mit dem Strick erwähnt.

Die Detectives studierten die Karte. Die Detectives fuhren nach San Diego. Sie fanden die Jungs. Sie nahmen sie ins Verhör. Sie führten einen Lügendetektortest durch. Sie entlasteten sie.

Adios, 1965–1966 erscheint auf dem Plan.

05.01.66. Das Laboratorium testete die südlichen und östlichen Bettüberwürfe auf Samenflüssigkeit. Der *östliche* Bettüberwurf testet positiv. Man findet kein isoliertes Sperma. Aber man kann eine Reaktion auf die Blutgruppe A nachweisen. Das Ergebnis: unbestimmt. Der Flecken befindet sich in der Nähe des Bettfußes. In der Nähe der toten Stephanie. Der restliche Bettüberwurf testet positiv: auf Blutgruppe A. Damit ist der *spezielle* Fleck in der Zuordnung unsicher. Denn das heißt, der Samen könnte den Blutgruppen A oder 0 zugeordnet werden. Stephanie hatte Blutgruppe 0. Es gab keine fremden Flüssigkeiten in ihrem Rektum oder in ihrer Vagina.

07.01.66: Das Laboratorium testet die blutigen Tücher. Sie verweisen auf Blutgruppe 0. Wahrscheinlich ist das Stephanies Blut. Stephanie *könnte* den Mörder verwundet haben.

Die Detectives arbeiteten. Das Laboratorium konfiszierte

neue Waffen von Tatorten. Sie untersuchten sie. Sie gaben Prüfschüsse ab. Alles negativ.

22.02.66: Das SID überprüft die Haarproben der Gormans. Fast alle Haare lassen sich Stephanie und Cheryl zuordnen. Eine Haarprobe nicht. Deren Haar ist grober. Eindeutig kein Neger-, Mexikaner- oder Orientalen-Haar. Eindeutig das Haar eines Weißen.

22.02.66: Das Laboratorium testet Stephanies Fingernägel. Sie können keine Hautreste finden. Sie finden Blutspuren. Sie sind zu klein, um eingeordnet zu werden. Sie können nicht sagen, ob sie ihren Angreifer zerkratzt hat.

28.02.66: Das LAPD nimmt den reumütigen Vergewaltiger fest. Bei einer Verkehrskontrolle – 2nd Street, Ecke Serrano. Ein Mexikaner. Sein Name: Edward David Apodaca.

Er hat Klebeband und eine Spielzeugwaffe dabei. Man nimmt gemeinsam mit anderen Männern eine Gegenüberstellung vor. Achtunddreißig Opfer identifizieren ihn. Die Gorman-Polizisten nehmen ihn in die Mangel. Er wird auf Waffen und Fingerabdrücke überprüft, einem Lügendetektortest unterzogen und entlastet.

08.03.66: Eine Nachbarin zeigt einen Herumlungerer an. Er steht an der Pico, Ecke Roxbury. Er passt zur Polizeiskizze. Streifenpolizisten nehmen ihn fest. Die Detectives nehmen ihn in die Mangel.

Er heißt Mr. K. Er ist ein Ausländer. Er kommt aus Gyula, Ungarn. Er ist schizophren und in den Irrenhäusern Stammgast. Sein Vorstrafenregister erstreckt sich über ganz Amerika: Vagabundieren/unziemliches Benehmen/Festnahmen wegen Exen.

Er verweigert die Zusammenarbeit. Er verweigert den Lügendetektortest. Sie nehmen ihn wegen vorsätzlichen Mordes fest.

Sie führen eine Gegenüberstellung durch. George Iwasaki schaut ihn sich an. Er meint, vielleicht, vielleicht nicht.

Mr. K. sprach ein wenig. Er sei aus dem Patton State Hospital ausgebrochen. Die Detectives riefen in Patton an. Sie erfuhren: Mr. K. war am 05.08.65 ausgebrochen – am Tag des Gorman-Mordes.

Aber:

Mr. K. war spätnachmittags ausgebrochen. Die Zeitverschiebung entlastete ihn.

Mr. K. wurde freigelassen. Vorsätzlicher Mord – *nyet.* Patton schickte ein paar Leute, um ihn heimzuholen.

24.03.66 – 31.03.66: Zwei Metro-Polizisten nehmen sich das Georgia-Street-Jugendgefängnis vor.

Sie überprüfen das Register. Sie überprüfen jetzige und frühere Schüler der Hamilton High School. Sie überprüfen die Jungs auf Jugendvorstrafen. Sie überprüfen die Mädchen auf von ihnen betriebene Klagen wegen sexueller Belästigung. Die Mädchen klauen Kleider und Kosmetika aus Läden. Die Mädchen laufen vor Busengrapschern und Exhibitionisten davon. Die Jungs vor dem ganzen Polizeialphabet.

Viel Sexscheiß. § 288 PC – erzwungene orale Kopulation. § 288 – freiwillig. § 288 – gegenseitig ablecken. Festnahmen wegen Voyeurismus, bösartigen Streichen. Ein Jugendlicher belästigt ein präpubertäres Mädchen. Die Polizei nimmt ihn fest. Besagter Jugendlicher wird später in einer Schwulenbar festgenommen. Ein 14-jähriger Junge versucht es bei zwei 11-jährigen Mädchen. Er wird dabei erwischt. Später wird er wegen Spannen festgenommen. Viel Autodiebstahl, gelegentlicher schwerer Raub, ein paar Festnahmen wegen Sodomie in einem geparkten Auto. Jede Menge Exhibitionisten. Leimschnüffler, Haschraucher, Alkis in rauen Mengen. Schwulen-Beklauer, Schwulen-Anmacher, Highschool-Jungschwule. Feuerteufel, chronische Ausreißer. Ein besonders krasser Fall gerade nach dem Gorman-Mord – am 13.08.65. Venice Boulevard, Ecke Ocean Front Walk. Ein öffentliches Klo. Ein mexikanischer Jugendlicher holt sich einen runter. Erklärung des Jugendlichen: »Ich hab ans Hamilton-High-Mädchen gedacht.«

Sie arbeiteten über 5 000 Namen ab. Sie besorgten sich 201 Vorstrafenregister. Sie schlossen die unwahrscheinlichen aus. Sie knöpften sich die echten Übeltäter vor. Sie überprüften auf Fingerabdrücke und Waffenbesitz. Resultat: null.

04.04.66. Die L.A. Police Commission bekommt einen Brief und ein Gedicht mit der Post. Mit folgendem Inhalt:

> Hat man je rausgekriegt wer Stephanie Gorman umgelegt hat?
> Kam er vom Lago Vista Drive, Beverly Hills? Hat er die Billardhalle in Westwood besucht?
> Und ihr Name war Stephanie.
> Sie kam aus Hills Beverly.
> Eine schnelle Schabe war er im Haus.
> Ich sage, suchet, Ihr werdet vielleicht finden
> (Ein Ansatz zu des Rätsels Lösung)

Die Detectives arbeiteten das ab. Lago Vista Drive/Männer, die »Roach« hießen/Billardhallen in Westwood. Eine reine Verschwendung von Arbeitszeit. Das führte nirgendwohin. Eine Kryptografin las das Gedicht. Sie bezeichnete es als sinnloses Kauderwelsch.

20.06.66: Das LAPD interessiert sich für Dave S. Man erinnert sich – der, der bei der West L.A. Station angerufen hatte. Am 06.08.65. Er hatte gesagt, er habe am 05.08. beim Haus der Gormans vorbeigeschaut. Er habe Bob Gelff gesucht. Bob habe dort gewohnt.

Dave S. war 21. Dave besuchte die Hamilton High School. Dave S. war einmal wegen § 288 festgenommen worden. Dave S. war wegen eines geplatzten Schecks zur Fahndung ausgeschrieben worden: zur Vollstreckung in Orange County.

21.06.66: Polizisten von der Metro nehmen sich Dave S. vor. Er erzählt seine Bob-Gelff-Geschichte. Er habe in der Auffahrt der Gormans geparkt. Er wollte gesehen haben, wie jemand aus dem Fenster schaute. Niemand kam raus. Er ging.

Die Geschichte machte keinen Sinn. Gelff wohnte *nicht* da. Dave S. lehnte einen Lügendetektortest ab. Dave S. brach das Verhör ab. Dave S. rief zurück. Er erklärte, er sei nun zum Lügendetektortest bereit.

Sie legten den Termin lest: 19:00 Uhr. 21.06.66. Dave S. rief an und sagte ab. Die Detectives sprachen mit Bob Gelff.

Scheiße, wir haben das Haus verkauft. Die Gormans haben es 61 gekauft. 65 hat es den Gormans gehört. Scheiße, Dave *wusste*, wo ich wohnte.

Die Bullen nahmen sich Dave S. erneut vor. Sie forderten ihn zu einer formellen Erklärung auf. Was er ablehnte. Sie nahmen ihn fest.

Sie besorgten ihm einen öffentlichen Verteidiger. Er verweigerte die Aussage. Sie nahmen ihn wegen vorsätzlichen Mordes fest.

Er brachte zwei Tage im Knast zu. Er erklärte sich zu einem Lügendetektortest bereit. Er erwies sich als sauber.

Seine Fingerabdrücke passten nicht. Er besaß keine Waffen. George Iwasaki sah ihn sich an. George Iwasaki verneinte.

Sie ließen Dave S. frei. Orange County schnappte ihn. Wumm – Haftbefehl wegen Scheckbetrug.

Der Gorman-Mord war elf Monate alt. Die Untersuchung war stecken geblieben und völlig versandet.

Rick Jackson erzählte mir von Stephanie. Mir sträubten sich die Nackenhaare.

Rick arbeitet für die Mordkommission des LAPD. Er ist ein vorzüglicher Detective und einer meiner besten Freunde. Wir führen lange Ferngespräche. Wir streifen durch die reiche Kriminalgeschichte von L.A. Wir unterhalten uns über VERBRECHEN. Wir genießen das Grauen. Wir bringen uns gegenseitig zum Frösteln. Wir sinnieren über logische und moralische Perspektiven. Wir betrachten das Verbrechen als soziales Barometer und närrische Ablenkung. Meine Frau meint, dass wir wie Schulmädchen kichern.

Stephanie Lynn Gorman. Akten-Nr. DR 65–538–991. Gest.: 05.08.65.

Rick fasste die Tat zusammen. Kleinigkeiten gaben mir zu denken. Ein klitzekleiner Erinnerungsfetzen machte sich bemerkbar.

Sommer 65. Ich bin siebzehn. Ein Zeitungskiosk in Hollywood. Das Bild eines Mädchens. Das sich über den Zeitungsfalz erstreckt.

Ein Erinnerungsfetzen – nicht mehr, nicht weniger.

Rick erklärte, der Fall werde wieder aktiviert. Ein Zufall. Der sich wie folgt ergab:

Wir sind im Jahr 2000. Die ältere Schwester ist eine Dame in den besten Jahren. Sie besucht eine Party. Sie trifft einen Mann vom LAPD. Sie erwähnt den Fall ihrer Schwester. Sie *fragt* sich. Sie bittet darum, über den letzten Stand der Ermittlungen informiert zu werden.

Der Mann ruft beim Raubmorddezernat an. Detective Dave Lambkin nimmt ab. Er arbeitet im Sonderdezernat für Vergewaltigung. Er ist 20 Jahre im Beruf. Der Gorman-Fall ist ihm unbekannt.

Der Mann gibt die Anfrage der Schwester weiter. Lambkin reagiert. Er liest die Gorman-Akte. Er bemerkt die unbekannten Fingerabdrücke. Er schickt sie ans FBI.

Das FBI schickt sie durch den CODUS-Computer. Sie erhalten einen eindeutigen Treffer.

Die Rückfrage ergibt einen Namen. Der Mann war damals *jung* und ist heute *alt*. Jetzt ist er tatverdächtig.

Der Erinnerungsfetzen. Das Bild. Das ein klein wenig deutlicher wurde – sie hatte einen Pagenschnitt.

Ricks Zusammenfassung. Das Grauen. Die Watts-Unruhen. *Mein* Sommer im L.A. von 1965. Ein Steinwurf von *ihr* entfernt.

Zeig mir die Akte. Ich muss das *sehen.*

Ich flog rüber. Das war im Dezember 2000. Ich hatte ein Zimmer in Beverly Hills gebucht. In unmittelbarer Nachbarschaft von Beverlywood. Ein Steinwurf von Hillsboro, Ecke Sawyer entfernt.

Es war kühl. L.A. roch nach frischem Regen. Was ich ignorierte. Ich beschwor den heißen Sommer von 1965 herauf.

Ich mietete einen Wagen. Ich fuhr zum Parker Center. Rick stellte mich Dave Lambkin vor. Er war Mitte vierzig, kahl, mit ungeheuer intensiven, hervorquellenden Augen. Er sprach schnell und artikuliert. Mit blitzartig aufeinanderfolgenden Gedanken, die immer Hand und Fuß hatten. Die Akte umfasse vierzehn Kisten. Er setzte mich bezüglich des Tatverdächtigen auf den neuesten Stand.

Nennen wir ihn Mr X. Mr. X ist *jetzt* neunundsechzig. Mr. X war *damals* vierunddreißig. Er hatte ein kleines Vorstrafenregister. Winzig – eine Festnahme wegen Hehlerei, um 1971.

Daher der Fingerabdruck in den Akten. Daher der CODUS-Treffer. Daher: als haupttatverdächtig eingestuft.

Keine Verbindung zu den Gormans. Das ist gut. Das macht besonders deutlich, dass es hier um Zufallssex ging. Ed Gorman ist verstorben. Mutter und Schwester kennen Herrn X nicht. Sie haben ihr Gedächtnis zermartert.

Also:

Wir überprüfen den Hintergrund. Wir haben ein positives Gefühl. Wir haben seinen damaligen Aufenthalt in West L.A. nachgewiesen. Wir haben ihn überwacht. Wir haben seinen Fingerabdruck auf einer Kaffeetasse gefunden. Wir haben sie bei einem Abendessen geklaut.

Wir brauchen Zusatzfakten. Die entscheidend sind. Mit denen wir den Durchsuchungsbefehl bekommen. Sie werden das weitere Vorgehen bestimmen.

Zeigt mir die Akten. Zeigt mir als Erstes die Bilder.

Wir gingen ins Büro des Vergewaltigungsdezernats. Ich sah Kisten und Aktendeckel. Ich sah an die Wand geklebte Tatortaufnahmen. Der Erinnerungsfetzen wurde nun plastisch präsent.

Die L.A.-*Times*. Das Bild auf dem Falz. Das Mädchen mit dem Pagenschnitt.

Lambkin reichte mir die Bilder. Verblasste Kodachromes. Die Farben wirkten sonnengebleicht. Die Schatten leuchteten surreal.

Der Patio. Die blutigen Handtücher. Das südliche Bett steht schräg. Eine verschossene Patronenhülse.

Ich krampfte zusammen. Ich wusste, dass ich sie nun zu sehen bekommen würde. Ich wollte das sehen. Ich vertraute meinem Motiv. Ich wusste, dass meine Augen vergewaltigen würden.

Da –

Ich konnte ihre Schönheit nicht von dem Grauen lösen. Ich

empfand mich als unverschämt und war zugleich klinisch konzentriert. Ihre Sanftheit mischte sich mit dem Blut.

Ich hörte früh auf. Die Akte war bedrohlich umfangreich und zu detailliert. Die Bilder gaben mir Stoff genug.

Ich gehöre toten Frauen. Klar und deutlich gesagt. Sie ist Geneva Hilliker Ellroy die Zweite.

Ich ging zurück ins Hotel. Ich machte eine Zeitreise. Ich nahe, eine Beziehung zum Erinnerungsfetzen auf.

Es war im »Sommer der Freiheit«. Ich war siebzehn. Ich war ein Jahr und drei Monate älter als Stephanie. Ich lebte acht Kilometer nordöstlich von ihr. Ich hatte bis Mitte März die Fairfax High School besucht. Fairfax war größtenteils jüdisch. Ich war nichtjüdisch und verwirrt. Ich verzehrte mich nach Aufmerksamkeit, Liebe und Sex. Ich tat nichts Konstruktives, um sie mir zu verdienen. Ich gierte nach jüdischen Mädchen. Ich verfolgte sie auf meinem Fahrrad. Ich zog in meiner Schule antisemitische Nummern ab. Ich erhielt einen Tritt in den Hintern. Fairfax schmiss mich raus.

Mein Vater war alt und schwach. Er ließ zu, dass ich mich bei der Army meldete. Ich hasste die Army. Sie jagte mir panische Angst ein. Mein Vater hatte einen zweiten Schlaganfall. Ich simulierte einen Nervenzusammenbruch. Ein Army-Psychiater nahm mir das ab. Mein Vater starb am 04.06.65. Die Army ließ mich laufen.

Ich ging zurück nach L.A. Ich war siebzehn und dienstuntauglich geschrieben. Die Army gab mir Geld für die Heimreise. Ich fälschte die Unterschrift meines Vaters auf seinen letzten drei Social-Security-Schecks. Ich gab das Geld aus. Ich fand eine billige Wohnung. Ich bekam einen Job als Austeiler von Flugzetteln. Ich klaute Essen und Schnaps. Ich schluckte Pillen und rauchte Marihuana. Ich war 1,90 m groß und wog knapp 64 kg. Alles machte mir Angst. Ich las Krimis, fantasierte und wichste. Ich war ein menschenfeindlicher, hasenherziger Sonderling.

Ich verfolgte Mädchen. Meine Nummer war der absolut einseitige monogame Schwarm. Meine antijüdische Haltung war nur Mache. Jugendlicher Bildersturm. Ein Winseln um Hilfe, ein Betteln um Liebe. Die Fairfax High School war snobistisch und streng klassenbewusst. Der Bezirk der Fairfax schloss sich an den der Hamilton High School an. Die Hamilton High School war ebenso jüdisch. Hamilton High war angeblich noch versnobter und noch klassenbewusster. Hami-Kids waren chic, Hami-Kids verachteten Knilche, Hami-Kids waren auf der Höhe des coolen Zeitgeistes.

Nähe.

Stephanie war wunderschön. Ich zweifelte nicht, dass sie ein anständiges Mädchen mit einer starken Persönlichkeit war. Sie hätte mich angelockt. Ich hätte sie verfolgt. Ich hätte zärtliche Gedanken gehegt. Mit genügend Alkohol hätte ich mich möglicherweise getraut, sie in echt anzumachen – Billigwein, gefolgt von Cloret-Rachenputzern. Möglich, dass sie mich umgehend hätte abblitzen lassen. Möglich, dass sie mich freundlich hätte abblitzen lassen. Möglich, dass sie mich hätte ausreden lassen. Ich war groß, ich hatte eine eigene Wohnung, ich hatte eine Mutti, die ein Mordopfer war. Manchmal können die Verzweifelten Eindruck schinden.

Höchst unwahrscheinlich. Wunderschöne Mädchen machen verzweifelten Jungs Angst. Ed Gorman hätte mich umgehend durchschaut. Er hätte meinen goyischen Arsch von seiner Veranda getreten.

Ja, ich hätte sie verfolgt. Nein, ich hätte ihr niemals nur ein Haar gekrümmt.

Das Haus war unschuldig. Das Licht im nordöstlichen Schlafzimmer war eingeschaltet. Rick und ich baldowerten.

Verbrechen bei Tage, Überwachung bei Nacht. Wir hatten beide eine Schwäche für Tatorte. Sie sprachen zu uns. Sie luden zu Zeitreisen ein. Sie belebten unsere Gespräche.

Wir saßen in Ricks Wagen. Festliche Lichter leuchteten – Weihnachtslämpchen und Menoras. Ich erwähnte ein Buch. Ich hatte es um 1965 gelesen. Ein Krimi mit dem Titel *Haftbefehl gegen X.*

Rick sagte, die Sache mit X ließe sich gut an. Der Verdächtige war am Tatort. Noch wusste man nicht, wann. Man wusste *bestimmt*, dass er die Gormans *nicht* kannte. Er entsprach der Täterbeschreibung des Spanners. Er war ein südamerikanisch wirkender Weißer. Ich überlegte. Stephanie könnte gegen ihn gekämpft haben. Er hätte in Panik geraten und sie erschießen können. Rick zitierte Dave Lambkin. Dave war ein Spezialist für Sexualverbrechen. Dave setzte bestimmte Faktoren voraus.

Potenzielle Killer hegen Fantasien. Die sie selten ausleben. Die meisten potenziellen Killer töten nie. Manchmal kommen bestimmte Faktoren zusammen. Das richtige Opfer erscheint. Eine Gelegenheit ergibt sich. Stressfaktoren stacheln den potenziellen Killer an. Ärger in der Familie, Sexualabstinenz, Schnaps oder Drogen. Ein Schalter kippt. Er handelt.

Ich meinte, dass dies auf den Fall meiner Mutter zutreffen könne. Die Bindung von Opfer und Mörder. Bestimmte Männer töten bestimmte Frauen und töten dann nicht mehr. Sie bringen ihre Fantasien in die Tat ein. Sie projizieren ihren Zorn und ihre Gier auf ein weibliches Bild. Vielleicht strahlte meine Mutter kühnen Wagemut aus. Vielleicht strahlte Stephanie eine Sanftheit aus, deren er sich bemächtigen wollte. Der Mörder brachte meine Mutter um. Er hat sie wahrscheinlich geschlagen und vergewaltigt, als sie ohnmächtig war. Stephanie schrie und wehrte sich. Sie kam vom südlichen Bett los. Sie störte die Fantasien des Mörders.

Er tötete sie. Eine Tat, die ihn traumarisierte. Er tötete nie mehr.

Rick hielt das für möglich oder auch nicht. Der Fall sah nicht nach klarer Mordabsicht aus. Sondern nach Vergewaltiger-Panik und Vergewaltigungs-Eskalation. Das Ficken erforderte die Schnur und die Waffe. Die Waffe zur Bedrohung, die Schnur zur Überwältigung. Die meisten Vergewaltigungen wurden nicht angezeigt. Vergewaltigung als soziales Stigma – 1965. Stephanie konnte Opfer Nr. 16 oder Nr. 60 sein. Die Besonderheit gerade dieser Beziehung, die Art und Weise, wie er auf sie reagierte – irgendein Faktor brachte ihn dazu, sie umzubringen. Ihre Schönheit und Sanftheit, sagte ich. Wumm – sein Schalter kippt. Er sieht, wohin ihn sein Scheißleben geführt hat. Seine Stresstoleranz wird überfordert. Eine glückliche Jugendliche bezahlt mit ihrem Leben.

Frauen als Einwegspiegel. Frauen als Zauberblock. Der Mörder greift sich ein wirkliches Bild und zeichnet es um. Die von ihm vorgenommenen Veränderungen lösen in ihm weitere Reaktionen aus. Er nimmt Sexualsignale wahr. Einzelheiten werden verzerrt und vergrößert. Das Gegenüber wird zum Zerrspiegel. Der ganze Vorgang findet in seinem Kopf statt. Die Frau nimmt bizarre Formen an. Sie wird entmenschlicht.

Wir verwarfen die Analyse. Wir sprachen derb und zornig. Wir fantasierten uns in eine rechtslastige und gerechtfertigte Fantasie hinein. Der Gorman-Mord war eine Einzeltat. Der Gorman-Mord war eine moralische Schande. Durch nichts zu rechtfertigen. Der Mörder musste büßen. Seine Kindheitstraumata mit den zugehörigen Rechtfertigungen hatten keine Strafmilderung zur Folge. Der Sauhund gehört abserviert –

Ich vertiefte mich in die Akte. Ich traf Dave Lambkins Partner, Tim Marcia. Er ergänzte Lambkin. Er war groß und athletisch gewachsen. Er hatte einen wiegenden Gang. Er sprach weniger als Lambkin. Er bedachte seine Worte und kam gleich auf den Punkt.

Wir holten Aktendeckel raus. Ich las den Autopsiebericht und den ersten zusammenfassenden Bericht. Ich überprüfte die Tatortbilder erneut. Ich bildete Theorien. Ich überließ mich möglichem Wunschdenken.

Keine vaginalen oder rektalen Verletzungen. Keine fremden Flüssigkeiten. Als Jungfrau und Nichtjungfrau eingeschätzt. Kein Samen und keine Jergens-Creme in ihrem Körper. Vaginaler Riss infolge natürlicher Ursachen.

Doc Kade war tot. Koivu war tot. Ebenso Munkres und Buckles. Byron war in einem Altersheim. Er war ein Greis. Es gab niemand, der hier was klären konnte.

Mein Gefühl: keine Penetration. Der Mörder hat Stephanie nicht vergewaltigt.

Tim Marcia stimmte dem bei. Sie war jung und innerlich eng. Sie kämpfte. Ihre Beine waren nicht festgebunden. Es gibt kein Jergens auf dem Bettüberwurf/kein Jergens auf dem Boden. Es gibt einen Samenflecken auf dem östlichen Bett. Vielleicht erzwungene orale Kopulation. Vielleicht hat sich der Mörder abgewichst.

Ich fragte nach dem Beweismaterial in der Asservatenkammer. Ich erwähnte die DNA auf dem Bettüberwurf. Marcia sagte, den habe ein Polizist fortgeschmissen. Ein Skandal. Ein Polizist auf dem Frühlingsputztrip.

Ich las Berichte. Ich überflog Verbrecherfotos. Ich nahm mir das Phantombild des Spanners vor. Dave Lambkin führte mir einen Scherenschnitt-Trick vor. Er nahm ein seitliches Foto von Mr.

X. Er legte es gegen eine Profildarstellung des Spanners. Sie stimmten exakt überein.

Mr. X sah sehr nach dem Täter aus. Sie konnten ihn noch nicht stellen. Was sie zu gerne getan hätten. Die Rache winkte. Poch, poch – komm her, du Arsch.

Ich las die Akte. Ich vertiefte mich in die Geschichte des Schuhspanner-Vergewaltigers und des reumütigen Vergewaltigers. Ich las die Mitschriften der obszönen Anrufer. Ich erinnerte mich an meine Anrufe bei fremden Mädchen. Ich versuchte, cool zu wirken. Die Mädchen lachten mich aus und brachten mich dazu, aufzulegen.

Ich fand die Notizen aus San Diego. Ich fand die Weihnachtskarte des Jungen. Ich hatte damals im Sommer *The Collector* gelesen. Das Buch hatte mich angetörnt. Die gefangene Frau war ein Rotschopf. Meine Mutter war ein Rotschopf gewesen. Samantha Eggar war ein Rotschopf. Sie spielte im Film die Gefangene. Ich sah ihn während der Watts-Unruhen. Er spielte in Beverly Hills – ein Steinwurf von Hillsboro, Ecke Sawyer entfernt.

Tim Marcia und ich besprachen eine schräge Überlegung. Der Gorman-Mord – als einverständiger Sex, der schieflief.

Dafür und dagegen. Coronado/das Spiel mit dem Strick/der Bezug zum *Collector*. Ein geheimer unbekannter Freund. Die Waffe und der Strick als Requisiten aus dem Buch. Die wackelige Psyche des Jungen. Keusche Kicks und die von Stephanie bestimmten Grenzen.

Das funktionierte zehn Sekunden. Dann hatte sich der Gedanke erledigt.

Warum das Schlafzimmer der Schwester nehmen? Stephanies Zimmer ging nach hinten raus. Mama und Papa parken hinten. Sie kommen heim – huch – trennen wir uns.

Und:

Die aufgeplatzte Lippe/der entsprechende Schlag/die Beule am Kopf/die Schleifspuren/der Strick an der Vordertür.

Dave legte die Akte einem FBI-Profiler vor. Der Profiler ging von einem Angriff über die Vordertür aus. Der Mörder klopft. Stephanie macht auf. Ihr letzter Blick aufs Tageslicht.

Ich überflog die Akte. Ich las die Berichte über jugendliche Kriminelle aus der Georgia Street. Ich hatte mal eine Nacht in der Georgia Street zugebracht. Im August 65. Ich hatte etwas Eiscreme geklaut. Das LAPD hatte mich festgenommen.

Eine erschreckende Erfahrung. Hartgesottene Kids machten sich über mich lustig. Der Vater eines Freundes holte mich raus. Er brachte mich zur County-Bewährungsstelle. Ich war zu alt, um adoptiert zu werden. Jemand unterschrieb eine Erklärung. Durch die ich zum »emanzipierten Jugendlichen« wurde.

Die Berichte beschrieben eine wilde und weichliche Welt. Ausschließlich jüdische Übeltäter aus der Mittelklasse. Zwei Namen fielen mir auf. Einen Burschen hatte ich an der John Burroughs Junior High School gekannt. Mit einem anderen hatte ich Marihuana geraucht. Er kannte meinen Kumpel Craig Minear. Craig war mit seinem zweisitzigen Flugzeug abgestürzt. Er war im November 70 gestorben.

Ich las die Akte rückwärts und vorwärts. Ich freundete mich mit Dave und Tim an. Wir grunzten angesichts der Telefonprotokolle und der pikaresken Sexfreaks. Wir sprachen über die Einschätzung von Vergewaltigung und Nichtvergewaltigung. Wir lobten und betrauerten Stephanie.

Tim und ich fuhren zur Hamilton High School. Wir überprüften alte Jahrbücher und fanden Stephanie. Schlank in ihrem akademischen Sweater. Die Pagenfrisur weist nach unten und wird von Haarspangen zusammengehalten. Ihr Ausdruck wechselt von

Bild zu Bild. Sie ist ein nachdenkliches Mädchen. Sie versucht, Glück an den Tag zu legen. Was ihr nicht immer gelingt.

Ich sagte Tim, dass ich sie bis in den Tod liebte. Er sagte, dass es ihm nicht anders ging.

Die Untersuchung gewann Schwung. Dave und Tim arbeiteten am Haftbefehl für X.

Sie hatten seine CII-, FBI-, LAPD-Festnahmedaten. Das Auto-Track-Computersystem besorgte ihnen zehn bisherige Adressen. Sie hatten die Daten seiner Frau und seiner Ex-Frau. Er hatte seine Ex 1962 geheiratet. *Er hatte 1965 in West L.A. gewohnt.* Sie hatten die Daten seiner Kinder und seines jüngeren Bruders. Der »Familien-Index« zog sich über 100 Seiten hin. Darin waren bisherige Adressen und Verkehrsdaten aufgeführt. Andere Leute, die an den alten Adressen wohnten. Mr. X hatte einen Sohn und eine Tochter. Der Sohn war sauber. Bei der Tochter gab es Festnahmen: Rauschgift/Diebstahl/Prostitution.

Der Fall beruhte auf dem Fingerabdruck. Der Fall beruhte auf dem Leugnen von X. Nein, ich war nie in dem Haus. Blödsinn, Sie *sind* dort gewesen.

Es gab einen LAPD-Fingerabdruck – der einen Fall von 1963 gelöst hatte. Der vor vier Jahren vor Gericht kam. Hollywood Division –/Herbst 63. Männlicher Mörder/weibliches Opfer.

Sie prüften unbekannte Fingerabdrücke. Sie benutzten CODUS. Sie erhielten einen Treffer. Der Mann wohnte in Minnesota. Er bestritt, dass er in der Wohnung gewesen war. Er habe damals in der Navy Dienst getan. Was Navy-Akten widerlegten. Ein Geschworenengericht verurteilte ihn.

Der Abdruck war *entscheidend.* Die Konfrontation würde eine Reaktion auslösen. Wir stellen sicher, dass seine Frau weg ist. Wir stellen ihn allein. Wir überführen ihn langsam. Wir haben einen Durchsuchungsbefehl dabei.

Dave war damit beschäftigt, den Durchsuchungsbefehl zu schreiben. Er geriet detailliert und legalistisch. Sie suchten nach:

Persönlichen Notizen. Daten über Fahrzeuge – späte Fünfziger bis späte Sechziger. Waffen und Munition. Dokumente, die am 05.08.65 die Größe von Herrn X beschreiben konnten. Fotos von Herrn X in einer blauen Uniform. Zimmermannsschnur oder X mit derselben. Dokumente, die den Aufenthalt von Herrn X am 05.08.65 bestimmen konnten. Dokumente, denen sich Beziehungen zur Familie Gorman entnehmen ließen. Fotos, Filme oder Videos, die Gewalt gegen Frauen zeigen. Pornografische Darstellungen gefesselter Frauen.

Dies war eine Dreifach-Attacke. Der Fingerabdruck/der Durchsuchungsbefehl/die Reaktion und/oder das Leugnen von Herrn X. Augenzeugen gab es nicht mehr.

Dave und Tim hatten viel zu tun. Neue Aufgaben führten sie von ihrer Gorman-Verpflichtung weg. Dave arbeitete nur zeitweise am Durchsuchungsbefehl. Er schaute manchmal schnell im Vergewaltigungsdezernat vorbei. Er ging am Foto an der Wand vorbei. Er sagte jedes Mal: »Sorry, Stephanie.«

Ich hing in L.A. rum. Ich fuhr vormittags und abends beim Gorman-Haus vorbei. Ich las die Akte. Ich untersuchte die Behauptungen und Zurücknahmen derselben von Dave S. Ich dachte an Stephanie. Ich brachte ihr Blumen ans Grab. Ich dachte ans »Laura-Syndrom«.

Das Buch und der Film definieren. Beide stehen bei den Profis der Mordkommissionen in hohem Ansehen. Die Heldin ist anmutig und verstörend. Sie ist ein Mordopfer. Ein Bulle bearbeitet ihren Fall. Lauras Porträt verführt ihn. Sie kehrt lebendig zurück. Das Mordopfer ist eine andere. Laura und der Bulle verlieben sich.

Eine lachhafte Wunscherfüllung. Die die Macht der Toten bestreitet. Sie nisten sich in unseren Leerstellen ein. Und lassen dort ihren Zauber wirken. Sie lassen die Zeit einfrieren. Sie machen unsere kurze Lebensspanne so kostbar. Sie bieten eine alternative Erinnerungssphäre. Ihre öffentliche Geschichte wird zum privaten Rückzugsgebiet. Sie lösen eine Mischung aus Rachsucht und Mitleid aus. Sie zwingen zur moralischen Entschlossenheit. Sie lehren, zarter zu lieben und die eigenen Besessenheiten zu fürchten und zu achten.

Meine Besessenheit begann 1958. »Sohn, deine Mutter ist umgebracht worden«, und die Folgen. Sie war mein erster unberührbarer Schwarm. Stephanie war meine Tochter oder eine Ballpartnerin. Sie tanzt in ihrem Leichentuch. Ich kenne sie nicht. *Ich kann sie spüren.* Sie dreht sich wirbelnd. Sie zeigt ihr Ballkleid. Ich kann ihre Korsage riechen.

Dave und Tim stellten den Durchsuchungsbefehl zusammen. Sie planten Fragen und Signale. Sie zogen Polizisten vom Orange County bei. Zwei Dezernate arbeiteten zusammen. Ein Richter unterschrieb den Durchsuchungsbefehl. Die Ex von Herrn X lebte in Riverside County. Sie planten eine zweigleisige Vorgehensweise. Dave und Tim werden Herrn X stellen. Zwei Polizisten werden bei der Ex vorbeischauen. Sie hatte 1965 mit Herrn X zusammengelebt. Vielleicht wusste sie etwas.

Das Datum wurde festgelegt: 23.01.01.

Ich ging nach Hause. Meine Frau und ich sprachen über Stephanie und diskutierten bis zum Heiserwerden. Ich freute mich über Helens Brillanz und ihre quick*lebendige* Gegenwart.

Wir liehen uns *Bye Bye Birdie* aus. Wir überprüften die Gruppenszenen. Wir konnten Stephanie nicht finden. Rick und ich führten Ferngespräche. Rick war glücklich. Das LAPD bildete ein

Dezernat für Ungelöste Fälle. Alles alte Mordfälle/rund um die Uhr. Rick, Dave und Tim waren die ersten Mitarbeiter.

Sie waren scheißglücklich. Rick war außer sich vor Freude. Zeitreisen grenzenlos.

Ich lieh mir *Pollyanna* aus. Ich sah Stephanie.

Sie war zehn oder elf. Sie stand, vom Zuschauer aus gesehen, links auf einer Empore. Hayley Mills sang »America the Beautiful«. Eine Reihe von Mädchen flankierte sie. Alle trugen Sternenbanner-Kleidchen.

Da steht Stephanie – lebend und in Farbe. Ein Kind auf der sicheren Seite des Sexus. Ihre Augen funkeln. Der Augenblick entzückt sie. Ihr Haar war damals noch heller. Sie hat haselnussbraune Augen wie ich.

Ich drückte auf Rewind und Fast Forward. Immer wieder. Ich beobachtete sie. Ich fing jeden Atemzug auf. Ich füllte einige Leerstellen aus.

Der Zugriff erfolgte. Präzise wie ein Uhrwerk.

Zwei Einheiten stehen bereit. Wumm – die Frau von Herrn X geht früh weg. Dave und Tim nähern sich dem Haus.

Sie sind nervös. Sie haben ein godzillagroßes Flattern im Bauch. Sie haben ihre Abzeichen und Ausweise zur Hand. Sie klopfen an die Tür. Herr X macht auf.

Er ist freundlich. Er ist nicht aufgeregt. Sie erwähnen einen alten Mordfall. Er zuckt nicht zusammen.

Er bittet sie herein. Sie nehmen alle Platz. Er wirkt verdutzt – ein alter Mordfall, wie?

Dave und Tim fangen an zu erklären. Herr X fällt ihnen ins Wort.

Das sechzehnjährige Mädchen, richtig? Daran kann ich mich erinnern. Ich war im Haus gegenüber. Das einem Freund gehörte.

Die Schwester rannte rüber. Mein Freund war ein Arzt. Er war nicht zu Hause. Ich rannte rüber, um zu helfen. Ich habe die Leiche gesehen. Die Bullen kamen. Die Bullen scheuchten mich raus.

Ach, Scheiße –

Er wirkte glaubhaft. Er wirkte wahrhaftig. Er lächelte. Er zeigte keine Nerven. Die Bombe zündete nicht.

Dave befragte ihn. Herr X reagierte. Der Arzt und die Frau – es geht beiden gut. Ja, wir sind noch in Verbindung.

Die Bombe ist gefallen. Auf *dich*. Ach Scheiße, wir haben –

Sie plauderten mit Herrn X. Seine Glaubhaftigkeit hielt stand. Sie verabschiedeten sich und gingen.

Sie fanden den Arzt. Sie nahmen ihn ins Verhör. Sie nahmen gleichzeitig die Ehefrau ins Verhör. Sie bestätigten die Ausführungen von Herrn X.

Herzzerreißend/wieder bei Punkt null angekommen/ein zufälliger Fingerabdruck/die Arbeit von Monaten versaut und im Eimer.

Dave rief an und sagte mir Beschied. Er beschrieb »den schlimmsten Tag meines Lebens«. Ich schaute mir nochmals *Pollyanna* an. Ich suchte den Auftritt von Stephanie.

Es ist vorüber. Es ist nicht vorüber. Es ist mehr als ein Jahr her. Abgeschlossen wird so was nie. Etwas derart Schlimmes hört nie auf. Der Mörder ist entscheidend und irrelevant. Er hat Stephanie zehn Minuten gekannt. Er hat sie nie geliebt. Seine Erinnerungen sind brutal und suspekt.

Baby, wer warst du? Wie wärst du aufgewachsen, und wen würdest du lieben? Wusstest du, dass du getriebene Männer rührst und lehrst?

Du hast deine Bannerträger. Drei Detectives und einen Chronisten. Wir wollen dich kennenlernen. Ein unablässiges Bemühen. Ein wahrscheinlicherer Ausgang als Gerechtigkeit.

Wir spinnen unsere Räder. Wir erhaschen Einsichten. Du wirbelst in dei-

nem Ballkleid. Begreif, dass wir dir ergeben sind. Begreif, dass du gegangen bist.

Mörderische Zweifel

1.

Houston Police Departement/District 6/Abschnitt 6 870.
Datum: 13.05.81.
Zeit: 21:30.
Ort: North Freeway 8 935.
Grundstück: Safeway Parkplatz
Vergehen: Kapitalverbrechen Mord
Opfer: Bobby Grant Lambert/weiß, männlich/53.
Tatverdächtig: Gary Graham/schwarz, männlich/17.
Fall Nr. 035 207 084.

Der Tatort:

Das Safeway-Grundstück. Rechtwinklig. Fünfundfünfzig Meter tief.

Nachtbeleuchtung. Parkfahrstreifen und Parkplätze.

Ein Zaun hinter dem Laden. Daneben kleine Häuser. Nördlich davon Stripschuppen.

Eine Parallelstraße zum Freeway. Zufahrt zum Parkplatz. Der Freeway verläuft dicht daneben.

Der Polizeiabschnitt: Unterklasse. Schlechte städtische Gegend.

Motels. Tankstellen. Arme schwarze Bevölkerung.

Augenzeugen sagen aus:

Das Opfer betritt den Laden. Das Opfer geht durch die Gänge. Das Opfer sucht sich Waren aus.

Drei Packungen Aufschnitt, Brot, Milch, Käse, Kekse, Ritz Cracker, Zwiebeln, Handschuhe, Mülltüten, ein Karton Raleigh-Zigaretten, ein Sixpack V-8.

Der Kassierer gibt die Waren ein. Das Opfer zahlt mit einer Hunderter-Note.

Das Opfer verlässt den Laden.

Das Opfer geht sechs Meter. Ein männlicher Schwarzer nähert sich ihm von hinten.

Zeugin Bernadine Skillern beobachtet.

Sie sitzt in ihrem Wagen. Zwei Kinder sitzen bei ihr. Ihre Tochter befindet sich im Laden.

Der Schwarze greift das Opfer an.

Er fasst ihm in die Gesäßtasche. Das Opfer reagiert.

Das Opfer weicht zurück. Es wendet sich ab.

Der Schwarze packt das Opfer am Kragen. Der Schwarze zieht eine Pistole und hält sie dem Opfer an den Kopf.

Zeugin Skillern beobachtet.

Sie befürchtet, dass ein Mensch erschossen wird. Sie versucht das zu verhindern. Sie drückt laut und lange auf die Hupe.

Der Schwarze wendet sich um. Zeugin Skillern sieht sein Gesicht. Das Opfer befreit sich.

Zeugin Skillern hört ein platzendes Geräusch. Das Opfer lässt seine Einkäufe fallen. Der Schwarze entfernt sich.

Andere Zeugen beobachten den Vorgang. Ihre Namen:

Daniel Grady/weiß, männlich/35 Jahre alt. Wilma Amos/schwarz, weiblich/32 Jahre alt. Sherian Etuk/schwarz, weiblich/29 Jahre alt.

Das Opfer stolpert. Das Opfer schwankt in Richtung Laden.

Zeugin Skillern startet ihren Wagen. Das Opfer fällt in den Türeingang.

Die Zeugin Skillern verfolgt den Schwarzen. Er befindet sich in ihrem Scheinwerferlicht. Er fängt zu rennen an.

Er rennt um den Laden herum. Die Kinder der Zeugin Skillern schreien. Zeugin Skillern kehrt um.

Ladenangestellte rufen die Polizei. Eine Ambulanz erscheint. Sanitäter untersuchen das Opfer.

Das Opfer wird tot aufgefunden.

Streifenwagen erschienen. Das Morddezernat erschien.

Für das Police Department Houston: die Detectives W. W. Owen und J. W. Ellis.

Sie überprüften die Einkaufstüte. Sie überprüften die Schusswunde.

Kleinkaliber. Die Einschussstelle: in der Nähe der Brustbeindelle.

Sie untersuchen die Kleidung des Opfers. Sie fanden:

Einen Kamm. Zwei Bleistifte. Ein Feuerzeug. Zündholzer aus dem Best Western Motel. Ein Schlüssel zu Zimmer 208.

Der Fahrausweis des Opfers. Im Staat Oregon ausgestellt.

Münzen im Wert von: 2,07 Dollar. Sechzig Hundertdollar-Noten.

Ein missglückter Raubüberfall. Der Mörder bekam Kleingeld. Dem Mörder entgingen sechs Riesen.

Die Spurensicherung erschien.

Spurensicherer fotografierten die Leiche. Spurensicherer fotografierten den Tatort. Pathologie-Mitarbeiter entfernten die Leiche.

Streifenpolizisten überprüften den Parkplatz. Sie fanden den Kleinbus des Opfers. Sie beschlagnahmten das Fahrzeug.

Owen und Ellis verhörten die Zeugen.

Zeugin Skillern beschrieb den Vorfall. Zeugin Skillern beschrieb den Mörder:

Schwarz, männlich. 18 bis 20 Jahre alt. Zwischen 1,75 und 1,85 groß.

Schlank gebaut. Schmales Gesicht, glatt rasiert. Kurz geschnittener Afrohaarschnitt. Weiße Jacke, schwarze Hose.

Zeuge Grady beschreibt den Vorgang. Zeuge Grady beschreibt den Mörder:

Schwarz, männlich. Groß, schlank, jung. Weiße Sportjacke. Kleinkaliberpistole.

Zeugin Amos ging nach Hause. Zeugin Amos rief beim Morddezernat an.

Sie beschrieb den Vorgang. Sie beschrieb den Täter:

Schwarz, männlich. In den Zwanzigern. Kurzes dunkles Haar. Schwarze Hose/weiße Jacke.

Zeugin Etuk beschrieb den Vorgang.

Sie arbeitet an einer Kasse. Sie hört draußen ein platzendes Geräusch.

Sie schaut zum Fenster hinaus. Sie sieht einen männlichen Schwarzen.

Er trägt einen weißen Blazer. Er trägt schwarze Hosen. Das Fensterglas verzerrt sein Gesicht.

Er wendet sich vom Opfer ab. Er verschwindet aus ihrem Blickfeld.

Owen und Ellis gehen ins Best Western.

Sie sprachen mit einem Mitarbeiter an der Rezeption. Sie sprachen mit einer Bardame. Sie sprachen mit einem Wachmann.

Zimmer 208: auf einen Ronald M. Allen ausgestellt.

Er stammt aus Burbank, Kalifornien. Er verließ das Hotel um 21:05 Uhr.

Owen und Ellis überprüften das Zimmer. Sie fanden:

Papiere. Namen und Telefonnummern. Quittung einer Reinigung auf den Namen Bobby G. Lambert.

Ein Aschenbecher. Zigarettenstummel.

Zwei Marken: Raleigh, eine andere.

Owen und Allen überprüften die Telefonzentrale. »Allen« machte 16 Anrufe.

Sie schrieben die Nummern auf. Sie fuhren zur Pathologie. Sie gaben die Nummern an einen Detective der Pathologie weiter.

Der Detective rief sie zurück. Er hatte fünf Vorwahlen angerufen. Er hatte eine Mrs. Ron Allen erreicht.

Sie sagte, Ron sei aus Houston weggezogen. Er hielte sich jetzt in Vegas auf. Bobby Lambert teile sein Motelzimmer in Houston.

Bobby hatte geschäftlich in Houston zu tun. Was, wusste sie nicht. Bobby hatte vor Kurzem seine Frau verlassen.

Der Detective telefonierte rum. Der Detective ermittelte den Kleinbus von Bobby. Der Detective erwischte einen Polizisten in Pima County, Arizona.

Der Polizist sagte, er könne jetzt nicht reden. Der Polizist sagte, er würde beim Morddezernat anrufen.

Owen und Ellis fuhren zum Morddezernat. Der Polizist rief sie an.

Er sagte, er habe Lambert überprüft. Es habe ein Verdacht auf Rauschgiftvergehen bestanden. Das Ergebnis sei positiv ausgefallen. Lambert war kriminell.

Ellis forderte mehr Daten an. Der Polizist sagte, er würde zurückrufen.

Ein anderer Polizist rief zurück. Er sagte:

Lambert hatte mit Rauschgift gehandelt. Er war am 14.08.80 festgenommen worden.

Oklahoma City.

Lambert fliegt Rauschgift ein. Lambert wird erwischt. Lambert steht unter Anklage.

Eine kleinere Menge Kokain. 20 000 Quaalude-Tabletten.

Owen und Ellis arbeiteten die Nacht durch. Detective D. W. Autrey half mit.

Er fuhr zur Asservatenkammer. Er überprüfte Lamberts Van.

Er fand:

Marihuana.

Drei Schusswaffen.

Ein Fahrausweis aus New Mexico. Ein Fahrausweis aus Kanada. Eine Funklizenz. Eine Versicherungskarte. Ein Einberufungsausweis.

Ausgestellt auf:

Billy Francis Smith – geb.: 01.03.30.

Außerdem:

Gerichtspapiere. Oklahoma District Court. Eine Kautions-Quittung für Bobby G. Lambert.

Die Autopsie wurde pro forma durchgeführt. Ebenso die forensischen Untersuchungen.

Das Opfer starb an einem Schusswundentrauma. Er wurde von einem Geschoss Kaliber .22 getroffen.

Die Drogenpolizei rief bei Owen und Ellis an. Sie beschrieben Bobby G.

Bobby war ein Dealer. Bobby hatte im Schaustellergewerbe gearbeitet.

Bobby war ein Betrüger. Bobby war ein übler Kerl.

Bobby war ein leidenschaftlicher Glücksspieler. Bobby liebte Vegas. Bobby war mit einem Typen namens Ron Allen zusammen.

Ron war ein Glücksspieler. Ron war ein Billard-Profi. Ron und Bobby bedeuteten Ärger.

Owen und Ellis gingen in den Safeway. Sie fanden einen weiteren Augenzeugen.

Er hieß Ronald Hubbard. Er arbeitete im Safeway. Er sagte aus:

Er war Einkaufswagen einsammeln. Er sah einen Mann draußen stehen. Der Mann wandte sein Gesicht ab.

Hubbard ging Richtung Laden. Hubbard hörte einen Schuss. Hubbard sah einen Mann mit einer Waffe.

Hubbard beschrieb den Mann.

Schwarz. Anfang 20. 1,56 m, 55–60 kg. Kurzer Afrohaarschnitt, glatt rasiert. Weißer Blazer, schwarze Hose.

Owen und Ellis riefen bei Zeugin Skillern an. Ms. Skillern begab sich ins Morddezernat. Ms. Skillern stellte ein Phantombild zusammen.

Autrey und Detective Rascoe halfen.

Ms. Skillern wählte Eigenschaftsstreifen aus. Ms. Skillern stellte ein Gesicht zusammen.

Gesichtstönung: F-1–1. Nase: N-9–2. Lippen: L-3–1. Augen: E-58–2. Kinn: C-26–2. Haar: H-131–2.

Autrey arbeitete am Phantombild. Owens und Ellis untersuchten Lambert.

Sie verhörten die Ehefrau. Sie befragten die Drogenbehörde. Sie befragten die Polizei von Pima County.

Sie erhielten nichtssagende Negativauskünfte.

Lambert war ein Spieler. Lambert war ein übler Kerl. Lambert spielte Billard in Houston.

Das erschien zusammenhangslos. Das deutete auf Raubmord hin.

Autrey bekam einen Anruf.

Die Anruferin hieß Wilma Mukes. Sie sagte aus:

Ihre Schwester hieß Florence McDonald. Ms. McDonald war in den Safeway gegangen. Ihre Söhne kamen mit.

Die Söhne:

James Mukes/schwarz, männlich/7 Jahre. Alfonzo McDonald/schwarz, männlich/10 Jahre. Leodis Wilkerson/schwarz, männlich/12 Jahre.

Ms. McDonald geht in den Laden. Die Jungs sitzen im Wagen. Die Jungs sehen die Erschießung.

Sie kennen den Schützen. Sie haben ihn schon vorher gesehen. Er hängt in der Nähe ihrer Wohnung rum.

Autrey befragte Ms. McDonald. Sie sagte aus:

Die Jungs sahen die Tat. Die Jungs sahen den Schützen. Die Jungs sahen ihn einen Tag später.

Er stand auf der anderen Straßenseite. Er stand neben Judy Browns Haus.

James Mukes sah ihn. James schrie Leodis und Alfonso an. James schrie: »Das ist der Mann, der geschossen hat.«

Der Mann rannte weg. Die Jungs sagten es Ms. McDonald.

Autrey befragte Judy Brown. Sie sagte aus:

Der Mann gleicht Curly Scott. Curly hat ihre Tochter geschwängert.

Das Baby kam zur Welt. Curly schaute immer seltener vorbei.

Curly war groß und mager. Curly war glatt rasiert. Curly wohnte an der Phillips 7 339.

Autrey überprüfte Curly. Detective D. W. Cook unterstützte ihn.

Sie erfuhren:

Curly hatte Vorstrafen. Curly hatte Kautionen platzen lassen. Auf Curly waren Haftbefehle ausgeschrieben.

Curly hatte vier neuere Adressen. Die Wohnung in der Phillips und drei weitere.

Autrey und Curly suchten nach Curly. Autrey und Cook fanden ihn nicht.

Owen und Ellis stellten eine Fotovorlage zusammen.

Sie nahmen ein Verbrecherfoto von Curly Scott. Sie legten vier beliebige Männer dazu.

Zeuge Hubbard sah sich die Zusammenstellung an. Er konnte den Schützen nicht erkennen. Zeuge Hubbard sah sich das Phantombild der Zeugin Skillern an. Er sagte, dass es dem Typen gliche.

Zeugin Amos sah sich die Zusammenstellung an. Sie konnte den Schützen nicht erkennen.

Zeugin Skillern sah sich die Zusammenstellung an. Sie konnte den Schützen nicht erkennen.

Zeugin Etuk sah sich die Zusammenstellung an. Sie konnte den Schützen nicht erkennen.

Owen und Ellis suchten den Zeugen Grady. Owen und Ellis fanden ihn nicht.

Der Lambert-Fall war eine Woche alt. Der Lambert-Fall steckte fest.

Owen und Ellis erhielten einen Anruf. Ein Abschleppwagen-Fahrer sagte aus:

Am 13.05. 22:00 Uhr. Er ist in seinem Abschleppwagen unterwegs.

Er fährt an der Stuebner Air Line und Gulf Bank vorbei. Er nähert sich dem Safeway. Er sieht zwei schwarze Männer in einem Plymouth.

Sie wirken »verdächtig«. Er folgt ihnen. Er schreibt ihr Nummernschild auf.

Die Schwarzen sehen den Abschleppwagen. Die Schwarzen geben Gas. Die Schwarzen verschwinden.

Owen und Ellis machten den Plymouth ausfindig. Die Besitzerin: eine Linda Ann Thomas.

Owen und Ellis befragten Ms. Thomas. Sie sagte aus:

Ihr Sohn fuhr den Wagen. Sie tat das nie. Sie gab ihnen die Daten ihres Sohnes.

Reginald Thomas/schwarz, männlich/geb. 06.04.63.

Reginald Thomas rief beim Morddezernat an. Er sagte aus:

Er kaufte beim Safeway ein. Seine Freundin wohnte in der Nähe. Er kaufte dort Baby-Windeln.

Owen und Ellis befragten Thomas. Owen und Ellis befragten Ms. Thomas erneut.

Thomas erklärte:

Er war in der betreffenden Nacht ausgegangen. Er hatte seine Freundin abgeholt. Er traf um 19:30 oder 20:00 Uhr bei ihr ein.

Sie fuhren los. Sie parkten in der Nähe der Stuebner Air Line. Ein Abschleppwagen fuhr dicht an sie ran. Der Abschleppwagen schaltete das Licht aus.

Thomas bekam es mit der Angst zu tun. Thomas fuhr seine Freundin nach Hause. Sie kamen um etwa 22:00 Uhr nach Hause.

Thomas sah sich das Phantombild an. Thomas kannte den Mann nicht.

Ms. Thomas sagte, sie habe zwei weitere Söhne. Sie hießen: Earnest und Melvin.

Melvin war im Gefängnis. Die Anklage lautete auf Mord.

Owen und Ellis machten Anrufe. Cook und Autrey führten die Außenuntersuchungen durch. Melvin Thomas: Fall Nr. 24 251 061.

Ein Schusswaffen-Mord. Mit einer .22 Pistole. Keine Waffe sichergestellt.

»Ein weiterer Verdächtiger« hatte sie weggeworfen. Ort unbekannt.

Cook und Autrey riefen beim Labor an. Das Labor überprüfte.

Das Thomas-Geschoss. Das Lambert-Geschoss. Vergleichen wir die beiden.

Kein Ergebnis.

Die Thomas-Kugel war zerschrammt. Der Vergleich erwies sich als undurchführbar.

Owen und Autrey riefen bei der Jugendbewährung an. Sie erfuhren:

Melvin Thomas war am 12.05. festgenommen worden. Melvin Thomas hat Bobby Lambert nicht getötet.

Cook und Autrey gingen erneut ins Safeway. Der Geschäftsführer sah sich das Phantombild an.

Er erklärte:

Der glich einem Ladendieb. Er hatte ihn vor ein paar Monaten erwischt.

Er war etwa 19. Er war zwischen 1,78 und 1,83 m. Er war sehr schlank.

Der Geschäftsführer überprüfte seine Akten. Der Manager musste passen.

Keine Aktennotizen. Keine Klageschrift.

Cook und Autrey führten Computer-Überprüfungen durch. Cook und Autrey fanden nichts.

Keine Klagen. Keine Daten.

Der Fall Lambert war zwölf Tage alt. Der Fall Lambert steckte fest.

Das Raubdezernat rief beim Morddezernat an. Detective J. W. Whiteley rief bei Autrey an.

Whiteley hatte einen Jugendlichen festgenommen. Er glich dem Phantombild. Er hatte eine .22 dabei.

Er war siebzehn. Er hieß Gary Graham.

Graham war ein Räuber. Graham hatte einen Raubzug begangen. Graham hatte mehrere Waffen benutzt.

Die Daten der Raubüberfälle: vom 14.05. bis zum 20.05 Uhr.

Sie hatten Graham am 20.05. festgenommen. Sie hatten Gegenüberstellungen arrangiert. Die Opfer der Überfälle hatten Graham identifiziert.

Graham war ein Räuber. Graham war ein Vergewaltiger. Zur Festnahme war es wie folgt gekommen:

20.05.81. Um 03:00 Uhr. Ein Taxi hält, um aufzutanken.

Am Steuer sitzt eine Frau. Das Taxi gehört ihr. Sie ist 57 Jahre alt.

Sie tankt. Gary Graham geht zu ihr.

Er sagt, sein Wagen sei stehen geblieben. Er brauche eine Taxe. Die Frau sagt okay.

Graham steigt ins Taxi. Sie fahren zur Ausfahrt Tidwell.

Graham weist sie neu an. Sie fahren zu einem leeren Wohnblock.

Graham zieht eine Waffe. Graham beraubt die Frau. Graham bekommt 15 Dollar.

Er ist sauer. Er braucht sechs Hunderter. Er sagt ihr, »er werde es mit ihr treiben«.

Sie sagt, sie sei zu alt. Graham schlägt sie. Graham sagt, sie solle nicht lügen.

Sie gehen in den Wohnblock. Sie gehen in eine leer stehende Einheit. Graham befiehlt der Frau, sich auszuziehen.

Er sagt, er werde sie »in die Ohren und Augen und überallhin ficken«.

Graham schwenkt die Waffe.

Graham vergewaltigt die Frau.

Graham versucht eine anale Vergewaltigung. Graham kann nicht in sie eindringen.

Die Frau fürchtet um ihr Leben. Der Wohnblock steht leer. Ihr Körper wird unentdeckt verwesen.

Sie spricht auf Graham ein. Sie beschreibt ihre Wohnung.

Da sei es bequem. Da sei es warm. Da könne sie vielleicht mehr Geld finden.

Graham nimmt es ihr ab. Sie fahren zu ihrer Wohnung.

Sie gehen rein. Graham sagt, er habe nichts zu verlieren. Er denke nicht daran, sich erwischen zu lassen. Sonst lande er auf dem elektrischen Stuhl.

Graham schnappt sich Schmuck. Graham schnappt sich andere Gegenstände. Seine Bewegungen wirken unkoordiniert, sein Gleichgewichtssinn gestört.

Er weist die Frau an, sich auszuziehen. Die Frau sagt, er solle den Anfang machen.

Graham zieht sich aus. Graham geht ins Bett.

Graham hat die Waffe. Graham weist die Frau an, »ihn abzulutschen«,

Die Frau beginnt sich auszuziehen. Graham beginnt einzuschlafen.

Die Frau wartet. Graham schläft ein. Die Frau schnappt seine Waffe, seine Kleider und ihr Geld.

Sie überlegt, Graham umzubringen. Sie entscheidet sich dagegen. Sie schließt Graham in ihre Wohnung ein.

Sie geht zur Wohnung des Hausmeisters. Der Hausmeister ruft beim Police Department Houston an.

Zwölf von Graham ausgeführte Raubüberfälle sind bekannt. Er war sieben Tage aktiv. Manchmal arbeitete er mit Komplizen.

Seine Komplizen: auf freiem Fuß. Seine .22: in der Asservatenkammer.

Autrey holte sie sich. Das Labor führte Tests durch.

Das Labor entschied:

Dies war NICHT die Lambert-Waffe.

Das Morddezernat verhörte Graham. Er bestritt den Lambert-Mord.

Er gab kein Alibi an. Er sagte, er könne bei einer Frau gewesen sein.

Ihren Namen wusste er nicht. Den Ort konnte er nicht angeben.

Owen und Ellis stellten eine Fotoauswahl zusammen.

Sie legten Gary Grahams Fotos dazu. Sie legten vier andere schwarze Männer dazu.

Zeugin Skillern sieht sich die Auswahl an. Sie sagt, dass das Graham-Bild dem Schützen gleiche.

Aber:

Der Schütze war dunkler. Das Gesicht des Schützen war dünner.

Unbestimmt. Eine nicht zwingende Identifikation.

Owen und Ellis schlagen eine Gegenüberstellung vor. Ms. Skillern ist einverstanden.

21:00 Uhr. 27.05.81.

Der Gegenüberstellungsraum/Police Department Houston.

Fünf schwarze Männer. Weiße Gefängniskluft. Gary Graham auf Platz Nr. 3.

Einweg-Spiegel. Dahinter Zeugen und Polizisten. Die schwarzen Männer sind von Scheinwerfern angestrahlt.

Zeuge Amos ist krank. Zeuge Amos fehlt.

Zeuge Hubbard sieht sich die Aufstellung an. Zeuge Hubbard lehnt eine Identifikation ab.

Er betont:

Er hat das Gesicht des Schützen nie gesehen. Der Schütze hat sein Gesicht versteckt.

Zeugin Skillern sieht sich die Aufstellung an. Ms. Skillern erklärt:

Sie hat Graham auf dem Foto erkannt. Das Foto sah aus wie der Schütze.

Aber:

Die Haut des Mannes war zu hell.

Aber:

Sie sah die Gegenüberstellung. Sie sah den Mann in echt.

JETZT war sie sicher.

Owen und Ellis setzten sich mit einem stellvertretenden Staatsanwalt in Verbindung. Die Staatsanwaltschaft erhob Anklage:

Festgenommen und beschuldigt:

Kapitalverbrechen Mord/182nd District Court/Fall Nr. 3 353 780.

Gary Graham/Houston Police Department Nr. 337 682.

2.

Das Verfahren. Von Richter Rick Trevathan geleitet.

Carl Hobbs für Harris County. Ron Mock und Chester Thornton für Graham.

Das County hatte kein Geständnis. Das County hatte keine Beweise. Das County hatte eine Zeugin.

Der Richter hatte Mock beauftragt. Mock hatte zwei Jahre Berufserfahrung. Thornton drei.

Thornton hatte um den Auftrag gebeten. Thornton kannte Graham. Thornton hatte vorherige Klagen bearbeitet.

Mock leitete die Verteidigung. Thornton stand ihm zur Seite. Beide Männer waren schwarz.

Das County gab Mock ein Budget. Für »Untersuchung und Recherchen«.

500 Dollar.

Mock beauftragte einen Privatdetektiv. Merv West verlangte 30 Dollar die Stunde.

Mock sprach mit Graham. Graham gestand den Raubzug ein.

Graham gestand Alkohol- und Rauschgiftsucht. Graham bot ein Alibi: »Ich bin irgendwo high gewesen.«

Thornton kannte Graham. Thornton kannte Grahams Geschichte.

Graham hatte sechs Geschwister. Sechs unterschiedlich gezeugte Geschwister. Alle mit verschiedenen Elternpaaren.

Grahams Eltern hatten sich getrennt. Grahams Vater saß wegen Raubüberfällen im Gefängnis. Graham ging in der siebten Klasse von der Schule.

Graham streifte durch Houston. Graham machte Ärger. Graham schlief bei Verwandten. Graham zeugte im Alter von 13 und 15 Jahren Kinder.

Mock hielt Graham für schuldig. Thornton war sich nicht sicher.

Sie erhielten die Daten über den Raubzug. Die Daten entsprachen denen des Mordes.

Mock erteilte Befehle. Mock wies Thornton an, sich um die Familie zu kümmern.

Versuch, Charakterzeugen zu beschaffen. Versuch, auf die Bemessung des Strafmaßes einzuwirken.

Graham gab Mock ein paar Namen. Potenzielle Alibi-Zeugen. Mock gab die Namen an Merv West weiter.

West setzte sich mit ihnen nicht in Verbindung. West hatte kapiert: Mock hält Graham für den Täter.

West sprach mit ein paar Polizisten. Sie hielten Graham für den Täter. West machte sich ihre Ansicht zu eigen.

Er ist schuldig.

West befragte Sherian Etuk. West befragte Daniel Grady. Sie hatten Graham nicht identifiziert.

West überprüfte das Safeway-Grundstück. West überprüfte die Nachtbeleuchtung.

West entschied:

Zeugin Skillern hätte das Gesicht des Schützen nur mit Mühe erkennen können. Die Distanz und die Beleuchtung waren der Wahrnehmung hinderlich.

West überprüfte das Opfer. Ein Polizist gab ihm Gerüchte weiter.

Lambert war ein Betrüger. Möglicherweise war Lambert schwul.

West rief bei einigen Angehörigen der Graham-Familie an. West sammelte Anekdoten. West überprüfte das Jugendvorstrafenregister von Graham.

West fasste den Gesamteindruck zusammen. Er ist schuldig.

West hatte bereits mit Mock zusammengearbeitet. Er kannte Mocks Stil.

Mock hatte Klienten, die er als sauber empfand. Mock hatte Klienten, die er als Übeltäter empfand. Auf die Übeltäter pflegte Mock keine Privatdetektiv-Zeit zu verschwenden.

Mock überlegte Strategien. Mock besprach sich mit Thornton. Sie stimmten überein:

Die Raubzugfakten erledigten Graham. Sorgen wir dafür, dass sie in der Beweisaufnahme nicht zur Sprache kommen. Das bedeutet, dass wir auf eine Alibi-Verteidigung verzichten.

Möglicherweise machte der Richter nicht mit. Möglicherweise zog der Richter Fakten aus den Raubüberfällen bei.

Halten wir Grahams Waffe aus dem Verfahren draußen. Womit auch der negative Test draußen vor bleibt.

Denn dadurch wären die Raubüberfälle Teil des Verfahrens geworden. Damit wären die Geschworenen vorbelastet gewesen.

Mock glaubte, er könne gewinnen.

Graham war ein Jugendlicher. Dies war kein zwingender Fall für die Todesstrafe.

Das Verfahren dauerte eine Woche.

Mock konnte die Raubüberfälle draußen halten.

Wilma Amos trat in den Zeugenstand. Sie sagte, sie habe das Opfer im Geschäft gesehen.

Sie unterhielten sich. Sie sprachen über Handschuhe.

Ms. Amos sah einen anderen Mann. Der Mann trug dunkle Hosen und eine weiße Jacke. Der Mann beobachtete das Opfer.

Ms. Amos stand in einer Kassenschlange. Der »andere Mann« ging aus dem Laden.

Ms. Amos bezahlte ihre Waren. Ms. Amos ging aus dem Laden.

Sie hörte eine Hupe. Sie sah das Opfer und den »anderen Mann ... aneinandergeraten«.

Der »andere Mann« erschoss das Opfer. Der »andere Mann« ging weg.

Die Nachtbeleuchtung war gut.

Aber:

Sie konnte den »anderen Mann« nicht identifizieren.

Daniel Grady trat in den Zeugenstand. Er sagte, seine Frau sei einkaufen gewesen. Er habe in seinem Wagen gesessen.

Das Opfer verließ den Laden. Ein schwarzer Mann näherte sich ihm. Der schwarze Mann griff dem Opfer in die Gesäßtasche.

Das Opfer lief die Lebensmittel fallen. Das Opfer wich zurück.

Der schwarze Mann zog eine Waffe. Der schwarze Mann erschoss ihn.

Grady sah das Gesicht des schwarzen Mannes. Grady konnte ihn nicht identifizieren.

Bernadine Skillern trat in den Zeugenstand. Sie sagte, sie habe in ihrem Wagen gesessen. Zwei Kinder befanden sich bei ihr.

Die Beleuchtung war gut. Sie konnte Menschen sehen. Sie konnte sie wiedererkennen.

Ein schwarzer Mann näherte sich dem Opfer. Der schwarze Mann war Gary Graham.

Die beiden gerieten aneinander.

Ms. Skillern drückte auf ihre Hupe.

Graham drehte sich um. Graham schaute sie direkt an.

Graham erschoss das Opfer. Graham ging schnell weg.

Ms. Skillern stellte ihren Motor an. Ms. Skillern schaltete ihre Lichter ein. Ms. Skillern verfolgte Graham.

Graham wandte sich um. Graham schaute zurück. Graham begann zu rennen.

Die Kinder begannen zu schreien. Ms. Skillern brach die Verfolgung ab.

Mock nahm Amos und Grady nicht ins Kreuzverhör. Mock stellte ihre Nicht-Identifikation nicht in Frage. Mock wollte keine zweideutigen Antworten.

Mock nahm Skillern ins Kreuzverhör. Mock nahm sie nicht scharf ins Verhör. Mock bezog sich auf Gary Graham als Täter.

Gerichtsprotokoll, S. 360–361. Mock zu Skillern:

»Entsprechend Ihrer Zeugenaussage hätte sich Mr. Lambert zur Linken des Angeklagten befunden, als die beiden sich zum ersten Mal gegenüberstanden.«

Gerichtsprotokoll, S. 375. Mock zu Skillern:

»Ich verstehe Ihre Aussage dahingehend, dass er, als Sie auf

Ihre Hupe drückten, Ihnen seinen Kopf für den Bruchteil einer Sekunde zugewandt hat?«

Skillern zu Mock: »Sie meinen Mr. Graham?«

Mock zu Skillern: »Ja, Ma'am.«

Das Verfahren ging zu Ende. Zwei Alibi-Zeugen boten sich an.

Loraine Johnson. Jo Carolyn Johnson. Grahams Kusinen.

Sie wussten, dass Gary festgenommen worden war. Das wussten sie im Mai. Sie boten die Alibis im Oktober an.

Sie gingen zum Gerichtsgebäude. Sie fanden Ron Mock. Sie sagten aus:

Gary war unschuldig. Gary hatte am 13.05. an einer Party teilgenommen.

Die Party fand in einer Seitenstraße statt. Loraine hatte Zahnweh. Cousin Williams Geburtstag war am 15.05. Daher konnten sie sich ans Datum erinnern.

Die Party war informell. Die Party dauerte bis spätabends. Williams war da. Fünf Frauen erschienen.

Gary erschien vor 18:00 Uhr. Gary blieb bis 01:00 Uhr.

Gary ging nur einmal weg. Gary und William gingen zu einem Alkoholladen.

Der war sechs Blocks entfernt. Sie kauften etwas Alkohol. Sie gingen zurück.

Mock nahm das nicht ernst. Mock schenkte den Zeugen keine Beachtung.

Mock sagte, Gary würde für schuldig befunden werden. Mock sagte, Gary *sei* schuldig. Mock sagte, er würde versuchen, Garys Leben zu retten.

Mock wollte Zeugen für die Bemessung des Strafmaßes. Mock wollte mildernde Umstände zusammentragen.

Das Verfahren endete. Die Geschworenen zogen sich zurück. Die Entscheidung lautete SCHULDIG.

Die Bemessung des Strafmaßes. Für Gary Graham:

Grahams Stiefvater tritt in den Zeugenstand. Er sagt aus:

Gary war nett zu ihm. Gary besucht seine Mutter. Gary mäht den Hof. Gary macht sauber und hilft seiner Mutter.

Gary kümmert sich um seine Mutter. Gary ist nicht gewalttätig. Gary versucht, für seine Kinder zu sorgen.

Grahams Großmutter tritt in den Zeugenstand. Sie sagt aus:

Gary wohnt manchmal bei ihr. Garys Mutter leidet unter nervösen Zuständen.

Gary macht ihr nie Ärger. Gary liebt den Herrn. Gary war nie gewalttätig.

Das County trägt vor. Die Raubüberfälle sprechen für sich.

Raub. In dreizehn Fällen. Identifikation durch Augenzeugen.

Datum: 14.05.–20.05.81.

17:30 Uhr. 14.05.81:

Graham beraubt einen Mann. Graham arbeitet mit einem Komplizen zusammen. Graham benutzt einen Magnum-Revolver.

Graham stiehlt die Aktentasche des Mannes. Graham stiehlt den Wagen des Mannes.

21:00 Uhr. 14.05.81:

Graham erscheint bei einer Autowaschanlage. Graham zeigt einen Revolver vor. Graham beraubt zwei Frauen.

Er nennt sie »bitch«. Er stiehlt ihren Cadillac. Er lässt seinen ursprünglichen Wagen stehen.

22:00 Uhr. 14.05.81:

Graham fährt den Cadillac. Graham arbeitet mit einem Komplizen zusammen.

Sie erscheinen auf einem Stop & Go Parkplatz. Sie überfallen einen Van. Sie bedrohen zwei Männer. Sie fordern ihre Uhren und ihr Geld.

Graham zieht eine Waffe. Graham schießt. Graham trifft den Mann in den Hals.

Die Kugel trifft den Kehlkopf des Mannes. Der Mann überlebt.

Graham stiehlt den Van. Der Komplize entkommt im Cadillac.

16:30 Uhr. 15.05.81:

Graham erscheint auf einem Woolco-Parkplatz. Graham geht zu einem Mann. Graham bittet darum, mitgenommen zu werden.

Der Mann erklärt sich bereit. Der Mann fährt ihn zu einem Jack in the Box. Graham sagt, das sei der falsche.

Der Mann fährt wieder weg. Graham holt eine Flinte hervor. Graham stiehlt den Van des Mannes.

18:30 Uhr. 15.05.81:

Graham erscheint auf einem Parkplatz. Graham sieht einen Mann in einem Cadillac. Graham bittet, ihm beim Starten seines Vans zu helfen.

Der Mann erklärt sich bereit. Der Mann bereitet seine Batterie vor.

Graham holt eine Flinte hervor. Graham drängt ihn in den Van. Graham bezeichnet ihn als »Motherfucker«. Graham droht, ihn über den Haufen zu schießen.

Graham stiehlt sein Geld und sein Scheckbuch. Graham stiehlt seinen Cadillac.

20:30 Uhr. 15.05.81:

Graham fährt mit dem Cadillac bei einem Nachtklub vor. Graham geht draußen auf einen Mann zu.

Graham holt eine Flinte hervor. Graham stiehlt den Werkzeugkasten des Mannes und seine Schlüssel.

Der Mann meldet den Diebstahl. Der Mann betritt den Klub. Der Mann verlässt den Klub um Mitternacht. Er ist mit einer Frau zusammen.

00:00 Uhr, Mitternacht. 16.05.81:

Graham erscheint auf dem Parkplatz. Graham hat einen Komplizen dabei.

Sie versuchen einen Raubüberfall. Graham holt eine Flinte hervor.

Der Mann hat kein Geld. Graham und der Komplize machen sich davon.

01:00 Uhr. 16.05.81:

Dem Caddy geht das Benzin aus. Graham schiebt. Ein Komplize hilft.

Sie schieben ihn zur Tankstelle. Ein Mann und eine Frau helfen mit.

Der Komplize holt eine Flinte hervor. Graham und der Komplize versuchen, den Van des Mannes zu stehlen.

Der Mann widersetzt sich. Der Komplize schießt ihn ins Bein. Graham und der Komplize stehlen den Van. Der Mann wird fünfzehn Meter mitgeschleift.

16.05.81:

Ein Familienwagen hat eine Panne. Er bleibt auf einem Highway stehen.

Graham hält. Er hat einen Komplizen dabei.

Sie bieten Hilfe an. Sie nehmen den Vater mit.

Graham holt eine Flinte hervor. Graham sagt dem Mann, er werde ihn töten. Graham zielt mit der Flinte auf ihn und drückt ab.

Der Mann schlägt den Lauf nieder. Graham schießt ihn ins Bein.

Graham stiehlt seine Halskette, seine Uhr und sein Geld. Graham sagt ihm, dass sie zurückfahren werden, um seine Familie umzubringen. Graham wirft ihn aus dem Wagen.

23:00 Uhr.18.05.81:

Graham erscheint auf einem Parkplatz. Er arbeitet mit einem

Komplizen zusammen. Sie sprechen einen Mann in einem geparkten Wagen an.

Graham zieht eine Pistole. Graham öffnet die Beifahrertür. Der Komplize öffnet die Fahrertür.

Sie berauben den Mann. Sie stehlen seine Brieftasche und seine Uhr. Sie stehlen seinen Wagen.

00:00 Uhr, Mitternacht. 19.05.81:

Graham erscheint auf einem Parkplatz. Graham arbeitet mit einem Komplizen zusammen.

Drei Leute stehen neben zwei Wagen. Zwei Männer, eine Frau. Graham und der Komplize erscheinen.

Graham hat eine Waffe. Der Komplize hat eine Flinte.

Sie durchsuchen die Leute.

Graham sagt: »He du, Son of a bitch, Motherfucker, gib mir deinen Scheiß.«

Graham schlägt den Mann mit seiner Waffe. Graham spannt die Waffe. Graham steckt dem Mann die Waffe in den Mund. Graham fordert seine Uhr, seinen Ring, seine Brieftasche.

Graham berührt die Brüste der Frau. Graham stiehlt ihren Ehering.

Abend. 19.05.81:

Graham erscheint in einer Parkgarage. Graham fragt einen Mann nach dem Weg.

Graham zieht einen Revolver. Graham stiehlt die Brieftasche des Mannes.

Graham steigt in den Wagen des Mannes. Graham bringt den Mann dazu, in der Garage herumzufahren. Graham sagt dem Mann, er habe sechs Menschen umgebracht.

19.05.81:

Graham erscheint auf einem Parkplatz. Graham geht zu einer Frau. Graham bietet an, ihr den Wagen abzukaufen.

Die Frau sagt Nein. Graham sagt, er habe eine Waffe. Graham verlangt die Wagenschlüssel. Graham stiehlt ihren Wagen.

Neun Opfer treten in den Zeugenstand. Neun Zeugen beschreiben Grahams Taten.

Eine Mitarbeiterin der Jugendbehörde tritt in den Zeugenstand. Sie sagt aus, dass sie Graham kannte. Sie kannte seinen Ruf.

Sein Ruf war schlecht.

Die Erhebungen zur Bemessung des Strafmales wurden abgeschlossen. Die Geschworenen entschieden auf Todesstrafe.

Graham wanderte in den Todestrakt. Graham gestand insgesamt zehn Raubüberfälle. Graham bekam zwanzig Jahre pro Überfall.

Richter Trevathan bestimmt einen Rechtsanwalt für die Revision. Er reicht Grahams automatischen Revisionsantrag ein.

Abgelehnt/Court of Criminal Appeals/12.06.84.

13.07.87: Grahams Rechtsanwälte stellen Antrag auf Haftprüfung beim Staat Texas. Abgelehnt/19.02.88.

23.02.88: Grahams Rechtsanwälte stellen Antrag auf Haftprüfung durch die Bundesbehörden. Abgelehnt/24.02.88.

31.08.88: Der Fifth Circuit Court of Appeals bestätigt die Ablehnung. Der gleiche Gerichtshof bestimmt einen Hinrichtungsaufschub während zweier noch ausstehender Entscheidungen des Supreme Court.

03.07.89: Der Supreme Court hebt die Entscheidung des Fifth Circuit auf. Er verweist den Graham-Fall erneut an den Fifth Circuit Court of Appeals.

07.03.90: Der Fifth Circuit hebt Grahams Todesurteil auf.

03.01.92: Der Fifth Circuit hebt die vorige Entscheidung auf. Er bestätigt die Ablehnung der Haftprüfung. Das Urteil wird vom Supreme Court bestätigt – am 25.01.93.

20.04.93: Graham stellt erneut Antrag auf Haftprüfung durch den Staat Texas.

27.04.93: The Court of Criminal Appeals weist den Antrag zurück.

28.04.93: Gouverneur Richards gewährt einen Hinrichtungsaufschub. Der State District Court legt ein neues Datum fest: 02.06.93.

28.04.93: Grahams Rechtsanwälte stellen Antrag auf Prüfung durch einen übergeordneten Gerichtshof.

24.05.93: Der Supreme Court weist besagten Antrag zurück.

02.06.93: Der Court of Criminal Appeals gewährt Graham einen Hinrichtungsaufschub in Erwartung einer Entscheidung des Supreme Court.

Besagte Entscheidung erfolgt. Der Trial Court legt ein neues Datum fest: 17.08.93.

21.07.93: Graham reicht eine Zivilklage ein. Die Klage fordert eine Anhörung durch den Begnadigungsausschuss. Die Anhörung wird auf den 10.08.93 festgelegt.

Die Anhörung findet statt. Der Begnadigungsausschuss nimmt die Petition zur Kenntnis. Grahams Hinrichtung wird ausgesetzt.

20.04.94: Der Court of Criminal Appeals hebt besagte Aussetzung auf.

Der Prozess zog sich hin. Der Prozess wurde immer abstrakter.

Graham bekam neue Rechtsanwälte. Sie reichten neue Anträge ein.

Sie betonten die angebliche Inkompetenz von Grahams Strafverteidigern. Sie betonten die einzige Augenzeugin. Sie betonten die widersprüchlichen Augenzeugen. Sie betonten die Alibi-Zeugen.

Eingaben/Anträge/Schriftsätze/Anhörungen/Petitionen.

Das Datum für die Todesspritze wird festgelegt und verschoben.

Publicity. Für und gegen Graham. Der Lambert-Fall wird zur Cause célèbre.

Verteidigungskomitees. Unterstützung durch Hollywood. Amnesty International. Ein zwanzigminütiger Agitpropfilm.

Eine schmalzige Tonspur. Gary Graham – der Nelson Mandela des Westens.

Der Prozess zog sich hin. Graham änderte seinen Namen in Shaka Sankofa.

Der Prozess zog sich bis ins Jahr 2000 hin.

3.

Houston war das Letzte.

Das wurde mir bei der Ankunft klar. Das wurde mir bei der Einfahrt über die Freeway-Hochstraße klar.

Einige Stripschuppen waren neu. Einige Stripschuppen waren alt. Künftige Stripschuppen standen halb vollendet da.

Unschöne Grundrisse. Schreiende Farben.

Hastig hochgezogene Vorstädte. Südwestliche Pastelltöne. Zu viel Weiß auf Beige.

Es war feucht. Hitze im November.

Ich flog mit meinem Freund Rick Jackson ein. Wir hatten unsere Akten dabei. Von Grahams Berufungsanwalt zur Verfügung gestellt.

Rick war ein Privatdetektiv. Er war früher beim LAPD. Er hatte Mordfälle in Hollywood bearbeitet. Er hatte größere Verbrechen beim Raubmorddezernat bearbeitet. Er hatte ein Masterdiplom der University of Southern California dazwischengeschoben.

Rick liebte das Verbrechen. Seine Liebe ging über das berufliche Interesse hinaus. Rick liebte die Rätselhaftigkeit des Motivs und eines in die Enge getriebenen Lebens. Rick liebte das Verbrechen als Sozialgeschichte. Rick liebte das Verbrechen mit der Unschuld eines Jugendlichen, der den Sex entdeckt.

Rick war für die Todesstrafe. Rick hatte zwei Männer in den Todestrakt geschickt. Ein Mann wanderte auf den elektrischen Stuhl. Ein Mann hatte sich umgebracht.

Ich war für die Todesstrafe. Die Ungleichheit bezüglich Klasse und Rasse interessierte mich nicht. Ich glaubte an Strafe und die schärfstmögliche Sanktionierung bösartiger und böswilliger Taten. Ich wusste, dass die Todesstrafe nicht abschreckte. Ich glaubte, dass die Todesstrafe die gesamtgesellschaftliche Ablehnung des Mords zusammenfasste. Eine Gegnerschaft, die sich auf mildernde Umstände berief, überzeugte mich nicht. Armut rührte mich nicht. Die kumulative Auswirkung eines historischen Rassismus rührte mich nicht. Ich wog die systemimmanenten Ungerechtigkeiten gegen die Notwendigkeit einer umsichtig durchgeführten Rache ab und nahm dafür die Einschränkung individueller Rechte in Kauf. Meine grundsätzliche Haltung – wohldurchdacht und ohne jede vorgeschützte Treuherzigkeit vorgetragen:

Wer fragt, wieso wir die Todesstrafe brauchen, begreift es nie.

Nur ein Einwand machte mir zu schaffen. Nur von einem Gegenargument fühlte ich mich in meiner Position gefährdet.

Die meisten Begnadigungsgesuche aufgrund mildernder Umstände lehnte ich ab. Die ungleiche Anzahl von Todesurteilen gegen Menschen mit nichtweißer Hautfarbe interessierte mich nicht. Die Hinrichtung unschuldiger Männer und Frauen konnte ich nicht hinnehmen.

Daher Gary Graham.

Ich las die Akten. Rick las sie. Wir unterhielten uns.

Die Einzelheiten waren zweideutig. Die Einzelheiten waren widersprüchlich und hoben sich auf. Den Einzelheiten fehlte die zusammenhängende Logik von Unschuld oder Schuld.

Grahams Raubzug folgte dem Lambert-Mord. Einige Einzelheiten des Mords und des Raubzugs passen zusammen. Graham sagte, er habe Menschen umgebracht. Graham sagt einem Opfer: Wenn ich erwischt werde, lande ich auf dem elektrischen Stuhl.

Die Identifizierung durch die Zeugin Skillern. Verschiedene Identifizierungen. Die Alibi-Zeugen.

Ricks grundsätzlicher Standpunkt:

Er würde nie einen Fall auf eine einzige Zeugenidentifizierung stützen.

Wir gingen in unser Hotel. Wir machten uns ans Werk.

Wir hatten Telefonlisten. Rick machte Anrufe. Wir arrangierten Interviews.

Rick rief bei Detective Owen an. Owen arbeitete nun für die bundesstaatliche Drogenpolizei DEA.

Owen fasste sich kurz. Owen sagte, er habe nur unbestimmte Erinnerungen an den Graham-Fall.

Dick rief bei Detective Ellis an. Ellis wohnte in San Diego. Ellis sagte, er habe nur unbestimmte Erinnerungen an den Graham-Fall.

Zeuge Grady war tot. Wir versuchten die Zeugin Amos zu erreichen. Wir erreichten sie nicht.

Rick rief bei Zeugin Skillern an. Rick hinterließ eine Nachricht. Rick bat sie, im Hotel anzurufen.

Rick rief bei der Zeugin Etuk an. Rick rief bei Chester Thornton und Ron Mock an. Sie erklärten sich zu Interviews bereit.

Rick rief bei Florence McDonald an. Sie versprach, ihren Sohn und James Mukes zu finden. Leodis Wilkerson war seit Langem verschwunden.

Rick rief beim Büro des Staatsanwalts an. Ein Assistent versprach weiteres Aktenmaterial.

Rick rief beim Zeugen Hubbard an. Rick hinterließ eine Nachricht. Rick bat ihn, im Hotel anzurufen.

Rick rief bei der Haftanstalt Terrell an. Rick bestätigte unser Treffen mit Gary Graham.

Wir studierten unsere Papiere. Wir erfuhren neue Einzelheiten.

Was die Fotoauswahl Nr. 2. betraf:

Zeugin Skillern schaut sich Verbrecherfotos an. Graham ist glatt rasiert. Graham hat kurzes Haar.

Vier Männer haben längeres Haar. Vier Männer haben Bärte oder Schnurrbärte.

Ms. Skillern sagte, der Schütze sei glatt rasiert gewesen. Ms. Skillern sagte, er habe kurzes Haar gehabt.

Ms. Skillern sagt, Graham sehe aus wie der Schütze.

Aber:

Der Schütze habe eine dunklere Hautfarbe gehabt.

Ms. Skillern nimmt an einer Gegenüberstellung teil.

Graham befindet sich in der Gegenüberstellung. Graham war in der Fotoauswahl Nr. 2.

Graham war der einzige Mann in beiden Zusammenstellungen. Das ist Ms. Skillern bekannt. Das teilt sie Detective Owen mit. Sie erinnert sich an Graham aus der Auswahl Nr. 2.

Aus dem Schriftsatz der Verteidigung. Eine bekannte Expertin. Dr. Elizabeth Loftus:

Die Wahrscheinlichkeit, dass eine Zeugin die Person bei der Gegenüberstellung erkennt, ist wesentlich höher, wenn sie dieselbe bereits in der Fotoauswahl gesehen hat, und zwar unabhängig davon, ob dies die Person ist, die sie beim betreffenden Verbrechen identifiziert hat oder nicht.

... eine Vertrautheit, die irrigerweise auf das Verbrechen zurückgeführt wird, statt auf die Fotografie, auf der sie eigentlich beruht.

Rick fand die Logik glaubhaft. Ich schloss mich dem an.

Aus dem Schriftsatz der Verteidigung. Zwei Zeugen bieten sich an.

April 1993:

Malcolm Stephens sieht einen Nachrichtenspot über Gary Graham. Er bezieht ihn auf ein Erlebnis.

Es war am 13.05.81. Stephens nähert sich dem Safeway. In Begleitung seiner Frau.

Ein schwarzer Mann rennt ihnen vors Auto.

»Er ist etwa 1,65 m ... kompakt, aber nicht groß, kurzes Haar, kein Bart oder dergleichen.«

Sie nähern sich dem Laden. Sie kommen ganz in die Nähe. Sie sehen das Opfer am Boden liegen.

Zeitsprung nach:

1982.

Mr. Stephens sieht den schwarzen Mann erneut.

Er steht neben einigen Mietshäusern. Er kommt ihm bekannt vor. Sie unterhalten sich. Mr. Stephens versucht, ihn unterzubringen. Da fällt es ihm ein. Das ist doch der Bursche vom Parkplatz. Mr. Stephens sieht ihn »noch öfter«.

Mr. Stephens »erfuhr mehr über ihn«.

Zeitsprung nach:

April 93. Gary Graham im Fernsehen.

Das ist *nicht* der Safeway-Killer. Das ist nicht der Bursche vom Parkplatz.

Mr. Stephens meldet sich. Mr. Stephens sieht sich das Skillern-Phantombild an.

Der sieht aus wie der Typ vom Parkplatz. Der sieht nicht aus wie Gary Graham.

Ich hielt das für Schwachsinn. Für plumpe Wichtigtuerei. Rick schloss sich dem an.

Ich rief meinen Freund Bill Stoner an. Bill arbeitete beim Morddezernat des Sheriffs. Er arbeitete fünfzehn Jahre dort.

Ich fragte ihn, ob er bei nur einer Zeugenidentifizierung Klage einreichen würde.

»Keinesfalls«, sagte Bill.

Houston war groß. Von Freeway-Gittermustern durchkreuzt. Mit heruntergekommenen Gegenden, die sich über Riesenflächen erstreckten.

Rick fuhr auf den Gitteraspekt ab. Räuber liebten Freeways. Auffahrten sorgten für schnelles Entkommen.

Graham blieb mobil. Sein Raubzuggebiet war weit. Er unterlief die Suchmeldungen nach gestohlenen Autos. Sein Raubzug dauerte sieben Tage.

Ich fuhr. Rick navigierte. Wir fuhren durchs Schwarze Houston.

Die Stripschuppen waren alt. Die Häuser wirkten schäbig. Überall Dreifachschlösser und Fenster-Sicherungsstangen.

Ständig dasselbe Farbschema. Jede Menge südwestlicher Pasteltöne. Von denen die Eisenstangen und Stahltüren scharf abstachen.

Zeugin Skillern rief nicht zurück. Wir hinterließen unsere

Karte in ihrem Briefkasten. Zeuge Hubbard rief nicht zurück. Wir hinterließen eine Karte an seiner Tür.

Es war heiß. Fußgänger gingen langsam. Houston krümmte sich unter der Hitze.

Wir fuhren durch die Alibi-Seitenstraße. Wir fuhren zum Safeway. Wir legten 10 km zurück.

Der Safeway hatte dichtgemacht. Das Gebäude war jetzt ein Ausstellungsraum für Neuwagen.

Wir fuhren über den Parkplatz. Wir fuhren im Tageslicht.

Ich dachte mir die Sonne weg. Ich dachte mir die Nachtbeleuchtung dazu. Ich dachte mir altmodische Wagen dazu.

Ich dachte mir aufgeschreckte Zeugen dazu. Ich sah, was sie sahen.

Zeugin Skillern sieht Gary Graham. Graham ist 1,75. Graham ist dünn.

Zeuge Grady sieht einen Mann. Er ist »groß und schlank«. Er trägt eine weiße Sportjacke.

Zeugin Amos sieht einen Mann. Er ist »in den Zwanzigern«.

Zeugin Etuk sieht einen Mann. Er trägt schwarze Hosen und einen weißen Blazer. Fensterglas verwischt sein Gesicht.

Zeuge Hubbard sieht einen Mann. Er ist 1,65 m, 60 kg. Er ist »in den frühen Zwanzigern«. Er versteckt sein Gesicht.

Drei Jungs sehen einen Kerl aus der Nachbarschaft. Sie erkennen ihn wieder. Weiter beschreiben können sie ihn nicht.

Die anfänglichen Angaben stimmen in Hinsicht auf die Kleidung überein. Die anfänglichen Angaben unterscheiden sich bezüglich der Größe.

Die späteren Angaben geraten wieder übereinstimmend:

Zeugin Etuk – Erklärung 93 – unter 1,70. Zeugin Amos – Erklärung 93 – gut 1,60. Zeuge Stephens – Erklärung 93 – 1,65 m. Zeuge Wilkerson – Erklärung 93 – kleiner als das 1,68 große Opfer.

Zweideutig. 1981 eine teilweise Übereinstimmung. Im Rückblick wird die Übereinstimmung größer.

Ich sagte, hier sei alles versaut.

Rick lobte Morde in Innenräumen.

Wir interviewten Alfonzo McDonald. Wir interviewten ihn in seiner Wohnung.

Seine Familie schaute zu. Während der Fernseher lief.

Rick nahm sie für sich ein. Er benutzte seinen weißen Bart. Er sagte, er sei ein verkleideter Sankt Nikolaus.

Wir befragten McDonald. Er sagte aus:

Er ist acht Jahre alt. Er sitzt im Wagen seiner Mutter.

Gemeinsam mit Leodis und James. Er sieht ein Handgemenge. Der Weiße ist kürzer und schwerer als der Schwarze.

Er hört Schüsse. Der Weiße rennt in den Laden. Der Schwarze rennt weg.

Die Polizisten befragten vor allem Leodis. Leodis war zwölf. Einige Polizisten kamen vorbei. Einige Polizisten zeigten Bilder.

Das ist alles, was er weiß. Er war damals ein Kind.

Wir interviewten Sherian Etuk. Sie sagte aus:

Sie war eine flinke Kassiererin. Sie arbeitete an der Expresskasse. Sie langweilte sich. Sie schaute sich die Leute zum Spaß an.

13.05.81:

Sie arbeitete an der Kasse. Sie hat Zeit. Sie schaut zum Fenster hinaus.

Sie sieht einen Mann. Sie findet ihn süß. Sie studiert ihn.

Er ist schwarz. Er ist klein. Er ist muskulös. Er hat einen dunklen Teint. Er trägt einen Rollkragenpullover. Er trägt dunkle Hosen und ein beiges Jackett. Oder umgekehrt.

Er ist Ende 20/Anfang 30. Er hat einen kurzen Afro.

Sie ist drinnen. Er ist draußen. Er lehnt sich an eine Säule.

Sie arbeitet an der Kasse. Er steht rum. Sie schaut zu ihm rüber. Sie schaut zehn bis dreißig Minuten zu ihm rüber.

Ihre Blicke treffen sich. Er sieht gut aus. Er ist gut angezogen.

Sie arbeitet an der Kasse. Sie langweilt sich. Eine ältere Kundin zählt Münzen.

Sie schaut nach draußen. Sie hört ein platzendes Geräusch. Sie sieht Mündungsfeuer.

Ein Weißer schwankt in ihre Richtung.

Er schafft es bis zum Laden. Er bricht zusammen. Der Hübschling geht weg.

Sie lässt sich in einen anderen Laden versetzen. Sie fürchtet Racheakte. Der Killer könnte ein »gedungener Mörder« sein.

Das widerspricht ihren anfänglichen Angaben. Sie hatte ausgesagt, sie habe das Gesicht des Mannes nie gesehen.

Ich sagte, hier sei alles versaut.

Rick sagte, gedungene Mörder seien out. Serienmörder seien in.

Ron Mock hatte eine Suite in der Innenstadt. Sein Büro war schwarzamerikanische Geschichte.

Wandgemälde. Fotos. Malcolm X und Dr. King. Muhammad Ali.

Mock war freundlich. Mock war energisch. Mock war direkt.

Mock sagte: »Gary Graham ist ein dämlicher Dreckskerl.«

Mock sagte: »Seine Rechtsanwälte haben ihm beigebracht, sich gewählt auszudrücken.«

Mock sagte: »Er macht voll auf geistig-seelischen Neuanfang.«

Rick fragte: »Meinen Sie, dass Graham der Täter war?«

Mock sagte: »Ja.«

Ich fragte: »Hat er Ihnen das Verbrechen gestanden?«

Mock sagte: »Nein.«

Ich setzte mich bequem hin. Rick setzte sich bequem hin. Wir spürten, dass ein Monolog anstand.

Mock legte vor.

Er sprach. Er fuchtelte mit einer nicht angezündeten Zigarre herum.

Bernadine Skillern war guuuut. Er hatte sie nicht scharf ins Verhör genommen. Sie war »stark wie ein Knoblauch-Acker«.

Zwei Frauen hatten sich angeboten. Alibi-Zeuginnen. Er setzte sie nicht ein. Sie wirkten unglaubhaft.

Bei dem Fall ging es ausschließlich um Strategie. Sein Budget beschränkte ihn. Er hatte 500 Dollar zur Verfügung.

Er hatte die Raubüberfälle bei der Beweisaufnahme ausgeschlossen. Er hatte nach Charakterzeugen gesucht. Er hatte keine gefunden.

Rick zitierte die Erklärung von Merv West. West behauptet, Sie hätten Graham kalt abserviert.

Mock bestritt dies. Mock betonte seine strategische Vorgehensweise. Mock sagte, er würde Graham heute genauso verteidigen.

Ich verwies auf andere Augenzeugen. Ich verwies auf deren Beschreibungen.

Mock verwies auf Strategie.

Er hatte sie nicht unter Druck gesetzt. Mock hatte keine Zweideutigkeiten riskieren wollen.

Ich schloss die Augen. Ich stellte mir Bilder vor.

Ich beschwor Augenzeugen. Ich beschwor räumliche Perspektiven. Mock beschrieb Grahams Raubzug. Mock beschrieb seine Vergewaltigung.

Meine Bilder verschwammen. Mock ging von Grahams Täterschaft aus. Ich neigte dazu, mich seiner Einschätzung anzuschließen.

Wir dinierten mit Chester Thornton. Wir überließen ihm das Wort.

Thornton war freundlich. Thornton war nachdenklich. Thornton war direkt.

Er war nicht sicher, ob Graham der Täter war. Er war nicht sicher, ob Graham unschuldig war. Er kannte Graham. Er hatte seine Jugendstraftaten bearbeitet. Jugendstraftaten waren nicht öffentlich. Er weigerte sich, Daten preiszugeben.

Ich setzte mich bequem hin. Rick setzte sich bequem hin. Wir spürten, dass ein Monolog anstand.

Thornton legte vor.

Er kannte Graham bereits. Er hatte mehr praktische Berufserfahrung. Er hätte die Verteidigung leiten sollen.

Ron Mock war ein Insider. Er besorgte sich Gerichtsverfügungen. Er spielte das Spiel mit.

Richter arbeiteten gewohnheitsmäßig mit der Staatsanwaltschaft zusammen. Richter teilten Kapitalfälle gewohnheitsmäßig bestimmten Rechtsanwälten zu. Richter suchten sich adäquate, nicht besonders kampfeswillige Rechtsanwälte aus.

Kompetente Rechtsanwälte. Keine inspirierten Verteidiger. Sie wollten keine Aufhebung in der Revision.

Thornton sprach abstrakt. Ohne Ron Mock direkt zu verurteilen.

Er verwies auf schlechte Strategie. Er verwies auf Merv Wests Erklärung. Er verwies auf Wests frühe Annahme von Grahams Schuld. Er verwies auf Wests schwache Leistung.

Er fand eine Alibi-Zeugin überzeugend. Die Aussage von Jo Carolyn Johnson machte Sinn.

Er hinterfragte Grahams Verteidigung insgesamt. Er übernahm einen Teil der Verantwortung.

Er kritisierte das texanische Anwalts-Zuteilungsverfahren. Er kritisierte die Todesstrafe.

Anwälte, die mitspielten, bekamen die Kapitalverfahren zugeteilt. Sie machten Kasse. Sie trugen zur Wiederwahl ihrer Richter bei.

Das texanische Recht beruhte auf dem Ausschließungsprinzip. Gegner der Todesstrafe durften nicht Geschworene bei Kapitalverfahren werden. Ihre Gegnerschaft bedeutete, dass sie nicht in der Lage waren, »das Gesetz zu erfüllen«.

Die Staatsanwaltschaft hatte Grahams Rechtsanwälte ausgetrickst. Bereits bei der Geschworenenauswahl.

Sie hatten ihre Geschworenen bekommen. Sie hatten ihre Übereinstimmung bekommen.

Wir werden »das Gesetz erfüllen«. Wir werden aufgrund einer Identifizierung schuldig sprechen.

Das Dinner ging zu Ende. Thornton und Rick hatten Nachtisch.

Ich ging Zeugenperspektiven durch.

Im Terrell-Gefängnis:

Schießstände. Verstärkte Zäune. Stacheldrahtrollen.

Einstöckige Zellenblöcke. Weiß glasierter Backstein. Das Verhältnis von Wärtern zu Insassen hoch.

Terrell war neu. Terrell war eine Todestrakt-Außenstelle. Die Hinrichtungen führte der Staat in Huntsville durch.

Ein Oberwärter begleitete uns. Ein PR-Mann kam mit.

Terrell glitzerte. Insassen gingen vorbei. Sie trugen weiße Trainingsanzüge.

Wir gingen in einen Flur. Wir sahen die Interview-Nischen.

Gary Graham – alias Shaka Sankofa.

Er ist mittelgroß. Er ist mager. Er schwitzt.

Eine Glaswand schloss ihn ein. Sie trennte zwei Nischen.

Seine. Unsere. Wandtelefone für die Unterhaltung.

Wir nahmen Platz. Graham hatte sein Telefon. Rick und ich teilten unseres.

Wir erklärten den Zweck unseres Besuches. Wir stellten uns vor.

Rick sagte, er sei früher beim LAPD gewesen. Rick sagte, er würde nie eine Klage auf nur einen Zeugen abstützen.

Wir raspelten Süßholz. Wir seiften Graham ein. Rick nannte ihn »Shaka«. Ich nannte ihn »Mr. Sankofa«.

Rick erkundigte sich, wann er zum Islam konvertiert sei. Graham war empört. »Sankofa« sei ein afrikanischer Name.

Wir ließen die Höflichkeiten. Graham schlug eine Zusammenfassung der Verteidigung auf.

Er trug vor.

Wie grausam übel man ihm mitgespielt hatte. Sein versautes Verfahren. Die Hollywood-Größen, die ihn rauskriegen wollen.

Er sprach präzise. Er sprach grammatikalisch korrigiert.

Ich unterbrach seine Nummer. Ich wollte etwas über die Zusammenhänge des 13.05.81 erfahren.

Begreift er das Datum als Demarkationslinie? Weiß er, was davor und danach geschah – weil er in der Nacht einen Menschen umgebracht hat? Wird er seine Schuld anhand der Chronologie erweisen?

Ich stellte Fragen. Rick stellte Fragen. Wir reichten uns das Telefon hin und her.

Graham gab nichts preis.

Er sagte, er habe seinen Raubzug im Drogenrausch begangen.

Er habe getrunken. Er habe gekokst. Er habe Marihuana geraucht. Er habe sich Amphetamine reingeworfen.

Er schlug in der Zusammenfassung nach. Er sagte, er habe

zehn Raubüberfälle gestanden. Er konnte sich nicht an Daten erinnern. Er konnte sich nicht an Komplizen erinnern.

Ich erwähnte Waffen. Graham wies nachdrücklich auf seine .22 hin. Die Polizei hatte sie als Tatwaffe ausgeschlossen.

Rick erwähnte andere Waffen.

Graham sagte, er habe eine Flinte benutzt. Graham sagte, er habe »eine .45 Mag« benutzt. Graham sagte, er habe sie auf der Straße gekauft.

Graham gab zu, dass er andere Waffen benutzt hatte. Und machte damit seine Entlastung durch die konfiszierte Waffe zunichte.

Er hätte eine andere .22 haben können. Er hätte Lambert damit erschießen können.

Graham war pikiert. Er hatte einen fertigen Vortrag auf Lager. Er wollte weitermachen.

Rick erwähnte den Angriff mit der Flinte. Graham log. Graham sagte, der Kerl habe nach der Flinte gefasst. Sie sei zufällig losgegangen.

Ich erwähnte die Vergewaltigung. Graham log. Graham sagte, es habe sich um einvernehmlichen Sex gehandelt.

Die Frau behauptete, sie sei vergewaltigt worden. Er hatte dem nicht widersprochen. Der Staatsanwalt hatte nie Anklage erhoben.

Ich erklärte, wieso.

Die hatten Sie wegen Mordes dran. Die hatten Sie wegen zehn Raubüberfällen dran.

Graham protestierte. Graham sagte aus:

Ein Freund habe ihn zu einem Klub gefahren. Er habe die Frau getroffen. Sie fuhren zu ihrer Wohnung.

Sie betranken sich. Sie hatten einvernehmlichen Sex. Sie gerieten in Streit.

Er schlief ein. Er wachte auf. Die Bullen waren da.

Die Frau sagte, er habe ihr Geld gestohlen. Blödsinn. *Sein* Geld war weg.

Rick übernahm. Rick ließ Graham reden.

Ich starrte ihn an. Rick und ich teilten den Hörer.

Graham sagte, er habe bei seiner Großmutter gewohnt. Er habe einen 65er Mustang besessen. Der Motor sei defekt gewesen.

Graham beschrieb sein Verfahren. Graham beschrieb seine Berufungen. Graham beschrieb die »Unterstützung durch die Gemeinschaft«.

Seine Syntax geriet durcheinander. Die Hochsprache wurde ungelenk. Er verfiel in Straßenslang.

Ich lehnte mich zurück. Ich ließ Rick reden und lauschte.

Ich studierte Graham. Ich beobachtete seine Lippen. Mir ging es nicht mehr um Schuld oder Unschuld. Mir ging es nicht mehr um sein durchaus als ungerecht einzustufendes Verfahren.

Er war ein räuberischer, vergewaltigender, menschenfeindlicher Scheißkerl. Voll verlogener Gier und tückisch gerechtfertigtem Selbstmitleid. Er war gewissen- und reuelos. Er war ungeheuerlich leer.

Der PR-Mann erschien. Unsere Zeit war um.

Rick hatte Freunde in Houston. Wir machten einen Umweg zum Dinner.

Wir unterhielten uns über Gary Graham. Rick schloss sich meiner Einschätzung an.

Wir unterhielten uns über Schuld oder Unschuld. Beide gingen wir eher von seiner Schuld aus. Beide hegten wir Zweifel.

Ricks Freunde waren wunderbar. Wir lachten und spaßten. Wir sprachen historische Verbrechen durch.

Wir dinierten in einem Golfklub. Ich nahm nur sporadisch an der Unterhaltung teil.

Ich hatte einen Kulturschock. Die Aussicht auf den Golf-Fairway und der Todestrakt.

Ich sagte: »Scheiß auf die Todesstrafe.«

4.

Zeugin Skillern wich uns aus.

Wir spürten ihr bis zum Haus ihrer Tochter nach. Wir hinterließen eine Karte.

Rick rief bei der Tochter an. Die Tochter stellte klar.

Nein. Sie will Sie nicht sehen.

Die Presse ist über sie hergezogen. Die Aktivisten haben sie fertig gemacht. Rufen Sie bei ihrem Rechtsanwalt an.

Wir ließen es.

Rick flog nach Hause. Ich flog nach Hause.

Wir flogen ohne Anklage nach Hause. Wir flogen ohne Entlastung nach Hause.

Ich flog als ein Gewandelter nach Hause.

Ich hatte Gary Graham nichts zu danken und nichts vorzuwerfen. Mein Dank und meine Vorwürfe galten räumlichen Perspektiven. Ungenauen Erinnerungen und schwankenden Größenangaben.

Zu danken hatte ich Chester Thornton. Einem ernsten Mann, den ich ins Herz geschlossen hatte.

Er lehrte. Er erläuterte. Er arbeitete elliptisch.

Er klopfte keine Blues-Sprüche. Er ließ sich nicht über Rassismus aus. Er forderte keine Reparationen. Er erging sich nicht in der Glorifizierung des schwarzen Opferstatus à la Jesse Jackson.

Er wusste nicht, ob Graham der Täter war. Er übernahm die Mitverantwortung für Grahams Not. Er klagte das verderbte System an, innerhalb dessen er tätig war. Er begründete seine Polemik in Harris County, Texas.

Er legte Statistiken vor. Die Schlussfolgerungen überließ er mir.

Das volle Haus im Todestrakt zu Huntsville. Der zu Harris County gehörende Flügel. DNA-Entlastungen. An die sechzig Strafgefangene, die in ganz Amerika entlassen worden waren.

Wie sagte Joe Stalin:

»Ein Tod ist eine Tragödie. Tausend Tode sind eine Statistik.«

Ich zog meine Schlussfolgerungen. Das war leicht. Mein grundsätzlicher Widerstand verlor sich. Ein fehlerhaftes System. Eine nachweisliche Nicht-Abschreckung. Ein nachweislicher Schlupfwinkel für richterliche Irrtümer. Der empirische Beweis, dass auch Unschuldige auf den elektrischen Stuhl wandern.

Ein Massen-Beruhigungsmittel. Eine leere Verbeugung vor der haltlosen Vorstellung des »Abschließens«. Ein Dialog, der durch die Details eines willkürlich vollzogenen Mordes unterbrochen und zusammengefasst wird. Die institutionalisierte Katharsis des Menschenopfers.

Thornton trug vorzüglich vor. Thornton predigte interaktiv. Er schenkte mir Sacco und Vanzetti. Er stellte mich unter die Nachtbeleuchtung und ließ mich meine Schlussfolgerungen selber ziehen.

Ich arbeitete mich durch die prosaischen Fakten. Ein Wiederaufnahmegesuch der Staatsanwaltschaft half.

Es war von einer Frau namens Roe Wilson geschrieben. Der Schriftsatz widersprach der Zusammenfassung der Verteidigung mit entschiedener Strenge.

Er untersuchte die Widersprüchlichkeit der Augenzeugen. Er stützte die Aussagen der Zeugin Skillern. Er wies die Unsinnigkeit der Alibizeugen nach. Er stellte deren Aussagen als zusammengeschustert und möglicherweise abgesprochen hin. Er wehrte die Kritik der Verteidigung an der Vorgehensweise bei der Fotoauswahl logisch überzeugend ab.

Ms. Wilson hielt Graham für den Täter. Seine Berufungsverteidiger widersprachen.

Ron Mock hielt Graham für den Täter. Die Polizisten schlossen sich dem an. Rick Jackson neigte ebenfalls zu dieser Einschätzung.

Ich auch. Aus logischen Gründen. Juristische Zweifel machten mir zu schaffen. Die einzige Identifikation verunmöglichte mir die eindeutige Stellungnahme.

Aus der Heiligen Schrift. Fünftes Buch Moses, 17, 6:

»Auf die Aussage zweier Zeugen oder dreier Zeugen soll getötet werden der Todesschuldige, nicht werde er getötet auf die Aussage eines Zeugen.«

Gary Graham könnte dieses Jahr sterben. Dieser Text ist mein Bemühen, sein elendes Leben zu retten.

Nachschrift:
Gary Graham wurde am 22.06.2000 hingerichtet.

Mein Leben als Spanner

Sex hat mich beinahe umgebracht. Und das ohne jede Berührung von fremder Hand.

Es dauerte. Es war Arbeit. Der Vorgang zog sich neun Jahre hin. Eine beabsichtigte Selbstzerstörung.

Dies ist keine Anklage einer Epoche. Die Sechziger- und Siebzigerjahre haben mir nichts getan. Ich lehnte das Ethos der Gegenkultur ab und hatte für die wilde Geschichtsepoche, die ich durchlebte, nur Verachtung übrig. Ich werde weder mein Land noch seinen angeblich puritanischen Moralkodex verdammen. Einen solchen Moralkodex gibt es nicht. Den haben hochnäsige Europäer erfunden und den Amerikanern als Eigenheit untergeschoben. Europäer, die Amerika zugleich lieben und hassen. Sie liegen vor unserer Kultur auf den Knien und fragen sich, wie sie so groß, so grässlich und so glanzvoll werden konnte. Sie leiden an der Vorstellung, dass Amerika mehr fickt als die gesamte übrige Welt zusammen, und stellen dieses Bedürfnis ständig in Frage.

Ich bin Amerikaner. Ich habe Hörner und einen herausfordernden Charakter. Ich habe kalvinistische Instinkte. Sie gleichen meine ausschweifende Seite aus. Schließlich habe ich mit Frauen schlafen und meine Seele erforschen können.

Ein spät errungenes Gleichgewicht. Das in den Sechziger- und Siebzigerjahren nicht existierte. Das damals aus dem Abgleich meines Schnaps- und Drogenkonsums bestand, während ich mich entschied, welche Frau ich in meinen Träumen bespringen wollte.

Vorliegende Erinnerungen sind eine Anklage in drei Punkten. Punkt eins: Ich log und stahl und tat übel. Punkt zwei: Ich tat dies auf kleinmütig umsichtige Weise. Punkt drei: Ich habe als Spanner das ganze weibliche Geschlecht beschmutzt.

Die Anklage wird von mir selbst vorgetragen. Was ihr einen gewissen Schlag verleiht. Vorliegende Erinnerungen sind mein Plädoyer vor den Geschworenen und mein Gesuch um Berücksichtigung mildernder Umstände.

Sex hat mich dazu gebracht.

1.

Ein Hippie-Haschkopf stellte mir mein Horoskop. Wir teilten Billigwein und unterhielten uns darüber. Meine Geburtskonstellation sei eine Niete.

Fisch bedeutete passiv. Der Mond im Skorpion bedeutete Sex und heiße Leidenschaft. Er sah mögliche Konflikte voraus. Ich war unter einem üüüblen Zeichen geboren.

Das war 1967. Ich war 19. Ich war 1,90 und wog knapp 64 kg. Mein Vater hatte einen 40-cm-*Shlong*. Ein ödipales Trauma, das mir ziemlich zusetzte. Ich hatte heftige Akne. Pizzagroße Pickel auf dem Rücken und meiner Stirn. Den Sommer der Liebe verbrachte ich kurz geschoren.

Ich wohnte in L.A. Meine Eltern waren tot. Ich war ein dienstunfähig geschriebener Verlierer. Man hatte mich 1965 von der Schule gewiesen. Mein Vater ließ mich zur Army gehen. Ich kam nach Fort Polk, Louisiana.

Ich hasste die Army. Ich bereute die Rekrutierung und plante die Flucht. Mein Vater hatte zwei Schlaganfälle. Ich nutzte seine Krankheit aus und simulierte einen Nervenzusammenbruch.

Meine Psycho-Nummer funktionierte. Die Armee ließ mich

laufen. Ich war frei, weiß und siebzehn. Ich kehrte nach L.A. zurück. Ich fälschte die letzten drei Social-Security-Schecks meines Vaters und kassierte sie ein. Ich fand eine billige Bleibe am Beverly Boulevard, Ecke Wilton.

Mein Alter blieb profan und sexbesessen bis zuletzt. Ich sah zu, wie er starb. Seine letzten verständlichen Worte lauteten: »Versuch jede Kellnerin aufzureißen, die dich bedient.«

Ich habe ihm den letzten Wunsch nicht erfüllt. Was Sex betraf, drehte ich auf meine persönliche Art und Weise durch.

Beverly, Ecke Wilton war heruntergekommen und prosaisch. Doch Hancock Park schloss sich daran an. Hancock Park war etepetete und faszinierend. Eine Gegend voller wohlgewaschener Mädchen in Faltenröcken und Kaschmirpullovern. Die in großen Häusern im Spanischen Stil und Tudorbauweise wohnten. Ich wollte rein.

Ich arbeitete als Hilfskellner und Geschirrwäscher. Die Versicherung meiner Mutter warf monatlich einen Hunderter ab. Meine Tante aus Wisconsin schickte mir das Geld.

Ich las Krimis und ging in Kriminalfilme. Ich klaute Essen, Bücher und Alkohol. Einmal wurde ich festgenommen. Sechs Monate vor meinem 18. Geburtstag. Ich war zu alt, um adoptiert zu werden, und zu jung, um allein leben zu dürfen. Ich saß zwei Tage im Georgia-Street-Jugendknast. Dann erklärte mich das Gericht zum »emanzipierten Jugendlichen«.

Die Entscheidung umfasste eine formelle Bewährungsauflage. Ich traf meinen Bewährungshelfer einmal im Monat und seifte ihn ein. Ich hatte drei Kumpel namens Lloyd, Fritz und Daryl. Sie benutzten mich. Sie wohnten bei ihren Eltern. Ich war elternfrei und hatte meine eigene Bleibe. Dies war die eine Eigenschaft, die sie an mir schätzten. In meiner Absteige tranken wir und rauchten Marihuana. Sie zogen mich auf. Sie machten sich über meine Pickel und meine Trauermiene lustig. Ich ignorierte sie und hob auf einer Fantasiewolke ab.

Die Wolke war gerammelt voll. Hancock-Park-Mädchen schlossen sich mir an. Die weiße Watte blühte.

Ich wurde 18. Dies war im März 66. Ich war ein straßentauglicher Erwachsener ohne bestimmte Absichten und Ziele. Die Bewährung wurde aufgehoben. Ich trank und rauchte Marihuana und verbrachte Zeit auf meiner Wolke. Die Wolke war mein Motel und Liebesnest. Heimatort der Sexkapaden von 1966.

Doch die Zeit verging zu schnell. Eine Masturbation dauerte 3, 4 Minuten. Alkohol und Gras entzündeten und behinderten meine Fantasien. Ich konnte keine erzählerische Linie aufbauen. Ich konnte mich nicht all den Frauen schenken, nach denen ich mich verzehrte.

Frauen und Mädchen machten mir Angst. Ich konnte sie weder betrunken noch im Haschrausch, noch nüchtern ansprechen. Ich schwärmte für Heidi, die Schwester von Fritz. Unerwidert. Ich schwärmte für ihre Freundin Kay. Unerwidert. Ich schwärmte für Mädchen, die Missy, Julie und Kathy hießen. Meine Begehrlichkeit brannte Hancock Park zu Schutt und Asche.

Hancock Park war ein Magnet. Die Anziehungskraft bestand aus Wohlstand und Sex. Ich war arm und in verlockend nächster Nähe aufgewachsen. Mein Vater arbeitete ab und an. Unsere Wohnung stank. Unser Hund kackte auf den Fußboden. Frauen waren Bilder in Magazinen und Silhouetten im Fenster. Ich hatte meine Mutter nackt gesehen. Ich hatte sie mit anderen Männern im Bett gesehen. Ich hatte meinen Vater mit der Mutter eines Klassenkameraden im Bett erwischt und den mechanischen Vollzug in Großaufnahme mitbekommen. Hancock Park war ein unvollendetes Malen-nach-Zahlen-Bild. Ich verfügte über ein paar Farben und Instinkte. Meine Pinselstriche waren zu breit für die Teilstückchen.

Fritz ging ins College. Die Paukerei erschöpfte ihn. Er fand einige wohlmeinende Dr. Feelgoods und schnorrte ihnen Amphetamin auf Rezept ab. Mit dem Teufelszeug konnte er stundenlang büffeln.

Er gab mir von seinem Überfluss ab. Ich fand zu meiner erzählerischen Stimme. Die Aufputschmittel schossen mir in die Eier und stiegen mir zu Kopf und verhalfen mir zum Aufstieg auf die allerhöchste Himmelswolke.

Das High dauerte mehr als zwölf Stunden an. Es erlaubte mir, epische Fantasien auszudenken. Ich machte meinen Schwärmen den Hof, bekam sie rum und arbeitete einige schweinische Szenen ein. Die Aufputschmittel befeuerten meine Fantasie. Ich entwickelte euphorische Geschichten. Die Aufputschmittel trockneten meine Pickel aus und versahen mich mit dem *Shlong* meines Vaters.

Ich wichste zwölf Stunden pro Schuss. Der Höhepunkt war weder erwünscht noch möglich. Der rauschgifterschöpfte Pimmel schrumpelte und schlackerte mir in der Hand.

Meine Fantasien entwickelten sich nach festen Regeln. Liebe und Sex bekamen gleich viel Raum. Ich war um Zärtlichkeit bemüht. Explizite Einzelheiten wob ich behutsam ein.

Ich gierte nach einem Mordopfer namens Elizabeth Short. Sie war als »Schwarze Dahlie« bekannt. Ich war im Zusammenhang mit dem Mord an meiner Mutter auf sie gestoßen. Betty war meine Mutter in anderer Gestalt. Über so viel oberflächliche Psychologie verfügte ich schon damals. Ich reiste ins Jahr 1946 zurück und rettete sie. Wir kopulierten im Biltmore Hotel. Betty zeigte mir die Aktbilder, für die sie angeblich posiert hatte. Die mich aufgeilten, während ich mich darüber empörte.

Ich liebte eine Fernsehschauspielerin namens June Harding. Eine hochklassige Naive. Sie hatte einen festen Auftritt in *The Richard Boone Show*. Sie hatte eine paar Gastauftritte in *Auf der Flucht* und war Co-Star in einem schlechten Film über Nonnen.

June Harding war groß gewachsen und schlank. Sie hatte dunkle Haare und Augen. Sie strahlte Klugheit und Selbsterkenntnis aus. Sie war gesund. Sie war kühn. Sie war jung. Sie wusste nicht, was sie wollte.

Ihre heimliche Sehnsucht war der Autor dieser Zeilen. Davon hatten mich Dexedrin und Dexamyl überzeugt. Ich teilte ihr Gedanken mit, die ich vor Gott und meinen Kameraden geheim hielt. Sie fuhr auf alle ab. Auf Krimis, Hunde und klassische Musik. Auf Sportwagen. Auf den Sieg in Nam. Darauf, dass die lutherische Kirche so übel nicht war. Sie beten doch auch, wenn Sie Angst haben?

Wir heirateten. Wir liebten uns häufig. Wir bezogen ein großes Haus in Hancock Park. June war ein Fernsehstar. Ich war rund um die Uhr dem Mörder der Dahlie auf der Spur.

Ich hatte meinen Hancock-Park-Harem. Verwandte Seelen auf einer Wolke. Kathy und Kay waren mögliche Ehefrauen. Julie und Missy taugten für Rendezvous im Swinger Motel.

Ich nahm Popkulturfetzen in mich auf. Experimente waren in. Das Swinger-Ethos übersprang Klassenschranken. Das traf bestimmt zu. Wenn es Hugh Hefner sagte.

In Hancock Park gab es jede Menge Frauen um vierzig. Ich beobachtete sie besessen. Sie lagen in ihren Hintergärten am Pool und schikanierten ihre lateinamerikanischen Domestiken. Sie waren Oberklassen-Muttis mit Töchtern im Teenageralter und zu viel Zeit. Sie waren gelangweilt, verstört und geil – Sirenen aus den Werken meiner Lieblings-»Klassiker« von Harold Robbins und Irving Wallace.

Ich beobachtete sie beim Einkaufen am Larchmont Boulevard. Ihre Röcke rutschten nach oben und spannten sich. Ich erinnerte mich an ihre Gesichter und versah sie mit dem Körper meiner Mutter. Ich versah sie mit der Begierde nach jungem Fleisch.

Nach meinem. Nach Julies und Missys.

Hancock Park entflammte an unserer Glut. Jede Menge flotte Dreier. Eine trübe und fröhliche Ode an das Zugehörigkeitsgefühl. Sex war ebenso göttlich wie säuisch. Er war alles. Er war eine überdrehte Eigenart der Keimdrüsen. Ich genoss Gottes Witz. Ich teilte ihn mit meinem Körper.

Meine Geschichten endeten im Katzenjammer. Das Rauschgift verschwand aus meinem System. Ich blieb als allein gelassener Witwer und Libertin zurück.

Hochfliegen, abstürzen, verbrennen. Austrocknung. Schlaflosigkeit und Erschöpfung. Abgeschlafftheit. Juckende Haut. Die Vertreibung aus dem Hancock-Park-Paradies. Die Pointe von Gottes grobem Witz.

Ich trank mich frei. Ich stellte mir Frauengesichter vor, bis mir die Vorstellungskraft versagte.

Fritz verlor sein Aufputschmittel-Rezept. Ich verlor Hancock Park.

Ich versuchte, mir eigene Rezepte zu beschaffen. Ich ging meinerseits zu Dr. Feelgoods und behauptete, ich müsse abnehmen. Was sie mir nicht abkauften. Ganz im Gegenteil, ich müsse zunehmen. Ich hatte die falsche Ausstrahlung. Ich konnte nicht mal diejenigen reinlegen, die zum Reingelegtwerden bereit waren.

Der einsame Witwer. Der Libertin in Ketten.

Fritz erbarmte sich meiner. Er verschaffte mir ein Rendezvous mit seiner Schwester. Heidi saß am Steuer. Ich rutschte hin und her und kaute Clarets, um meine Fahne zu tarnen.

Heidi ließ mich gleich beim ersten Mal abblitzen. Sie brachte mich mit ihrer von Schicksal gebeutelten Freundin Cathy zusammen. Sie verkaufte mich als groß gewachsenen Kerl mit eigener Wohnung.

Cathy ging noch auf die Highschool. Sie war ungeschlacht und plump. Sie schleppte mich in *The Sound of Music.*

In der Pause kippte ich einen Flachmann Billigwein. Cathy fragte, ob ich trinke, um zu vergessen. Ihre Eltern waren Alkoholiker. Sie kannte sich aus und wusste um meine Geschichte. Meine Mutter war ermordet worden. Mein Vater war tot. Sie war scharf drauf, mich zu bemuttern und meinen Scheiß mit mir zu teilen.

Wir gingen sechs- oder siebenmal aus. Ich beschrieb meine Ladendiebstähle. Cathy tadelte mich. Wir parkten und küssten uns ohne Zuhilfenahme der Zunge.

Dabei ließ Cathy es bewenden. Sie weigerte sich weiter zu gehen. Ich versuchte alles außer roher Gewalt. Mein Drängen erschöpfte sie. Sie baute Hindernisse ein. Sie schleppte mich zu den kleinen Soireen, die ihre Freundinnen bei sich zu Hause veranstalteten. Sie wusste, dass sie mich in deren Gegenwart im Griff hatte.

Ihr Schuss ging nach hinten los.

Ich traf neue Hancock-Park-Mädchen. Ich machte mir Cathys Abstammung zu eigen und tat so, als ob ich in Hancock Park zu Hause wäre. Ich sah einige Hancock-Park-Häuser von innen. Ich fuhr auf die holzgetäfelten Wände und die geschwungenen Mauerlaibungen an der Eingangstür ab. Ich traf einige Mütter um vierzig. Sie lächelten und strahlten und zeigten mir ihre Körper in Bewegung. Ich prägte mir neue Hintergrundgestaltungen für Fantasiebilder ein.

Ich besuchte Badezimmer und überprüfte Apothekenkästen. Ich sah jede Menge Pillen. Ich kam allmählich auf eine IDEE.

Ich rief eine von Cathys Freundinnen an und schlug ein Rendezvous vor. Wir sahen uns den Film *Harper* an und knutschten im Fern Dell Park. Das Mädchen gab mir ein bisschen Zunge zu kosten.

Ich schmiss Cathy raus. Das Mädchen mit der Zunge schmiss mich raus. Ich rief Heidi an. Sie ließ mich abblitzen. Ich rief ihre Freundin Kay an. Sie forderte mich auf, mich zu verkrümeln und abzukratzen.

Ich war ein Teenager-Aussätziger. Ich war ein besonderer Geschmack, den sich niemand zulegen wollte. Ich setzte die IDEE um.

Weihnachten 66.

Ich brach ins Haus von Fritz und Heidi ein. Die Familie war weg. Ich drang durch die Küchentür ein. Ich griff in die Haustierklappe und löste den Innenriegel.

Ich schlich durchs Dunkel. Ich kannte den Grundriss. Ich erreichte die Badezimmer im oberen Stock und machte mich über die Apothekenschränke her. Ich stahl zwei Schmerztabletten und ging in den unteren Stock, um mir etwas zum Nachspülen zu besorgen. Ich ging zum Schnapstablett und goss mir einen steifen Scotch ein.

Ich ging in Heidis Schlafzimmer. Ich streckte mich auf ihrem Bett aus und atmete ihren Geruch ein. Ich stahl ein weißes Höschen.

Die Beruhigungsmittel und der Alkohol taten ihre Wirkung. Ich bekam es mit der Angst zu tun. Ich wollte nicht schwanken und irgendwo reinfallen. Ich verließ das Haus zeitluuuupenlaaaangsam.

Ich brach in Kays und in Kathys Haus ein. Ich entwickelte eine einfache Vorgehensweise.

Zunächst spaziere ich vorbei. Ich habe eine Taschenlampe

mit. Ich sehe nach, ob Wagen in der Einfahrt stehen und drinnen Lichter an sind. Lichter und Wagen bedeuten ABBRUCH. Deren Fehlen bedeutet WEITER ZU PHASE ZWEI.

Ich gehe zu einem öffentlichen Telefon und rufe mein Zielobjekt an. Wir schreiben 66 und 67. Es gibt keine Anrufbeantworter. Die Leute nehmen alle Anrufe selber entgegen.

Jemand nimmt ab. Ich verstelle die Stimme und gebe eine falsche Nummer an. Keine Antwort heißt LOS.

Ich gehe zurück. Ich überprüfe das Parterre auf lose Insektengitter und halb geöffnete Fenster. Ich biege Nägel zurück, entferne Insektengitter und schwinge mich hoch und ins Innere. Ich finde Fenster ohne Schutzgitter und steige ungehindert ein.

Ich schaute einfach mal bei Kays und Kathys Haus vorbei. Ich kam gleich beim ersten Versuch rein.

Kays Eltern waren Nicht-Trinker. Ich konnte keinen Alkohol und keine Pillen finden. Ich ging zum Kühlschrank und verschlang ein bisschen Aufschnitt und Obst. Ich untersuchte Kays Schlafzimmer. Ich stahl einen Satz Höschen mit BH.

Kathys Haus verwirrte mich. Ich konnte nicht ermitteln, wo ihr Schlafzimmer war. Ich trank aus allen Flaschen, die auf dem Buffet standen. Ich streckte mich auf allen Betten im oberen Stock aus und entwickelte Fantasien. Ich nahm den Geruch und das Gefühl des Oberklassen-Daseins in der Ruhephase in mich auf. Ich fand eine Kommode und einen Schrank. Ich stahl zwei Sätze Höschen und BHs. Ich musste sicherstellen, dass ich die ihren hatte.

Sie rochen intim. Waschmittel als Aphrodisiakum. Stoffe, die *sie* berührt hatten.

Ich fand ein paar Beruhigungsmittel. Ich trank sie mit süßem Likör. Ich schwankte nach Hause und kippte umgehend weg.

67 war ein wildes Jahr. Ich war das Hancock-Park-Phantom.

Ich betrat meine Zielobjekte in unregelmäßigen Abständen. Ich hielt mich an meinen Einbruchsplan und stahl Dinge, die nicht vermisst werden würden. Unterwäsche und Aufschnitt. Schlucke aus der Pulle. Ich entwickelte Fluchtpläne und hörte auf, Pillen zu klauen. Ich nahm mich zusammen. Ich wollte mir das spätere Eindringen nicht versauen. Ich brach in Julies Haus und in Missys Haus ein. Ich brach mehrmals in Kathys und Kays Haus ein.

Mir ging es um Sex und Geheimwissen. Um kleine Einzelheiten, die sich zusammensetzten und sich zu meinem Erinnerungsschatz anreicherten. Schulmädchen-Schlafzimmer. Ungemachte Betten. Abgestreifte Höschen, die unters Leintuch geworfen worden waren.

Mein Recht zu stehlen, einzubrechen und einzudringen stellte ich nie in Frage. Wobei ich es niemals mit rebellischer Rhetorik rechtfertigte oder rationalisierte. Meine Kumpels versuchten, mir zu vermitteln, wie sich der Wind der Zeiten gedreht hatte. Ihre Breitseiten über Frieden, Liebe und Revolution ließen mich kalt. Saftloses Geseire und Getue einer verwöhnten Generation. Ich sagte meinen Kumpels nie, dass ich in Häuser einbrach. Sie hätten dies als Hippie-Aggression abgestempelt. Sie hätten auf meine ärmliche Herkunft hingewiesen und geschlossen, dass ich Hancock Park vom Standpunkt des Benachteiligten aus sah. Sie hätten mich nie verstanden. Ich plünderte die privaten Welten ohne Verbitterung. Gerüche. Tastvergnügen. Schmutzige Höschen als Parfüm. Meine höchst persönlichen Country Clubs – die ich durchs Fenster betrat und verließ.

Mein unausgesprochenes Motto war MEHR. Ein Wort, an dem sich meine Begierde entzündete. Mein Mandat war die sexuelle Erregung. Mein Hauptstudienfach war die Frau. Wobei es mir vor allem um Gesichter ging, auf denen ich Anzeichen meines eigenen Hungers zu finden hoffte. Meine Erlösung war die verdorbene Mutterbindung. Die Frauen, die Mädchen und ich. Rekonstruierte Familien, die in Hancock Park zu Bett gingen. Ein warmer Herd und eine Tafel mit der Inschrift MEHR.

2.

Ich stahl den November-Playboy. Das Playgirl machte mich platt.

Sie hieß Kaya Christian. Der Name passte. Ihre ranken Lenden geißelten meine lutherische Libido. Sie war von einem Blond, das das Blondinentum neu definierte und alle anderen Blondinen alt aussehen ließ. Sie wirkte wie ein göttliches Wunder.

Ihr Lächeln spottete des Magazins, für das sie posierte. *Playboy* war eine Wichsvorlage für geile Armleuchter. Was diesem Armleuchter bereits mit neunzehn Jahren bewusst war. Ich war ein altgedienter Playboy-Prolet. Nichts hatte mich auf Kaya vorbereitet.

Sie haute mich um. Ich stahl sechs weitere Ausgaben und breitete sie über alle meine Wände aus. Sie folgte mir ins Bett und ins Badezimmer.

Gewöhnliche Wichsereien untergruben unsere Liebe. Ich wollte MEHR. Ich brach in Julies Haus ein und ging an den Apothekenschrank. Ich wollte Aufputschmittel. Ich fand nur Heftpflaster.

Lloyd hatte Drogenfreunde in Hollywood. Ich zuckelte bei einigen seiner Ausflüge mit. Wir bekamen keine Aufputschmittel. Ich tröstete mich mit Billigwein und Seconal-Cocktails. Ich kippte weg und wachte auf einem Weihnachtsbaum-Verkaufsplatz auf. Ich wischte mir das Sägemehl und die Tannennadeln ab und machte weiter.

Ich versetzte mich in einen Dauerrausch. Ich brachte mein Mietgeld durch und wurde aus der Wohnung gewiesen. Ich stahl einige Decken aus einem Wohltätigkeitssammelkasten und zog in den Robert Burns Park.

Der Boden war hart. Das Gras kitzelte. Der automatische Sprinkler sprühte mich in unregelmäßigen Abständen nass.

Ich erhielt einige Arbeitsangebote. Eine rassistische Esoterikerin stellte mich als Handzettel-Verteiler an. Sie hatte es mit Schwarzen und Mexikanern, die sie »heilte«. Ich verteilte meine Flugblätter im Osten und Süden von Central L.A. Ich sparte einen neuen Geldvorrat zusammen und holte mir die Wohnung zurück.

Der Sexus pochte schicksalhaft an meine Tür. Ein göttliches *und* dämonisches Eingreifen.

Ich traf einen Kumpel von der Highschool. Der eine Frau im Schlepptau hatte. Sie war 29. Sie empfand sich als Freigeist. Sie hatte wilden Charme und ein eiskaltes Herz. Sie brauchte eine Unterkunft. Sie schätzte mich als jungfräulichen Fußabtreter ein und bot an, mich als Gegenleistung für den Aufenthalt zu ficken.

Ich ließ den Handel gelten. Sie zog ein und fickte vier Mal mit mir. Es war schlecht. *Ich* war schlecht. Was sie mir vier Mal mitteilte. Während und nach dem Akt.

Ich fuhr trotzdem auf sie ab. Ich ließ sie bleiben. Ich lebte in Hoffnung auf Fick Nr. 5.

Der nie erfolgte. Sie wohnte drei weitere Monate bei mir, dann teilte sie mir mit, dass sie eine Lesbe war. Sie zog bei einer scharfen jungen Frau ein.

Ich verfiel in einen Dauerrausch. Ich brachte mein Geld durch. Mein Vermieter schmiss mich raus. Ich zog in den Robert Burns Park zurück und fand eine trockene Stelle beim Werkzeugschuppen.

Ich entwickelte Routine. Ich verstaute meine Kleider in Lloyds

Wohnung, wo ich zweimal die Woche badete. Ich rasierte mich in öffentlichen Klos. Ich klaute Aufschnitt und Schnaps. Ich strich durch Hancock Park und brach nach Lust und Laune ein.

Ich besuchte immer wieder die Hollywood Library. Sie hatten das Gesamtwerk von Irving Wallace auf Lager. Im *Chapman Report* gab es eine junge Nymphomanin namens Naomi Shields. Claire Bloom hatte sie im Film gespielt. Ich verknüpfte ihr Gesicht mit Wallaces Prosa und holte mir zwischen den Regalen einen runter.

Es war aufregend und erschreckend. Volles Risiko bis zum Gehtnichtmehr. Ich erinnerte mich an die schärfsten Naomi-Teile und kam in 0,08 Minuten.

Durch die Bibliothek strichen zwielichtige Gesellen. Hippies schleppten stinkende Schlafsäcke mit und versauten die Waschräume. Ich traf einen Freak namens Harvey. Wir unterhielten uns über Drogen. Ich beschrieb meine Frustration. Ich stand auf Amphetamine – und war nicht geschickt genug, sie mir zu beschaffen. Harvey erzählte mir von den Benzedrex-Inhalatoren.

Ein in Plastikröhren steckendes Mittel zur Befreiung verstopfter Nasen. Die Wattebäuschchen waren mit einer chemischen Substanz getränkt. Man zerbrach das Röhrchen und schluckte die Watte. Worauf man ein wunderbares Speed-High bekam.

Benzedrex-Inhalatoren waren legal. Drugstores verkauften sie über den Ladentisch.

Ich ging gleich zu einem Drugstore. Ich stahl drei Inhalatoren und zerbrach das Plastik. Die Watteröllchen waren 5 cm lang. Sie hatten den Durchmesser einer Zigarette. Sie rochen faulig. Ich würgte sie mit Root Beer herunter.

Sie wirkten. Sie schenkten mir Kaya und June. Sie begleiteten mich nach Hause in den Burns Park. Sie schenkten mir zwölf Stunden Liebe unter einer Decke.

Ich liebte nach Lust und Laune. Ich stahl Inhalatoren und hob jeden dritten oder vierten Tag ab. Ich liebte, bekam meinen Katzenjammer, trank und schlief.

Der Regen störte mich. Ich suchte nach einem trockenen Unterschlupf. Ich fand zwei Meilen südöstlich ein leeres Haus.

Kein Licht und kein fließendes Wasser. Nur ein einziges Möbelstück.

Ein angeschimmeltes Sofa. Meine Startrampe und mein Bett.

Ich zog ein. Ich stopfte meine Decken und Ersatzkleider in einen Schrank. Ich liebte, bekam meinen Katzenjammer, trank und schlief, zwei Wochen lang. Ich kam und ging in der Nacht. Ich hielt das für coooool.

30.11.68:

Vier Bullen traten meine Tür ein. Sie hatten Schrotflinten mit. Sie warfen mich flach auf den Boden und legten mir Handschellen an und nahmen mich wegen Einbruchs fest.

Was sie zu unbefugtem Eindringen herunterstuften. Ich wurde vor eine Richterin geführt und plädierte auf schuldig. Sie hielt mich für einen Drückeberger und entschied auf Aberkennung der Kaution. Ich brachte drei Wochen im Hall-of-Justice-Knast zu.

Eine beängstigende und instruktive Zeit. Ich bekam Einbruchszipps. Ich hörte von Romilar CF – dem Hustensaft der Superlative. Die anderen Insassen lachten mich aus und nannten mich den »verrückten Professor«. Ich unterhielt mich mit einigen vielseitig begabten Gaunern. Mit bewaffneten Räubern und hauptberuflichen Junkies. Ich sagte, ich triebe es mit June Harding. Kaya Christian sei scharf auf mich.

Kein Mensch glaubte mir ein Wort.

Die Richterin ließ mich zwei Tage vor Weihnachten frei. Mein Urteil: drei Jahre auf Bewährung.

Ich ging zurück in den Burns Park. Unterwegs stahl ich Inhalatoren. Das Gefängnis hatte mich in keiner Weise gebessert. Ich war der Inbegriff des Energizer-Batterie-Hasen. Und schlug andauernd auf meine Trommel ein. Mein draufgängerisches und impotentes Herz blieb ungerührt.

3.

Die Versailles Apartments. Ein Zimmer im sechsten Stock für 80 Dollar den Monat. Jede Menge Frauen.

Lloyd hatte mir die Absteige besorgt. Meine Tante hatte mir das Geld geschickt. Sie warnte mich: Mein Versicherungsgeld schwand rapide.

Ich mochte die Bleibe. Angeschlagener Stuck und Nordsicht. Mein neuer Bewährungshelfer mochte mich. Kurze Haare und ein anständiges Auftreten.

Er wies mich an, mich von Drogen fernzuhalten und keinen Scheiß zu machen. Was ich ihm versprach. Er stufte mich als unaufwendig ein und ließ mir eine lange Leine. Ich unterschrieb bei einer Zeitarbeitsfirma. Sie besorgten mir ein paar Büroaufträge.

Das Versailles befand sich einen Block von Wilshire und damit östlich von Hancock Park entfernt. Wilshire war die Bürozentrale der Stadt. Ich ging zu Fuß zu meinen Jobs. Ich verputzte einen Viertelliter Scotch zum Frühstück und strich Frauen aus dem Versailles nach.

Sie gingen zu Fuß zur Arbeit. Ich beschattete sie. Ich dachte mir improvisierte Fantasien aus, die ich auf Inhalatoren-Trips erweiterte. Ich verfeinerte meine Sex-Ästhetik.

Ich stand auf allein stehende Frauen. Allein stehend hieß einsam. Einsam hieß hungrig. Hungrig hieß geil und entfremdet und damit zugänglich. Ich stand auf altmodische Frisuren und Kleider. Stillosigkeit bedeutete geistiges Gewicht. Gleichgültigkeit gegenüber den gegenwärtigen Trends bedeutete Geist. Ihr Verhältnis zur Mode bestärkte mich in meiner Überzeugung: Scheiß auf die billige Massen-Revolte unserer Zeit.

Ich stahl mir einen Vorrat Romilar CF. Ich trank eine ganze Flasche pro Nacht und ging auf Einbruchstour.

Der Saft verlieh allem einen psychedelischen Anstrich. Ich ging in Kathys Haus, Kays Haus und Missys Haus. Ich ging in Badezimmer und schluckte ungehemmt Pillen. Ich verlor das Bewusstsein und kam in zwei von drei Fällen auf meinem Bett wieder zu mir.

Der dritte Rausch war der ärgste. Ich brach *küüüühn* in Missys Haus ein.

Ich brach kurz nach der Dämmerung ein. Ich öffnete den Riegel der Lieferantentür und kroch durchs Küchenfenster. Das Romilar ließ alles surreal erscheinen. Das Haus erschien in völlig neuem Licht. Missys Schlafzimmer wirkte wild. Eigenartige Farben leuchteten aus der Dunkelheit auf.

Ich fand in einem Wäschekorb im oberen Stock einen fleckigen BH. Er war vom Tennis oder Badminton verschwitzt. Ich dachte mir ein paar passende Bilder aus. Missy und ihre Sommersprossen. Sommersprossige Brüste und gereizte Brustspitzen.

Ich stahl einige gesprenkelte Kapseln. Ich wusste nicht, wie sie sich mit Romilar vertrugen. Ich schluckte sie sowieso.

Gute Nacht, edler Prinz.

Mir ging die Arbeit aus. Ich mietete mir eine billige Absteige in Hollywood und bekam einen Job bei KCOP-TV. Der Postraum war eine Goldmine.

Der Sender machte Reklame für Schallplatten. Trottel schickten bares Geld. Ich schlitzte die eintreffenden Umschläge auf und stahl es. Wodurch ich mir ein anständiges Zusatzeinkommen beschaffte und in eine bessere Unterkunft umziehen konnte.

6th Street, Ecke Cloverdale. Wilshire trifft den Koscher-Kanyon. Alte Juden und Bürosklaven. Jede Menge Frauen.

Mein Versicherungsgeld ging zu Ende. Mein Postraum-Diebstahl deckte den Verlust. Ich fuhr den Firmen-Van zu Schrott und wurde gefeuert. Ich bekam ein paar kurze Aufträge und lebte sparsam. Ich brach bei Missy ein und stahl alles Geld aus einem Portemonnaie.

Damit hatte ich mir jede Möglichkeit des Wiederkommens verbaut. Eine Brücke, die ich absichtlich verbrannte. Ich hatte gespürt, dass meine Chancen immer schlechter standen. Eines Nachts würde man mich erwischen. Man hatte mich im leeren Haus erwischt. Man hatte die Anklage heruntergestuft. Das würde nicht noch einmal passieren. Mein ganzer Instinkt warnte HÖR AUF.

August 69.

Die Tate-LaBianca-Morde erschüttern L.A. Was sich auch auf Hancock Park auswirkt. Magnetische Fensterstreifen. Private Wachdienste.

Ich hörte auf. Ich habe es nie wieder getan. Ich hielt meine Erinnerungen frisch und spürte, dass sich die Zeiten änderten.

Überall in der Stadt machten Pornobuchläden auf. Ich nahm an, dass man irgendein Gesetz verändert hatte. Nun durfte man Ferkeleien öffentlich feilbieten.

Fick-Lutsch-Bücher. Muschi-Bücher. Glänzende Farbbilder. Unretuschierte Einzelheiten. Billiger Hintergrund. Der Vollkommenheit entbehrende Frauen mit weit gespreizten Beinen.

Hippiemädchen ohne Hippiekluft. Ohne Batikklamotten als harmloses Weltanschauungssignal. Ohne Liebesperlen oder Friedenszeichen. Mit unschuldigem Lächeln. Das ist nicht entwürdigend.

Ich verstand die Ästhetik. Sie passte exakt zu meiner eigenen. Ich verstand, was Sache war.

Ausbeutung wird als Freiheit verkauft. Verzweifelten Männern wird Miteinbeziehung vorgegaukelt.

Die Bücher waren teuer und schwer zu stehlen. Ich wich dem Problem aus und besorgte mir einen Job in einem Buchladen. Ich arbeitete von Mitternacht bis 08:00 Uhr früh.

Ich arbeitete allein. Ich verkaufte und sortierte Ware ein. Rumschauen kostete Geld. Fünfzig-Cent-Marken, die beim Einkauf gutgeschrieben wurden. Geile Spanner schauten die ganze Nacht. Es war eine billige Unterhaltung.

Der Laden verkaufte Muschi-Bücher, Fick-Lutsch-Bücher, Homo- Bücher, Romane, Filme, Dias, Spielkarten, Vibratoren, Schwanzringe, S&M-Ausrüstung und Noppen-Präser. Strategisch eingesetzte Spiegel verhinderten gleichgeschlechtliche Intimitäten. Die Kunden waren alles Männer und alles Verlierer. Ausgelatschte Hippies, Transis und gewöhnliche arme Durchschnittsteufel.

Heimliche Tunten mittleren Alters mit Eheringen und schafsmäßigem Gesichtsausdruck. Leidenschaftliche Leser von *Sei stramm zu mir* und *Die mit dem Gemächte denken*. Die mäßig ausgestattete Anhängerschaft von Esel-Dans-Pimmelvergrößerer. Die Muschi-Patrouille – USC-Burschenschaftler, frisch aus den Nachtkneipen.

Der Laden war ein Abfalleimer. Ich war Teil des Inhalts.

Ich packte Muschi-Bücher aus. Die faszinierendsten Frauen sortierte ich aus. Mit denen teilte ich Inhalatoren-Trips. Ich betete für sie. Ich ging doppelgleisig gegen die moralische Mitte vor.

Gegen die Entwürdigung der Frauen und für ihre potenzielle

Erlösung. Ohne Mittelgrund. Ein falsches Dilemma. Mit kurzen Stoßgebeten und ausführlicher Ausbeutung.

Ihr erregt mich. Ich liebe euch. Tut das nicht mehr. Bin ich froh, dass ihr so weit gegangen seid.

Ich riss Bilder raus und stahl Bücher. Ich griff in die Kasse. Ich ging zu einer Muschi-Bar und schaute mir Muschi-Filme an. Ich schüttete mich mit 50-Cent-Drinks voll.

Die Bar verkaufte T-Shirts mit »Bibern« (*beaver*, im Amerikanischen für »Muschi«) und Biber-Mützen mit falschen Biberschwänzen. Ich zögerte. Ich hatte meine pseudochristliche Agenda. Ich ging in der Bar und im Laden auf Muschi-Patrouille. Und verstand auf einmal: Du suchst nach einer besonderen Frau.

Ich fand sie. Sie schmückte eine Seite von *Beaveroo* oder *Beaverama*.

Sie war ein- oder zweiunddreißig. Sie hatte blasse Haut und braune Augen. Langes Haar – gerade und in der Mitte gescheitelt. Mit frühen grauen Strähnen durchmischt.

Eine lange Nase. Mit einem kleinen Höcker in der Mitte. Ein spitzes Kinn und Stoppeln unter den Armen. Lange Beine. Weite Hüften. Einen krass untrainierten Bauch. Die größten Hände und Füße, die ich je an einer Frau gesehen hatte.

Sie nahm mich ein. Sie erschien mir als etwas Wunderbares und völlig Neues. Ich schwor Monogamie. Und hielt durch. Meine Inhalatoren-Trips verliefen dementsprechend.

Sie wirkte weder billig noch seicht, noch sonst in irgendeiner Form des Mitleids oder der Herabsetzung wert. Sie lächelte nicht. Sie machte sich nicht über ihre direkte Pose lustig. Ihre Haltung verblüffte mich. Kitzel oder finanzielle Probleme schloss ich aus. Sie wirkte direkt und letztlich warmherzig.

Ich betete um Einsicht und Antworten. Ich sprach im Laden zu ihr. Kunden hörten mich. Sie rollten die Augen und kicherten.

Der Besitzer kam mir wegen meiner Diebstähle auf die Schliche. Er schmiss mich raus und behielt meinen letzten Lohn ein. Ich bekam ein paar kurzfristige Jobs und sparte mir ein bisschen Geld zusammen. Ich ging auf einen zweimonatigen Dauerrausch.

Er war gigantisch. Ich hortete Essen, Schnaps und Inhalatoren und ging volle Pulle los. Ich verkroch mich zwei Wochen hintereinander. Ich schluckte Inhalatoren und starrte ihr Bild an und wichste monogam. Ich soff und kotzte meine Wattebäusche wieder aus. Ich verlor Gewicht. Ich stopfte mich mit Steaks voll und nahm wieder zu. Ich schlief ein und wachte mit trockenem Mund und Schwindelgefühlen auf. Ich verlor mein Zeitgefühl.

Ich verputzte mein Mietgeld. Der Vermieter sprach von Ausweisung. Ich hatte noch genügend Geld, mir eine billige Absteige außerhalb des Koscher-Canyon zu besorgen. Ich kannte ein Haus in der Nähe der Paramount Studios-Apartments zu 60 Dollar im Monat.

Lloyd half mir beim Umzug. Wir zogen heimlich aus. Der Dauerrausch ließ mich schwach und erschöpft zurück. Ich schlief zwei Tage hintereinander.

Das Green Gables ätzte. Lauter Narkis und ältliche Säufer. Ich riss mich zusammen und schaute mich nach einem Job um.

Ich war erschöpft. Ich war völlig durch den Wind. Ich wollte mir eine kuschelige Arbeit besorgen und wieder zu mir kommen. Ich wollte mich während der Woche stabilisieren und am Wochenende ABHEBEN.

Ich fand nichts. Der Markt für ungelernte Arbeitskräfte war flau. Ich gab auf und ging auf eine Mission.

Muschi-Patrouille als Erlösung.

Ich ging in Dutzende von Buchläden und schaute die Muschi-Abteilung durch. Ich musste mehr Bilder von dieser Frau finden.

Ich fand sie nicht. Ich musste mich mit meiner Fantasie und dem einen Bild begnügen.

Ich legte mir wieder einen Dauerrausch zu. Inhalatoren und ihr Bild. Ich hörte Stimmen.

Sie zischelten vor meinem Fenster. Sie sagten »Ellroy« und »Perverser«. Sie tobten entsprechend dem Rauschgift in meinem System.

Ich diagnostizierte die Stimmen. Offenbar eine Nebenwirkung des Rauschgifts. Eine flüchtige Einschätzung, bei der ich es beließ. Ich schmiss mir Wattebausch um Wattebausch ein und diagnostizierte sie als real.

Polizeisirenen zischten mir zu. Die Stimmen versteckten sich im *Wiiiih*. Ich konnte sie hören. Der Mann nebenan hörte sie. Er verzog höhnisch das Gesicht, wenn er mich im Flur sah. Er kannte meine Sexträume. Er sah sie sich auf seinem Fernseher an. Er wusste, dass ich meine Mutter umgebracht hatte. Er hatte meine Diebstähle zusammengerechnet. Er konnte meine Gedanken lesen. Ich stellte das Radio laut und wichste im Dunkeln, um ihn auszutricksen.

Ich schob mir Wattebäusche rein und hörte die Stimmen. Ich trank und verscheuchte sie. Ich lachte sie weg und schob mir noch mehr Watte rein. Sie kehrten zurück. Sie drängten sich zwischen all die süßen Worte, die ich *ihr* sagte.

Ich rannte weg.

Die Stimmen trieben mich aus der Wohnung. Mitten im Trip und völlig überstürzt. Ich stopfte mir Watte in die Ohren und ließ meine Sachen zurück. Ich ging in null Komma nichts fünf Kilometer nach Osten. Ich sah in Silverlake ein Zu-vermieten-Schild.

Ein Unterschlupf. Für 39 Dollar im Monat. Ein Bett, eine Spüle und eine gemeinsame Dusche.

Ich zog ein. Das Gebäude steckte voller wilder mexikanischer

Wetbacks. Mein Zimmer war halb so groß wie eine Gefängniszelle. Es fühlte sich an wie ein Gefängnis. Die *Wetbacks* machten mir Angst. Die Absteige hatte etwas von letztem Versteck und Irrenhaus. Ich trank mich in den Schlaf und schob mir am nächsten Morgen Inhalatoren rein.

Die Stimmen kehrten zurück. Ich hielt mir die Ohren zu und versteckte mich auf dem Bett. Die Heizspiralen in meiner Decke wirkten wie Mikrofone. Ich riss sie raus und schmiss sie gegen die Wand.

Der Fußboden war vermint und mit Bärenfallen bedeckt. Ich versteckte mich im Bett und pinkelte die Leintücher voll. Die Stimmen sprachen weiter. Ich riss mein Kissen auf und stopfte mir Schaumgummi in die Ohren.

Ich rannte.

Direkt in den Robert Burns Park. Direkt zu meinem Winkel beim Geräteschuppen.

Ich fiel im nassen Gras in Ohnmacht. Wasser drang mir in die Hosen und wischte *ihr* Bild weg.

4.

Sie auferstand. Sie nahm eine verblüffende Gestalt an.

Die meiner neuen Bewährungshelferin.

Sie hieß Elizabeth Heath. Wir trafen uns in den späten Siebzigern. Die Ähnlichkeit haute mich um.

Die Gesichter glichen sich bis in Einzelheiten. Die Körper fielen unterschiedlich aus. Sie trug lose Kleidung – ihre Figur entzog sich mir.

Ich verlor eine Vision und gewann eine Vision zurück. Dies

war Gottes Werk. Ich versprach, Liz in meinen Träumen nicht zu plündern.

Liz Heath war dreißig. Sie kam aus New York State. Ich sah sie einmal im Monat und zögerte unser Zusammensein hinaus.

Liz war freundlich, intelligent, entschieden und fröhlich. Ich machte mich für unsere Treffen fein und bereitete mich vor. Liz war eine Chance. Ich ließ sie mir nicht entgehen. Ich wusste nicht, ob ich ein Chamäleon oder ein prüder Spießer im Wartestand war.

Ich wusste, dass ich sie liebte. Das bewies meine Zurückhaltung. Ich hielt sie aus meinen Sexgeschichten draußen. Was meine Liebe eher befeuerte als behinderte und mir ermöglichte, ihr zuzuhören.

Liz konnte gut erzählen. Sie verlieh gewöhnlichen Dingen Schmiss und eine Pointe. Sie schätzte meine grundsätzliche Schwäche im Verhältnis zu meinem Willen und meiner Geringschätzung gegenüber der Welt richtig ein. Sie verstand hohle Jungs mit einer Mission. Sie treten ungerührt auf der Stelle. Sie verwechseln Bewegung mit Substanz.

Liz hatte mich schnell durchschaut. Sie griff mit distanzierter Freundlichkeit ein. Sie betrachtete mich als Bedrohung für mich selbst und als nicht besonders große Bedrohung für die Gesellschaft. Sie bekam das Wichtigste aus den nächsten zwei Jahren meines Niedergangs mit.

Ich wohnte in Parks und leeren Häusern. Ich klaute Essen und Schnaps und rannte vor dem Bezahlen in Restaurants davon. Ich brach in den Waschraum von Mietshäusern ein und holte Münzen aus Waschautomaten und Trocknern. Ich schlief in den Tonnen der »Goodwill«-Kleidersammelstelle. Ich verkaufte mein Blut und Blutplasma. Ich bekam manchmal Arbeit für einen Tag und las in Bibliotheken. Lloyd half. Ich übernachtete im Hof seines

Hauses und im Wagen seiner Mutter. Das LAPD kam mir zu Hilfe. Man nahm mich wegen geringfügigem Diebstahl und Trunkenheit am Steuer fest. Ich musste gelegentlich in den Knast und reinigte mein vergiftetes System. Ich klaute leere Pfandflaschen aus Rückgabekisten und gab sie gegen Kleingeld ab, Ich schlich mich in Kinos und schaute mir Filme an.

Ich stahl Inhalatoren. Ich schmiss sie mir rein. Ich masturbierte nicht. Sobald ich nach meinem Pimmel griff, setzten die Stimmen ein. Sie scheuchten mich aus Parks und leeren Häusern. Ich stopfte mir Papier in die Ohren und lief herum.

Ich lief herum und dachte mir Geschichten aus. Von Wilshire zum Strand. Und wieder zurück. Besessene Bewegungen. Dreißig Kilometer pro Gang. Kaya, June und jede Menge Gesichter.

Ich sah sie. Ich konnte sie nicht ansprechen. Die Stimmen überdröhnten meine Zärtlichkeiten.

Ich ging und zitterte. Die Leute wichen mir aus. Frauen zuckten zusammen und fassten nach ihren Handtaschen.

Die Inhalatoren riefen die Stimmen hervor. Abstinenz brachte sie zum Schweigen. Die Stimmen straften mich für die Gesichter.

1973 zog Liz aus L.A. weg. Wir verabschiedeten uns am Telefon. Sie war warm. Ich war lässig. Ich zwang mich, den Schmerz auszuhalten.

Lloyds Mutter schmiss ihn aus dem Haus. Er besorgte sich ein billiges Hotelzimmer. Ich mietete mich bei ihm ein.

Ich hatte eine feste Adresse. Der Gedanke ermutigte mich. Ich konnte ungestraft Dinge sagen und tun. Das Dach und die Wände würden die Stimmen draußen halten.

In jedem Stockwerk gab es eine Badewanne und eine Dusche. Ich schluckte sechs Inhalatoren und schloss mich ins Badezimmer im dritten Stock ein.

Ich zog mich aus und ließ mir ein Bad einlaufen. Ich stieg ein und wichste zu einer langen Reihe von Gesichtern. Ich ließ das Wasser laufen, um warm zu bleiben und um die Stimmen zu übertönen.

Ich sah das Gesicht meiner Mutter. Ich *brachte* mich dazu, es zu sehen. Ich sah sie nackt. Ich sagte: »Ich liebe dich.« Wir liebten uns im letzten Haus, in dem wir gewohnt hatten.

Die Stimmen wirbelten aus dem Wasser. Ich ignorierte sie. Ich blieb bis zum Höhepunkt bei ihr.

Dies war die leidenschaftlichste und liebevollste Geschichte, die ich mir je ausgedacht hatte. Sie beschämte und erschreckte mich.

Sie entzückte mich. Ich wollte mir eingehendere Variationen ausdenken. Ich konnte nicht. Die Stimmen sagten, du hast deine Mutter gefickt und umgebracht.

Ich blieb Lloyd meinen Anteil an der Miete schuldig. Der Geschäftsführer schmiss mich raus. Ich zog in den Burns Park zurück.

Die Stimmen folgten mir.

Zwei weitere Jahre.

Inhalatoren-Trips. Zitternde Wände. Eine ununterbrochene Fantasieschleife.

Billigwein. Gefängnisaufenthalte als kurze Gesundheitskur. Warme Mahlzeiten. Keine Stimmen. Gutes Training.

Ich entwickelte Drogentoleranz. Ich musste mehr und mehr Wattestäbchen schlucken, um die gleiche Wirkung zu erzielen. Zehn oder zwölf Wattestäbchen pro Trip. Drei Trips pro Woche.

Das versaute mir die Lungen. Ich bekam zweimal Lungenentzündung. Ich wurde im County Hospital geheilt.

Ich machte ungerührt weiter. Ich folgte meinen Gelüsten. Liz fehlte mir. Ich begann Männer und Frauen zusammen zu beobachten.

Liebespaare, die vor Kinos warteten. Jugendliche in Parks. Was ist das für ein Penner, der uns anstarrt?

Ich las Bücher und fand Epigramme und Einsichten. T. S. Eliot. Hochklassiges Zeug: *Wir leben nur, wir seufzen nur, vom einen oder anderen Feuer verzehrt.* Ein hochklassiger Fickfilm: *Die privaten Nachmittage von Pamela Mann.*

Barbara Bourbon in der Titelrolle. Eine tolle Blondine mit kühlem Überbiss. Eine Billigversion von Kaya Christian.

Pam Mann ist ein geiles Luder. Sie ist ein passiver Schlagsack und eine Verführerin. Sie ist ein weiblicher Candide mit nymphomanischen Zügen. Sie steht für die Exzesse der Siebziger. Sie fickt an einem Tag halb New York City und kommt nach Hause, um mit ihrem Mann zu ficken. Er ist der Beste. Ihn liebt sie *echt.* Ihr Tag war eine Satire und eine Verhohnepipelung der Miteinbeziehung. Sex ist alles und nichts.

Ich stand ebenso auf Barb wie auf die Moral des Films. Ich verstand den Subtext:

Sex war was für Nette und Oberflächliche. Liebe forderte ganze Kerle.

Die Einsicht brachte nicht die Kraft oder den Willen zur Veränderung mit sich. Mein Niedergang setzte sich fort.

Lloyd hatte eine Absteige in West L.A. Ich kampierte auf dem Dach. Ich hatte einen laaaangen Billigweinrausch und bekam in seinem Badezimmer das Delirium tremens.

Fluoreszierende Flecken griffen mich an. Spinnen krochen mir die Beine hoch. Die Flecken versuchten meine Augen wegzufressen. Monster sprangen aus dem Klo.

Es war 100 % real.

Ich schlug nach den Viechern. Ich machte vor den Monstern den Klodeckel zu. Sie glitten ungerührt hindurch.

Ich trank sie weg. Ich wurde ohnmächtig und kam auf dem Dach wieder zu mir.

Ich war zu Tode erschreckt. Ich *wusste*, dass mich der nächste Schluck oder der nächste Wattebausch umbringen würde.

Ich fuhr per Autostopp zum County Hospital und ließ mich in den Alkoholikertrakt einweisen. Mein Bett stand neben dem von einem Dutzend Alkis. Eine Krankenschwester versah mich mit Beruhigungsmitteln. Ein Arzt verschrieb mir ein Entzugsprogramm.

Long Beach Hospital. Drei warme Mahlzeiten und eine Liege. Antabuse – ein Abschreckungsmittel, das beim Trinken Übelkeit hervorrief.

Ich blieb zwei Tage auf der Alkoholikerstation. Ich versuchte, die Zeit zu verschlafen. Die Beruhigungsmittel halfen. Andere Alkis litten am Delirium tremens. Sie sahen Dinge und hörten Dinge und schlugen nach Dingen, die nicht da waren. Ich zwängte mir Kissen um den Kopf und hielt mir ihr Jammern fern.

Ich war jung. Die Alkis waren alt. Sie waren die Prophezeiung meiner Zukunft.

Eine Krankenschwester fuhr mich nach Long Beach. Ich legte eine Khakikluft und ein Plastikarmband an. Ich blieb verängstigt.

Ich nahm Antabuse und ging in Therapiegruppen. Ich erfand Sexgeschichten und schnitt damit vor den Alkoholikerinnen auf. Ich hatte es mit June Harding und Kaya Christian getrieben. Barbara Bourbon wollte mich für ihren nächsten Film.

Kein Mensch glaubte mir ein Wort.

Meine Angst schwand. Ich rationalisierte sie weg. Das Delirium tremens war ein einmaliger Vorgang. Was war, war. Jetzt ist jetzt. Ich konnte den Alkohol und die Drogen auf meine Weise besiegen. Ich war einfallsreich. Ich wusste, ich würde einen Ansatz finden.

Ich entwickelte einen bösen Husten. Der einer Krankenschwester auffiel. Ich sagte, ich hätte zwei Lungenentzündungen hinter mir. Sie rief einen Arzt. Er gab mir ein Beruhigungsmittel. Er steckte einen Schlauch mit einem Licht in meine Kehle und überprüfte meine Lungen. Er konnte nichts finden.

Ich schloss das Programm ab und blieb auf Antabuse. Mein Husten dauerte an. Ich ging zurück nach L.A. – alkohol- und drogenfrei. Meine Angst nahm zu. Ich versuchte, mir einen Neuansatz auszudenken. Ich versagte. Mit meiner Fantasie und meinem Planungswillen war es aus und vorbei.

Ich kampierte auf Lloyds Dach. Ich war mit den Nerven am Ende. Mein Husten wurde schlimmer. Meine Konzentrationsfähigkeit ging immer mehr gegen null. Mir war, als ob man mich meines Hirns und meines Körpers beraubt hätte. Eine völlig neue Erfahrung. Fremde Zellen drangen in mich ein. Sie polten meine Drähte um und machten mich zu einem anderen. Die Drähte hingen lose rum und drohten, kurzzuschließen.

Sie schlossen sich kurz.

Ich wachte auf dem Dach auf. Ich dachte: Ich sollte Zigaretten holen. Worauf eine geistige Sicherung durchbrannte. Mein Verstand stand still. Ich konnte den Gedanken, dem ich gerade Ausdruck gegeben hatte, nicht mehr fassen.

Ich suchte nach ihm. Ich konnte nicht. Ich bemühte mich eine geschlagene Stunde um vier einfache Wörter. Ich versuchte, meinen Namen zu denken und auszusprechen. Ich konnte nicht. Ich nahm mir fest vor, mir klarzumachen, wer ich war und wo ich war. Ich fuhr gegen eine synaptische schwarze Wand.

Ich schrie mich heiser. Lloyd hörte mich. Er rannte aufs Dach. Ich konnte seinen Namen weder denken noch sagen.

Er rief einen Krankenwagen. Einige Sanitäter fuhren mich ins County Hospital. Sie hatten mich an eine Trage geschnallt.

Ich hörte Stimmen. Krankenschwestern bewegten ihre Lippen

und schrien stumm. Ich schrie zurück. Ich sah, wie eine Krankenschwester eine Spritze vorbereitete.

Ich erholte mich.

Als ich aufwachte, war ich auf einer Liege festgeschnallt. Meine Zähne waren lose. Mein Kinn tat weh. Jemand hatte mich geschlagen. Meine Knöchel waren zerschnitten und aufgeschürft. Ich hatte mich gewehrt.

Ich erinnerte mich an meinen Namen und an die vier einfachen Wörter. Gott hatte mir meinen Verstand zurückgegeben.

Ein Arzt diagnostizierte meinen Geisteszustand. Er sprach von einem »Postalkoholischen Gehirnsyndrom«. Ein seltener Vorgang, der ausschließlich bei trockenen Alkoholikern auftritt. Physiologisch bedingt. Er wird durch die noch unsichere Abstinenz verursacht. Er tritt äußerst selten ein zweites Mal auf.

Er hörte mich husten und ließ mich röntgen. Er meinte, ich hätte einen großen Lungenabszess. Ordentliche Pflege würde mich kurieren. Schnaps und Drogen würden mich innerhalb einer Woche umbringen.

Leben oder sterben. Eine einfache Entscheidung, wenn man davorgestellt wird.

Ich verbrachte dreißig Tage am Tropf. Ich hustete ganze Eimer dunkles Sputum aus. Ein Pfleger klopfte mir auf den Rücken und brachte noch mehr von dem Zeug zutage.

Ich begann mich zu erholen. Ich war siebenundzwanzig. Ich hatte starke Gene. Gott hatte mein Urteil umgewandelt. Er hatte mich für die Gedanken an meine Mutter bestraft und meine inneren Drähte gnädig umgepolt.

Davon war ich überzeugt. So krass war mein Vergehen gewesen.

Ich blieb dreißig Tage im Bett. Ich überdachte mein Leben

vom ersten bis zum heutigen Tag. Ich plante mein Entkommen und dachte an Frauen.

5.

Fegefeuer – ein Substantiv. Meine revidierte protestantische Definition.

Eine Wüste dämonischer Entbehrungen. In beklemmender Nähe des Inhalatoren-Instituts und des Masturbations-Berges. Der Ort ohne Wiederkehr für lüsterne Verlierer. Eine strenge Mahnung an wilde Gelüste und den hohen Preis, den sie fordern.

Ich machte mich auf den Weg. Die wichtigsten Verkehrswege waren die Straße des Anständigbleibens und die Allee der Abstinenten. Ich wohnte an der Terrasse der Erschreckten. Meine Hirndrähte konnten sich jeden Augenblick kurzschließen und durchbrennen. Gott gibt und nimmt. Er kennt mich. Ich suche Ihn nur, wenn ich Angst habe.

Ich blieb verängstigt. Den ganzen Tag, jeden Tag. Ich schluckte mein Antabuse. Ich stahl nicht, trank nicht und schluckte keine Inhalatoren. Ich verließ das Krankenhaus – geheilt. Ich schlief auf Lloyds Dach und lebte von Plasma-Geld. Ich las in Bibliotheken und starrte Frauen an.

Ich verbannte June, Kaya, Barbara und all die vielen Gesichter. Die mich wieder zur Lungenabteilung zurücklocken würden. Mein Leben-oder-sterben-Dilemma drehte sich um Liebe. Das war mir klar. Priapisch vorausschauend. Niemand machte mir was vor.

Ich hatte Glück und bekam einen Job. Ein Bursche aus Lloyds Haus arbeitete im Hillcrest Country Club. Er verschaffte mir eine Stelle als Caddy.

Ich genoss die frische Luft und die elegante Atmosphäre. Ich verdiente ordentlich und besorgte mir ein Hotelzimmer. Meine Angst nahm ab. Ich schwitzte sie auf dem Golfplatz aus. Ich entschärfte sie mit der Vortäuschung einer anständigen Lebensführung.

Ich ließ den Schnaps und die Inhalatoren sein. Ich rauchte Marihuana und dachte mir mögliche Krimis aus. Romantische Geschichten. Dunkel und obsessiv. Mit jeder Menge Frauen.

Ich ging Frauen in Westwood Village nach. Ich versuchte, sie anzusprechen. Sie schüttelten mich ab. Null Erfolg.

Ich machte weiter. Ich hörte nicht auf, die Trommel zu schlagen. Ich marschierte auf eine Epiphanie zu.

Lloyd kannte ein Paar Bohemiens. Solly spielte Flöte und Sitar. Joan zahlte die Miete und spielte Muse. Sie hatten eine Wohnung in West Hollywood.

Ich brachte dort einige Zeit zu. Joan war sehr nett zu mir. Ich mochte ihr dunkles Haar und ihre blauen Augen und die Nase mit der leicht seitlich verschobenen Krümmung.

Der Augenblick ist in meinem Gedächtnis fixiert. Als ständig abzurufendes Stillleben. Sex und Liebe, in einem Augenblick auf grandiose Weise verschmolzen.

Joan greift nach einer Zigarette. Ihre Bluse steht beim dritten Knopf offen. Ich kann ihre rechte Brust von der Seite sehen.

Du musst dein Leben ändern.

Das war 1977. Wir schreiben 1999. Ich bin einundfünfzig. Joan ist ebenso alt. June und Kaya einige Jahre älter. Barb Bourbon und Liz Heath gehen auf die sechzig zu.

Sie haben mich gelehrt. Sie nahmen die brillante und mutige Frau vorweg, die ich geheiratet habe.

Ich habe die Clinton-Lewinsky-Sauerei verfolgt. Ich habe einen wohlbegründeten und moralisch gesunden Hass auf Bill Clinton entwickelt.

Er hätte es besser wissen müssen. Er hat eine Frau ihrer Würde beraubt. Sie ist das weltweite Synonym für Schwanzlutschen geworden. Ihr Urteil lautet auf lebenslänglich. Männer werden sie in Restaurants entdecken und eine Wange aufblasen. Das Geld, das sie in den Medien verdient, kommt für die Unkosten nicht auf.

Einige meiner Freunde nehmen mir das nicht ab. Sie verweisen auf meine wilde Jugend und deuten an, dass sie mich für heuchlerisch halten. Ich hätte unter entsprechenden Umständen ebenso gehandelt.

Nein, das hätte ich nicht.

Meine Vergangenheit hat mich eines Besseren belehrt. Mein Überleben hat mir die Weisheit der Strenge vermittelt.

Eine Haltung, die sich keine wohlfeile Miteinbeziehung gestattet. Die das Geschehene anerkennt und die daraus gezogenen Lehren achtet.

Die Standardantwort lautet stets: Es ist doch nur Sex. Sex ist nichts.

Nein, Sex ist alles.

Ich führe mein Überleben auf die selten gesuchte Nähe von Gott dem Allmächtigen zurück. Sollen sich Skeptiker und Miteinbeziehungsfreunde darüber mokieren. Sie können mich am Arsch lecken.

Der D.A.

Zunächst die Aussicht.

Im achtzehnten Stockwerk/Riesenfenster/Blick nach Osten. Das Ritual: Staunen und Kaffee trinken. Täglich festzuhalten: Die Aussicht spiegelt den Aufstieg.

Achtundzwanzig Jahre. In derselben Bürokratie. Vom unsicheren Anfänger zum D.A., zum leitenden Staatsanwalt von Los Angeles. Wo sie ihre Staatsanwälte wie Präsidenten nummerieren. L.A.-Ego. Er ist D.A. Nr. 40. Er hat D.A. Nr. 39 mit seiner Wahlkampagne zu Fall gebracht. Er ist zehn Monate im Amt. Sein Büro ist nach wie vor zu groß. Er genießt immer noch die Aussicht.

Blick nach Süden – auf City Hall, das Rathaus. Eine Film-noir-Neuauflage. Blick geradeaus – jede Menge Gerichtsgebäude. Blick nach Norden – die »Twin Towers«. Das überquellende County-Gefängnis. Aus dem man Aussicht auf die Freeways hat.

Mitten in der Innenstadt von L.A. Jedes Verbrechen zu jeder Zeit. Gerichtshöfe und Gefängnistrakte. O.J.'s Oase/Strafpalast/Vergehens-Motel Nr. 6.

Die Welt von Steve Cooley. Eine prächtige Anti-Utopie. Man beachte den Schreibtisch. Groß genug für Orgien. Das gehört zum Amt.

Es ist Morgen. Er denkt nach. Seine Gehirnzellen oszillieren auf Hochtouren.

Bezüglich Blake. Bezüglich Rampart. Bezüglich Olson-Soliah.

Der Blake-Mord – sechs Monate alt/ohne Anklage/klassisch. Erstens, die knapp bemessene Tatzeit. Zweitens, das Fehlen von Schuldbeweisen. Drittens, keine anderen Verdächtigen. Rampart – ein schrilles Labyrinth. Die spinnerte Schlüsselfigur: ein auf die schiefe Bahn geratener Polizist namens Rafael Perez.

Perez gibt den eigenen Scheiß zu. Besagter Scheiß beinhaltet das Einstecken von Drogen-Schmiergeldern und konstruierte Anschuldigungen. Perez verpfeift die Rampart Division. Ein testosteronangetörntes Tijuana. Ein machismogeplagter Mikrokosmos des LAPD. Vor dem ein Zivilklagen-Lynchmob auf der Lauer liegt. Wo sich ein jeder die Lippen leckt. Und nichts lieber täte, als die Kassen des LAPD zu plündern. Eine Sauerei mit Folgen.

Perez packt über verdrehte Zeugenaussagen aus. Überhöhte Gerichtskosten. Gepiesackte Unschuldige. Betreibung unbedeutender Anklagen. Eine Kosten-Nutzen-Abwägung steht an. Vielleicht ist es an der Zeit, die Reißleine zu ziehen.

Das fing alles vor Cooley an. Es hatte seinen Vorgänger kalt erwischt. Worauf Cooley übernahm. Cooley bildete die JSID – die *Justice System Integrity Division*, das »Dezernat für Integrität der Justiz«.

Protokolle. Prozeduren zur Abschätzung von polizeilichem Fehlverhalten. Rampart unter *seiner* Verantwortung? – Der Skandal erweist sich als Totgeburt.

Olson-Soliah war hochaktuell. Man schrieb den 29.10. Am 31.10. muss sie plädieren. Sie kann auf nicht schuldig plädieren. Sie kann ein Gerichtsverfahren bekommen. Sie kann auf schuldig plädieren und sich mit der Staatsanwaltschaft absprechen. Sie hatte versucht, zwei Polizeiwagen in Brand zu stecken. Die Zünder versagten. Zehn Jahre pro Wagen – voraussagbar und absolut gerecht.

Olson-Soliah hatte eine *Vorgeschichte*. Die bis 1974 zurückreicht. Sara Jane Olson heißt eigentlich Kathleen Soliah. Soliah ist Mitglied der SLA, der »Symbionese Liberation Army«, des amerikanischen Gegenstücks zur deutschen RAF. Spinnerte linke Verlierer. Die Patty Hearst entführen. Die ihren Alten erpressen. Die Banken berauben und hochgestochene Sprüche spucken. Zeitsprung zum 17.05.74. Ortswechsel zur East 54th Street. Das Sondereinsatzkommando vom LAPD geht gegen ein SLA-Versteck vor. Sechs Rote Socken schlucken Tränengas. Sie husten und fangen Feuer. Das Haus steht in Flammen. Sechs Bösewichte braten, sengen und platzen.

Die Leichen werden identifiziert. Keine Patty Hearst und keine Kathleen Soliah darunter. Sechs gerichtsbekannte neulinke Nichtsnutze sind tot. Andere SLA-*Untermenschen* überleben. Sie winden sich durch den Untergrund.

Zeitsprung zum 21.04.75. Ortswechsel nach Carmichael, Kalifornien. Wir sind in Sacramento County. Wo ein üüüüübler Bankraub stattfindet. Auf Bullenchinesisch ein »klassischer 211er«.

Die Crocker National Bank. Acht SLA-er verdächtigt. Vier in der Bank. Vier Übeltäter davor. Eine Fünfzehntausend-Dollar-Beute. Eine Frau namens Myrna Opsahl aus Spaß an der Freude mit einer Schrotflinte niedergestreckt.

Zeitsprung nach 1982. Patty Hearst:

Gefangen/verurteilt/eingesperrt/begnadigt/freigelassen. Sie schreibt Erinnerungen. Sie nennt die Carmichael-Truppe mit Namen.

Kathy Soliah war drinnen tätig. Kathy Soliah leerte Geldschubladen. Emily Harris tötete Myrna Opsahl. Soliah fragte Harris, was das mit Opsahl solle. Harris bezeichnete Opsahl als »bürgerliche Drecksau«.

Die Zeit vergeht. Emily Harris und Gatte Bill. Sie werden wegen anderer SLA-Straftaten hopsgenommen. Noch mehr Zeit vergeht. Sie wandern in den Knast. Sie werden begnadigt. Patty Hearsts Buch erscheint. Der Staatsanwalt von Sacramento hält sich zurück.

Zeitsprung nach 1976. Die Bundesbehörden stellen Kathys Bruder Steve Soliah vor Gericht. Hearst sagt, er habe das Fluchtfahrzeug gefahren. Die Geschworenen sprechen ihn frei. Er wird durch das in der Verfassung verankerte Verbot der zweimaligen Anklage für dasselbe Vergehen gerettet. Myrna Opsahl bleibt ungesühnt.

Zeitsprung zum 16.06.99. Das FBI nimmt »Sara Jane Olson« fest. Sie wohnt in Minnesota. Sie ist Hausfrau. Sie hat drei Kinder. Ihr Mann ist Arzt.

Sie wird ausgeliefert. Sie kommt nach L.A. Sie stellt Kaution. Der juristische Vorlauf vor dem eigentlichen Verfahren verzögert sich.

Steve Cooley merkt auf. Steve Cooley studiert den Carmichael-Fall. Steve Cooley wittert Mordanklagen.

Myrna Opsahl hatte einen Sohn. Er hieß Jon. Er war Arzt. Cooley informierte einige Polizisten der Staatsanwaltschaft. Sie riefen bei Jon Opsahl an. Sie brachten ihn auf den neuesten Stand.

Kathy Soliah – wegen der Feuerteufel-Nummer mit den Polizeiwagen festgenommen. Der Carmichael-Mord – steht zur Anklageerhebung an.

Cooley rief mehrmals bei Jon Opsahl an. Opsahl bedrängte den Staatsanwalt von Sacramento. Opsahl kapierte. Opsahl begriff:

Sacramento will nicht – einmal hatte man sich die Finger verbrannt. Cooley bewirbt sich als D.A. Cooley führt in den Umfragen. Angenommen, er wird gewählt. Angenommen, er traut sich was. Angenommen, er reißt den Fall außerhalb der gerichtlichen Zuständigkeit an sich.

Cooley wurde gewählt. Cooley übernahm den Fall. Ein örtlicher Richter überprüfte die Beweislage im Brandsatzfall. Besagter Richter erklärte:

»Die Geschichte der SLA, einschließlich des Carmichael-Überfalls, kann in den Brandsatzfall mit einbezogen werden, da sie Teil einer kriminellen Verschwörung war.«

Cooley lächelte. Cooley pochte aufs Pult. Cooley prüfte die Aussicht.

Zeitsprung rückwärts. Es ist wieder Mai 74. Es ist noch einmal gestern.

Er war ein jugendlicher Strafverfolger. Er war ein jugendlicher LAPD-Reservist. Der »SLA-Schusswechsel« kam live im Fernsehen.

Er schaute zu. Er fand das toll. Er *genoss* es. Eine Live-Übertragung aus seinem eigenen Revier.

Eine beeindruckende Show. Die Ordnung triumphierte. Die Gerichtsbarkeit wurde verhindert – eine Tragödie. Er hätte am liebsten nach seiner Uniform gegriffen. Er wäre am liebsten hingegangen.

Er verschob seine Hilfe. Und kam wieder in der Gegenwart an. Vielleicht klappte sein Carmichael-Kniff. Vielleicht kam es in Sacramento zur Strafverfolgung.

Was für ein Leben. Was für eine scheißtolle Aussicht.

Das Amt war riesig. Neuankömmlinge brauchten Pläne. Unmengen von Stockwerken/Unmengen von Zimmern/labyrinthartige Arbeitsnischenverteilung.

Das Criminal Courts Building – Temple, Ecke Broadway.

Cooley kannte jeden Sprung in der Wand. Er hatte im Hauptquartier gearbeitet. Er hatte Umwege gemacht. Er hatte auf sibirischen Außenposten gearbeitet. Er kam als Top Dog zurück.

Er ging die Räumlichkeiten ab. Er berührte die Wände. Er steckte sein Revier ab. Jetzt bist du *el perro primo/il cane supremo/chien numéro un.*

Kneif mich – ich bin der D.A.

Cooley ging zum 10:00-Uhr-Treffen. Untergebene grüßten mit »hi«. Meist sagten sie »Steve« und »Boss«. Die Schüchternen sagten »Sir«. Cooley wirkte geniert.

Er ging durch den Polizeiraum. Der gerammelt voll war. Lauter vorzügliche Polizisten – erstklassige Überstellungen vom Police Department. Sie untersuchten Fälle. Sie bewachten Zeugen. Sie bewachten ihn.

Kneif mich. Ich habe Leibwächter und Fahrer. Oberkellner kriechen mir in den Arsch.

Cooley ging weiter. Cooley berührte Sprünge in der Wand. Cooley erschien zum 10:00-Uhr-Treffen.

Die Mannschaft war da. Der Raum war groß. Der Schreibtisch umfangreich genug für Orgien. Sachpunkt: das *neue* Dezernat für Ungelöste Fälle.

Das war Cooleys Idee gewesen. Das bedeutet vier Staatsanwälte plus LAPD-Detectives. Lösen wir alte Mordfälle. Setzen wir DNA ein. Der Staat stellt einen riesigen Zuschuss zur Verfügung – schlappe fünfzig Millionen. Nutzen wir unseren Anteil. Die Kriminallabors vor Ort sind überbelastet. Arbeiten wir unsere Agenda mit Volldampf ab.

Für das LAPD:

Lieutenant Debbie McCarthy. Detective Rick Jackson, Detective Dave Lambkin, Detective Tim Marcia und andere. Ein Koordinator. Drei aktenfressende/straßenabklappernde/fällelösende Cracks.

Für den D.A.:

Lisa Kahn – stellvertretende Leiterin. Weithin bekannt als »DNA-Göttin«. John Lewin – stoischer Strafverfolger. Schicker Anzug und ölige Frisur. Ellen Aragon – erfahrene juristische Nahkämpferin. Durchdringender Blick, durch große Brillengläser eingefroren. Vesna Maras – Strafverfolgerin/kürzlich abgestellt/ruhig-raunziger Witz. Ihr aus dem Gesicht geschnitten: die Ostblock-Naive in den Andrzej-Waida-Filmen. Joe Scott – Cooleys Medienboss. Ein junger 71-Jähriger. Tief in L.A. verwurzelt. Sein Vater war Richter. Sein Vater hatte den Tennisstar Big Bill Tilden in den Knast geschickt, als der Jungs begrapschte.

Bagel und Kaffee warten warm. Cream-Cheese-Päckchen schmelzen. Die Truppe verputzt Kaffee. Cooley verputzt einen Bagel. Lisa Kahn übernimmt. Die stellvertretende Leit-Göttin.

Wir haben eine ganze Menge ungelöste Fälle. Wir haben Beweismaterial. Wir haben zerstörtes Beweismaterial. Wir haben Morde ohne Verdächtige, Morde mit Haupttatverdächtigen und klassische Kriminalfälle. Wir haben unsere Gelder. Uns steht ein DNA-Probetest pro Fall zu. Unsere Priorität: die Überführung von Verdächtigen bei brutalen Sexmorden.

Alle sind einverstanden. Die Stimmung ist geladen und laut. Cooley nagt an einem Bagel. Er nickt Zustimmung.

Die Polizisten übernehmen. Der Kleiderordnung nach. Von McCarthy zu Jackson/von Lambkin zu Marcia und weiter nach unten.

Der Subtext ist klar. Wir bearbeiten die *schlimmsten* Morde, Weibliche Opfer/männliche Verdächtige. Penetration/Ejakulation/Verstümmelung. Lust-jetzt-zahl-später-Verbrechen.

Die Polizisten geben sich nüchtern. Wir lesen Akten, wir identifizieren Opfer, wir finden Beweismaterial oder bestätigen seinen Verlust. Wir finden Verdächtige auf freiem Fuß oder in Haft.

Lisa Kahn spricht. Denkt dran – DNA verurteilt *und* entlastet. Cooley spricht. Denkt dran – DNA ist absolut exakt. Sie kann weder verzerren noch täuschen. Wir werden der Gerechtigkeit in doppelter Hinsicht dienlich sein.

Der Subtext verändert sich. Mit telepathischer Geschwindigkeit. Eine allergische Massenreaktion auf O.J. Nachweisliche Sicherheit ist das eine. Aalglatte Verteidiger sind etwas anderes.

Mehr Bullenüberlegungen. Mehr Staatsanwaltsüberlegungen. Der Ball wird hin und her gereicht.

Ausrüstung zur Untersuchung von Vergewaltigungen/Gefrierschrank/Asservatenkammern. Das Durchstöbern alter Aktenkisten/Computer-Abfragen/Vorgehen bei Neuuntersuchungen. Man spürt die Entrüstung. Sie sind neu im Einsatz. Sie sind energisch und startbereit. Sie werden eingerissene Schlampereien überwinden.

Staus beim Labor. Inkompetenz beim Labor. DNA als heiße Neuigkeit und kafkaeskes Thema. Müßige Strafgefangene in Quentin und Folsom. Versuchen wir, eine DNA-Nummer zu schieben! Vielleicht klappt's! Bei O.J. hat's funktioniert!!!

Noch mehr Überlegungen. Schnelles Hin und Her – von Bullen zu Staatsanwälten.

Die Ausrüstung zur Untersuchung von Vergewaltigungen. Das Problem mit dem einvernehmlichen Sex. Außenstehende Labors – können wir sie einsetzen? Kaufen wir doch den neuen Fingerabdruck-Computer.

Cooley tupft Bagelbrösel auf. Cooley verschiebt seinen Stuhl. Das Vorspiel zur Durchführung.

Cooley spricht. Sein Stuhl wird zur Kanzel. Der Orgien-Schreibtisch zur Kirchenbank.

Die Lösung von Mordfällen – die ernste Pflicht eines Detective. Solides Teamwork als Mittel. Die Pflicht des Strafverfolgers:

ehrlich vor Gericht gewinnen. Den Mördern das Gesetz des Handelns abjagen. Und dadurch stets aufs Neue die Gesellschaft schützen.

Die Ansprache kam an. Die Predigt auf dem Orgienpult. Ein interkonfessionelles Gebet.

Das Treffen wurde vertagt. Cooky steckte noch einen Bagel für unterwegs ein.

The Life ist ein stehender Begriff.

The Life, »das Leben« – Substantiv. Aus der Knastsprache übernommen. Beinhaltet Zugehörigkeit und geschlossene Grenzen. Man ist drinnen oder draußen. Begeht Verbrechen. Mit den entsprechenden Risiken verbunden. Die Mitgliedskarte.

The Life – Substantiv. Auf Nutten und deren Hochrisiko-Existenz angewandt. Gilt für alle geschlossenen Gesellschaften. Das Risiko ist die Mitgliedskarte.

Die Staatsanwaltschaft von L.A. – dito.

Tiefe Wurzeln. 152 Jahre. Eine *laaaaange* Geschichte.

Der Wilde Westen. Die Tong-Bandenkämpfe in Chinatown. Die Rassenunruhen. Lynchmorde. Polizeiskandale. Kriminelle Polizisten, die Nutten auf den Strich schicken. Kriminelle Polizisten, die Wagen in die Luft sprengen. Kriminelle Polizisten, die Morde begehen. Skandale draußen. Skandale drinnen. Wir schreiben 1928. Asa »das Ass« Keyes ist D.A. Das Ass wird wegen Bestechung verurteilt, Das Ass wandert in den Knast. Das Ass kriegt zwei Jahre in San Quentin.

D.A. Buron Fitts – der 1930 tief in der Scheiße steckt.

Es gibt einen Nuttenring. Der junge Mädchen an reiche Knacker verscherbelt. Es kommt zu Gerüchten. Die Fitts angeblich unterdrückt. Es kommt zu Verdächtigungen. Eine Grand Jury erhebt Anklage. Fitts steht sie durch. Fitts gewinnt vor Gericht.

Stellvertretender D.A. Jack Kirschke – in den Swingerjahren nach 1960. Jacks Frau geht fremd. Sie fickt den Clown Orville Drankhan. Jack erwischt sie im Bett. Jack legt sie beide um. Jack sitzt zehn Jahre ab.

Heiße Verbrechen. Von *drinnen* begangen. Statistische Raritäten. Emblematisch? Aber sicher.

Man gehört zum *Life*. Man macht die Gesetze. Man bekämpft die Gesetzlosigkeit draußen. Man atmet den Gestank ein. Man verliert die Widerstandskraft. Man kennt das Gesetz. Ein Wissen, das Bedenkenlosigkeit erzeugt. Man bricht das Gesetz draußen.

Geschichte. Genieß ihre pikaresken Seiten. Trag dick auf, wenn du die alten Nummern erzählst.

La vida, la vie – Cooley fuhr total drauf ab.

Die alten Tage. Die alten D.A.-Bullen – telefonbuchschwingende Schläger de luxe. Die willfährige Grand Jury – Wir-sind-die-Anklage.

Geschichten von damals. Vergangene Geschichten. Das Dezernat wurde gescheit und stubenrein. Andere Zeiten, andere Sitten.

Ein Stammbaum mit alten Wurzeln. Beginnend mit den Landzuteilungen durch die spanische Krone. Die Frühzeit der mexikanischen Herrschaft. Dann waren die Weißen dran – entsprechend der sich verändernden Bevölkerungsmischung. Das Dezernat veränderte sich mit. Das Dezernat folgte dem Schmelztiegel-Rand-des-Pazifik-Trend. Das »Leben« war streng selbstbezogen und nach außen abgeschlossen. Man lebte gemäß dem Gesetz und passte sich einigermaßen den Zeitläuften an. L.A. veränderte die Hautfarbe. Das Dezernat ebenso. Seoul und Ciudad Sowieso tun sich mit dem Schwarzen Kontinent zusammen und überschwemmen den Weißen Fleck.

L.A. veränderte sich. L.A. wuchs. Das Dezernat wuchs mit.

Repräsentative Justiz – innen entspricht außen. Rasse. Geschlecht. Das Dezernat für Ungelöste Fälle. Weibliche Opfer wahrscheinlich. Unter den Strafverfolgern sind drei Frauen.

Cooley fuhr drauf ab. Er war vierundfünfzig. Er hatte zeitlebens in L.A. gewohnt. Er hatte mehr als die Hälfte im *Life* zugebracht. Er hatte die großen Kanonen in Aktion und in ihrem Niedergang gesehen. Er hatte J. Miller »Gaskammer« Leavy gekannt. Miller hatte Stephen Nash und Barbara Graham ins Grüne Zimmer geschickt. Miller hatte Donald Keith Bashor aus dem Verkehr gezogen. Miller war ein bekennender Gaskammerfreak.

Was war, war. Jetzt war jetzt. Scheiß auf die Nostalgie. Jetzt war besser. Das Damals hatte seinen Platz, Das Gewebe ließ sich nicht aufdröseln. Das Damals *und* das Heute machten das »Leben« erst lebendig.

Die öffentliche Aufmerksamkeit war *jetzt* höher, Aufmerksamkeit hieß Verantwortlichkeit. Reformeifer war *jetzt* in. Der Eifer hatte ihm zur Macht verholfen. Er war im *Life* aufgewachsen. Das »Leben« war GROSS und eng umschrieben. Er beobachtete die Expansion. Die Dimensionen überwältigten ihn.

Das *Life*. Das Büro. Eine synonyme Macht.

Eintausend Strafverfolger. Neunhundert Mitarbeiter. Zweihundertundachtzig Polizisten. Neununddreißig Regionalbüros. Neununddreißig Spezialdezernate. Ein Riesenkrake in der Innenstadt.

Expansion – proportional den anwachsenden Verbrechenszahlen. *The Life* verbindet sich auf glückliche Weise mit dem wirklichen Leben.

Man steht aufseiten der Gerechtigkeit. Man lernt die kriminelle Variante des *Life* kennen. Man kommt mit dem Schmutz in Berührung. Man kann ihn *spüren*. Das Abrutschen in den Schleim beschwingt auf zweideutige Weise. Als erlaubte Selbstverlorenheit. Als perverses Vergnügen, ins Fegefeuer schauen zu dürfen. Als Bestärkung der eigenen Entschlossenheit. Die Verteidiger verdienen ein Mehrfaches. Das »Leben« lehrt einen, darüber zu lachen und mit den Schultern zu zucken.

Man hilft den Opfern. Man bestraft die Übeltäter. Man durchwühlt deren Scheiß. Als einer, den das »Leben« erprobt und fasziniert, gequält und hingerissen, angetrieben und ratlos zurückließ.

Cooley kannte den Grund.

Sein Geschäft war die Wahrheit. Das ging nur mit Liebe.

Bei Olson-Soliah war die Kacke am Dampfen. Den Rampart-Fall kippte er.

Halloween, 31. Oktober – sie plädiert schuldig. Sie bleibt auf Kaution frei. Der Richter legt die Bemessung des Strafmaßes auf den 07.12. fest. Zu erwartende Strafe: 20 Jahre bis lebenslänglich. Entlassung auf Bewährung nach fünf Jahren möglich.

Sie plädiert auf schuldig. Sie verlässt den Gerichtssaal. Sie sieht draußen Reporter stehen. Sie erklärt sich für *nicht* schuldig. Sie schiebt es auf den 11. September. Ich kann kein faires Verfahren bekommen, Der Übereifer bei der Terroristenverfolgung, ach herrje!

Empörend.

Unakzeptabel.

Cooleys Staatsanwälte reagierten. Michael Latin schäumte. Eleanor Hunter stellte klar: »Entweder sie lügt vor dem Gericht oder vor dem Gerichtsgebäude, um Gesicht zu wahren.«

Der Richter setzte eine Anhörung an. Sie erfolgte am 06.11. Der Richter belehrte Olson-Soliah: »Ein Schuldgeständnis ist kein Zwischenhalt auf dem Weg zu einer Pressekonferenz.«

Olson-Soliah jammerte über den 11. September. Der Richter

fragte sie direkt: »Wollen Sie Ihr Geständnis aufrechterhalten?« Olson-Soliah legte eine Pause ein. Olson-Soliah sagte: »Ja.«

Zeitsprung zum 15.11. Olson-Soliah legt einen versiegelten Antrag vor. Er wird geöffnet und vorgelesen. Olson-Soliah macht eine Kehrtwende. Sie zieht ihr Schuldgeständnis zurück.

»Nach eingehender Überlegung habe ich erkannt, dass ich mich nicht für schuldig erklären kann, wenn ich weiß, dass ich es nicht bin.

Ich war zu feige, zu tun, was ich hätte tun sollen: alle Vorsicht beiseiteschieben und mich dem Verfahren stellen.«

Der Richter legte eine Anhörung auf den 28.11. fest. Der Richter verschob sie auf den 03.12. Der Richter wies den Antrag zurück. Seine Ehren Larry Paul Fidler, kurz und bündig: »Sie hat schuldig plädiert, weil sie schuldig ist.«

Wumm – Verurteilung am 18.01. D.A. Latin, kurz und bündig: »Sie hat aufgespielt, jetzt heißt es tanzen.«

Zu L.A.-Musik. Johnny Justice und die Karma Kings – Siebzigerjahre-Rock. Möglicher Gaststar aus dem Nachbarstaat – der Carmichael-Mord.

Olson-Soliah wich Kugeln aus. Cooley wich einigen Kugeln aus und bekam andere ab. Cooley erklärte Rampart für abgeschlossen.

Er hielt eine Pressekonferenz. Chief Parks und Sheriff Baca standen neben ihm. Er gab seine Ablehnungsbescheide bekannt. Er hatte 15 unterschrieben. Er konnte noch bis zu 30 weitere unterschreiben. Er betonte die Grenzen von Rampart. Perez und seine Einheit waren schuldig gesprochen. Die Prozesse und Verurteilungen waren erfolgt/die Revisionen waren anhängig. Im Übrigen war der Fall abgeschlossen.

Eine »endemische« LAPD-Korruption gab es nicht. Man hüte sich vor Hexenjagden.

Er verwies nachdrücklich auf das Integritätsdezernat. Er erläuterte einige neue Vorgehensweisen. Wir sind nicht müßig. Wir reagieren auf Vorwürfe bei polizeilichem Fehlverhalten. Wir untersuchen. Bei stichhaltiger Sachlage wird Strafverfolgung eingeleitet. Achten Sie auf uns – bei jedem polizeibezogenen Schusswechsel/bei jedem Tod in Haft.

Fünfzig mit Rampart zusammenhängende Fälle – bis Silvester eingestellt. Keine neuen Strafanträge zu erwarten. *Da war eben nichts.*

Rampart – Adios, Drecksau.

Von einigen wurde er gelobt. Andere zogen über ihn her. Er hatte einen Nerv getroffen. Die Verschwörungspresse drehte ihn durch den Fleischwolf.

Cop Cooley kolludiert. Bulle Cooley hackt anderen Bullenkrähen kein Auge aus. Cooley legt Untersuchung Handschellen an. Wird wild gewordener Weißwäscher Ruf des rechtschaffenen Reformers retten?

Die öffentliche Wahrnehmung kann nicht kontrolliert werden. Scheiße – da war eben nichts.

Einige Verteidiger reagierten. Der Chor der Spötter wollte nicht schweigen. Cooley war »auf einem Auge blind«.

Nein, wir haben genau hingeschaut. Wir haben bei Rampart jedes Steinehen umgedreht. Da war eben –

Scheiß drauf. In L.A. ist Herbst – ein bisschen Sonnenschein, ein bisschen Regen. Olson-Soliah wartet auf ihr Urteil. Das Dezernat für Ungelöste Fälle nimmt die Arbeit auf. Prickelnde priapische Aussichten. Autsch – die Mörder sollen sich auf schmerzhaften Ärger gefasst machen.

Autorität, die sich mit Gerechtigkeit verbindet. Sein Jugendtraum. Silver Lake – vom Damals zum Heute.

Die Hügel an der Innenstadt. Bei der Chavez Ravine. Autorität erzeugt Ungerechtigkeit. Mächtige Männer schmeißen arme Chicanos raus. Mächtige Männer erbauen das Dodger Stadion.

Er wuchs als Katholik auf. Chief Parker ging in seine Kirche. Parker war ein Reformer. Das wusste Cooley schon damals. Parker räumte mit der LAPD-Korruption auf. Parker war eine Lusche. Witzbolde nannten ihn »Whiskey Bill«. Parker betrank sich. Parker beschimpfte Neger. Parker zog beschissene Nummern ab. Das wusste Cooley damals noch nicht.

Cooleys Vater war beim FBI. Vati bewunderte J. Edgar Hoover. Hoover sammelte Pornografie und schweinische Überwachungsbilder. Das wusste Vati damals noch nicht. Ebenso wenig wie Cooley.

Silverlake war vergleichsweise gemischt. Weiße Kleinbürger schmissen den Laden. Homosexuelle und Mexikaner stellten das Fußvolk. Silverlake war hügelig. Witzbolde sprachen von den »Lauen Bergen«. Niemand sprach von J. Edgar »Schwuchtel« Hoover.

Ein guter Ort für Jugendliche. Schöne Hügel und Terrassenaussichten. Wachse mit Illusionen auf. Verlier sie auf richtige Weise. Sorg dafür, dass sich der Vorgang hinauszögert.

Was Cooley tat. Er war ein guter Schüler. Ein Jugendsportler. Er verkaufte den *L.A. Herald*. Der *Herald* brachte Kriminal-Sonderseiten. Die Cooley vertrieb. Verbrechen – die erste Fibel des werdenden Anwalts.

Der Finch-Tregoff-Fall. Caryl Chessman und das Grüne Zimmer. Der elektrische Stuhl und J. Miller Leavy.

Der *Herald* brachte den Spade-Cooley-Fall groß heraus. Spade war ein Countrymusic-Fiedler. Spade und Steve waren nicht verwandt. Spade war drogensüchtig. Spade hatte seine Frau umgebracht. Sie wollte sich einem Sexkult anschließen. Was Spade sehr böse machte.

Die Kids zogen Cooley auf. Spade hatte Schlitzaugen. Die Chinesen waren Kulis (wie »Cooley« ausgesprochen). Wo ist deine Rikscha, Steve?

Das Verbrechen ritzte ihm die Haut. Ein Kratzer – keine richtige Fleischwunde. Er hatte ein erfülltes Leben. Schule, vier Geschwister, Kirche. Die Sechzigerjahre-Sorgen langweilten ihn. *Seine* Welt war sicher. Die *ganze* Welt sollte sicher sein. Vati war beim FBI. Es *gab* einen sicheren Pfad. Der Freude und Erfüllung mit sich brachte.

Er schlug ihn ein.

Er schloss an der Loyola High School ab. Er ging auf die Cal State L.A. Cal State war ein College ohne Fisimatenten. Cal State hatte einen niedrigen Rebellenquotienten. Er spürte ein politisches Rühren. Er ließ sich für den Posten des Vizepräsidenten der Studentenschaft aufstellen und wurde gewählt. Der Präsident erhielt seinen Einberufungsbefehl. Cooley wurde Präsident.

Er war ein ganzer Kerl – in der jugendlichen Philisterausgabe. Er war ein cooler Vorzeigejugendlicher. Er stellte einige Radikale zur Rede. Er half, eine dümmliche Revolte zu unterdrücken. Das Gesetz ritzte ihm die Haut. *Die* Fleischwunde tat weh. Er beantragte einen Studienplatz bei der juristischen Fakultät der USC, der University of Southern California. Er wurde angenommen. Ich will mich fürs Wahrheitsgeschäft ausbilden lassen.

Wir lernen Theorien und Statuten. Wir lernen, legalistisch zu denken. Ich möchte lernen, wie man die Wahrheit einfängt.

Er studierte. Er zog jede Menge Präzedenzfälle in sich rein. Er schluckte das Kleinklein. Das Jus-Studium – *The Life* in Kleinbuchstaben.

Er schärfte sein Wahrheits-Wahrnehmungs-Vermögen. Und

damit seinen Appetit. Er gierte nach Abenteuern. Man schrieb 1972. Er verdoppelte seine Arbeitslast. Er schloss sich der LAPD-Reserve an.

LAPD – *The Life* in *GRRRRoßbuchstaben*.

Er besuchte Kurse an der Polizeiakademie. Er brachte es auf 264 Lehrstunden. Er ergänzte seine juristischen Kenntnisse. Er war jung, doof und voller Courage. Gebt mir Bedrohung und Gefahr. Gebt mir einen Streifenwagen. Gebt mir ein Abzeichen und eine Waffe.

Man tat's. Er kam zur Newton Division – hart, brutal und nichtweiß. Er leistete drei bis sechs Schichten pro Monat ab. Er arbeitete am Samstagabend. Er war dabei, als ein Schusswaffenopfer auf einem Billardtisch verblutete. Der Bursche hatte einen in die Schlagader abgekommen. Die Augen des Burschen pulsierten und erstarrten.

Newton klopfte die Jugend aus ihm raus. Er geriet in Kämpfe. Er trennte Kämpfe. Er fuhr mit Blaulicht. Er las Gesetzestexte. Er verlor seine Unschuld auf der Straße. Er bekam juristisches Fachchinesisch mit. Er sah das Grauen aus nächster Nähe. Er gewöhnte sich daran. Die SLA zog ihren Scheiß ab. Mörderischen Schwachsinn. Ohne dass ihn die leiseste Vorahnung eines entfernten Schicksals berührt hätte.

Er plante. Für unterschiedliche Ausgangslagen. Plan 1: Du schaffst die Zulassung als Rechtsanwalt. Plan 1 A: Du wirst stellvertretender Staatsanwalt. Plan 2: Du schaffst die Zulassung als Rechtsanwalt nicht. Du gehst zum FBI oder vollberuflich zum LAPD.

Gute Pläne. Seinem Lebensgefühl und seinen Wurzeln entsprechend. Er war 26. Die Illusionen waren verflogen. Die Ideale waren intakt. Er verfügte über Bücherwissen und Straßenwissen und über die Fähigkeiten, sich im Wahrheits-Geschäft zu behaupten. Er schaffte des Rechtsanwalts-Examen mit links. Die Staatsanwaltschaft brauchte gute Strafverfolger. Die Pläne 1 und 1 A klappten bestens.

Cooley arbeitete. Die Siebzigerjahre köchelten. Das Jahrzehnt der langen Haare und der Selbstverlorenheit. Selbstbezogenheit war an der Tagesordnung. L.A. befand sich im Haschrausch. Kriminelle erzählten traurige Geschichten. Schließ mich nicht weg/hilf mir, mich einzuordnen/ich benötige Rehabilitation.

Das störte die Wahrheitsfindung. Das brachte Cooley zum Denken. Das brachte ihn dazu, mildernde Umstände in Betracht zu ziehen. Das brachte ihn dazu, die Wahrheit als obersten Standard festzusetzen. Wobei Wahrheit nicht etwas war, das man gleich erkannte.

Das schärfte seine Witterung für miese Tricks. Das brachte ihm bei, den Einzelfall auf mildernde Umstände zu überprüfen. Das erweiterte seinen Polizistenblick auf die Welt. Das führte ihn über Verdächtige und Opfer und schnelle Begegnungen auf Streife hinaus. Er ließ die eigene Welt des weißen Mannes und das Newton der Neger hinter sich. Er studierte Prozessrecht. Er arbeitete Tatsachenmuster heraus. Er abstrahierte sie. Er passte sie den anstehenden Fällen an. Er traf viele Verdächtige und Opfer. Er lernte Zeugen und Familien in Trauer kennen. Er studierte. Er befragte. Er sprach mit Polizisten von Bulle zu Bulle und als Rechtsanwalt, der wusste, was bei Polizisten Sache ist. Er bereitete sich auf Gerichtsverfahren vor. Er handelte Strafen gegen Geständnisse aus. Er führte Klage. Er wog sein angeborenes Rechtsgefühl gegen sein zunehmendes Erbarmen ab.

Er lernte. Er lebte das »Leben«. Er stritt für die Wahrheit. Die Wahrheit trickste ihn aus und ließ ihn nicht mehr los. Die Wahrheit zu kennen ist das eine. Die Wahrheit zu beweisen etwas anderes. Eine Wahrheit, die sich hinter verblüffenden Tatsachenzusammenhängen verbergen kann. Mildernde Umstände, die durch traumatische Vorgänge bedingt sind. Mildernde Umstände, die auf hoffnungsloses Durcheinander zurückzuführen sind. Wahrheit triumphiert, entzieht sich, stützt sich auf Prinzipien, die den Schuldigen schützen. Jeden Tag/bei jedem Fall/bei jeder Absprache vor Gericht und bei jedem Urteil – die einfache Wahrheit, die doppeldeutige Wahrheit, die missverstandene Wahrheit.

Übertretungen, Verbrechen, Rauschgiftvergehen, Körperverletzung, Einbruchdiebstahl. Prozessrecht, Absprachen, Überstellungen, Verurteilungen, Gerechtigkeit. Das »Leben« setzte ihm zu. Das Ahnen der Wahrheit half ihm hindurch.

Er traf eine Frau. Sie mochten sich und heirateten. Zwei Kinder kamen. Mit der Karriere ging es voran. *The Life* und das Amt – die eins werden und verschmelzen.

Er bereiste das Land. Er schrieb einen Text zur Drogenkonfiskation. Er arbeitete auf regionalen Außenposten. Er leitete Antelope Valley. Er brachte einen Vergewaltiger für hundert Jahre hinter Gitter. Wumm – das längste Strafmaß bei einer Vergewaltigung mit nur einem Opfer in der amerikanischen Rechtsgeschichte. Der Wahrheit dienlich und wohlverdient.

Auszeichnungen sammelten sich. Mästet mich mit Dinners und behängt mich mit Plaketten. Er führte Prozesse. Er gewann vor Gericht. Er freundete sich mir anderen »Lebenslänglichen« an. Die D.A.s kamen und gingen. Er studierte Joe Busch, John Van de Kamp, Bob Philibosian, Ira Reiner und Gil Garcetti. Er leitete San Fernando Valley. Ein riesiges Amt. Die Größenentsprechung atemberaubend. Er trat bei Mord-Sondergerichten auf. Der Laurie-Myles-Fall wurde verhandelt. Cooley war dabei.

Ein Albtraum mit drei Tunichtguten, der sich über vier Monate hinzog. Der das Valley schockierte. Drei Morde/drei Verletzte/

dreißig Raubüberfälle. Sie erschossen Laurie Myles in ihrem Auto. Ihr kleiner Sohn schaute zu. Sie hatte vor einer Kirche geparkt. Wo ihre Tochter in die Bibelklasse ging.

Das LAPD schnappte die Tunichtgute. Cooley steckte sie hinter Gitter. Zweimal lebenslänglich ohne Begnadigung. Einmal 38 Jahre am Stück.

Die Wahrheit – manchmal ist sie ganz einfach. Man frage »Gaskammer« Leavy.

Die Simpson-Goldman-Morde erfolgten. Cooley bekam einiges mit. Gil Garcetti war D.A. Garcetti setzte den Prozess in der Innenstadt an. Der Geschworenen-Pool begünstigte O.J. O.J. kam frei. Empörend. Cooley begriff.

Das Amt hatte Gesicht verloren. Die öffentliche Unterstützung wurde immer geringer. Das Amt hatte einen Tritt in den Hintern abbekommen. Garcetti wurde wiedergewählt. Mit einer hauchdünnen Mehrheit.

Cooley hatte den Gegner von Garcetti unterstützt. Cooley wurde bestraft und in die Innenstadt versetzt. Man übergab ihm das Dezernat für Sozialbetrug. Eine Degradierung und ein Knochenjob.

Er arbeitete in der Innenstadt. Er sah die Unzufriedenheit der »Lebenslänglichen«. Er sah die öffentliche Unzufriedenheit aus allernächster Nähe.

Er erledigte die Knochenarbeit. Er spürte die Anti-Garcetti-Stimmung. Rampart kam ins Rollen. Garcetti patzte. Gold-Gil glitschte aus. Er hatte kein System. Er war nicht in der Lage zu schauen/zu lernen/zuzuhören/zusammenzustellen und zu schlussfolgern.

Der Belmont-Skandal wurde publik. Bauen wir die Belmont High School wieder auf. Geben wir ihr den neuen Namen *Learning Center.* Bauen wir auf einem Filetgrundstück in der Innenstadt.

Nur –

Das Bauland hat es in sich. Es ist total toxisch. Es weist gewaltige Umweltschäden auf. Steuermillionen – bereits im Vorfeld in den Sand gesteckt. Bei einem städtischen Auftrag. Das stinkt nach Kollusion. Da stellen sich laut und deutlich Fragen.

Wo ist die Wahrheit? Wo ist Gil Garcetti?

Cooley schlussfolgerte. Cooley ging Tatsachenmuster und Fließdiagramme durch. Cooley durchdachte die anstehenden Kontroversen. Cooley hatte eine Idee. Eines Don Quixote oder Jimmy Carter würdig.

Ich werde mich als D.A. zur Wahl stellen. Ich werde den Amtsinhaber besiegen. Ich werde gewinnen.

Er schätzte die öffentliche Stimmung ein. Er spürte, dass es draußen Wahrheitsfreunde gab. Er konnte die Scheiße riechen, die dem Weltgeist in der Nase stank.

O.J. wird freigesprochen. Clinton wird freigesprochen. Rampart tobt. Die Belmont High School war Jack Webbs Alma Mater gewesen. Jack hatte sich als Klassenpräsident beworben. Jack hatte als Rebell gewonnen. Zeitsprung zur Gegenwart. 1938 trifft 2000. Rebellion verläuft in Wellen. Heute ist wieder einmal gestern.

Er sprach mit seiner Familie. Sie sagten MACH. Er sprach mit Mitarbeitern und Kollegen. Sie sagten dasselbe.

Er fing früh an. Er gab die Entscheidung im Frühling 99 bekannt. Er errichtete eine Webseite. Er stellte einen Berater ein. Er gewann den anderen potenziellen Kandidaten einen Zeitvorsprung ab. Er wurde schnell als Hauptgegner wahrgenommen.

Die Medien höhnten. Cooley ging gegen Gil Garcetti los.

Garcetti stellt ein Dezernat zur Wahrung von Markenrechten auf. Der gleiche Garcetti, der zuvor Wahlkampfspenden von *Guess* bekommen hatte. Der Sohn eines Garcetti-Unterstützers kriegt Ärger mit dem Gesetz. Garcetti stuft die Klage herab.

The Life. Halt dich an die Traditionen. Fordere deinen Boss heraus. Und halt zugleich an deinem Job fest.

Weitere Herausforderer traten an. Cooley bremste ihren Schwung. Sie kamen und gingen. Barry Groveman blieb. Formelle Erklärungen/Spendengalas/Medienbrouhaha. Aus 99 wird 2000.

Der 7. März – das Datum der Wahl. Sie wird durch 50 % der Wählerstimmen entschieden. Wenn Gil 50 % kriegt, kann Steve einpacken.

Cooley ist Republikaner. Garcetti ist Demokrat. L.A. *steeeeeht* auf Demokraten. Garcetti stellt Cooley als manischen Querulanten hin. Garcetti versucht, ihn als Rechtsextremisten und Waffennarren abzutun. Cooley verweist auf Lockheed.

Rückblick:

1996. Garcetti steht zur Wiederwahl an. Das Büro des Staatsanwalts wendet sich an den County-Rechnungshof. Zahlen wir Lockheed 2,5 Millionen. Sollen *sie* unser Computersystem für Kinder-Unterstützungszahlungen betreiben.

Post hoc, propter ergo hoc:

Lockheed schiebt Garcetti eine Wahlkampfspende rüber. Der Umschlag trifft einen Monat später ein.

Die Uhr lief ab. Tick, tack, bis zum 7. März. Cooley bekam Unterstützer. Garcetti und Cooley sammelten Wahlkampfgelder ein. Garcetti sieht aus wie ein Latin Lover. Cooley steht als »Prolet« zur Wahl. Schlicht genug – aber es funktioniert.

Cooley putzte Gold-Gil weg.

Guess. Lockheed. Das O.J.-Elend als subversiver Subtext. Belmont. Das *Three Strikes Law* – das Gesetz der drei Straftaten – ein giftiger Albtraum. Von Garcetti unterstützt. Garcetti erweist sich als Heuchler. Garcetti hat einen Anhänger. Sein Enkel hat soeben die dritte Straftat begangen. Garcetti lässt 16 Monate beantragen. Das ist inkonsequent. Bei der dritten Straftat steht *zwangsläufig* lebenslänglich an.

Garcetti stritt Lockheed ab. Garcetti versuchte, den Zeitablauf zu seinen Gunsten zurechtzubiegen. Garcetti sprach durch einen Berater. Der Berater bezeichnete Cooley als »klassischen frustrierten Angestellten mit Kandidatenallüren«. Derartige Leute »gehen stets von der irrigen Annahme aus, dass sich jemand für die lange Latte ihrer überdrehten Anschuldigungen interessiert«.

Lange Latte, scheiß drauf. Viel schmutzige Wäsche, nix weiß waschen. Ich bin vielleicht kein Chinese, aber bestimmt ein Kuli.

Die Latte drohte und dräute. Von Cooley vervollständigt. Er legte jede Menge Lösungsvorschläge vor. In solider Rechtsanwaltsmanier. Sie waren komplex *und* von gesundem Menschenverstand bestimmt. Der Prolet wird zum Politfex.

7. März. L.A. County wählt. Groveman: 330 429/ 25 %. Garcetti: 504 098/ 37 %. Cooley: 509 750/ 38%.

Keine Mehrheit. Wir machen bis November weiter.

Was sie taten. Cooley *hatte* den Schwung. Cooley holte sich *noch* mehr Schwung. Cooley *wuchs* von knorrig zu stattlich.

Garcettis Attacken wurden immer dürftiger. Cooley ist gegen *Three Strikes*. Quatsch – ich will Angemessenheit bei der Bestrafung. Ich bin *nicht* passiv, wenn's um öffentliche Skandale geht – Gil, erzähl keinen Scheiß.

Cooley wurde unterstützt. Von der L.A. *Times*/den Polizeigewerkschaften/der L.A. *Weekly*. Frühere D.A.s legten sich für Steve ins Zeug. Die Wählerschaft fand sich zusammen. Cooley hatte die Rechte in der Tasche und lockte die Linken an. Die bodenständige Vernunft überzeugte. Der Mann erwies sich als Magnet.

Garcetti verzweifelte. Er versuchte die ethnische Karte zu spielen. *Amigos y amigos*, liebt mein Lateinertum – mein Blut ist dem euren stammverwandt. Er platzierte Verleumdungsanzeigen. Sie begannen mit dem »Republikaner Steve Cooley«. Die »Republikaner«-Nummer zog nicht. Cooleys Plattform war parteiunabhängig.

Er debattierte Garcetti. Sie stritten fünfzehn Mal. Sie stichelten. Sie wurden ausfällig. Cooleys Arbeit – dekonstruiert/verzerrt/revidiert. Waffenverbotsgesetz/*Three Strikes*/*Guess*/*Lockheed*. Aalglatt gegen knorrig und stattlich. Du bist lasch gegen Verbrechen – nein, *du* – die Bösartigkeit der Lebensmitte und ein Sandkastenkampf gesetzter Herren.

Es war des Guten zu viel. Es verzögerte und verschob. Es zögerte das Offensichtliche hinaus.

Die Leute liebten Steve Cooley. Er war auf bescheidene Weise echt. Er berührte eindeutig etwas in *dir und mir*. Und er tat dies ehrlich und natürlich und unverkrampft.

Er gewann mit riesiger Mehrheit. Kneif mich – jetzt bist du der D.A.

Das war im November 2000. Zeitsprung zu heute – zum Januar 2002.

Cooley strich durchs achtzehnte Stockwerk. Er berührte die Sprünge in der Wand. Er steckte sein Revier ab. Er ging die jüngsten Ereignisse durch.

Die *Times* hatte ihm miese Noten gegeben. Das erste Jahr des Reformers – wenig Höhen, wenig Tiefen. Joe Scott war ihnen vorangegangen. Joe hatte ein Memorandum ausgegeben. Das 31 Punkte umfasste. Das das erste Jahr detailliert analysierte.

Von den Ungelösten Fällen zu den Rassistischen Verbrechen. Von der Antikorruption bis zum Einwandererbetrug.

Der *Times*-Text schlug als Erstes zu. Die Memorandendaten bezogen sich auf Einzelfälle. Die *Times* bot mehr Schmackes fürs Geld.

Die Wahrheit war ein *Spiel*. Das hatte ihn die Politik gelehrt. Die Wahrheit war eine moralische Notwendigkeit und ein Schwindel.

Der Blake-Mord – ungelöst. Das Dezernat für Ungelöste Fälle – lässt sich gut an. Beim armenischen Auftragsmord schien es Fortschritte zu geben. Rick Jackson und Tim Marcia griffen durch.

Rampart war nach wie vor auf unangenehme Weise anhängig. Die Verschwörungs-Freaks geben nicht auf. Das Dezernat für Integrität der Justiz hatte einen Fall versaut. Interessenkonflikte – du stehst jetzt in der Öffentlichkeit.

Manchmal wird die Wahrheit in den Schmutz getrampelt. Jetzt bist du zuständig. Jetzt kriegst du den Ärger ab.

Die Wahrheit ist manchmal ambivalent. Zieh deine Lehren. Zünde Kerzen an. Zünd eine Kerze für Gold-Gil Garcetti an.

Cooley berührte die Sprünge in der Wand. Die Untergebenen sagten »hi«. Sie nannten ihn jetzt *alle* »Boss« und »Steve«.

Er ließ sich an seinem Orgien-Schreibtisch nieder. Tolle Aussicht. Trink Kaffee und leg die Füße hoch.

Die Wahrheit befreit. Die Wahrheit setzt sich durch. Die Wahrheit braucht Zeit.

Sacramento bewegte sich im Carmichael-Fall. Vom Damals zum Heute – mehr als 26 Jahre.

Das FBI ordnete Patronenhülsen Schrotkugeln zu. Eine Verbindung, die zu einem SLA-Versteck führte. Forensische Bestätigung – *laaaange* überfällig.

Die Polizei von Sacramento handelte. Wir schreiben den 16.01.02. Der Zeitablauf ist haarfein austariert.

Emily Harris – um 08:02 Uhr festgenommen. Ihr Ex Bill und Michael Bortin – um 08:18 Uhr festgenommen.

Winzige Margen – 16 Minuten/der Zugriff erfolgte auf den Punkt genau.

Olson-Soliah klammerte sich an ihren Anwalt. Sie verbrachte den 18.01. vor Gericht.

Sie wurde verurteilt. Wumm – der Brandanschlag/20 Jahre bis lebenslänglich. Sie wurde wegen Carmichael angeklagt – Raubüberfall und vorsätzlicher Mord.

Sie plädierte auf nicht schuldig. Das änderte nichts. Sie war karmisch gekreuzigt, frittiert und erledigt.

Er hat seine Aussicht. Jedes Verbrechen jederzeit. Gerichtssäle und Gefängniszellen.

Cooley staunte. Manchmal gibt es Gerechtigkeit. Manchmal kommt die einfache Wahrheit zum Tragen. Myrna Opsahl, Gott segne dich – ich freue mich, behilflich gewesen sein zu können. Wir sind alle in Gottes Hand. Irgendwann sieht man sich wieder.

Der Kleine Drecksack und die Sexbrief-Mama

Der Mord gehört eigentlich in die Siebzigerjahre. In seiner Ekelhaftigkeit, mit dem billigen Schauder, dem Tatort im Valley-Industriegebiet. Das Opfer war jung. Der Tatverdächtige hatte eine Karriere.

Der Mord gehört in die Blütezeit des Herald. Der als L.A.Tratschblatt meinungsführend war. Der Herald zielte tief. Kriminalberichterstattung ohne Naserümpfen. Grelle Blitzlichtfotos.

Da war das Opfer. Mit prall gefülltem Acryl-Top und Wildlederrock. Da war der klein gewachsene Tatverdächtige. Klein sein war damals in. Er ist aalglatt und cool. Eine große Fernsehpersönlichkeit. Immer für eine schräge Nummer gut.

Die Story verlangt nach einem Titel mit zwei Namen. Ein Markenzeichen der Siebzigerjahre. Als Lobpreisung gieriger Verlierer. Als Vergötterung des Verdrusses. Als Denkmal für eiskalte Täter, die dem System zum Opfer fielen.

Filme wie Rafferty and the Gold Dust Twins (»Rafferty und die wilden Mädchen«). Freebie and the Bean (»Die Superschnüffler«). The Duchess and the Dirtwater Fox (»Wer schluckt schon gerne blaue Bohnen«).

Lüsterne Liebhaber. Wildwütige Polente. Helden auf Höllenfahrt, grandios verdrehte Persönlichkeiten.

Damals beste Zuschauerwerte. Großes Kino, das sich als rebellische Kunst tarnte. Eine geschwätzige Vorwegnahme von »Nicole und O.J.« und dem vor nichts zurückschreckenden Trash-TV.

Was war, war. Im Rückblick sieht vieles anders aus. Dekonstruktion *schärft den Blick. Man nehme eine Prise giftiger Nostalgie. Man mische sie mit den Metaphern des Filmgeschäfts.*

Dies ist eine Hollywood-Geschichte. Die Namen auf den Rolltiteln wechseln. Die alten Regeln nicht.

Vielleicht klagen sie den Tatverdächtigen an. Vielleicht erklären sie ihn für nicht tatverdächtig. Vielleicht führt das Beweismaterial in andere Richtungen. Vielleicht macht die Spurenlage einen radikalen Neuansatz zur Klärung des Falles erforderlich. Vielleicht erscheinen neue Verdächtige.

Dies ist ein Promi-Mord der Mittelklasse. Der erste L.A.-Mord nach O.J. Dem Opfer und dem Tatverdächtigen geht der Simpson-Goldman-Schneid ab. Sie wirken verbittert und abgewirtschaftet. Sie werden es nie aufs Medien-Matterhorn schaffen. Sie erscheinen als verzweifelter Inbegriff von verkniffener Unzufriedenheit. Der Simpson-Goldman-Fall forderte einen dazu auf, gierig und voyeuristisch hinzuglotzen. Da ging es um Sauereien und Fitness-Verrücktheit und viel Geld und Sex. Er wurde zu einem Präzedenzfall der Strafverfolgung, der bis zum heutigen Tag der Gerechtigkeit und Wahrheit hohnspricht.

Vom Damals zum Heute. Sieben Jahre. Von Brentwood 1994 zum Valley 2001.

Damals:

Die Pflicht des Staatsanwalts: die Wahrheit ermitteln und entsprechend gewinnen oder verlieren. Der Auftrag der Verteidigung: ohne jegliche moralische Rücksichten gewinnen. Die Staatsanwälte belasteten O.J. mit Indizien und DNA. DNA ist unangreifbar exakt. DNA steht für langweilige Wissenschaft. Die Staatsanwälte ritten zu sehr drauf rum und brachten die Geschworenen zum Einschlafen. Das O.J.-Verteidiger-Team parierte und griff gegenläufig an. Sie fabrizierten Verschwörungstheorien. Sie nutzten einen rassistischen Polizisten, der nachweislich »Nigger« gesagt hatte, und legten ihn kunstvoll aufs Kreuz. Sie komponierten einen Sirenengesang auf rassistische Ungerechtigkeit und hebelten damit die Logik aus.

Die Geschworenen fuhren aufs Drama ab. Die Geschworenen fuhren auf die rassistische Beleidigung ab und ließen die unantastbare Wahrheit links liegen.

O.J. wurde freigesprochen. Eine beeindruckend schief laufende Dynamik. Was, aufs Heute übertragen, zu einem bemerkenswerten Dilemma führt.

Morde mit berühmten Tatverdächtigen lassen den Strafverfolgern das Herz in die Hosen rutschen. Das dramatische Potenzial beeinträchtigt ihre Möglichkeit, eine Verurteilung zu erreichen. Besagtes Potenzial ist zeitlos. Es wurde durch den O.J.-Fall neu definiert. Der Schock sitzt tief. Ein höllischer Hollywood-Trip. Vernunft, die sich in *dieser* Stadt gegen Dramatik durchsetzt – nicht mit mir, José.

Die Wahrheit ist das eine. Die dramatische Logik etwas anderes. Da sind die zeitlosen Filmstoffe. Das Opfer als Mörder und der Mörder als Opfer und der Opferkult von L.A. Das Opfer ist eine Schlampe, der Täter ein *Schauspieler* – scheiß drauf, mit so was bist du in L.A. geliefert.

Vielleicht. Oder eben nicht.

Der D.A. von L.A. ist ein Reformer. Er ist durch die Post-O.J.-Krise zur Macht gekommen. Er wird sich an die Fakten halten. Er wird die Wahrheit ermitteln. Er wird abschätzen und sorgfältig überprüfen. Er wird Anklage erheben oder ohne Anklage abziehen.

Besagte Fakten:

Es ist Freitag, der 4. Mai 2001. Opfer und Tatverdächtiger sind frisch verheiratet. Die Ehe ist sechs Monate alt. Sie ist 44. Er 67. Die freudige Ausstrahlung von Jungvermählten geht dem Paar ab.

Sie wurde schwanger. Er sauer. Sie überlegten eine Abtreibung. Sie hatte es mit vielen getrieben. Ein DNA-Test stellte seine Vaterschaft sicher. Sie heirateten und bekamen ein Mädchen.

Sie wohnten getrennt. Sie wohnten in zwei Wohnungen auf seinem Grundstück. Er ließ sie einen Ehevertrag unterschreiben. Sie sagte sich von schwindlerischen Machenschaften los. Sie sagte sich von ihren notorisch kriminellen Bekannten los.

Besagter Freitag:

20:30 Uhr. Opfer und Tatverdächtiger essen was in Vitello's Restaurant. Ein Italiener der Mittelklasse an der Tujunga. Die Stammkneipe des Tatverdächtigen. Wo ein nach ihm benanntes Pastagericht auf der Speisekarte steht.

Sie wohnen in der Nähe. Sie fahren in seinem Dodge Stealth vor. Sie parken einen Block entfernt. Wieso das??? Weit näher gelegene Parkplätze stehen zur Verfügung.

Sie essen. Sie gehen zum Wagen. Das Opfer steigt ein. Dem Tatverdächtigen fällt siedend heiß was ein. Scheiße – jetzt hab ich doch meine Waffe in der Nische liegen lassen!

Er hat ständig eine Pistole dabei. Er hat einen entsprechenden Waffenschein. Das Opfer ist eine Diebin. Das Opfer hat Feinde. Man wird doch auf seine Alte aufpassen dürfen!!!

Er rennt zurück zu Vitello's. Er holt sein Stück. Er kann sich lebhaft daran erinnern. Eine Bestätigung durch Augenzeugen liegt nicht vor.

Er geht zurück zum Wagen. Er sieht das Opfer. Sie hat eine Schusswunde im Kopf. Sie liegt halb im Sitz.

Panik –

Der Tatverdächtige rennt los. Der Tatverdächtige überquert

die Straße. Der Tatverdächtige hämmert auf Sean Staneks Tür ein. Stanek kennt den Tatverdächtigen vom Sehen und dem Ruf nach. Der Mann ist in der Gegend bekannt wie ein bunter Hund.

Der Tatverdächtige fleht um Hilfe. Stanek wählt 911. Sie rennen zum Wagen. Das Opfer stöhnt. Sie rollt die Augen nach oben. Ihr Fenster steht offen. Es gibt kein zersplittertes Glas.

Panik total –

Der Tatverdächtige rennt zu Vitello's. An *den* Auftritt können sich Augenzeugen erinnern. Der Tatverdächtige ist außer sich. Er bittet um Wasser und schüttet es runter. Seine Frau »wurde verletzt oder überfallen oder so was«.

Der Restaurantchef will umgehend beim Notruf anrufen. Der Tatverdächtige erklärt, das sei überflüssig und bereits erfolgt. Er geht zum Wagen. Das Opfer ist besinnungslos. Er fängt an, sich auf offener Straße zu übergeben.

Sanitäter erscheinen. Das LAPD erscheint. Dienst nach Code 3 – sieben Minuten bis zum Tatort.

Das Opfer verstarb. Polizisten verhörten den Tatverdächtigen auf der Straße. Polizisten verhörten ihn in seiner Wohnung. Polizisten verhörten ihn fünf Stunden hintereinander.

Einen Lügendetektortest lehnte er ab. Einem Test auf Schmauchspuren unterzog er sich. Das Ergebnis: mehrdeutig. Er hatte die mitgeführte Waffe betastet.

Er wies alle Schuld von sich. Er erzählte in aller Ausführlichkeit von den Abzockereien des Opfers. Er erzählte der Polente von dessen vielen unbestimmten Feinden. Sein Blutdruck raste *prestissimo* nach oben. Er versteckte sich über Nacht im Krankenhaus. Er nahm sich einen erstklassigen Strafverteidiger. Besagter Anwalt verzögerte und erschwerte die Obduktion des Opfers. Der Tatverdächtige schmollte untertänig. Der Tatverdächtige beugte sich Durchsuchungsbefehlen und gab seine Waffen preis. Sie bestanden den ballistischen Test *bellissimo*. Die Polizisten karrten die Besitztümer des Opfers kartonweise weg. Sie waren ein schreiendes Zeugnis ihrer Kriminalität und kranke Souvenirs.

Die Tage verstrichen. Ein Penner, der im Müll wühlte, entdeckte die Tatwaffe. Die Mülltonne stand in der Nähe des Tatorts. Die Mülltonne steckte voller Müll vom 4. und 5. Mai. Die Waffe roch deutlich nach Waffenöl. Die Waffe wies keine Fingerabdrücke auf. Die Waffennummer war nirgendwo registriert. Keine Möglichkeit, den Tatverdächtigen zu belasten. Keine Möglichkeit, ihn mit irgendeinem gedungenen Killer in Verbindung zu bringen.

Der Tatverdächtige war von Trauer ergriffen und von Reue gepeinigt. Er liebte seine Tochter. Sein Sprecher zog über deren Mutter her. Die Familie des Opfers beauftragte einen Rechtsanwalt. Ein PR-Krieg brach los. Die PR-Leute der Polizei hielten Abstand. Der Tatverdächtige wurde als *Nicht*-Tatverdächtiger im Regen stehen gelassen – wie O.J. zu Anfang.

Der Mord erinnert an die Achtziger. Mit ihrer Ruchlosigkeit, Selbstbezogenheit und Saturiertheit. Zeitsprung vom Damals zum Heute – man beachte die Unterschiede.

Der kleine Drecksack mit fünfzig. Klein gewachsen und schneidig. Die Briefsex-Mama, die suuuuupergut aussieht.

Ron Reagan sitzt im Weißen Haus. El Jefe kommt aus Hollywood. Kokain fährt auf der Siegerstraße. L.A. schwankt unter einem Riesenaffen und leidet am Nasenlaufen danach.

Eine Zeit mit deutlichen Eigenheiten. Das Plea Bargaining, *die Absprache von Schuldgeständnis gegen Straferlass, wird immer mehr zur Norm. Ich bin ein Opfer/ich bin süchtig/beurteilt mich nicht gar so streng. Die vielen Exzesse waren zu viel für mich.*

Rauschgift wurde zum deus ex machina. *Rauschgift sorgte für mil-*

dernde Umstände. Eine Boom-Ära, in der man die wildesten Risiken einging. Der Kleine Drecksack und die Briefsex-Mama hängen in ihrer Zeitschleife fest. Sie haben ein Kokain-Hoch. Sie winden sich mit Entzugssymptomen. Ihre Nasen laufen.

Dies ist eine Hollywood-Geschichte. Die Namen auf den Rolltiteln wechseln. Die alten Regeln nicht.

Der kleine Drecksack ist ein Schauspieler. Alle Schauspieler haben eine Macke. Sie *sind* ihre Kunst. Ihr Talent besteht in der Fähigkeit zur Verkörperung. Eine unmittelbare Kunst. Die darauf hinausläuft, jemand zu werden, der man nicht ist. Etwas für Narzissten. Wobei man Gefahr läuft, dass einem das eigene Ich abhandenkommt. Variationen auf den Woody-Allen-Spruch: »Ich bedauere nichts anderes, als dass ich kein anderer bin.«

Gute Schauspieler können eine große Spannweite von Charakteren verkörpern. Ihre geistigen Gaben und ihre Neurosen arbeiten einander zu. *Schlechte* Schauspieler laufen mit ungebremsten Egos herum. Sie toben wortreich und grotesk. *Erfolgreiche* schlechte Schauspieler passen ihre Persönlichkeit dem Medienmarkt an. Sie verfügen über körperliche Grazie und/oder eine besonders ausgeprägte Präsenz. Ihr Hang, andere beeindrucken zu müssen, lässt sie dynamisch wirken. Ihre Extrovertiertheit grenzt an Verzweiflung. Ihre Fratzenhaftigkeit hat mehr verführerische als abstoßende Elemente. Die Übertreibung wird Teil der eigenen Persönlichkeit, die sie auf große und kleine Bildschirme projizieren. Erfolgreiche schlechte Schauspieler ziehen immer *dieselbe* schöpferische Nummer ab. Bewusst wie unbewusst, auf das zustimmende Nicken der Besetzungsbüros hin ausgerichtet. Erfolgreiche schlechte Schauspieler finden Rollen, die ihnen erlauben, zu *bleiben*, was sie sind, und ihr privates Potenzial auszubeuten.

Der kleine Drecksack spielt Killer. Er spielt sie mit gemütlicher

Menschlichkeit und der erforderlichen reptilienhaften Aggressivität. Als Perry Smith in *In Cold Blood* (»Kaltblütig«) trug er besonders dick auf. Die zu kurz geratene Giftschlange Smith hatte einen Schläger als Vater. Der kleine Drecksack gestand, dass das bei ihm auch der Fall war. Sein Spiel war eine dümmliche Symbiose. Lauter Ticks und Grimassen und Zwinkern und dämliches Grinsen. Was an den wirklichen Killer Charles Schmid, »den Rattenfänger von Tucson«, erinnerte. Schmid brachte in den Sechzigerjahren Teenagerinnen um. Er war klein, dunkel und narzisstisch. Er wollte Schauspieler werden. Er legte Lidschatten auf. Er zwängte sich Konservendosen in die Stiefel, um sich größer zu machen.

Der kleine Drecksack als Smith via Schmid. Die vier Opfer aus *In Cold Blood* plus die drei Opfer des Rattenfängers. Der kleine Drecksack als aktueller Mordtatverdächtiger. Der kleine Drecksack über Mord im *People*-Magazin:

»Ein Mörder wird erst dann zum Mörder, wenn er oder sie jemanden umgebracht hat. Aber was sind Mörder, bevor sie im Todestrakt landen? Sie sind du oder ich.«

Plattitüden. Das abgenudelte Lied von der allgemeinen Schuld. Der Schauspieler, der von Berufes wegen nicht urteilen will.

Der kleine Drecksack über Mord, zum zweiten:

»Ich habe viele Leute gespielt, die getötet haben. Ich bin im Todestrakt gewesen. Einem Mörder freilich bin ich nie begegnet. Weil's nämlich gar keine Mörder gibt. Es gibt Menschen, die Grenzen überschreiten. Wir anderen überschreiten diese Grenze meist nicht.«

Wauuuuu! Schweres Geschütz. Sinatra könnte dergleichen vielleicht rüberkriegen. Ein Schulterzucken, eine Pall Mall, ein Martini. Eine Glitzerseiden-Maßkluft von Sy Devore. Das magere Kerlchen, das Ava Gardner bestiegen hat. Der *Chairman*, der

»Obermacker«, vielleicht. Mit seiner Klasse konnte er dem größten Schwachsinn Anmut und Würde und Stil verleihen. Der kleine Drecksack – nein, *no* und *nyet.*

Er ist der tränenselige Mörder Perry Smith – der vor Selbstmitleid in die Hosen macht. Er ist der schrille Führer Jimmy Hoffa in abgemilderter Fernsehfassung. Er ist der Familienschlächter John List – der nie jemanden umgebracht hat, weil's nämlich gar keine Mörder gibt, es gibt nur dich und mich.

Der kleine Drecksack spielte den TV-Helden Baretta. Er spielte ihn eiskalt, wobei er uns mit seiner schrägen Nummer auf Trab hielt. Er war über vierzig. Er war *cooool.*

Cooool sein ist kindisch. *Cooool* sein ist Schwachsinn. *Cooool* sein ist die äußerste Steigerung eitler männlicher Selbstbespiegelung. Wer das mit über vierzig Jahren nicht kapiert hat, begreift es nie.

Nun verbinde man Coolness und Aggressivität. Auf besonders ungeschickte Weise. Dann weiß man, wie schlechten Schauspielern in der Regel zumute ist.

Wenn sie sich schlechte Gewohnheiten zulegen. Wenn sie auf Hemmungen pfeifen. Wenn sie ihr Leben mit ihren Rollen verwechseln.

Die Mama der Sexbrief-Mama über ihren kurzzeitigen Schwiegersohn:

»Er konnte wirklich eklig sein, und manchmal war er nett. Wenn er nett war, hat sie ihn gemocht. Ich hab ihr gesagt, dass sie's mit einem Schauspieler zu tun hat, und wie will sie wissen, wann er spielt?«

Das wusste sie nicht. *Sie* spielte selber. Ihre Darbietung als Kokotte machte sie für Stichworte taub. *Sie* war eine Schauspielerin mit einem winzig kleinen Darstellungsbereich. Sie bot ihre verblühenden Reize feil. Ihre Zugnummer war Sex.

Sie war eine Betrügerin. Ihre einfache Betrugsmasche betrieb sie über Postlageradressen. Sie las Rubriken für Einsame Herzen und Single-Magazine und suchte sich Anzeigen aus, wo besonders kläglich um ein bisschen Muschi gebettelt wurde. Sie gab eigene Anzeigen auf. Sie verschickte Aktbildchen und zockte bei harmloseren Gemütern Geld ab. Ihre große Betrugsmasche war die Ehe mit einer Berühmtheit und eine sorgfältig ungeplante Schwangerschaft.

Sie war ein Luder auf Deibel komm raus. Sie stammte aus New Jersey. Sie starb einen Monat vor ihrem fünfundvierzigsten Geburtstag. Sie wollte Schauspielerin werden. Sie wollte einen Filmstar heiraten.

Sie heiratete einen Typen aus Jersey. Sie hatten zwei Kinder. Sie verdrückte sich. Er passte auf die Kinder auf. Sie ging ihrer »Karriere« nach.

Sie kam mit dem Gesetz in Konflikt. Scheckbetrug/Jersey/86. In den Jahren 88 und 89 Festnahmen wegen Rauschgiftvergehen. Ein Witwer beantwortete ihre Anzeigen. Sie heiratete ihn in Nevada. Er gab ihr eine erkleckliche Summe Geld. Sie verschwand. Er hat sie nie wiedergesehen.

Scheckbetrug Nr. 2 – 1994. Zwischenspiel im Knast, dann geht es weiter. Arkansas lockt. Die Polente zeigt ebenfalls Interesse. Gestohlene Kreditkarten/96/eine Buße und Bewährungsstrafe. Kalifornien lockt. Sie verfolgt Jerry Lee Lewis. Sie hat eine Tochter. Sie behauptet, dass Lewis der Vater sei. Was Lewis bestreitet. Einen Bluttest lehnt sie ab.

Sie hat was mit Marlon Brandos Sohn Christian. Christian ist ein Killer. Er hat einen Burschen namens Dag Droller umgebracht und einige Zeit im Knast gesessen. Jerry Lee Lewis hat den Spitznamen »Killer«. Der kleine Drecksack spielt Killer und bestreitet, dass es sie gibt.

Das Thema hat es in sich. Vorspiele und Varianten zum weiteren Schicksal der Möchtegern-Männerfresserin.

Die Sexbrief-Mama zog weiter. Sie gab Anzeigen auf. Sie schrieb Tagebuch. Sie nahm sich vor, Sugar Ray Leonard und Gary Busey zu verfolgen. Sie drängte sich so dicht an nicht mehr ganz taufrische Stars ran, wie dies ohne Einweisung ins Irrenhaus möglich ist. Sie war vom Niedergang auf Raten fasziniert.

Sie schnappte sich den kleinen Drecksack. Mit kessen Anreden in Briefen und Bildern, die man vor zwanzig Jahren von ihr gemacht hatte. Die meschugge Heirat ging so schief wie alle Mesalliancen. Der kleine Drecksack war zu Recht sauer auf sie. Sie fürchtete ihn nicht ohne Grund. Sie behielt ein Adressbuch. Mit den Adressen des verschwitzten Jimmy Swaggart und des gelähmten Muschi-Kaisers Larry Flynt. Des umtriebigen Frankie Valli und eines Dämlacks aus *The Dukes of Hazzard*. Eine schwindelerregende D-Liste des Abstiegs. Ein Haufen hoffnungsloser Hoffnungen.

Der Hoffnung, die als Letztes stirbt.

Bis und mit dem 4. Mai 2001.

Der Mord gehört in die Neunzigerjahre. Zum kessen Clinton, zu O.J.'s Ogerhaftigkeit, der Neueinschätzung des Opferbegriffs. Er hätte damals stattfinden sollen. Das Opfer war noch jünger. Eine weißes Prolo-Luder, eines Bill C. würdig.

Damals spielte der kleine Drecksack John List. List wohnte in New Jersey. Wo die Sexbrief-Mama geboren wurde. Wie der kleine Drecksack. Eine finstere Symmetrie.

John List hat seine Familie umgebracht. Er wollte sich verändern. Ein Mörder ist er aber nicht. Weil's nämlich gar keine Mörder gibt. Es gibt nur dich und mich.

Blowjobs sind kein Sex, trotzdem bin ich auf ihr Kleid gekommen. Es gibt aber keinen Meineid und keine Gesetzesbehinderung. Es gibt nur dich und mich.

Eine scharfe Dekade. Mit zahlreichen Spitzen-Knüllern. Man beachte die vielen Freisprüche. O.J. ist fein raus. Michael Jackson schleimt sich in Sicherheit. Der kleine Drecksack hätte sich rauswinden können. Aller prominenten Todesfälle und aller guten Dinge sind drei.

Wir schreiben 2002. Seit dem 4. Mai sind vier Monate vergangen. Manche Fälle entwickeln sich langsam, oder sie verflüchtigen sich. Das heißt, dass mehr oder weniger dran ist, als man wahrnimmt.

Möglicherweise wird Anklage erhoben. Oder auch nicht. Neue Verdächtige können auf der Bildfläche erscheinen oder verschwinden.

Er hat das Kind. Er ist alleinerziehender Vater. O.J. hat die Kinder. Ein Konzert alleinerziehender Väter.

Mord ist immer falsch. Der Wahnsinn mildernder Umstände ist Scheiße. Die Verdrehungen der Viktimologie sind scheiße. Mörder gibt es. Viel zu viele und ganz wenige nur. Sie sind nicht du und ich.

Der kleine Drecksack und O.J. sollten sich kurzschließen. Sie könnten sich bei Vitello's oder Mezzaluna treffen. O.J. kennt sich aus. Sie könnten fachsimpeln. O.J. könnte trösten und raten und Mut zusprechen.

Nur nicht aufgeben. Schauspielere dich aus der Klemme. Posier mit deiner Tochter. Lügen und Zufälligkeiten können dich begünstigen. Vielleicht hast du Glück.

Ich weiß Bescheid

Wir wollen es wissen.

Wer wen kennt. Wer wen *ablutscht.* Wer das Sagen hat und wer die Moneten.

Wer's bringt.

Wer's regelmäßig treibt.

Wer drauf steht.

Familienklatsch zählt nicht. Blutsverwandtschaft bedeutet gemeinsame Geheimnisse und gegenseitige Verschwiegenheit. Freundschaft bedeutet Diskretion und Drohung. Sag nur nichts Nachteiliges über mich, sonst pack ich über dich aus.

Wir sind gierige Geier des Scheinbaren. Wir mästen uns am grell Authentischen. Das erhöht unser Lebensgefühl.

Wir brauchen zwischendurch eine kräftige Dosis Tratsch. Wir brauchen den Abstand zur Desillusionierung. Wir können das Aas nicht zu nah am eigenen Selbst zerfleddern. Eine Tätigkeit, die uns hilft, den Schein vom Sein zu unterscheiden.

Anti-utopischer Tratsch hat seine eigene Dynamik. Halbgötter werden zur Entjungferung freigegeben. Vom Glanz der Öffentlichkeit bestrahlte Einzelpersönlichkeiten stehen dir und mir zur Verfügung.

Eine tiefgreifende Dynamik. Unsere Halbgötter sollen zugleich göttlich erhaben und entwürdigt sein. Sie sollen zugleich weit über uns stehen *und* tief in unserer Haut stecken.

Göttergleich. Erreichbar. Ein verwickelter Widerspruch.

Nur Volltrottel wollen Filmstars und Models ficken. Was uns zu einer Nation von Volltrotteln macht. Wir wollen die Rita Hayworth aus *Gilda* und Rita mit dem Delirium tremens. Wir wollen den Rock Hudson aus *Giant* und Rock in der schwulen Lavendel Lounge.

Einige schlaue Publikationen nutzten dieses Bedürfnis aus. Sie setzten sich in den frühen Fünfzigerjahren durch.

Die Skandalblätter.

Confidential/Rave/Whisper/Lowdon/Top Secret/On the Q.T./Hush-Hush.

Schäbiger Umschlag. Großdruck. Schreiende Farben. Harte, augenfällige Kontraste.

Billiges Papier. Druck- und Rechtschreibfehler. Kleinanzeigen auf der Rückseite.

Röntgenbrillen. Aufklärungsbücher. Jus-Studium im Heimunterricht.

Die Skandalblätter tobten. Die Skandalblätter blühten zeitgleich mit der Rote-Socken-Angst. In einer von der Vorstellung des Unterwühltseins besessenen Epoche unterwühlten die Skandalblätter das Denken. Die Skandalblätter brachten den Zeitgeist auf den Punkt.

Das Filmgeschäft war vierzig Jahre alt. Historische Schinken und Musicals beherrschten den Markt. Der Film noir verteilte die Paranoia um.

Es war die große Zeit der Nachtklubs. Das Fernsehen war neu. Es fütterte uns mit Chauvinismus und Harmlosigkeiten. Joe und Jane Amerikaner hatten den Weltkrieg durchgestanden und wurden von Korea flachgelegt. Sie genossen die boomende Wirtschaft und folgten der Parteilinie. Sie bekamen nachts Schweißausbrüche. Sie bauten Bombenschutzkeller. Sie absorbierten den kulturellen Zeitgeist. Sie entwickelten ein Wir-gegen-die-Syndrom.

Gegen Rote Socken und Neger. Gegen Mafia und schmierige Ausländer. In Verbindung mit einem Kotau vor der glitzernden Glamourwelt, der man sämtliche Vorrechte zugestand.

Eine Glamourwelt mit vielfältigen Wurzeln. Die in der Öffentlichkeit der Fünfzigerjahre wahrnehmbar wurden. Die Skandalblätter führten die verschiedenen Stränge zusammen und mythologisierten die Akteure. Die Skandalblätter ließen die Glamourwelt aus Fotos und Gerüchten entstehen.

Gesellschaftsdamen. Filmstars. Politiker. Jazzmusiker und Playboys. Gesellschaftsfähige Gangster.

Der Begriff des Berühmtseins. Revidiert und dekonstruiert für ein täppisches Publikum mit genau umrissenen demografischen Strukturen.

Die Entfremdeten. Die Geilen. Die Verarmten und Entrechteten. Die hingebungsvollen Filmstarverehrer mit brennendem Selbsthass. Die chronischen Optimisten.

Die Skandalblätter waren zynisch optimistisch. Die Skandalblätter waren prophetisch. Die Skandalblätter waren Vorläufer des Medienzeitalters und des Trash-TV. Die Skandalblätter machten uns klar, dass die Glamourwelt *unsere* Welt war – auf die Spitze getrieben und für die Gutbetuchten und Gutaussehenden reserviert. Die Skandalblätter berichteten boshaft und bestätigten das Ressentiment ihrer Leser. In den Skandalblättern ging es stets nur um einen einzigen, bedeutungsschwangeren Subtext.

SIE sind DU. DU könntest Glück haben.

Joe und Jane Leserin, freue dich.

Die Skandalblätter verpfiffen Johnnie Rays Fehltritte im Männerklo. Sie höhnten und girrten priapisch proschwul in einer Zeit, als man von schwulem Stolz noch nichts wusste. Die Skandalblätter berichteten über Ava Gardners dunkle Abenteuer jenseits der Rassengrenze. Sie zogen über Rassisten her und verliehen dem rechtschaffenen Anspruch auf Rassenmischung neue Kraft. Die Skandalblätter zogen über den wilden Sonny Tufts her. Sonny pflegte Showgirls in die Schenkel zu beißen. Sie wurden von den Skandalblättern in Schutz genommen. Die Skandalblätter legten Sonny ein Würgehalsband um.

Desillusionierung ist Aufklärung. Der Klugscheißer, der diese Plattitüde von sich gab, hat eine tiefe seelische Wahrheit verkündet.

Die Skandalblätter hatten sechs Jahre lang Hochkonjunktur. Sie erläuterten die Glamourwelt. Sie klärten auf. Sie ermutigten. Sie verwirrten. Sie verkündeten freche Wahrheiten und veranlassten und verkrafteten Beleidigungsklagen. Sie ließen im bürgerlich biederen Amerika die Reifen quietschen und hinterließen Spuren.

Sie vermittelten uns eine alternative amerikanische Gesellschaft. Sie waren das Gegenstück zur blitzsauberen Familienkomödie *Ozzie and Harriet.* Sie bestätigten habgierige Narren wie den Helden der Fernsehserie *Sergeant Bilko.* Sie prägten ihre Stereotype in Stereoklang. Sie unterminierten den eigenen Anspruch auf Ernsthaftigkeit mit einer wild blühenden Sprache, wie der, die diese Zeilen ziert. Skandalblatt-Sprache distanzierte und verführte. Man konnte sie als zeitgenössische Satire lesen. Skandalblattschreiber moralisierten. Skandalblattschreiber gingen gegen Rote Socken los. Skandalblattschreiber stellten sich hinter die Restriktionen ihrer Zeit. Skandalblattschreiber zwinkerten einem zu und deuteten hintersinnige Absichten an.

Skandalblattsprache. Skandalsucht. Erschreckend komplex und vielfältig, was das Motiv betrifft.

Die Skandalblattfamilie der Fünfziger entspricht der dysfunktionalen Familie von heute. Ihre voyeuristische Betrachtungsweise entspricht dem hyperanalysierten Benehmen von heute. Ihr Schneid kam vor dem geruhsamen Hintergrund der Fünfzigerjahre zur Geltung. Der rasend überdrehte Rhythmus der Neunziger beraubt sie ihrer Kraft und lässt das von ihnen dargestellte Benehmen prosaisch erscheinen.

Trinker, Hascher, Nymphomaninnen, Tunten, Lesben. Satyrn, Rote Socken, Rassengrenzen-Überschreiter, Gauner, Provokateure. Autowracks, Barschlägereien, Vaterschaftsklagen.

Gruppenvergewaltigungen. Flotte Dreier. Klappensex. Für den Zensor geschönt. In Skandalblattsprache umgesetzt, damit man *genau* verstand, was gemeint war.

Mit passenden Bildern.

Verbrecherfotos. Nachtklubschnappschüsse. Billigste Paparazzi-Arbeit.

Bierbäuche. Sichtbare Geburtsstreifen. Heraushängende Hemdenzipfel und offene Hosenlätze vor Hurenhäusern.

SIE sind DU. DU könntest Glück haben.

Die Skandalblätter verherrlichten die Stolperfallen beim tollen Treiben. Sie zündelten. Sie verbanden UNS mit IHNEN. Sie setzten sich stolz für Gleichberechtigung ein. Sie machten sich über den Berühmtheitskult lustig. Sie verliehen der Idiotie Tiefgang. Sie vermittelten der Idolatrie Selbstbewusstsein. Mit einer zentralen, versteckten Botschaft.

Nur der Charakter zählt.

Ich stand auf Skandalblätter. Seit etwa 1956. Ich war acht Jahre alt.

Ich wohnte in L.A. Ich war ein problematisches Scheidungskind. Mein Vater stand auf der untersten Stufe der Hollywood-Nahrungskette. Er pflegte für Rita Hayworth zu arbeiten. Er erzählte mir, dass er es ihr besorgt hatte.

Angeblich bin ich Rita bei einem Hotdog-Stand begegnet. Ich war drei Jahre alt. Angeblich habe ich ihr Traubensaft in den Schoß geschüttet. Mein Vater sagte, auf Rita sei eine »Tribaden-Prämie« ausgeschrieben. Näheres erklärte er mir nicht.

Mein Vater arbeitete für einen kümmerlichen Produzenten namens Sam Stiefel. Mein Vater erzählte mir Hollywood-Geschichten. Meine Mutter sah das nicht gern.

Sie war eine Alkoholikerin. Ihre Männerfreunde glichen den Psychopathen des Film noir. Sie schickte mich in die lutherische Kirche.

Martin Luther wäre ein Skandalblatt-Fan gewesen. Er sprach auf dem Klo zu sich selbst und mit Gott. Er zog über den Papst her und widerrief seinen Zölibatseid. Er hatte braune Knopfaugen wie ich.

Ich fand Luthers Geschichte spannender als die Bibel. Deren Prosa war nüchtern. Ich zog *Whisper* und *Confidential* vor. *Das* war Literatur.

Mein Vater ließ seine Kopien rumliegen. Ich wusste Bescheid. Das verdarb meine Fantasie.

Meine Sonntagsschulklasse besuchte *Die zehn Gebote.* Ich zappelte rum und döste. Yul Brynner spielte den Pharao. Mein Vater sagte, dass Yul auf schwarzes Weiberfleisch stand. Er wusste Bescheid.

Ich las einen Skandalartikel über Porfirio Rubirosa. »Rubi« war ein Dreckskerl. Er kam aus der Dominikanischen Republik. Sein Vater war ein Obergangster. Rubi schmuggelte Waffen. Rubi leitete einen Nuttenring. Rubi fuhr Autos zu Schrott und heiratete Erbinnen.

Rubi lebte in den Skandalblattmagazinen. In die seriöse Presse schaffte er es nur selten. Ich fragte meinen Vater nach ihm. Mein Vater wusste Bescheid.

Rubi hatte einen Monster-*Shvantz*. Der innere Verletzungen verursachte. Eine Rubi-Eroberung sprach von »einem Yul Brynner im Rollkragenpulli«.

Ich kapierte. Yul Brynner war kahl. Jetzt wusste ich Bescheid.

Die Skandalblätter übten ihren Voodoo-Zauber auf mich aus. Sie zeigten mir die erwachsene Welt ohne Maske.

Geld war alles. Sex das allgemeine Geheimnis. Sex war tabu. Ficken führte dazu, dass Kinder geboren wurden. Was ehrenhaft wirkte. Was mich nicht überzeugte. Die Skandalblätter erzählten was anderes. Ich erwischte meine Mutter mit einem Mann im Bett. Es sah aus wie ein Skandalblattbild.

Die Bilder machten mir Angst. Schwarz-Weiß-Hochkontrast auf Billigpapier. Blendendes Blitzlicht als Augenblick der Wahrheit.

Jedes Foto machte etwas Schönes hässlich. Jedes Foto verwies auf den Preis des Ruhmes.

SIE sind WIR und SIE werden jung sterben.

Die Skandalblätter starben langsam.

Sie kämpften gegen Klagen an. Sie verärgerten Leute, die was zu sagen hatten. Sie verärgerten Film-Magnaten und Presseagenten. Die Skandalblätter outeten homosexuelle Schauspieler. Die Presseagenten boten Tratschgeschichten über kleinere Stars gegen Sicherheit für Hochklassehomos. Rock Hudson blieb sakrosankt und ungeoutet. Einige Rock-Liebhaber sprangen für ihn über die Klinge.

Mein Vater wusste über Rock Bescheid. Ich war in ein Mädchen aus der vierten Klasse verliebt. Die Rock an jede freie Stelle ihres Kolleghefts gepappt hatte. Ich sagte ihr, Rock sei schwul. Sie sagte: »Du bist nur eifersüchtig.«

Die Studios zahlten in eine Schwarzgeldkasse ein. Sie gingen gegen *Confidential* los. Sie zwangen dem Blatt langwierige Prozesse auf. Maureen O'Hara klagte gegen *Confidential*. Das Blatt hatte behauptet, sie habe in Grauman's Chinese Theater einen Burschen begrapscht.

Sie gewann den Prozess. *Confidential* schwächte seine Andeutungen ab. Die anderen Blätter schlossen sich an. Deren Gesamtauflage sank. In den Sechzigern ging sie gegen null.

Keine angenehme Dekade.

Rubi kam bei einem Autounfall zu Tode. Der neue Präsident hatte Sex-Leichen im Keller. Der neue Präsident war zu mächtig, als dass man sich mit ihm hätte anlegen können.

In den Fünfzigerjahren ging es um geile Gelüste und gieriges leeres Schlucken. Ein Fressen für die Skandalblätter. In den Sechzigern verkam der Sex zum lässigen Zwinkern.

Die Blütezeit der Skandalblätter war eine Zeit der Unterdrückung. Üble Zeiten brachten üble Literatur hervor. Die amerikanische Kultur stellte sich um. Die Skandalblätter konnten nicht mithalten.

Das Wir-Gefühl. Folkmusik. Tiefe Wurzeln in der Linken. Eine globalistische Botschaft.

Ausländische Filme. Wilde Kost, die Ehebruch und Langeweile glorifizierte. Aus katholischen Ländern importierte moralische Schweinigeleien.

JFK im Weißen Haus. Der uns wissen ließ: Seid cool wie ich.

Sex-Witze im Fernseher. Bienenkorbfrisuren und Bikinis. Der amerikanische Mann als muschihöriger Tollpatsch. Mit der impliziten Botschaft: Mach dir nichts draus – so ist der Mensch.

Der Twist. Neger-Musik für weiße Philister. Gemischtrassige Tänze im Fernsehen.

Die Skandalblätter konnten nicht mithalten.

Sie richteten ihre Linsen auf ausländische Filmstars. Sie traten deren schmierige Geschichten breit.

Schnarch.

Sie zogen harmlos über JFK und das »Rat Pack« her.

Gähn.

Sie deckten die bedenkenlosen Rezeptverschreibungen der Dr. Feelgoods auf.

Zum Einschlafen. Joe USA und Jane Amerika *hatten* ihre Pillen. Über deren Gefahren wollten sie nichts wissen.

JFK fuhr drauf ab. Amerika fuhr auf den Spruch von der »verlorenen Unschuld« ab. Der Vietnamkrieg tobte. Die Bürgerrechtsbewegung strich »Gemischtrassigkeit« aus dem Vokabular. Joe und Janes Kinder flippten aus. Ein neuer Begriff wurde geprägt: »Die sexuelle Revolution«.

Die Skandalblätter waren passé. Jeder war stoned und jeder fickte. Man konnte den Kitzel aus erster Hand erleben.

Man wollte nicht mehr Bescheid wissen. Tratsch war nicht mehr cool.

Die Skandalblätter starben.

Ich überlebte ohne sie. Ich wusste Bescheid. Als Kenner ohne jeden Anspruch auf zeitgemäßen Chic.

Ich wusste über Schweinigeleien und dreckigen Tratsch Bescheid. Das interessierte keinen. Man hatte sein eigenes Sexleben und eigene Drogengewohnheiten. Die Skandalblätter waren prophetisch. SIE waren WIR. Die Glamourwelt hatte sich mit der wirklichen Welt vermengt – jedenfalls in L.A.

Zweifelhafter Mörtel. Sex und Drogen. Promisker Egalitarismus.

Die ganze Stadt war blau. Sie war durch den Wind, abgehoben, vollgehascht, durchgedreht und zugeknallt. Ein High, das bis in die späten Siebzigerjahre anhielt. Ich war ebenso high und geradezu rührend keusch. Ich wusste Bescheid. Harmlos genug.

Ein Wissen, das zweimal zum Tragen kam.

Einmal, als ich eine Schauspielerin auf Wilton, Ecke Melrose erkannte. Sie hatte einen Platten. Sie wirkte hilflos. Ich wusste, dass sie mannstoll war. So sagten die Skandalblätter.

Ich war blau. Sie war blau. Ich wechselte ihren Reifen. Ich schlug einen Drink in ihrer Wohnung vor.

Sie sagte Nein. Sie gab mir einen Dollar und tätschelte mir den Kopf.

Mein Wissen hatte mir nichts gebracht.

Ich machte Autostopp. Ich war blau. Ein Wagen hielt. Ich erkannte den Fahrer.

Er war ein ziemlich bekannter Schauspieler. Die Skandalblätter hatten ihn verpfiffen. Ein Kumpel hatte es mir bestätigt. Der hatte es am eigenen Leib erfahren.

Der Schauspieler stand auf junge Männer. Und ging dabei völlig wahllos vor. Er nahm Autostopper mit. Er bot ihnen Koks und einen Blowjob an.

Ich lehnte das Mitfahrangebot ab. Mein Bescheidwissen hatte mir ein *bisschen* genützt.

Ich brachte mein Leben in Ordnung. L.A. wurde wieder stabil und nüchtern. Die Skandalblätter feierten zumindest teilweise Auferstehung. Sie verwandelten sich in die Supermarkt-Regenbogenpresse.

Sie fiel mir in den frühen Achtzigerjahren auf. Ich hatte mit den Ladendiebstählen aufgehört. Ich wartete mit den anderen vor der Kasse.

Ich sah, wie sich Hausfrauen Exemplare der Regenbogenpresse schnappten. Ich las über die Schulter mit. Ich kapierte.

Die Regenbogenpresse brachte harmlosen Tratsch. Sie köderte ihre Leser. Die Schlagzeilen versprachen eine saftige Neuigkeit. Ohne im Text zur Sache zu kommen.

Lockangebote. Kauf die Zeitung wegen der Schlagzeile. Angedeuteter Inzest verwandelt sich in von Filmstars gerettete Jugendliche.

Die Regenbogenpresse feierte das Leben von Monarchen und TV-Schauspielern. Die Regenbogenpresse berichtete über Krebsheilmittel und mystische Amulette. Die Regenbogenpresse berichtete über zweistellige Mehrlingsgeburten. Die Regenbogenpresse tratschte über ans Bett gefesselte 500-kg-Frauen. Die Regenbogenpresse berichtete in allen Einzelheiten von Entführungen zum Mars.

Die Leserschaft der Regenbogenpresse war die erweiterte und verdummte Leserschaft der Skandalblätter. Den Lesern der Regenbogenpresse war es mehr um Bestätigung und Ersatzleben als um Bescheidwissen zu tun. Sie wollten ihre Idole nicht vom Altar gestoßen und der zufälligen Erreichbarkeit preisgegeben wissen. Sie wollten, dass man ihre Todesangst besänftigte und ihren Unglauben unterdrückte. Sie wollten die eigene Langeweile mit Geschichten über die Eleganten und Schönen betäuben. Sie wollten die eigenen Möglichkeiten jenseits *aller* vernünftigen Grenzen ausdehnen.

Die Regenbogenpresse lieferte.

Verblüffende Rettungen, Schokolade-Diäten. Romanzen, die von Januar bis Dezember hielten. Wundersame Heilungen und Rettungen an der Schwelle des Todes. Glaubhafte Sichtungen Gottes.

Alles auf Anfang.

Die Skandalblätter desillusionierten. Die Regenbogenpresse erschuf die Illusionen neu. Die Skandalblätter priesen in einer Zeit ohne Sex den Sexus und standen für dessen vielfältige Spielarten ein. Die Regenbogenpresse wandte sich von der Mannigfaltigkeit ab. Sie priesen die gesunde Liebe jenseits aller Vernunft.

Außenseiter wollen Bescheid wissen, um sich einschleichen zu können. Die Skandalblätter vermittelten, dass dies ein nicht unbedingt erstrebenswertes Ziel war. Die Regenbogenpresse stellte ihren Lesern die Insiderwelt als die eigene Welt der grenzenlosen Möglichkeiten dar.

Skandalblätter und Regenbogenpresse präsentierten schrill. Die Skandalblätter und die Regenbogenpresse zeigten Mut und Herz. Die Regenbogenpresse hatte das niedrigere Niveau und war harmloser. Sie wärmte mehr Seelen und zeigte deutlich mehr Bein.

Amerikaner fliegen auf Tratsch und Erlösung. Die Regenbogenpresse und die Bibel verkaufen sich nach wie vor. Bescheidwissen bleibt Bescheidwissen. Harte Fakten, die man zusammenträgt, um sie sehnsuchtsvoll zu bestaunen – oder um darüber zu Gericht zu sitzen.

Trash-TV unterbot die Skandalblätter und die Regenbogenpresse. Große Reportagen über die Unterhaltungsindustrie liefen ihnen den Rang ab. TV-Shows und Magazine, die sich Tratsch und Skandalen widmeten. Chronisten der NEUEN Glamourwelt.

Pubertäre Schauspieler und Rockstars. Modekönige mit magersüchtigen Models im Schlepptau. Verlorene und seichte Königliche Hoheiten. Mörderische Footballspieler. Busengrapschende Politiker.

Die Reportagen aus der Unterhaltungsindustrie erreichten einen wilden Höhepunkt. Die Filme waren schlecht. Schwachsinnige Massenprodukte füllten die Kinos. Ein Schwachsinn, den sich dusselige Zuschauermassen gefallen ließen. Die alles und jedes darüber wissen wollten.

Ein Voyeurismus ohne Sex oder Seele. Das Bescheidwissen bezog sich auf Tageseinnahmen und Vertragsklauseln. Die Geschäftsabsprache als Vorspiel. Das Supereröffnungswochenende als Höhepunkt.

Die Emporkömmlinge der Glamourwelt: schneidige Filmbosse und Agenten. So wichtigtuerisch wie armselig. Verführerisch insofern, als sie darüber entscheiden, welche Filme gemacht werden. Geile Namen im Nummernbuch einer Prostituierten.

Entertainment-Reportagen vermischten sich mit Trash-TV. Filmkritik wurde zu Vorschlägen für die B-Ebene im Skript und zum vor laufenden Fernsehkameras ausgesprochenen Ja oder Nein der Studiobosse. Die seriöse Berichterstattung hatte dabei das Nachsehen. Das Neueste über O.J. zwischen Premierenberichten und Starlets mit wachsgeglätteter Bikinizone.

Die Erzählstränge gerieten durcheinander. Der allerneueste Hit:

Die Glamourwelt ist die Wirklichkeit der Volltrottel. Konglomerate diktieren die Ästhetik. Ihnen gehören die Fernsehsender. Ihnen gehören die Filmstudios. Sie sind die Herausgeber der Unterhaltungsmagazine. Sie arbeiten sich gegenseitig in die Hand.

Der Tratsch wird zum Reklamespot.

Angenommen, wir haben einen neuen Film über Übermut, der selten guttut. Das wäre was für die Jugendlichen unserer dysfunktionalen Familien. Wir brauchen nur die Zuschauerzahlen hochzujubeln und die Simpel in unseren Multiplex zu locken.

Robert Downey hockt im Knast. Sein neuester Film hat nächste Woche Premiere. O.J. hat eine Neue. Legt er *die* auch um? Kauft seine doofen Komödien auf DVD.

Unsere Jugendlichen sind ungezogen und schön. Sie essen vergiftete Früchte, die wir nicht zu berühren wagen. Wir sind ihre Lakaien und ihre Helfer. Wir haben die Mitverantwortung für den

Scheiß, den sie sich reinziehen. Wir kaufen für sie Stoff und drängen sie, sich betrunken ans Steuer zu setzen.

Wir wissen Bescheid. Das ermöglicht uns, abwechslungsreich zu leben und bei Bedarf streng zu urteilen. Das steigert unser Lebensgefühl.

Die neue Generation ist schlaff. Über sie weiß jeder Bescheid. Sie kennt keine lockenden Verlockungen und nichts Spannendes, das zu spannen lohnt.

Das neue Bescheidwissen lässt mich kalt. Ich wohne in Kansas. Ich bin nicht mehr auf Filmschauspielerinnen mit plattem Reifen angewiesen. Ich bin Lutheraner. Ich lebe entsprechend der impliziten Skandalblatt-Botschaft.

Nur der Charakter zählt.

In mir steckt der Eifer des Mittleren Westens. Ich bin ein strenger Richter. Ich hasse Bill Clinton. Ich liebe die stockkonservativen Kommentatoren Bill Bennett und Bill O'Reilly. Ich spiele mit dem Gedanken, lutherischer Geistlicher zu werden. Ich kenne einen ziemlich bekannten Pastor. Er hat gesagt, dass er mir zu einem Studienplatz am Theologie-Seminar verhelfen könne. In meinem Fall würden sie aufs Highschool-Diplom verzichten.

Meine Frau nimmt mir die Berufung nicht ab. Ich hätte zu viel Dreck am Stecken. Ich würde das Theologie-Seminar nie durchstehen. Ich sei zu lebensfroh und zu profan. Ich sähe Gott im Slang und im Sex. Ich würde mehr nach L.A. als nach Kansas City passen. Die lutherische Kirche würde mich an die Kandare nehmen. Sie würde mir umgehend meine säuischen Geschichten für GQ untersagen.

Ich werde den Gedanken nicht los. Die Berufung ruft. Meine Frau hat sie erfolgreich unterlaufen.

Sie weiß über mich Bescheid. Und würde ihr Wissen in null Komma nichts den Skandalblättern stecken.

Der Ärger, den ich mache

Klatsch & Tratsch. *Hush-Hush-Magazin*, März 1957

BULLEN-BLAMAGE –
NENNT MAN DAS NÖTIGUNG ODER – ????

Zur Sache: Welches paparazzigeplagte Police Department pflegt mittels einer eingängigen TV-Serie schrille Eigenpropaganda zu betreiben? Wobei der Serie die Zuschauer irritierenderweise immer mehr davonlaufen. Was jeder weiß und heimlich sagt: Der Star der schrillen Serie ist in der hinteren Höhlung des politisch potenten Police Chiefs zu Hause.
Der Chief sprach's, der Star stotterte, stammelte und lief. Soweit die Standardbeziehung der beiden. Brandheißer Tratsch: Hat der höllische El Jefe seinem Star einen besonders bedenklichen Befehl erteilt?
Die Meldung: Ein gewisses Police Department hebelt routinemäßig Bürgerrechte aus. Während der Depression hat man arme Teufel eingesammelt, um sie in entfernte Staaten zu deportieren oder in Arbeitslager zu peitschen. Was von der Polente als »Penner-Blockade« bezeichnet wurde. Mit der man die hungrigen Hor-

den von Hollywood fernhielt. Und die Herden der Heimatlosen aus Hermosa hetzte. Um eine sündenstolze Stadt kosmetisch rein zu halten.
Die Meldung: Hat der vergrätzte Police Chief den stotternden Star angewiesen, ein skurriles Skript zu verfassen? Wird besagtes Skript die »Penner-Blockade« neu zur Diskussion stellen und nachdrücklich die Notwendigkeit ihrer Neueinrichtung fordern? Stinkt es hier nach Nebelkerzen für neofaschistische Ansichten? Werden die Afterbewohner eines gewissen Police Department Chiefs dieselben umsetzen?
Denk dran, lieber Leser, hier hast du's zum ersten Mal gelesen: durchaus diskret, ganz unter uns, und völlig Hush-Hush.

1.

Jack Webb: ein flapsiger Flachkopf, den das LAPD am Gängelband führt. Ein opferbereiter Bauer in den Fängen von Chief William H. Parker.

Eine Skript-Leserin hatte mir den Skandal gesteckt. Sie pflegte Papiere für Paramount durchzublättern und arbeitete mir heimlich zu. Sie fraß mir aus der Hand. Sie pflegte in einer Lesbenhöhle bei Duarte dunkelhäutige Mädchen zu besteigen. Ich war im Besitz von scharfen Schnappschüssen.

Besagtes Skript war unter der Hand eingeschmuggelt worden. Von Wichser-Jack verfasst. Der sapphischen Sally waren Randnotizen aufgefallen. Die sie umgehend als die Schriftzüge PARKERS identifizierte.

Sie erkannte die runden Rs und langen Ts. Sie hatte sich drei Jahre lang vom *Stahlnetz* mitschleppen lassen. Parker hatte die Gewohnheit, alle von ihr durchgearbeiteten Skripts mit dusseligen Randbemerkungen zu versehen. Sie hatte einen Hass auf den geilen Jack. Jack hatte versucht, sie mit einer muschimampfenden Mulattin auf die Matte zu zwingen. Jack guckte lieeebend gerne zu.

Ich ging in meiner Bleibe auf und ab. Ich hatte mir einen Frühstücksmartini gemixt. Der mir durch Mark und Bein fuhr und mich mesmerisierte. Meine Märzausgabe war kacke. Ich ging gegen einen geilen Jungbock los, der Rock Hudson gerammelt hatte. Ich kippte den Klatschbericht.

Dick Contino rief mich an. Er gab weiteren Tratsch zum Besten. Bill Parker und der Berufsjugendliche Jack waren üüüübel verkracht. Das ging bis 54 zurück. Parker hatte sich für Penner-Blockaden eingesetzt. Parker war ein Kleinfaschist mit scharfen Zähnen. Er hatte den geschwätzigen *Untermenschen* Jack im Schwitzkasten. Die Einzelheiten blieb Dick mir schuldig. Eindeutig angedeutet: Parker zog die Strippen und setzte seinen Willen gegen Webb durch. Webb wackelte, gab nach und jammerte: »Was soll's denn diesmal sein?«

Ich zog mir meinen Martini rein. Er stieg mir zu Kopfe und fuhr mir in die Zirbeldrüse. Danny Getchell der Göttergleiche – der kampfesmächtige Skandaljäger-König!

Meine Wohnzimmertür machte sich selbstständig. Sie stieg in die Luft. Sie brach aus den Angeln. Sie ächzte, barst und krachte zu Boden.

Siehe da: Sergeant John O'Grady vom LAPD.

Er war stockstinksauer. Er hatte eine Browning Pumpgun in Händen. Er drehte den Kolben nach unten und hieb denselben auf die erhabene Stelle zwischen meinen Beinen.

Ich japste und schnappte nach Luft. Ich würgte Galle und

Beefeater-Gin. Mein Flokatiteppich schoss mir entgegen und schlug mich k.o.

Die Ausnüchterungszelle in Lincoln Heights.

Ein Inferno. Rappelvoll mit inkontinenten Alkoholikern. Mit heulenden Haschern. Mit illegalen Mexikanern und wienerwackelnden Exern. Mit menschenfeindlichen Missetätern, die man in einer exkrementverkrusteten Sardinenzelle zusammengedrängt hatte. Sechzig tief stehende Kriminelle mit eingefallenen Gesichtern, die in einem höhlenartigen Scheißloch steckten.

Gitter. Dicke Nirosta-Stäbe. Klebrig verschmutzt und samenverschmiert. Betonwände. Ein Zementboden. Schleimgesättigt. Eine Gefängnisgitterecke weiter: der Einwanderungsknast. *Mucho* Mexikaner, die die *migra* geschnappt hatte.

Mein Kopf tat weh. Meine Eier kochten. O'Grady hatte mir's gegeben. Er hatte mir ein paar Haschzigaretten in die hintere Hosentasche geschoben und mich wegen Rauschgiftbesitz hopsgenommen. Er hatte mich wegen meines Klatsch-und-Tratsch-Artikels durch die Mangel gedreht.

Ich stand neben den Nirosta-Stäben. Ich war verzweifelt. Ich war zutiefst frustriert. Ich war aus und erledigt. Ich war ins Niemandsland des LAPD geraten.

Alkis winselten. Hascher heulten. Homos besorgten es einander in brühwarmen Haufen. Hilfssheriffs holten die Mexen aus dem *Migra*-Knast. Jungel-John-O'Grady assistierte.

Die Hilfssheriffs seiften die Cholos ein: »Ihr wollen *trabajo*? Ihr wollen spielen in Film?« Die Cholos zündeten sich eine Zigarette an der anderen an. Sie fütterten ihre Krebslein, während sie das Angebot bedachten.

Die Hilfssheriffs schossen zur Ausnüchterungszelle zurück. Sie gingen zu den übel heruntergekommenen Alkis und flüsterten ihnen was zu. Die Alkis wackelten und wieherten wau! Die Helfer rissen ihnen die Armbänder ab. Die Alkis schwankten über den Gittergang.

O'Grady schaute zu. Ich behielt ihn im Auge. O'Grady dirigierte die Hilfssheriffs herum. Sie trieben die Mexikaner an. Sie führten sie zu einer Laderampe. Die Alkis schwankten mit.

Mir war unruhig zumute. Ich blinzelte geradewegs Richtung Laderampe. O'Grady putzte die Hilfssheriffs herunter und gab ihnen Saures. Die Hilfssheriffs prügelten auf die Alkis ein. Sie fassten die Mexen rau an. Sie rissen vier ausgesuchten Cholos die Armbänder ab. Sie stauchten vier Kerle zusammen und schoben sie zu einer Seitentür raus.

Ich kapierte. Üble *trabajo*. Beim Film mitspielen oder Überstellung an die *migra* und Marsch heim nach Mexiko. Keine gute Wahl für Charlie Chorizo.

Ein Lastwagen fuhr vor. Die hintere Ladefläche dockte an die Rampe an. O'Grady belferte Befehle. Er packte die Illegalen und die Alkis und trieb sie massenweise rauf.

Film-Meschuggas. Penner-Blockade – ein übler Kassenschlager fürs LAPD? Verbunden mit dem Versuch, MICH einzuschüchtern.

Ich ging auf und ab. Ich wich grindigen Gaunern und aufgekratzten Kinderschändern aus. Ich war ruiniert und gegen die Wand geklatscht. Ich war gelähmt vor Angst und geliefert.

Aus einer Lüftungsluke erklangen schnarrende Stimmen. Ich kroch über zwei klägliche Knilche, die ohnmächtig neben dem Klo lagen. Ich stieg einem Tintentaucher auf den Kopf und zog mich zur Lüftungsluke hoch. Ich hörte John O'Grady prahlerisch verkünden:

»Wir erledigen zwei Fliegen mit einer Klappe. Den Hübschling und Getchell.«

Der Tintentaucher schwankte. Ich bekam das Zittern und sprang ihm vom Kopf. Ich landete auf einem Narki, der sich auf einem Transi ausgebreitet hatte.

Ich ging auf und ab. Ich sann und sinnierte. Hilfssheriffs huschten durch die Zelle. Sie lasen Armbänder ab und holten die Insassen in den Hof. Sechzig mürrische Kleinkriminelle verklickerten sich nach draußen und hofften auf das Wohlwollen ihres Richters.

Ich war entsetzlich und erschreckend allein. Ich war »der Fremde« – gestrandet und ganz auf sich selbst gestellt. Ich war im existenziellen Exil gelandet. Fix und fertig wie der frigide Franzmann Camus.

Die Gitterstäbe schepperten und klapperten. Sie schallten und schlidderten. Ein schmollender Taugenichts mit Schmachtlocke erschien. Hinter dem sich die Gitterstäbe wieder schlossen.

Ich nahm ihn in Augenschein. Ich sah ihn mir an und kapierte.

Harry Hungwell – Harry »Wohlbestückt«. Ein Homomuskelprotz. Ein Hascher. Der stramme Star aus Stan Stevens Film *Grieche sucht Grieche.*

Harry hatte einen Hass auf mich. Ich hatte in *Hush-Hush* gegen den Hübschling vom Leder gezogen. Ich hatte seine homophilen Angewohnheiten in Hollywood breitgeschlagen. Priapischer Prostituierter im Männerpuff mühsam von Prinz Saheed losgepullt.

»Tag, Harry«, sagte ich. »Was steht an, Daddy-o?«

Harry schluckte leer. Harry atmete tief durch. Harry zuckte und zappelte und wurde zornrot.

Ich las die Zahl auf seinem Armband. Scheiße – § 555 Police Code.

Der Paragraf erschreckte mich. Rauschgift. Genauer, Rauschgiftbesteck-Besitz. Die Drogenpolizisten hatten Harry mit Heroin festgenommen und mit Nadeln erledigt.

»Du hast mich reingeritten«, sagte Harry. »Hat O'Grady gesagt.«

Ich lachte laut auf. »Mach mal halblang, Stricher. O'Grady hat *mich* reingeritten.«

Harry ging auf mich los. Er warf sich nach vorn und holte einen Stichel aus der Hose. Dabei flog ein schwarzes Büchlein raus und fiel zu Boden.

Ich sprang zurück. Ich versetzte ihm Handkantenschläge. Ich hämmerte und schlug und hackte auf Harry ein. Ich langte schmerzhaft zu. Ich kratzte und klaubte und hinterließ blutige Striemen. Ich verhackstückte Harry mit Hapkido, brachte ihn mit Jiu-Jitsu zum Japsen und mit Taekwondo zum Trompeten. Ich riss ihm das Messer aus der Hand und schälte ihm einen Augapfel aus.

Harry kreischte und schrie. Er kreiste und zappelte wie ein Sputnik auf Speed. Er wankte und wackelte und trat in eine einäugige Umlaufbahn ein.

Scheiße – Polente unten rechts im Anmarsch. Riesenbullen, die auf die Gitterstäbe zuhalten, Klarer Fall – die Hilfssheriffs hatten Harry reingeschickt, um mich abzustechen. Auf Befehl von O'Grady.

Ich ging in Deckung. Ich versteckte mich hinter dem hysterischen Harry. Ich steckte mir sein schwarzes Büchlein ein. Ich drückte ihm die Kehle zu und stellte ihn als Schutzschild vor mich hin.

Ich rannte los. Ich hielt Harry fest umklammert. Die Hilfssheriffs schossen durch die Gitterstäbe. Harry blutete und schluckte blaue Bohnen. Er bäumte sich unter Schrotkugeln auf und brach unter Hochleistungsmunition zusammen.

Ich sprang aufs Klo. Ich ließ Harry fallen. Die Kugeln kappten ihm die Eier und karambolierten von seinem Kniegelenk. Ich wand und würgte mich die Wand hinauf und verschwand im Ventilationsschacht. Ich zwängte mich ins Tiefdunkle.

2.

Von klapprigen Ventilationsschächten in verschlickt-verschlammte Abwässerkanäle. Ins Dolen-Labyrinth unter L.A.

Ich stapfte langsam voran. Ich schwamm schnell weiter. Strömungen verkürzten mir den Weg und trugen mich fort. Ich schwebte zwischen schwimmenden Abfallresten.

Verweste Fötusse und Hamburger-Überbleibsel. Rin-Tin-Tinriesige Ratten. Teigige Tintenfische und blecherne Bierbüchsen.

Ich paddelte mit einem Propellerteil und steuerte mit einem Stock. Ich planschte durch die Bracke nach Süden. Ich war aquäduktadäquat und abwasserfest. Ich hatte in *He Walked by Night* einen bösen Zuhälter gespielt. Der Bösewicht Richard Basehart kauft bei Ben Hangs Kräuterladen in Chinatown ein. Dem schleichenden Über-Übeltäter unter der Broadway Bridge.

Ich schlängelte mich durch Lincoln Heights. Ich kroch unter dem Chinesenviertel hindurch. Ich durchquerte eine Gegenströmung und stieg bei der Chavez Ravine aus.

Ich wand mich aus einem Dolendeckel. Ich ging zu Ben Hong. Chinesen musterten mich. Schlitzäugige Schleimer mit schmierigen Zöpfen und spitz zulaufenden Schuhen. Ich schauderte. Ich bibberte. Fäkalklümpchen spritzten mir vom Hemd.

Ben Hong reichte mir einen Hasch-Highball. Supergroße Tollkirschen mit einer monströsen Portion Ma-Huang. Ich leerte das Getränk auf einen Zug. Mir fuhr es durch Mark und Bein. Ich überlegte mir, wie ich mich aus der Scheiße, in der ich steckte, rausreden und raustricksen konnte.

Der böse Ben fraß mir aus der Hand. Ich hatte einen schrägen *Hush-Hush*-Artikel über seine perversen Missetaten unterdrückt. Ben pflegte mit seinem Mini-Pimmel Pekingenten zu vögeln. Ben enterte Enten von Schanghai bis Sheboygan.

Ben hielt meine *Hush-Hush*-Abhörausrüstung versteckt. Ben verbeugte sich und strahlte und tat, was ich wollte. Er brachte mir eine große Schüssel Hotschohan-Suppe – mit jeder Menge Hoisin. Ich holte Harry Hungwells schwarzes Büchlein hervor.

Ich hakte seine Nummern ab. Harry Hungwell war in der Tat wohl bestückt und verfügte über beste Verbindungen. Er hatte es mit allen schicken Homos getrieben.

Mit dem gierigen Raymond Burr. Mit dem lüsternen und rechtslastigen Robert Taylor. Mit dem Widerling Dave Garroway. Mit Adlai Stevenson, mit dem er im Statler-Hotel eine Standardnummer abzog. Mit dem Raubauz Randolph Scott, auf dessen Ranch in Rio Ricondo er seinen Schwänzeltanz tanzte.

Ich notierte den Vorgang. Ich notierte die Partner. Harry hatte sein Gemächte in der halben Männerschickeria von Hollywood versenkt. Er hatte Monty Clift seine Salami zu kosten gegeben. Er hatte Leonard Bernstein ein Hautflötensolo vorgespielt. Er hatte den maskulinen Burt Lancaster in Leo's Lavender Lounge rumgekriegt.

Zwei Namen und Telefonnummern gaben mir zu denken. »Jack« und »Bill«.

Ich rief Carla Cardiff an – meine Frau in der Kommunikationszentrale der Polizei. Sie überprüfte Namen und Zahlen. Sie glich sie mit ihrer Zahlenkonkordanz ab.

Heilige *Hush-Hush*-Hannah –

Der biedere Jack Webb. Der böse William H. Parker.

Ich borgte Ben Hongs Hudson Hornet. Ich parkte neben Parkers Haus an der Parkman.

Es dämmerte. Das Zwielicht tanzte und funkelte durch die Risse im Smog. Ich war beflügelt vom Belladonna und mitgetragen vom Ma Huang. Ich war überwach mit einer Mordswut im Bauch.

Parker kam aus seinem Haus. Er zwängte sich in einen Pontiac und gab Gas. Er hatte wässrige Augen und war blau. Er überfuhr ein Rotlicht und ließ die Reifen quietschen.

Ich schlich mich an ein Seitenwandfenster. Ich schraubte ein Fliegengitter ab und zwängte mich rein. Ich fiel durch die Luft und landete auf dem Wohnzimmerteppich.

Ich hörte ein tiefes Knurren. Ich schaltete die Taschenlampe an. Mein Strahl traf einen knopfäugigen Bullterrier.

Ich warf ihm einen besonderen Leckerhappen zu. Ben Hongs Litschi-Zuckerstengel mit LSD. Den das Tier verschlang, worauf es auf sein handgenähtes Hundekissen niedersank.

Ich schaute mich im Haus um. Ich schlich mich hindurch und spähte aus und spionierte. Ich blätterte Parkers Papierberge durch. Ich fand seine geistsprühende Korrespondenz.

Parker war ein Brieffreund nichtsnutziger Patriarchen in Paraguay. Die Durchschläge seiner eigenen üblen Schriebe bewahrte er auf. Er beweihräucherte Fulgencio Batista. Er winselte vor Juan Perón. Er pries dem üblen Raffael Trujillo die Penner-Blockade an. Er lobte leidenschaftlich sein »LAPD-Reich« und bejammerte mögliche Einbußen bei den Wahlen von 1958.

?????

Ich befummelte noch mehr Papiere. Ich durchwühlte Gestelle und schaufelte mich durch Garderoben und Schubladen. Ich fand eine dicke Akte: »1958 – Senat/Gouverneurswahlen.«

Ich las sie – rotäugig und *rapidamente.*

Fakten. Wilde Fantasien. Ängstliche Voraussagen. Klägliche Hoffnungen für triste Kandidaten.

Die idiotischen Amtsinhaber: Gouverneur Goodwin J. Knight und der greise Senator William F. Knowland. Volltrottel. Abgenudelte Republikaner. Das Neueste vom Tage: Die beiden Dämlacke hatten sich einen Kniff ausgedacht, mit dem sie sich noch mehr Macht zuschanzen wollten. Der Widerling W. Knowland wollte sich um das Amt des Gouverneurs bemühen. Das Ekelpaket Knight wollte rochieren und einen stattlichen Senatssitz anstreben.

So weit, so schlimm, nur:

Die Umfragewerte vom guten Goody und wilden William waren im Keller. Die beiden wurden in der Öffentlichkeit kaum wahrgenommen, ganz im Gegensatz zu ihren vermutlichen Gegnern:

Senator Clair Engle – ein demokratischer Demagoge. Generalstaatsanwalt Edmund G. »Pat« Brown – eine versoffene demokratische Diva.

Die Akte tobte:

Pat Brown konnte Bill Parker auf den Tod nicht ausstehen. Brown hatte einen brillanten Plan ausgeheckt, denselben auf langsamem Feuer zu rösten – sobald er Goody Knight das Gouverneursamt abgenommen haben würde.

Pat plante eine umfassende Umgestaltung des LAPD. Verfickt und zugenäht – dessen faschistische Agenda sollte allen ungeschminkt vor Augen geführt werden!

Die Akte wurde immer heißer.

Parker hatte schwergewichtige Psychiater beauftragt, für teures Geld populistische Umfragen durchzuführen. Ihre fabelhaft freudianischen Ermittlungen:

Herr Kalifornier und Frau Kalifornierin wollen von homerischen Helden geliebt und geführt werden. Von menschelnden Mannskerlen mit magnetischem Machismo. Von kernig-maskulinen FILMSTARS.

Ooohoooh, Daddy-o! Ein demokratisches Volksfest!

Heiße Texte. Gefolgt von: geklauten Steuerbescheiden.

Menschelnde Mannskerle:

Der trottelige Duke Wayne. Der heilige Hank Fonda. Randolph Scott und Robert Taylor – die beiden warmen Kunden aus dem Stricherbuch.

Ich las die Steuerbescheide. Der trottelige Duke – solide solvent. Der heilige Hank – bis an den Hals in überteuerten Akten und halbgaren Hawaii-Projekten steckend. Robert und Randy –schwimmen in Moneten.

Oooooh, Papa-San! Paranoid oder nicht, allmählich kam ich der Sache näher!

Jack Webb wohnte in einem grässlichen Hawaii-Haus im Laurel Canyon. Eine teuer ausgestattete Bleibe, Leawood, Ecke Lotus Lane.

Ich ließ meinen Schlitten langsam am Straßenrand ausrollen. Ich berührte die hintere Stoßstange eines großen Bonneville. Scheiße, ein getarntes Polizeiauto mit Haifisch-Heckflossen und wabbeliger Peitschenantenne.

Ich schlich mich ums Hawaii-Haus. Ich ging tief in Deckung und lauerte unter breiten Fensterbrettern. Ich zog mich hoch und guckte rein. Ich erkannte den Filmstar Jack und John O'Grady.

Leuchtende Schatten. Böse Buben vor Lava-Lampen und tiefen Schatten. Ein Fernsehbulle in Schwierigkeiten. Ein Gauner im Getchell-Griff.

Webb fuchtelte mit einem verkritzelten Skript in der Luft rum.

O'Grady knurrte und wurde ernst. Ich hockte mich ungebeten hin und horchte unbefugt mit.

»Ich will Ronald Reagan«, sagte Webb. »Randy Scott erscheint mir für einen Bullen zu tuntig.«

O'Grady schnaubte verächtlich. »Wir haben gegen Reagan nichts in der Hand – und für das bisschen Geld, das der Chief zahlen kann, arbeitet er nicht.«

Auf einmal war mir vieles klar:

Die Strichernotizen von Harry Hungwell. Ein handfester Ansatz, um den geilen Randy Scott auszuhebeln.

Webb winselte und jammerte. »Johnny, hab ein Einsehen. Ich will diesen Scheiß-Mist nicht verfilmen.«

»Feuerhöllisch, Jack«, sagte O'Grady. »Du musst. Entweder du bequemst dich, *Penner-Blockade* zu drehen, oder Parker zieht die LAPD-Genehmigung für *Stahlnetz* zurück.«

Webb knickte ein. »Okay, ich tu's. Jesus Scheißchristus.«

O'Grady stöhnte. »Nein, Danny Getchell.«

»Was hat der Mistkerl mit alldem –«, unterbrach ihn Webb.

»Er hat einen Stricher im Lincoln-Heights-Gefängnis umgebracht. Der Staatsanwalt hatte gerade Haftbefehl gegen ihn erlassen. Der stabreimende Scheißkerl wird vom ersten Bullen, der ihn vor den Lauf kriegt, zur Hölle geschickt.«

Cowabunga? Eine prächtige Polizeiverschwörung –

Webb pfiff durch die Zähne. »Der Arsch wird sein Klatsch-&-Tratsch-Stückchen noch bitter bereuen.«

»Scheiß auf die Reue«, sagte O'Grady. »Du bist um Mitternacht am Set. Wir schnappen uns eine Ladung illegaler Mexikaner und lassen sie als Penner bei dir auftreten. Mit denen und den Knilchen aus der Ausnüchterungszelle haben wir genug Statisten beisammen.«

Ein Telefon schrillte. O'Grady nahm ab.

»Ja?«

Erdrückendes Schweigen. O'Grady – sackgrob.

»Hör zu, Pancho, du tust, was man dir sagt. Der Lastwagen überquert um 23:00 Uhr die Grenze. Wir fangen ihn in Chula Vista ab.«

Lastendes Schweigen. O'Grady: »Ja, und wie lautet das Nummernschild? ... DDX089 ... Ja, gut.

Ich bekam Schlitzaugen. Ich schlich zu meinem Schlitten und schlüpfte rein. Ich schoss nach Süden – stumm und psychopathisch.

3.

Ich fand den Laster in der Nähe der Trejo Street, Ecke Tregundez. Ich bestieg ihn vollgetankt mit Tequila.

Der Laster schwankte und wankte auf durchgeschlagenen Stoßdämpfern. Er schlidderte an Sharecropper-Hütten vorbei und knallte über Schlaglöcher. Ich hatte mich mit einem Pogo-Stab hochgeschwungen. In einer bemerkenswerten Verkleidung:

Ein Riesensombrero. Ein sexy *serape*. Sandgestrahlte Sandalen und ein zotteliger Zapata-Schnauzbart.

Die Illegalen hießen mich willkommen. Ich sagte alle sechs Sekunden »sí, sí«. Die Mexen kauften mir den bösen *bandido* voll ab.

Wir fuhren über die Grenze. Wir zuckelten nach Chula Vista. Wir verletzten grundlegende Einwanderungsgesetze. Wir versteckten uns unter Haschhaufen und Kisten voller Kinderpornos. Wir bissen uns durch Sackleinen und atzten uns am Hasch. Wir hatten lebhafte Erscheinungen. Visionen der verderbten Jungfrau von Vera Cruz und anderen wilden Stuss. Als wir entführt wurden, heulten wir lauthals Haschgesänge.

Ein paar böse Bullen knöpften sich den Lastwagen vor. Sie zwängten sich ins Fahrerhäuschen. Sie zeigten dem Burrito-Jungen auf dem Fahrersitz ihr Polizeiabzeichen. Sie schlugen den *puto* mit ihren Pistolenläufen zusammen und schmissen ihn aufs Straßenpflaster. Ich konnte durch die Löcher im Haschhaufen alles mithören.

Die Entführer gaben Gas. Ein Lump bemerkte: »Rio Ricondo – *rapido.*« Ein Dreckskerl gab bekannt: »Jack dreht Tagstimmung in der Nacht.«

Rio Ricondo. Die Ranch des risikofreudigen Randy Scott.

Der Laster fuhr über stille Nebenwege und durch Küstencanyons. Er wand sich durch Haarnadelkurven und erklomm steile Höhen. Ich riss die hintere Plane auf und schaute mir die Aussicht an.

Reiches Ranchland. Hügel und Täler, durch die Pferde schweiften. Eine Ranch aus roten Steinen am Ende der Straße. Gleißende Bogenlampen.

Klarer Fall –Tagstimmung in der Nacht.

Der Lastwagen blieb stehen und stoppte. Die Illegalen dösten und schnarchten. Sie waren im obersten Haschisch-Himmel angekommen.

Ich presste mein Auge an die Plane. Ich sah eine kleine Filmcrew. Aufs Allernotwendigste und Allerdürftigste beschränkt. Billige Untertarifkräfte. Jede Menge abgerissener Alkoholiker. Von der *migra* ausgewiesene Mexikaner. Wiederholungstäter, die man in Lincoln Heights rekrutiert und aufgelesen hatte.

Jack Webb in Reithosen und Pullover. Halbgare Hilfssheriffs mit geschulterten Flinten. Zwei hoch aufgeschossene, in herrlichem LAPD-Blau ausstaffierte Tucken.

Der Pfundskerl Randy Scott. Der nimmersatte Rob Taylor.

Webb schrie: »Action! »Eine Panaflex schwenkte. Sie machte einen weiten Bogen und senkte sich auf die Tür des Ranch-Hauses. Der hoch aufgeschossene Rob rannte los. Er klingelte. Der Pfundskerl Randy rannte ihm keuchend nach. Die blauen Jungs traten die Tür ein. Drinnen war ein beeindruckend echter Zellenblock nachgebaut.

Nackte Gitterstäbe, in Stahlträger eingelassen. Billiger Zement. Üble Kerle, die auf Strohsäcken ihren Rausch ausschliefen. Das Lincoln-Heights-Gefängnis, wie es leibte und lebte – in verbesserter Zweitauflage.

»Wir müssen die Bettler und Wohlfahrtsdiebe von der Straße schaffen«, stellte Rob fest.

»Die Kommunisten nutzen sie aus, um unsere Lebensart zu untergraben«, bekräftigte Randy.

»Wir müssen die Penner-Blockade wieder einführen«, sinnierte Rob. »Als vorderste Front gegen die fünfte Kolonne.«

»Aus«, schrie Reithosen-Jack. »Kopieren!«

Ein abgerissener Bühnenarbeiter schleppte einen Schlauch zum Wagen. »Aufwachen, ihr Illegalen!« schrie Chauvi-Jack. »Jetzt heißt es beim Film mitarbeiten oder zurück nach Tijuana!«

Der Feuerwehrschlauch züngelte. Wasser schoss in den Lastwagen. Es durchnässte die schlafenden Diegos und riss sie aus ihrem Hasch-Himmel. Wir wurden besprüht, bespritzt und pitschnass gemacht. Wir wurden abgeschreckt und aufgeschreckt. Wir fielen auf unsere *Huarache*-Sandalen und rannten los.

Ich duckte mich hinter eine Hibiskushecke und versteckte mich vor dem züngelnden Schlauch. Die Hilfssheriffs trieben die *hermanos* zusammen. Starrsinnige Polente mit Remington Riot Pumpguns.

Die Mexen sahen den nachgebauten Zellenblock. Ihnen

sträubten sich die Haare. Ihre müden Augenlider hoben sich bis zum Haaransatz. Ihre haschverdrehten Herzen gerieten in rabiate Rage.

Juan Illegal lässt sich in kein Gefängnis nicht stecken.

Sie zogen Stellmesser und Minimacheten. Sie nahmen Knüppel und Rasiermesser zur Hand. Sie griffen die flintenbewaffnete Flanke des Sheriffs an.

Rio Ricondo wurde von einem grässlichen Hagelschlag erschüttert. Doppeltschweres Rotwild-Postenschrot löste sich aus Flintenläufen. Mörderisch, verletzend und versehrend. Die Mexikaner niedermähend und zu Menudo-Suppe mit Filmstreifchen zermanschend.

Panik. Totales Tohuwabohu.

Ich rannte auf Randys Ranch zu. Ich drängte mich durch die Crew. Ich warf Kameras um und stolperte in Scheinwerfer. Ich stieß Jack Webb zur Seite. Ich rammte Randy und Rob. Ich streifte Bühnenarbeiter und warf sie flach ins Gras.

Ich sah einen Parkplatz. Ich rannte an den Packards und Pontiacs vorbei. Ich machte einen Umweg um die Daimler und Dodge-Coupés. Ich sprang auf den Hintersitz von Chauvi-Jacks Jaguar.

Ich kroch unter ein paar Zeitungen. Ich betete feige und flehte Christus um Hilfe an. Die Zündung zündete. Der Jaguar fuhr ruckartig los. Angsthasen-Jack ließ die Reifen quietschen und ratterte rasend schnell einen Rosenkranz herunter.

Der Jaguar blieb stecken. Jack schaffte es mit Ächzen und Würgen aus Rio Ricondo raus. Ich griff nach einem Wagenheberschlüssel. Ich versah Jacks Bürstenschnitt mit einem scharfen Scheitel. Sein Schädel krachte. Ich kroch auf den Vordersitz. Ich riss das Steuerrad rum, trat auf die Bremse und griff in den Schalthebel. Ich fuhr den Jaguar in den Straßengraben.

Jack war im vorderen Seitenfenster eingequetscht. Er

schniefte. Aus seiner Nase tropfte Schleim. Mit Blut gemischt. Sein Skalp war bis zum Knochen aufgeplatzt.

»Rede, Daddy-o«, drohte ich. »Und dass du mir alles sagst.«

Jack stammelte. »Dahinter steckt der Scheißkerl Parker. Er betreibt diesen verdrehten Plan seit 1954. Er glaubt, der Penner-Blockade-Schwachsinn wird ein Schlager. Er will damit um die Macht kämpfen. Er hat Schweinigeleien über Taylor und Scott auf Lager. Sie haben die Tucke gebumst, die du umgebracht hast. Parker hat sie zum Mitmachen gezwungen. Er will Bill Knowland und Goody Knight aus dem Amt drängen und Taylor und Scott als Gouverneur und Senator einsetzen. Er glaubt, die Wähler wünschen Helden. Erst wollte er Ronnie Reagan, aber der Knilch ist viel zu langweilig und zu sauber, als dass man ihn erpressen könnte.«

Ich versetzte Jack eins ins Gemächte. »Was ist Parkers Lieblings- Sünde? Der kranke Wichser muss doch eine Schwäche haben.«

Jack lachte böse. »Er hat keine, du elender Parasit, und deswegen kannst du ihm auch nichts anhaben.«

4.

Ich war metaphysisch geschafft. Keine vulgären und eitlen Sünden.

Die Vorstellung zermarterte mir den Schädel. Das nagte und negierte an meinem Ego und fraß Löcher in die *Hush-Hush*-Ästhetik. Der Homo sapiens pflegt zu bumsen und zu quieken und seine miesesten Geheimnisse zu verstecken. Männer pflegen Hackfleisch aus ihren moralischen Vorsätzen zu machen und sich zunächst und vor allem von ihrem Schwanz leiten zu lassen. Von dieser rechtschaffenen Vorstellung konnte man mich nicht abbringen. Ich bot desillusionierenden Tratsch als Anti-Utopie an. Ich kreuzigte sündige Schlaumeier und setzte mir selber die Christuskrone auf. Das selbst gesetzte Mandat meiner Zeitschrift: die Wahrheit finden und triumphierend verkünden.

Ich vergrub mich im Hawkshaw Hotel in Hawthorne. Ich kippte mir Haarwasser hinter die Binde und drehte mithilfe von Benzedrin auf. Jack Webb war an einen Stuhl gekettet. Ich knallte ihn mit Rauschmitteln voll und machte ihn mir gefügig. Ich machte ihn heroinsüchtig und schloss ihn in einen Schrank.

Ich war fix und fertig. Ich musste mich von der Schwulen-Hatz lösen und ganz von unten anfangen. Ich musste die schwache Stelle von William H. Parker ausfindig machen.

Mein Hirn schmolz mir bis auf die Augenbrauen nieder. Meine Synapsen standen vor dem Siedepunkt. Zahllose Laster zerrten mich in ihren Bann.

Üble Verlockungen. Auf widerliche Weise fleischlich –

Da durchfuhr mich *Hush-Hush* ein Gedankenblitz.

Ruf bei Cal Conners an – dem pädophilen Lümmel bei Pacific Bell. Beschaff dir eine Liste mit Parkers Telefonanrufen,

Ich rief Cal an. Er fraß mir aus der Hand. Ich hatte ihm aus Problemen mit Snuff-Filmen rausgeholfen. Cal beschaffte sich die Anruflisten und rief per R-Gespräch zurück.

Er ratterte eine betäubend lange Latte von Namen und Zahlen runter. Bullen und Pathologen. Baufirmen und Kongressabgeordnete. Konservative Kolumnisten und nervöse Diktatoren in der Dominikanischen Republik. Ich geriet ins Träumen. Ich döste. Ich leckte mir die Lippen und schnipste mir die Läuse von den Eiern.

»Das Beste hab ich für zuletzt aufgehoben«, sagte Cal. »Parker hat in den letzten zwei Jahren vierunddreißigmal bei Minnie Roberts Casbah angerufen.«

Die Casbah – ein cooles Mohrinnen-Bordell in Compton. Ein

Sepia-Sündenpfuhl. Jungel-Jazz und Jive. Das Stelldichein der Rassenmischer. Man-o-Manischewitz – das Mekka der Tintentaucherinnentaucher!

Bim, bam, Bingo – jetzt passte ALLES.

Pat Brown verlustierte sich in der Casbah. Klarer Fall – *Confidential* hatte Pat mit zwei Kongo-Schönen erwischt. Juni 1955 – Demokrat führt Intimdebatte mit dunklen Bräuten.

Ooooooooh, Daddy-o! Ich war wieder aufs Widerlich-Schönste obenauf!

In der Casbah ging es nachts hoch her. Zehn Einbett-Klitschen über einer siedend heißen Kleinfabrik.

Ich spazierte im hellen Tageslicht hindurch. Laszive Latinas schnitten auf langen Latexwebstühlen Kondome zurecht. Ich schlich mich in den oberen Stock. Ich schaute bei Minnies Büro vorbei. Ich machte mir den Hausmeister mit einer großen Packung Marihuana gefügig. Er öffnete das Büro und ließ mich allein.

Ich nahm den Schreibtisch auseinander. Ich kippte die Schubladen und leerte die Fächer. Keine spannenden Verzeichnisse, keine Hefte, keine Listen.

Ich hob den Bodenteppich ab. Fliegen hockten auf einem flachen Safe. Ich drehte am Knopf und spürte Zahlen. Ich kombinierte die Kombination.

Ich drehte den Hebel. Ich griff tief in den Safe und holte ein Heft raus. Ich blätterte es durch und stieß auf Pat B. und Bill Parker.

Minnie Roberts schrieb rachsüchtige Notizen. Sie machte sich über Pat Brown lustig. Sie parodierte Parker.

Pat fickte hochklassige Milchkaffeebraune. Pat politisierte beim Ficken. Pat berichtete den zwei kühnen Quadronen Polly und Pauline von seinen Plänen. Pat sprach zu viel. Parker nutzte dessen Schwäche aus. Parkers Schläger hatten Minnie in die Mangel genommen. Sie hatten Minnie zu Müsli zermanscht. Parkers Schläger hatten Pats Zimmer mit Wanzen versehen. Parker überwachte Pats Ergüsse und belauschte dessen Pläne. Eine böse Stenografin stand daneben und schrieb mit. Pat kam ins Schwärmen und plauderte die geplante Privatuntersuchung des LAPD aus. Parker blies sich die Backen auf und notierte Daten. Er dachte sich seinen doofen Heldenplan aus. Er wollte Politiker lancieren. Er suchte sich verkommene Filmstars aus, die er ruchlos erpresste. *Penner-Blockade* – unbezahlbare Propaganda. Starrollen für zwei warme Hengste, die für den Gouverneurssitz und den Senat bestimmt waren.

Einen Eintrag ließ ich mir auf der Zunge zergehen. Ping – Pat fickt Polly heute um 20:00.

Ich machte mich an die Arbeit. Ich teilte ein bisschen Stoff mit dem Hausmeister und sicherte mir seine Unterstützung.

Ich warf mit Werkzeugen um mich und trieb Gänge durch Termitenbauten und zog Kabel durch Mauern. Ich verdrahtete Pats Zimmer neu und legte eine direkte Echoleitung zu Parker zurück. Ich führte die Kabel in einem unaufgeräumten Werkstattschuppen zusammen. Ich verband sie mit einem Hi-Fi-Verstärker und rüstete ihn mit meinen eigenen Lautsprechern aus. Ich konnte entzückte Ausrufe aus beiden Räumen hören und in beide Räume schicken. Ich konnte kühnen Muts auf Sendung gehen.

Danny Getchell. Der dämonische DJ auf Radio K-FUCK – im Begriff, der Geschichte in den Arm zu fallen.

Ich lag auf der Lauer. Ich verkroch mich hinter meinen heißen Kopfhörern. Ich massakrierte mich mit Marihuana und hielt meine Polaroid aufnahmebereit.

19:10, 20, 30, 40 – 19:59.

Lautsprecher Nr. 2 schaltete sich stotternd ein. Pat Brown, keuchend: »Wie ich diese gottverdammten Treppen hasse.«

Polly, Pat freundlich aufziehend: »Nicht jammern, Baby. Verpass mir lieber eine Dosis demokratischer Liebe.«

Pat wollte vor Lachen platzen. Huren-Humor – ha! ha! Lautsprecher Nr. 1 schaltete sich ein. Boss Bill Parker: »Mach mir den Hosenlatz auf – der Hurensohn ist bereits beim Schwatzen!«

Du heiliger Ständer! Den Hass musste man gehört haben – mit deutlich homoerotischem Unterton!

Lautsprecher Nr. 2 keuchte. Die Stenografin stammelte: »Er ist in Ihren Unterhosen eingeklemmt. Sie sollten Boxer-Shorts tragen. Jockeys sind was für kleine Jungs.«

Lautsprecher Nr. 2 krächzte. Die schmollende Polly: »Komm schon, Pat. Besorg's mir.«

Lautsprecher Nr. 1 – mit klebriger Statik. Parker, enerviert: »Nun kriegen Sie ihn endlich zu fassen und sagen mir, wie groß er ist, oder Sie können Ihre Beförderung zum Sergeant vergessen.«

Die Stenografin, stammelnd: »Ist deeeeeer aber groß. Ein Kopf wie ein Nazihelm.«

Lautsprecher Nr. 2 – scharf und klar. Der leidenschaftliche Pat: »Runter mit den Klamotten. Ich will ein politisches Gespräch führen.« Die politisch gewitzte Polly: »Sag mir was Schlimmes über Parker. Du weißt, dass den alle Farbigen auf dem Kieker haben.«

Lautsprecher Nr. 1 knackte laut. Parker – keuchend, mit begrapschtem Gemächte: »Schneller, gleich kommt er zur schönen Stelle.«

Die Stenografin – die allmählich *mir* einheizte: »Du bist größer als Jack Webb. Du bist größer als mein Mann und alle Negermänner. Scheiße, jetzt ist er mir wieder aus der Hand gerutscht.«

Pat Brown – prophetisch exakt: »Parker kriegt ihn weder für Mann, Frau noch Tier hoch. Er soll bestückt sein wie weiland Napoleon. Wenn man den in der Pathologie auseinandernimmt, werden sie das Teil nie finden.«

Bill Parker – auf schmierigem Selbsthass surfend: »Jesus, gleich bin ich so weit!«

Ich zupfte an meinen Kabeln. Ich schloss Verbindungen kurz. Ich stellte auf gegenseitige Echowirkung und schickte Klang in beide Zimmer. Ich griff nach meiner Polaroid und rannte los.

Ich hastete durch den Flur. Ich trat beide Türen aus den Angeln. Um in Pats Stammzimmer einen flotten Vierer zu überraschen.

Dem blanken Pat schlotterten die Beine. Parker waren die Hosen in die Kniekehlen gerutscht. Polly war splitternackt und entzückend milchkaffeebraun. Die gut gebaute Stenografin starrte sie an – voll sapphischer Gier.

Ich schoss ein perfektes Polaroid. Meine Versicherung gegen Schaden an Leib und Leben. Ich habe das Bild bei einem Burgerstand am Beverly Boulevard, Ecke Berendo, vergraben.

Parker und Pat schlossen einen Pakt und hörten mit ihrer sündigen Symbiose auf. Die Republikaner schickten Knowland und Knight ins Rennen. Die erdrutschartig verloren. Pat Brown zerriss Knowland in der Luft und holte sich den Gouverneursposten. Parker strich die Penner-Blockade von seiner dämonischen Tanzkarte. Randy und Rob gingen weiter auf Hinternjagd und hielten sich von der Politik fern. In Hush-Hush *waren sie keine homerischen Helden.*

Ronald Reagan bewarb sich als Gouverneur. Er machte Kleinholz aus Amtsinhaber Pat Brown. Reagan regierte als unser vierzigster Präsident und zog sich auf eine Ranch wie Rio Ricondo zurück.

Allfällige schlimme Schlussfolgerungen bleiben dem Leser überlassen.

Teil 2

Rick liebt Donna

Fickabsteige in Hollywood

1.

Ich bin bei einem sinnlosen Schusswechsel zu Tode gekommen. Andere fielen vor mir. Dies ist ihnen gewidmet.

Meine Beförderungs-Überstellung traf ein – von der Hollywood-Streife zur Hollywood-Mordkommission. Holly*wild* – anal vergewaltigte Durchbrenner, Kokain-Killerinnen, Tuntenleichenfunde. Ich war einunddreißig. Ich hatte vier Jahre Streik hinter mir. Ich steckte voller Testosteron und hehrer Absichten. Man schrieb Herbst 1983. Ray-Gun, die strahlende Kanone, war Präsident. Gates war Police Chief. *Stahlnetz* wurde *immer noch* wiederholt. O.J. war ein Westside-Edelneger. Rodney King ein Kannibale aus der Schwarzenstadt. Das LAPD war King!!!!!

Russ Kuster leitete die Mordkommission Hollywood. Er ließ sich von keinem ans Bein pinkeln, kroch keinem in den Arsch und kam jeden Abend über Erstklass-Bourbon ins Sinnieren. Er stand auf Reuben's, das Firefley und den Hilltop Hungarian. Hollywood hemmte ihn ein. Er war ein schlichter Mensch. Er hatte eine Wohnung in Cahuenga. Das Schlachtfeld seiner Rosenkriege. Sie stritten wegen seiner Weiber und seiner übermäßigen Arbeitslast.

Ich schnappte mir Russ im Wachzimmer. Er besah meine »Rhino«-Klamotten. Ich stehe auf »Rhinos« – auf Rhinozerosse und auf die gleichnamigen Funkelsteine. Ich habe einen funkelsteinbesetzten Pistolengürtel und funkelsteinbesetzte Stiefel. Mein funkelsteinbesetzter Bettüberwurf macht die Frauen an. Einmal habe ich ein Rhinozeros gefickt. Ein Straßenkrimineller hatte mir ein Haschisch-Brownie angedreht. Worauf ich mit den Trans-Zulu Airways nach Zimbabwe flog. Es war *schöööööön.*

»Du siehst aus wie ein Scheiß-Zuhälter«, sagte Russ. »Vielleicht kannst du dich hier nützlich machen.«

»Und ob ich das will, Boss. Wobei ich denke, dass sich eine schicke Erscheinung auf der Straße immer gut macht.«

Russ nickte. Er hatte nikotinversehrte Zähne, die bis auf die Stumpen runter waren. Er wirkte gestresst und erschöpft.

Er zündete sich eine Zigarette an. »Dein Partner ist Tom Ludlow. Der bekannte Telefonbuch-Tom.« Er hat alte Gelbe Seiten mit 22 Abschüssen drauf. Was zwar gegen die Vorschriften verstößt, aber zu Geständnissen verhilft. Ich sage nicht, tut's, und ich sage nicht, tut's nicht. Ich sage bloß, dass es was bringt, und ich will Ergebnisse, und wenn du die nicht lieferst, arbeitest du mit Scheiß-Proktologen-Gummihandschuhen Stärke drei im AIDS-Wagen. Hast du je ein AIDS-Opfer aufgefunden?

»Nein, Boss.«

»Denen fallen Arme und Beine ab. Mach hier einen guten Job, dann brauchst du's nicht zu erfahren.«

Ich schlug die Absätze zusammen. Russ stand auf *Wehrmacht*-Protokoll. Mein Funkelstein-Pistolengürtel schepperte.

»Wir brauchen eine Fickabsteige«, sagte Russ. »Wir sind vierzehn verheiratete Polizisten, die irgendwo ihre Partys und ihre Mittagspause verbringen müssen. Wir brauchen fünf Schlafzimmer für maximal 100 Dollar.«

Ich lachte. »Eine Slum-Absteige ist doppelt so teuer.«

Russ lächelte. »Ich verlass mich gern auf Fantasie oder Zwang.

Nur Umbringen ist nicht drin. Die alte Oma, die die Burschen in Newton umgelegt haben, macht uns immer noch zu schaffen.«

Hollywood. Heimat der Schickimickis, der Hinterfotzer und der Transis. Seit 78 mein Revier. Ich kannte jedes Crackpfeifen-Versteck. Ich hatte ein Jahr in Harbor gearbeitet und war reumütig heimgekehrt. Ich kannte die Nutten, die Homos, die Überfallspezialisten. Methadonsüchtige machten vor mir Männchen. Gleitmittel-Cowboys versuchten, mir in den Arsch zu kriechen. Mein Polizeischlitten besaß eine funkelsteinbesetzte Außenhupe. Illegal, aber wirksam. Sie glitzerte wie ein priapisches Prisma.

Ich klapperte die Stundenabsteigen am Sunset ab. Keine Fünfzimmerwohnungen, dafür Ratten wie Rodan und Betttücher, die vor Staphylokokken standen. Ich fuhr über die Highland Avenue nach Süden. Dave Slatkin leitete das LAPD-Tierheim. Ein ehemaliger Drogenschuppen. Der von ein paar Macho-Lesben betrieben wurde. Wir hatten sie wegen verbotenem Rauschmittelbesteck hops und den Laden in Beschlag genommen.

Ich parkte und ging rein. Hunde lümmelten sich auf konfiszierten Sofas. Eine depressive Dogge knurrte. Ein bösartiger Bullterrier zeigte mir die Zähne. Das Tierheim war Daves Leidenschaft und ein LAPD-Trick. Wir lassen Methedrin-Laboratorien hochgehen und retten die Wachhunde. Dave streichelt und umschmeichelt sie. Wir richten sie dazu ab, Einbrecher umzubringen, und verschaffen ihnen ein gutes Zuhause. Sie tragen *Train-To-Kill*-Brustplaketten – »zum Töten abgerichtet«.

Dave knutschte mit einem gelben Pitbull. »Macht es Jane nichts aus, dass du Flöhe nach Hause bringst?«, fragte ich.

»Sie trägt ein schwarzes Schmuck-Flohhalsband. Geiles Zeug.«

Ich gähnte. Ein Dogo Argentino pinkelte mir auf die Schuhe.

»Russ Kuster hat einen Job für dich. Ich soll eine Fickabsteige suchen. Er will, dass du einige Vorzugsgefangene organisierst und den Laden auf Vordermann bringst.«

Dave schnalzte mit der Zunge. »Was du nicht sagst. Fünf Schlafzimmer für einen Hunderter im Monat.«

»Mehr ist nicht drin. Weißt du –«

»Es gibt ein paar üble Klitschen bei Tamarind nördlich der Franklin-Avenue. Mit Junkies als Hausbesetzern, das Letzte. Kennst du Harry Pennell?«

»Nein.«

»Er arbeitet bei der Whilshire-Streife. Er ist schwarz und hat eine Abzocknummer drauf. Er versucht, eine Wohnung im piekfeinen Brentwood zu mieten. Zwei Stunden nachdem man ihm mitgeteilt hat, man habe keine Wohnung frei, schickt er einen nett aussehenden weißen Bullen vorbei. Eine reine Goldgrube. Sobald der weiße Bulle seinen Vertrag hat, erscheint Harry und hält die Hand auf.«

»Hat er Zeit für mich –«

»Ich werde ihm ausrichten, er solle in einer Stunde an der Tamarind Avenue, Ecke Franklin sein.«

Der Hund beschnüffelte mir den Schritt. Und bekam einen mächtigen Steifen. Ich schubste das Vieh weg.

»Was Russ betrifft, kannst du den Laden forensisch untersuchen. Das bringe zwar nichts, aber an ihm solle es nicht scheitern.«

Dave seufzte. »Ich kenne mich in der Hollywood-Geschichte aus. Russ nicht. In derartigen Häusern wurden in den Fünfzigerjahren Abtreibungsklitschen betrieben. Ich bring ein bisschen Luminol mit und kann bestimmt Blut nachweisen.«

»Viel Spaß. Ich hab heute Abend Dienst bei einem Drehtermin an der Police Academy.«

»Ein Spielfilm?«

»Irgendwas mit Fernsehen. Zwei Jungpolizisten, die aufeinander fliegen. Beide sind mit höheren Polizeichargen verheiratet. Der Kommandant des jungen Polizisten versucht die junge Polizistin flachzulegen. Sie lässt den alten Bock abblitzen.«

Dave bohrte sich in der Nase. Der Hund schnappte den Popel auf. »Was gibst du den Viechern zu fressen?«, wollte ich wissen.

»Anständiges Futter«, sagte Dave. »Heute gibt's gefüllte Paprika und Rauchwurst.«

Der Bullterrier lief einen fahren. Ich machte, dass ich wegkam.

Harry Pennell war fett. Er trug einen grünen Trainingsanzug und hatte eine purpurrote Zeitungsverkäufermütze auf dem breiten Afro sitzen. Er war mit einem »Bringt-die-Bullenschweine-um«-Button versehen. Die Waffe und das Polizeiabzeichen hatte er in seinen Zuhälterstiefeln stecken.

Harry bramarbasierte *bravissimo.* Er war Eigentümer einer Autowaschanlage, einer AIDS-Testklinik und einer Lesbenbar namens »Knusperkiste«. Er war Eigentümer zweier Textilklitschen mit illegalen Mexikanern, dreier rollender Imbissstände und von sechs Transi-Nutten auf Abruf. Er konnte sich »ziemlich schrille Nummern« leisten. Er besaß einen »bemerkenswerten« Fick-Film. Man stelle sich vor: Die Frau eines Deputy-Chiefs, die es in »Klaras Kammmuschelklub« einer Parkmeter-Maid mit dem Mund besorgte.

Harry entwarf einen Aktionsplan. 1.) Er betritt die Wohnung. 2.) Er weist eine Geldrolle vor. 3.) Er erzählt von seinen »Weibern« und seinen Partys rund um die Uhr. 4.) Die Wohnung ist ab sofort nicht mehr frei.

Ich erscheine. Ich erzähle von meinen guten Verbindungen zum Klan und zur Polizei. Verweise bedeutsam auf schwarze Vergewaltiger, Messerkämpfer und Einbruchspezialisten. Ich betone die *gute* Nachricht: jede Menge Bullen rund um die Uhr. Und die *schlechte*: fünf Schlafzimmer/maximal ein Hunderter im Monat.

Wir machten acht Versuche. Achtmal ging die Klappe hoch. Harry lächelte. Achtmal fiel die Klappe runter. Doch beim achten Mal wurde innegehalten. Eine sauertöpfische Alte machte einen Spalt breit auf. Harry kam bis zu »Stall« und »Superweibern«. Die Tür fiel ins Schloss. Darauf erschien ich mit meinen Funkelsteinen. Ich wies der Alten mein Polizeiabzeichen vor. Ich erzählte von der »Schwarzen Verbrechenswelle«. Sie sagte: »Ich will Taten sehen. Vier Nichtsnutze sind mit der Miete im Rückstand. Wenn Sie mir die vom Hals schaffen, ohne dass ich Ärger mit Schreibkram habe, sähe ich mich gezwungen, Ihr Angebot anzunehmen.«

Ich ging dem Geruch nach. Verbrannte Streichhölzer/Crack-Pfeifen-Äther/ungewaschener Mensch. Ich ging zwei Korridore nach oben. Auf einem Treppenabsatz lauerte ein Pitbull. Er knurrte drohend. Ich warf ihm mein Mittagessen zu. Fritos und zwei Schokoriegel. Die er verschlang. Ich stieg über ihn hinweg und folgte dem Gestank.

Eine Tür. Die ich einzutreten beschloss.

Gedacht, getan. Drei sortentypische Neonazis mit Igelhaarschnitt. Gesamtgewicht: 75 Kilogramm. Geschlecht: schwer bestimmbar. Crack-Pfeifen in allen Varianten. Crackies, die im siebten Crackhimmel schwebten.

Das Fenster stand offen. Mit schönen Rosenbüschen darunter.

Ich schmiss sie raus. Lauter Leichtfliegengewichte. Sie fielen weich auf die Rosenbüsche. Die Dornen schnitten ihnen neue Tattoos. Das Grünzeug dämpfte ihren Fall.

Wir bekamen die Wohnung. Mein rassistisches Gelabere half. Ich erfand den »Neger-Nabob«, den »Neger-Handtaschen-Nepper«, den »Rabenschwarzen Gotteslästerer« und den »Sepia-Sukkubus«. Oma war einverstanden: fünf Schlafzimmer/ein Hunni im Monat. Jede Menge Bullen/Zugang rund um die Uhr/lautes Benehmen zulässig – Jungs sind Jungs.

Oma zeigte mir das Haus. Dreistöckig, verzogene Holztäfelung und verdrehte Balkendecken, Schlafzimmer, die von Korridoren abgehen. Im Parterre eine Hi-Fi-Anlage mit Lawrence Welk und Mantovani.

Es passte *bestens*. Dicke Wände, jeder Raum mit eigener Privatsphäre. Dave hatte mich gewarnt: Harry pflegte Wandkameras zu installieren und Infrarot-Bilder fürs *Bushman*-Magazin zu schießen. Ich erklärte Dave, ich würde Harry dafür zum Schein als »schwarzen Schnallen-Schnapper« hochgehen lassen.

Ich überprüfte die Wände und die Decke. Vielleicht hatte Dave recht – vielleicht waren die dunklen Flecken altes Blut. Was Hollywood-Verbrechen anging, *kannte* Dave sich aus. Dave bestand darauf: Südlich des Sunset-Boulevard und nördlich der Franklin- Avenue war das Böse zu Hause. Er überprüfte leidenschaftlich gern alte Häuser. Manchmal hatte er Visionen. Kein psychedelischer Scheiß. Mehr im Sinne von Jammern, Klagen, Seufzern und Stöhnen. Ich gestehe es nur ungern ein, aber bei meinen Funkelsteinen: Dave hat so was wie das zweite Gesicht. Er ist ein dämonischer Hundeanbeter. Er ist ein wehrhafter Visionär. Er säubert Absteigen für Russ Kuster. Doch dahinter steckt Absicht. Er ist fünf Jahre länger im Dienst als ich. Er will in die Mordkommission Hollywood. Er hat zwei Master Degrees, Visionen, kennt die psychosexuelle seismografische Geschichte von L.A. – vielleicht erreicht er sein Ziel *baaaaald*.

Ich griff mir den Pitbull und lud ihn zum Essen ein. Wir teilten drei Okinawa Pastrami Burritos mit Hotdogwürstchen. Ich ließ den Hund bei Dave zurück. Es war Liebe auf den ersten Biss. Er nagte Daves Polizeiprügel an. Dave schenkte ihn dem Pit als Kauspielzeug. Dave legte ihm einen intravenösen Tropf. Der Schlauch führte dem Tier Rinderbrühe und Hundemedikamente zu. Ich erwähnte die Blutflecken. Dave sagte, er werde ein paar Vorzugsgefangene organisieren und die Absteige forensisch untersuchen.

»Ich habe Visionen, Rick. Ich sehe einen großen Burschen mit Zahnlücken aus den 50ern. Ich hab das Gefühl, dass er ziemlich unbekannt ist. Er wird in keinem Computerprogramm zu finden sein. Ich werde möglicherweise ins *Times*-Archiv gehen müssen.«

Ich gähnte. »Hab ich heute Nacht Dienst?«

»Die weibliche Hauptdarstellerin soll eine scharfe Biene sein.«

»Hast du eine Vision, dass ich bei ihr landen kann?«

»Offen gesagt«, antwortete Dave, »nein.«

Hollywood verursachte *mir* Hemmungen. Ich bin ein schlichter Mensch. Ich mied Simi Valley. Ich gehörte ins Orange County. Frei nach Russ Kusters Motto: Dreh deine Runden, mach dir über deinen Nächsten nichts vor und nimm ihn bei Bedarf fest.

Ich wohnte an einem pseudoägyptischen Innenhof. Ich mochte die Lage. Ich pflegte in der John-C.-Fremont-Stadtbibliothek zu lesen. Ich wohnte in der Nähe von Harvey Glatmans tödlichem Fotostudio. Dave Slatkin hatte Glatman-Visionen. Die Parapsychologie-Forscher früh erstaunt hatten. Dave wohnte damals im hintersten Wisconsin. Er war gerade vier Jahre alt. L.A.-Visionen trieben ihn nach Westen und beriefen ihn zum Polizisten. Er verband alte Übeltaten mit heute noch bestehenden Baulichkeiten. Polizisten sind von Natur aus skeptisch. Dave stellte diesen Skeptizismus in Frage. Dave fand hinter dem Hollywood Ranch Market Barbara Grahams Spritzenbesteck. Dave fand in einem Ventilationsschacht von Owl Drugs Präser-Quittungen der

»Schwarzen Dahlie«. Hollywood ist der Schöpfer morbider Mythen. Warum anderswo arbeiten?

Und, man denke:

Ich entwickle heftige Liebesgefühle für DIE FRAU. Das weiß ich bestimmt. Sie wird keine abgenudelte Hollywood-Insiderin sein. Sie wird gleich spüren, mit wem sie's zu tun hat.

Gleißende Scheinwerfer in der Dämmerung. Eine täuschend echte Tagstimmung in der Nacht. Das Gebäude der Police Academy hell ausgeleuchtet.

Das Hauptgebäude/der Parkplatz/der Fitnessbereich. Die Elysian Park Hills. Schluchten, Klüfte, Bäche und Wege, die sich den Berg hinaufwinden. Die Hills pflegten Tunten magnetisch anzuziehen. Hier konnten sie bösartige männliche Autorität brühwarm miterleben. Und sich nach Belieben mit Selbsthass volltanken. Die Schwuchteln trieben es in geparkten Autos in allernächster Nähe der Polizeilehrstätte.

Heute Nacht waren wir tuntenfrei. Die Lichter führten nach Osten zur Chinatown und zum Sunset-Boulevard.

Ich trug meine Uniform. Ich hatte ein Walkie-Talkie dabei. Kein Auftritt für meine Funkelstein-Kluft. Ich suchte den Homo-Jagdgrund ab. Ich schleifte einen Abfallsack hinter mir her. Ich fand Noppen-Präser, Einmalgebrauchs-Vibratoren, Amylnitrat-Popper, Zündholzbriefchen aus S&M-Bars.

Die Scheinwerfer erloschen. Der Hügel wurde in scharfe Schlagschatten getaucht. Mein Walkie-Talkie piepte.

Ich nahm den Anruf entgegen: »Jenson.«

»Bobby Keck am Apparat. Sie haben die Hills abgedreht und leuchten die Bar aus. Komm rauf, dann stell ich dich den Schauspielern vor.«

Ich bestätigte und zog mir den Pistolengürtel hoch. Mein

Mini-Bauchansatz wölbte sich vor und wurde flach. Das LAPD mag schlanke Linien und klare Umrisse. Ich finde das homophil. Das verdirbt einem die Freude an schönen fetten Abendessen und Donut-Desserts.

Ich ging zur Bar. Bühnenarbeiter schleppten Kisten rum. Lichttechniker richteten Scheinwerfer ein. Ich sah zwei Zivis in Polizeiuniform. Den Mann erkannte ich.

Von der Familienverwandtschaft her. Der kahle Schädel, die Riesennase, der südliche Habitus. Er war seinen Eltern Louis Figueroa und Rosemary Collins aus dem Gesicht geschnitten.

Ich erinnerte mich an den Besetzungszettel. »Figueroa, Miguel D.« Die Frau drehte eine Pirouette und zeigte ihr Profil. Das musste sie sein: »Donahue, Donna W.«

Umwerfend: D für dämonisch. D für damenhaft. W für Weibsteufel und wunderbar.

Sie war klein. Sie hatte dunkles Haar und hurrikanverwehte Haselnussaugen. Der tief hängende Pistolengürtel stellte ihre Hüften deutlich zur Schau. Das Abzeichen verbarg ihre linke Brust und ließ pochende Herzschläge erahnen.

Ich ging rüber. Ich warf mich als Rhino-Funkelstein-Schwadroneur in Positur. Ich überdachte meine Feuergefechte und policecodekonformen § 211 Abschüsse. Ich hatte letztes Jahr einen rabiaten Vergewaltiger erledigt. Vielleicht konnte ich ihr mit aufgesetztem Feminismus imponieren.

Ich machte den Mund auf. Donna Donahue kam mir zuvor.

»Sind Sie ein echter Bulle oder ein Statist?«

»Ich habe Muhammed 6X, den berüchtigten Einbruch-Vergewaltiger, erschossen«, gab ich bekannt. »Ich hab zwei Mexen – will sagen, ›illegal eingewanderte Mexiko-Amerikaner‹ – während eines kühnen Kugelwechsels auf Kurzdistanz in Taco Tom's am Hollywood-Boulevard, Ecke Western, umgelegt.«

»Wow«, sagte Miguel Figueroa. Er starrte Donna Donahue an wie eine hungrige Schlange.

Ihr Herzschlag hämmerte. Ihre linke Brust zuckte. Ihr Polizeiabzeichen hüpfte und zitterte.

Mein Nashorn wurde steif. Figueroa starrte mich an. »Ich hab mal für Ihre Mutter geschwärmt«, sagte ich. »In den Sechzigerjahren war sie mein großes Idol.«

Figueroa lachte. »Vielleicht sind Sie mein Vati.«

»Was haben die Diebe bei Taco Tom gestohlen?«, fragte Donna.

Ich stellte die Schultern breit und zog den Bauch ein. Mein Gürtel erschlaffte, und mein Hosenschlitz verlor an Spannung. Er wölbte sich nach außen und rutschte auf. Meine Jockey Shorts wurden sichtbar. Die mit dem Burger-King-Werbespruch: »Heimat des Whopper«.

Figueroa grunzte. Donna schlug die Augen nieder. Dann hob sie ihre haselnussbraunen Augen zu meinen blauen empor.

»Was haben die Räuber bei Taco Tom gestohlen?«

Ich lächelte. »Neun Dollar und ein Burrito-Blech. An dem sie sich die Finger verbrannten, worauf sie es fallen ließen.«

Donna stand der Mund offen. »Und *dafür* haben Sie sie *erschossen.*«

Ich zwinkerte ihr zu. »Sie wollten auch die Chimichangas und die Quesadillas mitnehmen. Ich musste den Anfängen wehren.«

Donna lachte schallend. Figueroa schnalzte mit der Zunge. Ich zog *rapidamente* meinen Hosenschlitz zu. Ein mit Megafon versehener Herr näherte sich. Er sah ganz nach Regisseur aus.

»Officer Jenson hat beim berühmten Taco-Tom-Überfall zwei Cholos umgenietet«, sagte Figueroa.

Der Regisseur verzog das Gesicht. »Amnesty International hat den Schusswechsel verurteilt. Die beiden Räuber hatten zusammen zwölf Kinder.«

Ich verzog das Gesicht. »Die Gesellschaft für Empfängnisverhütung hat mir ein Ehrendiplom zuerkannt. Außerdem habe ich sie in den Rücken geschossen.«

Donna lächelte. Jeder Blick von ihr ließ mein Herz höherschlagen.

»Sie halten sich wohl für einen hartgesottenen Burschen, nicht?«, bemerkte der Regisseur.

Ich zwinkerte ihm zu. »Richtig, mein Sohn.«

Figueroa zwinkerte mir zu. »Nehmen Sie's nicht persönlich. Zu mir hat er auch ein väterliches Verhältnis entwickelt.«

Der Regisseur *kooooochte.* »Los jetzt. Wir drehen die Szene im Polizeiwagen.« Donna und Figueroa gingen. Donna winkte im Gehen mit den Fingern über die Schulter. Ich warf ihrem Rücken eine Kusshand zu.

Ein Produktionsmitarbeiter reichte mir einen Kopfhörer. Damit war ich beim Polizeiwagen zugeschaltet. Donna und Figueroa spielen ein Liebespaar, das zusammen Streife fährt. Sie knutschen in ihrem Streifenwagen. Sie sind mit Deputy Chiefs verheiratet. Was schiefgehen muss.

Ich zog mir den Kopfhörer über und hing in der Lounge rum. Und schon ging's los: Knacken, Störgeräusch, Radioklänge. Der Regisseur: »Probieren wir, Kinder.«

Ein Scheinwerfer leuchtete auf. Schimmernder Nebel wehte über den Hügel. Schwuchtel-Alarm: Arschficker im siebten Hintersitzhimmel. Sie bringen die Wagen zum Tanzen. Sie reißen Auspufftöpfe ab. Sie zerdeppern Stoßdämpfer.

Mein Kopfhörer rauschte statisch auf, dann wurde er klar.

Donna: »Nimm gefälligst deine Zunge aus meinem Mund, du Mistkerl.«

Figueroa: »Hab dich nicht so, Baby. Das entspricht der Stanislawski-Methode. Hab ich am Actor's Studio gelernt.«

Donna: »Wie der Vater, so der Sohn. Dein Alter hat es in ›Hawaii Fünf-Null‹ bei mir probiert.«

Figueroa, charmant nölend: »Er hat mir alles beigebracht, was ich kann. Die Schauspielkunst, Kultur; Musik. Dann hat er meine Freundinnen entdeckt und sie mir alle weggeschnappt.«

Selbstmitleid und Gejammere – die Stanislawski-Standardnummer.

Donna: »Er soll bestückt sein wie ein Maultier.«

Figueroa: »Wie der große Burrito bei Taco Tom's, Baby. ›Halten Sie sich ans Original.‹«

Donna: »Ich ruf ihn an. ›Sag mal, Luis, wie kommt es, dass du die scharfe Nummer mit Rosemary Collins vor meiner Geburt abgezogen hast und meine Theorie bestätigst, dass Größe stets eine Generation überspringt?‹«

Miguel: »Aber nein, Baby. Die nimmt zu. *El chorizo molto grande por amor.*«

Ich hörte raschelnde Geräusche. Ich hörte einen Pistolengurt aufschnappen. Ich hörte einen Reißverschluss, der sich öffnete. Ich hörte Donna, eiskalt: »Von Chorizo zum Cocktailwürstchen in zwei Sekunden. Wie hat mein Vati gesagt – ›du gehst nach Hollywood, da kannst du so was brauchen‹.«

Ich konnte es mir vorstellen – ein Schweizer Offiziersmesser – mit Zangen, Ahlen und Schwanzverkleinerern. Figueroa: »Nicht reinschneiden, Baby. Ich bin darauf angewiesen. Scheiße, ich habe Migräne. Ich hab echt üble Anfälle.«

Donna, die laut bekannt gab: »Kümmert euch um diese Wagen. Ich komm mir vor wie in einem Drive-in-Kino ohne Leinwand.«

Figueroa, der stöhnte – ach, mein armer Kopf. Donna, gereizt: »Wie soll man vernünftig drehen können, wenn sich all die schwulen Caballeros verlustieren?«

Ich wusste, wie.

Der Hügel fiel in eine steile Schlucht ab. Hochfahren konnte man leicht. Die Wagen wanden sich über schlängelnde Zufahrtssträßchen und Naturwege nach oben. Nach unten ging es mühsam. Die Wagen nahmen Gras mit. Sie rissen Bäume um, während sie aneinanderstießen und die Schlucht zerschrammten. Große Schwulenrazzien ließen Wagen in die Schlucht stürzen. Worauf sie, von Müllkränzen begleitet, ins L.A.-Flussbett gespült wurden.

Ich rannte raus. Ich schrie: »Licht.« Zwei Dutzend Scheinwerfer tauchten den Hang in gleißende Helle. Ich ließ meinem inneren Rhinozeros freien Lauf und stürmte auf die Wagen los.

Ich schlug Autofenster mit dem Polizeiknüppel ein. Ich riss Handbremsen frei. Ich löste *Schwulius interruptus* aus. Ich hörte Jaulen, Juchzer, Jammern, Japser und Hilferufe. Wagen kamen ins Rutschen und schlitterten bergab. Wagen flogen am Streifenwagen der göttlichen Donna und des liebeslustigen Miguel vorbei.

Donna stieg aus. Donna sprang auf das Dach ihres Wagens. Sie sah Ramblers davonrollen und in die Schlucht stürzen. Sie sah Dodge Darts an Bäumen zerschellen und abwürgen. Ich schaute sie an. Sie schaute zu, wie die Schlucht zur Wagensammelstelle wurde. Sie hat hurrikanverwehte Haselnussaugen. Sie hat dunkles Haar mit Pagenschnitt. Sie steht fest auf beiden Beinen. Sie ist eine eng in LAPD-Wolle gehüllte Tigerin.

Miguel stieg aus. Er stand da und schaute zu, wie die Homos zur Hölle fuhren. Er schaute in die Schlucht. Ein Thunderbird stürzte rein. Vorderachsen lösten sich von Steuersäulen, trieben durchs Wasser und zogen leere Präserpackungen hinter sich her.

»Ein vergnüglicher Anblick«, stellte Miguel fest. »Wie hat Luis immer gesagt: Homos vergrößern den Pool zu fickender Frauen.‹«

Ich beobachtete Donna. Freudianisch vollkommen: *Das* erotische Innbild meines Lebens als POLIZISTIN.

Ein Bonneville schlug in der Schlucht auf. Ich hörte drei Schüsse. Ich sah einen Mann davonrennen.

Donna sprang von ihrem Wagen. »Der Scheinwerfer war auf ihn gerichtet«, sagte sie. »Ich habe mir seinen Anblick eingeprägt.«

Tuntentötung: eine Abart des HOMOcidus vulgaris, in Unterscheidung vom Mohrenmord. Tuntentötung und Mohrenmord – eine vergleichende Betrachtung.

Tunten brachten einander in Hollywild und Rampart um. *Der* Mord sah nach Panik und Selbsthass aus. Der Killer erlitt einen Anfall von Selbstekel. Sein Über-Ich verkündete: Du sollst keine Männer in lila Pontiacs ficken/du sollst überhaupt keine Männer ficken.

Tunten pflegten wie durchgedrehte Primadonnen zu töten. Auf und ab zu gehen. Zu rauchen. A la Joan Crawford, die allgemach die Beherrschung verliert. Die ein Messer greift. Die einundneunzigmal auf ihren Liebhaber einsticht. Tunten töteten des Bösen *zu viel*. Zu Tunten passte der Begriff »Vielfachverletzung«. Der treulose Dreckskerl ist tot. Da fühlt man sich doch gleich besser, nicht?

Mohrenmorde erfolgten unten in 77 und in Newton. Mohrenmorde erfolgten *rasch*. Willie schuldet Shondell zehn Piepen. Eine Würfelspiel-Schuld. Weißt du nicht mehr – wir haben hinter Muhammads Moschee Nr. 6 gespielt. Die Männer geben mehrere

»Motherfucker« von sich. Willie bekommt Langeweile und schießt als Erster. Wumm! Und Shondell überquert den tiefen Fluss Styx. Auf nach Mekka oder zu Mama oder in die himmlischen Schnapsläden. Wir gehen seinen Blutspuren nach. Er ist fast tot. Er sieht Sankt Peter. Sankt Peter, der Schlitz Malt Liquor trinkt und einen kleinen schicken Hut aufhat. Wir treffen ein. Und wollen wissen: »Wer hat dich umgebracht, Kamerad? Rasch raus mit der Sprache.« Worauf Shondell erklärt: »Willie X.« Worauf wir Willies schwarzen Arsch schnappen.

Auf dem Abhang war die Hölle los. Die Lichter lockten schmerbäuchige *Paparazzi* an. Rampart-Streifenpolizisten und Rampart-Detectives erschienen am Tatort. Ich erklärte, ich hätte die Lichter eingeschaltet, um herumlungernde Homos zu vertreiben. Exodus – lass mein Volk ziehen!

Die Polizisten suchten die Schlucht ab. Miguel beschrieb den Tatverdächtigen. Während er gegen seine Riesenmigräne ankämpfte. Meine *cabeza*, ach, Scheiße.

Donna hatte die beste Sicht gehabt. Sie erstellte mithilfe eines Zeichners und eines Spezialisten ein Phantombild. Besagter Tatverdächtiger: weiß, männlich, mager. Üble Pickel, miserables Gebiss.

Tatverdächtiger: unbekannt. Opfer: ein männlicher Weißer, im Wrack eingeklemmt. Wir gingen runter. Donna blieb in der Nähe. Wir schauten uns nach wartenden Zeugen um. Wir sahen keine.

Neun Wagen lagen am Boden der Schlucht. Augenzeugen waren nicht vorhanden. Sie rannten. Sie schwammen. Sie schnappten nach schwimmendem Müll und ließen sich auf Kartonflößen treiben.

Wir fanden den lila Pontiac. Der Todeswagen wirkte wie von

Liberace ausstaffiert. Weißes Interieur/schwellende Polster/lavendelduftende Liebeskugeln.

Der Tote lag bäuchlings auf dem Hintersitz. Aus der Arschspalte quoll Gleitmittel. Ein Polizist hob ihm den Kopf. Zahnsplitter und großkalibrige Kugeln flogen durch die Gegend.

Ein Polizist sah sich Miguel näher an. »Sie gleichen Louis Figueroa.«

»Mein Vater«, antwortete Miguel.

»Scheiß-Tuntentötung«, schimpfte ein Polizist.

»Die heißen alle Lance oder Jason«, warf ein anderer ein. »Noch bei jeder Tuntentötung, mit der ich's zu tun hatte.«

»Zehn Dollar, dass er anders heißt«, forderte Donna ihn auf. »Los, halten Sie die Wette.«

Ein Polizist zupfte die Brieftasche des Toten raus. Ein Polizist blätterte die Seiten um. Bingo – ein kalifornischer Fahrausweis/ Randall J. Kirst.

Der Polizist zahlte Donna aus. Ich schaute ihr in die Augen. Hurrikanlichter funkelten.

Ein Lautsprecher tönte: »Drehschluss! Das LAPD hat uns mitgeteilt, dass wir nicht weiterdrehen dürfen, bevor die Sauerei weggeräumt ist!«

Ich schaute Donna an. Donna schaute mich an. »Ich kann Sie fahren«, bot ich an.

»Ich fahre selbst«, entschied Donna.

Ich hing in der Academy rum. Auch Miguel versuchte die »Ich-fahr-dich-nach-Hause«-Nummer. Donna ließ ihn abblitzen. Ein Technikertrupp schaffte eine Winde ran. Man zog die Tuntenkutschen aus der Schlucht. Die Rampart-Knilche schrieben einen Bericht. Sinngemäß:

Randall J. Kirst, HOMOrdopfer. Pitschnasse Schwuchteln gesucht! Holen Sie Ihre Fickkutschen im LAPD-Depot ab! Lassen Sie sich wegen des Schwulenmords verhören! Wir entschuldigen uns wenig glaubhaft für den Auftritt von Detective Rick Jenson!«

Ich lungerte in der Bar rum. Die Fingerabdruck-Spezialisten arbeiteten draußen. Sie bestäubten den lila Pontiac. Ich fand ein paar Fotoporträts von Donna Donahue. Sie versetzten mich in Trance. Ein Gedanke ließ mich nicht mehr los.

»Die Zeugin braucht Schutz! Das LAPD schützt sie! Rund um die Uhr!«

Ja, aber:

Miguel Figueroa hat den Täter auch gesehen.

Ja, aber:

Die Fickabsteige hatte *fünf* Schlafzimmer.

Ja, aber:

Der Fall fiel unter die Zuständigkeit von Rampart. Ihre Jurisdiktion/ihr Job.

Ja, aber:

Russ Kuster hatte was zu melden. Die Rampart-Leute waren Russ was schuldig. Ich war Zeuge beim Mordfall.

Gute Chancen. Ich schnappte mir die Donna-Porträts und zog los.

Im Hilltop Hungarian Restaurant.

Eine strudelförmige Struktur auf dem Cahuenga Pass. Ein Gulasch-Gulag, das Letzte. Eine erbärmliche Zuflucht heimwehkranker Magyaren und Russ Kusters Lieblingsdenkstätte.

Ich fuhr hin und spazierte rein. Russ steckte rüsseltief in Schnaps. Sechs Paare schlürften Slibowitz. Ein Akkordeonist spielte für ein bisschen Kleingeld auf.

Russ sah mich. Er holte einen Barhocker her. Ich kletterte rauf.

»Sag nicht, du hättest die Fickabsteige gefunden.«

»Ich hab die Fickabsteige gefunden.«

»Sag nicht, du hättest uns an deinem ersten Tag in der Mordkommission Hollywood nicht katastrophal in die Kacke gekarrt.«

»Nunjaaaaa, da war ...«

Russ grinste. »Die Rampart-Ärsche haben bei mir angerufen. Du hast die Prüfung bestanden. Du hast das Bedürfnis verspürt, mir den von dir angerichteten Mist persönlich zu melden.«

Ich entspannte mich. Ich holte die Donna-Aufnahmen heraus. Ich breitete sie auf der Bar aus.

Augapfelwarnung – Russ schaute, fixierte und *gierte*.

»Sag nicht, sie sei die einzige Zeugin und habe Angst um ihr Leben. Sie habe zu viel gesehen. Der Killer will sie ausschalten, bevor sie aussagen kann. Sie *brauche* ein Zimmer in unserer Fickabsteige und würde sich entsprechend dankbar erweisen.«

»Nein«, sagte ich.

»Nein?«

»Nein, es gibt einen zweiten Zeugen, einen Mann, und die hat den Braten gleich gerochen.«

Russ zündete sich eine Zigarette an. »Der Mann ist eine Tunte, oder? Was hat der damit zu tun.«

Ich schüttelte den Kopf. »Er ist keine Tunte.«

»Was du nicht sagst. Er ist doch Schauspieler, oder?«

»Er ist eine Ausnahme. Vertrau mir wegen –«

»Okay, wir haben die tolle Biene und den einzigen nicht tuntigen Schauspieler der Welt und einen Schwuchtelmord in Rampart, der den Rampart-Leuten im Grunde ziemlich schnurz ist. Wir wollen ... wie heißt sie gleich?«

»Donna Donahue«, sagte ich.

»Richtig, die wollen wir als Gast, das heißt, dass du darauf angewiesen bist, dass ich in Rampart anrufe und uns den Fall verschaffe.«

Das Akkordeon quietschte misstönig auf. Bela Marko schnallte es sich um. Bela war Russ' schwarzes Schaf, sein Blitzableiter und persönlicher Hofnarr. Bela spielte grässlich Akkordeon. Bela klaute Trinkgelder vom Tisch. Bela ließ sich servieren und verschwand. Bela verkaufte Hasch auf dem Parkplatz. Russ gab ihm regelmäßig Saures.

Bela ließ eine misstönige Hymne ertönen. Bela fuchtelte mit dem Sammelbecher. Bela ging von Tisch zu Tisch.

Tisch eins: die kalte Schulter. Tisch zwei: ein Vierteldollar und ein Zehncentstück. Tisch drei: eine halb abgekaute Käsestange. Tisch vier – ein Lesbenduo – zwei Tritte in die Eier.

Bela schüttelte den Blasebalg. Bela ließ die Quetschkommode fallen. Bela stolperte raus und hielt sich die Hoden.

Russ lachte. Russ kippte einen Schnaps. Russ gab bekannt: »Donna Donahue gehört mir.«

Ich schüttelte den Kopf. »Das ist mein Fall, oder? Komm, ich bin Anfänger. Hier geht es um eine unerhebliche Tuntentötung.«

Russ nickte. »Richtig. An so was wird keiner ranwollen. Und jetzt schau mal in den Spiegel.«

Was ich tat. Ich sah mich. Ich sah Russ. Ich wandte mich ab. Russ riss mir den Kopf zurück.

»Schau uns an. Du siehst aus wie ein ausgelatschter Streifenpolizist mit schlechtem Sonnenschutz. Ich wie William Holden in *Sunset Boulevard*. Wenn du den Fall übernehmen willst, wenn du Donna Donahue rumführen möchtest, um ihr die Verdächtigengalerie und Taco Tom's und die Stelle, wo du Huey Muhammed 6X umgelegt hast, zu zeigen, soll's mir recht sein. Sobald sie im Zeugenversteck erscheint, werde ich sie mit Bourbon und Brahms erwarten.«

Ich stand auf. »Aber sag ihr auch«, bemerkte Russ, »dass du Huey die Schusswaffe erst nachträglich untergeschoben hast.«

Ich schlafe gern mit Hunden und denke über Frauen nach. Die Wärme nichtmenschlicher Lebewesen verhilft einem zu Einsichten und tieferem Verständnis. Donna Donahue verdiente den sensiblen Rick Jenson. Eine Nacht mit sechs Hunden würde meine grobe und rohe Seite abmildern. Richtig, ich hatte Huey X und die Garcia-Brüder umgenietet. Ich war *stolz* darauf – aber *Spaß* hatte es mir nicht gemacht. Donna musste den moralischen Unterschied begreifen.

Die Nacht mit den Hunden war ein Ritual.

Ich holte meinen Polizeiwagen. Ich fuhr beim Sombrero King vorbei und kaufte sechs Oki Pastrami Burritos. Ich schaltete den Polizeifunk ein. Ich gab Donnas Namen durch. Und bekam umgehend Antwort.

Donahue, Donna Welles. Braun/Braun, 1,58 m, 48 kg, geb.: 13.03.56.

Gute Daten. 27 zu meinen 31. Gute Westside-Adresse.

Das Essen und die Hunde kamen einer Segnung des Lebens gleich. Die Fahrt erweckte die Toten.

Ich fuhr über Carlos und Gower. Ich spürte den Geist des heimtückisch erschossenen Kollegen Ian Campbell. Ich hörte Dudelsäcke. Ich roch Zwiebeldunst und Kordit. Ich fuhr über Hollywood Sears. Hier war Officer Robert Cote gefallen. Ich sah arterielles Blut aufspritzen. Ich hörte das Aufbrechen der Morphium-Syretten.

Ich rannte zum Schuppen und nahm das Essen zur Hand. Knurren und Bellen ertönten von drinnen. Ich schloss die Tür auf, schaltete das Licht an und zählte die Hunde. Sechs, wie gehabt – den Pit Bull, den Dogo, den Bullterrier, einen Airedale, einen Australischen Schäferhund und Reggie, den Rhodesischen Ridgeback.

Zuerst kam das Fressen.

Ich fütterte sie einzeln. Ich beugte Hundekämpfen und Hundechaos vor. Jamjam! – gebratene Pastrami, gebratenes Kraut, gebratene Tortillas. Heute Nacht würde tüchtig gefurzt werden.

Dave hatte Decken bei den Hundekörben liegen. Ich breitete sechs als Unterlagen aus. Sechs nahm ich zum Zudecken. Ich packte ein Kissen und warf *es* auf meinen Platz in der Mitte. Die Hunde purzelten übereinander. Wir legten uns alle hin. Der Airedale und der Pit zwängten mich ein. Wir kuschelten uns unter die Decken. »Was gibt's Neues, ihr riesenbeschwanzten Hundeviecher?«, fragte ich. Und antwortete für sie – ihre imaginären Antworten/meine eigene Stimme.

»Ich will ein Haus am Strand.« – »Scheiß drauf – ich will eine Villa in Bel-Air, die 'nem Hebräer aus dem Filmgeschäft gehört. Der sechs saftige Hündinnen hat, die ich mit meiner Luft-Boden-Airedale-Rakete penetrieren kann.« – »Nichts da. Ich will im Steakrestaurant Pacific Dining Car wohnen. Wo ich frei rumlaufen, den Kunden den Schritt beschnüffeln und mir nach Belieben Steaks schnappen darf.«

Die Hunde fingen an zu schnarchen. Ihre Wärme umgab mich. Ich blieb still liegen und klagte ihnen mein Leid.

»Sie ist eine Schauspielerin. Mit haselnussbraunen Augen mit kaleidoskopbunten Flecken. Die über ein gutes Selbstbewusstsein verfügt, nicht auf billige Anmache reinfällt und viel besser aussieht als ich. Jede Wette, dass sie aus einer reichen Familie stammt. Sie ist *die* Frau meines Lebens. Ich will sie kriegen, was immer es kostet, was immer ich dafür tun muss. Habt ihr das kapiert, ihr riesenbeschwanzten Hundeviecher!«

Kein Hund winselte oder bellte eine positive Antwort auf meinen liebestollen Monolog. Der Bullterrier furzte.

Donna: meine metaphysische Sehnsucht, meine priapische Erfüllung.

Eine Heranwachsende, verstört ob der eigenen Schönheit. Erschreckt und geschmeichelt, weil die Jungs ihr nachstellen. Sie nahm die Identität der Schauspielerin an: Wechsle die Gestalt und genieß den wohlfeilen Sprung nach dem Mond. Begreife, wer du bist. Bleib dir treu. Fahr nicht auf die Verwechslung von Rotzigkeit mit Mut ab, von der Hollywood geprägt ist. Mach dir eines klar: Hollywood bedeutet nur Quieken und Ficken und ist ein zweifelhafter Ort, um eigene Sehnsüchte zu befriedigen. Schätze die Liebeswerkzeuge, die der liebe Gott dir gab. Durchschaue den Frauenhelden Russ Kuster und den migräneanfälligen Miguel. Finde DEN MANN deines Lebens. Er hat die Garcia-Brüder umgelegt. Er hat Huey X erledigt. Er hat schlechte Leben beendet und gute gerettet. Er will dich kennenlernen.

Donna, schlaf jetzt.

Als ich aufwachte, dämmerte es bereits. Ich wechselte die Kleider. Ich wischte mir Haare vom Anzug. Der Ridgeback beäugte meinen Schritt. Ich fragte mich, wie wichtig Donna Größe war. Ich schaltete das Radio an. Und schrumms, wie aufs Stichwort: »Detectives des LAPD-Hollywood – nicht von Rampart – werden den gestrigen nächtlichen Mordfall untersuchen, der im Zusammenhang mit einem Film erfolgte, der auf dem Gelände der Police Academy L.A. gedreht wurde. Um Detective Russell Kuster zu zitieren: ›Was Schwuchteltötung – will sagen, die Lösung von Mordfällen unter Menschen alternativer Lebensform – betrifft, kennen wir uns aus. Das ist unser Job.‹«

Von wegen *unser* Job, du Großmaul – Donna Donahue gehört mir!

Ich ging durchs Wachzimmer. Jede Menge gellender Pfiffe. Scheiße – Russ hatte denen unsere »Rivalität« gesteckt.

Ich traf meinen Partner – Telefonbuch-Tom Ludlow. Sein Vorschlag: »Knöpfen wir uns eine Schwuchtel nach der anderen vor, bis eine ein Geständnis ablegen will. Die haben alle einen Vater- und Schuldkomplex. Du raspelst Süßholz, ich bin fürs Grobe zuständig.«

Ich lachte. Er holte seine Gelben Seiten hervor. Mit bemerkenswerten angetrockneten Blutflecken. Mit bemerkenswerten Speichelflecken – möglich, dass Tom dem Buch gelegentlich innige Zungenküsse versetzte.

»Später, Tom«, sagte ich. »Heute fahre ich mit einer Zeugin rum.«

Ein Bulle schrie: »Rhino ist verliebt!« Ein Bulle schrie: »Rhino lutscht Chihuahua-Schwänzchen!«

Russ rief mich rein. Ich hockte mich auf seinen freien Stuhl. Russ reichte mir sein Canoe-Cologne. Von feinsinnigen Zuhältern und Marines im Diensturlaub bevorzugt. Ich klatschte es mir auf.

»Niemand in meiner Truppe«, sagte Russ, »riecht nach einem flotten Dreier mit Lassie und Rin-Tin-Tin. Und damit kommen wir zum nächsten Sachpunkt, zu deinem Tagesplan: Als Erstes fährst du am Wilshire Sheraton vorbei. Wo Slatkin ein Seminar abhält. Du findest ihn und sagst ihm, er solle die besten Vorzugsgefangenen organisieren und die Fickabsteige auf Vordermann bringen, während er sich nach Herzenslust mit forensischen Untersuchungen gütlich tun darf – dann verhörst du Donna erneut, zeigst ihr ein paar Täterbilder und sorgst dafür, dass sie sich für die Absteige entscheidet.«

»Bin schon dabei«, antwortete ich.

»Sag ihr, dass Huey X Amok lief. Dass du ihn aufgehalten hast. Sag ihr, dass du Ms. abonniert hast. Das Magazin, das alle Liberalen und Lesben lesen.«

Im Sheraton – Dave, der Hundenarr, voll zugange.

Ein kleiner Bankettraum. Polizisten an langen Tischen. Thermoskannen mit Kaffee/Donuts/angetrocknete Bagel.

Dave beugte sich übers Mikro und Vorlesepult. Dave fuchtelte mit dem Zeigestab herum. Auf der Leinwand ein ganz besonderes Exemplar: Stephen Nash/Lustmörder der Fünfzigerjahre/der Tuntentötungsmeister schlechthin.

Groß, kräftig, lockig, Zahnlücken. Monströses selbstzufriedenes Grinsen.

Dave monologisierte: »Was Bösartigkeit und Großschnäuzigkeit angeht, steht Nash fast einzigartig da. Er bekannte sich bereits Mitte der Fünfzigerjahre stolz zu seiner Homosexualität. Er tötete aus psychopathischem Hass und weil ihn Töten schlicht und einfach sexuell erregte. Die genaue Zahl seiner Opfer ist unbekannt. Wir wissen von drei in der Bay Area, einem schwulen Friseur in Long Beach und einem zehnjährigen Jungen unter dem Santa Monica Pier. Nashs Mordzug wurde im November 56 beendet. Er deutete weitere Morde an, nannte aber niemals Namen, und die fünf Opfer, die ihm nach seiner 1954 erfolgten Begnadigung aus San Quentin zugeschrieben werden, scheinen eher zu niedrig angesetzt.«

Ich biss in einen Bagel. Ein Zahn knackte. Ich schmiss den Bagel weg.

»Einem seit Jahren im Umlauf befindlichen Gerücht zufolge«, erklärte Dave, »soll er sich, als er 54 und 55 auf freiem Fuß war, mit einem Schauspieler befreundet haben, der Amateur-Aufnahmen von ›bunten‹ L.A.-Charakteren drehte und ihre Sprüche auf

Band aufnahm. Lacht bitte nicht – ich weiß durchaus, dass einige von euch wegen meiner Hellseherei die Nase rümpfen –, aber ich habe in Zusammenhang mit alldem ein großes, weißes, spanisches Haus gesehen.«

Ein Bulle schrie: »Das Haus von Reggie Ridgeback.«

Ein Bulle schrie: »Nein, die Absteige vom Airedale.«

Dave grinste. Dave strahlte: »Mit Reggie könnt ihr's alle nicht aufnehmen«, stellte Dave fest. Und wies dem ganzen Raum den Stinkefinger.

Ich ging zur Bühne. Eine Polizistin rief: »Stephen Nash ist mein Typ! Ich könnte ihn umpolen!«

»Gaskammer«, sagte Dave. »19. August 1959.«

Ich stellte das Mikrofon ab. Dave und ich steckten die Köpfe zusammen.

»Russ will, dass heute sauber gemacht wird. Wenn du dich bei ihm wirklich beliebt machen willst, treib ein paar Wasserbetten und eine Tonanlage auf.«

Dave schnalzte mit den Fingern. »Gemacht. Der Clown beim Appliance-King-Elektronikschuppen vertreibt Quaaludes. Ich spreche mal mit dem Staatsanwalt.«

Ich gähnte – der elende Reggie hatte *auf* mir geschlafen. Mein Schlafmangel machte sich bemerkbar.

»Das Kölnischwasser stinkt«, sagte Dave. »Russ versucht, dir deine Chancen bei Donna zu versauen.«

»Weiß denn alle Welt Bescheid?«

»Ja. Wahrscheinlich steht es morgen in *Variety*.«

»Das ist doch Quatsch«, sagte Donna.

»Nix da«, sagte ich. »Sie sind eine Kronzeugin. Der Killer hat Sie gesehen. Sie brauchen Rund-um-die-Uhr-Bewachung.«

Wir standen vor der Academy. Die Crew baute Szenen auf.

Donna trug verschossene Jeans und einen beigen Rollkragenpulli. Sie wirkte wie ein Schulmädchen aus Exeter oder Andover oder aus einer anderen abgefahrenen Schule, die keine Schwarzen reinlässt.

»Miss Donahue«, sagte ich, »ich erzähl Ihnen keinen Stuss. Tuntenkillern geht auch einer ab, wenn sie eine Frau abmurksen. Das habe ich in Ms. gelesen. Und wie ich aus sicherer Quelle weiß, war Huey Muhammad unterwegs, um eine Frau zu töten, als ich ihn ausgeschaltet habe.«

Donna lächelte. »Das Beverly Wilshire wäre mir am liebsten, aber ich nehme auch mit dem Biltmore oder dem New Otani in der Innenstadt vorlieb.«

Ich wechselte die Rhino-Gangart. »Miss Donahue, das LAPD leidet leider unter schweren Budgetrestriktionen, aber uns steht ein Haus mit fünf Schlafzimmern in Hollywood zur Verfügung, das 24 Stunden am Tag von gestandenen Detectives bewohnt wird, und wir würden uns sehr freuen, Ihnen dort unseren Schutz gewähren zu dürfen.«

Donna lachte. Und zwar – zu Rhinos Verblüffung – schallend und laut.

»Ich habe zwei Cousins bei der Polizei. Der Begriff ›Fickabsteige‹ ist mir durchaus vertraut. Vor einer Stunde war ein Polizist namens Kuster hier. Der mich von der Seite angestiert hat, während er Miguel mit der Versprechung Gott weiß welcher Herrlichkeiten, höchstwahrscheinlich weiblicher Art, ins sogenannte ›sichere Versteck‹ gelockt hat.«

Ich brach zusammen. Ich knickte weg. Ich schrumpelte und winselte und zog kläglich mein Nashorn ein.

»Mist, wo Sie doch meine Herzenstante sind.«

Donna lächelte – ein bisschen/mit Mund- und Augenwinkeln/*beinahe*.

»Es heißt Herzens*dame.*«

»Okay.«

Haselnussfarbene Augen ließen mein Herz höher klopfen. »War das eben eine Freud'sche Fehlleistung?«

»Wie meinen Sie?«

»Sie sagten ›meine‹, nicht ›unsere‹, jetzt auf die anderen Lustmolche bezogen.«

Mein Nashorn richtete sich wieder auf. »Mist, ich will nur in Ihrer Nähe sein, solange ich kann.«

Donna lächelte – königlich/strahlend/*echt.*

»Okay. Ich bleibe.«

Jetzt nur keine Schweißausbrüche/fest auf den Beinen geblieben/nur nicht ohnmächtig wegkippen –

Ein Studioarbeiter schrie: »He, Jenson. Ein Bursche namens Ludlow hat angerufen. Sie sollen so schnell wie möglich zu ihm in die Asservatenkammer kommen.«

Die Asservatenkammer wirkte beeindruckend – sechs lange Blöcke in der Japsenstadt. Der Tunten-Pontiac stand am Zaun. Tom Ludlow lehnte dagegen. Und hielt sein Telefonbuch wie einen Teddybären im Arm.

Ich fuhr an den Straßenrand und parkte. Tom zog seinen Flachmann aus der Gesäßtasche. Ahaaaaaa – Old Crow Whiskey & Sprite – das Frühstück durchgeknallter Vietnam-Veteranen!

»Hast du je daran gedacht«, sagte ich, »dass du ein gewissenloser alkoholsüchtiger Psychopath bist?«

Tom rülpste. »Ja, hab ich. Ich bin so geworden, weil mein neuer Partner mit räudigen Hundeviechern pennt.«

Gut gegeben.

»Hast du immer dein Telefonbuch dabei?«

»Ja.«

»Liest du je drin?«

Tom bohrte sich in der Nase. »Ich lese die Namen von Frauen, dann ruf ich sie an, sag ihnen Schweinigeleien und versuche, sie anzumachen.«

Ich lachte. Ich schaute mir den Polizeiparkplatz an. Ein Audi-Auschwitz, ein Buick-Bergen-Belsen, ein Dodge-Dart-Dachau.

Ein Techniker kam heraus. Der eiskalte Freddy – kein Lächeln/kein gutes Wort.

Er zog einen Dietrich raus. Er schloss den Kofferraum des Pontiac auf. Er ließ den Deckel aufspringen.

Ich schaute rein. Und inventarisierte:

K-Y-Gleitcreme, eine Tube, halb ausgequetscht. Bubenfick-Bücher: *Steck's mir, Shlong, Die mit dem Gemächte denken.*

Stempel auf der Buchrückseite: Porno Vista Boox/Selma Ave/Hollywood.

Lose Zwanzigdollarscheine. Mit Banktinte bespritzt. Trockene Tinte, die den Kofferraum bedeckte.

»Ich verstehe nichts«, sagte Tom.

Ich schon.

Dem Killer ist nach einem Arschfick zumute. Das Opfer hat Bares. Was der Killer nicht weiß: Das Opfer hat gerade eine Bank überfallen. Das Opfer hat die Moneten im Kofferraum verstaut. Sie besorgen es sich. Der Killer geht nach hinten, um Gleitmittel zu holen. Er sieht die Bank-Geldbomben. Er macht eine auf. Die Tinte versprüht. Er hat eine Waffe dabei. Und dann geht's los – Rhino macht Lichterzünden und schlägt Autofenster ein. Der Killer erschießt das Opfer. Der Killer gibt Fersengeld. Donna sieht ihn von hinten.

Ich stupste Tom an. »Ruf beim FBI und bei der zentralen Raubkommission an. Besorg dir Infos über alle Banküberfälle der vergangenen Woche.«

Tom schlug auf sein Telefonbuch. »He, ich bin der ranghöhere Partner, und *ich* hab ein paar wichtige Anrufe zu erledigen.«

»Einen Anruf schenk ich dir. Gratis, weil wir jetzt Partner sind.«

Tom schnappte seinen Stift. »Carol F. Brothard«, sagte ich. »213–886–1902«.

»Wer ist das?«

»Meine Ex.«

»Wow!«

»Eine Nymphomanin. Sie steht auf Mohren en gros. Eine echte Bergwerksarbeiterin.«

Tom machte igitt. Der Techniker erklärte: »Ich nehme eine Tintenprobe und schicke die Ergebnisse an Dave Slatkin. Er wird sie mit den Tintenasservaten abgleichen.«

»Danke«, erwiderte ich. Tom Ludlow rannte zu einem Telefon.

Man stelle sich vor:

Die Hollywood-Fickabsteige.

Ich geriet geradewegs in einen Macho-Mahlstrom. Mit einigen beeindruckenden Einblicken:

Vorzugsgefangene, die Discobälle anschleppten. Appliance-King-Kulis, die Wasserbetten reintrugen. Die alte Vermieterin – komplett mit Camels und Sauerstoffflasche.

Da steht Dave Slatkin. Im Begriff, einen Mauerspalt zu überprüfen.

»Was –«, sagte ich.

Dave unterbrach mich. »Der Bursche von der Asservatenkammer hat angerufen. Ein Sauhund hat die Hollywood Federal Bank am Santa Monica Boulevard, Ecke Cole, vor vier Tagen überfallen, und ich habe die Tinte anhand eines Fax-Dias verglichen. Es gibt eine Überwachungsaufnahme von dem Typen, wie er gerade einen Bankwächter niederschlägt, und er stimmt mit dem verstorbenen Randall J. Kirst überein. Die Burschen vom SID haben ihm in der Leichenhalle die Fingerabdrücke abgenommen, und stell dir vor: Sie stimmen mit der Spur auf dem Banktresen überein.«

Ich lehnte mich an die Wand. »Wir haben einen Banküberfall aufgeklärt, aber beim Mord stehen wir noch am Anfang. Kirst war ein geiler Mistkerl. Der mit der Beute auf Schwanzjagd ging.«

Dave schaute sich die Wandflecken mit zugekniffenen Augen an. »Oder es liegt ein Streit zwischen Liebesleuten vor, die gemeinsam den Raubzug durchführten.«

Ich schüttelte den Kopf. »Dafür hätten sie sich ein Motelzimmer genommen.«

»Du meinst eine Bumsabsteige wie diese hier?«

Ich schaute mich um. Vorzugsgefangene rollten Fernseher auf Rollwagen rein. Wa-wa-wumm – Fickfilme in jedem Zimmer.

»Was macht Russ?«, fragte ich.

»Rumfragen, sich Unterstützung besorgen und die Tuntenbars in der Umgebung Academy abklappern. Er lässt die registrierten Sexualstraftäter von Ludlow in die Zange nehmen.«

»Auweh.«

»Allerdings, aber es funktioniert.«

Ich hörte Knurren, Schluchzer, Schaudern und Flüche. Das klang nach Migränen-Miguel. Ich nahm mir vor, ihn irgendwie zu trösten und von Donna abzulenken.

Ich ging in den oberen Stock. Miguel rollte seinen Kopf auf einem Wandbalken hin und her.

»Schlimmer Anfall?«

»Ja, mit den Begleitbildern, die mir ständig vor Augen kommen.«

Ich lehnte mich in den Türrahmen. »Erzählen Sie's mir.«

»Seit meinem ersten Lebensjahr«, sagte Miguel, »seit Neunzehnhundert-scheiß-sechsundfünfzig, hetzt mich der gleiche riesige Perverse durch mein Haus, während meine Mutter ihn verfolgt und ihm LPs über dem Kopf zerschlägt. Kopfweh, Albtraum, Visionen, der ganze Dreier.«

Miguel schaute zu mir auf. Klare frische Augen/kein Zucken im Gesicht/kein Pochen an den Schläfen.

»Wie gehen Sie damit um?«, sagte ich.

»À la Collins, Mann. Mit Fantasie und Wodka.«

Nebenan grunzten ein paar Streifenpolizisten. Volles nichtjugendfreies Programm/inszenierter Sex/ein Typ mit Pickeln auf dem Rücken und einem monströsen gekrümmten *Shlong*.

Ich fuhr bei der Wache vorbei. Ich hinterließ Donna in ihrer Wohnung und am Filmset eine Nachricht. Porno Vista Bookstore/Selma, Nähe Highland/eventueller Überwachungsfilm.

Ich schaute mich im Wachzimmer um. Telefonbuch-Tom bei der Arbeit.

Sechs Verhörnischen. Mit je einem Perversen besetzt. Tom in Verhörzelle Nr. 4.

Er zog durch wie der Baseball-Star Ted Williams. Sauberer Anschlag, artikulierte Weiterführung. Der Verdächtige war mit Handschellen an einen Stuhl gefesselt. Er wich 40 % der Hiebe aus. Tom punktete. 600.

Zähne purzelten. Seiten rauschten. Blut tropfte.

Ich ging raus. Rhino-Regel Nr. 6: Telefonbuchverhöre nur bei Vergewaltigern und Kinderbelästigern.

Selma: ein Transi-Treff in der Nähe vom Sunset. Schwul wie die Nacht. Stricher und Bubenficker. Pornoläden und Schwanzlutschen in Wagenfonds. Läuse wie Lassie und Reibungsgummiverluste wie auf der Autorennbahn. Ein Matterhorn bösartiger Mikroben.

Und Donna Donahue – genau neben dem Buchladen – ein Augentrost in LAPD-Blau.

Ich parkte in der zweiten Reihe und *sprang* aus dem Wagen. »Ich hatte keine Zeit, mich umzuziehen«, sagte Donna, »habe uns aber damit hier ein bisschen Zeit gewonnen.«

»Das heißt?«

»Ich habe mich als Polizistin ausgegeben. Der Typ vom Buchladen geht die Überwachungsfilme aus den letzten zwei Tagen vor dem Überfall durch. Wir können uns in eine der Kabinen stellen und zugucken.«

Ich ging zuerst rein. Der Angestellte übersah mich. Der Angestellte verbeugte sich vor Donna. Er wies uns den Weg zum »Dildo Drive« – ein vibratorenbehängter Korridor in einer rollenden Baubaracke. Pornopackungen auf Gestellen ausgebreitet und auf Regalen übereinandergeschichtet. Wir waren mitten im Riesenschwanzforst und im Muschimeer.

Wir wichen Vibratoren aus. Wir erreichten die Kabine, Donna schaltete das Licht aus. Ich knipste einen Projektor-Schalter an. Die schwarz-weißen Bilder setzten sich in Bewegung.

Wir sahen Schwenks. Wir sahen Autonummern. Wir sahen armselige Knilche, die mit ihren Sandalen durch den Schleim schlurften.

»Die Kreditkartenquittungen habe ich bereits überprüft«, sagte Donna. »Kein Randall J. Kirst.«

Ich nickte. »Niemand – nicht mal Schwuchteln – will eine Kreditkartenquittung aus dem Scheiß-Porno-Vista.«

»Richtig«, sagte Donna. »Wir sind auf der Ausschau nach zwei Männern, die gemeinsame Einkäufe machen – das Opfer und der von mir gesehene Killer.«

Polizisten-Sachverstand in 48 Stunden –von ihrer guten Familie und ihrem klugen Kopf gar nicht zu reden. »Was macht Ihre Familie eigentlich?«

Donna lachte. »Sie stellt Klodeckel her.«

Ich lachte. Mein Bauch rutschte raus. Ich zog ihn Tempo Teufel wieder ein.

Die Bilder liefen ab. Wir sahen Lesben beim Vibratorenkauf. Wir sahen Collegekids, die *Muschimagazin*, *Muschi-Moschi*, *Muschis en masse*, *Muschimächtig*, *Muschinski* und *Musch & Fotz* kauften. Wir sahen warme Brüder, die den *Griechischen Weg*, *Gregs griechischer Freund*, *Griechische Freaks*, *Mehr ist mehr*, *Die Harten und die Gutbestückten* und *Unsere Bestbewehrten* durchblätterten. Ich lachte. Donna lachte. Unsere Hüften berührten sich. Donnas Pistolengürtel klapperte.

Dick Stramms griechische Freuden, *Dick Stramms Abenteuer in Athen*, *Dick Stramm trifft Vaseline Vic.* Wir grunzten. Wir lachten schallend. Unsere Hüften berührten sich. »Jetzt!« schrie Donna.

Ich drückte auf Stopp. Das Bild blieb stehen. Der Verkäufer rannte zurück. Der Verkäufer begaffte Donna.

Ich versetzte ihm einen Stoß. »Links steht der tote Kerl aus den Fernsehnachrichten«, erklärte er. »Der andere Kerl ist Chickie oder Chuckie Farhood. Der Größe nach zu schließen wahrscheinlich Chickie. Chickie ist schwul, aber ein knallharter Kerl. Chuckie steht auf Mollige, die ihm nicht dick genug sein können. Er schickt den Leuten fette Nutten auf Bestellung ins Haus. Und damit meine ich *fett*. Richtiggehende Vierteltönnerinnen mit Speckseite, und –«.

Donna versetzte ihm einen Stoß. »Zur Sache.«

»Okay, Chuckie wohnt im Versailles am 6th Boulevard, Ecke Saint Andrews. Chickie stiehlt Autos und schläft in ihnen, und das habt ihr nicht von Burt D. Lelchuck erfahren. Ich bin ein sauberer Mann in einem schmutzigen Geschäft.«

Das Versailles/6th, Ecke Saint Andrews – Koreanerstadt – *aaach sooo.*

Wir fuhren nach Süden. Die Hautfarben verwischten und wurden gelb. Die Kriminalstatistik rutschte gegen null. Koreaner halten zueinander. Hier war ich Rikscha-Rick. Bemerkenswert – alle Namen koreanisch – kein einziger englischsprachiger Mohr.

Wir erreichten die Adresse. Was soll's – kommt Donna eben mit auf Einsatz.

Wir untersuchten die Briefkästen. Donna fand die Nummer 106 – »Farhood«. Eine Koreanerin teilte uns mit: »Sehr fette Frau, nicht kann steigen Treppen.«

Wir gingen zu 106. Donna klopfte. Ich hörte einen Fernseher laufen. Eine Frau schrie: »Ich bin im Bett! Ich kann nicht aufstehen! Ich bin zu schwer!«

Ich hörte einen Hustenanfall. Ich hörte: »Die Tür ist offen.«

Donna drehte den Knauf. Wir gingen rein. Bemerkenswerter Wandschmuck: kaufhausgerahmte fotografische Zeugnisse morbider Fettleibigkeit.

Bilder von Vierteltönnerinnen. Riesiger Umfang, ungeheures Gewicht. Ich hoffte, dass es im Himmel Aerobic gab.

Eine Tür stand angelehnt. Die Stimme: »Ich bin da.«

Donna drückte die Tür auf. Das Bett: eine unförmige Angelegenheit – groß/weit/festgebolzt. Darauf: eine nackte Frau, ungeheuerlich fett.

»Polizei«, sagte ich. »Wir sind hier, um –«

»Waffe!«, schrie Donna.

Instinkt: Ich ließ mich zu Boden fallen. Schauspielerinstinkt: Donna warf sich über mich.

Ich zog meinen Polizeirevolver.

Ich ließ ihn fallen.

Ich sah die Waffe. Ich sah den Schützen: einen Mini-Mann unter der fetten Mama.

Er feuerte. Zwei Schüsse gingen weit daneben. Donna zog ihre Waffe. Donna feuerte. Scheiße – leeres Schauspielerrequisit.

Die fette Mama fasste unter ein Kissen. Scheiße – eine .44 Magnum. Der Mini-Mann schoss über meinen Kopf. Ich rollte ab. Ich warf Donna von mir. Sie zog mir die Waffe vom Knöchel. Der Klettverschluss riss auf. Die fette Mama zielte und feuerte. Ein Stück Wand fiel raus.

Donna stand auf.

Donna ging zum Bett.

Sie zielte. Sie schoss der fetten Mama in den Kopf. Sie schoss der fetten Mama in die fette Masse. Die fette Mama bäumte sich auf. Der Mini-Mann verlor seine Deckung. Donna schoss ihm viermal ins Gesicht.

Dann ging alles ganz langsam.

Ich rief bei Russ an. Russ rief bei den Wilshire-Bullen an. Die Wilshire-Bullen brachten zusätzliche Belastungswaffen. Ich gab eine Erklärung ab. Es war *meine* Waffe. Ich nahm, den Richtlinien entsprechend, jedwede Verantwortung auf mich. Russ meinte, die Beurteilung der Schusswaffenkommission sei gelaufen. Donna war nicht mal dabei.

Russ brachte ihr Ativan und Scotch. Sie schluckte es runter. Wir standen im Flur. Wir umarmten uns und standen Kopf an Kopf.

»Sag mir was Nettes«, bat Donna.

Ich sagte: »Jetzt weiß ich, wer du bist.«

Sie wollte die Uniform nicht hergeben. Die Uniform war blutbefleckt. Die Uniform war schmutzig. Sie wollte nicht nach Hause gehen und sich umziehen. Sie wollte nicht beim Set vorbeischauen. Sie wollte keine frischen Kleider ausleihen.

Die Pillen und der Schnaps verliehen ihr neue Kräfte. Sie starrte zum Fenster hinaus. Sie starrte Menschen an. Sie sagte: »Schöne neue verfickte Welt.«

Ich sagte: »Du hast mir das Leben gerettet.« Ich nannte sie »Partner«. Sie wiederholte: »Schöne neue verfickte Welt.«

Es dämmerte. Ich fuhr zur Fickabsteige. Donna schlief im Wagen ein. Ich steckte ihr eine kugelsichere Weste unter den Kopf.

Ich ging in die Absteige. Russ spielte den Banausen Bruckner vor. Symphonie Nr. 7/zweiter Satz. Lyrischer Scheiß/Ehrenmusik.

Full House.

Bullen in Jockey Shorts/Frauen in Bademänteln. Paare, die im Flur stehen. Paare, die aufgeblieben waren, um Donna zu sehen – das war offensichtlich.

Dave wischte Blut aus den Wandspalten. »Wo ist Miguel?«, fragte ich.

Dave hustete. »Er sah irgendeine Einzelheit an der Wand, weißt du, irgendwelche Albtraum-Geschichten. Er ist nach Hause zu seiner Mutter gefahren.«

»Dein Mädchen hat echt was los«, meinte Russ. »Sie ist eine zu große Portion Frau für mich.«

Der Bruckner steigerte sich. Eine Elegie für ein totes Jahrhundert. Donna kam rein und stellte sich in die Tür. Sie erhielt wild tobenden Beifall. Der Klang betäubte sie. Sie verbeugte sich. Von ihrem Polizeiabzeichen tropfte Blut. Sie sagte: »Schöne neue verfickte Welt.«

Wir fuhren nach Westen. Ein leichter Regenschauer ging nieder. Russ' Cocktail verlor seine Wirkung. »Schauen wir mal, was Miguel treibt«, meinte sie. »Manchmal mach ich mir seinetwegen Sorgen.«

»Wo wohnt er?«

»Bei Rosie. Roxbury nördlich von Sunset. Ein großes, weißes, spanisches Haus.«

»Möchtest du drüber reden?«

»Nein. Ich will kurz vorbeischauen, mit dir unter irgendwelche Decken kriechen und sehen, ob ich mit einer weiteren Portion Pillen und Scotch ein bisschen weinen kann.«

Ich fuhr nach Beverly Hills. Donna zeigte mir das Haus: groß/spanische sonnengetrocknete Backsteine/George Gershwins ehemalige Villa.

Wir parkten und klopften an. Rosemary Collins antwortete. Sie sah uns. Sie sah einen Bullen und eine Schauspielerin. Sie überlegte. Sie bedeutete uns: »*Sssshhh.* Miguel hat ebenfalls was durchgemacht.«

Wir gingen rein. Wir hatten es gerade geschafft. Der Regen wurde zum Wolkensturz. Donna wusste, was sich in Hollywood gehört.

Sie ging in ein Badezimmer. Sie leerte den Medizinschrank. Sie nahm ein paar nicht rezeptfreie Tabletten. Sie fand ein Tischchen mit Getränken. Sie kippte unverdünnten Scotch.

Rosie zwinkerte mir zu. Sie war jetzt breit und fett. Sie hatte all ihren Gelüsten nachgegeben.

»Wo ist Miguel?«, fragte ich.

Sie ging nach unten. Donna schwankte ihr nach. Ich kam als Letzter. Rosie erklärte: »Hier unten sind die Archive vom alten Luis. Er hat die Dokus in den Fünfzigern gedreht.«

Filmbüchsen auf Stühlen. Filmbüchsen auf Regalen. Filmbüchsen, vom Boden bis zur Decke gestapelt.

Da liegt Miguel.

Ohnmächtig in Bullenblau. Abgetaucht in Belvedere-Wodka.

Ich warf eine Decke über ihn. Rosie packte ihm die Füße ein.

»Können wir heute Nacht hierbleiben?«, fragte ich.

»Klar«, sagte Rosie. »Drittes Schlafzimmer links im oberen Stock. Ich stelle Donna unter die Dusche.«

Donna stolperte in ein Badezimmer. Ich fand ein anderes Badezimmer und zog mich aus. Ich bemerkte Streifschussspuren auf meiner Backe und an meiner Schulter. Trockenes Blut bröckelte ab.

Ich duschte und fand einen Bademantel. Ich streckte mich auf dem Bett aus. Rosie kam mit Donna rein. Donna war im Bademantel fast verschwunden.

Rosie knipste das Licht aus und zog die Tür zu. Donna kuschelte sich an mich. Die Dunkelheit fühlte sich angenehm an.

»Können wir uns am Morgen lieben?«, fragte Donna. »Jetzt bin ich zu geschafft.«

»Klar«, sagte ich. »Meine Lieblingstageszeit.«

Das Bett fiel tausend Fuß tief nach unten und kam mit uns beiden zur Ruhe. Wir fanden zusammen – ihr Herzschlag, mein Atem.

2.

»Schöne neue verfickte Welt.«

Das war das Erste, was sie am Morgen sagte. Ich wachte mit einer Rekord-Morgenlatte auf. Wunderbar, hinreißend – Donna, jetzt Donna die Brandgefährliche.

Ich hatte Albträume über das Haus gehabt. Die Stimme von Luis Figueroa. Das Geseire eines eingestandenen Killers. Filmschlaufenrattern. Luis, der den Burschen »Steve« nannte. Entfernte Polizeisirenen, die in altem Bandrauschen untergingen.

Ich überlegte. Mitte der Fünfzigerjahre. Die Privatfilme von

Luis. Dave Slatkins Lieblingsperverser Stephen Nash. Daves Vision: das schimmernde spanische Haus – Rosies Zuhause?

Donna stubste mich. »Ich habe *gesagt*, ›Schöne neue verfickte Welt‹.«

Meine Morgenlatte reckte sich zu ungeahnten Höhen. Wegpinkeln oder mit Donna neue penile Rekorde brechen – schnelle Entscheidung gefordert.

»Das ist jetzt unsere Welt«, sagte ich. Donna beugte sich zu mir. Ich küsste ihren Nacken. Ich küsste ihren Ausschnitt, an den sich Rosies Bademantel schmiegte. Sie zog meinen Kopf nach oben. Sie küsste meine Schussnarben. Unsere Lippen fanden zueinander und starteten den längsten Kuss der Welt.

Ich wirbelte darin herum. Ich schmeckte meinen Morgenatem. Ich leckte ihr den medizinischen Scotch von der Zunge. Wir küssten uns weiter. Wir rissen uns die Kleider vom Leibe. Ich verfiel in ein Donna-Delirium. Sie ließ sich von einem Rhino forttragen. Wir schmeckten uns am ganzen Körper. Wir streichelten Sommersprossen, zwickten Zehen und konzentrierten uns auf unsere Körperzentren. Wir verloren uns in unseren dortigen Dünsten. Sie zog mich rein. Es dauerte zehn Sekunden oder zehn Stunden. Es war ein mit gemeinsam geschlossenen Augen durchlebter einziger Höhepunkt und ein einziger gemeinsamer Atemzug und eine einzige heftige Umarmung, bis ich meinte, unsere Knochen müssten brechen.

Wir zogen unsere Bademäntel wieder an und streiften durch die Casa. Donna plauderte mit Rosie. Ich ging zu Miguel ins Nachbarzimmer.

Er fummelte an Filmbüchsen rum und katalogisierte Kassetten. »Luis kannte einige wilde Typen«, ließ ich ihn wissen.

Miguel zündete sich eine Zigarette an. »Durchgeknallte Kerle.

Er gab ihnen ein paar Dollar und hielt ihren Scheiß auf Film fest. Seine Variation von – Sie wissen schon – das Surreale studieren, um das Wirkliche kennenzulernen. So was wie Donna gestern. Sie hat zwei Knilche umgelegt, jetzt kann sie die Polizistin besser spielen.«

Ich lachte. »Kann ich die Filme sehen, die Sie sich letzte Nacht angeschaut haben?«

»Nein, das können Sie nicht. Sie haben Donna heute Morgen gebumst, daher bin ich eifersüchtig. Wenn meine Eifersucht abklingt, führe ich Ihnen die Filme vor.«

»Ein anständiges Angebot«, meinte ich.

Miguel blies mir Rauchringe ins Gesicht. »Genießen Sie's, solang Sie's können, Mann. Donna verputzt Kerle wie Rosie Häagen-Dazs-Eiscreme.«

Ich hustete den Rauch weg. Donna schrie: »Rick, komm ins Wohnzimmer! Wir sind im Fernsehen.«

»Beschaffen Sie mir ein paar Spinner, die ich umnieten kann, Jenson«, forderte mich Miguel auf. »Zurzeit ist mir Donna an Lebenserfahrung überlegen.«

Ich ging schnellen Schritts ins Wohnzimmer. Rosie trug einen Hänger. Donna ihre blutbefleckte LAPD-Uniform. Und wirkte wie der statueske Inbegriff von Stanislawski.

Russ Kuster sprach im Fernsehen. »Die Tötung von Charles Chuckie Farhood und seiner weibliche Komplizin Mama Cass Cassavailian durch Officer Jenson entsprach eindeutig den LAPD-Richtlinien für Schusswaffengebrauch, und ich bin überzeugt, dass die heutige Sitzung der Schusswaffenkommission Jenson entlasten wird.«

Harter Schnitt. Ein gut aussehender Nachrichtensprecher: »Mrs. Suzie Park Kim von den Versailles Apartments weiß das anders.«

Harter Schnitt. Eine korpulente koreanische Macholesbe füllte den Bildschirm.

»Nein, nein, nein! Ich sehen TV-Schauspielerin in Uniform mit Polizist! Sie bringen Chuckie und Mama Cass um! Ich sie sehen in *Hawaii Five-O*! Donna irgendwas! Sie tolle Biene, jamjam!«

Donna packte mich. »Ich sollte meine Sachen nehmen und verschwinden. Chuckies Bruder hat eine Kugel mit meinem Namen parat.« Ich zog sie an mich. Ich roch ihr Haar. Ich roch Alberto VO5 und unseren Liebesschweiß.

»Ich muss zur Schusswaffenkommission. Bleib da und pass auf Miguel auf. Der bei den alten Filmen seines Vaters ausflippt. Ich bin bald wieder da.«

Donna nickte. »Komm schon, Baby«, sagte Rosie. »Häagen-Dazs-Eiskrem und ein steifer Bourbon. Das Frühstück der Champions.«

Russ traf mich im Parker Center. Zimmer 463 – interne Angelegenheiten.

»Bring mich auf den neuesten Stand«, bat ich.

Russ schabte sich mit einer Büroklammer Wachs aus den Ohren. »Der tote Typ heißt Chuckie Farhood. Er ist der Heterosexuelle, der auf fette Weiber steht. Chickie ist die Tunte und pflegt wie folgt vorzugehen: Der verstorbene Randall J. Kirst und Chickie waren gelegentlich Pornodarsteller, wobei Chickie in Apotheken einzubrechen, Stoff zu stehlen und in geklauten Autos zu übernachten pflegt. Er ist ein schwuler Psychopath. Er geht in normale und schwule Pornokinos, wo er mit einer hochempfindlichen Kamera die Leinwand abknipst, um die Bilder an Pornoläden zu verkaufen. Das ist alles, was wir aus dem Knilch vom Porno-Villa-Laden rausgekriegt haben.«

»Irgendwo muss er eine Dunkelkammer besitzen«, meinte ich.

»Richtig«, bestätigte Russ. Er überreichte mir ein paar Verbrecherfotos von Chickie Farhood. »Habt ihr Berichte über gestohlene Fahrzeuge –«, fragte ich.

Russ unterbrach. »Sechs Teams von der West-Traffic-Verkehrspolizei überprüfen die Berichte über gestohlene Fahrzeuge und suchen nach Zeugen, und sechs SID-Teams und ein mobiler Laborwagen sind im Einsatz, um alles auf Fingerabdrücke zu überprüfen. In zwei Stunden findet eine Sitzung im Hauptquartier der Sitte statt. Du suchst mit Tom Ludlow die Schwulenbars und die Pornokinos ab, sämtliche Lokalitäten, wo Chickie ›arbeiten‹ und sich verstecken könnte. Wir haben insgesamt zwölf Teams im Einsatz, wobei Chickie gestern eine Rite-Aid-Apotheke überfallen hat. Er hinterließ drei Fingerabdrücke und hat jede Menge Seconal, Amytal und Tuinal geklaut. Was er damit will, weiß ich nicht.«

Ich kratzte mir die Eier. »Selbstmordversuch?«

»Möglich. Vor der Sitzung solltest du noch bei der Fickabsteige vorbeigehen und mit Slatkin sprechen. Unser Genie vor Ort flippt wegen irgendwas aus.«

Ich kratzte mir die Nase. Ich roch Donna. »Ich schaue beim Schuppen vorbei, dann geh ich zum Versailles und knöpf mir die koreanische Tante vor. Die zerreißt sich wegen Donna das Maul.«

Russ schüttelte den Kopf. »Alles andere als dringlich, vor allem, wenn Chickie Selbstmord plant.«

»Russ, Scheiße, sie ist –«

»*Nein*. Und falls du meinen verdrehten Spitzel, Chuy Nieves, siehst, tritt ihm ordentlich auf die Zehen. Er erzählt seinen Straßenkumpanen, dass ich ihn wegen einem Einbruchdiebstahl beim Sheriff verpfiffen hätte.«

Ich zog meinen Nashorn-Pistolengürtel hoch. »Was ist mit Donna?«

Russ seufzte. »Nach allem, was ich gehört habe, soll Donna durchaus in der Lage sein, auf sich aufzupassen.«

Die Schusswaffenkommission – eine reine Formalität.

Weißer Bulle erledigt Porno-Preneur und fettleibige Frau. Weiße Bullenkugeln schalten eine Stütze-Empfängerin und einen ausgebrochenen Ex-Sträfling mit sträflich-straftatbeständigem Bruder aus. Madame Suzie Park Kims Fernseharien – *meschugge*.

Die Kommission beriet sich. Ich saß allein. Ich schnüffelte meine Haut nach Donna-Geruchsresten ab. Ich fand Arm- und Gelenkaromen – aaaah, meine stanislawskibeflügelte Gebieterin!

Die Kommission kam aus dem Beratungszimmer. Einstimmige Entscheidung: Tötung in Übereinstimmung mit Polizei-Richtlinien.

Die tödliche Donna – eine Anklage wegen vorsätzlichem Totschlag war damit vom Tisch.

Ich ging dienstverweigernd meine eigenen Wege. Zuerst nach Koreatown – um der dicken Suzie umgehend das Maul zu stopfen.

Ich dachte über Donna nach. Ich gebot mir Vorsicht. *Den Heiratsantrag frühestens nächste Woche stellen.*

Chuy Nieves kam mir in den Sinn. Kusters Lieblingsspitzel. Der sich durch die Wohnheime der UCLA-Uni zu schleichen pflegte. Um charmanten Studentinnen seinen herpeszerfressenen Hamster herzuzeigen. Was sie mit Quieken und Krähen quittierten. Russ erwischte ihn. Russ machte ihn zu seinem speichelleckenden Spitzel. Jetzt rebellierte er. Er verlangte nach einem »Bildschirmtest«.

Ich fuhr zum Versailles. Ich überprüfte die benachbarte Allee. Mist – die dämonische Donna und die schlimme Suzie im Begriff, aufs Katzenhafteste aneinanderzugeraten.

Donna in blutbeflecktem Polizeiblau. Mama in malvenfarbenem Hänger.

Sie schrien. Sie kreischten. Sie japsten nach Luft. Suzie versuchte Donna gleichzeitig zu verhauen und zu streicheln. Ich ging dazwischen. Mama gab mir ihren Bauch zu schmecken. Ich flog seitwärts. Donna fing mich auf. Die schlimme Suzie kreischte.

»Ich sehen, wie du Chuckie und dicke Frau erschießen. Mann war da – zeigen mir Bilder von dir – Filmstarbuch – Donna irgendwas. Mann war Chuckies Bruder. Er mir zeigen Bild. Ich essen deine Socken auf, jamjam!«

Chickie – auf Rache aus – fürs Erste wieder abgetaucht.

Ich redete auf Donna ein. »Ich hab dir gesagt, du sollst bei Rosie bleiben. Du kannst nicht ständig rumlaufen und dich als Bullen ausgeben –«

Schüsse. Großes Kaliber links – jenseits des Alleenzauns/singende Abpraller. Wumm – die Lesbe kriegt eins in die Augenhöhle ab. Sie fällt tot um. Ihr Fett schwappt auf und sackt flach ab. Verflixt – ein 6.8-Erdbeben auf der Richterskala.

Donna springt auf. Donna feuert über den Zaun. Verflixt – falsche Uniform/scharfe Munition.

Ich hechtete über den Zaun. Mein Nashorn blieb an einem Pfosten hängen. Ich war kopfüber aufgespießt. Donna schubste meinen Hintern hoch. Ich löste mich und plumpste Po voran zu Boden. Donna schoss dem fliehenden Farhood nach. Ihre Schüsse gingen wild daneben. Sie pingten aufs Pflaster und schlugen himmelwärts nach oben. Ich warf mich hin und schoss ein ganzes Magazin leer. Ich streifte Farhoods Haar. Ich nagte an seinen Nikes. Ich verschoss das ganze Magazin.

Donna hechtete über den Zaun. »Echte Patronen?«, fragte ich.

»Miguel hat mich überzeugt. Er bezeichnete das als Super-Stanislawski.«

Ich rief die zuständigen Kollegen an. Russ Kuster erschien. Danach die Wilshire-Polizisten. Ich beschrieb die Szene. Donnas Waffe ließ ich aus dem Spiel. Die Bullen bestaunten Donna und baten sie um Autogramme. Donna schrieb: »Schöne neue verfickte Welt« und »Alles Liebe, Donna« auf ihre Strafzettel-Heftchen.

Wir gaben formelle Erklärungen ab und wanderten wieder nach Hollywild. Wir besprachen Donnas Requisiten: blaue Uniform und mörderische Patronen. »Hohlmantelgeschosse«, sagte Donna. »Ich bin Feministin. Ich will das Dreckschwein im Namen aller unterdrückten Frauen töten.«

Wir fuhren weiter. Wir fuhren zur Fickabsteige. Am Sunset Boulevard, Ecke El Centro, sah ich Chuy Nieves stehen.

Ich machte eine Vollbremsung. Ich rannte aus dem Wagen. Ich verfolgte Chuy. Chuy kam nur langsam voran – Methedrin-Missbrauch bei drei Packungen am Tag. Ich packte ihn am Mexen-Kragen. Ich legte ihm Handschellen an. Ich schmiss ihn in den Rücksitz.

»Als Liberale müsste ich protestieren«, erklärte Donna.

»Als *ehemalige* Liberale«, antwortete ich. »Viel Spaß bei unserem ›Bildschirmtest‹.«

Ich gab Gas. Ich brachte die Karre auf hundert. Ich stieg auf die Bremse. Chuy flog ins Trennungsgitter. Das aus geflochtenen Stahldrähten bestand. Die ihn mit gitterförmigen Tätowierungen versahen.

Ich gab Gas. Ich ließ das Blaulicht und die Sirene aufheulen. Ich schaffte hundertdreißig. Chuy flog Kopf voran ins Gitter. Nasenbeinbruch. Ich gab Gas. Solide hundertzehn. Chuy dellte das Gitter mit dem Kopf ein. Und wies nun einen bemerkenswert schicken Haarschnitt auf: Die Kopfhaut glich einem gesprungenen Ei.

Ich hielt an. Ich stieg aus. Ich riss Chuy raus. Ich schmiss ihn in den Straßengraben. Ich stellte klar: »In Zukunft hältst du über Russ Kuster die Klappe.«

Ich stieg wieder ins Auto. Und bat: »Bitte sag jetzt nicht ›Schöne neue verfickte Welt‹.«

»Gehen wir in ein Motelzimmer«, antwortete Donna, »schauen uns Fickfilme an und lieben uns.«

»Sobald Chickie tot ist oder gefangen.«

»Du machst seinen schwulen Arsch kalt, nicht wahr?«

»Donna«, sagte ich, »du bist einmalig.«

Wir erreichten die Fickabsteige. Dave Slatkin wartet auf der Veranda. Er schaudert, er zittert, er wirkt völlig aufgewühlt.

Wir parkten und gingen rüber. »Sag schon«, forderte ich ihn auf.

Dave bibberte und bebte. »Das Haus ist übel. Ich habe mit Polioimpfstoff vermischtes Blut und Schädelflüssigkeit in einer Spalte gefunden. Ich bin zur Hollywood-Bibliothek gegangen. Drei kleine Jungs sind im April 1956 aus der Polioklinik bei Queen of Angels verschwunden.«

Mich fröstelte. »Du denkst an Stephen Nash.«

Dave nickte. »Wir müssen Leichenhunde herschaffen und den Hof umgraben.«

Ich flüsterte. »Zuerst müssen wir Farhood kriegen. Bleib auf dem Teppich. Nash ist tot, die Kinder sind tot.«

Donna flüsterte mir zu. »Die Geschichte mit den Interviews. Hat Miguel nicht so was –«

Ich hieß sie schweigen. »Dave, geh zurück zum Tierheim und beruhige dich bei den Hunden. Im Hauptquartier der Sitte findet eine Konferenz statt. Ich deck dich.«

Dave schauderte. »Ich habe ständig das große weiße spanische Haus nördlich des Sunset-Boulevard vor Augen.«

Ich besorgte Donna ein Taxi. Ich wies sie an, zu Rosie zu gehen und Miguel zu beobachten. *Durchsuch die Filmbüchsen des Alten. Sei vorsichtig. Später mehr.*

Wir gaben uns auf einer elenden Seitenstraße in Hollywood einen Abschiedskuss. Mein ganzes Leben verschwamm.

Sitten-Hauptquartier. Parker Center – Zimmer 506.

Meine Wenigkeit am Vortragspult. Mein Plastiknashorn neben dem Mikro. Ich informierte, predigte, teilte ein.

Vierundzwanzig Polizisten hörten zu. Detectives, SID-Männer, Psychofritzen. Russ gab mir ein Datenblatt. Ich erläuterte.

Zweiundvierzig Tunten holten ihre Wagen ab. Niemand kannte Randall J. Kirst oder die Farhood-Brüder. Ein paar warme Brüder hatten erklärt, sie »gelegentlich gesehen zu haben«, und weiter nichts. Ich teilte die Pornokinos und Bars im Valley unter elf Zwei-Mann-Teams auf. Die Namen erweckten Heiterkeit: »Strammer Max deluxe«, »Fort Stramm«, »Der Rammbock«, »Zum Hintereingang«, »Kolonoskopie-Klub«, »Bubenspielzeugladen«, »Nur für Jungs«, »Ulrichs Umkleidekabine«, »Walters Waffenkammer«, »Leder-Leos Liebesnest« und »Victor Viertelmeter«.

Zuletzt gab's eine Dia-Show und eine Macho-Mahnung. Die Dias zeigten ein Verbrecherfoto von Chickie Farhood ohne Hemd. Üble Pickel – matterhorngroße Eiterbeulen und tretminenscharfe schwarze Mitesser. Der ganze Raum machte igitt. Meine Mahnung: »Er verfügt über Beruhigungsmittel aus einer Apotheke. Er ist bewaffnet und gefährlich, Sobald ihr ihn seht, schaltet ihr ihn aus.«

Ich tat mich mit Telefonbuch-Tom zusammen. Wir gingen nach

West-Hollywood. Tom hatte sein Telefonbuch gegen einen Schlagstock in Sondergröße eingetauscht. Wir besuchten Muschi-Kinos. Wir schauten uns im Zuschauerraum die normalen Fick- und Saugnummern an. Wir sprachen mit den Kassierern. Sie »hatten Chickie gesehen« ... »die Type mit den Pusteln, nicht?« Wir leuchteten den Zuschauern mit Taschenlampen ins Gesicht. Wir überraschten Burschen, die sich einen runterholten. Wir entdeckten eine Polizistin, die sich in *Sharon stubst Sherman Oaks* als spektakuläre Schwanzlutscherin hervortat. Tom hielt schriftlich fest, dass er bei ihr anrufen wollte.

Wir gingen in Schwulenbars – »Jasons Jungenfete«, »Lees Lasso-Bar«, »Rudy Rüsselsheimer«. Wir erhielten einen Hinweis: Die Besucher pflegten Chickie »Pustel« oder »Eiterbeule« zu nennen. Eine Tunte nannte ihn den »Dave-den-Rendezvous-Vergewaltiger«. Chickie hatte versucht, ihm eine Portion Rohypnol unterzujubeln. Tom lachte auf. Von da an nannte er mich nur »Rohypnol-Rick«. Er behauptete, anders könne ich nie bei einer Frau landen. Wir besuchten weitere normale Porno-Kinos. Wir sahen John Holmes, der Reklame für »Esel Dans Schwanzverlängerer« machte. Irgendetwas mit Flaschenzügen und möglicher Prostataschädigung. Ich nahm mir vor, bei Donna anzurufen.

Wir gingen zurück zu unserem Polizeiwagen. Das Radio schepperte. Ich nahm ab. Die West-Traffic-Verkehrspolizei hatte Chickies Wagen in Griffith Park gefunden.

Da stand er: ein 79er Toyota, Nummernschild 56 NASH.

Auf einem Vorsprung geparkt. Stadtseitig einsehbar. Eindeutig exhibitionistisch.

Helikopter kreisten über unseren Köpfen. Russ und zwei Streifenpolizisten bewachten das Auto.

Tom und ich stiegen aus. Drinnen sah es infernalisch aus:

Ein dämonisches Armaturenbrett: Stephen-Nash-Zeitungsbilder und -Artikel, mit Isolierband aufgeklebt. Nash, der seine Stumpen präsentierte. Nash, der teuflisch kicherte. »Bubenmörder erklärt: ›Ich bin der Killer-King.‹« Nash, der großtuerisch Bleirohr und Messer schwingt. Nash, der ins Blitzlichtgewitter stiert. Nash, der mit gezogenem Messer und Bleirohr posiert. »Killer-King sticht unter Pier 28 Mal auf Buben ein: ›Ich hatte noch nie ein Kind getötet. Ich wollte wissen, wie sich das anfühlt.‹«

Ein Suchtrupp stieg in die Berge. Ich überprüfte den Hintersitz. Der Fotofanatiker Farhood hatte eine grausame Collage zusammengestellt.

Stephen Nash mit offenem Hosenlatz. Aus dem der Riesenschniepel von John Holmes herausragt. Als politische Zusatzmontage: der teuflische Dick Nixon, der ihm die Eier anknabbert.

»Das hat er eigens für uns hinterlassen«, meinte Russ. »Das SID hat seine Abdrücke auf dem Armaturenbrett gefunden. Der Wagen ist vor zwei Tagen bei Ted's Ranch Market geklaut worden. Der kommt nicht zurück. Dafür ist er zu raffiniert. Sechs Sondereinsatzgruppen überprüfen im Umkreis von sechs Kilometern alle gestohlenen Wagen. Er hat sich ein neues Transportmittel klauen müssen.«

Tom schlug mit dem Telefonbuch gegen sein Bein. Getrocknetes Blut bröckelte von den Seiten.

»Hinweise?«, fragte ich.

»Percy's Perch«, antwortete Russ. »Eine Schwulenbar an der Ventura. Der Barmann erklärt, dass er was weiß. Du fährst mit Tom rüber und befragst ihn.«

Ich sah ein Achtspurband in einem Abspielgerät. Ich drehte den Zündschlüssel um. Tom drückte ein paar Knöpfe am Armaturenbrett. SEINE Stimme, durch Polizeisirenen von 1956 verwischt:

»Ich bin der Killer-King! Ich gehe in den Tod wie andere

schlimme Monarchen auch! Ich bin der monströse Inbegriff des Massenproduktions-Mords!«

»Percy's Perch«:

Ein Tuntenpalast in herzerfreuendem Purpurrosa. Zarte Bürschchen in wilden Kunstleder-Stiefeln.

Der Barmann war eine verschwitzte Schwuchtel in glitzerndem Spandex. Sobald er uns sah, führte er uns in ein Hinterzimmer.

Er stellte sich nicht vor. Spandex-Schnucki kam gleich zur Sache.

»Chickie hat AIDS. Er verabreicht Kerlen ein Betäubungsmittel und infiziert sie absichtlich mit dem Virus.«

Er steckte eine Videokassette in einen an einem Wandarm angebrachten Fernseher. Zusammengeschnittene Bilder huschten über den Schirm. Harrison »der Kerl« Ford in *Star Wars*. Sylvester »Steroid« Stallone in *Rocky*. Dazwischen Chickie Farhood, als Stephen Nash zurechtgemacht. Ein fürchterlich schräger flotter Dreier.

»Chickie filmt so was in normalen Kinos und schneidet sich selber dazwischen. Gott verzeih's mir, aber für solche Blasphemien gibt es Käufer.«

Wir gingen zurück zur Bar. Ich sah einen Trupp hohlwangiger Spitzgesichter, die Daiquiris und großen Martinis zusprachen. »Chickies Opfer«, informierte Schnucki. »Mit, wenn's hochkommt, einer Lebenserwartung von vier Monaten.«

»Bringen wir ihn um«, entschied ich.

Tom blätterte sein Telefonbuch auf. »Soll mir recht sein.«

Ich ließ Tom bei der Fickabsteige zurück. Ich rollte nashornschnell zum Bedford Drive.

Zu Rosie. Zu Donna. Zu Miguel, der sich mit Belvedere-Wodka hatte volllaufen lassen.

Donna nahm mich beiseite. »Rosie war blau und hat mir Miguels Visionen erklärt. Stephen Nash hat mal versucht, ihn anzugreifen. Rosie ist ihm nachgejagt und hat ihm einen Stapel 78er Platten über dem Kopf zerschlagen. Sie hat sechzehn Schellacks von ›You Belong to Me‹ zu Bruch gehen lassen.«

»Hast du die alten Filmbüchsen durchsucht.«

Donna nickte. »Ich hab's gefunden und vorbereitet. *Mach dich auf was gefasst.*«

Wir gingen ins nächste Zimmer. Eine Wand war von einer Filmleinwand bedeckt. Ich löschte die Lichter. Donna rannte zum Projektor. Stephen Nash grollte in die Kamera.

»Ich hab mir die drei Hosenscheißer aus der Polio-Klitsche geschnappt und ihre Köpfe gegen die Wand meiner Pension gehämmert. Ich habe sie postum in den Arsch gefickt und draußen vergraben. Das war im April. Ich hab mir schon gedacht, dass mich die Polente früher oder später erwischt. Ich hab mir die hässlichste Zicke gesucht, die ich finden konnte, und sie bis zum Gehtnichtmehr gevögelt. Ich hab ihr eine Riesenbanane auf den Bauch gelegt und mir vorgestellt, sie wär ein Kerl. Sie hatte am ganzen Körper Pickel. Sie soll gerade Zwillinge geworfen haben, als sie mich in den Todestrakt schickten.«

Aus dem Off: die Stimme von Luis Figueroa. »Sehr glaubhaft erscheint mir das nicht.«

Nash: mit Zahnlücken/geschürztem Mund/wilden Locken/starrer Blick/*bööööööös*.

Ich glaubte ihm jedes Wort.

Die Lichter im Raum gingen an. Ich sah Miguel reinkommen. Er sagte: »Ich erinnere mich jetzt an ihn. Seit mir Donna den Film gezeigt hat, habe ich keine Migräne mehr gehabt.«

»Rosie rettete Ihr Leben«, sagte ich.

Miguel nickte. »Ich werde ihr alle Häagen-Dazs-Vorräte in Beverly Hills kaufen und eine Kiste Wild Turkey dazu«

Ich küsste die Tränen von Donnas Wangen. Sie sagte: »Können wir uns jetzt lieben?«

Wir fanden ein Zimmer. Das Bett gehörte zwei bellenden Beagles. Wir schmissen sie runter. Sie suchten sich zwei Sofas aus und schauten uns zu.

Percy's Perch. Pickelbedeckte Killer. Hunde mit Kameraaugen. Schöne neue verfickte Welt.

Wir wischten Hundeschuppen von der Bettdecke und kletterten rauf. Donna trug nun statiksprühendes Kaschmir. Sie streifte ein rosa Rollkragenkleidchen ab. Sie war von sprühenden Funkenbogen umgeben.

Ich entledigte mich meines Hemdes und meiner Hosen – dürftige Drittwelt-Klamotten. Donna riss mir die Heimat-des-Whopper-Shorts vom Leibe. Nackt in einer Nanosekunde – im Himmel in einem Hundezwinger.

An den einen langen Kuss kann ich mich noch erinnern. An die blauen Adern, die mit ihrem Herzschlag pochten. Ihre Brüste schmeckten nach *Essence de Donna* und bitterer Duschseife. Ihr Mund wanderte und ließ mich aufstöhnen. Ihre Lippen und ihr Lecken geleiteten mich zu ihrer Mitte.

Endlich fanden wir zusammen. Ihre Entscheidung – ich schwebte selbstverloren in ihrem Bann und wusste nicht, wo ich war. Beagles bellten. Es dauerte zehn Jahre oder zehn Sekunden. Unser Höhepunkt war ein Aufstieg auf die Pyramiden und ein sanft verwehtes Niederschweben auf einen Planeten.

Donna bewegte sich als Erste. »Miguel und ich haben sechs Drehtermine verpasst. Vielleicht werden wir gefeuert.«

»Chickie erscheint in allen Medien«, beruhigte ich sie. »Den kriegen wir bald.«

»Ich will nicht, dass das hier aufhört. Wie kehrt man nach so was wieder zu Gastauftritten und Schauspieler-Rendezvous zurück?«

Ich küsste ihren Nacken. »Das wirst du nicht. Du bleibst bei mir.«

Donna schüttelte den Kopf. »Ich bin eine L.A.-Lebenslängliche, die's mit keinem aushalten kann.«

Ich schüttelte den Kopf. »Du hast nicht lebenslänglich. Du hast zu viel durchgemacht, um zu bleiben, wie du warst.«

Donna lächelte. »Ich fühle mich wie eine Abenteurerin. Als ich als ehemalige Andover-und-Wesley-Schülerin nach Hollywood kam, hat die Welt aus Feixen und Kichern bestanden, doch von jetzt an werde ich bei jedem Aufwachen Stephen Nash vor mir sehen.«

»Da hast du recht. Sobald ich Angst habe oder mich langweile, werde ich zum Telefon greifen und bei dir anrufen, dann trinken wir einen Kaffee und reden über den wilden Frühling des Jahres 83 und wie er uns verändert hat.«

Ich umfasste ihre Brüste. Ich spürte ein zartes rhythmisches Pochen unter meiner Rechten.

»Du sagst, du kannst dich keinem Mann unterwerfen.«

Donna drückte meine Hand auf ihr Herz. »Ich fürchte, das wird so bleiben, bis ich 47 oder 48 bin und Angst vor dem Alleinsein kriege.«

Ich schüttelte den Kopf. »Dann wirst du eine würdige und beeindruckende Schönheit sein. Du wirst das Gesicht haben, das du dir verdient hast, und Stephen Nash und ich und Chuckie und die fette Tante werden Teil davon sein.«

Donna kuschelte sich an meine Brust. Auf einmal fiel es mir

siedend heiß ein – wobei der Bulle in mir zum Zuge kam: *Chickie hat ein Rite-Aid überfallen. Er hat Seconal, Aniytal, Tuinal gestohlen. Das Teufelszeug Rohypnol, mit dem er Rendezvouspartner betäubte, hat er nicht gestohlen.*

»Ich liebe dich«, stellte Donna klar. »Ich werde nie einfach nur davonlaufen.«

»Ich liebe dich«, antwortete ich, »und ich kann mir nicht vorstellen, dass ich je jemanden mehr lieben werde als dich.«

Donna berührte meine Lippen. »Sag so was nicht, Rick. Du bist einunddreißig.«

»Dann will ich mich anders ausdrücken. Ich habe einen entschlossenen und festen Willen und werde mir niemals gestatten, eine andere mehr zu lieben als dich.«

Luis' schicke Hacienda. Eine überkandidelte *Casa* im Coldwater Canyon. Wildverdrehtes Holz, das in kühnen rechten Winkeln aufeinanderstieß.

Wir fuhren vor und parkten. »Eine typische Schauspielerabsteige«, erklärte Miguel. »Fortlaufend zwischen Vorschuss-Schecks gebaut. Man fängt mit ›Hamlet‹ an und hört mit ›Graf Y Borga, Vampir‹ auf.«

Donna gab ihm eine spielerische Ohrfeige. »Das ist die Welt, für die wir uns entschieden haben, und wir können uns glücklich schätzen, wenn wir es darin so weit bringen wie er.«

»Er hat Mutti während der Flitterwochen betrogen und mir später die Hälfte meiner Flittchen weggeschnappt.«

Donna gab ihm eine spielerische Ohrfeige – härter. »Frauen sind keine ›Flittchen‹.«

»Entschuldige«, meinte Miguel. »Weiber.«

Donna stubste mich. »Darf ich ihn umbringen?«

Ich lachte. »Wenn du mich daraufhin um der besseren Spurenverwischung willen heiratest, ja.«

»Ich überleg's mir«, meinte Donna.

Miguel hob gegen die *Casa* den Stinkefinger. »Hey, Luis, von mir aus kannst du krepieren, du alter Mistkerl.«

Der alte Mistkerl lief mir vor die Scheinwerfer. Ich bremste und verfehlte ihn nur knapp. Er sah aus wie Miguel in fünfzig Jahren. Kahler, mit gewaltigen Schlackerohren und einer von schwarzen Mitessern gezierten Riesennase. Kleidung: verrückte Madras-Golfshorts und ein T-Shirt mit der Aufschrift: »An mir ist Linda Lovelace erstickt« – die für ihre Schwanzlutschkünste berühmte Pornoschauspielerin.

Wir stiegen aus dem Wagen. Vater und Sohn umarmten sich. Papa holte einen Flachmann mit Padrone-Rotwein aus dem Gürtel. Miguel nahm zwei Schlucke. Donna lehnte ab. Ich nahm zwei – aaaaah!

Sie unterhielten sich in knarrendem Spanisch. Luis sprach schnell. Miguel langsam. Ich hörte *»mujer magnifica«*, *»chinga su madre«*, *»Graf Y Borga – dinero grande«*.

Miguel wendete das Gespräch ins Englische. »Stephen Nash? *Hoto psychotico.* TV-Nachrichten, der Killer. Komm Daddy, sprich Englisch.«

Luis holte ihn raus. Luis pinkelte in die Auffahrt. Sein Pimmel war eselsmäßig groß.

»Reklame zahlt sich aus«, erklärte Luis.

»Vorausgesetzt, man ist noch im Geschäft«, bemerkte Donna.

Luis stolperte die Treppen hoch. Das Wohnzimmer war in traurigem Zustand. Wir folgten. Dave Slatkin klagte von einem Fernseher an der Wand:

»Wir haben heute unter Zuhilfenahme von Hunden aus dem LAPD-Tierheim die Überreste dreier Kinder im Hinterhof ausgegraben. Die Jungen sind seit April 1956 von der Polio-Station vermisst gemeldet. Die gebrochenen Becken lassen auf eine posterior erfolgte sexuelle Attacke schließen.«

Ronald Reagan ersetzte Dave. Luis schluckte Padrone-Rotwein. Ich wies meinen Ausweis vor: »LAPD. Hier oder in der Innenstadt«.

Luis setzte eine Krone auf und legte eine Robe um. Mit dem Namensschild: »Eigentum der ›Graf Y Borga, Vampir‹-Produktionsgesellschaft«.

Miguel griff nach einem Telefonbuch. Miguel streichelte den Band. Miguel schlug Luis die Krone vom Kopf.

Und verkündete *dragnet*reif mit der Betonung und dem Akzent von Jack Webb:

»Raus mit der Sprache, Pancho. Mehlwurmschluckende Mexen wie du kriegen von mir und meinen Partnern nichts geschenkt.«

Donna griff nach dem Telefonbuch. Donna zog Luis eins über den Kopf. »Dafür, dass du bei ›Hawaii-Five-O‹ deinen Pimmel rausgezogen und auf mich losgegangen bist.«

Hollywood – Man-o-Manischewitz!!!

Luis murmelte demütig was Lateinisches. Mir als Erzprotestant kam das alles Spanisch vor. »Pssst«, machte Miguel. »Das ist die Einleitung zur Beichte.«

Wir standen alle stocksteif da. Der Graf schluckte Padrone und murmelte etwas wie »nam-maioho-rendsche-kaio«. Wir warteten. Er warf die Flasche in den Fernseher. Ronald Reagan zersplitterte. Er legte ein umfassendes Geständnis ab.

»Es war 1954. Ich war am Ende. Ich hatte keine inneren Werte mehr, die ich auf die Leinwand übertragen konnte. Da traf ich Steve Nash. Bei einem Auffahrunfall. Er erkannte mich. Wir unterhielten uns. Er hatte gerade einen Alkoholladen überfallen. Er war ein Räuber. Er hatte ein Messer und ein Bleirohr dabei. Er erklärte stolz, dass er ein Arschficker sei, aber ich sei vor ihm sicher, denn ich wäre nicht sein Typ. Ich fiel unter seinen Bann. Wir rauchten gemeinsam Marihuana und schluckten Benzedrex-Inhalierwatte. Ich fuhr, während er Läden überfiel. Er hat das Geld nie ausgegeben. Ich bewahrte seine Beute auf, und ich habe sie immer noch. Er aß ausschließlich Hundefutter. Er trank Billigwein. Mir erschien er echt *und* falsch und affektiert, und ich glaubte nur etwa die Hälfte von dem, was er erzählte. Er fickte in unserem Swimmingpool-Häuschen schmutzige Alkis. Was Rosie verrückt machte. Er pflegte mit dir zu spaßen, *Miguelito.* Das hat Rosie völlig verrückt gemacht. Einmal hat sie einen ganzen Stapel Platten über seinem Kopf zerschlagen. Er wollte dir nichts antun, *mi hivo*, das schwöre ich dir.«

Der Graf bohrte in seiner Nase rum. Der Graf tat einen tiefen Bühnenseufzer.

Donna streichelte ihr Telefonbuch. »Spuck alles aus, Chico. *Rapidamente*, oder du bist deine Green Card los.«

Der Graf wurde nachdenklich.

»Ich betrachtete ihn als schizophren oder als einen der größten Schauspieler der Weltgeschichte. Seine reine Hundefutter-Diät brachte mir 108 995 Dollar ein, die immer noch dort im oberen Schrankfach liegen. Er behauptete, drei poliokranke Kinder getötet zu haben, was ich ihm nie abnahm. Dann fand man den Jungen unter dem Santa Monica Pier. Ich weinte, als Stephen Nash in die Gaskammer wanderte. Er war böse, aber sein Genie passte zu meinem, und in meiner Verkörperung von ›Graf Y Borga, Vampir‹ werden wir gemeinsam den Höhepunkt unserer Laufbahn erreichen.«

»Sie sind ein verdrehter Kerl, Luis«, ließ ich ihn wissen.

Donna prügelte mit dem Telefonbuch beidhändig auf seinen Kopf ein.

Miguel griff nach der mit Dollar vollgestopften Schublade. Er sagte: »*Yo te anno*, Papa, du Mistkerl.«

Es war spät. Wir waren müde und hungrig. Loser Eisberg-Salat rollte in meinem Kofferraum hin und her. Ich rief Kuster auf meinem Polizeifunkgerät an. Chickie Farhood – immer noch nicht gefasst. Großfahndung. Die üblichen Aufenthaltsorte bewacht. Männer der Mordkommission an allen bekannten Homo-Hütten. Verdeckte Ermittler, die die Lauen Berge abgrasen.

Wir fuhren nach Südosten. Der Pacific Dining Car – »die ganze Nacht geöffnet«. Wir fuhren in südlicher Richtung über die Highland Avenue. Wir sahen die Lichter des Tierheims leuchten. Wir fuhren vor und gingen rein.

Bullterrier bellten. Bluthunde blafften. Airedales machten auuuu! Reggie Ridgeback zwängte seine Schnauze unter Donnas Rock.

Jane Slatkin schlief. Eine Nacht mit drei Hunden. Labradors als Bettgefährten.

Dave saß auf dem Boden. Donna schubste Reggie weg. Er beschnüffelte Miguels Schritt und schüttelte sich.

»Er läuft immer noch draußen rum«, gab ich bekannt.

Dave nickte. »Das große weiße Haus war die Collins-Villa, richtig?«

»Richtig«, konstatierte Miguel. »Du bist ein scheißgeniales Medium, Mann. Kommst du mit uns in den Dining-Car?«

Dave schüttelte den Kopf. »Stephen Nash aß eine reine Hundefutter-Diät«, verkündete ich.

»Was beweist, dass in jedem Menschen was Gutes steckt.«

Donna streichelte Reggies Rücken. Er schaute sie mit liiiiiebendem Mandelblick an. »Ich hatte eine Vision«, erklärte Dave, »über die ich mir ganz sicher bin. Es gibt ein Leben nach dem Tod, und der Himmel wird von Hunden regiert. Jesus, Buddha und all die anderen Typen sind nur Hochstapler, um die Spießer bei der Stange zu halten.«

Reggie beschnüffelte mit seiner Schnauze Donnas Rock. Donna wich ihm aus. *»Jesus«*, sagte sie, *»und all das ist wahr.«*

Wir klemmten uns im Dining Car in eine Nische. Wir stürzten uns auf Porterhouse, zerrissen ein T-Bone, taten uns an einem Filet Mignon gütlich. Donna gab bekannt, dass sie Reggie adoptieren wollte. Miguel erklärte sich bereit, zwei Bullterrier zu übernehmen. Wir schaufelten Pecan Pie in uns rein. Donna hielt meine Hand in ihrem Schoß. Wir gähnten gemeinsam. Unsere Wohnungen waren viel zu weit weg. Gehen wir in die Fickabsteige in Hollywood.

»Was hat dein Vater mit dem Oscar getan, den er für Hamlet erhielt«, erkundigte sich Donna. »Ich hab ihn nicht in seinem Zimmer gesehen.«

Miguel lachte. »Er hat ihn bei Schwabs Pharmacy gegen Phenobarbital und Schnaps versetzt.«

»Vielleicht schafft er ein Comeback mit ›Graf Y Borga‹«, gab ich zu bedenken.

»Nix da«, antwortete Miguel. »Ein Z-klassiger Flop, der gleich zum Fernsehen wandert.«

Ein Kellner kam vorbei. Donna wies auf ein paar Steakreste: »Wenn Sie so freundlich wären, das für meinen Hund einzupacken?«

Wir fuhren zur Absteige. Sie war dunkel und totenstill. Keine Lichter in den Fenstern – kein Fernseh- oder Fickfilmflimmern. Kein Lachen oder Lippenschmatzen spätnächtlicher Libido.

Wir gingen rein. Ich schaltete die Wohnzimmerlichter an. Alles wirkte zu aufgeräumt – keine rausgerissenen Schubladen oder in der Hitze des Liebesgefechts liegen gelassene Pistolengürtel.

Donna gähnte. »Ich gehe aufs Dach. Ich schaue mir die Lichter an und dehne das Abenteuer ein bisschen aus.«

»Ich begleite dich«, entschied Miguel.

Sie gingen rauf. Ich sah mir die Treppe und die Treppenabsätze an. Keine Lichter in der Küche. Keine übliche Sauordnung.

Donna und Miguel hatten das Dach erreicht – ich hörte den Kies knirschen. Ich ging in den oberen Stock. Keine Lichter im Eingangsbereich. Keine Flurlampen. Keine Lichter im Badezimmer, kein diskret beleuchteter Zugang zum Klo.

Fünf Schlafzimmertüren – alle gleichermaßen geschlossen.

Mir sträubten sich die Nackenhaare in ungutem Vorgefühl. Ich öffnete eine Tür. Ich knipste das Licht an.

Condom Cal Coleman und eine kaffeebraune Parkmeter-Maid, schnarchend. In ihren Kleidern eingeschlafen. Ein Nachttisch. Ein Krug mit Jim Beam. Eine geöffnete rote Kapsel mit weißen Puderresten.

Der Einbruch ins Rite-Aid. Die gestohlenen Barbiturate –

Ich ging auf Zehenspitzen. Ich öffnete Türen. Immer das schlimme gleiche Bild. Schnarchen. Angezogene Paare. Frisch geöffnete Flaschenverschlüsse und Pillenreste.

Ich rannte in den oberen Stock. Die Tür zum Dach stand offen. Donna und Miguel am Südrand, die froh und zufrieden die Aussicht betrachten.

Ich zog die Waffe. Die Tür schlug zu. Sie traf meine Nase. Sie schlug mir Zähne aus. Ich ließ meine Waffe fallen. Sie purzelte die Treppe herunter. Versehentlich löste sich ein Schuss.

Ich stolperte. Ich verlor das Gleichgewicht. Ich sah den Antichrist: Chickie Farhood, als Stephen Nash aufgemacht.

Ich zog meine Belastungswaffe. Chickie griff nach ihr und trat sie weg. Er schlug die Tür zu. Meine Finger waren dazwischen. Drei hingen an einem dünnen Faden von den Knöcheln.

Kies knirschte, prasselte und krachte. Ich sah Donna und Miguel.

Sie packten Chickie. Sie rissen ihn an den Haaren. Donna bohrte ihm die Finger in die Augen. Miguel trat auf ihn ein und stopfte ihm Kies in den Mund. Donna riss ihm ein Auge raus. Chickie schrie. Miguel schnallte einen Gürtel um seinen Hals. Vier Hände zogen und zerrten.

Ich sah Chickie schreien. Ich sah, wie Chickie um sich schlug, sich aufbäumte und Kies spuckte. Ich sah die Dachkante. Ich sah, wie Donna ihm aufs Gesicht trat und ihn in den grau gefleckten Kies zwang. Ich sah, wie ihm Miguel die Beine hochhob und ihn vom Gebäude stieß,

Die Schusswaffenkommission sprach mich frei. Ein Anruf bei Kuster – und der Fall war erledigt und geschlossen. Donna fuhr mich zu den Cedars of Lebanon. Die Ärzte von der Notfallstation retteten mir die Finger.

Ich wies der Nachtschwester meinen Polizeiausweis vor. Donna verbrachte die Nacht in meinem Krankenhausbett. Der Morphiumtropf erzeugte wilde Alpträume – alle über Stephen Nash.

Ich wurde am nächsten Mittag entlassen. Wir trafen uns in der Mordkommission Hollywood: Ich, Donna, Dave, Russ, Miguel.

Wir stimmten überein. Das Haus war böse. Es musste brennen. Nashs Geld würde die Angelegenheit mit der Hausbesitzerin klären. Sie kam für den Rest ihres Lebens in eine schicke Alterswohnung.

Chuy Nieves Bruder war ein Feuerteufel. Straßenname: »Zündholz-Manuel«. Russ wollte bei ihm anrufen.

Wir schauten zu, wie das Haus abfackelte. Wir saßen auf der anderen Straßenseite und tranken Daiquiris aus Büchsen. Ich hielt mit Donna Händchen. Die Fickabsteige brannte lichterloh. Feuerwehrleute erschienen. Das Dach stürzte ein. Kitschhaus zu Kohle in knapp zwölf Minuten.

Ich begleitete Donna zu ihrem Wagen. Wir küssten uns. Sie sagte: »Das hat uns geschafft und geschaffen, und nie werde ich jemanden mehr lieben als dich, und ich werde weiterhin Männer ausprobieren und wegschicken, weil ich eine Schauspielerin bin, die Gelüste hat, und nichts in meinem Leben wird so gottverdammt scheißwirklich sein wie das hier.«

Ich wischte ihr Flugasche vom Haar. »Ich werde mich an jeden Augenblick erinnern. Das wird mir über alles hinweghelfen.«

Sie stieg in ihren Wagen. Sie fuhr an Feuerwehrwagen vorbei. Sie fuhr über den Hollywood-Boulevard nach Westen.

Ich bin bei einem sinnlosen Schusswechsel zu Tode gekommen. Andere fielen vor mir.

Russ Kuster starb am 09.10.90. Im Hilltop Hungarian Restaurant. Bela Marko war betrunken. Er hatte eine Laserpistole dabei. Er zielte damit auf Kunden. Russ forderte ihn auf, das zu lassen. Marko weigerte sich. Marko schoss auf Russ. Russ schoss auf Marko. Sie töteten sich gegenseitig. Der Vorgang dauerte knapp sechs Sekunden.

Donna war beim Begräbnis dabei. Wir hielten Händchen. Wir weinten während der Leichenrede.

Dave und ich machten im LAPD Karriere. In der wichtigsten Abteilung – Mordkommission Innenstadt. Donna und Miguel wurden Fernsehstars und traten in Spielfilmen auf. Donna hat nie geheiratet. Manchmal bin ich ihr auf der Straße begegnet. Wir haben uns umarmt und eine Stunde aufeinander eingeflüstert. Die Leute hielten uns für übergeschnappt. Einmal haben wir uns während eines Regensturms in Beverly Hills zwei Stunden umarmt.

Ich habe nie geheiratet. Alles, was Donna vor dem abgebrannten Haus erklärte, wurde wahr.

Ich wurde sechsundneunzig. Donna lebt noch. Sie hat eine feste Rolle bei einer nächtlichen Fernsehserie. Die qualitativ etwa so hoch steht wie »Graf Y Borga, Vampir«.

Ich bin wie folgt zu Tode gekommen.

Ich befand mich in einem Einkaufszentrum in Orange County. Ich war alt und schwach. Ich trug immer noch eine Pistole bei mir. Ein uralter Mexikaner stellte sich vor mich hin. Er hatte viereckige Gitternarben im Gesicht. Ich erinnerte mich gleich: Chuy Nieves/der Bildschirmtest.

Chuy hatte eine große Glock. Ich eine große Browning. Wir putzten uns gegenseitig weg. Die Zeitungen schrieben über den »High Noon der Greise«.

Der Himmel wird von Hunden betrieben. Donnas Reggie-Ridgeback-Generationen haben das Sagen. Es gibt jede Menge Wolken und jede Menge Hunde. Das Essen ist gut. Man hat Sex mit Leuten, die man wirklich liebt. Man kann sein Leben auf Erden erneut durchleben und einen Pausenknopf drücken. Ich kehre immer wieder in den Herbst 83 zurück.

Donna fehlt mir. Ich will wieder aus nächster Nähe von ihren hurrikanverwehten Haselnussaugen umgehauen werden. Die Sache hat nur einen Haken. Ich will, dass sie niemals stirbt.

Raubsittich auf heißer Pirsch

Der Himmel ist ewig. Die Zeit lässt einen stolpern und straucheln. Die Zeit setzt körperliche Grenzen. Die Zeit beschränkt die Zahl möglicher irdischer Ereignisse. Die Zeit lässt Unsterbliche erstarren und zurückblicken.

Donna. Ich. Ein langer Zeitsprung: von 83 nach 04, mit vielen Stolperfallen.

Es musste geschehen. Die Sprunghaftigkeit der physikalischen Welt setzte uns weiter zu. Unsere Leidenschaften wurden verzehrend. Sie gerieten außer Rand und Band. Ihre Glut brach aus und steckte den Weltgeist in Brand und legte L.A. in Schutt und Asche.

Donna und ich. An die peitschende Sprache dieser Seiten gebunden. In stabreimenden Alliterationen allegorisiert und zu fetten Schlagzeilen wie den folgenden geronnen:

Hush-Hush 2000, Ausgabe vom Oktober 2004

SKANDALKÖNIG GETCHELL TOT!
BEERDIGUNG DROHT IN STEINSCHMEISSORGIE AUSZUARTEN!

Von Gary Getchell

Jawohl, er starb an AIDS – aber er war alles andere als ein wienerwurstsüchtiger warmer Bruder! Daniel Arthur Getchell – der Skandalschreiber-Schah, der König der üblen Nachrede, der keinen kalten Kaffee anbrennen ließ – war ein heroinsüchtiger Junkie mit einem vierzigjährigen Affen auf dem Buckel. Danny G. war ein Mensch. Der sein Spritzbesteck gutnachbarlich ausborgte und dafür virulente Viren zurückbekam. Er landete in einer geheimen AIDS-Station im Cedars-Sinai. Voller *Faigelehs*, die er in *Hush-Hush* geoutet hatte. Die Danny ihren Homo-Hass zu schmecken gaben. Das Spital wurde von monströsen Meuten schwuler Getchell-Hasser gestürmt. Danny G. flog raus. Er überlebte die Tunten-Tyrannei und versteckte sich zu Hause. Wo ihn die mächtige *Mama-San* Megan More, ein Kabel-TV-Starlet der Superklasse, aufs Beste betreute. Er starb am 12. September. Ms. More zufolge ist er mit einem »dystopischen Delirium tremens« gestorben. Er habe bis zuletzt »stolze Stabreime geschmiedet«. Er hat die verwickelten Sprachschlingen geknüpft, in denen sich mehr und mehr miese Maulhelden weltweit verfangen. Ms. More empfand Danny G.s Todeskampf als hinreißend. »Wilder Scheiß von James Joyce und Iceberg Slim, Dannys beiden Lieblingsautoren.«

Danny Getchell hat das *Hush-Hush*-Magazin 1955 übernommen. Er hielt brutal beschimpfenden Beleidigungsklagen stand. Er posaunte prozessfest die Wahrheit heraus und zerfetzte Lügen mit der schärfsten Stahlfeder von L.A. Er stellte warme Brüder kalt. Er nagelte Nymphomaninnen fest. Er tränkte es korrupten Bullen und dollarsüchtigen Staatsanwälten mit ätzender Druckertinte ein. Er prangerte Politiker an, deren Hände in die eigenen Taschen wanderten. Er stürmte in der kalifornischen Wahl von 58 hinter die Kulissen. Und hat seinem Tun und Treiben in den mephistophelischen Memoiren *Der Ärger, den ich mache* Unsterblichkeit verliehen.

Danny G. leitete *Hush-Hush* bis 1999. Damals habe ich die Leitung übernommen. Ich legte meinen nichtssagenden Namen Irv Moskowitz ab und nannte mich »Gary Getchell«. Ich erfülle Dannys metastasierendes Mandat. Ich vertreibe triumphierend Tatsachen. Ich besitze Danny G.s geheime Schmutzakten. Sie sind doppelt gesichert untergebracht und *Hush-Hush*-mäßig versteckt. Sie beschuldigen brutal und erheben schneidende Anklage. Sie sprechen politischer Korrektheit hohn. Sie sind der spitze Dorn im Fleisch der Beutemacher und der Kakao, durch den die Mächtigen gezogen werden können. Sie sind Dannys finstere Rache an seiner Nemesis, dem LAPD.

Das LAPD hat Danny seit 1955 zugesetzt. Danny wurde immer versessener darauf, zurückzuschlagen, und tat alles, um sich bei einigen internen Grüppchen und Gruppierungen beliebt zu machen. Seine Versessenheit habe ich geerbt. Sie lässt mir keine Ruhe. Ich mag den neuen Chief, Joe Tierney, nicht. Der irre Ire aus dem fiesen Philadelphia geht mir auf den Keks. Er ist eine schlagzeilensüchtige Medien-Diva. Seine leitenden Mitarbeiter liegen mir nicht. Um nur Captain Linus »Weißwäscher« Lauter zu erwähnen. Den das FBI sehnsüchtig im Visier hat. Sein Sohn, Leotis Lauter, leitet das Rauschgiftkartell an der Southside. Das FBI geht davon aus, dass Linus Leotis' grüne Dollarscheinchen wäscht. Linus gehört zum Klub der A-Vierer: Afroamerikaner *und* Affirmative-Action-geschützt. *J'accuse* – das Weichei Joe Tierney traut sich nicht, ihn vom Dienst zu suspendieren, während die Leute vom FBI mit grimmigem Hu*mohr* ihre Untersuchung vorantreiben.

Ich habe Danny G's moralisches Mandat geerbt. Ich werde nächste Woche beim Forest-Lawn-Friedhof dabei sein. Ein Mietrabbiner wird die Leichenrede halten. Er wird ins Tagespolitische verfallen

und den Irakern Saures geben. Es werden viele und vielfältige Leute kommen, ganz im Sinne Dannys. Schickt keine Blumen und verschwendet eure Moneten nicht an Mementos. Schickt mir die Piepen pronto persönlich. Weil ich nämlich pleite und nicht auf Kränze, sondern auf gutes Getchell-*Gelt* angewiesen bin.
Denk dran, Leser, hier hast du's zum ersten Mal gelesen: durchaus diskret, ganz unter uns, und völlig *Hush-Hush*.

Los Angeles Times, 22. September 2004

HAUSEINBRÜCHE IN BEL-AIR UND HOLMBY HILLS

Von Miles Corwin

Ein Einbrecher hat laut Auskunft der LAPD-Sprecherin gegenüber der *Times* sechsmal in den vergangenen acht Wochen in einem Nobelviertel von West Los Angeles zugeschlagen. Die Bewohner hielten sich zum Zeitpunkt des Einbruchs stets zu Hause auf, aus Sicht der Detectives ein entscheidender Hinweis für die Vorgehensweise dieses Einbrechers.
Captain Bill Dumais, Kommandant der Detective-Einheit bei der West Los Angeles Station: »Der Einbrecher steigt in die betreffenden Häuser durch halb offene Fenster oder Türen mit einfach zu öffnenden Schlössern ein. Haushunde schaltet er mit milden Schlafmitteln aus, die er in Stücke rohen Fleisches steckt, was die Schlussfolgerung nahelegt, dass es sich um einen Tierliebhaber handelt, der Haustieren nichts zuleide tun will. Mit Menschen geht er weniger zartfühlend um. Er findet sie in der Regel schlafend

oder durch sein Kommen aufgeschreckt vor und feuert mittels eines Schussgeräts Betäubungsspritzen ab. Dabei setzt er ein starkes Betäubungsmittel ein, das die Leute sechs bis zehn Stunden lang schlafen legt.«

Captain Dumais ging auf bisherige Einbrüche und die möglichen Motive des Einbrechers von West L.A. ein. »Wir pflegen Einbrecher, die in aktuell bewohnte Wohnungen einbrechen, als ›Heißpirscher‹ zu bezeichnen. Sie werden von der Vorstellung erregt, mit Menschen in Bezug treten zu können, wobei sie öfters zu tätlichem Angriff, Vergewaltigung und selbst Mord übergehen.« Trifft das für diesen Einbrecher auch zu? Laut Captain Dumaisja. »Bis jetzt hat der Einbrecher nur Kleinigkeiten gestohlen«, sagte der Captain. »Er ist offensichtlich nicht hinter verkäuflichen Gegenständen her, deswegen gehen wir davon aus, dass wir es mit einem Fetischisten zu tun haben, der Souvenirs als Erinnerung an seine Einbrüche mitnimmt.«

Und wie gedenkt das LAPD ihn festzunehmen?

»Die Planung ist in Arbeit«, sagte Captain Dumais. »Wir wollen den Burschen schnappen, bevor er jemanden ernstlich verletzt.«

1.

Donnas Sendezeit ließ mich zusammenzucken. Das Wachzimmer war ausgestorben. Ich beschloss, mich an meinen Schreibtisch zu lümmeln und vor mich hin zu träumen.

Ich zog die Fernseheinheit rüber. Wir setzten sie ein, um Verbrecherfotos zu vergrößern und Fingerabdrücke abzugleichen. Sie war computerkompatibel und technisch auf dem allerneuesten Stand. Dave Slatkin hatte einen superschicken Videorekorder angeschlossen.

Hospital Hearts – Donna in einer dämlichen Fernsehserie. Sie ist die Krebsspezialistin vom Dienst, die selber an einem traurigen Liebesleben leidet. Die Serie versuchte verzweifelt, über die nötigen Zuschauerzahlen zu kommen, rutschte immer mehr ab, kippte weg und ging unter.

Ich setzte mich hin. Ich genoss die Sauordnung auf meinem Pult und dachte über mein Mordmandat nach.

Da steht mein PC. Mit fein abgestimmter FBI-Software. Dort das Rhinozeroshorn, das mir als Briefbeschwerer dient. Hier liegt meine fetischistische Fotomontage – unter Plexiglas zusammengeschoben. Ein Dutzend donnaähnliche Freundinnen – vergebliche Versuche seit 1983. Daneben Stephanie Gorman, gest. am 05.08.1965 – der Fall, den ich unbedingt klären will. Zu Hause umgebracht/West L.A./ein schiefgelaufener Vergewaltigungsversuch.

Mordkommission LAPD, Dezernat für Ungelöste Fälle. Von Dave Slatkin, D 3, geleitet. Sechs Detectives. Schimmelige Mordakten, die es zu lesen, zu bewerten, abzulehnen, durchzuarbeiten oder aufzuklären gilt. Mit dem Himmelsgeschenk DNA – unserem intelligenten Aufklärungswerkzeug.

Drei Jahre als Einheit. Serienmörder gefangen. Vergewaltiger geschnappt und gerichtlich kastriert. Neueste Verwertungstechniken für alte aktenkundige Fakten und schicksalhafte Vergeltung.

Ich liebte die Arbeit. Ich liebte die Möglichkeit zur Donna-Bewunderung, die sie mir zwischenzeitlich gab. Ich legte *Hospital Hearts* in den Videorekorder und schaltete den Ton aus.

Donna. In wildem Weiß. Sie verklickert einem krank aussehenden Kerl, dass er Krebs hat. *Scheiß drauf* – sie sagt, dass sie mich liebt!

Die Donna-Szene brach kurz vor dem dramatischen Ende ab. Ein langweiliger Werbespot begann. Ich schloss meine Augen und träumte.

Ich war 52. Sie war 48. Es war nun 21 Jahre her – seit *damals*. Wir haben nie geheiratet. Wir haben das getrennte Sexualleben serialisiert. Und sind von unserer sehrenden und zehrenden Monogamie nie losgekommen. Ich trug eine brennende Glut und eine sengende Fackel im Herzen.

Donna war reich. Donna hatte zwei Emmys gewonnen. Donna wohnte in Holmby Hills. Ich war Mittelklasse. Ich hatte zwei Mexen und drei Mohren erschossen. Ich wohnte in Chino Hills.

Donna hatte Hunde – Generationen von Reggie Ridgebacks. Ich hatte Informanten an Ort und Stelle. Man denke: Taugenichtse auf Parkplätzen, Kaffeehaushocker, Oberkellner, *molto bene*. Sobald sie Donna erblickten, wurde ich umgehend benachrichtigt. Ich tauchte wie ganz zufällig und völlig nichtsahnend auf. Donna genoss das Spiel und durchschaute die Masche.

Ich öffnete die Augen. Und wurde von Hundefutter-Dramaturgie bedrängt. Ich suchte die Wände ab. Ich sah alte LAPD-Bilder.

Aufnahmen mit der »Schwarzen Dahlie«. Aufnahmen von »Onion Field«. Mein Lieblings-Bösewicht – der bedrohliche Donald Keith Bashor.

Wir schreiben 1955. Don ist ein muskelprotzender Heißpirscher. Er treibt sich im Westlake Park District herum. Er bricht in Wohnungen von Frauen ein. Er klaut nur Bares. Immer spätnachts. Die Frauen schlafen weiter.

Bis zum 16.02.55.

Don schlägt in der Carondelet Street zu. Don bricht in einer Wohnung ein, wo drei Krankenschwestern wohnen. Don verschwindet mit drei Handtaschen.

Don kassiert neunzig Dollar. Don schmeißt die Handtaschen

weg. Don schleicht sich durch die Carondelet. Don nimmt sich die South 271 vor. Karil Grahams Tür steht offen.

Er bricht ein. Sie wacht auf. Sie schreit. Er prügelt sie mit einem Bleirohr zu Tode. Er plündert ihre Handtasche. Er überlegt, sie postum zu vergewaltigen. Das Blut hält ihn davon ab.

Er verschwindet nach dem Graham-Mord. Er wechselt nach South Pasadena. Er ist als Heißpirscher aktiv. Er wartet vierzehn Monate. Er kehrt nach Westlake Park zurück.

Er ist als Heißpirscher aktiv. Er stiehlt. Er erweitert sein Revier. Er vergewaltigt eine Frau in Echo Park. Er kehrt nach Westlake zurück. Man schreibt Mai 56. Er bricht als Heißpirscher in einer Wohnung an der West 5th Street ein.

Laura Lindsay schreit. Er schlägt sie mit einem Hammer tot.

Der dämonische Don machte weiter. Geografie als Schicksal. Westlake übte einen schrecklichen Zauber auf ihn aus. Das LAPD schickte mobile Überwachungseinheiten aus. Besagte Überwachungseinheiten schnappten den dämonischen Don.

Juni 56 – alles gelaufen. Oktober 57 – Don brät in Big Q.

Der dämonische Don fuhr mir unter die Haut. Er erschien mir als beispielhaft für den Fall Stephanie Gorman. Da bricht einer in Wohnungen ein. Er glaubt, er täte dies des Geldes wegen. Worum es ihm *tatsächlich* geht, ist sexuelle Befriedigung. Ihn lockt die Möglichkeit des Unbekannten. Jede Wohnung fährt ihm in die Eier. Er steht unter Adrenalin. Jede Frau ist eine Hexe, dazu da, ihm das zu verschaffen, was er haben *muss*.

Ich schaute auf den Bildschirm. Donna war wieder da. Ihre haselnussfarbenen Augen hauten mich um und erinnerten mich an die von Stephanie Gorman. Ich drückte auf den Schnellvorlauf. Donna entledigte sich eines finsteren Freundes um ihrer wahren Liebe willen. Ich schaltete den Ton weg. Ich las ihr das Gesagte in freier Interpretation von den Lippen ab. Donna gab unmissverständlich ihre Liebe für *mich* kund.

Zwei Fingerabdruck-Spezialisten kamen rein. Ich ließ die Kassette aus dem Gerät springen. Schluss mit der Donna-Träumerei.

Ich schaltete zu Bashor um. Dave Slatkin hatte die Bestie analysiert und mit dem jetzigen Heißpirscher in Zusammenhang gebracht. Dave hatte ermittelt, dass der Täter mondphasenbestimmt war. Seine Aktionen liefen über einen längeren Zeitraum hinweg mit dem Mondstand parallel. Er trieb sich bei schmalen Halbmonden und tiefen Schlagschatten rum. Der Mann erinnerte an Bashor. Dave war zum Schluss gekommen, dass er bald vergewaltigen und töten würde.

Das Wachzimmer füllte sich. Mein Partner Tim Marti erschien. Ein robuster Draufgänger mit einer ganz altmodischen Abenteuerlust. Mit seiner Unbekümmertheit gehört er in die Tage vor Rodney King/vor der politischen Korrektheit/vor dem schlagstockfreien Einsatz. Dave erschien. Mit Hundehaaren und Hundefutterflecken. Er betreibt immer noch das Hundeheim. Er züchtet jetzt gefleckte Pitbulls.

Ich langweilte mich. Ich war unruhig. Wieder kam mir Donnas Sendezeit in den Sinn. Stephanie Gorman gesellte sich zu Donna und wollte mitgenommen werden.

Eine Beerdigung im Phantombild. Knisternde Symbiotik. Stephanie und Donna vereint.

Ich startete das Programm. Mein Computer erzeugte und pixelierte zwei Gesichter. Stephanie mit 16. Donna mit 48. Langsam jetzt – die beiden Gesichter mischen und abgleichen.

Vier strahlende braune Augen. Stephanies Sommerbräune. Donnas zarte Blässe.

Ich frankensteinisiere eine Stunde fröhlich vor mich hin. Das Damals und Heute vermengten und durchdrangen sich. Ich dachte an Russ Kuster. Ich dachte an den Herbst 83 und die Jensen-Donahue-Toten. Stephanie – auf ewig in ihrer Jugend festgezwungen.

Da fiel mir ein:

Danny Getchell war tot. Er hatte für mich gespitzelt. Er hatte mich meine Sprache gelehrt. Ein paar Blumen war ich ihm schuldig.

Meine Schuld: ein erstklassiges Blumenbukett. Die Schulden des Drogen-Dezernats: ein ganzes Blumenmeer. Danny hatte ihnen Haschraucher und Methadonverkäufer en gros geliefert. Wofür er jede Menge Heroin zugesteckt bekam.

Ich fuhr mit dem Lift nach unten. Der Drogen-Aufenthaltsraum: in tiefe Depression versunken.

Gut zwanzig Schreibtische. Die Bullen von Linus »Weißwäscher« Lauter, lahm herumlümmelnd.

Ich schaute sie an. Sie schauten mich an. Sie trommelten mit den Zehen und hackten auf ihren PCs rum. Sie luden sich Muschiseiten runter. Sie spannten isoliert. Sie internetignorierten mich.

Ich piff. »Blumen für Danny G. Wer steuert bei?«

Einige wiesen mir den Stinkefinger. Die meisten begnügten sich damit, mich schlicht zu ignorieren. Bill Berchem fasste sich an sein Toupet und ließ einen Finger kreisen. Bob Mosher bohrte sich in der Nase und spickte mir den Popel zu.

Divisionstiefe Depression. Ein Captain, dem das FBI im Nacken sitzt. Mit üblen Folgen fürs Fußvolk. Bullen, nach Vorladungsstadt unterwegs.

Ich schaute mich im Wachzimmer um. Eisige Stille. Ich schaute mir die Wandtafel an. Das unappetitliche Gesicht von Gary Getchell. Gerade dabei, einen Riesenschwanz abzulutschen.

Mit zahllosen Messern gespickt. Und dem ätzenden Kommentar versehen: »Stirb, Mistkerl!!!«

»Gary G. ist nicht Danny G.«, gab ich zu bedenken. »Danny hat uns so manchen Riesengefallen getan.«

Cal Eggers kam zu mir. Man könnte sagen: Linus Lauters strammer Stellvertreter. In den Sechzigern. Immer noch ein ganzer Kerl. Immer noch ein 1-A-Strippenzieher.

Er winkte mich nach draußen. Wir gingen weiter. Wir fanden einen Ort im Flur, wo wir uns kurzschließen konnten. Ich stellte klar: »Nicht Danny G. hat Lauter ans Messer geliefert, sondern die FBIler. Und dass sich Gary in *Hush-Hush* wichtigmacht, kratzt keinen.«

Eggers holte die Brieftasche raus und fächerte fünf Fünfziger auf. Ich nahm sie dankbar entgegen.

»Sehr liebenswürdig, Lieutenant.«

»Na komm, Rhino. Für Kollegen ab Gehaltsklasse D 2 heiß ich ›Cal‹ – und dass ich sauber bin und auf der Beförderungsliste des Captains stehe, ist dir ebenso bekannt, wie dass Linus Lauter ein dämlicher Tintentaucher ist, der ein Sechsmillionenhaus mit dem Lohn eines Captains Gehaltsstufe 2 *bar* bezahlt hat. Sag nur, dass ich mich nicht freue, dass er Ärger kriegt und dass ich als einer, der erst kürzlich ins Dezernat überstellt wurde, nicht beste Chancen aufs Kommando habe.«

Ich lächelte diplomatisch. »Vorzüglich zusammengefasst.«

Eggers zwinkerte mir zu. »Du hast Danny G. Rauschgift zugesteckt, als du bei der Mordkommission Hollywood warst. Hast du nicht Schiss, dass dein Name in einer der Akten von Giftzwerg Gary erscheint?«

Ich schüttelte den Kopf. »Da steht Aussage gegen Aussage. Danny ist tot, und ich bin Träger der Tapferkeitsmedaille.«

Eggers schüttelte den Kopf. »Du bist ein Scheißexzentriker.

Du bist ein über fünfzigjähriger Junggeselle, der mit Nashornschmuck herumläuft. Du hast im Laufe einer durchschnittlich anständigen Polizeikarriere drei Mohren und zwei Mexen ausgeschaltet, aber die öffentliche Meinung wendet sich mehr und mehr von uns ab. Schau mal diesen Scheißflur runter.«

Was ich tat. Was ich sah, gefiel mir nicht.

Riesenaufstand auf dem Schwarzen Brett. Lehrstunden in ethnischer Vielfalt: bösartig und zwangsweise. Üble Mitteilungen: Bundesvorschriften für die Einverständniserklärung/strenge Einschränkungen/dass ihr eure üblen weißen Männermethoden gehörig revidiert. Das Neueste über Schadenersatzklagen: Ultimaten von Winkeladvokaten/geschickt verpackter Class-Action-Mist. Was man abschreiben konnte: *adios* die knüppelschwingende Seitenstraßenjustiz. *Viva* der miese Multikulturalismus und der erzwungene Konsens.

Ich gähnte. »Jawohl, die Präzedenzfälle sind mir bekannt. O.J., Rodney King, die Aufstände von 92. Zahltag für die armen Schweine von L.A. Weißt du, wie es um Lauter steht? Als Polizist ist er exponiert, als Schwarzer kriegt er Deckung. Da sein Junge, Leotis, ein schlimmer Finger ist, sieht es für ihn nicht besonders gut aus.«

Eggers ließ die Knöchel knacken. »Du hast das Wachzimmer gesehen. Weiße Herren mittleren Alters mit gehörigem Muffensausen. Wenn's Linus an den Kragen geht, färbt das auch auf sie ab, ihre Karrieren sind im Eimer, die Chancen für Zweitjobs nach der Pensionierung gehen gegen null, wobei jeder Einzelne nur das eine denkt: Danny G. konnte die Klappe halten, hat aber alles aufgeschrieben. Wird der elende kleine Pinscher Gary Dannys Akten nutzen?‹«

Ich zuckte mit den Schultern. Ich wollte dem Schwachsinn ein Ende machen. *Hush-Hush* war kein wichtiges Blatt. Beide Getchells waren Abfalleimer-Wühler. Eine unangenehme Untersuchung wegen Drogen – ja. Die Schlüsselfiguren Linus und Leotis im Schwitzkasten – ja. FBI-Anforderung der *Hush-Hush*-Akten – äußerst unwahrscheinlich.

Mir sträubten sich die Nackenhaare. Eggers hatte keine gute Ausstrahlung. Ich wurde unruhig. Mein kahler Schädel brummte.

»Führ mich nicht an der Nase rum«, erklärte ich. »Wenn du die Schadenseinschätzung durch einen *Außenstehenden* willst, sollst du sie kriegen. Okay, bitte. Linus und Leotis müssen dran glauben, das ist aber auch alles. Ja, eure Abteilung hat Danny Getchell Infos abgekauft, und, jawohl, das hat er aufgeschrieben. Na und? Damit hat sich's. Danny ist tot und Gary G. ein zweitrangiger, kompromittierter Informant.«

Eggers verbeugte sich. Genau wie ich dachte!

»Richtig, mir war an der Sicht eines Außenstehenden gelegen, und du hast meine eigenen Überlegungen bestätigt. Kommt dazu, dass ich immer gern mit einem Burschen plaudere, dem Donna Donahue zehn Minuten gewährt hat.«

Ich lachte. »Das ging schnell vorüber. Zehn Minuten vor zwanzig Jahren, an denen ich mir für immer die Finger verbrannt habe.«

Eggers lachte. »Ich hab damals bei der Detective Branch Rampart gearbeitet. Ich kenne die ganze Geschichte.«

»Nein, das tust du nicht. Und Donna und ich werden sie nicht erzählen.«

»*Cherchez la femme*. Danach habe ich immer gelebt.«

»Ich habe zwei Frauen. Ich ›*cherche*‹ mehr als die meisten.«

2.

Cherchez Folgendes:

Beverlywood. Eine entzückende kleine *monde* bei Beverly Hills. Friedlich und ländlich. Ein kühler Koscher-Canyon.

Hillsboro, Ecke Sawyer – Stephanie Gormans Haus steht immer noch.

Ich parkte auf der anderen Straßenseite. Der Himmel wechselte von toxischem Braun zu Blassblau. Eine rot geränderte Sonne ging unter. Ich genoss die Dunkelheit.

Sie starb im Tageslicht. *Ma chère*, Stephanie.

Wir schreiben den 05.08.65. Es herrscht eine höllische Hitze. Stephanie geht in die Sommerschule – in die Hamilton High School.

Andere Jugendliche haben sie nach Hause gebracht. Sie ist alleine. Ihre Mutter ist im Tennisklub. Der Vater und die Schwester arbeiten in der Innenstadt.

Es gibt zwei Eingangstüren. Eine schreckliche Variante des Heißpirsch-Szenarios.

Die Hintertür. Der Hinterhof. Die Schiebetür. Die Eingangstür. Möglicherweise nicht abgeschlossen.

Er hatte Zimmermannsschnur mit. Er hatte eine kleine Pistole mit. Er hat Stephanie geschlagen. Er hat sie hinter sich hergeschleift. Sie gelangen ins vordere Schlafzimmer. Er hat sie auf ein Sofabett gefesselt. Er hat sie ausgezogen.

Sie befreite sich. Sie schrie und rannte weg. Er erschoss sie.

Die Untersuchung setzt ein. Die Watts-Unruhen brechen los und lenken ab. Gesteher-vom-Dienst erzählen ihre Geschichte und lügen, dass sich die Balken biegen. Bullen nehmen Vergewaltiger in die Mangel. Bullen gehen gegen Sittiche los. Bullen knöpfen sich Heißpirsch-Hyänen vor.

Nichts. Null, nada, *bupkes*, tote Hose, Sense, *gornisht*.

Mehr als dreißig Jahre gehen ins Land. Dave S. liest die Akte. Tim Marti liest die Akte. Ich lese die Akte, und *cherche la femme*. Wir alle verlieben uns in Stephanie. Sie ist unsere gemeinsame verlorene Tochter. Sie ist *meine* Tochter mit Donna D.

Wir durchwühlen Fingerabdruckkarten. Wir finden Vergleichsabdrücke – Familie, Polizei, Freunde. Wir finden einen Abdruck, der nicht passt. Wir geben ihn ans FBI weiter. Wir kriegen einen Treffer.

Der Kerl ist ein Kleinkrimineller. Er wurde mal eingebuchtet, nach dem Stephanie-Mord. Er ist cool, ruhig und sauber – vorher und nachher.

Wir überprüfen seinen Hintergrund. Wir untersuchen jeden bekannten Sprung und jede Höhlung. *Wir wissen, dass er die Gormans nicht kannte.* Sag mal, Chuck – was hat dein Scheiß-Fingerabdruck dort zu suchen?

Dave und Tim nahmen sich den Burschen vor. Er gab sich freundlich. Polizei, wie? Was kann ich für Sie tun?

»Stephanie Gorman«, beschied Dave. »Sie wurde ermordet.«

»Ach ja«, antwortete der Bursche, »das arme kleine Ding.«

Ach, Scheiße – er erscheint völlig umbetroffen, wirkt geradezu unschuldig.

Dave hakte nach. Tim setzte einen drauf. *Sagen Sie, was Sie wissen.*

Ich war auf der anderen Straßenseite. Gerade dabei, es der Ische meines besten Kumpels zu besorgen. Dem haben sie nämlich in Korea sein Ding weggeschossen. Die Schwester der Kleinen rannte rüber. Hat sich fast in die Hosen gemacht vor Angst und schrie. Mein Kumpel war Naturheilpraktiker. Die Schwester flehte um Hilfe. Ich ging rüber, weil ich dachte, dass es was zu sehen und zu lachen gibt. War aber nichts – das kleine Ding war mausetot.

Rufen Sie bei meinem Kumpel an. Reden Sie mit seiner Frau. Ich hab's ihr sechsundzwanzig Jahre lang besorgt. Die werden meine Geschichte bezeugen und bestätigen.

Was wir taten. Der schwanzlose Doktor – nennen wir ihn *il cornuto* – bejahte. Die fremdgehende Ehefrau war nicht ohne. Sie ließ sich noch mit achtzig nicht lumpen. Unser Verdächtiger »hatte es mir seit 13:00 besorgt. Man-o-Manischewitz, was für ein *Shvantz*! Bestückt wie ein Nigger!«

Ein Verdächtiger entlastet. Ein Fall geschlossen – vorläufig.

Die Akte blieb offen. Keine Samenflüssigkeit von 1965. Keine Möglichkeit zum DNA-Abgleich.

Ich konnte es nicht damit bewenden lassen. Ich las die Akte immer wieder. Ich suchte nach Verbindungen. Ich suchte nach Hinweisen und Zusammenhängen. Nichts blieb hängen. Keine plötzlichen Eingebungen, keine überraschenden Geistesblitze. Ich suchte die Nähe. Ich hatte meine regelmäßigen Stephanie-Zeiten. An manchen Abenden parkte ich vor ihrem Haus.

Eine Brise verwehte Blätter. Wolken flogen am Mond vorbei. Im Haus gingen die Lichter an. Ich stellte mir einen Stephanie-Schatten vor.

Mein Handy klingelte. Ich drückte auf den Talk-Knopf.

»Jensen.«

»Tag. Hier spricht Rob. Vom Starbucks am Beverly Drive.«

»Ach Mist. Ist sie ...«

»Jawohl, Sie geiler Hornochse. Sie sitzt hinter einem Riesen-Mocha, daher haben Sie, glaube ich, Zeit.«

Sie trug einen Serge-Rock und einen korallenfarbenen Kaschmir-Mantel. Ihre haselnussfarbenen Augen funkelten.

Ich setzte mich. Sie schob ihr Taschenbuch in die Handtasche. »Ich wollte den gerade mit nach Hause nehmen, als ich gesehen habe, wie der Junge zum Hörer griff.«

Ich zog mir ein bisschen Mocha rein. Zu klebrig und zu süß – igitt.

»Er ist ein wertvoller LAPD-Informant.«

Donna lachte. »Nötigst du ihn, oder schmierst du ihn?«

»Beides. Er hat im Wiltern einen Kollegen von der Sitte angemacht, und ich habe ihn aus dem Knast geholt. Das, plus zehn Dollar pro Sichtung.«

»Ich könnte zum Coffee Bean gehen«, sagte Donna. »Das liegt genau gegenüber.«

»Bringt nichts. Ich habe alle Schichtführer in der Tasche. Außerdem die –«

»– Autoparker, die sämtlich –«

»– bestens unter Druck zu stellende Illegale sind.«

Donna lachte. Ich stibitzte noch mehr Mocha. Ich hielt einen Herzschlag lang ihre Hand in der meinen. Ich rückte ihr eine Strumpfnaht zurecht.

»Mich wirst du nicht los. Nicht länger als sechs Monate auf einmal. Wir beide haben L.A. lebenslänglich, und ich kenne mich hier viel zu gut aus.«

Donna sah sich um. Ich sah mich um. Unsere Augen wanderten von Tisch zu Tisch. Die Beverly-Hillianer blickten blasiert und ungerührt zurück – dann bist du eben die Donna Donahue, na und?

»Mit wem bist du gerade zusammen?« erkundigte ich mich.

»Mit einem Drehbuchautor«, antwortete Donna. »Er sieht gut aus und ist viel jünger als ich. Ich habe die Geschichte unter Kontrolle. Die Beziehung spielt sich im Privaten ab, und der Altersunterschied ist mir peinlich. Ich werde nicht gerne mit ihm gesehen.«

Ich schlug mir aufs Knie. Mein Jackett verrutschte, mein Halfter wurde sichtbar, meine Waffe glitzerte. Hochmütige Blicke musterten mich abschätzig – was hat denn dieser Bulle bei Donna Donahue zu suchen?

»Ich ging mit einer stellvertretenden Staatsanwältin aus, die zufällig genauso aussah wie du. Wir haben zweimal ungeschickt miteinander geschlafen, dann hat sie mich wissen lassen, worauf sie aus ist. Heiraten, nach Portland umziehen und ein Waisenkind aus dem Irakkrieg adoptieren. Worauf ich ausgestiegen bin.«

Donna lachte. Sie hielt einen Herzschlag lang *meine* Hände in den ihren. Sie rückte mir den Krawattenknoten zurecht.

»Der Einbrecher hat im Nachbarblock zugeschlagen. Ich dachte, ›Mist, bereit sein ist alles‹, und habe Tom Ludlow angerufen. Der hat mir ein paar Waffen verkauft.«

Scheiße – Telefonbuch-Tom. Immer noch bei der Mordkommission Hollywood, immer noch ein Telefonbuch-Freak.

»Belastungswaffen, nicht? Unregistrierte Waffen?«

»Richtig.«

Ich schüttelte den Kopf. »Du langweilst dich. Du kehrst nach 1983 zurück. ›Schöne neue verfickte Welt‹,und so weiter.«

Donna leerte ihren Becher. »Sobald ich mich langweile, muss ich dran denken. Vor einer Woche hat mir mein Agent ein Script geschickt. Ich soll eine Polizistin spielen, die nebenbei eine Serienmörderin ist. Ich bring die Frauen meiner ehemaligen Flammen um, wobei ich deren Leichen genüsslich zerfleische. Wie soll ich jemandem beibringen, dass ich einen bestimmten Auftrag nicht annehmen kann, weil ich 1983 tatsächlich drei Leute umgebracht habe und bestimmte Dinge fürchte und von bestimmten Dingen besessen bin?«

Mein Herzschlag kletterte auf 120. Mein Blutdruck raste in die Höhe. Donna die Brandgefährliche – radikal wie eh und je.

»Was hast du mit den Waffen gemacht?«

»Die hab ich im ganzen Haus versteckt.«

»Zeigst du sie mir?«

»Aber sicher.«

Chez Donna: ein elegantes Château beim L.A. Country Club. Direkt am North Course – eine Holmby-Hills-Hütte.

Hohe Türmchen, große Erker. Fußballfeldgroße Wohnfläche. Ordentlich Platz für eine einzelne Frau und einen brünstigen Ridgeback.

Wir fuhren als Zwei-Wagen-Karawane rüber. Wir parkten vor dem überdachten Eingang. Donna ließ uns rein. Das geile Hundetier sprang an mir hoch und begann, sich an mir zu reiben.

Er klemmte mein Bein ein. Er patschte meinen Pimmel ab. Er schnappte nach meinem Gürtel. Er führte einen HIV-Test durch – der schwule Hund biss mich bis aufs Blut.

Donna warf ihm ein Häppchen hin. Reggie Ridgeback ließ mich gnädig los. Wir besichtigten die unregistrierten Waffen im Haus.

Eine mächtige Magnum – hinter einem Couch-Kissen versteckt. Eine fette .45er – unter einer Teppichbrücke. Ein Revolver – in Reggies Hundekorb eingearbeitet.

Im unteren Stock: donnamäßig durchgestylt. Edle Stofftapeten, vor denen sich Ölgemälde absetzen. Ein reizender Renoir. Ein machtvoller Manet. Ein kluger Klee. Und dazwischen jede Menge versteckte Feuerkraft.

Donna die Brandgefährliche, *mon dieu!*

Wir gingen nach oben. Reggie Ridgeback kroch zu mir und beschnüffelte mir den Schritt. Eine Browning im großen Schlafzimmer. Eine Ruger Pumpgun im Gästetrakt. Eine Derringer in der Duschkabine, wie eine Seife am Strick baumelnd.

Französischer Provence-Schnickschnack – ausgefeilte Holzarbeiten und Wandbalken. Pop-Art von schwulen modernen Meistern. Durchschlagende Hohlmantelgeschosse und doppelt schweres Rotwild-Postenschrot.

Die Donna mit den Teufelshörnern – ein Sukkubus des Neo-Noir!

Wir betraten den Balkon. Reggie steckte seine Schnauze in Schritthöhe zwischen uns. Die Nachtluft ließ mich erschauern, erbeben und erzittern.

Aussicht auf den Golfplatz – ein prächtiger Anblick, mit zart umrissenem südwestlichem Horizont. Ich spürte, wie Stephanie von mir Besitz ergriff.

Wir stellten zwei Liegestühle nebeneinander. Wir setzten uns. Wir verschränkten unsere Hände lose ineinander. Reggie witterte sein Stichwort und machte, dass er davonkam.

»Du denkst ans Mädchen«, sagte Donna.

Ich starrte Richtung Stephanie. Ich konnte hören, wie Autos die Wilshire runterpreschten. Stephanie ergriff erneut Besitz von mir.

»Sie ist älter als wir, wird aber immer jünger bleiben. Und ich habe an euch beide gedacht.«

Donna drückte mir die Hand. »Bei dir ist alles Vorspiel und Sehnsucht. Du verzehrst dich stets nach dem, was du nie kriegen kannst.«

Nebel wehte herein. Der Golfplatz verwandelte sich in ein Moor.

»Ich habe was über uns rausgefunden. Es beginnt 83 und fasst alles zusammen.«

»Sag schon«, wollte Donna wissen.

»Im Hinblick auf die üblichen Lebenshoffnungen der meisten Menschen haben wir unsere Erwartungen gesenkt«, erklärte ich, »um in einer Welt der Möglichkeiten leben zu können.«

Donna starrte nach Südosten. Ihr Blick verlor sich im Moor.

»Manchmal wünsche ich mir, dass alles wieder schiefgeht, nur, damit ich wieder dahin zurückkann.«

»Zum Beispiel.«

»Meine Website bekommt zu viele Treffer. Es gab viele widerliche Fragen über meine ehemaligen Freunde und Andeutungen, dass ich lesbisch sein könnte, weil ich nie geheiratet habe.«

Ich lächelte. »Du könntest mich heiraten.«

Donna lächelte. »Womit dem Bedürfnis nach Möglichkeiten *sämtliche* Riegel vorgeschoben wären.«

Der Moornebel lichtete sich. Der Mond ging allmählich auf.

»Und noch was. Ich habe E-Mail-Anfragen nach meinen Höschen bekommen, was zwar schon vorkam, aber –«

Ich unterbrach. »Warum nicht? Und wenn du sie verkaufst, lass es mich wissen.«

Donna lachte. »Ich habe einen Polizei-Krimi mit einer Schauspielerin namens Megan More gedreht. Sie ist eigentlich eher ein Soft-Porno-Star und hat's bei mir versucht. Sie pflegt ihre Höschen im Internet zu verkaufen und hat mich wissen lassen, dass sich damit ganz schön verdienen lässt.«

Toll! Da sollte man ordentlich zulangen!

Ich bemächtige mich des Internets. Ich stelle meine Unterhosen zusammen. Ich stopfe sie imponierend aus und verkaufe sie als Einzelstücke. Rhino Rick Jenson – der rasende Nashorn-Jäger!

Donna stupste mich. »Und hier wird's ein bisschen unheimlich. Die E-Mails und Höschen-Wünsche kommen beide von Computern, die in öffentlichen Büchereien stehen, daher kann ich dem traurigen Arsch oder den traurigen Arschlöchern nicht sagen, dass sie sich schleichen sollen.«

»Ein paar Arschlöcher im Laufe einer zwanzigjährigen Karriere sind so schlimm nicht.«

»Genau genommen sind es zwei. Ab und an kriege ich Hass-Liebesbriefe mit der Post. Der Typ mag es, wenn ich Haut zeige, und er hasst es, wenn ich Haut zeige. Er hat einen Haut-Fimmel.«

Ich kraulte Reggie. »Wenn du Angst hast, könnte ich auf dem Sofa schlafen.«

»Für die nächsten dreißig Jahre?«

»Warum nicht?«

»Antworte du, Reggie«, forderte Donna ihn auf. Reggie bleckte die Zähne und knurrte grollend.

Ich kapierte. Das hieß wahrscheinlich Abstinenz. Ich hatte eine hoffnungsvolle Latte. Sie einen scharfen Hund, jede Menge Waffen und Courage.

Die Moornebel wurden dichter. Reggie heulte den Mond an.

3.

Dystopisches Disneyland – Danny Getchells ausgeflippte Leichenfeier!

Trauben von Trauernden und morbide Szenegestalten. Legionen von L.A.-Verlierern, die in Forest Lawn ihre Aufwartung machten.

Narkis und Hermaphroditen. Pornofilmstars und Generation-X-Schauspieler, die dem Dahingegangenen die Reverenz erweisen. Nihilistische Collegekids, die auf den toten Danny abfuhren. Eine anarchistische Versammlung von Perversen, Nichtsnutzen und wilden Freaks.

Anti-Danny-Demos: überkandidelte Tunten auf dem Homo-Hegemonie-Trip. Drogenpolizei am Rande – der böse Bill Berchem und der bullige Bob Mosher.

Forest Lawn – bis auf den letzten Stehplatz besetzt. Braun gebrannter grüner Rasen – siebenhundert arme Sünder und ein *üü-übler* Smogalarm.

Ich stand neben Tim Marti. Wir schleppten unsere Blumenpracht an. Tim wies auf bedeutende Persönlichkeiten hinter der Bahre hin.

»Der Typ mit den Ohrlocken ist ein Rabbi mit einer Anklage wegen Kinderbelästigung. Er hat bei einer Holocaust-Gedenkfeier seine koschere Salami einem kleinen Mädchen zu kosten gegeben. Die Wasserstoffblondine mit den Riesentitten ist Megan More. Sie tritt in den spätabendlichen Busen/Hintern-Filmen auf. Mein Junge, Brandon, schleicht sich abends immer ins Wohnzimmer, um sie an der Glotze zu bestaunen, wobei er sich die geschlagene Sendung lang einen runterholt. Der magere Kerl ist Gary Getchell, alias Irv Bohnenstange Moskowitz. Er ist der sogenannte Chefredakteur von *Hush-Hush*, fungiert aber hauptamtlich als Golf-Caddie beim Bel-Air Country Club. Er ist ein Exhibitionist. Er holt ihn gern vor Nonnen raus. Ich habe ihn hopsgenommen, als ich bei der West-L.A.-Sitte gearbeitet habe.«

Ich lachte lüstern. Ich sah mir die Verlierer an. Mit dem Rabbi stimmte was nicht. Er wirkte wie ein spritzensüchtiger Junkie. Sein Hals wies Spritzennarben auf. Der Möchtegern-Getchell steckte in Caddy-Kluft und erschien völlig durchgeknallt. Er trug Alligator- Golfschuhe und gestreifte Leinenshorts. Sowie ein Hemd mit Pinguin-Muster. Sein knallgelbes Käppchen setzte das Tüpfelchen aufs i.

Ich musste laut lachen. Bei Megan More riss ich die Augen auf. Eine hoch gewachsene Erotikfilm-Göttin. Gut 1,80 m groß. Geisterhaft weißblond und faszinierend gebräunt – eine bemerkenswerte Brunhilde de luxe.

Tim stupste mich. »Ich hab gesehen, wie Berchem und Mosher Fotos machen. Meinst du –«

»Ich nehme an, sie wollen Gary Getchell in die Zange nehmen, einfach aus Spaß an der Freud. Vielleicht hat er eine Akte bei der Droge, vielleicht nicht. Vielleicht hat Danny G. was über Linus Lauter in der Hinterhand, vielleicht nicht –«

»– wie *immer*, *Hush-Hush 2000* ist ein Witz. Die Auflage liegt im unteren vierstelligen Bereich, das Blättchen wird nur vervielfältigt vertrieben und ausschließlich von Musik- und Filmfreaks gelesen und kann sich nur deswegen im Geschäft halten, weil die ACLU, die Vereinigung für Bürgerrechte, bei Beleidigungsprozessen gratis für die Verteidigung aufkommt.«

Der Rabbi griff nach einem Mikro. Die *verrüüüückte* Menge drängte sich ran. Ich sah tränenfeuchte und blutunterlaufene Augen. Ich schnupperte den klassischen Haschisch-Duft. Wir waren von einem Meer kranker Seelen umgeben. Ich warf unsere Riesenblumenspende los. Sie schlug auf Danny G.'s Sarg auf.

Berchem und Mosher kamen nach vorn. Sie drängten sich durch die Menge und glotzten Megan More an. Tim und mich übersahen *sie*. Sie stellten sich an die Bahre. Sie hatten Kameras dabei. Besagte Kameras klickten.

Sie knipsten Megan More. Sie knipsten Megan More und die Trauergäste, mit denen sie sprach. Klick/klick/klick – Megan More auf einer Mini-Minox festgehalten.

Ich zuckte mit den Schultern. Tim zuckte mit den Schultern. Wir hatten beide ein ungutes Gefühl.

Der Rabbi umklammerte das Mikro und leckte sich die Lippen. Der Rabbi betete und predigte.

Danny G. war ein wunderbarer *Mensch* und ein zielgerichteter

Shtarker. Er war kein *Schmendrick*, kein *Schlemihl* und kein *Schlimazel.* Er war ein musterhafter Mistkerl.

Der Rabbi fasste zusammen. Ein paar Klezmer-Clowns brachten sich ein. Juden-Jazz fetzte. Tim und ich gingen.

Die Beerdigung hatte mich geschafft. Ich war von Hasch-Schwaden eingenebelt worden. Ein klarer Fall von Passivraucher-High. Ich fuhr nach Hause, um entsprechend angetörnt über Donna sinnieren zu können.

Der Rausch legte und verlor sich. Ich war unruhig und donnafixiert wie eh und je. Ich hatte das Bedürfnis, mit ihr zusammen zu sein. Die Donna-Fixierung in die Tat umsetzen, bevor einem der Sextrieb abhandenkommt.

Ich rief bei Donna an. Ich wirkte frech und dreist. Die Höschen-Mails machen mich unruhig. Ich würde die Ausdrucke gerne nochmals studieren.

Donna nahm's mir ab. Ich gehe – die ausgedruckten Mails lege ich auf die Schwelle. Danke, Rick – auf dich kann man sich echt verlassen.

Ich gelangte nach Holmby Hills. Ich holte die ausgedruckten Höschen-Mails. Ich fuhr zurück zu den Chino Hills. Ich legte einen anständigen Rachmaninoff auf – Rick und Donna *drin*, *Rach* der *Mann* im *Off.*

Die Preludes Opus 32 – übernatürlich kostbar *und* priapisch. Sex, wie man ihn selten erlebt/schwere Verlustgefühle/arges Herzeleid – die genaue Rick-&-Donna-Story.

Ich studierte die Mails. Erster Eindruck – dummer Scheiß. Zweiter Eindruck – dito. Dritter Eindruck – von Bibliotheken in West L.A. geschickt. Ziemlich eindeutiger Eindruck: dummer und gleichartiger Scheiß, *der vom gleichen Absender stammt.*

Ich entschied, einen weiteren Gutachter beizuziehen.

Ich rief Dave Slatkin an. Klar, her mit dem Zeug. Jetzt habe er gerade zu tun, er ginge nach Bel-Air, um mit den anderen dem Heißpirscher aufzulauern.

Der Heißpirscher ist mondphasenbestimmt – das *weiß* ich. Sein letztes Opfer bekam zwei Beruhigungspfeile ab. Und ist beinahe daran gestorben. Früher oder später bringt die Type jemanden um.

Ich erläuterte die Mails – Donna in Gefahr und perverses Potenzial. Ein durchgeknallter Fritze im Höschen-Pantheon. Ein kranker Kerl und morbider Masturbator.

Dave lachte mich aus. Er werde den Quatsch lesen. Du kannst mich auf dem Anstand finden. Und bleib auf dem Teppich, Rhino – du bist durch den Donna-Wind.

Das tat weh –

Ich war im Begriff aufzuhängen, als Dave sich daran erinnerte, dass ich bei Chief Tierneys Büro anzurufen hätte – ich solle was für ihn zu erledigen.

Ich legte den Hörer auf. Ich ging den Anruf in Gedanken durch und litt *erneut*. Dave Slatkin weist mich ab. Dave zieht über meine Erkenntnisse her. Bleib auf dem Teppich, Rhino-Rick. Du bist durch den Donna-Wind. Du bist donnataub und donnablind. Du hast 1983 mit Donna getändelt. Du bist ein Donna-Determinist. Die höllische Hitze dieses magisch meschuggenen Augenblicks hat dich donnaversehrt und donnavereinnahmt.

Alles richtig und zutreffend – aber *wuuuuuuuuuunderbaaaaaaaaaar.*

Ich legte die ausgedruckten Mails nebeneinander. Ich unterstrich die üblen Stellen. Ein wilder Höschenfanatiker:

»Liebe Donna: Ich bin ein gut aussehender & gut bestückter Sammler weiblicher Unterwäsche, die ich katalogisiere und in meiner Junggesellenwohnung in Malibu hinter Glas aufbewahre.

Könntest du mir per E-Mail mitteilen, wie das mit deinem Angebot aussieht & wie viel du verlangst?«

»Liebe Donna: Ich würde gerne deine Höschen kaufen, um meine Sammlung zu vervollständigen, was ich aber nicht kann, solange du, wie gehabt, meine E-Mails nicht beantwortest. Bist du zu sehr damit beschäftigt, dich deiner Fans anzunehmen, oder schlicht & ergreifend zu verklemmt?«

»Liebe Fotze: Du hast eine allerletzte Chance zur Wiedergutmachung, indem du mir deine Höschen zu Discountpreisen verkaufst. Warte nicht länger! Tu's heute!«

Ich überflog die schmierigen Computer-Briefe. Besonders üble Sprüche.

»Dass du nie heiratest, find ich pervers. Stehst du auf Schnallen, oder bist du sonst wie anders rum?«

»Ich weiß, dass du's mit vielen Männern getrieben hast. Wer hatte den Größten & Schönsten?«

»Ich möchte deine Höschen mit Chanel Nr. 5 tränken und sie mit in die Schule nehmen, weil sie mich an Mutti erinnern.«

Vielleicht ein mörderischer Donna-Hasser. Vielleicht ein ganzer Spinnertrupp. Vielleicht ein passiver Wichser.

Ich holte meinen Notizblock raus. Ich hielt fest:

»Höschen-Mann – Frustration nimmt zu/Sprache wird gewalttätiger. Was weiß er über andere Schauspielerinnen, die ihre Höschen verkauft haben? Megan More teilte Donna mit, dass sie die *ihren* verkauft.«

????? – ich entschied, einen weiteren Gutachter beizuziehen.

Befragen wir Brandon Marti – Tims hormongeschüttelten Teenager.

Ich rief in Tims Wohnung an. Brandon nahm ab.

»Äh, ja?«

»Ich bin's, Junge.«

»Oh, Tag, Onkel Rhino.«

Ich hüstelte. »Ich brauche in einer bestimmten Angelegenheit deine Hilfe. Ich weiß, dass du dich mit so was auskennst.«

Brandon meinte: »Äh, klar. Um was ...«

»Ich will Tacheles mir dir reden, Junge. Du hast heißes Blut in den Adern, aber keine Ableitungsmöglichkeit, wenn du verstehst, was ich meine. Du müsstest doch wissen, wo all die Porno-Tussis auf dem Internet zu finden sind. Ihre Websites, verstehst du mich?«

Der kleine Lüstling lachte. »Vati sagt, du hättest einen Märtyrer-Komplex. Er sagt, du kämst einfach nicht über die Schauspielerin hinweg, die irgendwann, vor zwanzig Jahren oder so, was mit dir gehabt hat.«

Das tat doppelt weh.

»Brandon, jetzt komm –«

»Also, da ist Jenna Jamison und Seka, und Summer Storm und Porsche Poon, und ... Scheiße, ich weiß nicht ... meistens sind das einfach so ... *Tussis.*«

Steriles Zeugs. Total depressiv. Harmlose Donna-Phobie und ein Teenager, der nichts mit sich anzufangen weiß.

»Danke, Brandon. Du warst mir eine große Hilfe.«

»Gern geschehen. Oh, und Vati hat mir gerade einen Zettel rübergereicht. Drauf steht: ›Er soll endlich ins Leben zurückfinden.‹«

Ich klapperte Websites ab. Ich doppelklickte Jenna Jamison. Ich tippte Summer Storm und Seka in Suchmaschinen. Ich besuchte Porsche Poons Webseite. Nackte Haut und Starlet-Neuigkeiten. Armselige Fanpost. Keine Höschen zu verkaufen.

Dann versuchen wir's mainstream. Versuchen wir, Filmstars abzugrasen.

Ich surfte. Ich sprang von Homepage zu Homepage. Ich besuchte die kaltschnäuzige Sandy Bullock und die naseweise Nicole K. Wie gehabt: armselige Fanpost und Star-Neuigkeiten. Keine Höschen zu verkaufen.

Ich ließ meine Maus mäandern. Ich fand Megan More – die »offizielle« Website.

Höschen angeboten – zu 29,95 Dollar. Starlet-Neuigkeiten. Armselige Fanpost – halt, Obacht, was ist das?

Die armselige Selbstdarstellung: BigBob@bigbob.com. jede Menge schwülstiges Zeug, dann Folgendes:

> Ich hab die Webseite von Jack Jen-kin besucht. Er hat für 16,95 Dollar eine sogenannte Diplomarbeit über Megan angeboten. Ich hab sie gelesen, und es sind lauter schändliche Lügen. Ich fordere alle Megan-Fans auf, den Clown zu boykottieren.

Ich boykottierte Big Bobs Boykott. Ich ließ meine Maus mäandern. Ich klickte mich zur Website von Jack Jen-kin durch. Und fand folgende Anzeige:

> *Die Metamorphose von Megan More*, 168 S., 16,95 Dollar. Die Wahrheit über die Softporno-Sensation. Visa, Mastercard, Amex, Discover: Bitte Kartennummer und Auslaufdatum in die entsprechenden Felder eingeben. Barüberweisungen an: Jack Jen-kin, 1284 South Berendo 14, L.A. 90 018.

Interessant. Vielsagend. Eindeutig eine Adresse in der Koreanerstadt.

Ich ließ meine Maus mäandern. Ich bekam Hinweise. Ich bestellte das Buch per Nachtexpress. Ich lehnte mich zurück. Ich bedachte das höschensüchtige Elend und *mich*.

Die Chancen, dass Donna in Gefahr ist: 10:1 dagegen. Die Wirklichkeit: Rhino Rick, der gegen Langeweile und Dauerdepression ankämpft.

Immer wieder dasselbe: die Stephanie-Starre/die Donna-Dürre. Unlösbare Verbrechen/unerreichbare Frauen – und *ich*.

Ich saß da. Mir wurde immer trübseliger zumute. Ich stellte Wahrheitsfallen und fiel *selber* hinein. Prosaische Einsichten sind unerfreulich. Ich bin dem Möglichen verhaftet. Ich habe zugunsten des Vielleicht einer eigenen Familie abgeschworen.

Abendessenszeit. Kein freundliches Eheweib, kein Kindergeschrei, das mich erwartete. Meine augenblickliche Existenz bezog sich auf ausgedruckte Porno-Webseiten. Schweinischer Fetischismus als mein Potenzial.

Ich wollte weitere innige Donna-Momente. Die Gefahr würde sie erzwingen. Meine eigentliche Hoffnung richtete sich darauf, dass die Gefahr sie lähmen und mich befreien möge. Donna für die Liebe. Stephanie, um mich als beispielhafter und besessener Vater wahrnehmen zu können.

Es war 22:00 Uhr, Donna vergnügte sich mit ihrem Hund und ihrem glücklichen Liebhaber. Stephanies Akte trug immer noch den Stempel TOT.

Möglichkeiten. Das Bullen-Dilemma als Kommunion. Das Haus von Stephanie rief mir zu.

4.

Police Chief Joe Tierney – ich grüße dich!

Er musterte mich schweigend. Er fixierte mich. Er starrte mich durchdringend an.

Ich hatte in seinem Büro angerufen. Ich hatte um das Treffen gebeten. Ich saß nun ganz ruhig da. Schlitzohr Joe Tierney – ein hinterhältiger Kathole.

»Die Rhino-Kluft funktioniert soweit ganz gut«, ließ er mich wissen. »Ich mag den Krawattenhalter und die Gürtelschnalle, aber die Krawatte mit dem Rhinozeros-Muster muss weg.«

Der Stuhl scheuerte mir den Hintern wund. Das Büro bedrückte mich. Die Bilder nervten.

Joe T. und der Papst – in polnischer Kumpanei vereint. Joe T. und die Obermackerin Mutter Teresa. Joe T. und Hillary Clinton – in Machokluft wie eine Landser-Lesbe auf Brautschau.

»Danke, Chief«, sagte ich. »Das nächste Mal, wenn ich mir Klamotten im Sonderangebot kaufe, nehme ich Sie mit.«

Tierney grunzte. »Nehmen Sie gefälligst zur Kenntnis, dass das hier nicht mehr das rechte rechtslastige L.A. des weißen Mannes ist, in dem Sie groß geworden sind.«

Ich grunzte. »Tja, da kann ich mich wohl glücklich schätzen, dass ich die drei Mohren und die zwei Mexen vor der Rodney-King-Geschichte umgelegt habe.«

»Sie haben Schneid, Rhino. Das muss man Ihnen lassen. Und Sie sind gescheit genug zu wissen, dass das Department zurzeit keine weitere schlechte Publicity gebrauchen kann. Wir stecken bis zum Hals in Schadenersatzklagen, die Einverständniserklärungs-Pflicht setzt uns zusätzlich zu, und unsere Officers fürchten sich, wen festzunehmen, weil jeder hopsgenommene Straßengauner gleich an Schadenersatzklage denkt.«

Ich grunzte und gähnte. Ich war geschafft und erledigt. Ich war lange bei Stephanie geblieben.

»Haben Sie mich aus triftigen Gründen herbestellt, oder wollten Sie nur meine Garderobe kritisieren?«

Tierney klopfte an seine Zähne. Die Fahne wehte bis zu mir herüber. Ein hinterhältiger Kathole/eine Power-Lunch-Lusche.

»Also, kommen wir zu Potte. Sie haben Danny Getchell gekannt. Sie haben ihm Stoff gegen Infos zugesteckt, was damals allgemein üblich war. Ihr Fehler war, den Stoff einem Typen zugesteckt zu haben, der Akten führte und alles und jedes niederschrieb. Danny ist zwar tot, aber Gary Getchell lebt und hat Kollegen Captain Lauter gar nicht gern. Er hat ihn in einem *Hush-Hush*-Artikel erwähnt und geht vielleicht davon aus, sich weiterhin auf Kosten der Drogen-Truppe wichtigmachen zu können, indem er andere, die ganze Abteilung betreffende Artikel schreibt. Sie haben dafür zu sorgen, dass er das bleiben lässt.«

Sich die Wut nicht anmerken lassen. Durchhalten. Versuchen, die Drohung zu genießen.

Ich hielt ungerührt stand. Schlitzohr Joe gab mörderische Martini-Dämpfe von sich und zog vom Leder.

»Ich würde Ihnen höchst ungern wegen allfälliger durch *Hush-Hush* erfolgter Indiskretionen eine Rüge erteilen müssen. Also nehmen Sie Gary Getchell gemeinsam mit Tom Ludlow in die Zange und bringen ihn dazu, Captain Lauter *und* das LAPD in Ruhe zu lassen. Stellen Sie klar, dass wir sakrosankt sind, stellen Sie klar, dass er seine Akten nie mehr gegen uns einzusetzen hat, und tun Sie dies mit dem gehörigen schmerzhaften Nachdruck.«

Als Mann fürs Grobe eingesetzt – Mann-o-Mann! Die brutale Bullen-Nummer abziehen müssen!

Ich fuhr zur Hollywood Station. Telefonbuch-Tom stand draußen. Wir begaben uns zum Bel-Air Country Club.

Tom sah bedrohlich aus. Er fächelte sich mit einem Westside-Telefonbuch Luft zu und gab Obszönitäten von sich. Er machte immer noch schweinische Telefonanrufe. Damit »nagelte er immer noch Nymphomaninnen fest« und »riss Katzen auf«. Er hatte nach wie vor lebhafte Vietnam-Flashbacks. Besagte Flashbacks warfen ihn um. Er erging sich in übler Nostalgie. Ach, meine Jugend! Meine grünen Folter- und Vietcong-Vivisezierjahre!

Wir erreichten Bel-Air. Ich sah, wie unmarkierte Bullenwagen sich den Udine Way heraufschlängelten. Eine beeindruckende Manöverprobe, um den üblen Burschen zu erwischen, der sich hier nachts herumtrieb. Das schöne Bel-Air: bester Jagdgrund für den *bandido* auf heißer Pirsch. Heute Nacht wird ihn eine rollende Polizeitruppe erwarten.

Wir gelangten zum Country Club. Zum Parkplatz der Caddys. Ein bemerkenswert eingedellter Dodge Dart. Ein mohrenschwarzer Cadi*black* und ein latinisierter Lincoln Continental mit Chromauspuff.

Außerdem ein abgewirtschafteter Kastenwagen. Mit Flammen bemalt und platten Reifen. Mit eingeschlagener und gesprungener Windschutzscheibe. Die Hintertür aufgebogen.

Drinnen: Gary Getchell. Drinnen: ein Vervielfältigungsapparat. Getchell packt was ein – sind das nicht Höschen?

Wir parkten und gingen rüber. Getchell faltete Höschen zusammen und steckte sie in Plastiktüten. Bemerkenswerte wilde Wandbilder – alles klassischer *Hush-Hush*.

Marilyn Monroe: mit kaffeebraunem Superkerl! Ava Gardners schwarze Freuden! Johnny Rays Abenteuer auf dem Herrenklo! Rock Hudson als warmer Fleischkoloss!

»Polente, wie?«, begrüßte uns Getchell. »Das sieht nach Ärger aus, den ich gar nicht brauchen kann.«

Tom klopfte auf sein Telefonbuch. Der Einband – losgelöst durch übermäßige Benutzung. Die Seitenkanten: von bräunlichem getrocknetem Blut starrend.

»Lass das mit den Akten bleiben«, teilte ich ihm mit. »Das heißt nichts über Lauter und nichts übers LAPD.«

Getchell lachte laut auf. Er nahm eine Höschenpackung. Und schwenkte sie in Richtung Tom.

»Einmal schnüffeln zehn Piepen. Was meinst du, Neandertaler? Megan hat bestimmt nichts dagegen, und dich macht's vielleicht ein bisschen ausgeglichener.«

Ich gab Tom ein Zeichen. Tom bog sein Telefonbuch zurück. Eine anständige Rückhand – und Getchells Nasenbein war entzwei.

Die Nase lief und ließ Blut aufs Plastik tropfen. Was zu bemerkenswerten Flecken auf den Höschenpackungen führte.

»Lass die Finger von den Akten«, sagte ich. »Nichts über Lauter, nichts übers LAPD.«

Getchell öffnete eine Höschenpackung. Getchell holte ein Höschen raus und schnäuzte sich.

»Letztes Angebot. Zweimal Schnüffeln für fünfzehn Eier. Ihr Kerle seid viel zu sehr auf euren Sex- und Gewalttrip fixiert. Also gut, zweimal Schnüffeln für einen *Zehner*. Mein letztes Angebot.«

Ich gab Tom ein Zeichen. Tom bog sein Telefonbuch zurück. Eine saubere Vorhand – Getchells Schnauze bekam eine Nachpolitur.

»Lass die Finger von den Akten«, gab ich bekannt. »Nichts über Lauter, nichts übers LAPD. Sag Ja, und du bist uns los.«

Getchell stöhnte und verzog das Gesicht. Getchell zog einen Zahn aus dem Mund. Hier war einiges an Zahnarztarbeit zu Bruche gegangen.

»Mein allerletztes Angebot. Die Megan-More-de-Luxe-DVD-Sammlung und je zweimal Schnüffeln, für insgesamt zehn Piepen. Kommt, da leg ich drauf.«

Ich gab Tom ein Zeichen. Tom bog das Telefonbuch zurück. Einmal überhand durchgezogen – und Getchell flog durch den Wagen und lag flach.

Er hustete. Noch mehr Blut. Noch mehr lose Zähne.

»Lass die Finger von den Akten«, wiederholte ich. »Komm, Gary, das macht mir keinen Spaß.«

Getchell stand auf. Er stand kerzengerade da und schaute mir in die Augen.

»Ich weiß über dich und dein schauspielerndes Flittchen Bescheid. Herbst 83. Kommt dir das bekannt vor? Ich hasse das Flittchen, weil ein Freund von mir das Flittchen hasst, aber ein Racheengel geht um.«

Mich überlief es eiskalt, während mir der Atem stockte. Das Blut schoss mir schmerzhaft ins Gesicht.

Ich griff nach dem Telefonbuch. Ich schlug *grrrrausam* mit der Vorderhand und der Rückhand und der Unterhand zu. Getchell flog gegen sämtliche Wände. Der Kastenwagen rockte und rollte. Telefonbuch-Tom zerrte mich weg.

Ein übler Ausrutscher. Sag *sí* zu Sex. Zu Gewalt – ein lautes *nyet*.

Mir taten meine fünfzigjährigen Muskeln weh. Ich fühlte mich elend und beschissen. Ich hatte eine Mordswut *und* schämte mich entsetzlich. Ich hatte einen schlimmen Höschenkater.

Ich brachte Tom L. nach Hause. Ich fuhr bei Stephanie vorbei. Ich war dabei, meine beschmutzte Seele zu retten, als ich mein Handy klingeln hörte.

Widersprüchliche Anrufe. Donna sei beim Hamburger Hamlet. Donna trinke einen in der Chia Brasserie.

Ich schaute beim Hamlet vorbei. Eine donnaähnliche Schönheit, die in einer Nappaleder-Nische an einem Bier nuckelte. Ich zog zum Chia. Chinesen-Charlie, der mir mitteilte: »Miss Donahue hat sich was zum Essen abgeholt.«

Dämmerung. Ich war donnalos, deprimiert und dringend auf Ablenkung angewiesen. Ich fuhr zum Heißpirsch-Anstand.

Wieder in Bel-Air. In der herrlichen Roscomere Road. Jede Menge Palmen und weiß blitzende spanische Villen. Zwei Fahrzeuge der Zivilstreife parken an Begrenzungspfosten. Im einen befanden sich Bullen von West L.A. Im anderen saßen Dave Slatkin und ein Piebald-Pitbull.

Ich parkte hinter dem Pitmobil. Ich setzte mich zu Dave und dem Hund. Besagter Hund: lauter liebevolles Lecken für das LAPD und bösartig-mächtige Muskeln. Dave: schuppenbestäubt und hundsglücklich.

Wir machten's uns bequem. Wir tranken übersäuerten Kaffee. Wir schwatzten.

Wir stimmten überein: Scheiß auf die Lauter-Drogen-Dezernat-Getchellakten-Fantasie. Linus hatte Leotis' Drogengelder gewaschen. Linus hatte Leotis gezeugt – Blut war dicker als Diensteifer. Joe Tierney – unser neuer Chief – hat Schiss vor dem FBI. Ich meinte, dass mir manches undurchsichtig erscheine – solcher Dreck spritzt normalerweise in viele Richtungen. Dave meinte, dass schlichtweg gar nichts dahinterstecke. Scheiß drauf und vergiss es und freu dich:

Tim hat eine Aktenkiste gefunden. Stell dir vor – Aktenreste über Stephanie. Die Kiste steht im Parker Center. Tim hat sie in einer alten Aktenablage gefunden. Sie stand in einem höhlenartigen Leitungsgang.

Wir machten es uns gemütlich. Wir legten unsere Sitze flach. Pitbull Pancho achtete auf die Straße. Dave hoffte, dass der Heißpirscher ein Tintentaucher war. Pancho stand auf schwarzes Fleisch.

Die Nacht war stockfinster. Dave fand das förderlich. Denk doch – die Type hat es mit dem Mond.

Dave erläuterte. Dave entwarf ein Täterprofil.

Er ist ein ausgesprochener Bösewicht. Ein Donald Keith Bashor der Jahrtausendwende. Bashor hat letztlich nur eine Frau konkret vergewaltigt. Bashor hat Karil Graham erst nach ihrem Tod beinahe vergewaltigt. Unser Täter hat es mit den Frauen. Er will sich in einem Frauenbild verwirklichen. Seine heiße Pirsch: ein Vorspiel für die Vergewaltigung. Er sucht nach *der* Frau.

Ich war einverstanden. Ich verwies auf seine Dreistigkeit. Man kann nicht durch Bel-Air und Holmby-Hills fahren, ohne sich äußerst verdächtig zu machen. Dave war einverstanden. Dave führte aus: Er geht zu Fuß. Darum hat er's mit dem Mond. Er steht auf Dunkelheit.

Ich war einverstanden. Ich fügte hinzu: Er parkt im Süden und pirscht sich geräuschlos an. Südlich von Wilshire sind die Holmby Hills, südlich der Sunset liegt Bel-Air. Dave war einverstanden. Dave führte aus: Er könnte über Golfplätze eindringen. L.A. Country Club/Holmby Hills, Bel-Air Country Club/Bel-Air.

Wir verloren den Faden. Wir gähnten. Pancho schnarchte und schniefte in meinem Schoß. Ich dämmerte weg. Ich träumte.

Stephanie. Donna. Die Zeit surreal aufgehoben. Gary Getchell, zusammengeschlagen und kühn: »Ich hasse das Flittchen, weil ein Freund von mir das Flittchen hasst, aber ein Racheengel geht um.« Engel als Ridgebacks ausstaffiert – herrliche Cherubim mit rauen Pelzen und Hundegesichtern. Megan More, die lesbisch nach Donna giert.

Ich träumte. Ich döste. Pancho hechelte neben mir. Ich stellte mir die Vordersitze als mein Hochzeitsbett mit Donna vor. Eine Hunde-Metarmophose – Pitbull Pancho verwandelte sich in Reggie Ridgeback.

Unser Radio rumpelte. Statik knackte und wurde lauter. Ich wachte verwirrt auf. Dave zuckte zusammen und erwachte –

»2-A-44, Scheinwerfer einschalten!«

Dave griff zum Schlüssel. Der Motor sprang an. Ich schaltete zunächst das Abblendlicht ein, darauf die Scheinwerfer. Und in der in gleißendes Tageslicht getauchten Mitternacht:

Zu unserer Linken eine spanische Villa. Eine schreiende dicke Dame. Hinter ihr blendende Helle – die Scheinwerfer von 2-A-43.

Die Frau schrie und schrie und schrie. Sie stolperte die Treppe herab. Sie fasste nach einem Pfeil in ihrem Nacken. Ein Mann lag im Eingang – *ihr* Mann, in passenden Pyjamas. Von zwei Pfeilen verwundet: je ein Pfeil pro Augapfel. Er wirkte pfeilgespickt und tot.

Zwei Polizisten rennen hinzu – Mannschaft 2-A-43, zu Fuß, *raaaasend* schnell. Die dicke Dame erreicht schreiend ihren Rasen. Alles von vorne angestrahlt, vor gleißender Hintergrundbeleuchtung.

Ich zog die Waffe. Dave zog die Waffe. Pancho sprang aus dem Fenster. Wir taumelten ins Licht. Ein Wagen erschien direkt vor uns. Im Rückwärtsgang. Ich konnte einen kurzen Blick erhaschen: weiß, männlich, über sechzig, grinsend.

Wir feuerten. Wir trafen den Wagen. Pingende Abpraller. Die anderen Polizisten feuerten. Sie trafen den Wagen. Abpraller schrillten und schallten.

Pancho hetzte los. Der Wagen fuhr im Rückwärtsgang. Pancho sprang ins offene Fahrerfenster. Der Heißpirscher hob seine Beruhigungsspritzen-Waffe. Plopp – Pancho bekam einen Pfeil ab.

Wir verfolgten den Wagen. Wir feuerten. Vier Bullen zu Fuß hinter einer Rakete im Rückwärtsgang. Der Wagen schlängelte. Er riss Hinterhofzäune und Lattenroste um. Wir rannten. Wir luden nach. Wir rannten und beschossen die rückwärtsfahrende Rakete. Wir rannten, bis uns die Munition ausging. Der Wagen barst durch Hinterhöfe und verlor sich im Dunkeln.

Der Arsch hatte acht Hinterhöfe umgepflügt. Der Arsch war beschissenerweise entkommen.

Ein SEK ging in Aktion. Sie gingen von Haustür zu Haustür und stürmten durch die Hintergärten. Kein Heißpirscher, nirgendwo. Über uns knatterten Helikopter. Ihre Bugscheinwerfer strahlten. Kein versteckter Heißpirscher. Kein über sechzigjähriger Raubsittich zu finden.

Pancho lebte. Ein Pfeil in den Zwölffingerdarm – der weiter nicht beschädigt wurde. Dave küsste und streichelte das Tier und schleppte Hundekuchen an. Ich schlug Pancho für das LAPD-Ehrenabzeichen vor. Die Burschen vom SEK waren einverstanden.

Der Mann mit den beiden Pfeilen starb. Am toxischen Schock. Seine Frau war sehr tapfer. Sie gab stammelnd eine Erklärung ab.

Sie hatte schleichende Geräusche gehört. Sie war aufgewacht. Der Raubsittich steht in ihrem Schlafzimmer. Er hat seinen heißen Hamster rausgezogen. Er wichst besagte Pythonschlange in ihre Wäscheschublade ab.

Sie schreit auf. Der Raubsittich auf heißer Pirsch beschießt sie mit einem Pfeil. Ihr Mann wacht auf. Der Heißpirscher schickt zwei Pfeile auf ihn ab.

Ein Labortrupp kam ins Haus. Sie nahmen sich die Wäsche vor und fanden ein paar Spritzer. Auf DNA überprüfbar – bestens! Das Ergebnis einmal durch die DNA-Datensammlung schicken und den Heißpirsch-Atem anhalten.

Der Trupp suchte mögliche Eingangspunkte ab. Sie fanden frischen Schmutz bei einem aufgebrochenen Schloss. Sie arbeiteten sich rückwärts. Sie kamen bis zum Westeingang vom Bel-Air. Ähnlicher Schmutz – als Schlurfspuren auf dem Bürgersteig.

Dave und ich überlegten. Die 2-A-43-Burschen überlegten. Wir stimmten überein:

Wir konnten den Heißpirsch-Dreckskerl nicht identifizieren.

Wir konnten kein Phantombild erstellen. Wir hatten keine Anhaltspunkte für eine Täterskizze.

Wir gingen alle ins Parker Center. Wir durchblätterten die Verbrecheralben und suchten nach Übereinstimmungen. Nach einem sechzigjährigen Widerling – keine offensichtliche Entsprechung.

Es dämmerte. Der Chief der Detectives erscheint und beauftragt uns. Jenson und Slatkin, ihr seid dran. Nehmt Tim Marti dazu und arbeitet den Heißpirsch-Mordfall auf.

Dave war froh. Dave war ein gestandener Empiriker und kannte sich mit dem Donald-Keith-Bashor-Fall bestens aus. Seine Einschätzung: Unser Bursche war älter. Er könnte nun erst richtig auf den Bashor-Geschmack gekommen sein. Jetzt hatte er getötet. Er hatte kurz davor masturbiert. Er hatte die Polente bei der Flucht vergackeiert. Nun stand der eigentliche Bashor-Höhepunkt an: Vergewaltigung und Vergewaltigungsmord!!!!!

Tim erschien. Sein Vorschlag: Gehen wir den Beruhigungsmitteln nach. Tim betonte den Gegensatz: harte Mittel für die Menschen, milde Benzodiazepine für die Hunde. Dave war nicht einverstanden – wie will man das nachweisen? Dergleichen findet man auf der Straße und in Privatrezepten. Unsere beste Bashor-Chance: noch mehr Patrouillen, die dem Täter auflauern.

Ich gähnte. Das ganze Heißpirsch-Geseire langweilte mich. Froh war ich nur über eins: die unmittelbare Nachbarschaft von Donna.

Ich wollte zurück in ihr Bett – direkt oder auf Schleichwegen. Üble E-Mails und Höschen-Präzedenzfälle konnten sie wieder zu mir zurücktreiben. Der Heißpirsch-Raubsittich – der sich ganz in der Nähe rumtrieb – konnte mir helfen.

Ich wollte wieder in die Wärme ihres Zuhauses eintauchen.

5.

Ich machte, dass ich heimkam. Ich ruhte mich aus. Ich lüftete mir den Kopf und zog mich in die eigenen vier Wände zurück.

Keine Megan-More-Thesen mehr. Kein Scheiß-FedEx, kein UPS, kein Übernacht-Express.

Der Heißpirsch-Job wartete – da gab es viel zu tun. Die Donna-Sendezeit machte mir mehr zu schaffen. Der Mann mit der Diplomarbeit wohnte in der Koreanerstadt. Ich konnte unterwegs zur Raub- und Mordkommission einen Umweg einlegen.

Der Morgen ließ sich unschön an. Der Smog verschmierte das L.A.-Becken und versteckte die Hollywood Hills. Die Luft war lungenzerfressend karzinogen. Der Himmel bulettenbraun. Die Koreanerstadt ein Klein-Seoul, von Hitzeschleiern überzogen. Auf dem Pico Boulevard herrschte reger Verkehr. Jede Menge Schlitzaugen, die vorderste Front vor dem südlich gelegenen L.A.-Kongo.

Ich fuhr den Pico runter und bog in die Berendo ein. Das Haus des Diplomarbeits-Fritzen lag direkt vor mir. Ein tristes zehnstöckiges Mietshaus. Eine kahle Kalkfassade, deutlicher Geruch von gebratenem Aal und Kimchi.

Ich parkte und ging durch die Lobby. Rumlungerer beäugten mich träge. Sie kippten große Kannen Schlitz Malt Liquor. Sie wirkten abwesend. Schlaffe Schlitzaugen und freudlose Gelbgesichter.

Ich sah mir die Briefkästen näher an. Jack Jen-kin – oben in Wohnung Nr. 14.

Der Lift zuckelte und ruckelte. Die Lüftungsklappen vibrierten. Appetitanregende Gerüche wehten herein. Ich konnte Affenfleisch und geschmortes Schwein ausmachen.

Der Lift hielt an. Ich ging raus und durch den Korridor. Die Nummer 14.

Halt, Obacht, was ist das –

Aus dem Türspalt drang Gestank. Insekten schlugen an den Türrahmen und sammelten sich vor der Eingangstür. Summ, summ, schlag, schlag – aufgeregte, überdrehte, aufgeschreckte Insekten.

Ich holte eine Kreditkarte raus. Ich schob sie in den Türspalt. Riegel ruckelten. Die Tür ging auf.

Der Gestank sprang mich an. Ich zwang mein Frühstück in den Magen zurück. Mich überlief es kalt. Ich schloss die Tür. Ich schüttelte die Insektenschwärme ab. Besagte Insekten flogen in einen Flur. Ich folgte dem Gestank und bekam die Leiche zu sehen.

Ein wurmzerfressener männlicher Koreaner. Mausetot und verwest. Auf einem lila Teppich ausgebreitet. Eine großkalibrige Kopfwunde.

Die Waffe liegt daneben. Dicht bei der Leiche. Eine fette .44 Magnum. Die Wunde war groß. Die Würmer schlidderten durch eine Schädelspalte raus und rein.

Ich kniete nieder. Ich bemerkte die Nackenwunden. Helle Abschürfungen und feine Folterschnitte. Der Mief haute mich um. Ich hielt mir die Nase zu. Ich befahl mein Schinken-und-Ei-McMuffin nach unten.

Da liegt der Abschiedsbrief. An eine Wand gepappt. Gut zu sehen.

»Ich kann nicht weiter. Ich liebe Megan More mehr als mein Leben, aber sie liebt mich nicht. Adieu, Megan. Wo die Engel singen, sehe ich dich wieder.«

Zittrige Handschrift. Jede Menge zögernde Stellen. Wacklige

Vokale. Folter, die Fakten schaffen sollte. Mord, zum Selbstmord umgemodelt.

Ich sah mich in der Wohnung um. Ich hielt mir die Nase zu und prägte mir erste Einzelheiten ein. Ich starrte auf den inszenierten Scheiß und wehrte dem Gestank.

Die Küche. Jede Menge krabbelnde Würmer. Volles Abwaschbecken. Schmutziges Geschirr. Würmer-zerfressene Nackensteakhappen. Ziemlich eindeutig: Der Mörder hatte Jen-kin hier erwischt und umgebracht.

Das Schlafzimmer. Megan More auf weißen Wänden. Billige Pin-ups/scharfe Schnappschüsse/kein Staub dahinter. Offensichtlich: hingepappte Bilder. Die wichtigsten Requisiten, um einen Selbstmord glaubhaft erscheinen zu lassen.

Ich leerte Pultschubladen. Ich griff unter Teppiche. Ich fledderte Büchergestelle. Keine Megan-More-Texte.

Ich fuhr Jen-kins Computer hoch. Ich ließ die Maus mäandern und tippte »Megan More« rein. Ich tippte »Megan-More«-Schlüsselbegriffe rein. Kein Megan-More-Text und keinerlei Megan-More-Hinweise.

Ich ging zurück in den Korridor. Würmer zerfledderten Jack Jenkin und marschierten ihm in den Mund. Die Tür öffnete sich spaltbreit. Ein Schlitzauge schlich, glitt und kroch rein und raus. Die Tür fiel klickend ins Schloss. Ich, in rasendem Rhino-Galopp, ihm nach.

Ich rannte aus der Wohnung. Ich keuchte durch den Flur. Ich sah den Chinamann nach einer Feuertür greifen und innehalten. Ich sprang ihn an. Ich schlug ihm das Gesicht nach vorn. Er dellte die Tür ein. Ich trat ihm in die Eier. Er wackelte und winselte. Ich packte ihn bei seinen schmierigen Haaren und riss ihn in die Wohnung zurück.

Ich zog die Tür zu. Er sah die blutige Schlitzaugenleiche und die tanzenden Würmer. Er schrie. Ich bedachte die Reaktion. Ungeheuchelte Angst/als Mörder unwahrscheinlich/fürs Erste nicht als Täter behandeln.

Der Geruch haute ihn um. Seine gelbe Haut wurde grün. Er kotzte Geschosse. Ich wich Essensresten aus. Er würgte in Kimchi gesottenen gegrillten Aal heraus.

Ich schleppte ihn in die Küche. Ich stellte ihn an die Spüle. Ich ließ kaltes Wasser einlaufen. Ich tunkte ihn ein und spritzte ihn ab und bemerkte, wie seine Haut allmählich ihre graugrüne Farbe verlor.

Er stotterte. Er zitterte und bebte. Ich tastete seine Taschen ab. Ich zog Pillen raus. Er besaß Percodan ohne Rezept. Ich wusste, dass er *etwas* wusste. Ich wusste, dass er singen würde.

Ich holte meinen Polizeiknüppel raus. Ich patschte mir in die Hand. Ich ließ ihn den schweren Aufschlag hören.

»Du weißt was. Du weißt, dass was passiert ist, daher wolltest du mehr rauskriegen. Raus mit der Sprache, und du kannst gehen. Verscheißere mich, und ich nehme dich wegen dem Percodan fest.«

Er zitterte. Ich patschte mir in die Hand. Ich ließ den Knüppel seitlich auf mein Bein schlagen.

Er zitterte am ganzen Leib. Er wandte sich von dem Würmerhaufen ab. Seine Stimme wirkte unsicher. Er klang wie ein verstimmter Sopran. Er sah nach Tunte und Stricher aus.

»Vor vier Tagen, vielleicht. Ich sehen Drogenpolizisten, die mich festgenommen haben. Sie folgen Jack. Sie bringen ihn in Lobby und schaffen ihn hier rauf. Dann ich hören Schreie.«

Ich gab ihm einen heftigen Stoß. Ich ließ den Knüppel auf meinen Knien tanzen. Er zitterte. Rick, der Nötigungsspezialist, gibt Privatstunden fürs Fürchten.

»Wer waren die Drogenpolizisten? Du weißt, wie sie heißen, weil sie dich festgenommen haben.«

Das Schlitzauge schluckte leer. »Berchem und Mosher. Sie bös. Sie mir Rauschmittel unterschieben.«

Da fiel es mir ein. Lauter. Sein verbissener Hass auf *Hush-Hush*. Megan More mit Gary Getchell. Die Beerdigung. Berchem und Mosher. Heimliche Überwachung. Zwei Schläger, die Megan-More-Bilder schießen.

Ich ging zu einem Wandtelefon. Ich rief bei der Einheit für Ungelöste Fälle an. Dave nahm ab.

»Slatkin.«

»Ich bin's«, sagte ich. »Ich muss dich um einen Gefallen bitten und will keine Fragen.«

»Also ... okay.«

Maden krochen mir die Hose hoch. Ich zog ihnen eins mit dem Polizeiknüppel über und scheuchte sie nach unten.

»Ich hab hier einen Mordfall. Der was mit der Drogenpolizei und Lauter zu tun hat. Cal Eggers ist wahrscheinlich der Einzige in der Einheit mit einer wirklich sauberen Weste. Ruf für mich bei Tierney an, damit wir uns Eggers vorknöpfen und ihn festhalten können.«

»Okay«, sagte Dave, »aber das klingt –«

Ich hängte auf. Ich reichte dem Taugenichts seine Pillen. Er machte, dass er davonkam. Ich dachte über die Zusammenhänge nach.

Übeltäter bei der Drogenpolizei. Linus und Leotis Lauter. Gary G. Megan More. Jack Jen-kin – der von Maden zerfressene Meganfan.

Nyet – noch passte nichts wirklich zusammen.

Ich ging zur Tür. Ich erblickte einen Stapel Höschen auf einem

Fernseher. Ich war mal wieder auf Sex und Gewalt abgefahren. Ich blieb stehen und nahm drei tiefe Schnüffelzüge.

Cal Eggers blieb cool – in einer Verhörzelle eingesperrt – 2,5 auf 3,5 Meter.

Wir beobachteten ihn durch einen Zweiwegspiegel. Der Cal wackeln und wabern ließ. Er wirkte eiskalt und ungerührt. Nicht den Schatten einer Schuld.

Das hatte ich mir gedacht. Dave und Tim dito. Wir beobachteten. Wir warteten. Wir stellten den Airconditioner ab und die Heizung an. Cal der Coole legte sein Jackett nicht ab – ihr bringt mich nicht zum Schwitzen.

Dave sprach mit Tierney. Der irre Ire schickte ein SID-Team. Sie nahmen Zimmer Nr. 14 genauestens in Augenschein. Die Absteige – professionell von Fingerabdrücken gesäubert. Der Abschiedsbrief – eine verbrecherische Fälschung. Anhand der Madenmenge ließ sich der Todeszeitpunkt des Mannes auf vier Tage vor der Auffindung bestimmen. Was mit der Aussage der Tunte übereinstimmte. Bill Berchem und Bob Mosher – zu dem Zeitpunkt nicht in der Drogenpolizei-Zentrale – sondern »draußen im Einsatz«.

Cal wackelte und waberte. Cal zwinkerte dem Spiegel zu. Wir schauten ihn uns alle noch mal an und gingen rein.

Wir wählten Stühle. Ich rückte sie zum Tisch. Cal rückte den seinen näher.

»Es geht um die Drogenpolizei«, gab ich bekannt, »und vielleicht um Captain Lauter.«

»Was Spannenderes«, antwortete Carl.

»Niemand meint, dass du Dreck am Stecken hast«, bemerkte Tim. »Weckt mich, wenn's ernst wird«, antwortete Cal.

»Du warst nicht in der Einheit, als Lauter die Nummer mit seinem Sohn abgezogen hat«, stellte Dave fest.

»Traktiert mich mit etwas, das ich noch nicht in *Hush-Hush* gelesen habe.«

Tim trommelte auf den Tisch. »Bill Berchem und Bob Mosher. Eine Schauspielerin namens Megan More und ein totes Schlitzauge namens Jack Jen-kin.«

Cal verrenkte den Hals. Cal ließ die Knöchel knacken. »Ach, du Scheiße«, sagte Cal.

Dave trommelte auf den Tisch. »Du hast innerpolizeiliche Immunität. Das kommt direkt von Tierney. Alles Übrige ist unter Kontrolle. Was Jen-kin betrifft, wird den Medien gegenüber von Selbstmord gesprochen. Wir sorgen dafür, dass man uns das abnimmt.«

Cal fand seine Frechheit wieder. »Richtet Tierney aus, er soll mich umgehend zum Captain befördern, dann liefere ich ihm Berchem und Mosher ans Messer. Richtet ihm aus, dass ich eine feste Abmachung will.«

Ich holte mein Handy hervor. Tim tippte Tierneys Nummer ein. Tierney nahm nach zweimaligem Klingeln ab. Dave gab Cals Dreistigkeit mit gedämpfter Stimme weiter. Tierney schrie: »Scheiß drauf, okay!«

Ich schnappte mir mein Handy. Cal grinste mich selbstzufrieden an.

»Also, Linus Lauter ist auf weiße Weiber und weiße Muschis scharf. Er ist jede Nacht vollgekokst, sieht Megan More auf dem TV und kriegt einen ab. Er nimmt mit ihr über ihre Website Kontakt auf und verfällt ihr bis zur Krankhaftigkeit. Er glaubt, sie zu verführen, während sie tatsächlich ihn am Nasenring gepackt hat. Sie hatte den verstorbenen Danny Getchell gekannt, wusste, dass Linus ihn für Spitzeldienste entlohnte, zog Linus die Würmer aus der Nase und hat noch *vor* dem FBI und der Scheiß-L.A.-*Times* seine Geldwäsche-Nummern spitzgekriegt. Linus entdeckte, dass sie mit *Gary* Getchell unter einer Decke steckte und dass der seine schmutzigen Geschäfte und ihre Affäre *Hush-Hush*-publik machen wollte.«

Megan More – die Rassenschranken stürmende Mama. *Mohrenmäßige* Multikulti-Missetaten.

Perspektivwechsel zur Koreanerstadt, zu Jack Jen-kin.

»Der Mord, Cal«, sagte ich. »Die Wohnung an der 12th Street, Ecke Berendo.«

Cal hustete. »Ich hab das von Linus gehört. Als er einen Koks-Affen hatte und sich in paranoiden Vorstellungen erging. Offenbar hat Megan More es mit Berchem, Mosher *und* mit ihm getrieben, womit ihr gleich drei hoch motivierte Dreckskerle an den Kragen wollten. Sie bekamen Wind von der ›Diplomarbeit‹ des Schlitzauges, schnallten, dass er so gut wie keine Kopien abgesetzt hatte, während angeblich jede Menge peinlicher Enthüllungen drinstanden. Also beschlossen Berchem und Mosher, Linus zufolge, sich das Schlitzauge vorzuknöpfen, und ich gehe davon aus, dass die Sache irgendwie aus dem Ruder gelaufen ist.«

Mir fiel etwas ein, das mir keine Ruhe ließ. Gary Getchell, betreffs Donna D.:

»Ich hasse das Flittchen, weil ein Freund von mir das Flittchen hasst, aber ein Racheengel geht um.«

»Racheengel«-Megan More, möglicherweise. Lesbisch auf Donna abfahrend – das wäre, eventuell, ein Motiv.

Captain Cal stand auf. »Wir müssen Berchem und Mosher schnappen«, erklärte Tim.

»Ich bringe Tierney auf den neuesten Stand«, beschied Dave, »aber *wir* sind dem Heißpirscher zugeteilt.«

Verbindungen blitzten auf und blieben stecken. Die Donna-

Diaspora, der Heißpirsch-Holocaust – irgendetwas stimmte hier nicht.

»Rhino wirkt zerstreut«, meinte Cal. »Wetten wir, dass er an eine gewisse Schauspielerin denkt?«

»Ja, ich kenne den Blick«, bestätigte Dave.

»Mein Junge ist ein Megan-More-Fan«, sagte Tim. »Wenn er all das hört, ist er am Boden zerstört.«

Ich legte bei der Heißpirsch-Suche eine Pause ein. Ich hatte zu viel Hinweise gehört, die sich auf Donna bezogen. Ich schaute in Holmby Hills vorbei. Sie war zu Hause. Ich hielt ihr einen Rhino-Sondervortrag über die Grenzen des Zufalls. Donna fand meine morbide Megan-More Geschichte toll. Ich schlug vor, Megan ausfindig zu machen. Sie beschied, mitkommen zu wollen.

Ich rief bei der Auskunftsstelle an. Sie überprüften Megan More auf Vorstrafen. Wumm – Megan More, Kleinkriminelle. Vier Anklagen aus Beverly Hills. Anmache in vornehmen Hotels.

Ich rief beim Kfz-Büro an. Ich verlangte Megan Mores Adresse. Die ich prompt erhielt: 8 542 Charleville, Beverly Hills.

Wir fuhren los. Mein Schlafmangel machte sich akut bemerkbar. Eine innere Spannung löste sich. Mein Donna-Mangel schwand. Mein Sex- und Gewaltrausch verwandelte sich in direkten Sex.

Wir fanden die Bleibe: ein typisches provinzielles Vier-Wohnungs-Apartmenthaus. Viermal Klingeln, zweimal Klopfen – keine Antwort. Donna spielte mit dem Türknauf. Die Tür ging auf.

Das Wohnzimmer: trostlos, leere Wände und ohne jede Möblierung. Die Küche: leer geräumt. Das Badezimmer und das Schlafzimmer: mit Anti-Insekten-Mittel besprüht, mit Lysol eingerieben und einrichtungsfrei.

Donna warf einen Wäschekorb um. Schmutzige Höschen fielen raus. An deren Schritt saftige Preisschilder geklemmt waren.

»Igitt«, sagte Donna.

Ich war immer noch zu sehr im Sex- und Gewaltrausch befangen. Ich blieb stehen und nahm drei tiefe Schnüffelzüge.

Und jetzt zum Beverly Hills Police Department. Ich fühlte mich von neuer Nashornkraft erfüllt und tatendurstig. Das Schnüffeln hatte mich erfrischt. Sexdunst als Aufputschmittel.

Wir betraten den Polizeiposten. Die Bullen erkannten Donna. Sie ließen gellende Begeisterungspfiffe ertönen und riefen fröhliche Anzüglichkeiten. Ein Beamter half uns weiter: Für die Sitte sei Vic Vartanian zuständig. Der hält sich bei den Akten auf. Ist kaum zu übersehen.

Wir gingen zurück. Die Bullen bemerkten Donna. Sie riefen ihr Titel von Fernsehsendungen zu. Donna antwortete, knickste und gab sich charmant. Da stand der Sitten-Bulle Vic. Er kämpfte sich durch einen Berg Akten. Er ist dunkel und verschwitzt und akneversehrt. Mit blühenden Mitessern auf der Riesennase.

Er sah uns. Er nahm mein Gürtelabzeichen in Augenschein. Donna warf ihn um. Er verbeugte sich, zog den Bauch ein und wischte sich die Schuppen weg.

»Na?«, wollte er wissen.

»Megan More«, gab ich bekannt. »Sagt dir der Name was? Ich dachte, du könntest ein paar Akten über sie haben.«

»Und ob ich das habe. Anzeigen, Dispoberichte, bekannter Aufenthalt, von A bis Z. Abgesehen davon, dass ich was viel Besseres habe.«

Ich kapierte. Einer, der sich gerne ziert. So einem schmiert man Honig ums Maul und macht Männchen.

Donna verstand mich telepathisch. »Dürfen wir Einblick in

Ihre Akten bekommen, Detective? Das wäre uns eine große Hilfe.«

Vic der Sittenpolizist ging zu einem Aktenschrank. Er zog die Schubladen raus und kramte in Papieren. Er kam mit ein paar in Karton gebundenen Seiten raus.

»Eine Type hat ein durchgeknalltes Buch über Megan geschrieben. Ich hab ein Exemplar erworben, als Handhabe, falls sie je versuchen sollte, ihre Nummern in meinem Distrikt zu schieben.«

Mich überlief es kalt. Einer dieser unerwarteten Zusammenhänge. Donna streckte ihre Hand aus. Vic warf ihr den Text zu.

»Sie können sich gerne an meinen Schreibtisch setzen und den Text lesen. Ihnen dürfte der besonderen Spaß machen, Ms. Donahue.«

Ein schwüler Text: die mephistophelische Megan-More-Story. Megan voller Crack-Kokain, mit noch vollerem Herzen. Megans *mea culpa* und *Mein Kampf*. Jack Jen-kin – ihr Barhocker-Barde und aneckender Eckermann. Ihr unchristlicher koreanischer Beichtiger.

Wir lasen gemeinsam. Wir saßen Stuhl an Stuhl, Wange an Wange. Donnas Düfte hauten mich um. Nach Kleehonig riechendes Haar und reiche Sandelholzseife und eine volle Ladung wunderbarster Pheromone. Unsere ganze schräge Liebe meganisierte und strömte über die Seiten zu uns zurück.

Man stelle sich vor:

MEGAN MORE WAR EIN MANN!!!!! Er wurde als großschwänziger Yugo in Billings, Montana, geboren. Er hieß Mikhail Metrovich. Mit achtzehn Jahren machte er sich nach L.A. auf. Sein voll ausgefahrener *Shvantz* erreichte satte 40 cm. Mikhail fungierte als Mann für gewisse Stunden. Er nannte sich Mighty Man, Mikey Man, Magnum Man. Er bediente verklemmte Studiohengste und zähmte sie mit seinem handwurmlangen Einzelstück. Sie zogen sich dasselbe bis an die Mandeln rein. Stellten sich seinem Stecker als Wackelkontakt zur Verfügung. Er mampfte Kerle bei MGM, beritt warme Brüder bei Paramount, und kaperte schwule Kater bei Columbia. Tunten legten seinetwegen jede Hemmung ab. Er outete Schwuchteln in lächerlicher Zahl. Seine Kunden taten sich zusammen und schlossen sich kurz. Alle litten unter pandemischer Paranoia. Mikhail hatte die männlichsten Studiohengste in bibbernde Stuten und winselnde Schwächlinge verwandelt. Ihr Selbsthass kochte hoch. Sie schworen Rache.

Die Studiohengstlein legten zusammen und stellten einen arabischen Killer an. Die Type war ein eiskalter Kamelficker. Mit terroristischen Verbindungen. Ein filmverrückter und mordsböser Muslim. »Ihr mir geben Rolle als Action-Held«, ließ er sie wissen, »und ich schneiden ihm Schwanz ab. Besser verstümmeln als töten.«

Die schmierigen Studioschwächlinge erklärten sich einverstanden. Khalid Khareem schnappte sich Mikhail und machte ihn einen Schniepel kürzer. Die Studiotrottel bestellten ein Skript. Man denke: Khalid Khareem als israelischer Agent Israel Bonds. Der künftige Star von *Jerusalem Dschihad* und *Tel Aviv Terror.*

DANN – DER 11. SEPTEMBER!!!!!

Khalid Khareem geriet in Fahndungsnetze. Das FBI fand und verhackstückte ihn und stufte ihn als Fundamentalisten ein. Er hatte das Bedürfnis, zum Himmel hochzusteigen und die Angelegenheit mit Allah auszumachen. Er saß in seiner Zelle. Zerfetzte seine Handgelenke mit Matratzenfedern. Und flog in den Himmel oder zur Hölle.

Mikhail schwor blutige Rache. Er beschloss, sich einem Sex- und Gewaltrausch hinzugeben. Er beschloss, sich als Frau zu tarnen. Er stürmte nach Stockholm. Er ließ sich Hormonspritzen setzen. Chirurgen veränderten seinen Adamsapfel und rasierten seine großen Knochen blank. Die Behandlung war technisch auf allerneuestem Stand. Die Ärzte montierten ihm die bestmögliche Muschi ein. Er wurde zur Frau – vom Original nicht mehr zu unterscheiden.

SIE flog nach Hollywood zurück. Sie bemühte sich um Softporno-Auftritte und bekam sie. Sie begegnete Danny Getchell. Sie begegnete Gary G. Die beide eine Schwäche für die bemerkenswerte Amazone entwickelten. Sie drängte die beiden, sich Schmutz über die Studiohengstlein zu besorgen. Sie verfielen der hinreißenden Hexe und erklärten sich dazu bereit. Sie wurden ihre Lebensgefährten. Ihre grandiose großschwänzige und finstere Vergangenheit hielt sie geheim. Sie wurde eine lüsterne Lesbenschönheit. Sie belagerte Lesbennachtklubs. Sie mampfte Mösen in Malibu und befummelte Büsche in Bel-Air. Sie trat im Fernsehen auf. Sie begegnete Donna Donahue bei den Dreharbeiten zu *Ein sanfter Mord*. Ihre wilde Gier machte auch vor Donna nicht halt. Die sie wissen ließ: »Lass das, Burschi – auf dem Dampfer fahr ich nicht.« Worauf Megan More schmollend Leine zog und Donna traurig hinterherwinkte.

ABER:

Die Zurückweisung nagte an ihr und stachelte sie erneut zur Rache an. Wobei sie ihre Vorgehensweise veränderte und verfeinerte. Die Studiogeschäftemacher waren ihr verfallen gewesen. Sie hatte sie dazu gebracht, aufs weiblichste nach ihr zu stöhnen. Sie hatten um ihren Riesenlandjäger gebettelt. Sie hatten massenweise unter postkoitaler Reue gelitten. Nun hielten sie sie für eine echte Frau. Sie machte sie aufs Weiblichste fertig und ließ sie kalt abblitzen und lebte dadurch ihre Rache aus.

Hier brach das Manuskript ab. Mit spannend offenem Ende: keine dämonischen Details über weitere Rachepläne.

Mir war unruhig zumute. Ich schaute Donna an. Ihre hurrikanverwehten Augen traf mich ins Herz.

»Schöne neue verfickte Welt«, gab sie bekannt.

»Ja«, bestätigte ich. »Wir sind wieder so weit.«

Wir klapperten die Liste mit den bekannten Aufenthaltsorten ab. Wir wussten, dass Megan More sich nächtens rumtrieb. Wir erfüllten unsere meschuggene Mission. Wir fuhren in irrem Zickzack kreuz und quer durch L.A.

Wir schauten bei den Lesben-Treffs vorbei. Wir sahen uns in »Lindas kleiner Holzhütte«, »Biffs Heizungskeller«, »Marys Knusperkiste« und »Floras Flamme« um. Scheiße – kein mörderisches, rachedurstiges Mannweib Megan More.

Wir erschienen in »Reginas Refugium«, »Klaras Kammmuschelklub«, »Brendas Brig« und »Zur sapphischen Sally«. Kein sechs Fuß hoch aufgeschossener Sukkubus, kein mogulversehrtes Monster vor Ort.

Wir erschienen in »Dalilas Dschungelhöhle«. Aircorps-Weiber und Matrosinnen und Marine-Infanteristinnen, die sich um ätherische Dämchen bemühten. Wir erschienen in »Shondrikas Schangri-La«. Mau-Mau-Musik metastasierte. Soul-Sisters tanzten langsam und tauschten Zungenküsse. Keine weiße Megan More.

Wir wechselten zu den Pacific Palisades. Wo wir eine unsinnige Mitteilung bekamen. Megan habe sich in Guru Gradschis Aschanti-Aschram zurückgezogen.

Wow – ein weiß getünchtes altes Backsteingebäude. Zweistöckig um einen ruhigen Innenhof errichtet. Springbrunnen und Flamingos. Papageien auf Palmbäumen. Eine getürkte Tropenlandschaft.

Ein gepflasterter Parkplatz. Unsinnige Feststellung Nr. 2: jede

Menge Filmwagen. Wozu denn das – Sam's Sound, Lee's Lighting, Ken's Camera.

Ich parkte neben einem purpurnen Pontiac. Mit dem Nummernschild »PRN STR«. »Ich krieg wieder so ein Gefühl«, meinte Donna.

Wir machten, dass wir zum Gebäude kamen. Wir strichen drum herum. Wir dehnten unsere Erkundungen auf den Hinterhof aus. Wir sahen unvermittelt Fenster aufleuchten. Wir hörten lüsterne Sexgeräusche. Nihilistisch und übel und apokalyptisch verstärkt.

Wir drangen durch eine Hintertür ein. Wir durchquerten einen Korridor. Wir öffneten Schiebetüren spaltweise und spannten durch die Öffnungen. Wir sahen irrwitzige Beleuchtungseffekte und große Mikrogalgen und Kameras, die Nahaufnahmen drehten. Wir sahen knallhartes Hobeln, nasses Neunundsechzig und flottes Gruppentreiben. Wir sahen Aschrambewohner mit türkisfarbenen Turbanen. Sie richteten die Scheinwerfer ab und hielten Mikros hoch und schleppten Handycams.

Wir äugten durch Türen. Wir sahen Schwänze in zweistelliger Länge und Brüste, denen man bis an die Grenze des anatomisch Möglichen nachgeholfen hatte. Wir sahen Sex-Polonaisen und Dalmatiner, die sich auf Frauen versuchten. Wir schlichen uns zur letzten Tür linker Hand. Donna hielt den Atem an. Megan More, in lüsterner lesbischer Verstrickung.

Ein flotter Vierer. Heiße Zungenküsse und buschig klaffende Muschis. Ein wilder Weiberwirrwarr. Mit Nettie der Negerin, Lola der Latina, Charlotte der Chinesin. Ein mächtiger Megan-More-Gruppenfick.

Ich stürmte rein. Der Anblick machte mich sexverrückt und scheußlich schwulenfeindlich. Ich war rasend ambivalent und aufs ärgerlichste erregt.

Ich riss Scheinwerfergestelle um. Ich kippte Mikrogalgen. Ich stürzte Stative zu Boden und zerbrach Kameras – *kawumm*! Türkisfarbene Turbanköpfe stürmten tränenreich aus dem Zimmer. Der voll zu Gange gewesene flotte Vierer kletterte von der Matratze.

Die Multikultistinnen rannten Richtung Flur. Nur Megan More hielt stand.

In einem Zimmer, in dem sich ein Nashorn ausgetobt hatte. Umgeworfene Kameras, zerborstene Mikros, Beleuchtungsgeräte in Auslegeordnung. Drückende postsexuelle Stille. Megan, Donna und ich.

Donna schloss die Tür. Ich konnte von draußen die Nachwirkungen meines Amoklaufs hören. Die Porno-Parasiten stürmten den Korridor entlang. Die Lieferwagen fuhren aufheulend davon.

Megan stieg von der Matratze. Megan warf sich einen malvenfarbenen Hänger über. Megan grüßte: »Tag, Donna-Schatz.«

Donna reagierte nicht. Ich sagte: »LAPD.«

Die schreckliche Er-Sie machte ein missbilligendes Geräusch. »Ihre Rodney-King-Nummer ist mir nicht entgangen. Ich habe seit Jahren mit Ihrem Faschistentrupp zu tun.«

»Wie Captain Lauter?« erwiderte ich. »Warum bist du weggerannt?«, wollte Donna wissen.

Megan zog ein schiefes Maul. »Das Drehen erotischer Filme ist nicht verboten. Die Aschrambewohner können das LAPD verklagen.«

Ich nahm sie auf mein Nashorn. »Das werden sie nicht. Dann können sie die Nummer mit dem alternativen Lebensstil vergessen.«

Megan warf sich schmollend auf die Matratze. Sie flatterte, fläzte und legte sich flach. Sie schmollte aufs Tuntigste. Sie wirkte gelangweilt bis zum Weinen.

»Sagt mir, wieso ich mit euch reden soll. Gebt mir einen guten Grund.«

Donna fixierte sie. »Ich hab eine gute Chance, nächstes Jahr eine Serie zu drehen. Ich sorge dafür, dass du Arbeit kriegst.«

Megan genoss die Situation. »Aaach, Liebste, wie wunderbar. Darf ich mit dir Liebesszenen drehen?«

Donna wies Er-Ihr den Stinkefinger. Zieh Leine und verpiss dich, Burschi!

»Wir haben Jack Jen-kins Manuskript gelesen«, ließ ich sie wissen. »Übrigens ist Jack tot. Ihre alten Kumpels von der Droge haben ihn erledigt.«

Megan miaute. Megan murmelte. Megan bekreuzigte sich.

»Komm schon«, forderte Donna sie auf. »Ich brauche eine Nebendarstellerin.«

Die »Frau« schmeichelte und überzeugte die schräge Er-Sie. Megan lehnte sich zurück und ließ ihre Beine sehen. Zwei *schöööööööne* Stücke – erstklassige Chirurgenarbeit.

»Okay, dann bin ich eben abgetaucht. Ich hab gesehen, wie die Drogenpolizisten, die ich gefickt habe, bei Dannys Beerdigung aufgekreuzt sind. Glaubt mir, ich bin ein Mädchen, das weiß, wann es die Segel streichen muss.«

Er-Sie hatte Bill Berchem und Bob Mosher den Kopf verdreht. Sie hatte ihnen die sexuelle Identität verrückt. Und sie fertig gemacht und bis zum Wahnsinn getrieben.

»Weiter«, sagte ich.

Megan warf ihre Haare zurück. Ihre blonde Mähne strahlte – ein Spitzenkolorist.

»Also hab ich die beiden Kerle *und* Linus Lauter gefickt. Die haben alle meine Websites abgegrast und sich irgendwie den Text von Jack Jen-kin verschafft. Nuuuuun, ihr könnt euch vorstellen, wie ihnen da zumute war. Sie hatten es mit einem ehemaligen

Mann getrieben, damit konnten sie nicht leben, und daher gehe ich davon aus, dass sie Jack unter Druck gesetzt haben, damit er seine Exemplare zurückholt. Irgendwas ist schiefgelaufen und Jack zu Tode gekommen.«

»Wie hat Jack sich die entsprechenden Infos verschafft«, wollte ich wissen. »All das Zeug, das er in seinem Bericht erzählt.«

Megan seufzte. Seidige Töne – welch wunderbarer Kehlkopfchirurg.

»Er war mit einem der Ärzte in Stockholm befreundet. Der Arzt hat ihm alles erzählt, was er von mir wusste. Alles, was ich meinem Psychotherapeuten vor der OP erzählt habe, vollständig.«

Donna nahm die Er-Sie ins Kreuzverhör. *Autsch* – die haselnussfarbenen Augen taten *weh.*

»Du hast versucht, mich rumzukriegen. Ich hab dich abblitzen lassen und so ein Gefühl, als ob das mit deiner Rache zusammenhängen würde.«

»Richtig, Schatz. Ich hab mir vorgenommen, es den dämlichen Studioschweinen heimzuzahlen, indem ich ihnen an die Einnahmen gehe. Ich hatte mir vorgenommen, jede bekannte Schauspielerin im Filmgeschäft zu ficken. Schauspieler sind, wie du weißt, alles andere als in sich ruhende Persönlichkeiten, und ficken entsprechend Männer, Frauen und Tiere. Ehrlich gesagt, eigentlich bin ich *normal.* Ich *liiiiiebe* Frauen, deswegen habe ich versucht, dich rumzukriegen. Mein Vierzig-Zentimeter-Schwanz war mir eine schreckliche Last. Darum bin ich lesbisch geworden. Ich wollte Frauen von Frau zu Frau lieben.«

Ich quiekte laut auf. Von Frau zu Frau – wow! Donna erstarrte, während ihr der Kiefer herunterfiel.

Der Sukkubus schmollte. Sie verzog aufs Tuntigste den Mund.

»Also beschloss ich, all diese Schauspielerinnen zu ficken, und Gary Getchell sollte das filmen, und ich wollte damit drohen, die Filme öffentlich vorzuführen, und die Studiobosse erpressen. ›Hier habt ihr euren größten Star, der's mit einem Soft-core-Pornostar treibt. Wie, meint ihr, wird sich das auf eure Einnahmen in Topeka und Des Moines auswirken?‹«

»Lass mich raten«, sagte Donna. »Du hast einen Film, wo du Linus Lauter fickst. Damit hast du die Bullen in der Hand.«

Megan klopfte auf eine purpurne Handtasche. »Ich hab die Kassette hier. Du bist alles andere als blöd, Donna-Schatz.«

Ich holte meinen Polizeiknüppel raus. Ich ließ ihn auf mein Bein klatschen. Der Schlagteil schwang phallisch hin und her. Donna fixierte ihn mit ihren Bambiaugen.

»Wo bewahrt Gary G. seine Schmutzakten auf?«, fragte ich.

»Das weiß ich nicht«, antwortete Megan.

»Du musst mich hassen«, überlegte Donna.

Megan hustete in ein Taschentuch. Sie spuckte ein paar fremde Schamhaare aus.

»Nein, Darling, ich *liiiiebe* dich.«

»Bist du der ›Racheengel‹, von dem Gary Getchell Rick erzählt hat?«

»Nein, nein, nein. Ich *liiiiebe* dich. Aber Gary hat von diesem ›Kopfgeld‹ berichtet, das auf dich ausgesetzt sei. Er sagte, er kenne einen Spinner, der einen ›großen Donna-Donahue-Plan‹ habe. Das ist wirklich alles, was er sagte, und ich würde dir *nie* was tun.«

Mörderische Engel. Filmficks und lippenleckende Lesben. Donna als Kopfgeldbeute. Die Einzelheiten setzten mir zu.

Wir wechselten Blicke. Megan zu Donna zu –

Die Tür krachte und barst. Die Tür sprang aus ihren Angeln. Bill Berchem und Bob Mosher stürmten ins Zimmer.

Blicke *peitschten* durch den Raum. Augäpfel drehten sich in ihren Sockeln. Der böse Bill und Big Bob zu Donna. Zu Megan, zu mir.

Megan griff nach ihrer Handtasche. Die Plötzlichkeit ihrer Bewegung schreckte auf und lähmte. Drei Waffen fuhren aus ihren Halftern: bei Berchem, bei Mosher und bei mir.

Donna duckte sich. Erinnerungen an 83 – Donna warf sich zu Boden und schnappte sich die Pistole aus meinem Knöchelhalfter.

Berchem schoss Megan über den Haufen. Wumm – eine Kugel erwischte ihre Halsschlagader. Schießerei auf Nahdistanz/vier mal vier Meter großer Raum/vier Waffen gezogen und zielend, Scheiße –

Mosher feuerte. Bei mir schoss Mosher daneben. Ich schoss zurück. Ich bekam einen Abpraller – er trug eine schusssichere Weste. Megan spuckte Blut auf ihren Hänger. Berchem erwischte sie am Haaransatz. Ihre blassblonde Perücke flog aus den Nähten.

Ich drückte auf Berchem ab – 1,20 m Abstand – der Taugenichts geriet in Panik und schrie aus Leibeskräften.

Ich bekam Ladehemmung. Und beinahe ein Stahlmantelgeschoss ab. Donna rollte nach rechts. Donna brachte sich hinter Berchem in Stellung. Donna stützte ihren Arm auf einen Scheinwerfer ab und feuerte nach oben. Berchems Gehirn zerplatzte.

Mosher feuerte nach unten. Donna duckte sich. Ich sprang dazwischen und blockte ihn mit meinem Körper ab. Ich knallte ihm eine Ohrfeige, zerkratzte ihm die Hand mit der Waffe und presste sie nach unten. Er wandte den Kopf nach hinten. Sein Mund öffnete sich weit. Er zeigte die Zähne und schickte sich an, sich in mir festzubeißen.

Donna geriet zwischen uns. Donna berührte seine Zähne mit einem Sechs-Millimeter-Lauf und erledigte ihn aus nächster Nähe.

Sein Gebiss zerbrach und zerbarst. Donna wurde von blutigem Zahnersatz berieselt. Ich bekam ebenfalls Dentalabfall ab.

Ein übles Schlachthaus. Drei Tote. Megan *morte* in ihrem Hängerkleidchen. Die Drogen-Bullen auf ihrem Weg zum Fluss Styx – erlegt zu Donnas Füßen.

Ich griff zum Wandtelefon. Ich zermarterte mein Gedächtnis. Ich brachte Linus Lauters Privatnummer zustande. Ich wählte sie wie im Delirium. Ich hörte das Klicken beim Abnehmen.

Ich hörte »Hallo«. Das war Linus L. Ich hatte ihm was zu sagen.

Alles vorbei. Deine Jungs sind tot. Sie haben den Koreaner umgebracht. Du hast aufs Tuntigste mit einer Er-Sie gebumst. Alles auf Video festgehalten – prächtige VHS-Aufnahmen – du brauchst nicht auf die DVD zu warten.

Ich wusste, er würde es tun. Er hatte auf wilder Rassenmischung gestanden. Und war dabei in einen Geschlechterwirrwarr geraten. Wie sich das auf seinen Ruf auswirkte, konnte ihm nicht entgangen sein.

Ich hörte, wie der Hammer zurückgezogen wurde.

Ich hörte, wie sich der Zylinder drehte.

Ich hörte das Mündungsfeuer, mit dem er vor seinen Schöpfer trat.

Ich ließ das Telefon fallen. Donna packte mich. Wir hielten uns mindestens eine halbe Minute umschlungen. Ihr Herzschlag setzte kein einziges Mal aus.

6.

Wir verkrochen uns bei ihr zu Hause. Wir fummelten am Kamin

rum. Wir entfachten ein Riesenfeuer und drehten den Airconditioner auf.

Vom Damals zum Heute. Einundzwanzig lange Jahre. Vier bedrückende Stunden im Parker Center. Joe Tierneys Wutanfall. Zwei Bullen totgeschossen. Linus Lauters Selbstmord – ein höllisches Harakiri.

Der Sex- und Gewaltrausch. Die offizielle Verschleierung. Als Berchem-Mosher-Megan-More-»Selbstmordpakt«. Zeugen, die man beim Ashranti-Aschram kaufte und zusammenstauchte. Leotis Lausers unmissverständliche Pressemitteilung:

Das LAPD hat meinen Vater umgebracht. Ebenso wie Bill Berchem und Bob Mosher. Die haben die Hinterbliebenen im Schwitzkasten – kratzt nicht am Selbstmord-Szenarium, oder ihr riskiert eure Pensionsansprüche.

Die Medien – durch widersprüchliche Aussagen neutralisiert. Vertrauen wir mal Tierney – das zahlt sich auf längere Sicht aus.

Der Sex- und Gewaltrausch. Sag *sí* zu Sex, und du sagst knallhart *Ja* zur Gewalt.

Der Rausch zog uns von Neuem in seinen Bann. Wir mussten mit der Schlächterei fertig werden. Wir mussten uns den selbst geschaffenen Tatsachen stellen.

Wir legten Scheite in den Kamin. Reggie Ridgeback hatte sich in der Nähe ausgestreckt. Seine Bernsteinaugen wandten sich uns zu.

Kaschmirkissen und Daunendecken. Die richtige Zimmertemperatur. Brennende Scheite und herrliche Glut.

Wieder war sie meine stolze Braut. Nach einer weiteren Feuertaufe. Ein Augenblick, in dem wir auf immer verweilen konnten, gleich, wie viel Zeit danach verging.

Wir legten unsere Kleider ab. Die Glut gloste und tauchte uns in ihre Schatten. Ich ließ mich von meiner Erinnerung leiten. Ich beschwor jede Kurve und Eigenheit herauf und küsste sie dort.

Damals wie heute nackt. Kurven und Konstellationen. Die Erinnerung an ihre Zündstellen, die sich mit ihren Seufzern mischte.

Wir tauschten Liebkosungen und Küsse aus. Flammenschatten tanzten und zeigten uns, wo wir wann und was zu küssen hatten. Zeitlos und zeitgebunden, zwingend und zwanglos, während ich mich aufbäumte und stöhnte, heftig atmete und dies und jenes tat.

Die Hitze des Kamins überzog uns mit einem feuchten Schimmer. Wir schmeckten süße Schweißperlen. Unsere Küsse *gingen genau dahin.* Ihr Geschmack war völlig frisch und reichte dennoch zwanzig Jahre in die Vergangenheit zurück. Ich wollte in ihm verbleiben und ihn einatmen und mich darin verströmen. Sie ließ mich innehalten. Sie küsste *mich* dorthin und hieß mich eindringen.

Zeitlosigkeit, mit Dringlichkeit verschmolzen, Bedeutungsschwere ganz aus dem Augenblick heraus, das JETZT, das trotz der Hitze nicht zerfloss. Die Wärme des Kaminfeuers hielt uns umschlungen. Die Flammen wurden dunkler und erstarben. Ich küsste den Schweiß von ihren Haselnussaugen, während eine neue Erinnerung entstand.

Dämmerung. Das Feuer brannte nieder und verwandelte sich in nie erlöschende Glut. Reggie kuschelte sich zwischen uns.

Donna schlief weiter. Ihr Kopf ruhte auf Reggies Kruppe. Ich beobachtete, wie ihre Venen vibrierten. Ich zählte die Kadenz ihres Herzschlags. Ich sah ihre von braunem Fell umrahmten Brüste.

Ich schaute sie an. Ich fragte mich, wie viel Zeit sie mir schenken würde. Kaminhitze und Mord schweißten uns zusammen. Weitere Schrecken waren zu erwarten. Darauf hoffen, dass weitere Hitze unsere Gemeinsamkeit erhielt – oder um prosaischere Zeiten beten, die uns lehrten, ohne äußere Intrigen miteinander zu leben?

Donna schlief. Ich beobachtete meine Hexenfrau und überlegte. Meine rechte Hirnhälfte kochte. Ich wurde wach und kreativ. Ich dachte die Zusammenhänge neu durch.

Megan More – kein »Racheengel«. Megan Mores Gebraucht-Höschen-Abzocke. Donnas höschengeiler Verfolger. E-Mails voller Hassliebe, alle anonym. Megan More: Gary Getchells Höschengeschäftspartnerin. Megan, wörtlich widerlich: »Aber Gary hat von diesem ›Kopfgeld‹ berichtet, das auf dich ausgesetzt sei. Er sagte, er kenne einen Spinner, der einen ›großen Donna-Donahue-Plan‹ habe.«

Zusammenhang erkennbar. Schnitt auf:

Den Heißpirscher. Seine kläglichen Scheindiebstähle. Seine Heißpirsch-Brüche. Ihre offensichtliche Nähe – zu den Country Clubs von Bel-Air und L.A.

Dave Slatkin meinte, er werde bald zu vergewaltigen anfangen. Donnas Haus auf Holmby Hills – nicht weit vom L.A. Country Club. Gary Getchell: ein Caddy in Bel-Air. Die Heißpirsch-Morde – in der Nähe des Country Clubs Bel-Air. Der Schmutz auf den Schuhen des Heißpirsch-Mörders.

Ich rief bei Dave an. Ich schaute Donna an und flüsterte. Der Schmutz, Dave – hat das Labor was über die Herkunft rausgekriegt?

Haben sie. Stell dir vor – das war Schmutz aus dem Bel-Air Country Club. Unser Heißpirscher ist zu Fuß entkommen.

Vorläufige Vermutung: der elende Heißpirscher ist ein Caddy.

Er versucht möglicherweise, seine eigentlichen Absichten zu tarnen.

Er ist donnaverrückt und donnagetrieben und donnaversessen. Er ist donnafixiert und donnavernarrt, genau wie ich. Er ist eine bösartige Version von mir. Er ist mein Donna-Doppelgänger.

Ich weckte Donna. Ich brachte sie auf den neuesten Stand. Sie erwähnte ihre »Ab und An«-Fanbriefe. Deren schrille Hassliebe. »Der Typ mag es, wenn ich Haut zeige, er hasst es, wenn ich Haut zeige. Er hat einen Haut-Fimmel.«

Die *alten* Briefe, die *neuen* E-Mails. Das klägliche Flehen um Höschen. Ein Absender oder zwei?

Hatten sie was miteinander zu tun – oder nicht?

Donna holte die alten Briefe raus. Donna erklärte die Daten.

Sie setzten mit der Ausstrahlung von *Biloxi Beach* ein – ihr sensationeller Erfolg in den Achtzigern. Dann hörten sie auf und fingen parallel zu ihren Kinofilmen neu an. Die Briefe kamen und setzten aus. Eine lange Zeit kam gar nichts mehr. Dann begannen die Höschen-E-Mails.

Donna holte die alten Briefe hervor. Sie hatte sie alle aufbewahrt. Ich las die schlüpfrigen, ewig gleichen Texte. Mit wiederholten Heißpirsch-Bezügen.

»Ich will ins Haus deiner Liebe eindringen.«

»Ich will mich in deine geheimen Orte stehlen.«

»Ich komm überall rein. Ich hab's schon mal gemacht. Ich habe einmal ein Mädchen umgebracht, vor langer Zeit.«

Sechzehn kranke Briefe. Neutrale Blockschrift. Erschreckend und von der Vorstellung nackter Haut besessen. Zeig mehr Haut – nein, tu's nicht – donnazentrierte Verwirrung.

Eine Sache setzte mir zu. Der Absender – als »Chino Prison« angegeben. Angeblicher Name des Absenders: »Sal Skinman«. Traurige Gefühle – Donna, um Liebe angebettelt – erschreckende

Fantasien über Haut. Angenommen, der Kerl hat Angst vor dem Zensor. Jede Wette, dass er wegen Einbruch einsaß.

Die ständigen widerlichen Sexfantasien. »Ich hab einmal ein Mädchen umgebracht« – um Himmels willen.

Donna schaute zu, wie ich mir Notizen machte. Donna, die nicht verstand, was hier wie womit zusammenhing. Donna, die mich jetzt brauchte. Mord und Sehnsucht nach häuslicher Wärme. Donna konnte auf sich aufpassen.

Ich ging zu meinem Wagen. Ich holte meinen Spurensicherungskasten raus. Ich verglich die üblen E-Mails mit den Haut-Briefen. Ich verglich den Sprachstil. Ich sah einfache Übereinstimmungen. Möglicherweise der gleiche Absender – oder auch nicht.

Ich arbeitete forensisch weiter. Ich nahm Donnas Fingerabdrücke. Ich rollte ihre Spitzen auf Spezialpapier rum. Ich holte ein bisschen Ninhydrin raus. Ich besprühte die sechzehn Gaga-Briefe. Ich fand zwei noch bestehende Abdrücke.

Ich notierte Vergleichspunkte. Ich entdeckte zehn per Abdruck. Ich verglich die Abdrücke mit Donna. Bingo – keine vergleichbaren Ausbuchtungen, keine ähnlichen Wirbel.

Seine Fingerabdrücke – die vom Sexspinner und eventuellem Heißpirscher. Das könnte eine Übereinstimmung sein. Zwei Fälle, die zusammenfinden. Rick liebt Donna. Donna liebt Rick. Unsere ureigenste schöne neue Welt, in Neuauflage.

Wir fuhren zum Parker Center. Wir informierten Dave und Tim. Wir waren versessen darauf, den Heißpirscher zu fangen. Wir wollten die Sache zum spannenden Abschluss bringen.

Dave nahm die Fingerabdrücke entgegen. Er versprach, sie baldmöglichst mit der FBI-Datei abzugleichen. Wir hörten Lärm im Flur.

Leotis Lauter in Aktion. Ein aufgeregter Dschungelsprössling. Der mit Händen und Füßen auf Joe Tierney einredet. Während der irre Ire versucht, Mrs. Linus Lauter zu beruhigen. Die aussieht wie eine biedere schwarze Bürgersfrau. Und ebenfalls gegen Joe Tierney losgeht.

Cal Eggers mischt sich ein. Als frisch ernannter Captain. Der mit Leotis Klartext redet. Du bist ein Drogenhändler. Mit massenhaft Klagen in petto. Wir haben jede Menge Selbstmorde am Hals – schaff deinen blasphemischen schwarzen Arsch hier raus.

Ich verdrückte mich in ein leeres Büro. Donna verdrückte sich auf mir. Ich rief bei der stellvertretenden Staatsanwältin Daisy Delgado an und trug ihr den doppelten Fall vor. Ich forderte Vorladungen vor Grand Juries. Nehmen wir ein paar schlimme Caddies fest. Knöpfen wir uns alle Caddies der Country Clubs Bel-Air und L.A. vor.

Daisy war einverstanden. Daisy versprach die Ermächtigung zügig zu liefern – in spätestens zwei Stunden. Tim suchte mich auf. Ich hab die alte Kiste mit den Gorman-Akten – damit kannst du dir die Zeit vertreiben.

Tim schleppte eine große Kiste an. Donna griff hinein. Sie sah erschütternde Bilder – Stephanie mit fünfzehn, lebhaft und vital, fröhlich und lebenslustig. Ihr stiegen Tränen in die Augen – *sa chère* Stephanie.

Ich holte alte Papiere raus. Ich fand Untersuchungsberichte. Ich ging die festgenommenen und ungern wieder freigelassenen Exer durch. Es gab durch die Mangel gedrehte Wichser und auf Bewährung freigekommene Straftäter. Es gab festgenommene Vergewaltiger. Es gab Kinderschänder, die man wegen nebensächlicher Vergehen angeklagt hatte. Ich sah bisexuelle Tucken, denen man mit Gummischläuchen zugesetzt hatte. Ich sah – langsam, langsam, langsam – *anhalten.*

Datum: 12.09.65. Ein harmloses und unschuldiges Blatt Papier.

Untersuchungsbericht. Nachverhör. Stephanies Vater erklärt:

Ende Juli 65. Eine Woche vor dem Tod meiner Tochter. Ich habe im Garten Arbeiten durchführen lassen. Ich habe Caddies aus Hillcrest angestellt.

Hillcrest – in der Nähe von Hillsboro, Ecke Sawyer. Hillcrest – von wo es nur ein Katzensprung nach L.A. und zu den Country Clubs von Bel-Air ist. Ein Nachuntersuchungsbericht. Vier Namen von Caddys festgehalten. Vier Vorstrafenregister abgefragt. Vier harmlose Übeltäter ausgemacht.

1. Alan Aadland, geb. 04.03.64. Einmal wegen Hasch festgenommen. Einmal mit einem geklauten Wagen rumgefahren.

2. Richard Donatich, geb. 19.08.44. Als Spanner festgenommen. Beim Cunnilingus mit der eigenen Schwester erwischt.

3. Harvey »Huck« Horan, geb. 16.12.40. Jede Menge Festnahmen wegen Trunkenheit.

4. Sol »Wino« Weinberger, geh. 02.06.37. Ärger wegen obszöner Anrufe, hängt in Damenklos rum, polizeibekannt wegen Barbituratsvergehen.

Ich bekam eine Gänsehaut. Mir sträubten sich die Nackenhaare. Ich schob den Kram zu Donna rüber. Sie fing zu zittern an.

Die Mitteilungen des Nackedei-Nörglers. »Ich hab mal ein Mädchen umgebracht, vor langer Zeit.« Die gegenwärtige Heißpirsch-Aufregung. Die Country-Club-Kakofonie. Eine Zeitmaschine, die *genau dahin* zurückspulte.

Ich ging die Berichte blitzschnell durch. Nichts Auffallendes. Keine weiteren Nachuntersuchungen. Keine entlastenden Feststellungen.

Die Polizisten konnten die Taugenichtse befragt und ihre Alibis geklärt haben. Die Polizisten konnten mit ihnen Lügendetektortests gemacht oder sie durch die Taugenichtsmangel gedreht haben. Das alles sah nach Sackgasse aus. Und gab mir doch zu denken.

Daisy Delgado rief an. Die Vorladungen – ausgestellt und umgehend zu vollziehen. Schön – aber mein Verdacht blieb. Ich rief im Country Club Hillcrest an. Ich bekam den Caddy-Schuppen. Der Caddy-Master erklärte, er sei schon seit eeeewig beim Club. Ich listete die Namen auf. Er antwortete umgehend.

Aadland – an AIDS gestorben – war nebenbei auch als Stricher tätig. Donatich – zu viel Koks mit Dilaudid. Horan – von einem Bus auf dem Beverly Boulevard überfahren. »Wino« – gerade dabei, seine Caddy-Karriere auf dem schönen Bel-Air Country Club zu beenden.

Caddies.

Zwingende Schlussfolgerungen/Zufälle/Verbindungen –

Dave kam rein. »Das FBI hat auf deine Fingerabdruckanfrage reagiert. Bei dem Burschen handelt es sich um einen 67-jährigen Weißen. Er heißt Solomon Weinberger.«

Der Himmel stürzte auf mich ein. Donna umarmte mich heftig. *Hush-Hush*-Hosanna für den Heißsporn-Täter.

»Wino«, tatverdächtig wegen Stephanie – 29 Jahre später.

7.

Bel-Air winkte. Wir flogen zur Wino-Weinberger-Walpurgisnacht.

Tim hatte eine Schrotflinte dabei. Ich meine Browning .9 und eine große Beretta. Donna ihren guten Kopf und ihre unbedingte Entschlossenheit, Wino dazu zu bringen, uns klaren Wein einzuschenken.

Dave gab uns Rückendeckung. Er hatte einen Nachforschungsantrag laufen und ein Wino-Verbrecherfoto besorgt. Er hatte eine Vier-Mann-Tätergalerie dabei – Wino über sechzig und vier ihm ähnliche Bullen in den Sechzigern. Der Plan: Die Bibliotheken in West L.A. abklappern. E-Mail-Alarm auslösen. Den Höschenbettler ausfindig machen. Wino als Höschenfanatiker *und* als Heißpirscher bestätigen.

Wir fuhren die Roscomere Street rauf. Wir stürmten über die Bellagio Road. Wir bogen auf den Klubparkplatz ein. Wir gerieten in einen Verkehrsstau – jede Menge Bullenwagen.

Streifenfahrzeuge, Zivis, Pathologenkutschen – alle Stoßstange an Stoßstange festgeklemmt.

Wir rannten. Wir kürzten den Weg durch den Caddy-Schuppen ab. Wir erreichten die Golfwagen-Hütte. Wir schnappten einen Golfwagen und fuhren über den Golfplatz. Wir folgten den eiligen Figuren. Wir hielten uns an Reifenspuren. Wir erreichten einen großen scheunenartigen Werkzeugschuppen.

Uniformierte bewachten den Eingang. Ich wies meinen Dienstausweis vor und drängte uns durch. Ich sah Bill Dumais und Kollegen von West L.A. Ich sah einen erstarrten Schrottplatz-Jesus.

Es war Gary Getchell. Mit ausgebreiteten Armen wie ein Kruzifix. Tot auf einem Haufen Düngersäcke liegend.

Er weist Halsverletzungen auf – üble Folterschnitte. Er ist blutbefleckt und bräunlich verstümmelt. In Golfkleidung. Mit einem Dutzend Betäubungspfeilen gespickt wie ein Nadelkissen.

Dumais sah Tim und mich. Die Golfer, Gaffer und die Burschen von der Pathologie sahen Donna. Sie fanden sie spannender als den Toten. Sie baten sie um Autogramme.

Dumais kam rüber. Der große Schuppen schallte von den vielen durcheinanderklingenden Stimmen. Ich ging raus. Ich sah die vielen verfeindeten Fraktionen, die darauf aus waren, das Geschehen im Inneren zu klären.

Augen rechts – zwei Drogenpolizisten. Augen links – Captain Cal Eggers. Augen erneut nach links – Leotis Lauter. Er wirkt *dschungeltief* bedrückt und *mohrenstolz*. Von einer schwarzen Schutzmannschaft geschützt. Vier coole Tintentaucher, die ihm zur Seite stehen.

»Das«, meinet Dumais, »sieht nach zwei Vorgängen aus. Der Folterscheiß wirkt ein paar Tage alt, aber dem Pathologen zufolge muss Getchell die Pfeile in den letzten paar Stunden abgekriegt haben. Dem Chefmechaniker zufolge hat sich Getchell öfter hier aufgehalten und seine Skandaltexte geschrieben. Ich gehe davon aus, dass ihn der Mörder allein vorfand und mit Pfeilen spickte und daraufhin vom Golfplatz verschwand.«

Tim gesellte sich zu uns. »Meint ihr, man hat ihn gefoltert, um etwas über die Akten rauszukriegen?«

Dumais sah sich um. Die Augen rechts – Drogenpolizisten. Die Augen links – Leotis und seine Mohrenmannschaft.

»Ich gehen davon aus, dass Leotis oder ein paar kriminelle Drogenpolizisten als Täter infrage kommen, wobei beide wegen dem Vorfall in Aschram und dem Suizid von Linus sehr aufgebracht sind.«

»Sie haben Getchell wegen Akteninfos gefoltert«, gab Tim zu bedenken, »bevor sie wussten, dass Linus sich umgebracht hatte.«

Das leuchtete mir ein. Das leuchtete Dumais ein. Ich reckte mich. Ich sah mich um. Caddies/Rückbezüge/Übereinstimmungen. Wo ist Wino?

Die Menge drängte sich zum Schuppen. Streifenpolizisten verstellten ihr den Weg. Donna gab Autogramme. Ich sah einen Burschen mit dem Namensschild »Caddy Master«. Ich nahm ihn mir vor.

»Hier ist echt was los, wie?« bemerkte er.

»Wo ist Wino Weinberger?« fragte ich. »Wir sind alte Freunde.«

Der Caddy Master kicherte. »Versuchen Sie's mal in der Säufergasse. Wino soll dort angeblich wieder mal zugange sein.«

Autogrammfans stürmten vorbei – sechs glückliche Streifenpolizisten. Ihre signierten Untersuchungszettel lauteten: »Schöne neue verfickte Welt, *zum zweiten* – alles Liebe, Donna.«

WINO:

Finden wir ihn. Machen wir ihn fertig. Nehmen wir ihn wegen Stephanie in die Mangel.

Klappern wir die Säufergasse ab.

Der Caddy Master war mit der Adresse rausgerückt: Hotel Viceroy, East 5th Street. Eine armselige, elende und schmutzige Gegend. Wir fuhren nach Osten, ins Land der Slums.

Bürgersteig-Städte. Haschhütten. Cracksüchtige, die in Kartonschachteln hausten. Gebrochene Existenzen, die sich mit Mundwasser einen Rausch antrinken. Schwankende Alkis und Suffköpfe mit schlotternden Beinen, denen der Billigwein den Verstand geraubt hat.

Wir gingen ins Hotel. Das Linoleum der Lobby war mit einem Läuseteppich belegt. Die Sprünge im Belag waren durch Wein- und Blutflecken getarnt. Zuckende Insassen boten uns Billigwein in Kleinportionen an. Wir schüttelten sie ab. Sie zitterten und süffelten und fielen zuckend zu Boden. Sie gaben uns Wino preis – Zimmer Nr. 218.

Wir gingen hoch. Durch lange Horror-Flure. Wir zertraten Crack-Pfeifen und Flaschensplitter. Wir stapften durch Nadelreste und Spritzenhöllen. Der Schmutz am Boden war rutschig. Die mit virushaltigem Blut verklebten Nadeln blieben in unseren Schuhen stecken.

Zimmer Nr. 218. Das Türschloss wirkt lose. Wir sind so frei. Donna drehte am Türknauf. Ich wackelte am Riegel. Die Tür ging auf.

Kein Wino. Kein Mensch. Ein gemachtes Klappbett. Ein läusebedeckter Linoleumboden. Flöhe, die bis auf Kopfhöhe springen, und Wino-Walpurgisnacht-Wände.

Verrüüüückte Verbrecherfotos. Geklaute Archivaufnahmen. Der Irrsinn großer Kriminalfälle in Hochglanzfotos festgehalten.

Durchgedrehte Mansonanhänger. Düstere Schwarze-Dahlie-Aufnahmen. Schrille Stephen-Nash-Bilder.

Bösewichte, fotografisch fixiert. Der dämonische Donald Keith Bashor. Sirhan Sirhan, umgeben von Sheriff Deputies. Der durchgeknallte Fred Stroble, der Axtmörder eines kleinen Mädchens, der um 1953 vergast wurde. Unsere Stephanie, auf einer Bahre festgeschnallt, in ein Leintuch eingeschlagen.

Verbrechen – drastisch und alkoholunselig verzerrt. Auf höllische Weise mit ausgesuchten Nackedeis untermischt.

Schauspielerinnen – quicklebendig auf A-4 großen Bildern. Bikini-Babys und Schönheiten mit strotzendem BH. Die rothaarige Rita Hayworth. Die rot getönte göttliche Donna Donahue. Die sommersprossige Nicole Kidman. Die tizianrote Julianne Moore.

Darunter jede Menge Rotschöpfe – Co-Stars, die er vom Fernseher abfotografiert hatte. Eine Palette roter Haare – königlich tiefrot bis erdbeerfarben. Eindeutige Flittchen. Damen um vierzig. Aristokratische Chignonträgerinnen.

»Du lieber Scheiß«, sagte Donna. Ein eindeutiger Sex- und Gewaltrausch. Her mit den Höschen – ich kann ein paar Schnüffelzüge brauchen.

Wir hörten Schritte. Ich wandte mich ruckartig um. Wino kam ins Zimmer.

Er sah uns. Er blieb verdutzt stehen. Er fing an zu rennen.

Ich verfolgte ihn. Ich sprang ihn an. Ich legte ihn auf dem Linoleum flach. Er riss sein Schienbein auf den Glassplittern blutig. Er gab auf.

Wir fesselten ihn an den Heizkörper. Meine Handschellen fixierten ihn sicher. Er verschlang Donna mit den Augen. Ihre Anwesenheit versetzte ihn außer sich.

Er keuchte. Er speichelte. Er stöhnte gewaltig. Seine jeansverpackte Hosenforelle hüpfte heftig.

Ich fand ein Telefonbuch. Donna packte meinen Schlagstock aus. Wir stellten uns streng vor ihm auf.

»Du hast mir Briefe geschrieben, nicht?«, stellte Donna fest. »Immer wieder, jahrelang.«

Wino bewegte sich. Die Handschellen zerschnitten ihm die Handgelenke.

»Da liegst du richtig, Baby. Ich bin ein Briefeschreiber und ein Schnaufer. Ich hab versucht, deine Telefonnummer rauszukriegen, aber da war nix. Dann hättest du was mit mir erleben können, und zwar in echt.«

»Was ist mit E-Mails?«, fragte ich. »Ein kranker Spinner hat Ms. Donahue angemailt. Er hat sie aufgefordert, ihm ihre Höschen zu schicken.«

Wino wurde wütend. »Mit der Höschenmasche hab ich nichts am Hut! Ich bin ein Briefeschreiber und ein Schnaufer! Ich fummle an keinem Computer nicht rum. Ich arbeite mit seriösen Telefonautomaten.«

Donna bog den Schlagstock. Das Bleigewicht rutschte hin und her.

»Was ist mit den Damenklos? Darauf fährst du doch ab, nicht?«

Wino schnaubte höhnisch. »Ab und an schnüffle ich gern mal an einer Klobrille, das geb ich zu. Aber grundsätzlich bin ich ein Spezialist. Ich bin ein Briefeschreiber und ein Schnaufer. Ich bin ein Scheiß-Schnauf-Virtuose und scheißstolz darauf.«

»Was ist mit den Rotschöpfen«, wollte ich wissen. »Donna ist doch nur ein bisschen getönt.«

Wino zwinkerte uns zu. »Stellt euch vor. Mutti war ein Rotschopf, und ich bin nie drüber weggekommen. Ich fahr nun mal auf rote Mähnen ab, und zwar in Scheißecht. Donna sieht aus wie meine Mutter. Man muss kein Scheiß-Sigmund-Freud sein, um so was rauszukriegen.«

Ich befummelte mein Telefonbuch. Die Seiten rollten und blätterten.

»Bist du neulich auf Heißpirsch gegangen? In West L.A. hat es ein paar Zwischenfälle gegeben.«

Wino drehte die Handgelenke hin und her. Die Stahlzähne rissen ihm die Haut auf.

»Ich hab seit den Siebzigern keinen Bruch mehr gemacht. Damals habe ich meine Berufung gefunden. Ich bin ein Briefeschreiber und ein Schnaufer und scheißstolz darauf.«

»Die Briefe an Ms. Donahue gibst du zu«, sagte ich.

»Sicher, das hab ich ja gesagt. Ich bin seit Langem ein Briefeschreiber und scheißstolz –«

»Du hast mal in Chino eingesessen, nicht? Du hast Ms. Donahue von dort einen Brief geschickt.«

»Richtig. Ich bin ein Briefeschreiber und als solcher einer der Besten im Westen.«

»Hast du wegen Einbruch gesessen?«

»Scheiße, nein. Ich hab Pentobarbital an Highschool-Kids verschoben, in der Mar Vista Bowl. Mit den Brüchen hab ich in den Siebzigern aufgehört.«

Donna sagte: »Und du bestreitest, mir E-Mails geschickt zu haben.«

Wino kicherte, verzog das Gesicht und streckte die Zunge raus. Wino leckte sich widerlich die Lippen und grimassierte.

»Ich bin ein Briefeschreiber und ein Schnaufer. Das bin ich nun seit zwanzig Jahren. Versucht nicht, mir was anderes anzuhängen, das lass ich mir nicht bieten.«

»Du hast aufgehört, Ms. Donahue Briefe zu schreiben. Wieso?«

»Weil die Schnee von gestern ist, darum! Weil sie keine Haut mehr zeigt! Ich stehe auf Haut! Ich drehe durch, wenn ich keine Haut zu sehen kriege!«

Donna schaute mich an. Ich sah, wie sie den Zusammenhang bedachte. Ihre haselnussbraunen Augen schauten mich an und *schmerzten.*

Sie zog Wino eins mit dem Knüppel über. Sie versetzte ihm einen schweren Schlagstockhieb. Das Gewicht rutschte nach vorn, und das Leder riss ihm die Haut auf. Sie zog ihm einen neuen Scheitel. Der Schnitt ging tief. Blut tropfte ihm aufs Kinn.

Wino drehte durch. »Baby, da fahr ich drauf ab! Du machst mich so was von geil, weil ich nämlich diesen Schuldkomplex hab! Frag nur bei alten Bullen nach! Ich hab die besten Verbrechen im Westen gestanden!«

Ich griff das auf. »Du hast geschrieben, dass du mal ein Mädchen umgelegt hast. Das steht in einem deiner Briefe an Ms. Donahue.«

Wino warf den Kopf zurück. Er ließ seine Zunge wie eine Echse herausfahren und leckte sich das Blut von den Lippen.

»Ich hab nie kein Mädchen umgebracht. Das hab ich nur geschrieben, um mich an der Tussi zu rächen. Sie wollte mir keine Haut zeigen. Ich bin ein Haut-Mann. Ich brauche meine Haut!«

Ich blätterte in meinem Telefonbuch. Ich kämpfte gegen meinen Drang an, ihn *ummmmgehend* fertig zu machen.

»Was hat das mit den Geständnissen auf sich? Raus mit der Sprache.«

Wino drehte die Handgelenke hin und her. Der Heizkörper schwankte.

»Das geht bis auf die Schwarze Dahlie zurück. Da war ich 9. Ich hab alle großen Morde gestanden. Bashor, die Stephen-Nash-Morde, den Manson-Scheiß und all das. Das war meine Nummer, ehe ich auf Haut abgefahren bin.«

Ich schaute ihn an. Sein Ständer zuckte. Er bekam einen feuchten Fleck auf die Jeans.

»Igitt«, sagte Donna. Wino atmete ekstatisch. Jetzt war der Moment für die entscheidende Frage gekommen.

»Hast du Stephanie Gorman getötet?«

Wino lachte. Wino höhnte. Wino antwortete: »Was, wenn?«

Ich wiederholte langsam. *»Hast du Stephanie Gorman umgebracht?«*

Wino wackelte. Wino zwinkerte. Wino sagte: »Was, wenn?«

Ich schlug ihn. Ich schlug ihn mit der Einbandseite. Ich versetzte ihm einen schweren Schlag. Ich hieb wiederholt auf ihn ein. Ich hämmerte und drosch und hörte unvermittelt auf. Er machte sich in die Hosen, während ihm der Schnodder aus der Nase lief.

»Hast du Stephanie –«

»Nein! Ich hab für ihren Alten gearbeitet! Ich hab den Mord gestanden, hatte aber kaum was zu erzählen, und die Polente hat mich laufen lassen!«

Ich schaute Donna an. *»Rick«*, sagte sie, *»bitte, es reicht.«*

Wino drehte seine Handgelenke. Der Heizkörper riss weg. Röhren brachen frei. Dampf trat mir in die Nase.

Ich überprüfte den Schrank. Kleider – aber kein Betäubungsgewehr, keine Beruhigungsmittel, kein Benzodiazepin. Ich holte mein Handy raus. Ich rief Dave Slatkin an.

Er nahm ab. »Slatkin.«

Ich sagte: »Die Fotoabfrage. Was hast du rausgekriegt?«

Dave hustete. Im Hintergrund bellten Hunde. Ich hörte, wie Pancho atmete. Ich hörte Bull Mastiffs bellen.

»Keine Bestätigung für Wino, in allen sechs Bibliotheken nicht. Ich hatte Bilder mit Wino dabei, und einige Bibliothekare meinten, Cal Eggers würde dem Burschen am ähnlichsten sehen. Da kann man doch nur lachen, oder?«

Ich lachte. Ich schaute Donna an. Wino schüttelte den Kopf hin und her. Blut spritzte auf ihre Bluse und ihren Rock. Blut streifte ihre Haut.

»Ich bin ein Haut-Mann«, sagte Wino. »Ich bin ein Briefeschreiber und ein Schnaufer. Ich stehe auf rotes Haar, na und?«

Ich zog mir einen Stuhl her. Mit gerader Lehne und Latten. Ich setzte mich. Ich spannte meine Vorderarme. Ich brach die Latten ab.

Wino drehte die Handgelenke und machte sich erneut in die Hosen. Ich fragte *ganz leise:*

»Hast du Stephanie umgebracht?«

Wino wurde ruhig. Wino antwortete: »Ich hab an dem Tag als Caddie in Hillcrest gearbeitet. Es war ein großes Turnier. Sie werden Eintragungen haben. Als das Gorman-Mädchen umgelegt wurde, war ich auf dem Golfplatz.«

Donna holte ihr Handy raus. Ich hörte, wie sie nach der Auskunft fragte. Ich hörte, wie sie nach Hillcrest fragte. Ich hörte, wie sie die Nummer eintippte und wie es klingelte.

Sie flüsterte. »Weinberger« und »5. August 65« konnte ich gerade noch verstehen. Wino beobachtete mich. Ich schickte das Stoßgebiet eines abgefallenen Lutheraners zum Himmel: MACH, DASS ER'S IST.

Die Zeit verstrich. »Er prüft die Eintragungen«, sagte Donna.

Ich schloss die Augen und sah Stephanie vor mir. Tick, tick, tick – zwei Minuten verstrichen. »Danke«, sagte Donna. Das Telefon verstummte. Ich öffnete die Augen. Ich sah immer noch Stephanie vor mir.

»Er war es nicht, Rick. Er war von 13:10 bis 18:20 auf dem Golfplatz.«

Goodbye, adieu, adios – schalom, Stephanie.

Ich schloss Winos Handschellen auf. Donna kramte in ihrer Handtasche und holte zwei Zwanziger raus. Wohlfeile Wiedergutmachung – die sie aufs Bett schmiss.

Wir gingen raus. Wir zertraten Crackpfeifenglas und Weinflaschenscherben. Wino schrie: »Ich bin ein Haut-Mann, und ich brauche meine Haut!«

8.

Der Gestank, die Flecken, der üble Nachgeschmack – wir wuschen uns Wino vom Leibe.

Donnas Haus hatte eine riesige heiße Badewanne. Wir sotten uns sauber und analysierten unsere Terrortaktik. Donna gestand feministische Selbstgerechtigkeit und allgemeine Wut. Wino als Prügelknabe – die Keimzelle des sexistischen Verbrechens. Ich gestand eine grundlegende Neigung zur Gewalttätigkeit, für die mir Stephanie als Ausrede diente. Ich sprach auch seine Besessenheit mit blanker Haut an. Das traf mich besonders. Höschen lähmten mich. Ich musste an *meine* Mutter denken. Die ebenfalls ein echter Rotschopf gewesen war.

Dave rief an. Ich sagte ihm, dass wir Wino abhaken konnten. Der alte Briefchenschreiber und der E-Mail-Heißpirscher waren zwei verschiedene Freaks. Dave erklärte, wieder Zivilstreifen losschicken zu wollen. Er meinte, beim Gary-Getchell-Mord erscheine ihm Leotis Lauter als tatverdächtig. Der Tod durch Betäubungspfeile – eine offensichtlich falsche Fährte – jetzt kann man alles dem Heißpirscher in die Schuhe schieben.

Außerdem:

Die Kollegen von West L.A. hatten einige Augenzeugen gefunden. Leotis Lauter hatte sich vor drei Tagen bei Gary Getchells Bleibe herumgetrieben. Zwei rassenreine Rastafarier hatten den Ort gemeinsam mit ihm ausbaldowert. Die Bleibe: durchwühlt und stellenweise geplündert. Höchstwahrscheinlich waren keine Akten zu finden. Stattdessen gefunden: verbrannte Papiere im Kamin von Leotis L.

Ich widersprach Dave. Leotis Lauter war ein Drogenhändler, kein raffinierter Fährtenleger. Der Heißpirscher könnte auch Gary ausgeschaltet haben.

Wir diskutierten. Wir kamen überein – ich hatte zwei Tage frei, eine Art Auszeit, um mich mit Donna verlustieren zu können.

Wir verlustierten uns. Wir kampierten vor dem Kamin. Wir lieben uns und stopfen uns mit Kaminfeuerfraß voll. Wir brieten Kebabs und grillten Burger. Reggie Ridgeback bettelte um Reste.

Wir verlustierten uns. Wir legten uns als Hundemeute hin. Wir glitten in den Schlaf. Wir *döööösten.*

Wino setzte mir zu. Ich hatte üble ödipale Albträume. Tizianrote Frauen schritten und schlurften durch meine Gedanken. Meine Mutter stand vor mir. Sie murmelte Vorwürfe. Ich verkrieche mich in ihrem Wäscheschrank.

Ich hörte etwas. Es klang nicht gut. Schluss mit der Träumerei.

Ich öffnete die Augen. Ich sehe Cal Eggers. Cal mit einer Betäubungspistole in der Hand. Die Flammen des Kamins flackern auf – Cal steht im Licht.

Ich begriff blitzartig. Die Bibliotheken. Die Verbrecherfoto-Zusammenstellung. Cals Zufallsbilder. *Er wurde identifiziert.*

Er feuerte. Ich rollte auf Reggie ab. Ich schreckte Donna auf. Mein Gewicht riss sie aus dem Schlaf.

Der Pfeil schlug in ein Kissen ein. Reggie setzte sich auf. Ich rollte nach rechts und griff mir einen Schürhaken. Er war glühend rot.

Donna rollte ab. Donna rannte. Donna wühlte durch Sofakissen. Reggie rammte Cals Schritt und biss zu.

Cal schrie. Ich erreichte ihn mit dem Schürhaken und brandmarkte ihn. Ich traf ihn am Hals. Ich sengte ihm die Haut zu Fetzen. Er ließ seine Betäubungspistole fallen und zog eine *richtige* Waffe.

Großkalibrig. Ein übles vernickeltes Ding.

Er schrie mich an. Er feuerte. Ich warf mich nach links, worauf er mich verfehlte. Reggie biss ihm die Eier ab und kastrierte ihn. Ich sah, wie er ihm den Sack wegriss und das Scrotum zwischen den Hundezähnen zermampfte.

Cal schrie. Cal rannte auf Donna zu. Sie warf mit Sofakissen um sich. Sie warf mit einer Teppichbrücke um sich. Sie suchte die Magnum. Sie fand die dicke .45-er.

Cal feuerte. Er verfehlte Donna. Kugeln zerrissen den Renoir und zerfetzten den Monet. Beide Bilder fielen von der Wand. Reggie winselte durch seine rühreivolle Schnauze. Donna zielte mit beiden Händen.

Sie traf Cal tief. Sie schoss ihm auf die Beine. Vier Schüsse trafen. Cal blieb an einer Sofakante hängen und kippte weg.

Er fiel platt auf den Boden. Er ließ die Waffe fallen. Ich rollte nach rechts ab und rannte zu ihm.

Seine Beinwunden bluteten heftig. Seine Unterleibsverletzung pulsierte und ließ das Blut in Schüben ausströmen. Er hörte die

Engel singen. Er konnte der Hölle in den Rachen stieren. *»Letzte Worte«*, sagte ich. »Gestehe, *bitte*.«

Er hustete. Blutiger Schleim flog durch den Raum. Dann klang seine Stimme fest. Er sprach zu Donna, nicht zu mir.

»Du ... warst diejenige welche. Seit 83 stehe ich auf dich. Damals war ich Rampart zugeteilt. Ich war versessen auf dich ... aber ich wusste nicht, wie ich das anstellen sollte ... ich habe schon immer auf Heißpirschen gestanden ... ich habe versucht, mich von meiner Besessenheit zu lösen ... mit E-Mails, mit Höschen ... das habe ich Megan More abgeguckt ... oh, Donna, wenigstens habe ich dich nicht vergewaltigt ... oh, Donna ... oh, Mist.«

Dem Arsch ging rasch die Puste aus. »Da ist noch was, Cal«, sagte ich. »Raus damit, mit allem.«

Donna kniete neben mir. Sie duftete nach Sandelholz und Schießpulver. Reggie würgte seinen Mageninhalt hoch. Männliche Genitalien flogen durchs Zimmer.

Cal hustete. »Ich steckte mit Gary G. unter einer Decke, das hatte nichts mit Megan zu tun. Ich ... beschaffte ihm Stoff von der Drogenpolizei, mehr als Danny G. je bekommen hat ... Als sie Linus Lauter absägten, wollte ich die Division übernehmen ... Gary wusste, dass ich auf dich stand, Donna. Ich war der Racheengel, ... Leotis und seine Nigger haben Gary gefoltert ... ich hatte Angst, er würde mich verpfeifen, wenn sie sich ihn erneut vornehmen ... daher habe ich ihn ausgeschaltet.«

Reggie heulte. Cal hustete. Seine Augen besagten: »Ihr habt ja keine Ahnung.« Er hustete Blut, erbleichte und starb.

Donna versetzte der Leiche einen Tritt. »Du bist ein Scheißversager. Als ob ich das wert wäre.«

Frohe Festtage. Weihnachten für die Kreuzesanbeter, Chanukka für die He-

bräer, Kwanzaa für nationalstolze Schwarze. Ho, ho, ho – festtägliche Festtagsstimmung bei Hillsboro und Sawyer.

Donna und ich. Wir gedenken unserer Toten. Wir ehren uns selbst. Wir feiern unsere Trennung.

Wir waren zwei Monate zusammen. Es war guuuuut. Wir waren in etwas reingeschliddert. Wir wurden rüde rausgerissen.

Die Medien halfen uns aus der Patsche. Die »Zeit der Selbstmorde« blieb im Gedächtnis und wurde zum Mythos. Cal der Coole passte gerade noch rein. Joe Tierney schrieb ihm einen Krebs im Endstadium zu. Allzu große Schmerzen. Die Cal nicht aushalten konnte. Worauf er sich zur Selbsttötung entschied.

Das ließ sich hören. Keine Kastration durch einen Hund, kein Tod durch Donna D.

Der Schein blieb gewahrt. Cal hatte sich umgebracht. Seine Heißpirsch-Hölle starb mit ihm. Leotis Lauter wurde auf bemerkenswerte Weise ermordet. Das hatte mit Rap-Musik zu tun.

Monster Mack-Mack hatte ein Verhältnis mit Leotis' Lady. Ein explosives Dreieck. Keine gute Mischung. Leotis erwischte Mack-Mack bei Mohammeds Moschee Nr. 6. Mack-Mack holte eine MP raus. Mack-Mack mähte ihn nieder. Leotis bekam 26 Kugeln ab und entschwebte zu Allah. Zurzeit steckt er mit Khalid Khareem zusammen.

Daisy Delgado klagte ihn wegen des Gary-Getchell-Falls an. Sie erhob eine postume Anklage wegen vorsätzlichen Mordes.

Alles hängt mit allem zusammen. Ein Dutzend tote Täter im Heißpirsch-Himmel oder in der Heißpirsch-Hölle.

Donna schenkte mir zwei Monate. Prosaische Gründe brachten uns auseinander. Ich bekam einige alte ungelöste Mordfälle. Sie die Hauptrolle in einer mitten in der Saison einsetzenden Fernsehserie. Sie spielte eine Polizistin bei der Mordkommission.

Wir saßen in meinem Saturn Sedan. Wir tauschten Geschenke. Wir starrten Stephanies Haus an. Sie schenkte mir einen Kaschmirmantel. Ich schenkte ihr Monster-Macks MP, die ich aus einem Asservaten-Safe geklaut hatte.

Das Haus hielt uns beisammen. Die Zeit brachte uns auseinander. Von Damals zum Heute, mit Echos der Vergangenheit. Stephanie blieb ungerächt. Eine tote Tochter, die älter war als wir. Unsere endliche Zukunft.

Wir redeten. Wir vergossen ein paar Tränchen. Wir sagten Ich liebe dich. Ich fühlte mich einsam und donnasüchtig, noch während Donna an meiner Seite war. Unlösbare Verbrechen, unerreichbare Frauen – und ich.

Dschihad in der Dschungelstadt

Der Himmel ist noch immer für immer. Das Vergehen der Zeit tut nach wie vor weh und reißt in die Vergangenheit zurück. Zeitspannen verheddern sich. Der Heißpirsch-Holocaust und das riesendicke Ende sechs Monate später.

Donna. Ich. Ein kurzer Schwenk zum März 05.

Ein weiterer Mordfall. Eine verwirrende kalte Fährte. Mein Begehren. Ihr Zögern. Der Wunsch nach Vereinigung. Donna. Ich. Grausame Angst. Dschungel-Dämonen. Gedankenreise zurück:

Los Angeles Times, 1. März 2005

RAUBMORDE VOM DEZERNAT FÜR UNGELÖSTE FÄLLE UNTERSUCHT

Von Miles Corwin

Das LAPD-Dezernat für ungelöste Fälle untersucht zurzeit mit Nachdruck drei dreiste Mordfälle bei Überfällen auf Alkoholläden an der Southside im Frühling 2001. Detective David Slatkin, der Leiter der Abteilung, ließ die *Times* wissen, ein neuer Tipp könne sich als »ziemlich wertvoll« erweisen.

Am Nachmittag des 29. April 2001 betraten zwei Männer den Alkoholladen Liquor Heaven an der Normandie Avenue, Ecke Martin Luther King Boulevard, in South-Central Los Angeles. Sie beraubten den Laden mit vorgehaltener Waffe und erschossen den Ladenbesitzer Dong Quan Lem. Ein junger Hilfsarbeiter, der sich unentdeckt hinter der Kühltruhe mit den Milchwaren versteckt hatte, beschrieb die Räuber als: »Junge Araber. Wie die Kerle, die man im Irak mit Stöcken und so herumfuchteln sieht.« Die Killer entkamen. Der Hilfsarbeiter konnte den Detectives des LAPD die Täter beschreiben und den Detectives bei der Verfertigung eines Phantombildes helfen.

Am 16. Mai schlugen die Raubmörder erneut zu. Sie betraten den Laden Liquor World am Jefferson Boulevard, Ecke Vermont Avenue, beraubten das Geschäft und fügten dem Besitzer Jim Wong Kim tödliche Schusswaffenverletzungen zu. Eine Fußgängerin war Augenzeuge ihrer Flucht. Sie beschrieb beide Täter als »männliche Araber mit Schnauzbärten wie der Nichtsnutz Saddam Hussein«. Sie bestätigte die Ähnlichkeit der Phantombilder und fügte hinzu: »Beide Männer wirkten äußerst bösartig.«

Die LAPD-Detectives weiteten ihre Untersuchung aus. Sie gingen verschiedenen Hinweisen nach und fragten beim FBI wegen bewaffneten Räubern mit möglichen terroristischen Beziehungen nach. Es ergaben sich keine konkreten Anhaltspunkte, und am 9. Juni schlugen die Raubmörder erneut zu.

Diesmal griffen sie den Laden Liquor King am Imperial Highway an. Sie brachten den Besitzer Kwan Paul Park dazu, ihnen den Bürosafe aufzuschließen und die Wocheneinnahmen auszuhändigen. Danach gaben sie vierzehn Schüsse auf ihn ab und flüchteten durch eine Hintertür. Einem Parkplatz-Wächter zufolge haben die beiden Männer »gepriesen sei Allah!« und »Freiheit für Pa-

lästina!« gerufen. Er ergänzte die bisherigen Täterbeschreibungen: »Beide sahen abgezehrt aus, wie drogensüchtig oder Alkoholiker. Sie wirkten durchgeknallt und böse.«
Unter dem Druck asiatisch-amerikanischer Bürgerrechtsgruppen führte das LAPD seine Untersuchungen fort. Danach versuchte man, arabisch-terroristische »Schläfer-Zellen« aufzuspüren. Arabisch-amerikanische Bürgerrechtsgruppen protestierten gegen das »rüde Vorgehen« des LAPD und die »faschistischen Methoden« bei der Befragung arabisch-amerikanischer Bürger. Der Sprecher der Arabischen Liga, Gazi Alli, bezeichnete die Untersuchung als »Pogrom« und »zionistische Verschwörung«.
Die Untersuchung wurde erfolglos fortgesetzt. Die Angriffe vom 11. September führten zu einer Unterbrechung, worauf das FBI selber eine groß angelegte Aktion zur Enttarnung terroristischer Zellen in Los Angeles und Umland anordnete. Die LAPD-Detectives informierten sich über die Fortschritte der Sonderermittler des FBI, ohne einen Ansatz zur Verfolgung der Raubmörder zu finden. Die Untersuchung machte keine Fortschritte und galt als »ungeklärt«.
Detective Slatkin zur *Times*: »Unsere Ermittler sind über 400 Hinweisen nachgegangen, und Chief Tierney hat die Aufgabe dem Dezernat für Ungelöste Fälle übertragen. Wir geben dem Fall allerhöchste Priorität. Wir überprüfen gerade einen Informanten, der versprochen hat, uns wichtige Hinweise zu liefern. Er scheint über Beziehungen zur arabischen Unterwelt zu verfügen, daher sind wir vorsichtig optimistisch.«
Wird der Informant Daten über terroristische Aktivitäten preisgeben? Detective Slatkin verneint. »Wir stufen die Raubmorde als gewöhnliche Straßenkriminalität ein«, stellte er klar. »Die laut gerufenen Schlagworte dienen wahrscheinlich der Tarnung. Wir ge-

hen von einer Reihe von schrecklichen, aber unpolitischen Verbrechen aus.«

Daily Variety, 2. März 2005

COP FLOP: *MÖRDERJAGD* FÄLLT FLACH.
DIE DONAHUE WILL AUF DIE BÜHNE.

Von Bruce Balaban

ABC hat bei der Donna-Donahue-Serie *Mörderjagd* nach mageren sechs Episödchen das Handtuch geworfen. Das L.A.-Bullendrama dümpelte bei miserablen Marktanteilen dahin und erlitt schließlich Schiffbruch. Die Show, mit *La* Donahue als LAPD-Detective Daisy Delphine, ging trotz stolzer Produktionsinvestitionen und Ms. Donahues sünd-sationeller Leistung als liebeshungrige Bullen-Diva mit Pauken und Trompeten unter. *Mörderjagd* soll die Lieblingssendung von LAPD-Chief Joe Tierney gewesen sein. Dass *El Jefe* nun ohne auskommen muss, heißt noch lange nicht, dass die Diva Donna beim Arbeitsamt oder bei der Essensverteilung in Brentwood ansteht.

Nein, sie hat sich entschlossen der Bühne verschrieben. Bis auf Weiteres gibt es für die Donahue keine Indie-Billigproduktionen, keine quietschvergnügten Sexvehikel wie *Ausfahrt nach Ecstasy*, keinen überkandidelten Western wie *San Laredo* mehr. Ihr Plan? Einen Autor beauftragen und als pillenschluckende Poetin Anne Sexton die Bretter stürmen, die die Welt bedeuten.

Sexy Anne Sexton beging 1974 Selbstmord. Die feinsinnige Donna

bewundert *sie* als coole verwandte Seele. »Ich hatte zwei seismische Ausbrüche in meinem Leben«, ließ sie uns wissen. »Einen 1983, und einen letztes Jahr. Ich will diese Erfahrungen in meine Rolle als Sexton einbringen.«
Die rehäugige Donna als Sexton – alle Achtung! Das verspricht eine tolle Ein-Frauen-Show. Doch der *Shtarker* Shakespeare ist tot – ebenso der wildschwüle Tennessee Williams. Wen wünscht sich Donna Donahue – die gerade mit ihrem Rhodesian Ridgeback Reggie das Hundefutter Barko Bits anpreist – als Autor?
»Ich denke an einen jungen Dramatiker«, teilte sie mit. »Der viel Sinn für die Siebzigerjahre hat, insbesondere für die Geschichte von Patty Hearst und der SLA, den ich aber für die Sexton interessieren möchte.«
Das klingt wie ein klassisch-kluger Anne-Sexton-Aphorismus. Bis dahin – Augen auf für die Hundefreundin Donna beim Barko-Bits-Stand an den Vorentscheidungen für *die* Beverly-Hills-Hunde-Show. Und noch diesen Monat werden wir sie bei der Oscarverleihung auf der Bühne bewundern können – und *die* Show ist wahrhaftig nicht auf den Hund gekommen.

Polizeipräsidium Los Angeles/Psychologisches Gutachten/vorgeschriebener Dienstweg: Kommandant, Raubmorddezernat & Personalabteilung, »Akte liegt bei«.
Psychologischer Gutachter: Dr. med. Alan V. Kurland.
Betr.: Jenson, Richard W./Detective Gehaltsstufe III/gegenwärtig dem Dezernat für Ungelöste Mordfälle zugeteilt.
Datum der Vorlage: 06.03.05.

Zwischen dem 21. und 26.02.05 habe ich drei einstündige Gesprächssitzungen mit Detective Jenson durchgeführt, der mir (zwangsweise) durch Captain Walter D. Tyndall zugewiesen worden ist, dem Kommandanten des Raubmord-Dezernats. Captain Tyndall begründete die Überweisung mit seiner persönlichen Einschätzung von Detective Jenson, der ihm zufolge an nervöser Erschöpfung litt und »eine persönliche Krise« durchmachte.

Ich betrachte Detective Jenson als Persönlichkeit von scharfem Verstand und beträchtlichem Einsichtsvermögen, die an einer obsessiv-zwanghaften Dysfunktionsstörung (OZD) leidet, deren langfristige negative Auswirkungen bei Detective Jenson zu einem hohen Grad an affektiver Reizbarkeit, pathologischem Arbeitseifer und einem bedenklichen Bedürfnis nach mentaler Stimulation geführt haben. Die bei Detective Jenson auftretende Störung scheint in ursächlichem Zusammenhang mit einer affektiven Bindung an ein Mordopfer von 1956 zu stehen (Stephanie Lynn Gorman, gest. 05.08.1965, DR Nr. 65-538-991), einem ungelösten Verbrechen, das seit Kurzem vom Dezernat für Ungelöste Fälle aufgearbeitet wird, ebenso wie mit einer sporadischen Beziehung zu einer bekannten Schauspielerin (die Detective Jenson nicht zu identifizieren bereit ist), eine gelegentlich erfolgende Intimpartnerschaft, die über 20 Jahre zurückreicht.

Detective Jenson erklärte, auf Ehe und langfristige Beziehungen zu anderen Frauen aus seinem »Ergebenheitsgefühl« dieser Frau gegenüber verzichtet zu haben, denn »mit ihr ist alles möglich«, »sie ist ohnehin ständig bei mir«, und »was Liebe angeht, werde ich mich nie mit Halbheiten begnügen«. Detective Jenson erklärte weiterhin, er habe seine »völlige Verfallenheit« dieser Frau gegenüber in zwei »novellenartigen« Erinnerungen festgehalten, die in beiden Fällen stilistisch stark durch die stabreimende Sprache des *Hush-Hush*-Magazins beeinflusst worden seien. Nach dem Inhalt der Erinnerungen befragt, erklärte Detective Jenson: »Sie sind strikt privat. Und, nein, Sie dürfen sie nicht lesen.« Er bezeichnete seine Schriften im weiteren Gesprächsverlauf ebenso als »Oden« wie als »Hymnen auf die paar Male, als ich wirklich liebte und leidenschaftlich gelebt habe«. Was den Rückschluss zulässt, dass beide Erinnerungen Detective Jensons intensive Verwicklungen mit der ungenannten Frau beschreiben. Wobei noch festzustellen wäre, dass Detective Jensons eingestandene wahnhafte Größenfantasien und sein Beharren auf seinen »ehrenhaften Geheimnissen ... mit dieser Frau« der psychologischen Maßgabe der obsessiv-zwanghaften Verhaltensstörung entsprechen.

Die Fixierung von Detective Jenson weist offensichtlich weitere zwanghafte Aspekte auf. Er erklärte, »nur auf Frauen zu stehen, die ihr gleichen«, in Beziehungen mit ähnlich aussehenden Frauen »hineinzustolpern« und dieselben »fallen zu lassen, wenn sie nicht an sie heranreichen«. Detective Jenson setzt außerdem »Spitzel« ein, die ihn zum Aufenthaltsort der besagten Frau führen, damit er »zufällig absichtlich erscheinen« kann. Auf die Trostlosigkeit eines solchen Verhaltens angesprochen, erwiderte Detective Jenson: »Na und, was weiter? Ich bin ein Bulle. Ich arbeite mit Informanten, und jeder Mann, der sich wegen einer Frau nicht zum Narren macht, ist eine Schein-Schwuchtel.«

Detective Jensons Starrsinn erstreckt sich auch auf den Fall Stephanie Gorman. Das Opfer (ein sechzehnjähriges Mädchen aus West Los Angeles) – so Detektive Jenson – »erfüllt mein Bedürfnis nach ungestillter Sehnsucht, nach einem Leben in Vergangenem, nach dem Kitzel des Unbekannten und, wenn möglich, einer ehrlichen Rache«. Mit erschreckender Selbsterkenntnis wies er auf seinen Einsatz von »Informanten« hin und auf die Stunden, die er in einem geparkten Kfz vor Stephanie Gormans ehemaligen Haus zubringt. »Das ist wie meditieren«, sagte er. »Mir wird irgendwie zärtlich zumute. Ich sitze still und denke über mich selber nach. Um eine Frau lieben zu können, muss ich sie nicht ficken.«

Zum gegenwärtigen Zeitpunkt ist Detective Jenson nicht bereit, sich einer Therapie zu unterziehen oder Medikamente zu nehmen, die die obsessiv-zwanghafte Verhaltensstörung lindern könnten. Sein körperlicher Zustand ist – entsprechend der letzten LAPD-Untersuchung – ausgezeichnet, und er ist im Hinblick auf seine Diensterfüllung nicht beeinträchtigt. Detective

Jenson (der im Dienst fünf bewaffnete Verdächtige getötet hat) scheint anders als viele Polizeibeamte nicht an dem berufsüblichen posttraumatischen Stress-Syndrom zu leiden. Nach seiner nervösen Erschöpfung und der von Captain Tyndall beschriebenen »augenblicklichen persönlichen Krise« befragt, gab er zur Antwort: »Wer nicht auf der Kippe steht, nimmt zu viel Platz ein.« Ungeachtet seiner leichten Erregbarkeit, seiner pathologischen Arbeitsgewohnheiten und seines Bedürfnisses nach Stimulation verfügt Detective Jenson über einen ungetrübten Wirklichkeitssinn. Zum jetzigen Zeitpunkt liegt meiner Einschätzung zufolge kein Anlass für eine Dienstenthebung vor. Ich empfehle eine neuerliche Begutachtung nach sechs Monaten.

Mit freundlichen Grüßen
Dr. med. Alan V. Kurland

1.

Der Informant:

Habib Rashad/männlicher Araber/Alter: 36/4 823 St. Andrews.

Wir fuhren über den Harbor Freeway nach Süden. Bei Bullen als »Kohlenrutsche« bekannt. Als Schwarzkatzen-Laufsteg und

Sündenpfuhl, der die Mohrenstadt mit dem L.A. der Bleichgesichter *vertintet.*

Tim Marti saß am Steuer. Ich hing meinen Gedanken nach. Donnas Sendezeit fiel mir ein. *Mörderjagd* – abgedreht. Keine weiteren Überraschungsbesuche auf dem Set. Keine fetischistisch hergerichtete Donna mehr: mit LAPD-Abzeichen, Waffe, Handschellen.

Mir war traurig zumute. Ich war auf Donna-Entzug, der Fall Stephanie galt nach wie vor als ungelöst und TOT. Meine Flamme flammte doppelzüngig. Ich hatte Tims Sohn Brandon angesteckt. Mein Schwarm hatte seine Schwärmerei ausgelöst. Er war ein fanatischer Donna-Fan. Stephanie wurde seine Traumpartnerin für den Schulball.

Die Schwarzenstadt glitt vorüber. Triste Hütten, Schnapsbutiken, afrikanisierte Methodistenkirchen. Die Kohlenrutsche verlief auf Stelzen. Ich sah Schnapsbrüder, die sich Olde English 800 reinzogen. Ich sah Nutten, die Mohrenmuschi feilboten, und Schwarzmänner, die vor Rippchenbuden anstanden.

Die Morde von 2001. Drei Tote, arabische Tatverdächtige, Southside-Tatorte. Habib Rashad – ein Southside-Ureinwohner.

Er hatte beim Büro vom Chief angerufen. Er hatte behauptet, über Superinfos zu verfügen. Joe Tierney fuhr drauf ab. Tierney war terroristengeil. Er schwärmte für die Innere Sicherheit. Er schaltete die Typen vom Dezernat für Ungelöste Fälle ein.

Drei Schnapsläden-Morde. Brutal, dreist. Terroristische Verbindungen – nicht zwingend ersichtlich.

Wir bogen auf dem Freeway 10 Richtung Westen ein. Ich hing meinen Donna-Tagträumen nach. Wir trieben es in Malibu. In der Landessprache des Franzmann-Hotels *Sofitel.* Reggie der Ridgeback tollte wild und wärmte uns mit seinem Fell.

Tim nahm den Abzweig Normandie. Wir fuhren nach Westen

und Süden. Zur angegebenen Adresse: ein heruntergekommener Holzrahmenbau.

Wir ließen den Wagen am Straßenrand stehen. Während Schwarzgesichter von ihren Veranden aus unser Bullenmobil beäugten. Wir gingen zur Eingangstür. Tim klingelte. Ein Wüstenbewohner im Vollwichs machte uns auf.

Schicke Klamotten. Ein Hausrock à la Hussein. Ein prächtiger Burnus aus Bin Ladens Boutique.

Tim lachte. Ich erkundigte mich: »Ahab-der-Ah-raber. Wo hast du dein Kamel versteckt, Wichser?«

Die Type blieb eiskalt. Wir traten ungebeten rein. Das Esszimmer: eine meschuggene Mini-Moschee.

Teure Gebetsteppiche. Wilde Wandtapeten. Gerahmte Fotos, die es in sich hatten – Al-Qaida-Kerle mit Riesenbärten. All-Star-Ayatollahs. Sankt Saddams und heilige Hassims. Eine klasse Kamel-Karawane.

»Ich weiß was«, sagte Rashad. »Ich rede und ihr helft mir.«

Große Sitzkissen lockten. Tim und ich ließen uns hineinfallen. Rashad ging auf und ab. Sein Burnus wallte. Scheiß auf den Krummsäbel-Kerl.

Die Bleibe lenkte mich ab. Wasserpfeifen auf Tischchen. Grüngelbe mit Kamel- oder Katzenhaaren bedeckte Schleier. Immer wieder diese Bilder – ein glubschäugiger Beduine neben dem anderen.

»Die Schnapsläden-Überfälle«, stellte Tim klar. »Wenn du da auspackst, reden wir mit dem Staatsanwalt.«

Riesenungeziefer robbte über die Teppiche. Und schleppte Lammreste und Schischkebab-Überbleibsel mit. Gewaltige Southside-Tausendfüßler – lang genug für die Basketball-Liga.

»Hat das was mit Terrorismus zu tun?«, bohrte ich nach. »Hatten die Kerle irgendwelche politischen Motive?«

Rashad schüttelte den Kopf. »Sie wollten einer radikalen islamischen Gruppe ihren Mut beweisen. Schon mal was von ›Schläferzellen‹ gehört? Sie wollten Gelder von der Gruppe kriegen und eine Zelle bilden, dachten aber nicht daran, Terroranschläge durchzuführen. Sie wollten das Geld einfach auf den Kopf hauen. Kennt ihr den Ausdruck ›partygeil‹?«

Ich konnte es mir *vorstellen*. Mörderische Moslems marodieren am Sunset Strip. Ein Kamelzwinger wird vor dem Viper Room errichtet. Unmittelbar am Roxy braten Lämmer auf Spießen.

Rashad ging auf und ab. Sein Hausrock wirbelte. Seine Sandalen patschten. Scheiße – ein Schuss. Ein Seitenfenster zerbarst.

Der Rashad streifte. Und zum Abpraller wurde. Er traf eine Wasserpfeife und darauf zweimal Rashads Kopf. Seine Backenknochen barsten, das Gehirn gerann, die Schädeldecke spaltete sich.

Ich ging in Deckung. Tim ging in Deckung. Wir rollten ab und schluckten Gebetsteppich. Kakerlaken schleppten Falafel-Fetzchen vorbei.

Rashad zappelte und zuckte zusammen. Er flog durch die Luft. Er fiel zu Boden. Und war mausetot.

Ich stand auf. Tim stand auf. Wir packten unsere Pistolen und rannten zur Tür. Wo ein purpurner Pontiac losfuhr.

Wir rannten. Wir erreichten unseren Wagen. Tim steckte den Zündschlüssel rein und stieg aufs Pedal. Wir gaben Gas, starteten scharf und attackierten den Asphalt.

Wir holten auf. Wir bekamen den Pontiac zu packen. Wir feuerten. Wir schossen ihm das Hinterfenster weg.

Es regnete Glasscherben. Der handtuchgeschmückte Kopf vor erleuchtetem Hintergrund bot ein gutes Ziel.

Ich feuerte. Tim feuerte. Wir schossen Stoff in Stücke. Sein

Burnus brannte. Sein Haar flammte auf und setzte den Turban in Brand.

Er schrie. Das konnte ich *hören*. Er allachasamte vor Allah. Wir schoben uns auf seine Stoßstange. Wir hockten ihm auf der Pelle. Der Bart war ihm bis auf die Wurzeln weggesengt.

Der Pontiac zog rechts rüber und geriet über den Straßenrand. Er fuhr auf einen Hydranten auf, würgte ab und blieb stehen. Die Verandenhocker erhoben sich von ihren Sitzen. Sie kreischten wild auf und jubelten.

Die Type sprang aus dem Wagen. Sein Gesicht war ein kleines Flammenmeer. Ein Verandenhocker schleppte einen Gartenschlauch an. Er lachte laut auf und ließ das Wasser spritzen.

Der Kerl zischte und spritzte. Der Kerl versprühte Funken und fiel tot um.

Die Schusswaffenkommission erschien. Dito die Leute vom Kriminallabor. Dito der Leichenbeschauer und sechs Uniformierte.

Sie sperrten die Straße ab. Sie durchsuchten den Pontiac. Das Feuergesicht – hoch oben im *Hafis*-Himmel. Die Leichenbeschauer sargten die Leiche ein.

Abgefeilte Fingerspitzen. Narbengewebe über den Abdruckstellen. Ein US-Pass. Saudi-arabische Einreisestempel/Name: Habib Rashad/Feuergesichts ungebratene Züge. Schicke weltliche Klamotten: wüstenprächtiger Tommy Hip*nigger*.

Die Schläger vor Ort stellten sich zur Schau. Die Verandenhocker veranstalteten einen Vorbeimarsch. Sie schritten von Haus zu Haus und teilten sich Schlitz Malt Liquor. Die Labor-Leute sprengten den Kofferraum des Pontiacs auf. Sie fanden eine Mach 10 MP, einen Kuskus-verklebten Kupferkessel, vier Abhörmikros.

Abhörmikros – wie, wozu das?

Die Schusswaffenkommission ging gegen Tim und mich los.

Ihr habt den scharfen Scheich erschossen. Richtig, er hat Scimitar-Sid umgebracht – aber ihr müsst es *begründen*.

Wir erklärten. Die Schnapsladen-Morde. Der rechtschaffene Informant Rashad. Der Namen nennen will. Der gerade dabei ist, zur Sache zu kommen. *Wumm* – Scheich schießt, Sid schluckt Blei.

Die Schusswaffenkommission *kapierte*. Ethnische Intrigen. Kameltreiber-Konspiration. Panarabische Panik.

Wir durchsuchten die Absteige. Wir zerpflückten Zimmer, schauten in Schlupfwinkel und fanden:

Persönliche Papiere. Rashad als wackerer Wirt – des Falafel-Fan, 34th, Ecke Vermont.

Eine Menge Matratzen, in Einbauschränke gezwängt.

Hasstraktate. Arabische Schrift. Krasse Karikaturen intriganter Israelis. Mit riesigen Reißzähnen und exorbitanten Krummnasen. Mit judentypischen Cadillacs. Mit Davidssternen und Dollarzeichen auf den Klamotten.

Fünf .44 Magnums. Fünfzehn .40 Brownings. Passende Munition.

Jede Menge Porno-Videos. Schwüle und passende Titel. *Darscheika rammelt durch Damaskus*, *Syrisches 69*, *Golanhöhen-Gruppengrapschen*, *Sexy Saddamitinnen* und *Die Katzen von Kairo*.

Vier gipsstaubbedeckte Kameras. Bestimmt Überwachungsoptik.

Eindeutig zusammengehörig: die Abhörmikros und die Kameras.

Die Fingerabdruck-Spezis traten in Aktion und bearbeiteten Wände und Fenster. Tim und ich gingen von Raum zu Raum und notierten Einzelheiten. Ein Leichenschauwagen schaffte Rashad und Feuergesicht weg. Ich ging meine dienstlich bedingten Abschüsse durch. Die Garcia-Brüder – miese Mexen/ausgesuchte Kanaken-Schurken. Huey Muhammad 6X – ein gewalttätiger Vergewaltiger. Shondell Dineen und Webster Washington –schlimme schwarze Schwerverbrecher. Bis jetzt sechs kühne Kerben in meinem Colt.

Mein Handy klingelte. Das Display leuchtete auf. Einer meiner Donna-Informanten.

Ich drückte auf On. »Jenson.«

»Grüß dich, Rhino. Tom am Apparat. In den Raleigh Studios.«

»Ja?«

»Sie ist in Studio sechs. Sie dreht die Hundefutter-Werbung.«

Gewaltiger Gegensatz: von verwüsteten Wüstensöhnen zur dämonischen Donna.

Ich fuhr in die Raleigh Studios. Ich fuhr um das Studio 6 herum und parkte. *Wuff*-knurr-*wuff* – Reggie der Ridgeback gab laut Laut.

Das Bellen bat mich rein. Ich flanierte durch Flure und fand zum Werbespotdreh. Da ist der Regisseur. Da ist die Crew. Da sind Reggie und Donna.

Eine Flagge flatterte hinter ihnen. Reggie bellte in roten, weißen und blauen Hundeklamotten. Barko Bits wurden durch ein rechtslastiges Konglomerat vertrieben. Donna beim patriotischen Sprücheklopfen.

»Hi. Ich bin Donna Donahue und das ist mein Hund Reggie. Wie alle Amerikaner mache ich mir wegen der terroristischen Bedrohung Sorgen. Ich bleibe gesund und wachsam, indem ich mich ausgewogen ernähre, und ich setze meinem Reggie mit Barko Bits uramerikanisches Hundefutter vor. Ich will einen aufgeweckten Wachhund, der Tag für Tag vierundzwanzig Stunden lang munter bleibt. Barko Bits Sondermischung aus Fleisch, Vitaminen und Mineralien hält Reggie auf den Pfoten und seine Terroristenwitterung scharf. Sag du's, Reggie! Sag uns, was *du* von Barko Bits uramerikanischem Hundefutter hältst!«

Reggie machte »Wuff!«. Reggie wühlte sich durch seine Hundeklamotten und beleckte seinen Pimmel.

Er biss, er leckte, er suckelte sich einen Steifen. Donna lachte schallend auf. Der Regisseur schrie: »Reggie, du elender Köter, lass sofort deinen *Shvantz* los!«

Reggie ignorierte ihn. Reggie schleckte weiter. Die Crew quiekte. Mir fiel ein Schickimicki am rechten Rand des Sets auf. Der von männlichem Modell-Charisma troff. Im feinsten Ferragamo-Fummel, armani-ausstaffiert. Ich spürte, wie die Eifersucht in mir hochkochte. Der Kerl sah ganz nach dem Männerspielzeug Donnas aus.

»Aus!«, schrie der Regisseur. »Fünf Minuten Pause!«

Das Männerspielzeug marschierte zu Donna. Reggie *knnnurrrte* ihn an. Ich sprang aufs Set. Donna umarmte mich. »Wer ist die Tunte«, wollte ich wissen. »Ein Dramatiker«, antwortete Donna, »und ich schlafe nicht mit ihm.«

Meine Eifersucht ebbte ab. Ich entkrampfte und beschloss, es mit Freundlichkeit zu versuchen. Ich löste mich von Donna und stellte mich vor dem Männerspielzeug auf.

»Ich bin Rick Jenson. Ich kenne Donna seit ewigen Zeiten. Ich bin beim LAPD und habe gerade einen Ah-raber umgenietet.«

Donna lachte. »Rick ist ein Fremdenfeind, der mich andauernd mit seinen Aufschneidereien beeindrucken möchte. Manchmal klappt's.«

Das Männerspielzeug schnaubte. »Ich heiße Donny DeFreeze und bin unbeeindruckt. Ich unterstütze die PLF und alle mittelöstlichen Befreiungsbewegungen. Ich habe Donna gesagt, dass der Werbespot unter ihrer Würde sei, aber sie hat darauf bestanden. Was auf das enge Verhältnis zu ihrem Hund zurückzuführen sein dürfte.«

Reggie knurrte. Sein Fell schmiegte sich an Schwanzknochen und Torso. Eindeutige Hundeabneigung und Schnellaburteilung.

»Donny DeFreeze?«, fragte ich. »Wie der SLA-Dämlack ›Cinque‹? Was Sie nicht sagen. ›Cinque‹ empfinden Sie in den heutigen Zeiten innenpolitischer Repression wohl als besonders cool und relevant, während Sie bedauern, als Weißer geboren zu sein.«

Donna versetzte mir einen Stoß. Reggie bleckte sein Gebiss und zeigte die Zähne. DeFreeze wich aus und warf einen Mikro-Ständer um.

Er fiel zu Boden. Ich hob ihn auf. Donna griff nach Reggie und hielt ihn zurück.

»Donny wird meine Anne-Sexton-Show schreiben. Er hat einige Stücke und Skriptvorschläge entworfen, die mich aufhorchen ließen.«

Männerspielzeug/Arschficker/Bolschewikischer Bardennachwuchs – soll von mir aus in der tiefsten Hölle braten.

»Nehmen Sie sich vor Donna in Acht. Sie ist weit gefährlicher, als Sie sich je träumen lassen. Und nehmen Sie sich vor Reggie und mir in Acht, weil wir Ihnen dicht auf den Fersen bleiben.«

Reggie knurrte. Seine Rute schoss aus dem Schaft. Er witterte Hundefeind und Ridgeback-Hasser.

Donna intervenierte: »Rick, du Arschloch.«

DeFreeze schmollte aufs Tuntigste. Seine Lippen kräuselten sich pervers. Spuckebläschen traten an die Oberfläche und wirbelten durch die Luft.

»Meine beste Arbeit ist noch nicht produziert, aber ich könnte mir vorstellen, dass Sie bei deren Anblick ganz schön schockiert sein werden.«

Geheimnisvoll. Grausam. Schrecklich schwul. Harte homophile Augen, tuckiges Zischeln.

Ich schnipste ihm seine Krawatte ins Gesicht. Ich verließ das Set. Donna rief mir ein »Rick, du Mistkerl« nach.

Ich ging ins Freie. Die Crew ließ sich Kuchen und Kaffee schmecken. Daneben parkte ein lippenstiftroter Lamborghini. Mit dem Nummernschild: »DeFrzz«.

Gewaltiger Gegensatz: Vom Hundeleid zur Hundezwingerfreude.

Ich fuhr zu Dave Slatkins Hundeheim. Ich hockte mich zwischen seine Hunde. Das bullige Blaffen tat meinem wunden Herzen gut – sechs liebevolle gefleckte Pitbulls.

Wir teilten Oki Pastrami Burritos. Wir brachten eine artenübergreifende Gruppenumarmung zustande. Ich zog ein Polster raus. Wir kuschelten uns aneinander.

Ich erzählte ihnen von Reggies Abneigung. Ich berichtete, wie Donna geschickt ausgewichen war. Dieser DeFreeze-Scheißkerl schrieb ihre Sexton-Show. Eine Beleidigung wollte sie sich nicht leisten. Sie konnte ihn wegen seinem Rote-Socken-Schwachsinn nicht zur Rede stellen. Ja, ich war ein Arschloch. Ich hätte die Klappe halten sollen.

Die Hunde ließen mich aussprechen. Ich erzählte ihnen, wie ich den Kamel-Jockey geröstet hatte. Ich erwähnte die Matratzen. Eine Schläferzelle an der Southside – vielleicht. Wir wollten die Absteige morgen noch einmal durchsuchen. Möglicherweise gab's noch mehr Mist.

Ich döste ein. Um mich herum verwehten Hundefürze. Ich musste wieder an DeFreeze denken. Er wirkte wie ein schmarotzender Strumpfgürtelträger mit üblen Absichten. Ich wollte nicht, dass er mit Donna seine Spielchen trieb.

Ich rief beim Kfz-Büro an und gab die Nummer durch. Ein

Mitarbeiter tippte »DeFrzz« ein und gab mir die Automarke durch. Der lippenstiftfarbene Lambo: langfristig gemietet von Khalid's Kustom Cars/Eigentümer Khalid Salaam.

Das passte zu dem Kerl. Putz dich raus und erobere Hollywood. Schmeiß dich an eine Donna Donahue ran. Mach sie kirre und bring dich ein. Saug dich fest wie ein Blutegel. Beiß zu wie ein Piranha.

Ich döste ein. Ich träumte. Ich glitt in den Schlaf. Hundeherzschläge hielten mich beisammen. Ich war von Hundeliebe umgeben.

Ich träumte. Shondell Dineen und Webster Washington gespensterten. Der Aufruhr von 92. Nihilistische Nostalgie. Die Plünderung von Sal's Market in South Central.

Dineen mit Nadelnarben, aalglatt und lässig. Der mit einer teuren Kiste Cutty erwischt wird. Webster trägt ein »Shaq Attack« Sweatshirt. Er hat zehn Kartons Kools und eine Ladung Schlitz Malt Liquor dabei.

Sie haben Waffen. Sie sind gerade aus dem Knast gekommen. Sie haben noch Gefängnisschuhe an – San-Quentin-Sandalen.

Sie sind in Sal's Supermarkt. Und wollen mit der Beute fliehen. Als ich reinkomme.

ÜBERRASCHUNG!!!!!

Ich habe eine Remington Pumpgun. Eine Ladung legt sie flach. Der Cutty purzelt zu Boden. Das Schlitz schäumt. Ihr letztes gemeinsames Wort ist »Motherfucker«.

Ich wachte auf. Donnas Sendezeit ließ mich zusammenzucken. Ich beschloss, mich mit einem Gleichgesinnten auszutauschen. Ich rief bei Tims Sohn Brandon Marti an.

Ich wühlte mich durch die Hunde und fand mein Handy. Ich drückte Martis Privatnummer ein.

Brandon nahm ab: »Äh, ja?«

»Ich bin's, Junge.«

»Ach so, Onkel Rhino.«

Flöhe flogen vom Polster. Die Pitbulls schabten und kratzten sich.

»Hat dir dein Vater von den Arabern erzählt?«, erkundigte ich mich.

»Ah ja. Er sagte, ihr hättet Glaser-Patronen verschossen und dem Burschen das Gesicht gebraten. Klang echt cool.«

»Die Schusswaffenkommission dürfte uns entlasten. Der Bursche hatte gerade unseren Zeugen umgenietet.«

»Äh, ja. Mein Vater sagt, dass das ein ehrlicher Abschuss war, aber dass vielleicht irgendwelche dämlichen arabischen Bürgerrechtsgruppen protestieren würden.«

»Sollen sie. Wir haben das Recht auf unserer Seite und –«

»Du möchtest über Donna reden. Das kann ich an deiner Stimme hören.«

Ich seufzte leise auf. »Du kennst mich, Junge.«

Brandon hustete. »Mein Vater sagt, was Liebe anginge, seist du ein hoffnungsloser Fall. Fr sagt, dass ich für Donna schwärme, sei okay, weil ich noch ein Teenie bin, aber du solltest es besser wissen.«

Ein Pitbull leckte mir das Gesicht ab. Sein Atem roch nach Burrito.

»Ich hab Dinge erlebt, die dein Vater nie erlebt hat. Ich glaube, er ist eifersüchtig.«

»Kann sein. Oder du fährst einfach auf was ab, was er nicht begreift.«

»Da sag ich nicht nein.«

»Mein Englischlehrer begreift es. Er hat seine Doktorarbeit über Donna geschrieben. Mit der Faszination, die sie auf Männer ausübt, kennt der sich wirklich super aus. Er sagte, dass ich die Arbeit lesen dürfe, weil ich auch ein Donna-Verehrer bin.«

Ich gähnte. »Mach mir eine Kopie, sei so lieb? Du kannst sie hier im Tierheim vorbeibringen.«

Brandon gähnte. »Okay.«

»Gute Nacht, Junge. Träum schön von Donna.«

»Gute Nacht, Onkel Rhino. Viel Glück mit den Ah-rabern.«

Ich legte auf. Ich war so einsam, wie ein unglücklich Liebender sein kann. Ich war zu müde, mich wegen Stephanie auf die Lauer zu legen. Ich wollte an Donna denken und langsam einschlafen.

Donny DeFreeze nervte mich. Ich beschloss, eventuellen Übeltaten nachzugehen. Ich beschloss, seinen Lebenslauf unter die Lupe zu nehmen. Gab's da keine Ladendiebstähle? Nix bezahlt? – dann wird der Arsch von mir gesotten und gezwiebelt.

Ich nickte ein. Ich wurde von haselnussbraunen Augen umgehauen.

2.

Die Medien machten mich zur Schnecke. Das Radio redete mich platt.

Wir fuhren über die Kohlenrutsche. Dave Slatkin saß am Steuer. Tim drehte am Radio. Der fiese Fedajin Gazi Alli filettierte mich. Bürgerrechtsquark jenseits von Sinn und Verstand. Zwei schnuckelige Schiiten-Scherife – tot. Buhu – zwei Super-Sufis. Rhino Rick rast. Er knallt durchgeknallt um sich. Er leidet an tiefer Depression. Das LAPD hat ihn gerade einem Gehirnwäscher zugewiesen.

Ich rutschte auf dem Rücksitz rum. Gazi ging mir auf den

Keks. Irgendeine Type vom Personalbüro hatte ihm meine Akten zugesteckt. Tim hob den Stinkefinger. Dave drehte am Einstellknopf. Ein frivoles Frauenzimmer verbreitete sich über die kommenden Oscars.

Ich stöhnte. Donna war zur Teilnahme vorgesehen. Zurzeit war sie männerfrei. Vielleicht würde sie den Scheißkerl DeFreeze mitnehmen.

Wir bogen von der Kohlenrutsche ab. Wir fuhren über Seitenstraßen nach St. Andrews. Der betreffende Block wimmelte von Uniformierten. Die einen Kameltreiber-Trupp zurückhielten. Jede Menge Araber. Die sich unter die Mohren mischten und gemeinsam mit ihnen multikulturellen Rabatz machten. Sie beschworen einen wilden schwarz-arabischen Rachepakt.

Wir parkten vor der Absperrung und gingen zu Fuß weiter. Wir drängten uns durch den Ramadan-Kwanzaa-Mix. Black-Muslims erstachen uns mit ihren Blicken. Wir hörten antizionistische Slogans:

»Islam – statt Israel!«/»L-A-P-D – Juden-Dschihad tut Muslims weh!«/»Völkermord, Völkermord, LAPD und Juden setzen ihn fort!«

Wir gingen mittenmang. Wir hieben uns Pfade durch den Mini-Ramadan und teilten das Rote Meer des Hasses. Wir drängten uns grrrrrründlich durch. Wir fuhren scharfe Ellenbogen aus. Wir hasteten durch Haschwolken und schmissen Ständer mit Olde English 800 um.

Rashads Ranch taucht vor uns auf – suchen wir Deckung.

Geschafft. Wir schlossen uns mit den Labor- und Fingerabdruckspezialisten kurz. Die uns mitteilten:

Was Fingerabdrücke betrifft – wir haben einiges gefunden. Wir haben Abdrücke von Rashad und jede Menge Handschuhabdrücke. Handschuhabdrücke in Verbindung mit Matratzen – das bedeutet Unterschlupf. Das bedeutet Verbrecher mit archivierten Fingerabdrücken. Die ihre Hände hinter Handschuhen verstecken. Das bedeutet üble Burschen mit kriminellen Absichten.

Was den Pontiac betrifft – den haben wir beschlagnahmt und auseinandergenommen. Wir fanden 14 000 Dollar in bar. Wir haben das Fahrzeug drinnen und draußen auf Fingerabdrücke untersucht. Wir fanden die abgefeilten Abdrücke des Schützen – vernarbte Hautabschürfungen.

Wir drehten die Bodenmatten um. Wir fanden jede Menge Zündholzbriefchen. Aus Herrenklubs. Als da sind: Sandi's Sandbox, Lani's Lapdance, Chrysanthemum Club. Im Kofferraum fanden wir verschmutzte Kleider, Geschirr und Spülmittel. Wir gehen davon aus, dass Feuergesicht in seinem Auto schlief.

Ein Patrol Sergeant schaute rein und erstattete Bericht. Er ließ uns wissen:

Streifenpolizisten hatten die Leute vor Ort befragt. Besagte Leute hatten Rashad beschrieben. Die Wohnung wurde von vielen Leuten besucht. Alles Araber, rund um die Uhr. Einige Leute hatten Terrorismusverdacht geschöpft und das FBI informiert.

Dave rief bei seinem FBI-Kontaktmann an und überprüfte die Hinweise. Sein Kontaktmann gab uns die FBI-Schlussfolgerung bekannt. Ja, wir haben alles überprüft. Nein, wir haben keine bekannten Verdächtigen gefunden. Habib Rashad – könnt ihr vergessen – ein einfacher Falafel-Freak.

Dave, Tim und ich dachten heftig nach. Wir bezogen die Abhörmikros im Pontiac auf die gipsverklebten Kameras in der Absteige. Wir tauschten uns aus. Wir entwickelten Theorien. Wir kamen zu keinem vernünftigen Schluss.

Ich rief beim US-Passbüro an. Ich verwies auf gewisse frühere Gefälligkeitsleistungen. Und erfuhr:

Der Pass im Pontiac wies Feuergesichts Züge und Habib Rashads Namen auf. Die in den Dokumenten angegebene Adresse: Rashads Falafel-Braterei.

Ein Typ vom Labor brachte uns ein Foto aus der Pathologie. Feuergesicht, dem man die verbrannte Haut abgeschabt hatte. Das Gesicht war nun klar erkennbar, für Identitäts-Fotos zu gebrauchen.

Tim rief bei Pac Bell an und ließ sich Rashads Telefonverbindungen geben. Unergiebig. Rashad hatte immer wieder bei seinem Falafal-Fan angerufen. Sonst hatte Rashad niemanden angerufen.

Verdächtig. Alles deutete auf Schläferzellen hin – die Wahrscheinlichkeit war in der Tat groß.

Dave, Tim und ich dachten angestrengt nach. Rashad *musste* mehr Anrufe gemacht haben. Die Schlussfolgerung: Er rief von öffentlichen Telefonen an.

Wir gingen raus. Wir beugten vor den Völkermord-Schreihälsen das Knie und versetzten sie mit dem Kreuzeszeichen in wilde Wut. Wir borgten einen Streifenwagen und flitzten zur Western Avenue – der nächsten Straße mit Telefonautomaten.

Wir gingen von Telefon zu Telefon und notierten die Nummern. Wir fanden in einem Bereich von vier Blocks fünfzehn Automaten. Tim rief nochmals bei Pac Bell an.

Er gab ihnen unsere Automaten-Daten durch. Er bat um eine Zusammenstellung der von dort angerufenen Nummern. Die Mitarbeiterin versprach, die Ergebnisse morgen vorzulegen. Sie würde sich beim Dezernat für Ungelöste Fälle melden.

Mein Telefon klingelte. Ich las das Display ab. Rob/Starbucks/Beverly Hills.

Das klang nach Donna in Kaffeelaune. Genau während ich in der Arbeit feststeckte.

Wir fuhren zu Rashads Ranch zurück und ließen Dave aussteigen. Tintentaucher schmissen mit Hühnerflügeln und Schweinerippchen-Knochen nach unserem Wagen. Ein wildes Barbecue-Bombardement. Eine mörderische Muslim-Meute, die sich über uns das Maul zerriss.

»Völkermord, Völkermord, LAPD und Juden setzen ihn fort!«

Falafel-Fan: eine Radschi-Hütte an der 34th, Ecke Vermont. Ein Derwisch-Treff seit Anbeginn. Ein Tresen und ein paar Picknicktischchen.

Wir parkten und gingen rein. Wir starrten erstaunt und amüsiert aufs Menü. »Palästina-Pita«, »Soul-Souvlaki«, »Schiiten-Schischkebab«.

Üüüüüble Black-Muslims mit fliegenversehenen Hemdkragen an den Tischen. Schräge Schickimickis, die »Mohammeds Buletten-Sandwich« mampften. Ein mächtiger Moschee-Muskelprotz hinter dem Tresen. Der mit einem Spachtel herumfuchtelt, Grillfett breit streicht, Steak-Brocken in Linsensauce rührt.

Wir gingen um den Tresen und öffneten die Zugangstür. Fettspritzer sprangen vom Grillgestänge und setzten sich an mir fest. Die Type würdigte uns keines Blickes. Ein ausgesprochen *cooooler* Kamel-Cal.

»LAPD«, gab ich bekannt.

Tim holte die Bilder raus. Das Pathologie-Porträt von Feuergesicht/die Phantombilder der Killer von 2001.

Kamel-Cal hielt sich an seinem Spachtel fest. Er spießte Lammbraten auf und rührte die Steakbrocken. Er starrte uns an. Er warf einen Blick auf die Bilder. Seine Augen zeigten deutliches Wiedererkennen. »Nein«, ließ er uns wissen. »Ich kenne sie nicht. Ich Ihnen sagen Wahrheit, Sie jetzt gehen.«

»Habib Rashad ist tot«, sagte Tim. »Wer übernimmt den Laden nun?«

Kamel-Cal zuckte mit den Achseln. »Ich kriege Laden. Gehört jetzt mir. Rashad mein Cousin. Er war guter Mann. Er *Hafis.*«

Ich holte die Zündholzbriefchen raus. Sandi's Sandbox/Lani's Lapdance/Chrysanthemum Club. Kamel-Cal warf einen Blick drauf und schmollte. Weiteres offensichtliches Wiedererkennen.

»Ihr Burschen treibt euch da rum, nicht? Du, Rashad, der tote Kerl im Bild.«

Cal schüttelte den Kopf. »Nein. Solche Orte für Ungläubige. Gute Menschen gehen nicht hin.«

»Quatsch«, sagte Tim. »*Ich* gehe hin. Was ist denn dabei?«

»Du Ungläubiger. Ich sehe euch beide in Zeitung. Ihr erschießt Mann, der Rashad erschoss. Ihr ›schieß-geil‹, sagt Araber-Liga.«

Ich lachte. »Also wirklich, Mann. Der Bursche hat Ihren Cousin getötet.«

»Alle Araber sind meine Cousins. Wir gemeinsam gegen Ungläubige. Wir spucken auf euch.«

Tim lachte. Cal spuckte auf den Grill. Die Aule landete, stotterte, zischte auf.

»Abhör-Mikros und Überwachungskameras«, bemerkte ich. »Das haben wir in Rashads Haus gefunden *und* im Wagen des Schützen. Ich denke, die beiden Burschen kannten sich, und ich denke, dass Sie sie *und* die Burschen vom Schnapsladen kennen *sowie* jede Menge Araber, die nichts Gutes im Schilde führen.«

Cal spuckte auf den Grill. Cal tunkte seinen Spachtel ins Grillfett. Sein Gesicht lief rot an. Sein Herzschlag hämmerte und pulsierte durch seine Adern. Tim stellte sich dicht vor seinen Bauch.

»Jetzt werd ich dir was sagen. Deine Kaschemme dient als Briefkasten für arabische Kriminelle. Hier holen sie ihre Post ab. Hier hinterlassen sie ihre Nachrichten. Deine bescheuerten

Freunde kommen her, um ihr Scheiß-Katzenfutter-Couscous zu fressen, und du –«

Cal schwang den Spachtel. Der Tims Kragen erwischte. Der sich festhakte. Der an Tim zerrte. Tim trat Cal in die Eier.

Er brach zusammen. Tim versetzte ihm Handkantenschläge. Er zielte auf seinen Adamsapfel, mit voller Kraft. Ich mischte mich ein. Ich packte Cal am Nacken. Ich trat ihm die Beine weg. Ich bog ihn nach hinten. Ich versengte ihm den Skalp auf dem Grill.

Er schrie. Ich bog ihn zurück. Sein Haar kräuselte sich und zischte. Ich brannte ihm die langen Locken auf einen Bürstenschnitt herunter.

Tim nahm den Laden auseinander.

Er stürzte Gewürzregale um. Er schmiss Geschirr zu Boden. Er kletterte durch einen Schrank. Er zerriss Ramadan-Roben, schoss sich durch Schränke und schnappte sich die Post.

Cals Haare zischten auf. Sein Bürstenschnitt brannte bis zur Glatze nieder.

Post:

Wir fuhren zum Parker Center und gingen sie durch. Hinweise auf Ungläubige und geile Hadschis.

Prospekte für Herrenklubs/passend zu unseren Zündholzbriefchen sowie dem Honey Bunny und Dawns Dugout. Nuttenanzeigen mit Telefonnummern – schweinische Zeichnungen, Zeitungsausschnitte. Billigsexheftchen/Seiten mit Eselsohren/Ruf-an-Anzeigen bei 1–800 VIAGRA. Gefährliche Waffenladen-Warenlagerlisten. Waffen-nach-Versandkatalog, Mac .10 und Magnums.

Wow! – Lani's Lapdance, kombiniert mit »attraktive Achtzehnjährige sucht Partner«, kombiniert mit Pan-Patriot Guns. Fetischisten-Fotos – rauschgiftversehrte Mädchen in Hüftgürteln.

Scharfe Stewardessen suchen Partner. Viagra bis zum Abheben. Sechs klägliche Schwanzvergrößerungsanzeigen.

Dave, Tim und ich hockten zusammen. Dave orderte eine SIS-Überwachung des Falafel-Fans an. Wir ließen Kamel-Cal als geschorenen, sandalenbeschuhten Samson zurück. Er konnte sich verdrücken oder gewalttätig durchdrehen. Er konnte einknicken und uns zu den Schnapsläden-Killern führen.

Pac Bell – noch kein Rückruf. Keine Infos über die Anrufe aus der Telefonzelle. Die Schusswaffenkommission – am nächsten Dienstag einberufen. Der Abschuss war sauber – ich war sicher, wir kamen frei. Als Nächstes zu erledigen: die Herrenklubs abklappern.

Wir stellten eine Liste zusammen. Wir teilten uns die Ziele auf. Ich bekam das Honey Bunny und Sandi's Sandbox.

Ich fuhr im Alleingang zum Industrieviertel. Lauter Fabriken, zwischen denen üble Stripschuppen steckten. Lapdance-Kaschemmen neben Baummärkten und Schnellimbissen. Ein tristes Multikulte. Hitzige Honduraner, kühle Koreaner, Sufis und Sushi-Schlucker. L.A. des weißen Mannes, wo bist du?

Ich fand Sandi's Sandbox. Abgeschlaffte Latinas führten ihren Lapdance vor und strippten unter Discoblitzen. Das Publikum bestand aus den *Verelendeten* Nationen – verzweifelte dunkelhäutige Immigranten, die sich im Dunkeln die 16:00-Uhr-Show reinzogen.

Ich zeigte dem Chef meinen Dienstausweis. Er schob mir eine Taschenlampe zu. Ich klapperte den Laufsteg ab und zeigte meine Bildchen. Die teils uralten, teils blutjungen Lapdance-Tänzerinnen nahmen sie zur Kenntnis. Ein einziges langes Nein, Nix und Nyet.

Das Honey Bunny befand sich zwischen einer burmesischen Burgerbude und einer mexikanischen Meeresfrüchte-Kaschemme. Ich ging direkt mit dem Ausweis rein. Der Türsteher kotaute diensteifrig und wies mir einen Spitzenplatz zu. Der Schuppen war stockfinster. Der Laufsteg grell erleuchtet. Eine weiße Maid, die zu uralten Discoklängen herumhopste. Meine Augen brannten. Ich blinzelte und konnte wieder sehen.

Ich sah einen langen Lapdance-Graben neben dem Laufsteg. Die Mädchen kauerten sich über Kerle in Stühlen und wackelten ihnen einen ab. Ich bat den Türsteher um eine Taschenlampe. Ich ging durch den Stall und legte meine Bilder vor. Ich störte die klägliche Befriedigung trauriger Begierden. Die Mädchen schauten meine Bilder an, die Kerle schauten meine Bilder an, niemandem fiel was dazu ein.

»Kenn ich nicht.« – »Wer soll denn das sein?« – »Hier schauen kaum Ah-raber vorbei.« – »Wer ist denn der Kerl mit dem abgebrannten Gesicht, der guckt wirklich komisch aus der Wäsche.« – »*Igitt*. Die sehen wie Saddam Hussein aus.«

Ich ging wieder zu meinem Ehrenplatz zurück. Nach meinem Gewaltmarsch durch Saddam und Gomorrha fühlte ich mich erschöpft, erledigt und ausgepowert. Ich sehnte mich nach Donna. Während der Vorstellung machte ich die Augen zu. Ich dachte mir die Rauschgiftmaid auf dem Laufsteg weg und führte mir Donna vor Augen.

Sie lachte. Wir hielten Händchen in Holmby Hills. Wir warfen Reggie Ridgeback Häppchen zu. Sie schauspielerte in *Mörderjagd*.

Jemand klopfte mir auf die Schultern. Ein korpulenter Koreaner und eine nette nackte Nadine standen neben mir. Ich hustete und fand zu meinem Bullen-Ich zurück. »LAPD«, sagte ich.

»Ah-raber, wie?«, meinte der Kerl. »Einige hab ich hier gesehen.« – »Ich komm aus Tel Aviv«, bemerkte die Frau. »Ojoj, also mit Arabern da kenn ich mich aus.«

Ich zeigte meine Bilder. Die Täterskizzen und Feuergesicht – bitte sehr.

Sie blieben stehen. Sie starrten die Bilder an. Sie studierten sie. *Beide* hatten die Bilder erkannt.

»Ich sehe Typen wie die Typen im Bild«, erklärte der Kerl. »Vielleicht zwei, drei Monate her. Sie geben viel Geld aus.«

Tel-Aviv-Tanja teilte mir mit: »Ich hab für den Mann mit dem geschälten Gesicht getanzt. Er sagte, er sei deprimiert, er fürchte sich vorm Sterben, solche *Tsuris*. Ojoj, der hat vielleicht auf den Putz gehauen und Geld ausgegeben. Ich hab ihm noch gesagt: ›Schatz, für dich gibt's wohl kein Morgen‹, und jetzt kommen Sie, zeigen mir so was.«

Ich musste leer schlucken. »Kreditkarten. Haben die –«

Der Kerl mischte sich ein. »Hier alles nur gegen bar. Kreditkarten nicht okay.«

Geld – woher? Drei Überfälle in 2001, die nur Kleingeld einbrachten. Der Falafel-Fan – warf ebenfalls nicht besonders viel ab. Rashad: » ... dachten nicht daran, Terroranschläge durchzuführen.«/» ... wollten das Geld einfach auf den Putz hauen.«/»Kennt ihr den Ausdruck ›partygeil‹?«

Vielleicht – eine Abspaltung – *echte* Terroristen gegen die Party-Schweine. *Aber* – Feuergesicht war »deprimiert«, er »fürchtete sich vorm Sterben«, »für dich gibt's wohl kein Morgen«.

Sollten das Hinweise auf Selbstmord sein?

Mein Handy klingelte. Das Display leuchtete auf. Pat im Pacific Dining Car – das hieß, Donna war da.

»Ich hab's dem Araber in seinem Wagen besorgt«, sagte Tanja. »Er war bestückt wie eine koschere Riesensalami.«

Donna dinierte solo. Sie verputzte Nudeln und Grillhuhn. Kaum dass sie mich sah, gab sie mir Saures.

»Rick, du Arsch. Du hast dich mit Donny wie ein Kotzbrocken benommen.«

Ich zwängte mich in ihre Nische. »Treibst du's mit ihm?«

»Nein, aber vielleicht tu ich's, nur um dich zu ärgern.«

Ich lachte. Ich trank von ihrem Mineralwasser. Ich tunkte einen Shrimp in Alfredo-Sauce.

»Was weißt du von ihm?«

Donna seufzte. »Er ist durch Internet-Aktien zu Geld gekommen. Er lebt im alten Clark-Gable-Haus in Malibu, im Casa de Suenos. Er schreibt Drehbuchvorschläge und versucht, im Showbusiness Fuß zu fassen.«

»Wo ist er dir über den Weg gelaufen?«

»Bei einer Party. Ich habe gesehen, wie er sich mit Lou Pellegrino unterhalten hat – du weißt schon, dem ›Detektiv der Stars‹. Er hatte gehört, dass ich eine Anne-Sexton-Show machen wollte, und da haben wir uns über die Sexton unterhalten. Er hat eine Website, falls du interessiert bist.«

Pellegrino: Schläger, Geldeintreiber. Aalglatter Klatschlieferant. Erstklasserpresser. Ein giftiger Köter/der sich über die Jahre hinweg bei der Hollywood-Elite eingeschlichen hatte.

»Reggie hasst DeFreeze«, gab ich zu bedenken. »Was schließt du daraus?«

»Reggie ist ein *Hund*. Über übersinnliche Kräfte verfügt er nicht. Ich bin keine dieser überkandidelten Tierhalterinnen.«

Ich schnappte mir Fritten und schwenkte sie in Mayo. Schmackhafter Mist – jamjam.

»Ich hasse DeFreeze. Und was schließt du daraus?«

»Dass du mein bester Freund und *sehr* gelegentlicher Liebhaber bist. Dass du ihn grundsätzlich hasst. Dass das LAPD dich gerade zum Psychiater geschickt hat, dass du einen Mann im Dienst umgebracht hast und dass du augenblicklich etwas empfindlich bist.«

Ich lachte. Unter dem Tisch fasste ich nach Donnas Händen. Meine Hosenschlange regte sich.

»Das ist jetzt sechs Monate her. Ich warte sehnsüchtig darauf, dass endlich was passiert, das uns wieder zusammenbringt.«

Donna drückte mir die Hände. »Das kannst du nicht *erzwingen.* Und *ich* kann nicht ständig Leute erschießen und mich andauernd in dein verrücktes Leben einwickeln lassen.«

Mir wurde trübe und traurig zumute. Meine Hosenschlange schnurrte zusammen und wurde klitzeklein.

»Zweimal in *einundzwanzig* Jahren? Das ist doch nicht *andauernd.*«

Donna seufzte. »Ich werde bald fünfzig. Wieso ist ausgerechnet *mein* Leben so wild und durcheinandergeraten?«

Ich pilgerte in ein Kaffee-Mekka an der Mariposa, Ecke Wilshire. Ich zog mir eine Dosis Koffein rein. Ein Selbstbedienungs-Computer-Schuppen – zwei Terminals, gezahlt wird pro Nutzung, Computer-Anschluss möglich.

Ich surfte mich durchs Internet. Ich klapperte Websites ab. Ich tippte verschiedene Namenskombinationen von Donny DeFreeze ein. Ich fand die Seite des Tunichtguts. Bemerkenswert – Defreezeworld.net.

Rollbandtexte. Mit Zitaten wie:

»Eldridge Cleaver, revolutionärer Vergewaltiger: ›Das kapierst du nicht, Baby. Wir schreiben 1960. Wenn ich 'n weißes Weib vergewaltige, kriegen das Establishment und der weiße Mann eins in die Fresse.‹«

»Black-Panther-Feuergefecht – Volksaufstand gegen das LAPD: ›Genieß es, Baby. Wir schreiben 1969. Wir führen Krieg gegen die Schweine.‹«

»SLA-Revolte – Schusswechsel mit dem LAPD an der Southside: ›Hör mir zu, Baby. Lass es dir von deinem Soul-Bruder Cinque DeFreeze gesagt sein. Wir schreiben 1974. Wir haben gerade Patty Hearst geschnappt, jetzt ist es an der Zeit, den Rassenkrieg gegen die Bleichgesichter zu führen.‹«

»Palästinensische Rache – der Zweck heiligt die Mittel: ›Hör mich an, mein islamischer Bruder! Wir schreiben 2003! Die Zeit, das amerikanische Insekt zu zertreten, ist gekommen! Hör mich an, mein *Fedajin*!‹«

»Harvey Glatman – der heilige Sexteufel: ›Ihr Bullen schnallt es einfach nicht. Wir schreiben 1958, kapiert? Die drei scharfen Bienen, die ich erwürgt habe, sind ein Vorgriff auf die Sechziger. Ich sag euch ein Riesendurcheinander voraus, alles klar?‹«

Pubertärer Schwachsinn. Übeltäter-Glorifizierung. Rote Bullenhetze. *Schwarz*sinnige Nostalgie. Linker Wahnsinn.

Harvey Glatman – der da krass nicht reinpasste. Glatman hatte zwischen 57 und 58 drei Frauen umgebracht. Er hatte sich als Fotograf ausgegeben. Er hatte Anzeigenrubriken für einsame Herzen benutzt. Er hatte den Missbrauch seiner Opfer aufs Schändlichste bildlich festgehalten. Er war ein Fesselfetischist und ein SM-Freak. Die toten Frauen hatte er in der Wüste entsorgt. Sein viertes Opfer hatte ihn abgewehrt. Im September 59 war er in Quentin auf den elektrischen Stuhl gewandert.

?????

Die Ah-raber-Texte gaben mir zu denken. Zu viel *Wüsten*-Zufall auf einmal.

DeFreeze, der einen lippenstiftroten Lamborghini mietet. Einen scharfen *Countach* – den er, *fatal*morganischerweise, wo gemietet hatte?

Bei Khalid's Kustom Cars, einer Firma, die einem gewissen Khalid Salaam gehört.

Ich zog mir noch mehr Kaffee rein und machte mich nach Malibu auf. Ich kannte das Casa de Suenos. Ich hatte dort, 1977, nach dem Polizeidienst als Wachmann gejobbt. Das Casa war ein blendend weißes spanisches Landhaus am Meer.

Seebrisen wehten auf. Die Nachtluft kühlte mir den Schädel. Kaffee pulste durch meine Adern. Ich fuhr den Pacific Coast Highway hoch. Ich sah das Haus, wendete und parkte.

Dort war das Casa. Ich gab mich lässig. Der Kasten stand direkt am Pacific Coast Highway. Zwei Häuser weiter.

Ich ging hin. Samt Beweissicherungsausrüstung. Ich ging zum überdachten Eingang. Da stand der lippenstiftrote Lamborghini. Da stand ein scharfer Bentley Sedan. Da stand ein glitzernder BMW. Mit dem Nummernschild »Lou P«.

Wahrscheinlicher Eigentümer: Privatdetektiv Lou Pellegrino.

Jetzt mutig los – kühn gewagt ist halb gewonnen.

Ich stellte meinen Spurensicherungskoffer auf den Lambo. Ich bereitete das Fingerabdruckpuder vor. Ich holte Klebestreifen raus. Ich puderte die Fahrertür und sicherte zwei mögliche Spuren.

Ich versorgte die Klebestreifen. Ich schloss den Koffer. Ich ging im Gegenuhrzeigersinn ums Haus. Ein Fußweg führte zum Wasser. Ich schlug ihn ein und hielt nach beleuchteten Fenstern Ausschau. Ich trat jede Menge Mörtelstaub hoch. Ich gönnte mir einen Peepshow-Blick ins beleuchtete Zimmer.

Ich sah kitschige Möbel – billigste Mietware. Ich sah jede Menge linker Poster. Der durchgedrehte Cinque. Der vergewaltigende Cleaver. Blasphemische Black-Panther-Fotos.

Ich ging zurück zum Strand. Ich duckte mich hinter einer hölzernen Veranda. Ich sah Schlafzimmerlichter schwanken.

Der durchgeknallte Donny DeFreeze. Voll auf einem Futon zugange. Wo er es mit einer Tante im Pensionsalter treibt. Ihre Haare sind sorgfältig zurechtgemacht. Ihre Falten nicht zu übersehen. Sie mag vom Alter gezeichnet sein, ist aber top-fick-fit.

Sie hält die Augen geschlossen. Donny nimmt sie drakonisch ran. Seine Augen glitzern hasserfüllt.

3.

Ich fuhr zum Hundeheim. Die Pitbulls sprangen mich an. Sie bildeten eine hechelnde Hundekette. Donny DeFreeze verlor sich und verschwand. Ich freute mich auf eine Achthundenacht.

Ich fütterte den Pitbulls Burrito-Happen. Brandon Marti hatte Wort gehalten. Ich fand das Manuskript auf einem Gestell.

»*In der Einsamkeit ihres Seins: Donna Donahue dekonstruiert* von James Ellington.«

Die Pitbulls legten sich übereinander. Ich war von Hunden umgeben. Ich zupfte mir ein hundebehaartes Kissen zurecht. Strecken wir uns aus und lesen.

Ellington schrieb elegant. Seine Donna-Betrachtungen funkelten. Er formulierte kühn und präzis.

»Donna Donahues physische Präsenz. Besonders beeindruckend, da ihre Gesichtszüge Aufrichtigkeit, Anmut und Anstand mit der Freude am Spielerischen und einer gewissen Zurückhaltung verbinden. Ein innerer Widerspruch. Ein doppeltes Rätsel. ›Ich bin ein offenes Buch‹/›Ein offenes Buch, dessen völlige Entschlüsselung ich niemals zulassen werde.‹«

Ellington führte aus. Er sinnierte über den »Mittelplatz auf der Berühmtheitsskala«, bezogen auf die »Demografie des Fernsehpublikums in einer sich rapide verändernden Medien-Kultur, die sich aus der krampfhaften Sehnsucht nach dem immer Neuen und der Hingabe an den Topos der Jugendlichkeit speist«. Er stellte fest: »Ms. Donahue hält die Männerwelt ungeachtet ihres zunehmenden Alters gnadenlos im Griff, wobei ihre Ausstrahlung mehr und mehr auf einer in Weisheit begründeten Sinnlichkeit beruht.« Ihr Status als »bleibend unverheiratete« Frau definiere sie als eine »Opportunistin der Liebe« mit einer »Leidenschaft für den Augenblick«, die sich niemals »zum persönlichen Zugeständnis der Unterwerfung unter einen einzigen Mann« bereitfinden würde; eine Zurückhaltung, die wahrscheinlich durch eine »genaue Untersuchung der donahuespezifischen Familiendynamik und entsprechende frühe Einsichten in elterliche Dysfunktionen« erklärt werden könne.

Alle Achtung! Hier sprach ein echter Donna-Fan!

»Los Angeles ist ein Medienzentrum und eine Gerüchteküche. Zwei oft wiederholte Donna-Gerüchte beziehen sich auf ihre Beteiligung an einer Reihe gewalttätiger Ereignisse 1983 und im Herbst 2004. Die angeblichen Einzelheiten – vielfältig und widersprüchlich, wie sie sind – hängen sämtlich mit ihrer sporadischen Einbindung in verdeckte Ermittlungen des Los Angeles Police Departement zusammen.«

Volltreffer! Rhino Rick ist an allem schuld! Schieb es aufs LAPD!

Ellington sann über die Gerüchte nach. Donna verfüge über verlockende Geheimnisse. Sie hätte heimliche Vorbehalte, was ihr eigenes Herz beträfe und ließe ihren Gelüsten niemals die Zügel schießen. Ihre Sehnsucht gelte dem Unerwarteten. Eigene romantische Hoffnungen schraube sie herab und gönne denselben nur beschränkt Raum. Sie lebe als Blitzableiter. Sie sehne sich nach wilden und gefahrenvollen Labyrinthen, in denen sie sich instinktsicher zurechtfinde, mit einer ebenso demütigen wie überlegenen, nie ganz zu stillenden Sehnsucht nach mehr. Sie fürchte den möglicherweise katastrophalen Funken der eigenen inneren Glut. Und hielte deswegen Schutz suchend an der Dürftigkeit des Alltagslebens fest.

Ellington nahm Donna auseinander. Ellington beschrieb die Distanz zwischen mir und ihr. Ellington nahm *mich* auseinander.

Ich las das Manuskript durch. Ich versah die tiefsinnigsten Donna-Seiten mit Eselsohren. Neben mir schliefen Pitbulls ein. Ich schlief ein.

Ah-raber rückten mir auf die Pelle. Irgendwelche Schwachsinns-Schiiten setzten mir mit Fatwas à la Salman Rushdie zu. Donny DeFreeze sodomisierte ein Kamel. Saddam Hussein überreichte Harvey Glatman einen Harem und einen Packen Würgestricke. Widerliche Schläferzellen. Peinliche Lapdance-Tänze. Rhinozeros-Herden, die sich an palästinensischen Pitas und Mohammads Buletten-Baguettes gütlich tun. Der tuntige Psychologe, der mir mitteilt: »Rhino, du bist krank.«

Dämonen, die Donna überfallen. Ein Ayatollah-Arsch, der ihr ein Todesurteil verkündet. Fledermäuse mit Vampirzähnen, die sie überfallen. Schleimige Schlangen, die ihr die Beine hochschlängeln.

Ich drehte mich um. Ich stand auf. Der Pitbull-Haufen zerstreute sich. Mein Blick fiel auf die *Einsamkeit ihres Seins*. Das tat *weeeeeeeh*. Der Text machte mir klar, warum sie mich nie rückhaltlos lieben würde.

Ich drehte durch. Ich schmiss Hundekörbe an die Westwand. Ich trat Hundenäpfe um. Ich trat in Hundefuttersäcke. Ich bombardierte die Rückwand mit Packungen von Barko Bits All-American Dog Chow.

Die Pitbulls hatten ihre Freude dran. Sie hüpften, heulten und sprangen an mir hoch. Sie leckten mich ab und schenkten mir ihre Liebe.

Mein Ausbruch beruhigte mich. Ich wischte mir die Hundehaare von der Kleidung und fuhr in die Innenstadt.

Ich gelangte ins Parker Center. Ich legte die Lambo-Abdrücke einem Fingerabdruckspezialisten vor. Er versprach schnelle Ergebnisse. Ich sprach mit Tim und Dave. Wir tauschten uns mit allen schweinischen Einzelheiten über unsere Besuche in den Herrenklubs aus.

Ich erzählte, was mir Tanja berichtet hatte. Tim und Dave hatten Ähnliches gehört. Sie hatten rumgehorcht und gleichartige Infos erhalten. Seltsam – partysüchtige Araber/Todessehnsüchte/tiefe Depressionen. Das war mir zu hoch. Schwieriger Fall – waren das besondere Schläferzellen-Probleme?

Und – wo hatten die den *Zaster* her?

Dave hatte eine heiße Spur gefunden. Eine Danielle in Dawn's Dugout – die gestern keine Schicht hatte. Ein schwarzer Barkeeper meinte, sie hätte erstklassige Ah-raber-Infos. Rhino, du bist dran – sie geht um 18:00 Uhr auf Schicht.

Unser Strippentelefon klingelte. Tim nahm ab. Peng – der PacBell-Bericht.

Sie hatten die Automaten überprüft. Und waren gleich auf einen unpassenden Vorgang gestoßen. In vier Tagen 49 Anrufe bei: 432 East 49th Street/Hassan Sufeer, ein arabischer Abonnent.

Wieder in der Schwarzenstadt – in Mohryland, an der Tintentaucher-Trasse.

Wir fuhren mit Blaulicht über die Kohlenrutsche. Wir bogen in der Nähe der alten SLA-Schießbude ab. Ich musste unablässig an Donny DeFreeze denken – ich hatte bei dem Taugenichts ein grundungutes Gefühl.

Wir erreichten das Haus. Abblätternder pfirsichfarbener Putz auf zerbröselnden Backsteinen. Wir klingelten. Keine Reaktion. Wir drückten die Tür mit unseren Schultern ein.

Man denke – das Haus war verlassen.

Keine teuren Gebetsteppiche. Keine kamelhaarbezogenen Möbel. Kein Couscous und keine Kebab-Kasserolle in der Küche. Keine Matratzen, keine Minarette, kein Mini-Moscheen-Mobiliar.

Wir durchsuchten die Bleibe. Wir stiegen in Schränke. Wir stürmten von Zimmer zu Zimmer. Wir krochen in Ecken und suchten in Löchern. Wir fanden:

Fast-Food-Reste. Abgestandener Abfall in Styropor-Behältern. Vergammelte Pita-Taschen, angefressene Pizzareste, von schmeißfliegenbedeckte Buletten-Sauce.

Hausbesuchs-Prospekte. Glänzende Fotos. Wilde Weiber mit Peitschen – allesamt weißhäutig. Üppige Wasserstoffblondinen in rosa Nachthemdchen. Knackige Kaukasierinnen, die mit schurkischen dunkelhäutigen Männerhorden ihrem nuttigen Gewerbe nachgehen.

Ein Stückchen aufgerollter Strick, das zwischen zwei Fußbodenbrettern herauslugte. Verklebt und blut-verfärbt.

Furcht einflößend. Ein gruseliger Fund. Verbrannte Haut, die sich bei der leisesten Berührung löste.

Wir gingen die Zimmer noch einmal durch und suchten alles noch einmal ab. Kein neues Beweismaterial. Dave gab dem FBI Bescheid. Wir seien gerade über diesen Unterschlupf gestolpert – Großalarm angebracht.

Wir gingen raus. Die Rumlungerer machten uns an. Wir gingen von Haus zu Haus. Wir fragen rum. Wir klopften Block um Block ab. Wir zeigten unsere Bilder und erhielten folgende Auskunft:

Das Haus – schon immer ein *Hadschi*-Nest und eine Kamelhöhle gewesen. Zwei Araber, die ständig dort wohnten – die wilden Brüder auf dem Phantombild. Wilde weiße Weiber, die rund um die Uhr vorbeischauen. Die Ah-raber – »sind gestern ausgezogen«.

Das hieß offensichtlich:

Zwei Moscheebrüder waren ins Jenseits befördert worden – Rashad und Feuergesicht. Die hinterhältigen Islamisten kriegen das spitz und machen sich aus dem Staub.

Mein Handy klingelte. Ich nahm ab. Der Fingerabdruck-Spezialist hatte Material über Donny DeFreeze – ein Personennachweis und ein beeindruckendes Vorstrafenregister.

Wir fuhren zum Parker Center zurück. Der Fingerabdruck-Spezialist schob mir das Vorstrafenregister rüber. Gegenwärtiger Ermittlungsstand betreffs Donny DeFreeze – eigentlich Jomo Kenyatta Perry.

Geboren in Berkeley, 08.12.1972. Vater unbekannt. Mutter: der schmollende SLA-Sukkubus Nancy Ling Perry.

Nach dem monströsen Mau-Mau-Chef Jomo Kenyatta benannt. Vor der Patty-Hearst-Entführung zu seiner Höllenlaufbahn geboren. In Alameda County zweimal wegen Erpressung festgenommen.

Beide Anklagen hatten mit Freispruch geendet. Es ging um Schwuchtel-Erpressung. Er war ein Nötigungsspezialist. Der Tunten in den Arsch fickte, während die Genossen die Kamera draufhielten.

Er bumste Homos. Die aus ihrem Schwulsein ein großes Geheimnis zu machen pflegten. Die Bullen bekamen Wind davon. Die warmen Brüder Angst, worauf sie die Aussage verweigerten.

Ein Vorstrafenregister mit jeder Menge Gerüchte. »Verdächtiger soll in die Gegend von Los Angeles umgezogen sein.« – »Verdächtiger soll ausgeprägt linksextreme, antiamerikanische Gefühle hegen«. – »Verdächtiger soll sich ausgeprägt mit radikalen

Gruppen der Siebzigerjahre identifizieren, insbesondere solcher afroamerikanisch-nationalistischer Ausrichtung.«

Diabolischer Donny. Galliger Giftzwerg. Linkendes linkslastiges Verliererkind. Arschficker. Sambo-Kriecher, Onkel-Sam-Fresser. Naseweiser Möchtegern-Schwarzafrikaner »Jomo Kenyatta«.

Meine Gedanken hüpften und purzelten durcheinander. Donny. Donna. Lou Pellegrino – auf die Erpressung von *Hollywood*-Größen spezialisiert –

Dawn's Dugout. Eine armselige Absteige im umweltverschmutzten San Gabriel Valley. Eine Geilheitsranch unweit vom Rosemead Boulevard.

Ich betrat sie mit zwiespältigen Gefühlen. Ich war terroristenverschreckt und völlig auf den dämlichen Donny DeFreeze versessen. Ich wollte meinen Mehrfachmordfall klären. Ich wollte Donna vom Saukerl Donny befreien und wieder stolz ihr Bett erobern.

Die Absteige erschien wie der Inbegriff von »Kaschemme«. Disco-Diven, die bessere Tage gesehen hatten, zogen auf einem überlangen Laufsteg triste Anmache ab. Während geile Mannskerle an nahebei platzierten Tischchen hockten. Besagte Tischchen kippten und schwankten. Die Mannskerle holten sich unter dem Tischtuch einen runter. Sie ließen ihre Hamster in den Händen tanzen.

Ich hielt einem riesigen Rausschmeißer meinen Ausweis vor. Er bat mich in die Garderobe. Danielle lümmelte sich auf einer Doppelschaukel. Sie hatte einen weißen Bikini an. Sie las die Tratschseiten im *National Tattler*. Sie bestand aus viel Silikon und geilen Tätowierungen.

»LAPD«, stellte ich mich vor. »Was immer anliegt, ich hab's nicht getan«, gab sie bekannt.

Der Rausschmeißer verschwand. Ich setzte mich rittlings auf einen leeren Stuhl und sah mir Danielle näher an. Jede Menge Pickel und Herpesnarben und wunde Stellen vom Herumrutschen auf Flokati-Teppichen. Sie war irgendwas zwischen zweiundzwanzig und tot.

Sie drückte einen Pickel auf ihrem Knie aus. Stinkiger Eiter spritzte raus. Ich bemerkte ihre nadel-zerstochenen Arme.

»Ich habe Ihnen doch gesagt, dass ich's nicht gewesen bin. Ich hab meine letzten drei Tests sauber bestanden. Sie können meine Bewährungshelferin fragen.«

Ich schüttelte den Kopf. »Es geht nicht um Sie.«

»Ach *so*. Also, worum geht es *dann*?«

Ich zog meine Bilder raus. »Ein Barmann sagt, sie hätten kürzlich mit Arabern zu tun gehabt.«

Danielle warf ihren *Tattler* weg. Danielle rollte rechtschaffen die Augen. Danielle rubbelte ihre wunden Stellen roh.

»Die beiden Kerle sind gekommen und haben mit Geld um sich geschmissen. Die haben ein Vermögen ausgegeben. Ich hab für sie, sagen wir mal, fünfzehnmal Lapdance gemacht, aber ich hab's nicht mit ihnen *getrieben*, weil ich ihre Art nicht mochte.«

Ich zeigte ihr Feuergesicht. Danielle schüttelte den Kopf. Ich wies die Phantombilder vor. Danielle kreischte auf und sagte Ja.

»Sind das die Burschen?«

Danielle streckte den Stinkefinger gegen sie aus. »Als ob ich's nach dem 11. September und so weiter mit zwei Ah-rabern treiben würde.«

»Haben Sie mit ihnen geredet?«

»Ja, über ›Erwachsenen-Filme‹, die sie machten. Ich sagte, dass ich keine Fickfilme mache, weil die nämlich mein Vati sehen könnte. Er kauft so, na ja, Sex-Quatsch im Internet. Er ist ein bisschen verdreht, aber er ist mein Vati, und ich liebe ihn.«

»Worüber haben Sie sich sonst noch unterhalten«, wollte ich wissen.

»Nichts. Sie wollten, dass ich es mit ihnen treibe, und ich habe Nein gesagt. Sie wollten, dass ich in ihren Fickfilmen auftrete, und ich hab ein ungutes Gefühl gehabt und Nein gesagt. Ich hab 'n feines Gespür für Ausstrahlung und Aura, und mit den beiden stimmte was nicht. Das war, glaube ich, letzte Woche, und sie sind nicht wiedergekommen.«

Ein Lautsprecher quäkte. »Danielle, Auftritt in zwei Minuten.«

Ich stand auf. Danielle stand auf. Sie glitt aus ihrem Bikini. Sie ließ ihr Silikon wippen und entschwand nackt von dannen.

Wir gingen zurück ins Bühnendunkel. Noch mehr Mannskerle, die sich einen runterholten, noch mehr Tische am Umkippen. Eine Tür ging auf. Ein Mann kam rein. Er war verschwitzt, hatte eine dunkle Haut und einen kühnen Beduinenzinken. »Scheiße«, sagte Danielle, »das ist –«

ER. Das Moscheen-Monster, der Kameltreiber-Killer, Mr. Phantombild –

Er sah mich. Seine Hände bewegten sich und hielten Waffen. Drei Meter Distanz. Zwei glitzernde Glocks.

Er feuerte. Ich war von Mündungsrauch umgeben. Schwarzpulverpartikel schossen zischend an mir vorbei. Die Schüsse ließen Lüsterglas zerbersten. Danielle ging in Deckung. Die Mannskerle heulten erschreckt auf.

Ich zog meine Waffe. Ich feuerte schnell. Meine Schüsse streuten breit. Sie prallten ab und trafen die Saalbeschallung. Ein Tonsystem explodierte. Ein Disco-Rhythmus wurde schwächer und erstarb.

Ich feuerte. Er feuerte. Mündungsblitze zuckten auf und machten uns blind. Schüsse fetzten durchs Dunkel, barsten durch Holz und wurden abgelenkt.

Abpraller flogen kreuz und quer durch den Raum, schlugen in die Bar ein und zerschmetterten Flaschen. Lapdance-Tänzerinnen sprangen von Knien und legten sich flach. Nackte Tänzerinnen rannten vom Laufsteg.

Ich feuerte. Er feuerte. Gleißende Mündungsblitze, gewaltige Explosionen, Kronleuchter-Schrapnell. Hammerschläge, leeres Magazin, *seine* Hammerschläge.

Ich rannte zu ihm hin. Ich rieb mir die Augen. Ich warf im Dunkeln Tische um und bekam nackte Weiber zu fassen.

Ich konnte wieder sehen. Der Ah-raber war abgehauen. Die Schusswaffenkommission erschien.

Sie schrien mich an. Sie zogen die »Schon-wieder-du«-Nummer ab. Diesmal fiel ich unter den Zuständigkeitsbereich des Sheriffs. Zwölf Deputies marschierten auf – allesamt frisch auf Streife gegangene Dienstanfänger.

Sie schwärmten aus und befragten die Tänzerinnen. Sie standen rum und stellten Aussagen zusammen. Ein Laborteam vom Sheriffs-Büro kroch über den Boden und sammelte leere Patronenhülsen auf.

Ich verdrückte mich. Ich schaute in der Schwarzenstadt vorbei. Die Dämmerung hatte sich über die East 49th Street gesenkt. Die Herumlungerer hatten sich in ihre Wohnungen zurückgezogen.

Ich fuhr bei Sufi-Safeers Unterschlupf vorbei. Ich machte das Schloss mit einem Dietrich auf und schlich mich rein. Ich machte mich *rapidamente* an eine Neu-Untersuchung der Räume.

Der erste Durchgang brachte nichts Neues. Ich suchte die Wände und das Holz nach falschen Täfelungen ab. Ich klopfte. Ich spitzte die Ohren und hoffte auf Hohlklänge. Ich wanderte von

Raum zu Raum. Immer nur festes Holz, verrottetes Holz – Obacht, was ist das?

Das Wohnzimmer. Eindeutiger Nachklang/Hohlraumtreffer/ eine Täfelungsplatte wackelt.

Ich packte und zerrte an einem lose sitzenden Holzstück. Die Kante verfing sich in meinem Finger und riss ihn auf. Ich zog, ich zwängte, die Täfelung öffnete sich.

Drinnen: ein ausgehöhltes Versteck. Eine Ablage mit verborgenen Schätzen.

Polaroid-Bilder. *Noch mehr Stricke. Wieder blutbefleckt. Noch mehr verbrannte Haut, die sich bei der leisesten Berührung löste.*

Fetischistisch bis zum Gehtnichtmehr. Gefesselte und geknebelte Frauen. Nackt, mit nervösen Augen. Verängstigt, die Haut durch grobes Strickwerk aufgescheuert.

Längliche Geburtsstreifen. Scheußliche Silikonausbuchtungen. Pickelfelder, Nadelspuren, rohe Teppichscheuerstellen – lauter Lapdance-Lolitas.

Ich rannte zum nächsten Telefon. Ich rief bei Dave zu Hause an. Er wusste von Dawn's Dugout. Ich berichtete ihm Danielles Fickfilm-Enthüllungen. Er ließ mich wissen, dass die Schusswaffenkommission eine zweite Sitzung mit mir beantragt habe.

Du schießt zu viel. Doc Kurland hat deinen Geisteszustand begutachtet. Deine letzte Schießerei sieht für mich stark nach Psychokram aus.

Dave schweifte ab. Das FBI hatte wegen Hassan Sufeer reagiert: keine Suchmeldungen, keine Haftbefehle, keine bekannten Verbindungen zu Terroristen. Ein FBI-Laborteam sollte das Haus morgen untersuchen. Ich sagte, *ich* hätte es bereits untersucht. Ich hätte mehrere blutige Stricke gefunden. Ich hätte Fetischfotos gefunden. Das sah nach Verbindungen zu Herrenklubs aus.

Dave erklärte, in den Klubs anrufen und den Spuren nachgehen zu wollen. Er beabsichtigte, nachdrücklich auf Fickfilme, Fetischfotos und den restlichen frauenfeindlichen Schweinekram hinzuweisen. Leg die Fotos auf mein Pult – wir klappern die Klubs ab.

Ich hängte auf und fuhr zum Parker Center. donnalos, donnadeprimiert, donnagetrieben. Ich ließ das Autoradio laufen. Ich blieb beim Infokanal hängen. Mitteilungen eines Sheriff-Sprechers über das »Dawn's-Dugout-Desaster«.

Danielle schmollte ins Mikro. »Also, ich hab mit diesem Burschen vom LAPD geredet. Wir haben uns gerade über die Ah-raber unterhalten, da spaziert dieser Ah-raber einfach durch die Tür! Ich möchte meinen Vati grüßen, und, na ja, ihn beruhigen, dass ich es nie mit dem Ah-raber getrieben habe, weil ich den 11. September nicht vergessen kann. Ist das okay?«

Ich stellte das Radio ab. Als ich einen Einfall hatte. Ein Gedanke, der mich packte, erschütterte und nicht mehr losließ.

Die Knebel-Fessel-Bilder – sie wirkten so scheißvertraut. Ich strengte mein Rhinozeros-Gedächtnis an.

Ich sinnierte seitwärts. Ich musste an Dave Slatkin denken. An Dave – den schlauen Möchtegern-Hellseher/den grollen Kenner der Kriminalgeschichte.

An *seine* Fotosammlung. Von sensationellen Sex-Verbrechen. Kranker Scheiß aus alten Fünfzigerjahre-Akten.

Ich *wusste* es schon. Ich konnte es nur noch nicht richtig *sagen.*

Ich gelangte ins Parker Center. Ich durchsuchte Daves Pult. Ich wühlte mich durch seine Schubladen und FAND:

Geklaute Akten. Gefesselte und geknebelte Frauen. 01.08.57/

08.03.58/20.07.58. Judy Ann Dull, Shirley Ann Bridgeford, Ruth Rita Mercado.

Identische Posen. Die Fünfzigerjahre treffen die Jahrtausendwende. Harvey Glatmans drei Opfer.

Mein Gehirn kochte. Fotos. Fickfilme. Überwachungsmikros im purpurfarbenen Pontiac des Feuergesichts. Habib Rashads Absteige – gipsverschmierte Überwachungskameras. Gipsschmieren in der Donny-DeFreeze-Wohnung.

Donny DeFreeze – Nötigungsspezialist – Schwuchtelerpressungen in Frisco. Donny, der es der alten Dame in Malibu besorgt. Donny, alias »Jomo Kenyatta«.

Ein Linker. Ein bösartiger Araber-Anbeter. Er hatte seinen lippenstiftfarbenen Lambo bei Khalid's Kustom Cars gemietet. Er hatte ein Probeskript über Harvey Glatman vorgelegt.

Donna – wo ist sie –

Ich rief bei ihr zu Hause an. Ich ließ ihr Handy klingeln. Zweimal nur der Anrufbeantworter. Ich fuhr nach Malibu – grrrrimmig-entschlossen, mit einer Mords*wuuuuuuunut*.

Casa de Suenos – besser das »Höllenhaus« oder der »Erpressungsschuppen«.

Ich parkte auf dem Pacific Highway. Ich sah den lippenstiftfarbenen Lambo. Ich sah Lou Pellegrinos geilen BMW. Ich sah einen Rolls Corniche vor dem überdachten Eingang stehen.

Kein Donna-Mercedes. Brandung und Salzluft.

Ich schlich um die Casa. Nach links und nach hinten. Rauf zur Veranda. Ich schlich mich zum Schlafzimmer. Ich guckte durchs Fenster.

Jomo-Donny. Ein Erpressungsspiegel mit Einsichtsmöglichkeit. Eine Filmindustrie-Matriarchin, der ich mal bei Ma Maison begegnet war. Ich hatte als Hiwi für den Secret Service den bösen

Bill Clinton bewacht. Die Limousinen-Liberale Lorna Lowenstein hatte zu den Gästen gehört.

Donna hatte über sie getratscht. Sie pflegte politische Partys zu veranstalten und stand mit ihren siebzig Jahren auf stramme Männerpimmel. Während ihr Ehemann in seiner Agentur vielversprechende Teenager-Schauspieler betreute. Eine eigenartige Ehe. Er pflegte es jungen Strizzis vom Bubenstrich zu besorgen.

Ich sah, wie Jomo ihre geriatrischen Knochen zum Tanzen brachte. Ich sah, wie ihre Lippen sich an seinem Liebesmuskel zu schaffen machten und diesen verschlangen. Ich sah, wie sie sich seitwärts legten und auf 69 zählten.

Ein linksliberal schlüpfriger und bösartig kommunistischer Anblick. Lorna war selig. Während der angeekelte Jomo ihre Muschi mit offensichtlichem Homo-Hass bearbeitete.

Ich ging zur Hintertür. Ich machte das Schloss mit meinem Dietrich auf und drang ins Haus ein.

Ich schlich einen Flur runter. Ich wollte das Kämmerchen mit der Kamera ausfindig machen. Ich wollte mir Lou Pellegrino vorknöpfen. Mich –

Mein Rücken. Etwas Scharfes und Stechendes. Schüttelfrost und plötzliches Nadel-Blackout –

Afrika oder Arabien. Im Transporter der Trans-Zulu-Airline. Der Laderaum ist laut, lärmig und kannibalisch. Ich bin ein Rhinozeros, das man zu vierhöckerigen Kamelen und ein Meter zwanzig kleinen Pygmäen gesperrt hat.

Wir futtern Barko Bits Hundefutter. Eine Mau-Mau-Minstrel-Sänger-Show tritt in Aktion und lässt uns erschrocken aufheulen. Stephanie Gorman, die unter schwarzer Schminke erblasst. Donny DeFreeze, der sich einer Hautfarben-Transfusion unterzieht und in den Original-jomo verwandelt.

Wir schwanken und landen. Meine im Dienst erschossenen

Toten schreiten feierlich-finster aus dem Flugzeug. Die Garcia-Brüder. Huey Muhammad 6X. Webster Washington und Shondell Dineen.

Sie zupfen an meinem Nashorn und verhöhnen mich. Ich reiße mich los und renne Richtung L.A. Ich galoppiere Hunderte von Kilometern. Und fühle mich endlich in einer bizarren Landschaft befreit.

Ein Stein gewordener Albtraum. Sanddünen am Fuße des Kilimandscharo. Wo Speere schmeißende Schwarze Riesenpötte mit christlichem Missionarsgulasch auskippen. Während ich mich dankbar am Gras gütlich tue. Das Sakrileg erfreut mich. Ich nehme an der gemeinsamen Mahlzeit teil. Ich würge willentlich weiße Gulaschbrocken herunter. Die Schwarzen werfen mir eine zweite Portion vor. Ich grunze, knurre und schlinge.

Ich seufze auf und flippe psychedelisch aus. Ich sehe Russ Kuster und Osama bin Laden. Ich sehe Donna, die eine palästinensische Pita pfeffert. Der Kilimandscharo verwandelt sich in Schwarzenstadt, L.A.

Mit Feuergesicht und Habib Rashad. Mit interkulturellen Verwirrungen. Osama eröffnet den Muezzin-Markt. Ein Laden, exklusiv für Mohrenkundschaft, mit umwerfenden Sonderangeboten am Stützenzahltag. Der Laden hat Malt Liquor und Kool-Zigaretten im Sortiment. Osama als Marktschreier – der Herr-ohwein, Crack-Kokain und ausgesuchte Hühnerflügel feilbietet. Reggie Ridgeback verputzt Rippchen und würgt grüne Bohnen aus. Danielle tanzt im Dawn's Dougout und steht auf ihren »Vati«.

Ich zuckte zusammen. Meine Knie schlugen an ein Lenkrad und streiften ein Armaturenbrett. Meine Augen quollen aus ihren Höhlen. Alles um mich herum schwankte. Ich ertastete *meinen* Autositz. Ich zwinkerte und konnte eine Vorderscheibe erkennen. Ich sah einen Strand in der Morgendämmerung.

Die Ärsche hatten mir eine Chemiekeule verpasst. Ich bekam eine Wahnsinns*wuuuuuuuuuuuuuut.*

4.

Der Kopf tat weh. Die Knochen schmerzten. Ich fühlte mich durch die Mangel gedreht und psychedelisch frittiert. Ich wurde immer wütender.

Ich konnte Jomo-Donny noch nicht hopsnehmen. Ich war unbefugt und gewaltsam in sein Strandhaus eingebrochen. Ich hatte mich allen möglichen *meschuggenen* gesetzlichen Sanktionen ausgesetzt. Ich musste Donna die harten Fakten über ihren skurrilen Schreiberling verklickern. Ich musste rauskriegen, was es mit Jomo und den Arabern auf sich hatte.

Die Dämmerung wich einer blendenden Tageshelle. Ich fuhr die Holmby Hills hoch und bog mit meinem Schlitten in Donnas Einfahrt ein. Ihr Mercedes fehlte. Sie war wahrscheinlich ihren Morgenkaffee trinken gegangen.

Ich wartete im Hinterhof. Ich ging zur Veranda und stellte mich hin. Reggie rannte zu mir. Ich kraulte ihm die Kruppe und verlor mich in romantischen Träumereien. Rhino Rick und Donna, die endgültig zueinanderfinden.

Ich spürte, wie mich Betäubungsmittelreste benebelten. Mir wurde poetisch zumute. Zitate aus der *Einsamkeit ihres Seins* gingen mir durch den Sinn. Wie wär's mit ein paar geklauten literarischen Liebesgrüßen per Telefon?

Ich gab Donnas Nummer ein. Ihre wohltönende Stimme auf der Nachrichtenbox ließ mich dahinschmelzen. Ich gab meine Paraphrasen zum Besten.

»Du hältst die Männerwelt ungeachtet deines zunehmenden

Alters gnadenlos im Griff, wobei deine Ausstrahlung mehr und mehr auf einer in Weisheit begründeten Sinnlichkeit beruht.«

»Du bist meine ›Opportunistin der Liebe‹. Wobei du durch die Unterwerfung unter einen einzigen Mann niemals Zugeständnisse persönlicher Art machen würdest.«

Mein Handy versagte. Die Verbindung brach ab. Reggie legte sich mir zu Füßen.

Ich sprach zu ihm. Ich bemühte mich um James Ellingtons Eloquenz. Ich erläuterte ihm: »Ich fürchte, zwischen uns wird's nie wieder was. Sie schenkt sich mir nur ab und an. Vielleicht wird es wieder so wild wie bei den vergangenen beiden Malen, aber von zweimal in einundzwanzig Jahren kann ich nicht leben.«

Reggie beschnupperte meine Knie. Ich legte einen Zacken zu. »Das bringt mich um«, ließ ich ihn wissen. »Ich muss ständig drauf warten, dass irgendwo irgendwas passiert, was uns zusammenbringt. Wenn ich mir eine Zauberformel oder ein Schlüsselwort oder eine kluge Strategie ausdenken könnte, die uns im gewöhnlichen Alltag zusammenhält, wäre ich der reichste und dankbarste Mistkerl auf Erden.«

Eine Brise fächelte mir Düfte zu. Sandelholzseife. Mandelhautcreme. Kaffeegeruch in frischem Morgenatem.

Ich wandte mich um. Ich sah Donna. »Okay, Süßer«, sagte sie. »Für ein Weilchen, jedenfalls.«

Wir kamen wieder zusammen. Wir warfen uns in Rick-Donna Nummer drei.

Wir versuchten, die Zeit zu zähmen. Wir legten uns nieder und hielten lange vor. Die Zeit hatte uns getäuscht und über uns triumphiert. Jede Berührung bedeutete der Zeit, sich von uns fernzuhalten und uns in unserem Augenblick verweilen zu lassen.

Donna schenkte mir einen neuen Körper. Sie war in den sechs

Monaten seit unserem letzten *Damals* weicher geworden. Das *Damals* wurde zum *Heute*. Wir küssten, schmusten, schmeckten. Der runde Schwung ihrer Hüften flachte sich ab und rollte in ihre Rippen. Ich konnte ihre Mitte mit beiden Händen umfassen.

Sie schmeckte mich. Ich schmeckte sie. Sandelholzseife, Mandelhautcreme, mein nächtlicher Schweiß. Ich wirbelte in meinem Glück. Ihr Geschmack erschütterte mich aufs Neue. Kostbar privat – ein drittes Mal meine tapfere Braut – die mich *damals* wie *heute* aufs Höchste neu entzückte.

Wir täuschten die Zeit. Wir zogen unsere Küsse und Liebkosungen in die Länge und schmeckten Neues und warteten ab und wurden mit dem Neuen wild. Wir gingen in sanfter Übereinstimmung zur Offenbarung über. Ihre hurrikanverwehten Haselnussaugen leiteten mich hindurch.

Schlaf. Glastüren glitten auf. Einwegblicke, auf *uns* gerichtet.

Ich erwachte. Ich fühlte Fell. Reggie Ridgeback rollte sich ab und drückte mir das Kinn auf die Brust.

Donna saß mir zu Häupten. Sie trug einen lachsfarbenen Morgenrock. Ich schaute mich um. Ich fand das Telefon. Reggies Kopf war schwer. Donna hielt mir die Hände.

»Sag schon. Irgendwas stimmt nicht, oder du wärst nicht um 07:00 Uhr früh hier, in einem Zustand, als ob du in deinem Wagen übernachtet hättest.«

Ich gähnte. »Es geht um DeFreeze.«

»Klar«, sagte Donna. »Du schaust wie stets, wenn du dringend das Telefon suchst, um Dave Slatkin anzurufen, und wir finden immer nur zusammen, wenn irgendwelche Tote im Spiel sind.«

Ich gähnte. Reggie gähnte. *»Sag schon«*, befahl Donna.

Ich sagte es geradeheraus, mit gedämpfter Stimme, stockstill-stoisch und ganz *laaaaaaaangsam*.

»DeFreeze ist ein Nötigungsspezialist. In San Francisco hat er Schwuchteln erpresst, hier sahnt er bei reichen alten Weibern ab. Wahrscheinlich hat er was mit meinem Arabermord zu tun.«

Donna zuckte zusammen und drückte mir schmerzhaft die Hände zusammen. Donna sagte: »Scheiße« – rehäugig und ganz *laaaaaaaangsam.*

»Glaubst du mir?«

»Natürlich. Ich hatte ihn bereits im Verdacht, den Anne-Sexton-Skript-Vorschlag abgeschrieben zu haben, und das hast du gerade bestätigt.«

»Tut mir leid.«

»Mir nicht. Du lieber Gott, und ich wollte ihn nächste Woche zur Oscarverleihung mitnehmen.«

Ich gähnte. Reggie gähnte. Ich kraulte ihm die Kruppe. Donna sagte: *»Scheiße.«*

Ich schnappte mir das Telefon. Donna verschwand aus dem Zimmer. Ich rief Dave an.

»Dezernat für Ungelöste Fälle. Detective Slatkin.«

»Ich bin's.«

»Mist. Wo hast du –«

»Frag nicht. Hast du –«

»Ja, ich habe die Herrenklubs abgefragt und die Fetisch-Fotos rumgezeigt. Es fehlen keine Tänzerinnen, aber ich habe weitere Identifikationen unserer Phantombild-Leute und mehr Bestätigungen, dass sie die Mädchen dazu bringen wollten, in sogenannten Erwachsenen-Filmen aufzutreten.«

Tückisch. Man drehte sich im bösen Kreis und blieb immer an der Oberfläche –

»Rick, bist du noch da?«

»Am Apparat. Dave, kennst du Lou Pellegrino?«

»Klar. Den beschissenen Privatdetektiv.«

Ich gähnte – Scheiße – ein übles Betäubungsmittel.

»Er hat mich niedergeschlagen. Sag Tim, er soll sein Büro überwachen lassen.«

»Schön. Aber würdest du erklären –«

»Ja. Ich erklär dir alles, sobald ich dich sehe.«

Dave seufzte. Dave kapierte – Rhino schaltet auf Angriff. Ich legte auf. Ich rollte Reggie weg. Ich ging ins Haus.

Donna sah fern. Nachrichten füllten den Bildschirm. Ich sah das smoggeplagte San-Gabriel-Tal. Ich erkannte eine Bergkette. Ein Trupp Laborleute suchte nach Hinweisen. Ein Sheriff-Sprecher schwatzte.

» ... hier liegt eine gewisse Zersetzung der Leichen vor, wobei wir alle drei Frauen vorläufig als Prostituierte im Auftrag der Hostessendienste Cool Coed und Stacked Stewardess identifiziert haben. Weitere Untersuchung der Leichen haben ergeben, dass –«

Der Polizeijargon wurde zum Kauderwelsch. Mir brach der kalte Schweiß aus. Die Fetisch-Fotos. Das Haus. Falafel-Fan. Die grellen Hostessenbroschüren.

Donna klinkte sich telepathisch bei mir ein. Ihre haselnussbraunen Augen schimmerten.

»Das betrifft uns. Oder?«

»Ja.«

»Ist das *Schöne neue Welt Numero drei?*«

»Ja.«

Donna lächelte. »Versuchen wir, diesmal niemanden umzubringen, *bitte.*«

Der Smog hing tief und versteckte die Hügel. Wir fuhren durch Monrovia und erreichten den Fundort.

Mein Polizeiausweis half uns durch die Absperrung. Wir gingen zum Leichenwagen. Ich bog mich rein und konnte die Leichen sehen.

Drei Frauen. Die von den Fessel- und Knebel-Bildern. Nackt. Abschürfungen am Hals – echte Strickverbrennungen.

Ein grässliches Glatman-Imitat. Eine DeFreeze-Scheußlichkeit. Mir war elend zumute.

Donna blickte rein. Donna mobilisierte ihren Kindheits-Katholizismus und schlug ein Kreuz.

Das Haus. Der Strick mit den Blutflecken. *Verbrannte Haut, die sich bei der leisesten Berührung löste.*

Ich sah mir die Leichen genau an. Ich bemerkte etwas Sonnenbrand. Möglicherweise von Filmscheinwerfern. Möglicherweise Überbeleuchtung. Miserable Filmemacher. Armselige ah-rabische Amateure. Die Phantombild-Islamisten. Die Herrenklubs – »Komm Baby. Du mit uns Film machen«.

Ein Gedanke schoss mir durch den Kopf. *Snuff-Filme.* Irgendwas mit Terroristen. Ein Kameltreiber-Rätsel. Partygeile Palästinenser gegen echte Dschihadisten.

Donna wischte sich ein paar Tränen weg. Ich starrte die Leichen an und dachte an Stephanie G. Deputies gingen an mir vorbei. Detectives gruben im Dreck neben der Leichenablage. Ein Pathologe schnappte sich einen leitenden Polizisten. Er bemerkte Donna aus den Augenwinkeln. Er erkannte sie gleich. Seine Augen besagten: »Was will denn die hier?«

Lebhafte Stimmen sprachen durcheinander. Bullensprüche. »Todeszeitpunkt«, »Rektaltemperatur«, »zuletzt lebend gesehen«, »im Dunkeln abgelegt«.

Zwei Detectives bemerkten uns und kamen auf uns zu. Ich wollte ihnen nichts sagen. Ich brachte Donna weg.

»Wie tief steckt Donny drin?«, fragte sie.

»Das weiß ich nicht.«

»Legen wir ihn um.«

»Noch nicht«, beschied ich sie.

Sie musste sich die Scheußlichkeiten anhören. Ich erzählte ihr von Donnys Untaten und klärte sie über die Zusammenhänge auf. Sie erzählte mir, was *sie* wusste. Sie hatte den Dreckskerl für schwul gehalten. Allmählich dämmerte ihr, dass er mit der sexy Anne Sexton nichts anfangen konnte. Sie forderte ihn auf, ihr einige Skript-Seiten vorzulegen. Er wich geschickt aus. Sie spürte, dass hier was gehörig nicht stimmte. Vielleicht wollte er sie auf miese Weise ausnutzen. Er war eklig, er war gierig. Vielleicht hatte er finstere Absichten.

Wir fuhren nach Westen. Ich rief Dave Slatkin auf dem Handy an und fasste den Fall kurz aus meiner Sicht zusammen. Dave teilte mir mit, er habe das SIS angewiesen, Jomo-Donny zu beschatten. Ich forderte ihn auf, auch Abhörmaßnahmen einzuleiten. Verseht sein Haus mit Wanzen und belauscht seine Handy-Anrufe. Dave versprach, sich hinter die stellvertretende Staatsanwältin Daisy Delgado zu klemmen. Sie würde die Verfügungen umgehend ausstellen.

Ich beendete den Anruf. Donna bezeichnete Lou P. als Schlüssel zum Ganzen. Ich bestätigte, dass er als Inbegriff des Nötigungsspezialisten galt. Ich rief Tim an. Ich bekam seine Anrufbox. Er hatte mir eine Nachricht hinterlassen.

»Ich bin in der Garage vom Pellegrino-Haus. 9 166 Sunset Boulevard.«

Wir fuhren nach Norden. Wir bogen in den Sunset Boulevard ein. Wir erreichten das Haus und rollten in eine unterirdische Garage.

Freie Parkplätze und riesige Abfallcontainer. Tim neben einer Telefonzelle.

Er sah unser Auto und kam rüber. Er sah Donna und knickste – süß.

Er beugte sich in ihr Fenster. »Du lieber Gott. Seid ihr beide wieder zugange?«

Donna lachte. »Für ein Weilchen jedenfalls.«

»Wir werden heiraten«, gab ich bekannt.

»Fick dich«, kommentierte Donna.

Tim lachte. »Pellegrino ist runtergekommen und hat geschreddertes Papier in die Container geschmissen. Das hat er bis jetzt drei Mal getan.«

»Er ist ein Widerling«, erklärte Donna. »Er hat einmal bei meiner Freundin seinen Pimmel rausgeholt. Sie sagte, er sei bestückt wie ein Cashew-Nüsschen.«

Allgemeine Heiterkeit – Tim und ich heulten vor Lachen. Ich hörte Schritte. Ich sah mich in der Garage um. Lou P. in Leibesgröße bei den Abfallcontainern.

Ich bekam eine wilde *Wuuuuut*. Ich sprang aus dem Auto und rannte auf ihn los. Er schüttete Papierfetzen in den Container. Er sah mich. Er schlug einen geschickten Haken und sprintete los.

Der Lifteingang – er kommt ihm immer näher.

Ich rannte. Tim machte Boden gut. Donna flog auf flachen Sohlen dahin. Lou strauchelte und geriet ins Hintertreffen. Ich hechtete nach seinen Gürtelschlaufen und riss ihn zu Boden.

Er knallte auf den Asphalt. Er zierte den Boden und winselte. Stumme Bitten, flehende Gesten – *bitte schlag mich nicht.*

Ich *schlug* ihn nicht. Ich gab ihm meine breiten Gürtelenden zu schmecken. Ich bearbeitete ihm die Rippen. Ich versah ihm die Beine mit Streifen. Ich hämmerte auf seinen Rücken ein. Er wackelte und winselte und gestikulierte und bat immer wieder, *ihn nicht zu schlagen.*

Tim erreichte uns und riss mich von ihm los. Donna mischte sich ein und versetzte Lou einen heftigen Fußtritt in die Eier. Faszinierend feministisch. Sie hasste Exhibitionisten und heimliche Frauenfeinde.

Lou P. zitterte am ganzen Leib. Ich zerrte ihn hinter einen malvenfarbenen Mercedes und zwei weiß getünchte Wände. Der Raum war begrenzt und nischenartig. Hier galt es zunächst die Regeln klarzustellen.

Lou schaute zu mir hoch und machte sich in die Hosen. Wir stellten uns über ihn und nahmen ihn ernsthaft in die Mangel. Donna gab ihm einen Tritt in die *cojones*. Er wand sich, winselte und keuchte von Neuem.

Donna ließ ihn wissen: »Du hast ihn bei einer Freundin von mir rausgezogen. Das war Für sie.«

»Donny DeFreeze«, gab ich bekannt. »Raus mit dem, was du über den Dreckskerl weißt, bevor ich *wirklich* wütend werde.«

Lou schaute auf. Er sah rücksichtslose Selbstjustiz und das Gesetz der Straße. Keine Eingaben und Schadenersatzforderungs-Paragrafen. Keine Strafmilderungen, keine O.-J.-Trickse-reien, keine schwächlichen Burgerrechtsrücksichten.

Er schaute uns an. Er bekam das Zittern in den Griff. Er rieb seine schmerzenden Eier.

»Donny ist ein Scheißspinner«, ließ er uns wissen. »Bei bestimmten Themen dreht er total durch, als ob er sie nicht alle hätte. Ich habe ihn mit den alten Puppen zusammengebracht. Damen mit soliden Filmindustrieverbindungen, echte Mogulbräute mit Moneten. Wir planten Fotoerpressung. Also, zuerst knipse ich die alten Mädchen mit Donny im Sattel, dann drohen wir, die Bilder den Ehemännern vorzulegen, wenn sie nicht zahlen.«

»Weiter«, sagte Tim. »Warum ist der Bursche ein ›Spinner‹?«

Lou rieb sich die Rippen und streichelte seine zermanschten Hoden. Er schnüffelte und schleimte wie ein echter Spitzel.

»Er hat immer diesen verrückten Scheiß verzapft. Er sagte, er brauche Geld für seinen ›heiligen Krieg. Ich habe gesehen, wie er in seiner Absteige mit irgendwelchen Arabern redete, und das hat mir Angst gemacht. Irgendwas hat gehörig nicht gestimmt. Dann haben Sie sich ins Haus eingeschlichen, als ich Donny beim Besteigen der alten Tante gefilmt habe, und da habe ich Ihnen eins mit dem Sandsack übergezogen. Ich hielt Sie für einen Privatdetektiv, aber dann habe ich Ihr Polizeiabzeichen gesehen. Ich habe Donny davon abgehalten, Sie umzulegen.«

»Er hat für mich ein Skript geschrieben«, bemerkte Donna. »Hat er je meinen Namen erwähnt?«

Lou verzog höhnisch das Gesicht. »Er hat Andeutungen gemacht. Er sagte, für Sie habe er einen ›Plan‹, aber Genaueres sagte er nie.«

»Spuck ein paar Namen raus«, forderte Tim ihn auf. »Die Frauen, bei denen du kassiert hast, und wie viel.«

Lou leckte sich widerlich die Lippen. »Eine hieß Jane Pearlstein. Ihr Alter ist ein *Macher* bei Paramount, die haben wir um vierzigtausend erleichtert. Unseren zweiten Treffer haben wir bei Sharon Michaelman gelandet. Ihr Mann ist ein großer Filmindustrie-Anwalt, die hat insgesamt sechzigtausend hingeblättert. Lorna Lowenstein kam als Letzte dran. Die hab ich noch nicht in die Mangel genommen. Das war eine echt schöne Arbeit. Ich mag alte Muschis. Ich steh auf Falten. Ich hätte mich von Lorna vielleicht in natura abspeisen lassen. Scheiße, ich habe gehofft, dass das was wird. Ich habe meine ganzen Papiere über Donny entsorgt.«

Ich beugte mich nieder. Ich fixierte ihn und starrte ihm streng in die Augen. Ich kehrte den durchgeknallten Polizisten raus. Offen gesagt: Ich musste mich nicht besonders anstrengen.

»Du sprichst mit DeFreeze. Du sagst ihm nicht, dass wir dich gestellt haben. Wir haben seine Telefone angezapft und kriegen entsprechend alle deine Gespräche mit ihm mit. Falls er mich erwähnt, sagst du, ich sei kompromittiert. Ich würde innerhalb des LAPD für einen Spinner gehalten und Donna verlieren, wenn ich ihn nicht in Ruhe ließe.«

Lou nickte benommen. Lou schnüffelte wie ein Spitzel durch die Nase. Donna trat ihm in die Eier.

»Im Namen aller unterdrückter Frauen, du Scheißkerl.«

Lorna Lowenstein ließ uns rein. Sie wohnte in einem *Palazzo.* Ihr Mann war weg. Ihr Dienstmädchen hatte frei. Alles zum Besten.

Donna kannte Lorna. Die beiden bewegten sich in den gleichen Kreisen. Wir kamen ohne Tim. Ein Problem weniger. Lorna begriff gleich, dass unser Besuch nichts Gutes bedeutete. Sie sah, dass hier was nicht stimmte. Donna, die ungebeten ins Haus platzte. Ich, unrasiert, ungepflegt und ein Bulle.

Wir setzten uns. Ein riesiges Wohnzimmer. Bestes Beverly Hills – eine hochklassige Hebräer-Hazienda.

La Lowenstein sah uns an. Ich dachte an die Nötigungsschau im *Casa de Suenos.* Lowenstein die Geile, die nach dem Liebespfeil giert. Lorna die Lüsterne, die ihre Schnalle zur Schau stellt. Echsengleich hüpfend und züngelnd.

»Es geht um Donny DeFreeze«, stellte Donna klar.

Lorna die Verschämte schlug die Augen nieder. »Ja?«

»Er ist ein Erpresser, Mrs. Lowenstein«, teilte ich ihr mit. »Sein Partner hat Sie beide gefilmt. Er wollte Ihnen drohen, Sie vor Ihrem Mann bloßzustellen.«

Lorna die Weinende – deren Tränendrüsen überquollen und tropften.

»Ich hätte bezahlt.«

»Das brauchst du nun nicht mehr«, beruhigte Donna.

»Er ist bei anderen Verbrechen stark belastet«, erläuterte ich.

»Ich bin überzeugt, dass wir ihn dafür festnehmen können, bevor er Sie unter Druck stellen kann.«

Lorna die unglücklich Liebende – in die Falle gelockt. Mit nassen Augen und tränenzerlaufener Wimperntusche.

»Der Altersunterschied. Ich hätte es wissen müssen, aber es machte mir zu viel Spaß.«

Donna reichte ihr ein Taschentuch. Donna gab mir mit den Augen zu verstehen, dass ich jetzt die Klappe halten sollte.

»Hat er irgendwann irgendwas über irgendjemanden, der irgendeinen ›Plan‹ für mich hat, gesagt?«

Lorna umklammerte ihr Taschentuch. Lorna versteckte ihre Augen. Die Tränen liefen ihr zum Kinn.

»Er sagte, er habe einen mächtigen Freund mit einem großen Projekt für dich, und du würdest ihn zu den Oscars mitnehmen. Ich bin im Vorbereitungskomitee, und er hat mir jede Menge Fragen über die Show gestellt.«

Das Handy vibrierte und hüpfte in meiner Hose. Ich holte es raus. Auf dem Display war eine SMS-Nachricht.

»DS AN RJ: SOFORT ZU FALAFEL-FAN.«

Lorna die Libidinöse, die uns verabschiedete: »Mein Mann amüsiert sich mit seinen Kerlen. Warum darf ich nicht Spaß mit einem sexy jungen Burschen haben?«

Wir flogen über den Freeway. Wir nahmen die 10 und glitten über den Asphalt nach Süden. Wir fuhren Code 3, Gefahr im Verzuge. Ich hatte mein rotes Blinklicht an und ließ die Sirene tönen.

Wir bogen in die 34th Street ein. Wir wechselten in die Vermont. Wir gerieten in ein Pandämonium. Wir sahen:

Jede Menge schwarz-weißer Polizeiwagen. Eine abgesperrte Ecke. Die Sargbehälter der Pathologen. Eine gewaltige Verbrechensbekämpfungs-Flotte. Falafel-Fan – durch polizeiliche Absperrbänder gesichert. Polizisten – die den Bürgersteig verstellten. Potenzielle Zeugen, die sich um sie herumwanden. Beeindruckend – die Bullen knöpfen sich einen nach dem anderen vor und zeigen ihm Bilder.

Ich hielt den Wagen an. Ich stieg aus. Ich konnte Soul-Souvlakis und palästinensische Pitas riechen. Ich drängte mich durch die Menge. Ich ging um die Tische herum und erblickte den Tresen.

Da war Kameltreiber-Cal. Tim und ich hatten ihm vor zwei Tagen einen Grillhaarschnitt verpasst. Wir hatten ihn geröstet und samsonisiert. Wir hatten sein Haar zum Bürstenschnitt heruntergebrannt.

Jetzt war er tot. Er lag flach auf dem Boden. Hoch in Allahs Himmel oder in der Christenhölle schmorend. Sein Gesicht war von einer Doppelflinte versehrt und rasiert. Es stand in blutiger Blüte. Von doppeltschwerem Postenschrot zerfetzt.

Ich wandte mich um. Ich sah Dave. »Wir haben vier Augenzeugen«, bemerkte er. »Die Täter sind die Burschen vom Phantombild.«

Ich KAPIERTE. Ich kapierte erneut. Ich kapierte *eeeeecht.* Ein höllischer heiliger Krieg. Sexbesessene Säkularisten gegen überdrehte Dschihadisten. So was wie ein Kameltreiber D-day. Ein Ghetto-Gettysburg in Schwarzenstadt, L.A.

Ich sah Donna. Sie saß auf einem schwarz-weißen Polizeiwagen. Sie gab Autogramme für Polizisten und schwere Jungs in Straßenbanden-Farben. Ich ging rüber. Ein dicker Kerl in einem »Tupac-Lives«-Sweatshirt klatschte sich auf die Schenkel und lachte.

Donna hatte ihm ein Autogramm auf seinen Entlassungsschein aus dem County-Gefängnis geschrieben: »Schöne neue Welt Numero drei. Alles Liebe, Donna D.«

5.

Der Abhörraum – ein bestens ausgestatteter Bunker neben dem Parker Center.

Wand-zu-Wand-Apparaturen. Gewaltige Lauscheinrichtungen. Schalttafeln und farbige Drähte, übereinandergelegt und eingesteckt. Konfiszierte, katzenhaarbedeckte Liegen. Vier Kopfhörer für Donna, Dave und mich.

Wir horchten. Wir erwischen geile und nichtssagende Anrufe. Daisy Delgado hatte die Verfügung unterschrieben. Wir belauschten Jomo-Donny. Wir hörten ihn rund um die Uhr ab.

Das SIS hatte die Falafel-Fan-Überwachung versaut. Camel Cal hatte seine Flintenrasur trotzdem verpasst bekommen. Die Medien materialisierten und fielen über uns her. Falafel-Fan, Habib Rashad, Feuergesicht, Dawn's Dougout – was soll der ganze Araber-Ärger und Schiiten-Scheiß? Tote Frauen, die in den San Gabriels herumliegen – zufällige Opfer oder zwingendes Beweismaterial?

Chief Tierney addierte unsere Derwisch-Toten und versuchte das Problem mit vorgetäuschter Herzlichkeit auszusitzen. Heiliger Krieg – dass ich nicht lache – nicht in meiner Stadt. Terroristische Verbindungen – wo gibt's denn so was. Die *üüüüblen* Leichenfunde – haben bestimmt nichts damit zu tun.

Dave telefonierte mit dem FBI. Sie schlossen sich unserer Schwarzenstadt-Dschihad-Theorie an. Sie sagten, sie würden ihren in Haft befindlichen Kameltreibern auf den Zahn fühlen. Besagte Kameliter könnten Infos liefern. Sie würden die Burschen fürs LAPD in Verwahrung halten.

Wir saßen zu viert nebeneinander. Wir hörten Anrufe ab. Unsere Kopfhörer liefen heiß. Ich hielt mit Donna Händchen. Sandelholz-Seifenduft und Mandelcreme-Aroma umwehten mich.

Anrufe. Schaltbrettleuchtkörper, die Rufnummern und Anrufer-Identifizierung angeben.

Jomo-Donny zu Lorna Lowenstein. Auf Anrufbeantworter. »Darling, du fehlst mir so sehr. Ich verzehre mich nach unserem nächsten Rendezvous.«

Jomo-Donny zu Donna. Auf Anrufbeantworter. »Donna, grüß dich. Ich bin's, Donny. Ich denke über die Oscars nach. Ich fühle mich sehr geehrt, dass wir zusammen hingehen, und ich komme mit dem Sexton-Skript voran. Ruf mich an. Tschüs.«

Jomo-Donny zu Sandra Saperstein/geile Hollywoodehefrau/genüsslich scharfe Gesprächsfetzen:

»Ich kann dir gar nicht sagen, wie sehr du mir fehlst, Donny.«

»Du fehlst mir auch, Püppi.«

»Ich unterziehe mich im Georgette-Klinger-Schönheitssalon einer Hautschälkur. Man soll danach Jahre jünger wirken.«

»Was sind neunundvierzig Jahre, wenn zwei sich lieben, Püppi? Du hast Schneid, und nur das zählt. Für mich bist du alterslos.«

Jomo-Donny und Claire Samovitz/eine andere Erpressungs-Emma/man beachte die sprachlichen Verzückungen.

»Letzte Nacht war so was von schön, Püppi. Du bist die Beste.«

»Oh, Donny. Es war wie mein erster Ball, damals ... nun ja ... vor einiger Zeit.«

»Zeit ist was für Spießer, Baby. Hat Bruder Cinque gesagt. Der *Augenblick* ist unser, und nur der Augenblick zählt.«

»Oh, Donny. Du hast das beste Mundwerk, das ich kenne.«

Jomo-Donny zu einem öffentlichen Telefon/ein ah-rabisch klingendes Arschloch/krankes Umstürzlertum.

»Das Ziel, Assan. Wenn wir uns jetzt aufs Ziel konzentrieren, wird alles gut.«

»Ich verstehe, Jomo. Wir müssen davon ausgehen, dass die Polizei weiß, dass wir den Ungläubigen im Falafel-Fan umgebracht haben. Wir müssen uns bis zum Zeitpunkt verstecken. Das Ziel ist alles«,

Jomo-Donny zu einem öffentlichen Telefon/anderes ah-rabisches Arschloch/übersexter Sündenscheiß.

»Ich kann nicht mehr in die Klubs gehen, Jomo. Dort wird mir zu heiß. Ich bin süchtig nach Lapdances geworden, Bruder. Ich weiß, dass mein Ende und meine endgültige Belohnung nahe sind, aber bis zu dem Augenblick, wo ich Allah und seine Jungfrauen begrüße, verzehre ich mich nach den Wonnen des Fleisches. Ohne weiße Muschi und eisgekühlte Cocktails kann ich nicht durchhalten.«

»Bald wirst du Allah begegnen, mein Bruder. Du musst deine Triebe bezwingen und ans Ziel denken. Im Paradies wird ewige Fleischeslust deiner harren.«

Jomo-Donny an Lou Pellegrino/dumme Sprüche über *mich*.

»Wir hätten den Dreckskerl Jenson umlegen sollen.«

»Bullen werden nicht umgelegt, Donny. Das tut man nicht.«

»Er ist ein Dreckskerl. Er hat mich vor Donna gedemütigt.«

»Er ist ein Spinner. Beim LAPD gilt er als durchgeknallt und hat zwei Überprüfungen durch die Schusswaffenkommission anstehen. Die Schießereien machen ihm mächtig zu schaffen, und dir kann er wegen seiner kranken Fixierung auf die Donahue nichts anhaben, denn wenn er gegen dich losgeht, ist er sie los.«

Jomo-Donny machte weitere Anrufe. Jomo-Donny ließ es bei Bigtown Pizza klingeln. Jomo-Donny rief bei Khalid's Kustom Cars an und bei Larry's Lamborghini Service. Jomo-Donny rief bei zwei weiteren heißen Hollywood-Hannas an. Sie fachsimpelten über die Oscar-Verleihung. Sie schwärmten von ihren letzten Schäferstündchen. Beide Tanten standen am Rande der Senilität.

Sie tändelten und tänzelten mit Donny auf ihrem gut geschmierten Weg zum Grab.

Erpressungs-Nummern. »Ziel«-Anmerkungen – total terroristisch. Lou Pellegrino – in die Zange genommen und kompromittiert – nun zu unserer Marionette geworden.

Jomo-Donny – ein Möchtegern-Moscheen-Mörder. Ein maßlos umstürzlerischer Islamist. Wir konnten ihn bereits unter Anklage stellen. *Aber* – wir brauchten noch mehr Material über das »Ziel«.

Ich hielt Donnas Hand. Ich hörte ihren Herzschlag. Ich schusterte einen Plan zusammen und stöpselte unsere Kopfhörer aus. Tim und Dave streiften die ihren ab.

»Den Ausdruck kenne ich«, meinte Tim. »Du hast eine Idee.«

»Wir schicken Donna mit einem Mikro rein«, gab ich bekannt. »Sie trifft den Arsch zum Abendessen und horcht ihn über das ›Ziel‹ aus. Er ist ein Risiko-Freak und könnte was ausplaudern.«

»Gekauft«, erklärte Dave.

Donna durchwühlte ihre Handtasche und holte eine Python mit Perlengriff heraus. Der große Lauf glitzerte und schimmerte.

»Gekauft. Pacific Dining Car, heute Abend. Mir war ohnehin nach einem guten Steak zumute.«

Tim schnappte sich ein Feldtelefon. Wir legten die Kopfhörer an. Donna rief bei Donny Scheißkerl an.

Dreimal klingeln, einmal das Knacken beim Abheben. Der diabolische Donny: »Hallo?«

»Tag, hier spricht Donna.«

»Tag. Gerade wollte ich dich anrufen.«

»Wie wär's, wenn wir heute zusammen essen gingen? Im Dining Car, ich lad dich ein.«

»Nein, ich lad *dich* ein. Ich will mal ernsthaft über die Sexton reden.«

»Sagen wir um acht? Guter Wein, gutes Gespräch.«

»Film-Gespräch, Püppi. Ich hab ein paar Ideen für einen erotischen Thriller mit einer Bombenrolle für dich.«

Thriller? *Drohung.* Donnas .357 Handtaschen-Python. Stricke. Der Horror-Hebräer Harvey Glatman. Die tot aufgefundenen Mädchen. Snuff-Filme. Blutverklebte Stricke. *Verbrannte Haut, die sich bei der leisesten Berührung löste.*

Donna legte auf. Mission erledigt. Dave und Tim klatschten, Hurrikanverwehte Haselnussaugen ließen mein Herz klopfen.

»Schöne neue Welt«, sagte Donna. »Wenn's schiefgeht, bringe ich ihn um.«

Das FBI befragte die in Haft befindlichen Kamelficker. Besagte Kameltreiber bestätigten die verwirrende Tatsache. Es gibt einen heiligen Krieg im heiligen Krieg – hör mich, *Hafis!*

Donna verschwand zu einem Hundefutter-Werbespot-Dreh. Dave, Tim und ich saßen im FBI-Haus zusammen. Man hatte uns ein ganzes Büro zur Verfügung gestellt. Ein dicker FBIler namens Fields brachte uns auf den neuesten Stand. Er habe acht gestandene Islamisten verhört. Sie hätten identische Aussagen gemacht. Einen *Hadschi* habe er hierbehalten, damit wir selber mit ihm sprechen konnten. Zuvor dies:

Wir haben Wahnsinnsmengen wild gewordener Ah-raber eingebuchtet. Wüstensöhne, die ebenso wegen ernster Verbrechen wie wegen Kleinigkeiten ins Kittchen gewandert sind. Es gibt einen unguten Untergrund, der ganz L.A. unterwandert hat. Schläger auf der Suche nach barer Beute, von al-Qaida zur Verfügung gestellt. Gelder, die für Schläferzellen bestimmt sind – für die echten und die falschen. Einige Kamel-Knilche möchten Gebäude in die Luft sprengen und Monumente niedermähen. Andere dschihadistische Wichser wollen sich das Geld unter den Nagel reißen und vierundzwanzig Stunden feiern.

Letztere Verlierer leben für trübe *Liaisons* mit weißen Weibern. Sie lassen bei den »Bombigen Blondinen« und »Blauäugigen Blitzmädchen« die Telefone heißlaufen. Sie sind in Lapdance-Höhlen zu Hause. Sie plündern Pornobüchereien und kaufen Muschibände in Großdruckausgaben. Sie kämpfen sich durch Rock-Klubs. Sie flößen abgewrackten Ritas Rohypnol ein und vergewaltigen sie. Sie schieben sich Quaaludes rein, flippen mit Crack-Kokain aus, verlustieren sich mit Viagra. Ihr vollblütiger Fundamentalismus war ausgebrannt und umgekippt. Islam – *pfui* – jetzt sind wir Amerikaner. Scheiß auf den altmodischen Koran. Wir sind dunkelhäutige Swinger. Wir sind in der Wolle gefärbte westliche Weltmänner.

Wir genossen den Vortrag. Wir kicherten in unseren Stühlen. Fields verschwand und kam mit einem hakennasigen Beduinen zurück. Der Kerl trug Handschellen. Er hatte einen weißen Trainingsanzug an. Er wirkte böse und misstrauisch und mörderisch gescheit. Er kannte den Unterschied zwischen Ramadan und *Rama-lam-a-ding-dong*.

»Gamal Abboud«, stellte ihn Fields vor. »Alias ›Abe Goldberg‹. Er hat versucht, sich als Jude auszugeben, um jüdische Mädchen rumzukriegen. Ein Höschenschnüffler. Die Hollywooder Sitte hat ihn erwischt, als er sich in einem hinteren Gang von ›Victoria's Secret‹ einen runterholte.«

»Ich bin Amerikaner«, ließ Abboud uns wissen. »Ich unterstütze George W. Bush *und* John F. Kerry. Ich unterstütze das Recht einer Frau auf freie Entscheidung über ihren Bauch *und* das Recht, eine religiöse Schule zu besuchen. Ich bin vom Glauben abgefallen. Zur Hölle mit dem Islam-Scheiß.«

Tim kicherte. »Ein paar amerikanische Unarten haben Sie sich zugelegt.«

»Ich bin Amerikaner. Ich respektiere die Vielfalt. Dir gefällt dies, mir das. Wir haben die Freiheit zu sein, was wir sein wollen. Ich stehe auf weiße Weiber und trockene Martinis. Ihnen gefällt anderes.«

Wow – ein wilder Wahabit, zum losen Libertin geworden! Von der Kultur korrumpiert. Ein Sündenfäller. Ameri*kannibalisiert!*

»Amerikaner sind gute Spitzel«, stellte ich klar. »Sie suchen sich bei den Behörden einzuschmeicheln und verpfeifen ihre Freunde, um die eigene Haut zu retten. Verstehen Sie mich, Sahib?«

Er kapierte. Er verbeugte sich mit *Salam* und salutierte. Ungeziefer kroch ihm durch den Bart.

»Ich bin Amerikaner. Ich begreife meine Bürgerpflicht als Lockspitzel. Wir haben die Freiheit, das Beste aus uns zu machen. Ich habe die Freiheit, den Behörden in den Arsch zu kriechen und dafür politisches Asyl zu kriegen.«

Dave kramte unsere Phantombilder hervor. Fields suchte einen Stuhl für Abboud. Wir bildeten einen Kreis. Unsere Knie stießen aneinander. Abboud bohrte in der Nase und holte einen prächtigen Popel raus. Ein Riesen-Käfer kroch ihm durch den Bart.

Er kniff die Augen zusammen. Er schaute sich die Bilder genau an. »Die kenn ich«, sagte er.

»Namen?«, fragte ich.

»Kenn ich nicht.«

»Wer *sind* sie?«, sagte Dave.

»Terroristen«, sagte Abboud. »Sie bleiben mobil und wohnen in ihren Autos. Bald soll ein Großangriff stattfinden, aber ich weiß nicht, worauf. Eine Selbstmord-Mission. Die Schiiten-

Schweine haben sich im Unrat gesuhlt, weil sie wussten, dass sie bald sterben werden. Ich habe sie in den Herrenklubs gesehen.«

Tim unterbrach. »Woher *wissen* Sie das?«

Abboud leckte sich die Lippen. Ein Käfer sprang ihm vom Kopf und tänzelte ihm über die Zunge. Er zerbiss ihn und schluckte ihn. Käfersaft tropfte ihm aus dem Mund.

»Aus dem Internet. Lapdance Lou's Chatroom. Alle arabischstämmigen Swinger klicken sich dort ein. Lapdance Lou heißt in Wirklichkeit Ephraim Ben-Gazi. Auch bekannt als ›Rendezvous-Vergewaltiger Dani Dayan‹. Er vertreibt Rohypnol und Viagra. Die Swinger schicken einander Nachrichten und geben Dinge bekannt, die sie geheim halten sollen. Sie sind gute Amerikaner, die von Alkohol und Drogen beeinträchtigt werden.«

»Das *Ziel* lässt auf eine größere Unternehmung schließen«, warf ich ein. »Woher stammt das Geld?«

»Aus zwei Quellen. Der Manager vom Falafel-Fan hat Gelder von al-Qaida gewaschen, dasselbe aber laufend bei den Klubs verputzt, weswegen ihn die Eiferer umgebracht haben. Sein Cousin Habib Rashad hat Geld gewaschen und verputzt und ist deswegen umgebracht worden. Sie wurden anständige geile Amerikaner, und –«

Ich unterbrach ihn. »Die zweite Quelle. Zur *Sache*.«

Abboud lächelte lüstern. »Ein weißer Amerikaner mit arabischem Herzen. Er erpresst reiche Frauen und macht ›sündige Filme‹, die er an Moslemgrößen in Afghanistan und Irak vertreibt. Angeblich ziemlich frauenfeindlich.«

Jomo-Donny. Die toten Telefondienst-Nutten. Snuff-Filme. Harvey Glatman im Hintergrund. *Verbrannte Haut, die sich bei –*

Dave unterbrach. »Wo wurden die Filme gedreht?«

»Angeblich in einem Loft«, sagte Abboud. »Im Lagerdistrikt, möglicherweise in North Alameda.«

Tim stand auf. Sein Stuhl wackelte und kippte um.

»Ich rufe bei der Einheit an und lass die Eigentümer überprüfen. Es gibt dort nur noch wenige Loftgebäude.«

Dave nickte. Tim ging aus dem Zimmer. Fields zappelte FBI-typisch – das LAPD, das seinen *Sufi*-Verdächtigen für ein eigenes Höllenfahrtskommando verbrennt. Ich erging mich in Donna-Träumen. Ich werde ihr höllischer Held. Ich nehme es mit Terroristen auf und setze sie außer Gefecht. Rhino Rick regiert als der neue Rudi G. Rechtschaffene Republikaner hissen mein Banner. Ich bewerbe mich als Gouverneur. Ich stelle Schwarzenegger selbstgerecht als den sexversauten und steroidverdorbenen Stinker hin, der er ist. Ich heirate Donna. Wir blühen und gedeihen und setzen viele Rhinetten in die Welt. Ich werde Ronald Reagan der Zweite. Reiche Kerle finden und finanzieren mich. Ich klopfe die wichtigen Staaten ab und schnappe mir die Nominierung. Ich greife stolz nach dem Präsidentenamt.

Donna als First Lady! Wir treiben es laaaaaaaaaaaaaaaaaaaange im Lincoln-Bedroom! Schaaaaaaaaaaaarfffffffffe Schäferstündchen im Rose Garden!

Ich fantasierte. Abboud apostasierte, schwatzte und schwärmte. Eine priapische Prophezeiung. Ah-raber attackieren L.A. Cocktail-Lounge-Massaker. Rendezvous-Vergewaltigungs-Diaspora. Dani Dayan greift zu Rohypnol und versaut den Wasservorrat. Vergewaltiger verlieren ihre Kräfte und kippen um, weil sie zum Vergewaltigen zu erschöpft sind. Falafel-Fans breiten sich aus – eine Filiale irrer als die andere. Sie zermanschen McDonald's und begraben Burger King. Chief Tierney lässt dem LAPD Lapdance-Lektionen erteilen. Polizistinnen besorgen es den Arabern in der ganzen Stadt.

Tim rannte ins Zimmer. Tim schrie.

»Ein Gebäude an der North Alameda 412 – das Loft ist auf einen Harvey Glatman registriert.«

Wir verbrannten Gummi. Wir rasten Tempo Teufel zur Adresse. Ein vierstöckiges Loftgebäude gerade nördlich der Japsenstadt.

Wir stürmten ins Foyer. Wir fanden Briefkastenschlitze. »Glatman« sprang heraus. Der Arsch sitzt im vierten Stock.

Der Lift kroch, ächzte und setzte mein Mittagessen in Bewegung. Ein Flur führte zur Tür. Ich drückte die Klingel. Keine Antwort. Tim steckte Dietriche ins Schlüsselloch. Der Riegel sprang zurück, die Tür ging auf.

Wir gingen rein. Wir erblickten ein schlimmes Snuff-Film-Set. Wir gingen die unfallfotobestückten Wände entlang, um an den grausamen Ort zu gelangen.

Weiße Tapeten. Säuische Fetisch-Bilder. Gefesselte und geknebelte Frauen. Die sich scheußlich mit Opferaufnahmen abwechselten.

Judy Ann Dull, Shirley Bridgeford, Ruth Rita Mercado – Harvey G.'s entwürdigte Frauen. Gefesselt wie Schweine. Voller Angst. Heiser geschrien. Ein Tod, aus alten Detektiv-Magazinen zusammengestückelt. Nihilistische Popkunst.

Weitere Bilder – grässlich frisch – ausschließlich exakte Strangulationsaufnahmen mit dem typischen Würgeeinschnitt. Bekannte Gesichter – die Opfer von der Leichenablage – drei verwüstete Frauenkörper. Von Stricken verbrannt und zerstört. Von brandheißen Scheinwerfern an Ort und Stelle versengt.

Noch mehr Bilder – Sensationen aus den Siebzigern – Donald DeFreeze und des diabolischen Donny wahnsinnige Mutter, Nancy Ling Perry. Sein negroider Namensvetter – Mr. Mau-Mau höchstpersönlich – Jomo Kenyatta.

Wir schwärmten aus. Wir eilten über die Bodenfläche. Wir

fanden: Matratzen – mit heruntergerissenen Laken, in einer Ecke zusammengeschoben. Filmkameras, große Mikrofongalgen, Linsen, Linsendeckel. Strickrollen auf den Tischen. An deren Fäden Hautschwarten klebten. Blutklumpen mit angehockten Nackenhaaren. Ein geflochtener Weidenkorb nahebei. Aus dem weiße Leintücher lugen. Purpurrote und maronenfarbene Strickabdrücke aus angetrocknetem Blut.

»Der ›erotische Thriller‹«, überlegte Tim. »Er will Donna nach dem Essen herbringen und zuschlagen.«

»Wir bleiben ihr auf den Fersen«, beruhigte Dave, »und sichern sie ab, aber sie soll was übers Ziel rauskriegen.«

»Zuerst bringt sie ihn zum Reden«, entschied ich. »Dann gestatten wir ihr, ihn umzulegen.«

6.

Donna ging mit Mikros rein. Wir lagen im Parkplatz des Pacific Dining Car auf der Lauer.

Sie ging um 20:02 Uhr rein. Jomo-Donny schloss sich ihr um 20:06 Uhr an. Seinen lippenstiftfarbenen Lambo hatte er Luis dem Wagenwärter überlassen. Donna hatte ihren Daimler-Benz am Straßenrand geparkt.

Wir hielten uns bedeckt. Wir warteten in Daves Dodge Dart. Wir trugen Breitbandfrequenz-Kopfhörer. Donnas Handtaschen-Python hatte Dave einbehalten. Sie könnte ins Grübeln geraten und die widerliche Tunte aus prinzipiellen Gründen umlegen. Wir hatten ihr ein Arbeitsskript zusammengestoppelt. Donna, halt dich an Folgendes:

Reit auf dem runtergekommenen Rhino Rick Jenson rum. Der in den rechten Rand abgetrudelt ist. Ein ausgebrannter zionistischer Fremdenfeind, der an der Inneren Sicherheit einen Narren gefressen hat. Der auf zwei unschuldige Araber losballerte. Sein privates Palästinenser-Pogrom. Er ist voll zugedröhnt bei der Arbeit erschienen. Und hat behauptet, moslemische Mistkerle hätten ihm eine Betäubungsspritze verabreicht. Was ihm keiner abnahm. Die Schusswaffen-Kommission hat ihn belastet. Er ist des Dienstes enthoben.

Meine Kopfhörer juckten. Störgeräusche fiepten mir ins Ohr und ließen lose Wachspfropfen tanzen. Statik stammelte, Kristalle kreischten, Stimmen summten.

Donna: » ... und er hatte sehr viel Stress. Der Chef hat ihn dazu gebracht, einen Monat freizunehmen.«

Jomo-Donny: »Er ist ein Faschist, der den Faschismus in Verruf bringt.«

Donna: »Er ist kein Faschist.«

Jomo-Donny: »Sei nicht naiv. Faschisten wie er haben die SLA und Harvey Glatman auf dem Gewissen.«

Donna: »Wer ist Harvey Glatman?«

Jomo-Donny: »Für mich ist er ›Sankt Harvey‹, ein sexbesessener Heiliger. Er hat drei Weiber abgemurkst und die Sechzigerjahre vorweggenommen. Er war hipper als hip.«

Donna: »Sprechen wir über das Sexton-Skript.«

Jomo-Donny: »In meinem Loft, okay? Ich möchte ein paar Aufnahmen von dir machen. Um für die Sexton-Arbeit richtig in Schwung zu kommen.«

Donna: »Was ist das für ein ›Erotischer Thriller‹, den du erwähnt hast?«

Jomo-Donny: »Der passt rein. Der wird dir Spaß machen. Eine Heiligen-Szene, wie sie im Buche steht.«

Statik stach schmerzhaft. Kristall-Krächzer verschärften sich zu krrrrrrrr. Ich stöpselte meine Kopfhörer aus. Tim und David dito. Das *Gekrrrrrächze* sprang von den Kopfhörern aufs Wageninnere über.

Wir warteten zehn Sekunden. Wir stöpselten die Kopfhörer wieder ein. Scheiße – keine Stimmen, keine Kristall-Krächzer, kein statisches Rauschen. Nur tote dezibellose Luft.

Ich schaute Dave an. Dave schaute Tim an. Tim schaute mich an. Wir schlossen uns telepathisch kurz. Wir rissen uns die Kopfhörer runter und rannten los.

Wir hasteten ins Restaurant. Wir sausten an Kellnern vorbei. Verstörte Gäste schauten auf – was soll denn das? Wir eilten zu Donnas Nische. Wir sahen halb verschlungene Appetithäppchen – kalte Krabbe und Calamares.

Da liegt der Draht. Da liegt das Körpermikro. Verstreut am Boden. Das Gehäuse zerbrochen und zu Scherben zerstampft. Da ist die Hintertür.

Wir rannten raus. Wir flitzten an Müllcontainern und Alkis auf Gourmet-Abfalleimer-Wühltour vorbei. Wir erreichten die 6th Street. Da ist der Straßenrand. Donnas Daimler-Benz – weg.

Wir sahen uns um. Wir durchdachten die Situation. Wir rekonstruierten den Vorgang. Jomo-Donny hatte das Mikro entdeckt. Er wird uns nicht zum Loft führen. Seine Sprüche über das Loft waren nur vorgeschützt. Er wusste, dass wir mithörten. Dort wird er Donna nicht umnieten.

Er ist bösartig. Er ist flexibel. Er hat Donna gefesselt oder eingesperrt, unter Drogen gesetzt und eingeschüchtert, betäubt oder geknebelt.

»Sie wird kämpfen«, meinte Tim. »Der kann sich gar nicht vorstellen, was die draufhat.«

»Wo zum Teufel schafft er sie hin?«, wollte ich wissen.

»Er wird eine Glatman-Nummer abziehen«, überlegte Dave. »Das *weiß* ich. Glatman hat bei seinem letzten Opfer versagt. Er ist mit ihr durch Orange County gefahren. Da hat sie ihn überwältigt. Er wird versuchen, es ihm gleichzutun, nur mit Erfolg.«

Ich sah eine entstellte Donna. Eine entmenschlichte Donna. Ich sah Donna zerstückelt und tot.

Ich bekam eine rhinozerosmäßige *Wuuuuuuut* –

Über die Kohlenrutsche – mit Blaulicht. Dave fährt. Ich kämpfe gegen meine Panik an. Tim hängt am Handy.

Er ruft bei der Inneren Sicherheit an. Er verfügt: Umstellt das irre Loft. Geht nach Malibu und sichert das Casa de Suenos ab. Seid nicht zu lasch. Handelt nicht überstürzt. Es geht um einen TERRORISTEN. Versucht, nichts zu verpatzen. Wir wollen ihn, wenn irgendmöglich, lebend. Er weiß um das ZIEL. Er hat Rhinos Liebste Donna D.

Wir fuhren nach Süden. Tim rief bei der Zentrale an und hielt sich kurz. Er beschrieb Donnas Daimler-Benz. Er wies auf die wahrscheinlichste Route hin: über den Freeway 405 Richtung Wüste. Alarm an alle Posten, an alle Einheiten. Beschatten. Nicht eingreifen. Es geht um einen TERRORISTEN. Er kennt das ZIEL. Nur eingreifen, um die liebe Donna D. zu retten.

Wir *flogen* nach Süden. Die Kohlenrutsche mündete in den Freeway 405. Ich donnadelirierte. Ich reiste Jahrzehnte zurück. Wir sind im Jahr 1983. Die Donna-Toten. Die Hollywood-Fickabsteige. Der verstorbene große Russ Kuster.

Weiter ins Jahr 2004. Dem heiß pirschenden Raubsittich auf den Fersen. Rick und Donna, liebend zugange. Mit dem Höllenhund Reggie. Mit seinen bemerkenswerten Zähnen – die Vergewaltiger-Genitalien zerreißen.

Nach Süden: Abfahrten nach Surf-City, die Lichter von Long Beach, das feuchtwarme Möchtegern-Vietnam Westminster. Ich strengte meine Augen an. Tim strengte seine Augen an. Wir sahen

Wagen, die nach jeder Richtung fuhren. Westminster wird zu Huntington Beach. Huntington Beach zu Fountain Valley.

Ein wildes Auto-Labyrinth. Scheinwerfer, die uns streifen. Strahlen, die sich spiegelnd brechen. Auspufftöpfe, die gesundheitsschädliche Abgase spucken. Alte Knacker in Fords. Schicke Kanaken in Chevys. Ein Mini-Pearl-Harbor japanischer Marken und Modelle – ein einziges großes *Banzai*.

Scheinwerfer, die uns streifen. Strahlen, die sich spiegelnd brechen. Nummernschilder, die das Licht reflektieren. Riesige Beemer, malvenfarbene Miatas, Obacht, was ist denn –

DA:

Donnas Daimler. Voll angestrahlt. Ich kann ihn sehen. Tim kann ihn sehen. Dave kann ihn sehen. Wir sitzen ihm fast auf der hinteren Stoßstange. Der Benz ist *hellllllll* beleuchtet.

Jomo-Donny am Steuer. Donna wirkt komatös. Deutlich im Licht der mittleren Konsole zu erkennen. Ihr Kopf rutscht übers Leder. Sie gleitet fast von ihrem Sitz.

Wir kamen ganz nah ran. Unsere Lichter leuchteten den Benz *volllll* aus. Donna rührte sich nicht. Wenn sie nur nicht tot ist – *bitte*, lieber Gott, *bitte*.

Wir kamen näher. Wir klebten uns an ihn ran. Wir fuhren ihm hart aufs Heck. Jomo-Donny reagierte und griff nach seinem Rückspiegel. Donnas Kopf verrutschte leicht. Donna kam von der Konsole hoch und ging gegen ihn los.

Sie riss ihn an den Haaren. Sie kratzte nach seinen Augen. Sie biss kräftig zu und erleichterte ihn um sein linkes Ohrläppchen. Sie verstümmelte das miese Muttersöhnchen à la Mike Tyson. Seine Hände flatterten tuntenmäßig noch oben. Donna riss den Rückspiegel aus der Verankerung. Donna hieb ihm denselben auf den Kopf. Donna schlug sein Gesicht in Stücke. Donna zerkaute ihm die Backen.

Der Benz schwankte und zog allmählich nach rechts. Ein japanischer Schrottkasten bremste brüsk und wich unbeschadet aus. Ein Chevy zog davon und aus dem Weg. Donna riss das Lenkrad scharf nach rechts.

Der Wagen schlingerte und rutschte über die Spuren. Der Wagen schoss in eine Leitplanke. Der Wagen flog weiter und traf auf ein riesiges, aufgeblasenes Sicherheitskissen.

Innere Sicherheit.

Sie rechtfertigte Schnelljustiz. Sie erlaubte Riesensauereien. Sie brachte uns dazu, Foltertechniken einzusetzen.

Wir ließen die Luft aus dem Kissen. Wir buddelten Donnas Benz raus. Wir legten dem donnadezimierten Scheißkerl DeFreeze Handschellen an und setzten ihn in Daves Dodge Dart. Donna erzählte, ihr Mikro hätte sich im Restaurant gelöst. Jomo-Donny habe sie angesprungen und mit einer Betäubungsspritze außer Gefecht gesetzt.

Der Verkehr um uns herum staute sich auf. Wir bogen vom Freeway ab, hockten zusammen und dachten nach. Wir fanden eine rationale Rechtfertigung für Selbstjustiz. Wir lassen das FBI und die LAPD-Richtlinien aus dem Spiel. Wir machen auf *Mossad* und gehen zur Sache wie die *Gestapo.* Wir lassen hemmungslos die nationale Sau raus.

Ich rief bei Telefonbuch-Tom-Ludlow an. Ich berichtete. Tom war Feuer und Flamme. Er pflegte napalmnostalgisch von seinem Dienst in Nam zu schwärmen. Beim My-Lai-Massaker bekam er feuchte Augen. Er habe die Folterspielzeuge mit nach Hause genommen. Klar, Rhino – auf mich kannst du dich verlassen. Wir kommen zusammen. Wir veranstalten eine Geständnis-Sitzung. Wir werden diesem Jomo mit ein paar Stromschlägen einheizen.

Wir fuhren zum Wrangler's Ranch Motel. Wir mieteten ein

Zimmer. Wir ketteten Jomo-Donny an einen Heizkörper. Sein Gesicht war blutig geschlagen. Er erging sich in linken Narreteien. Er spuckte politisch korrekten Schwachsinn.

Er nannte uns fiese Faschisten, kaltblütige Krypto-Nazis, israelhörige Insekten. Wir waren armselige Abtreibungsgegner. Wir waren vernagelte Homo-Fresser. Wir waren hässliche Hillary-Hasser, Konsorten von Condoleezza Rice, Bullen für Bush.

Wir lachten. Er versuchte sich von seinem Stuhl loszureißen. Er wand die Handgelenke hin und her. Die Handschellen schnitten ihm ins Fleisch und gruben sich bis auf den Knochen ein.

Poch, poch – da kommt Telefonbuch-Tom.

Dave ging zur Tür. Tom trug einen zu eng gewordenen Kampfsack. Er war beeindruckend ausstaffiert. Sein Kostüm erinnerte an Khe Sahn 1968. Er trug eine kabelumwickelte Box. Aus der Drähte ragten. Die Hodenklemmen wirkten beklemmend.

»Tag, Tom«, grüßte ich.

»Ein spannendes Kostüm«, bemerkte Donna. »Es erinnert mich an den Vietnamfilm, den ich mal gedreht habe.«

»Klemm den Sauhund an«, beschied Dave.

»Wir brauchen *Ergebnisse*«, bekräftigte Tim. »Denk dran, die innere Sicherheit steht auf dem Spiel.«

Jomo-Donny spuckte und spie. Jomo-Donny heulte und schimpfte.

»Dick-Cheney-Duckmäuser! Rush-Limbaugh-Rohlinge! Nieder mit den Imperialisten!«

Tom fühlte sich geschmeichelt. Er kicherte. Er grunzte. Er wickelte Kabel ab und steckte den Kasten ein.

»Du siehst immer mehr wie Victor Charles aus. *Comprende, muchacho?* Das heißt wie der Scheiß-Vietcong.«

Die Klemmen sprühten Funken. Stromstöße machten knatternde Geräusche. »Raus mit dem Ziel«, forderte ich ihn auf.

»Hoch die PLF! Hoch die Homo-Ehe! Hoch Robert Mapplethorpe und die Redefreiheit! Hoch das staatliche Gratisfernsehen!«

Ich nickte. Tom zwängte Jomos Knie auseinander. Tim griff nach den Klemmen und briet ihm den Schritt kross.

Voltstöße knallten. Jomo fuhr in die Höhe, von einer Quintillion Volt durchzuckt. Jomo bibberte und hüpfte auf seinem heißen Stuhl.

Dave nahm ihm die Klemmen ab. »Das ist für Lorna Lowenstein, Dreckskerl«, erläuterte Donna.

Jomo bibberte. Jomo bebte. Jomo hatte heftige Stromstöße abbekommen. Die Voltstöße hatten ihn voodooisiert. Er machte in die Hosen. Sein Haar richtete sich auf wie bei Don King.

»Raus mit dem Ziel«, wiederholte ich. »Ort, Einzelheiten, Datum.«

Jomo japste nach Luft. Jomo zuckte. Seine vollgepinkelten Hosen leiteten Reststrom ab und ließen ein paar Dampfwolken aufsteigen.

»Hoch Yassir Arafat! Hoch Harvey Glatman! Hoch alle unverstandenen Serienmörder auf der ganzen Welt!«

Tim griff nach den Klammern. Tim briet ihm den Schritt kross. Jomo zappelte unter den Stromstößen und schrie.

»Raus mit dem Ziel«, wiederholte ich.

»Das ist dafür, dass du mich mit meinem Sexton-Stück hast ködern wollen, du Scheißkerl«, teilte Donna ihm mit.

Dave öffnete ein Pepsi-Lite. Die Büchse ließ Druck ab. Dave schüttelte sie und bespritzte Jomos Eier. Die ans E-Netz angeschlossene rote Socke *schriiiie*.

Tom kicherte. Jomo bibberte. Er tanzte den Draht-Watusi, den Kastraten-Cha-Cha-Cha, den Zitter-Twist.

»Das Ziel«, sagte ich. »Raus damit und schnell.«

Die Stromstöße ließen Jomo hüpfen. Jomo schoss Donna giftige Blicke zu. Jomo ließ seiner Frauenfeindlichkeit freien Lauf.

»Osama bin Laden steht auf dich, Baby. Ganz richtig, der Obermacker höchstpersönlich. Er hat sich in Afghanistan verkrochen und zieht sich Wiederholungen von *Hospital Hearts* rein. Er hat mir zweihundert Riesen bezahlt, um einen Snuff-Film mit dir zu drehen.«

Donna wurde rot. Donna wurde bleich und grün im Gesicht. Sie griff nach der Pepsi-Dose. Sie griff nach den Klammern. Sie spritzte und klemmte. Von den kurzgeschlossenen Eiern des Clowns stieg eine Mini-Pilzwolke hoch.

Er schreit. Seine Hände greifen in die Luft. Er fasst nach seinen Taschen. Er holt eine Pille raus. Seine Hände zucken nach oben. Er steckt sich die Pille in den Mund.

Zyanid oder Strychnin/nachweislich tödliche Dosis/die letzte Zuflucht des Fanatikers, ach, Mist –

Jomo hüpfte. Jomo riss den Heizkörper los. Jomo zappelte mit Strom, zitterte mit Gift, krampfte *mohren*mäßig zusammen und war tot.

Ich schaute Dave an.

Dave schaute Donna an.

Ich schaute Tom an.

Tom schaute Donna an.

Ich schaute Tim an.

Tim schaute Donna an.

Telepathische Telegramme, die gleichzeitig in fünf Richtungen gingen. Donna sprach es als Erste aus:

»Das Ziel«. Das muss die Oscar-Verleihung sein.«

7.

Klar, die Scheiß-Oscars. Es musste was mit JUDEN zu tun haben.

Die Oscars. Hollywoods Nacht der Nächte. Massive Medien-Meschuggas. Eine Auswahl von Super-Berühmtheiten. Das Schweinefleisch-Verweigerer-Shangri-la, das Krummnasen-Matterhorn, der Semiten-Kilimandscharo. Mehr Juden als im Alten Testament.

Wir telefonierten mit dem FBI. Wir sagten, was wir wussten. Unsere Quelle hielten wir geheim. Die FBIler riefen die höchste Sicherheitsstufe aus. Sie sperrten das Kodak-Kino ab. Sie bombardierten es mit Bomben-Hunden. Sie suchten nach gestohlenen Eintrittskarten. Sie durchsuchten ungehemmt die Berühmtheiten, die den roten Teppich rauf- und runterrannten. Sie schafften Metalldetektoren rein. Sie marschierten neben den Filmwelt-*Machern*. Sie krochen hinter der Bühne rum. Über dem Gebäude waberten Helikopter. Deren Suchscheinwerfer nach unten strahlten. Der Hollywood-Boulevard war in gleißendes Licht getaucht.

Ich ging als Donnas Begleiter mit. Das LAPD hatte drinnen reihenweise Bullen abgestellt. Wir trugen mottenzerfressene, schlecht sitzende Smokings. Das Walkie-Talkie hatten wir im Hosenbund stecken. Wir ließen die Schwachsinns-Zeremonie über uns ergehen.

Ich gähnte. Wir hatten äußerst anstrengende Tage hinter uns. Wir hatten den toten tödlichen Donny als Tuntentoten getarnt. Wir hatten ihn in eine Absteige im Schwulenquartier geschafft. Wir hatten einen grausamen Tatort geschaffen. Der aus schrillsten Schwulenklamotten bestand. Wir hatten jede Menge Judy-Garland-LPs zusammengetragen. Dazu Kokain und KY-Gleitmittel. Wir hatten das Zimmer in Stücke geschlagen. Es stank geradezu nach Arschficker-Ausrastung. Wir hatten den Scheiß in der

Jurisdiktion des Sheriffs abgezogen. Wir gingen davon aus, dass sie den Mord als *Schwulius-Interruptus* klassifizieren und schnell abhaken würden.

Wir arbeiteten Hand in Hand – LAPD und FBI. Wir erstellten Notfallpläne, um dissidente Ah-raber einzubuchten. Das FBI führte einen mächtigen Präventivschlag durch. Die FBIler durchkämmten L.A. Ah-rabische Bürgerrechtsgruppen machten ein großes Geschrei. Sie hielten den Präventivschlag für rassistisch und reaktionär. Der Durchschnitts-Angeleno blieb ungerührt. Das stramme Durchgreifen gegen schlaffe Freiheiten zugunsten von Gesetz und Ordnung war ihm nur recht.

Wir nahmen in unseren Sitzen Platz. Die Smoking-Hosen klemmten die Eier ein. Der Kummerbund schnitt mir ins Fleisch. Donna trug Narzissen zu ihrem delfinblauen Abendkleid. Wir hielten Händchen. Meine Augen saugten sich an ihrem Ausschnitt fest. Sie hatte mir für später eins a Liebe versprochen. Meine Hosenforelle tänzelte vor Glück.

Die Show begann. Mir kam sie schmierig und glatt vor. Ich blieb nur mit Mühe wach. Ich konnte kaum hingucken. Humanistische Wassersuppe mit linksliberaler Soße.

Bestes Dokudrama – unentschieden – Holocaust gleichrangig mit AIDS. Zartes »Nie wieder!« und Hosannas für die Homo-Ehe. Das ging mir gegen den Chauvi-Strich und kratzte an meiner Protestanten-Ehre. Hätte Gott gewollt, dass sich Mann zu Mann gesellt, hätte er Adam und *Steve* geschaffen.

Donna vergab den Preis für den besten Ton. Zwei hoch gewachsene Techniker schwenkten schwul die Hüften und klopften Sprüchlein für ihre »Partner«. Donnas Anblick übermannte mich. Ihr Abendkleid mit dem geschlitzten Rock fuhr mir durch die Seele. Scheinwerfer ließen ihre haselnussfarbenen Augen schimmern und trafen mich ins Herz.

Die Show schlurfte dahin. Donna kam wieder zurück an ihren Sitz. Ich beugte mich herab und gierte nach ihren Beinen. Preise, Applaus, Reden – flach und geistlos – ostentative Gefühle, die mich einschläferten. Die mich anstrengten und auslaugten und nicht und niemals aufhören wollten. Reiche Liberale zogen über meinen Mann, George W. Bush, her. Anti-Waffen-Wichtel zerrissen sich über den heldenhaften Charlton Heston das Maul. Ich bekam fast Lust auf einen Terroristen-Angriff. Dann würden Donna und ich gleich in den Himmel kommen. Wir würden eine Wolke besetzen. Wir würden die bösen Ah-raber vertreiben, die irrtümlich himmelwärts gelangt waren. Wir würden uns lieben und mit Reggie Ridgebacks 1, 2 und 3 herumtollen. Wir würden in Lou's Cloud Room mit Stephanie Gorman zu Mittag essen. Wir würden Stephanies Mörder in der tiefsten Hölle steinigen.

Die Show schlurfte weiter. Verlierer schmollten und ergingen sich überzeugungslos in giftigem Edelmut. Gewinner hauchten verwunderte Dankesworte, billige heiße Luft. Die Preisträger für den besten Song dudelten dürftig. Ein langes Festmahl von vorgekautem Kitsch.

Es hörte und hörte nicht auf. Erreichte einen Punkt jenseits der Langeweile. Leeres Getröte und knallharte Selbstanpreisung.

Dann wurde es still. Donna weckte mich auf. Ich war dabei, in ihren Schoß abzugleiten. Ich war traumbefangen und verschlafen. Wir waren irgendwo im Himmel. Wir hatten den Oscar für die besten Liebes-Killer erhalten. Reggie Ridgeback wand sich uns zu Füßen.

Die Sicherheitsvorkehrungen wurden entsichert. Die Polizeimannschaft erklärte Alarmstufe 3 für aufgehoben. Die FBIler legten ihre Waffen weg und zerstreuten sich. Die Helikopter flogen auf und davon. Die Bombenhunde wurden zurück in den Zwinger gefahren.

Das Kodak wurde von Limousinen umkreist. Verlierer und Gewinner und stolze Präsentatoren machten sich zurecht und bereiteten sich für die Partys vor. Donna schaufelte uns in einen Wagen. Wir fuhren zum Spago. Sie wollte dort eine Stunde bleiben. Ein bisschen Lachen, ein bisschen Lachs-Pizza, viel Liebe später – okay?

Das Restaurant rockte. Eine Tonanlage verklickerte Songs – klägliche Nominierungswiederholungen. Film-*Macher* machten sich aufs Machiavellistische zu schaffen. Jede Menge Deals. Jede Menge Stars. Die Generalversammlung der Jüdischen Nationen.

Plappernde Tischgespräche ringsum. Terrorismus-Schaudern. Derbe Anekdoten über brünstige Studio-Chefs. Liberale Plaudertaschen. Das Neueste über die nicht zum Zuge gekommenen nominierten Verlierer.

Ich sah, wie Donna den Saal bespielte. Wie sie von Tisch zu Tisch glitt. Sie benahm sich wie ein echter Profi. Die Plauderei von heute war das Gehalt von morgen. Sie stolzierte und strahlte wie der Star, der sie war.

Kellner sausten vorbei. Ich grapschte mir gierig feinste Appetithäppchen. Pikante Pizzabissen, delikate Ziegenkäse in Blätterteig, cholesterinreiche Steakstreifen. Das Gespräch kam und ging. Worte waberten. Prozentpunkte, Zusatzfinanzierungsgebote, zwei Aushilfskellner, die nicht erschienen waren.

Ich gähnte. Die vergangene wilde Woche hatte mich erschöpft und ausgelaugt. Schießereien mit Schiiten, Foltersitzungen, Donna, die fast im Dschihad draufging. *Hadschi*-Hegemonie, Kamelmohren-Mätressen, meine L.A.-Lapdance-Untersuchung. Nach so viel mörderischem Heroismus hatte ich Katzenjammer.

Ich wollte Donna wegen langfristiger Liebe beschwatzen und meine Seele im Bett retten.

Das Restaurant rockte. Ich fühlte mich eingezwängt und erstickt. Ich hatte ein Bedürfnis nach frischer Luft. Ich ging zum Canon Drive und spazierte zur Allee.

Eine Brise wehte. Sie fühlte sich wie frische Seide an. Ich stand zwischen Großcontainern und atmete tief durch. *Ahhhhhhh*, was für ein Leben! filmverrückt und moslemwild! So was gab's nuuuuuuuur in Amerika, so auuuusgespräääägt nur in L.A.!

Ich blieb stehen. Von kühler Luft umfächelt. Mein gestärktes Hemd schmolz im Wind.

Ich *witttterrrte* was. Etwas stach mir in die Nase. Ein blutiger Geruch ...

Ich wandte mich blitzartig nach links. Ich schaute in den Container. Ich sah zwei drahtverzurrte Mexikaner. Sie sind tot. Auf grässliche Weise erwürgt. Von Klavierdraht zerschnitten – die Kerben gehen bis zur Luftröhre.

Weiße Mäntel. Mit Essensresten befleckt. Saubere Namensschilder. Sankt Peter, begrüße Juan und Jose.

Muchachos muerte. Die fehlenden Aushilfskellner. Oscar-Nacht-Verwirrung. Unser Film-Macher-Mini-Ziel genau *vor uns*.

Ich rannte ins Restaurant. Die Tischgespräche zwitscherten. Der Schuppen schaukelte wie Jerusalem und tratschte wie Tel Aviv. Ich sah mich um. Ich hakte die Berühmtheiten ab. Ich wechselte von Smokingstoff zu blanker Haut. Ich sah, wie Donna in der Küche um Autogramme angehauen wurde. Zwei Beduinen-Aushilfskellner bedrängen sie. Sie tragen weiße Mäntel. Sie haben saubere Namensschilder. Die Kamel-Dreckskerle vom Phantombild.

Ich rannte rüber. Ich kippte Tische um und riss Smokings in

Fetzen. Die Pagen wiesen Riesenausbeulungen auf. Ihre Hintern ragten weit heraus. Lebende Bomben auf Selbstmordmission.

Ich rannte. Ich warf beiseitegedrängte Nominierte und oscarbestückte Schwuchteln zu Boden. Donna sah mich. Die Bombenjungs sahen mich. Eine telepathische Vierfachschaltung.

Die Morgenländer zogen ihre Messer. Donna durchwühlte ihre Handtasche und zog ihre Python. Die Klingen fuhren raus. Donna drehte eine Pirouette und legte die Taugenichtse aus nächster Nähe um.

Magnum-Munition zerfetzte ihnen die Gesichter. Hohlspitzengeschosse zerhackten ihnen das Hirn. Die Beduinen-Biester wurden von Riesenkugeln zurück in die Hölle geschickt.

Das Restaurant hallte. Tischgespräche verwandelten sich in Schreie. Ich schaute zu Donna. Donna schaute zu mir. Die Wüstenteufel machten ihre letzten Zuckungen und schmissen einen Tisch um. Ihre Körper-Bomben tick-tick-tickten.

Ich sprang auf. Donna sprang auf. Wir rissen ihre weißen Mäntel weg und zerrten Drähte frei. Die Bomben detonierten nicht. Die Bomben tickten und ließen auf einer eingebauten Uhr die Sekunden ablaufen.

Der Alarm war auf Mitternacht gestellt. Meine Timex zeigte 11:59. Telepathie führte uns zusammen. Wir ignorierten das erschrockene Jammergeschrei.

Wir lächelten uns an. Wir zeigten Stil. Nachdrücklich und oscarreif. Wir schleppten die Bomben in die Küche. Wir entschärften sie durch Eintunken in einen Kessel *Bouillabaisse.*

So haben Donna Donahue und ich Hollywood gerettet – und die Welt.

Tim und ich durchsuchten das Casa de Suenos. Wir fanden Pläne zur Zerstörung bedeutender Monumente und Medienmagnete weltweit. Disneyland, der Vatikan, Grauman's Chinese Theater. Das Taj Mahal, das Dodger-Sta-

dion, der Eiffelturm. Der Felsendom, das Mutterhaus von Sizzler Steakhouse, die Wohnung des Dalai-Lama. Ohne uns wäre die Welt übel dran gewesen.

Wir übergaben die Notizbücher und Computerdisketten des diabolischen Donny dem FBI. Was jede Menge Verhaftungen zur Folge hatte. Die Innere Sicherheit nahm 16 492 mörderische Muslims fest. Sie wurden in zahlreichen Superschnellgerichtsverfahren verurteilt.

L.A. war Donna und mir was schuldig. L.A. griff tief in die Tasche und legte vor. Wir hatten im Spago Menschenleben gerettet. Die von uns geretteten Hollywood-Hebräer halfen uns aus.

Die Grand Jury von L.A.-County bezeichnete unsere finalen Rettungsschüsse als gerechtfertigt. Die Schusswaffenkommission sprach mich wegen meines Schusswaffengebrauchs frei. Die Medien priesen Jenson und Donahue als »sexy säkulare Erlöser«. Hollywood gab uns einen unbegrenzten Kredit und jede Menge Mittel an die Hand.

Wir entwickelten die Serie Homeland Heroes, die »Helden der Inneren Sicherheit«. Donna blieb sechzehn Jahre deren Star. Ich war Koproduzent und arbeitete in meiner LAPD-Freizeit heimlich mit. Donna und ich wurden rechtschaffen reich. Die Republikaner stellten mich als Gouverneur auf. Ein dämonischer Demokrat besiegte mich 2012. Halb Araber/halb schwarzer Homo-Fanatiker. Er enthüllte meine zweifelhaften Beziehungen zur Enron Corporation. Er machte mich als Schwarzkassenwart von Präsident Jeb Bush fertig.

Donna und ich blieben ab und an ein Liebespaar. Wir kamen für feierliche Fickfeste zu Weihnachten und an unseren Geburtstagen zusammen. Ich blieb bis zu meinem fünfundsiebzigsten Geburtstag beim LAPD. Ich habe Stephanie Gormans Killer nie gefunden.

Ich habe meinen Tod in Fickabsteige in Hollywood beschrieben. Ich habe den zweiten Rick- und Donna-Höhepunkt in Raubsittich auf heißer Pirsch dargestellt. Die vorliegende wahre Geschichte beschließt meine Erinnerungen an unsere unordentliche und großartige Liebe.

Ich bin tot. Donna ist noch am Leben. Ich nehme über Reggie Ridgeback 12 telepathisch mit ihr Verbindung auf. Ich erzähle ihr oft zusammenfassend über mein Leben auf Erden. Ich sage ihr stets, mein letzter lebender Gedanke hätte ihr gegolten – ihr, meiner einzig wahren Liebe.

Die folgenden Stücke wurden im amerikanischen Magazin *GQ* veröffentlicht: »Balls to the Wall« (veröffentlicht unter dem Titel »Bloodsport« im Juli 2000), »Where I Get My Weird Shit« (September 2002), »Stephanie« (Januar 2003), »Grave Doubt« (Juni 2000), »My life as a Creep« (Oktober 1999), »The D.A.« (Juli 2002), »Little Sleazer« (März 2002), »I've Got the Goods« (März 2000) und The Trouble I Cause« (März 2000)